La marca del León ✣ Libro I

UNA Voz

EN EL VIENTO

FRANCINE RIVERS

Tyndale House Publishers, Inc.
CAROL STREAM, ILLINOIS, EE. UU.

Visite Tyndale en Internet: www.tyndaleespanol.com y www.BibliaNTV.com.

Visite la página de Francine Rivers: www.francinerivers.com.

TYNDALE y el logotipo de la pluma son marcas registradas de Tyndale House Publishers, Inc.

Una voz en el viento

Publicado bajo acuerdo con Browne & Miller Literary Associates, LLC.
Published by arrangement with Browne & Miller Literary Associates, LLC.

Guía para la discusión por Peggy Lynch.

Diseño: Ron Kaufmann

Traducción al español: Adriana Powell Traducciones

Edición en español: Christine Kindberg

Para información acerca de descuentos especiales para compras al por mayor, por favor contacte a Tyndale House Publishers a través de espanol@tyndale.com.

Library of Congress Cataloging-in-Publication Data
Names: Rivers, Francine, 1947, author.
Title: Una voz en el viento / Francine Rivers.
Other titles: Voice in the Wind. Spanish
Description: Carol Stream, Illinois : Tyndale House Publishers, Inc., 2017.
Identifiers: LCCN 2017007160 | ISBN 9781496419286 (sc)
Subjects: LCSH: Women slaves—Fiction. | Rome—Fiction. | GSAFD: Christian fiction. | LCGFT: Romance fiction. | Historical fiction.
Classification: LCC PS3568.I83165 V6518 2008 | DDC 813/.54—dc23 LC record available at https://lccn.loc.gov/2017007160

Impreso en Estados Unidos de América
Printed in the United States of America

23 22 21 20 19 18 17
7 6 5 4 3 2 1

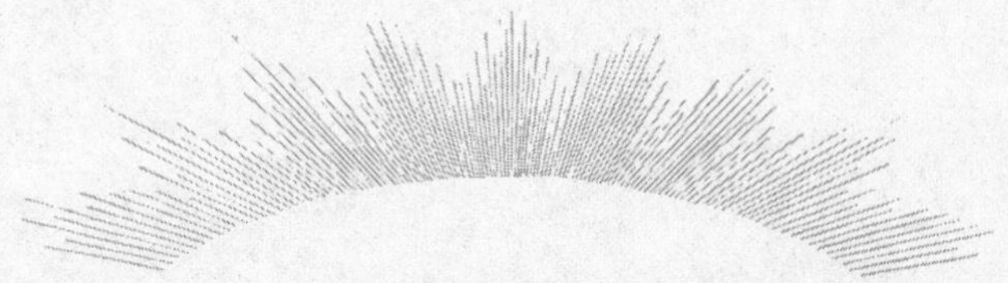

Este libro está dedicado con amor a mi madre,

FRIEDA KING,

quien es un verdadero ejemplo de una sierva humilde.

CONTENIDO

PRÓLOGO

En 1992, Tyndale House tomó la decisión deliberada de comenzar a publicar excelentes libros de ficción que nos ayudarían en nuestro propósito empresarial: «Atender las necesidades espirituales de las personas, principalmente mediante literatura consecuente con los principios bíblicos». Antes de aquella época, Tyndale House había sido conocida durante muchos años como una editorial de Biblias y libros de no ficción de autores muy conocidos como Tim LaHaye y James Dobson. Habíamos incursionado en la ficción antes de que la «ficción cristiana» se popularizara, pero no era una parte importante de nuestro plan de publicaciones.

No obstante, comenzamos a reconocer que podíamos llevar adelante nuestro propósito con mucha eficacia por medio de la ficción, ya que esta habla al corazón más que a la mente.

La ficción es entretenida. La ficción bien escrita es apasionante. Como lectores, nos quedamos despiertos hasta las dos de la mañana para terminar de leer una buena novela. Pero Tyndale tiene una meta más grande que simplemente entretener a nuestros lectores. ¡Queremos ayudarlos a crecer!

Reconocemos que los autores tienen una especie de púlpito magnífico para comunicar su cosmovisión y sus valores a sus lectores. Pero con esa oportunidad viene también un peligro. ¿Exactamente cuál cosmovisión y qué valores está comunicando un autor? En el mejor de los casos, la mayoría de los novelistas contemporáneos presentan una cosmovisión un tanto sentimental y blanda. En el peor, siembran valores negativos y actitudes poco saludables en el corazón de sus lectores. Nosotros queríamos establecer un patrón totalmente nuevo para la ficción.

Comenzamos entonces a buscar novelistas que tuvieran un mensaje para el corazón que ayudara a nuestros lectores a crecer. Y nos encontramos con Francine Rivers.

Francine había sido sumamente exitosa como autora de novelas románticas para el mercado general al principio de su carrera. Pero cuando se hizo cristiana, quería utilizar su talento para comunicar valores de fe a sus lectores. Uno de sus primeros proyectos fue la trilogía La marca del León.

Cuando leí el manuscrito del primer libro de la serie, *Una voz en el viento*, me impresioné mucho por el poder del relato. Me sentí transportado al primer siglo: a Jerusalén, Germania, Roma y Éfeso. Viví con Hadasa mientras luchaba por vivir su fe en medio de un ambiente romano pagano. Sentí el terror del gladiador cuando enfrentaba a sus enemigos en la arena. Sobre todo, aprendí lecciones de coraje por medio de sus experiencias.

Nos enorgullece presentar esta nueva edición de La marca del León. Confío en que hablará a su corazón, como lo ha hecho al mío y al de cientos de miles de otros lectores.

Mark D. Taylor
Presidente de Tyndale House Publishers

PREFACIO

Cuando me convertí en una cristiana nacida de nuevo en 1986, quería compartir mi fe con otros. No obstante, no quería ofender a nadie ni arriesgarme a «perder» viejos amigos y miembros de la familia que no compartían mi fe en Jesús como Señor y Salvador. Me encontré dudando y guardando silencio. Avergonzada de mi cobardía y frustrada por ella, comencé la misión de buscar la fe de un mártir. El resultado fue *Una voz en el viento*.

Mientras escribía la historia de Hadasa, aprendí que el valor no es algo que se puede producir con nuestro propio esfuerzo. Pero cuando nos rendimos sinceramente a Dios, él nos da el valor para enfrentar todo lo que venga. Él nos da las palabras para hablar cuando se nos llama a ponernos de pie y expresar nuestra fe.

Todavía me considero una cristiana que lucha, llena de fallas y fracasos, pero Jesús me ha dado la herramienta de comunicación escrita que utilizo en mi búsqueda de respuestas de él. Cada uno de mis personajes representa un punto de vista diferente mientras busco la perspectiva de Dios, y cada día encuentro en las Escrituras algo que me habla a mí. Dios me tiene paciencia, y por medio del estudio de su Palabra estoy aprendiendo lo que él quiere enseñarme. Cuando oigo de un lector que ha sido conmovido por alguna de mis historias, sé que únicamente Dios merece ser alabado por ello. Todo lo bueno viene del Padre en lo alto, y él puede usar cualquier cosa para alcanzar y enseñar a sus hijos... incluso una obra de ficción.

Mi mayor deseo al comenzar a escribir ficción cristiana era encontrar respuestas a mis preguntas personales, y compartir esas respuestas con otros en forma de relatos. Ahora quiero mucho más. Deseo que el Señor utilice mis relatos para provocar sed de su Palabra, la Biblia. Espero que leer la historia de Hadasa le produzca hambre de la Palabra hecha realidad, Jesucristo, el Pan de Vida. Oro para que al terminar mi libro usted abra la Biblia con nuevo entusiasmo y la expectativa de un encuentro real con el Señor mismo. Que busque las Escrituras por el puro gozo de estar en la presencia de Dios.

Amados, ríndanse de todo corazón a Jesucristo, quien los ama.

A medida que usted beba de la profunda fuente de las Escrituras, el Señor lo refrescará y lo limpiará, lo formará y lo volverá a crear por medio de su Palabra viva. Porque la Biblia es el mismo aliento de Dios, que da vida eterna a todos los que lo buscan.

Francine Rivers

AGRADECIMIENTOS

Quiero agradecer a mucha gente que me ha ayudado en mi carrera de escritora: mi esposo, Rick; mis hijos, Trevor, Shanon y Travis; mi madre, Frieda King; y mi segundo par de padres, Bill y Edith Rivers; mi hermano y mi hermana política, Everett y Evelyn King; y mi tía Margaret Freed. Todos ustedes me han amado incondicionalmente y me animan en todo lo que hago. También estoy agradecida de tener a Jane Jordan Browne como agente. Sin su persistencia y su pericia, este libro nunca habría salido a la luz, y yo posiblemente habría renunciado a escribir hace mucho tiempo.

Agradezco especialmente a Rick Halm, pastor de la iglesia Sebastopol Christian Church, quien me abrió los ojos y los oídos a la belleza de la Palabra de Dios; y a los miembros de mi familia de la iglesia que me han mostrado que Dios realmente transforma vidas diariamente. Muchos de ustedes me han animado de maneras que ni siquiera podrían imaginar, y me regocijo de tener tantos hermanos y hermanas.

Una nota para Jenny y Scott: ¿qué haría sin ustedes dos? Son muy valiosos para mí. Le pido a Dios que los bendiga siempre con salud y alegría y, por supuesto, hijos.

Sobre todo, quiero agradecer al Señor por todo lo que ha hecho en mi vida. Le pido que bendiga esta obra y la acepte como mi humilde ofrenda, utilizándola para su buen propósito en la vida de los demás.

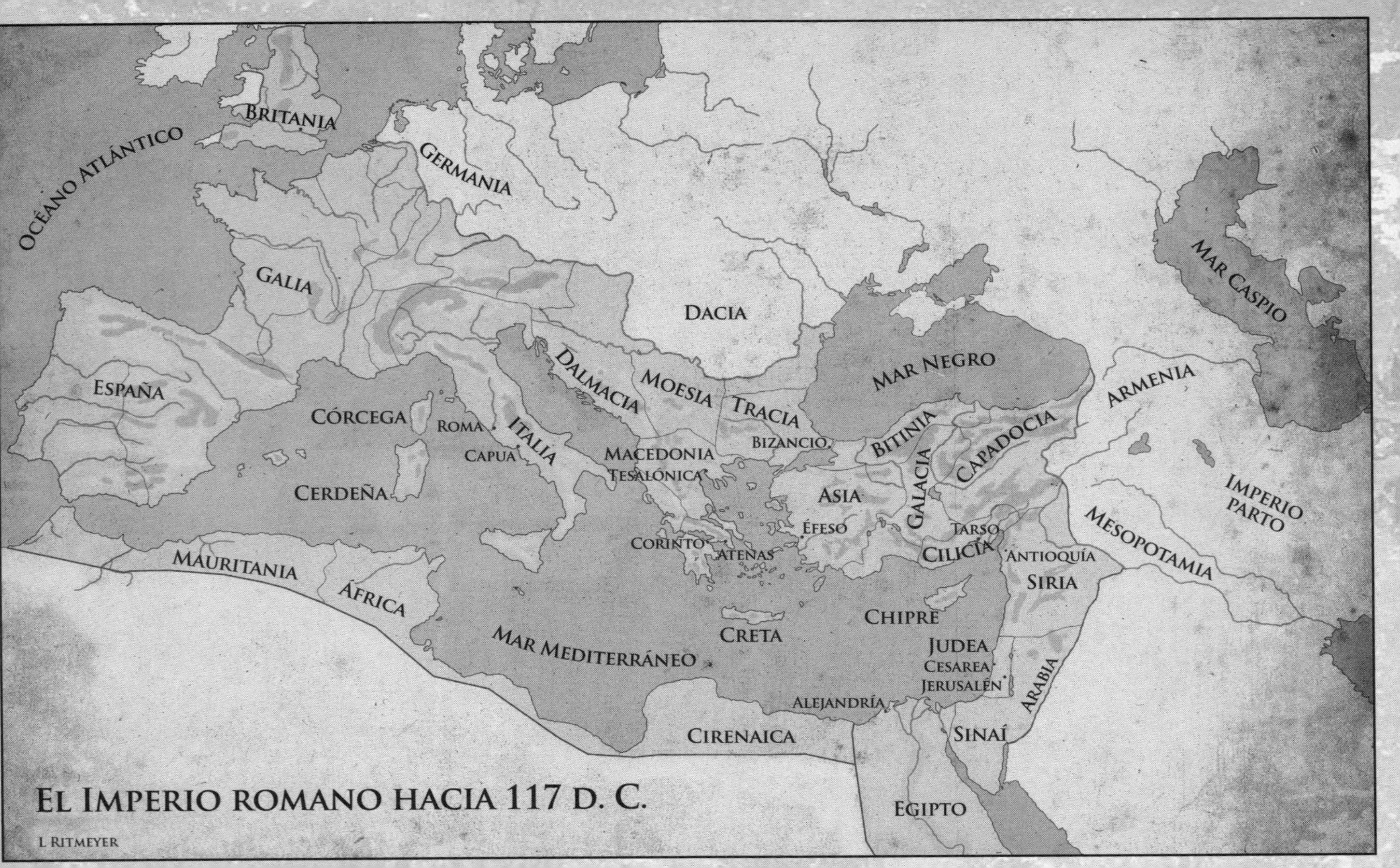

El Imperio romano hacia 117 d. C.

Jerusalén

1

La ciudad se hinchaba bajo el sol ardiente, pudriéndose como los miles de cuerpos que yacían donde habían caído en las batallas callejeras. Un viento caliente y opresivo soplaba del suroriente, impregnado del hedor putrefacto de la descomposición. Fuera de los muros de la ciudad, la Muerte misma esperaba personificada por Tito, hijo de Vespasiano, y sesenta mil legionarios ansiosos por arrasar la ciudad de Dios.

Incluso antes de que los romanos cruzaran el valle de los Espinos y acamparan en el monte de los Olivos, las facciones enfrentadas en el interior de los muros de la ciudad ya habían preparado el camino para su destrucción.

Ladrones judíos, que ahora huían como ratas ante las legiones romanas, habían caído recientemente sobre Jerusalén, asesinando a sus ciudadanos destacados y ocupando el santo templo. Echando suertes por el sacerdocio, habían convertido la casa de oración en un mercado de tiranía.

Siguiendo de cerca a los ladrones llegaron los rebeldes y los zelotes. Dirigidos por líderes rivales —Juan, Simón y Eleazar— las facciones enemigas se propagaron entre los tres muros. Henchidos de poder y orgullo, cortaron Jerusalén en trozos ensangrentados.

Violando el día de descanso y las leyes de Dios, Eleazar atacó la torre Antonia y asesinó a los soldados romanos que estaban en ella. Los zelotes arrasaron, asesinando a miles más que intentaban recuperar el orden en una ciudad enloquecida. Se establecieron tribunales ilegales que se burlaban de las leyes del hombre y de Dios mientras cientos de hombres y mujeres inocentes eran asesinados. Depósitos llenos de maíz fueron incendiados en el caos. Pronto llegó el hambre.

En su desesperación, los judíos piadosos oraban fervientemente para que Roma llegara y atacara la gran ciudad. Esos judíos pensaban que entonces, y solamente entonces, las facciones internas de Jerusalén se unirían en una causa común: la *liberación* en contra de Roma.

Roma efectivamente llegó y, con sus odiadas insignias en alto, su grito de guerra atravesó toda Judea. Tomaron Gadara, Jotapata, Beerseba, Jericó y Cesarea. Las poderosas legiones marcharon sobre las mismas huellas de los devotos peregrinos que llegaban de todas partes de la nación judía para adorar y celebrar los días sagrados del Festival de los Panes sin Levadura: la Pascua. Decenas de miles de inocentes llegaron en masa a la ciudad y se encontraron en medio de una guerra civil. Los zelotes cerraron las puertas, atrapándolos adentro. Roma continuó hasta que el clamor de la destrucción hizo eco por todo el valle de Cedrón contra los muros de la propia Jerusalén. Tito sitió la antigua Ciudad Santa, decidido a terminar de una vez por todas con la rebelión judía.

Josefo, el general judío de la caída de Jotapata que había sido llevado cautivo por los romanos, lloró y se lamentó sobre la primera pared derribada por los legionarios. Con el permiso de Tito, le suplicó a su pueblo que se arrepintiera, advirtiéndoles que Dios estaba contra ellos, que las profecías sobre la destrucción estaban a punto de cumplirse. Los pocos que lo escucharon y lograron evadir a los zelotes en su huida se toparon con los codiciosos sirios —quienes los diseccionaron en busca de las monedas de oro que supuestamente se habían tragado antes de abandonar la ciudad. Los que no prestaron atención a Josefo sufrieron toda la furia de la maquinaria de guerra romana. Habiendo cortado todos los árboles a lo largo de kilómetros, Tito construyó máquinas de asedio que arrojaron innumerables jabalinas, piedras e incluso cautivos hacia el interior de la ciudad.

Desde el Mercado superior hasta el Acra inferior y el valle de los mercaderes de queso en medio, la ciudad se retorcía con la revuelta.

En el interior del gran templo de Dios, el líder rebelde Juan fundió las vasijas de oro sagradas para sí mismo. Los justos lloraban por Jerusalén, la novia de reyes, la madre de profetas, el hogar del rey-pastor David. Destrozada por su propio pueblo, Jerusalén yacía abatida e impotente, esperando el golpe de muerte de parte de los odiados gentiles extranjeros.

La anarquía había destruido a Sión, y Roma estaba lista para destruir la anarquía... en cualquier momento... en todas partes.

Hadasa sostenía a su madre, con lágrimas quemándole los ojos, mientras quitaba el cabello negro del rostro pálido y demacrado de su madre. Su madre había sido bella alguna vez. Hadasa recordó cómo la observaba mientras se soltaba el cabello hasta que pendía en gruesas ondas relucientes sobre la espalda. Su gloria suprema, decía papá. Ahora era áspero y opaco, y sus mejillas —una vez rubicundas— estaban pálidas y hundidas. Tenía el vientre hinchado por la desnutrición, los huesos de las piernas y los brazos se dibujaban nítidamente bajo la ropa gris.

Hadasa levantó la mano de su madre y la besó tiernamente. Parecía una garra huesuda, floja y fría.

—¿Mamá?

Ninguna respuesta. Hadasa miró a su hermana menor, Lea, quien dormía en un camastro sucio en una esquina de la habitación. Afortunadamente estaba dormida, olvidándose por un momento de la lenta agonía de la inanición.

Hadasa volvió a acariciar el cabello de su madre. El silencio la cubría como una mortaja caliente; el dolor en el vientre vacío era prácticamente insoportable. Apenas ayer había llorado amargamente cuando su madre le había dado gracias a Dios por la comida que Mateo había logrado conseguir para ellas: el cuero del escudo de un soldado romano muerto.

¿Cuánto faltaba para que todos murieran?

Lamentándose en silencio, todavía podía oír a su padre hablándole con voz firme pero bondadosa: «No es posible que los hombres eviten su destino, aun cuando lo vean de antemano».

Ananías le había dicho esas palabras pocas semanas atrás, aunque ahora parecían una eternidad. Su padre había estado orando toda esa mañana, y ella había tenido mucho miedo. Sabía lo que él iba a hacer, lo que siempre había hecho. Saldría y predicaría a los no creyentes sobre el Mesías, Jesús de Nazaret.

—¿Por qué tienes que volver a salir y hablarle a esa gente? La última vez casi te matan.

—¿Esa gente, Hadasa? Son tus parientes. Soy un benjaminita.

Ella todavía podía sentir su suave caricia en la mejilla. Él siguió:

—Debemos aprovechar cada oportunidad para decir la verdad y proclamar la paz. Especialmente ahora. Muchos de ellos tienen muy poco tiempo.

Entonces Hadasa se había aferrado a su padre.

—Por favor, no te vayas. Padre, sabes lo que ocurrirá. ¿Qué haremos sin ti? Tú no puedes traer la paz. ¡No hay paz en este lugar!

—No hablo de la paz del mundo, Hadasa, sino de la de Dios. Y lo sabes. —La abrazó—. Calma, hija. No llores así.

Hadasa no quería soltarlo. Sabía que la gente no lo escucharía; no querían escuchar lo que su padre tenía para decirles. Los hombres de Simón lo cortarían en pedazos delante de la gente como ejemplo de lo que les ocurría a quienes hablaban a favor de la paz. Ya les había ocurrido a otros.

—Debo irme. —Con mano firme pero mirándola con amabilidad, le levantó el mentón—. Independientemente de lo que me ocurra, el Señor siempre estará con ustedes.

La había besado y abrazado, y luego la había apartado de sí para poder besar y abrazar a sus otros dos hijos.

—Mateo, te quedarás aquí con tu madre y tus hermanas.

Sujetando a su madre y sacudiéndola, Hadasa había suplicado:

—¡No puedes dejarlo ir! ¡Esta vez no!

—Silencio, Hadasa. ¿A quién sirves al protestar así contra tu padre?

La reprimenda de su madre, aunque había sido pronunciada con suavidad, la había golpeado con fuerza. Anteriormente le había dicho muchas veces que cuando uno no sirve al Señor, sin darse cuenta sirve al maligno. Luchando contra las lágrimas, Hadasa había obedecido y guardó silencio.

Rebeca había puesto la mano sobre la barba gris de su esposo. Sabía que Hadasa tenía razón; su esposo tal vez no volvería. Probablemente no. Pero quizás, si era la voluntad de Dios, algún alma podría salvarse gracias a su sacrificio. Una podría ser suficiente. Tenía los ojos llenos de lágrimas y no podía, no osaba, hablar. Porque de hacerlo, temía unirse a Hadasa y suplicarle que se quedara a salvo en la pequeña casa. Pero Ananías sabía mejor que ella lo que Dios quería de él. Su esposo había puesto una mano sobre las suyas y ella había intentado no llorar.

—Recuerda al Señor, Rebeca —había dicho él con solemnidad—. Estamos juntos en él.

No había regresado.

Hadasa se inclinó sobre su madre en actitud de protección, temerosa de perderla también.

—¿Madre?

Seguía sin responder. Respiraba superficialmente y tenía un color ceniciento. ¿Por qué tardaba tanto Mateo? Se había ido al amanecer. Seguramente el Señor no se lo llevaría también a él...

En el silencio de la pequeña habitación, el temor de Hadasa creció. Acarició como ausente el cabello de su madre. *Por favor, Dios. ¡Por favor!* No le salían las palabras, por lo menos ninguna que tuviera sentido. ¿Por favor qué? ¿Matarlos ahora de hambre antes de que llegaran los romanos con sus espadas o padecieran la agonía de una cruz? *¡Oh, Dios, Dios!* Suplicó, en forma desarticulada y desesperada, impotente y llena de temor. *¡Ayúdanos!*

¿Por qué habían venido a esta ciudad? Ella odiaba Jerusalén.

Hadasa luchó contra la desesperación que la embargaba. Se había vuelto tan pesada que se sentía como una carga física que la arrastraba hacia un pozo oscuro. Intentó pensar en tiempos mejores, más felices, pero esos pensamientos no llegaban.

Pensó en los meses pasados, cuando habían viajado desde Galilea sin imaginar jamás que quedarían atrapados en la ciudad. La noche antes de entrar a Jerusalén, su padre había instalado un campamento en una ladera a escasa distancia del monte Moriah, donde Abraham casi había sacrificado a Isaac. Les había relatado historias de cuando era un muchacho que vivía justo afuera de la gran ciudad, y había seguido hablando hasta altas horas de la noche sobre las leyes de Moisés, bajo las que había crecido. Les había hablado de los profetas. De *Yeshúa*, el Cristo.

Hadasa se había dormido y soñado con el Señor alimentando a los cinco mil en la ladera de una colina.

Recordó que su padre había despertado a la familia al amanecer. Recordó cómo, a la salida del sol, la luz se reflejó en el mármol y el oro del templo, convirtiendo la estructura en un faro en llamas de intenso esplendor que se podía ver desde muchos kilómetros a la distancia. Hadasa todavía podía sentir el asombro que le había producido la gloriosa vista.

—Oh, padre, es tan bello.

—Sí —había respondido él con solemnidad—, pero con mucha frecuencia, las cosas de gran belleza están llenas de gran corrupción.

A pesar de la persecución y el peligro que les esperaban en Jerusalén, su padre había rebosado de alegría y anticipación mientras entraban por las puertas. Quizás esta vez más de sus parientes escucharían; más le darían su corazón al Señor resucitado.

Pocos creyentes del Camino permanecían en Jerusalén. Muchos habían sido encarcelados, algunos apedreados, aún más desterrados a otros lugares. Lázaro, sus hermanas y María Magdalena habían sido expulsados; el apóstol Juan, un querido amigo de la familia, había abandonado Jerusalén dos años atrás, llevando consigo a la madre del Señor. Pero el padre de Hadasa se había quedado. Una vez por año volvía a Jerusalén con su familia para reunirse con otros creyentes en un aposento alto. Allí compartían el pan y el vino, tal como su Señor Jesús lo había hecho la noche antes de su crucifixión. Este año, Simeón Bar-Adonías había presentado los elementos de la cena de Pascua:

«El cordero, el pan sin levadura y las hierbas amargas de la Pascua tienen tanto significado para nosotros como para nuestros hermanos y hermanas judíos. El Señor cumple cada elemento. Él *es* el Cordero de Dios perfecto que, aunque sin pecado propio, ha cargado sobre sí la amargura de nuestro pecado. Así como a los judíos cautivos en Egipto se les indicó que pintaran con sangre la puerta de su vivienda para que la ira y el juicio de Dios pasaran de largo, de la misma manera Jesús ha derramado su sangre por nosotros para que podamos estar sin culpa delante de Dios en el día del Juicio Final. Somos hijos e hijas de Abraham, porque somos salvos por nuestra fe en el Señor por medio de la gracia...».

Los tres días siguientes habían ayunado y orado y repetido las enseñanzas de Jesús. Al tercer día, cantaron y se regocijaron, partiendo el pan juntos una vez más en celebración de la resurrección de Jesús. Y cada año, en la última hora del encuentro, su padre contaba su propia historia. Este año no había sido diferente. La mayoría ya había escuchado su historia muchas veces, pero siempre había algunos nuevos en la fe. Era a ellos a quienes se dirigía su padre.

Se ponía de pie, un hombre sencillo con cabello y barba gris, y ojos oscuros llenos de luz y serenidad. No había nada especial en él. Incluso al hablar, era un hombre común. Era el toque de la mano de Dios lo que lo hacía diferente de otros.

«Mi padre era un hombre bueno, un benjaminita que amaba a Dios y me enseñó la ley de Moisés —comenzaba tranquilamente, mirando a los ojos de quienes lo rodeaban—. Era un comerciante en las proximidades de Jerusalén, y se casó con mi madre, la hija de un agricultor pobre. No éramos pobres, y no éramos ricos. Por todo lo que teníamos, mi padre le daba gloria y gracias a Dios.

»Cuando llegaba la Pascua, cerrábamos nuestro pequeño negocio y entrábamos a la ciudad. Mi madre se quedaba con amigos y hacía los preparativos para la Pascua. Mi padre y yo pasábamos el día en el templo. Escuchar la Palabra de Dios equivalía a comer carne, y yo soñaba con ser escriba. Pero eso no ocurrió. Cuando cumplí catorce años, mi padre murió, y como yo no tenía hermanos ni hermanas, tuve que hacerme cargo del negocio de mi padre. Los tiempos eran difíciles, y yo era joven e inexperto, pero Dios fue bueno. Él proveyó para nosotros».

Cerró los ojos. «Luego me enfermé de fiebre. Luché contra la muerte. Podía escuchar a mi madre llorando y clamando a Dios. *Señor*, oraba yo, *no me dejes morir. Mi madre me necesita. No tiene a nadie más y quedará sola; nadie proveerá para ella. ¡Por favor no me lleves ahora!* Pero vino la muerte. Me rodeó como una fría oscuridad y me atenazó». El silencio en el aposento era casi tangible mientras sus oyentes esperaban el final.

No importaba cuántas veces Hadasa hubiera escuchado la historia, nunca se cansaba de ella ni olvidaba el poder que tenía. Mientras su padre hablaba, ella podía sentir esa oscura y solitaria fuerza que se había apoderado de él. Ella sintió escalofríos y abrazó sus piernas contra su pecho mientras su padre continuaba.

«Mi madre dijo que unos amigos me llevaban camino a la tumba cuando Jesús pasó por allí. El Señor escuchó el llanto de mi madre y se compadeció de ella. Mi madre no sabía quién era cuando él detuvo la procesión funeraria, pero había muchos con él, sus seguidores, así como enfermos y cojos. Luego ella lo reconoció, porque me tocó y me levanté».

Hadasa quería saltar y gritar de alegría. Algunos de los que la rodeaban lloraban, con el rostro transfigurado de asombro y de gozo. Otros querían tocar a su padre, poner las manos sobre un hombre que había sido sacado de la muerte por Cristo Jesús. Y tenían muchas preguntas. ¿Qué sintió cuando se levantó? ¿Habló con Jesús? ¿Qué le dijo? ¿Qué aspecto tenía?

En el aposento alto, entre los creyentes reunidos, Hadasa se había sentido segura. Había sentido fortaleza. En ese lugar, podía sentir la presencia de Dios y su amor. «*Me tocó y me levanté*». El poder de Dios podía superar cualquier cosa.

Entonces abandonaban el aposento alto y, cuando su padre conducía a la familia a la pequeña casa donde se hospedaban, resurgía el permanente temor de Hadasa. Siempre oraba para que su padre no se detuviera en el camino y comenzara a hablar. Cuando relataba su historia a los creyentes, ellos lloraban y se regocijaban. Pero entre los no creyentes, era objeto de menosprecio. El entusiasmo y la seguridad que Hadasa sentía junto a los que compartían su fe se disolvía cuando observaba a su padre ponerse de pie frente a una multitud y sufrir su maltrato.

«¡Escúchenme, hombres de Judá! —decía, convocando a la gente—. Escuchen las buenas nuevas que tengo para darles».

Al comienzo escuchaban. Era un hombre mayor y sentían curiosidad. Los profetas siempre eran una diversión. Su padre no era elocuente como los líderes religiosos; hablaba en forma simple desde su corazón. Y la gente siempre se reía y se mofaba de él. Algunos le arrojaban frutas y verduras podridas; otros lo llamaban loco. Había quienes se enfurecían con su historia de resurrección, y le gritaban que era un mentiroso y un blasfemo.

Dos años atrás lo habían golpeado tan fuerte que dos amigos tuvieron que cargarlo hasta la pequeña casa alquilada donde siempre se alojaban. Elcana y Benaía habían intentado hacerlo entrar en razón.

—Ananías, no debes volver aquí —había dicho Elcana—. Los sacerdotes saben quién eres y pretenden silenciarte. No son tan necios como para pedir un juicio, pero hay muchos hombres malos que harán la voluntad de otro por un siclo. Sacude el polvo de Jerusalén de tus pies y vete a un lugar donde el mensaje sea escuchado.

—¿Dónde más puede ser eso que aquí donde nuestro Señor murió y resucitó?

—Muchos de los que fueron testigos de su resurrección han huido de la prisión y la muerte a manos de los fariseos —señaló Benaía—. Incluso Lázaro ha abandonado Judea.

—¿Adónde se fue?

—He oído decir que llevó a sus hermanas y a María de Magdala a Galia.

—Yo no puedo abandonar Judea. Pase lo que pase, aquí es donde el Señor me quiere.

Benaía se había quedado en silencio por un largo rato, y luego asintió lentamente:

—Entonces será como el Señor quiere.

Elcana había estado de acuerdo y había colocado su mano sobre las del padre de Hadasa.

—Selomot y Ciro permanecerán aquí. Te ayudarán cuando estés en Jerusalén. Yo me llevaré a mi familia lejos de esta ciudad. Benaía vendrá conmigo. Que el rostro de Dios brille sobre ti, Ananías. Tú y Rebeca estarán en nuestras oraciones. Y también tus hijos.

Hadasa había llorado, frustradas sus esperanzas de abandonar esa ciudad desgraciada. Su fe era débil. Su padre siempre perdonaba a quienes lo atormentaban o lo atacaban, mientras que ella oraba para que pasaran por todos los fuegos del infierno por lo que le hacían a su padre. A menudo oraba para que Dios cambiara su voluntad y enviara a su padre a un lugar lejos de Jerusalén. A un lugar pequeño y pacífico donde la gente lo escuchara.

—Hadasa, sabemos que Dios usa todas las cosas para el bien de quienes lo aman, de los que son llamados conforme a su propósito —decía a menudo su madre, tratando de consolarla.

—¿Qué bien hay en ser golpeado? ¿Qué bien hay en ser escupido? ¿Por qué tiene que sufrir así?

En las pacíficas colinas de Galilea, con el azul que se extendía frente a ella y las lilas del campo a sus espaldas, Hadasa podía creer en el amor de Dios. En casa, allá en esas colinas, su fe era fuerte. Le generaba calor y su corazón cantaba.

En Jerusalén, en cambio, luchaba. Se aferraba a su fe, pero sentía que se le escapaba. La duda era su permanente compañía, y la dominaba el temor.

—Padre, ¿por qué no podemos creer y permanecer en silencio?

—Estamos llamados a ser la luz del mundo.

—Cada año que pasa nos odian más.

—El odio es el enemigo, Hadasa. No la gente.

—Es la gente la que te golpea, padre. ¿No fue el mismo Señor el que dijo que no arrojáramos perlas a los cerdos?

—Hadasa, si tengo que morir por él, lo haré con gozo. Lo que hago es para un buen propósito. La verdad no sale y vuelve vacía. Debes tener fe, Hadasa. Recuerda la promesa. Somos parte del cuerpo de Cristo, y en Cristo tenemos vida eterna. Nada nos puede separar. Ningún poder de la tierra. Ni siquiera la muerte.

Hadasa había apoyado su rostro en el pecho de su padre, con el tosco tejido de su túnica frotándole la piel.

—¿Por qué puedo creer cuando estoy en casa, padre, pero aquí no?

—Porque el enemigo sabe dónde eres más vulnerable. —Había puesto sus manos sobre las de ella—. ¿Recuerdas la historia de Josafat? Los hijos de Moab y Amón y del monte Seir se unieron contra él con un poderoso ejército. El Espíritu del Señor vino sobre Jahaziel y Dios habló por medio de él: "No tengan miedo ni se acobarden cuando vean ese gran ejército, porque la batalla no es de ustedes, sino de Dios". Mientras cantaban y alababan al Señor, el Señor mismo puso emboscadas para sus enemigos. Y por la mañana, cuando los israelitas salieron a los puestos de vigilancia del campo, vieron los cuerpos de los muertos. Ninguno había escapado. Los israelitas ni siquiera habían levantado una mano en la batalla, y la batalla estaba ganada.

Besándole la cabeza, su padre le había dicho: «Mantente firme en el Señor, Hadasa. Mantente firme y permítele pelear tus batallas. No intentes luchar sola».

Hadasa suspiró, tratando de ignorar el ardor en su estómago. Cómo añoraba ahora los consejos de su padre en la silenciosa soledad de su casa. Si creía todo lo que él le había enseñado, debería alegrarse porque él estaba con el Señor. En lugar de eso, ella padecía de un dolor que crecía y se derramaba sobre ella en oleadas, envolviéndola de una ira extraña y confusa.

¿Por qué tuvo su padre que ser tan necio por Cristo? La gente no quería escuchar; no creía. Su testimonio los ofendía. Sus palabras los enloquecían de odio. ¿Por qué, por una vez, no se había quedado dentro de los límites seguros de la pequeña casa? Seguiría vivo, estaría en esa misma habitación, consolándolos y dándoles esperanza en lugar de dejarlos para que se valieran por sí mismos. ¿Por qué no había podido ser sensato una sola vez y esperar que pasara la tormenta?

La puerta se abrió lentamente y el corazón de Hadasa dio un salto, volviéndola bruscamente al nefasto presente. Otras casas calle abajo habían sido asaltadas por ladrones, que habían asesinado a sus ocupantes por una hogaza de pan. Pero era Mateo. Hadasa soltó la respiración, aliviada de verlo.

—Estaba tan preocupada por ti —susurró con sentimiento—. Has estado afuera horas.

Mateo cerró la puerta y se apoyó, exhausto, en la pared más próxima a su hermana.

—¿Qué encontraste? —preguntó Hadasa, esperando que extrajera de la camisa lo que había encontrado. Cualquier alimento que hubiera encontrado debía mantenerse oculto; de lo contrario alguien podría atacarlo para quitárselo.

Mateo la miró desalentado.

—Nada, absolutamente nada. Ni un zapato usado, ni siquiera el cuero del escudo de un soldado muerto. Nada. —Comenzó a llorar y le temblaban los hombros.

—Shhh. Despertarás a Lea y a mamá. —Hadasa apoyó a su madre con suavidad sobre la manta y se acercó a Mateo. Lo rodeó con sus brazos y apoyó la cara sobre su pecho—. Lo intentaste Mateo, yo sé que lo hiciste.

—Tal vez es la voluntad de Dios que muramos.

—Ya no estoy segura de querer conocer la voluntad de Dios —dijo Hadasa sin pensar. En seguida asomaron sus lágrimas—. Mamá dijo que el Señor proveerá —afirmó, pero sus palabras sonaron vacías. Su fe estaba muy débil. No era como su padre o su madre. Incluso Lea, pequeña como era, amaba al Señor con todo su corazón. Y Mateo parecía que aceptaba la muerte con tranquilidad. ¿Por qué siempre era ella la que cuestionaba y dudaba?

Ten fe. Ten fe. Cuando no tienes nada más, ten fe.

Mateo se estremeció, sacándola de sus pensamientos sombríos.

—Están arrojando cuerpos al cauce del Rabadi, detrás del santo templo. Miles, Hadasa.

Hadasa recordó el horror del valle de Hinón. Allí era donde Jerusalén se deshacía de los cuerpos de los animales muertos e impuros y arrojaba el excremento humano. Allí se llevaban y se vertían cestas de pezuñas y entrañas y restos de animales del templo. Las ratas y las aves carroñeras infestaban el lugar, y el viento cálido frecuentemente arrastraba el hedor por toda la ciudad. Su padre lo llamaba Gehena. «No fue lejos de aquí que crucificaron a nuestro Señor», había dicho.

Mateo pasó su mano por su cabello.

—Tuve miedo de acercarme más.

Hadasa cerró los ojos con fuerza, pero la pregunta volvía descarnada y cruda contra su voluntad: ¿Habían arrojado a su padre en ese lugar, profanado y abandonado para descomponerse bajo el sol ardiente? Se mordió el labio e intentó alejar dicho pensamiento.

—Vi a Tito —dijo Mateo con desgano—. Pasó con algunos de sus hombres. Cuando vio los cuerpos comenzó a gritar. No pude oír sus palabras, pero un hombre dijo que se dirigía a Jehová diciéndole que eso no era obra suya.

—Si la ciudad se rindiera ahora, ¿mostraría misericordia?

—Si pudiera contener a sus hombres. Odian a los judíos y quieren verlos destruidos.

—Y a nosotros junto con ellos. —Hadasa se estremeció—. No

reconocerán la diferencia entre los creyentes del Camino y los zelotes, ¿verdad? Sediciosos o judíos piadosos e incluso cristianos, no hará ninguna diferencia. —Se le llenaron los ojos de lágrimas—. ¿Es esta la voluntad de Dios, Mateo?

—Padre dijo que no es la voluntad de Dios que alguien sufra.

—Entonces ¿por qué sufrimos?

—Cargamos con las consecuencias de lo que nos hemos hecho a nosotros mismos, y del pecado que gobierna este mundo. Jesús perdonó al ladrón, pero no lo bajó de la cruz. —Mateo volvió a pasarse la mano por el cabello—. No soy sabio como padre. No tengo respuestas a por qué, pero sé que hay esperanza.

—¿Qué esperanza, Mateo? ¿Qué esperanza hay?

—Dios siempre deja un remanente.

El asedio continuó, y aunque la vida en Jerusalén fue decayendo, el espíritu de resistencia judío no lo hizo. Hadasa permaneció dentro de la pequeña casa, oyendo el horror que pasaba apenas del otro lado de la puerta sin cerrojo. Un hombre corría calle abajo gritando: «¡*Han trepado el muro*!».

Cuando Mateo salió para ver lo que ocurría, Lea se puso histérica. Hadasa se acercó a su hermana y la sujetó con firmeza. Ella misma se sentía próxima a la histeria, pero cuidar a su hermana menor la ayudó a tranquilizarse.

—Todo va a estar bien, Lea. Tranquila —sus palabras sonaron sin sentido a sus propios oídos—. El Señor nos está cuidando —dijo, acariciando suavemente a su hermana.

Una letanía de mentiras piadosas, porque el mundo se estaba derrumbando a su alrededor. Hadasa miró a su madre al otro lado de la habitación y sintió que volvían sus lágrimas. Su madre sonrió débilmente, como tratando de transmitirle tranquilidad, pero Hadasa no sintió consuelo. ¿Qué sería de ellos?

Cuando Mateo regresó, les relató sobre la batalla que arreciaba entre los muros. Los judíos se habían recuperado y estaban haciendo retroceder a los romanos.

No obstante, esa noche, bajo el manto de las tinieblas, diez legionarios se escabulleron entre las ruinas de la ciudad y tomaron posesión de la torre Antonia. La batalla había llegado a las puertas mismas del templo. Aunque se habían visto obligados a retroceder otra vez, los romanos contraatacaron derribando parte de los cimientos de la torre y abriendo el atrio de los gentiles. En un intento de distraerlos, los zelotes atacaron a los romanos en el monte de los Olivos. Fracasaron y fueron destruidos. Los prisioneros que tomaron fueron crucificados frente a la muralla a la vista de todos.

Volvió a reinar la quietud. Y luego un nuevo horror más devastador se extendió por la ciudad ante la noticia de que una mujer que moría de hambre se había comido a su propio hijo. La llama del odio a Roma se convirtió en un fuego.

Josefo clamó otra vez al pueblo que Dios estaba usando a los romanos para destruirlos, cumpliendo lo que los profetas Daniel y Jesús habían anunciado. Los judíos reunieron todo el material seco, betún y alquitrán que pudieron conseguir y llenaron los patios del templo. Los romanos ganaron terreno, y los judíos se lo concedieron, atrayendo a los romanos al templo. Una vez que estaban adentro, los judíos le prendieron fuego a su lugar santo, quemando hasta la muerte a muchos legionarios.

Tito recuperó el control de sus enfurecidos soldados y ordenó que se apagara el fuego. Pero apenas habían logrado salvar el templo cuando los judíos volvieron a atacar. Esta vez, ni todos los oficiales de Roma pudieron frenar la furia de los legionarios romanos que, movidos por la avaricia por sangre judía, incendiaron una vez más el templo y mataron a todo ser humano en su camino a medida que saqueaban la ciudad ya conquistada.

Los hombres murieron de a cientos cuando las llamas envolvieron la cortina babilonia, bordada con delicados hilos azules, escarlatas y púrpuras. Encima del techo del templo, un falso profeta le gritaba a la gente que trepara y se salvara. Los gritos de agonía de las personas al ser quemadas vivas se escuchaban en toda la ciudad, mezclándose con los terribles sonidos de la batalla en las calles y los callejones. Hombres, mujeres y niños, no hacía ninguna diferencia, todos caían a espada.

Hadasa intentaba sacarlo de su mente, pero el sonido de la muerte estaba en todas partes. Su madre falleció el mismo caluroso día de agosto en que cayó Jerusalén, y durante dos días, Hadasa, Mateo y Lea esperaron, sabiendo que los romanos los encontrarían tarde o temprano y los destruirían como lo estaban haciendo con todos los demás.

Alguien huyó corriendo por la angosta calle de la casa. Otros gritaban al ser atravesados sin misericordia. Hadasa quería salir corriendo, pero ¿adónde podía ir? ¿Y qué sería de su hermano y su hermana? Retrocedió al oscuro fondo de la habitación y rodeó a Lea con sus brazos.

Más voces de hombres. Más fuertes. Más cercanas. No lejos se oyó una puerta que se abría de golpe. Las personas en el interior gritaron. Una por una, fueron acalladas.

Débil y demacrado, Mateo luchó por sostenerse de pie frente a la puerta, orando en silencio. El corazón de Hadasa latió con fuerza, su estómago vacío se contrajo en un nudo doloroso. Oyó voces masculinas en la calle. Eran palabras en griego, en tono despectivo. Un hombre dio órdenes de inspeccionar las casas siguientes. Otra puerta se abrió de golpe. Más gritos.

El sonido de botas con remaches llegó hasta su puerta. El corazón de Hadasa saltó enloquecido.

—Oh, Dios...

—Cierra los ojos Hadasa —dijo Mateo, sonando extrañamente tranquilo—. Recuerda al Señor —dijo, mientras la puerta se abría de golpe. Mateo emitió un aullido estridente y quebrantado y cayó de rodillas. De la espalda le salía la punta de una espada ensangrentada, manchando de rojo la túnica gris. El alarido de Lea llenó la pequeña habitación.

El soldado romano pateó a Mateo a un lado, liberando su espada.

Hadasa no podía emitir sonido alguno. Mirando al hombre, su armadura cubierta de polvo y la sangre de su hermano, Hadasa no se pudo mover. Los ojos del soldado brillaron a través del visor. Cuando se adelantó, levantando su espada ensangrentada, Hadasa se movió con rapidez y sin pensarlo. Empujó a Lea al piso y se arrojó sobre ella. *Oh Dios, haz que sea rápido*, oró. *Que sea instantáneo*. Lea quedó en silencio. El único sonido era el de la áspera respiración del soldado, combinado con los gritos de la calle.

Tercio sujetó con más firmeza su espada y miró hacia abajo a la macilenta niña que cubría a una niña aún más pequeña. ¡Tenía que matarlas a ambas y terminar el asunto! Esos malditos judíos eran una plaga para Roma. ¡Se comían a sus propios hijos! Destruyendo a las mujeres se terminaría el nacimiento de guerreros. Esa nación merecía ser aniquilada. Debía sencillamente matarlas y terminar con todo aquello.

¿Qué lo detuvo?

La niña mayor lo miró, con los oscuros ojos llenos de temor. Era muy pequeña y delgada, salvo por esos ojos, demasiado grandes para su cara cenicienta. Algo en ella debilitó la fuerza destructora de su brazo. Su respiración se suavizó y los latidos de su corazón se redujeron.

Tercio intentó recordar a los amigos que había perdido. Diocles había muerto de una pedrada mientras construía la maquinaria de asedio. Malcenas había sido abatido por seis combatientes cuando abrieron el primer muro. Capaneo había sido quemado vivo cuando los judíos le prendieron fuego a su propio templo. Albión todavía tenía heridas del dardo de un judío.

Y aun así, se enfrió el hervor en su sangre.

Temblando, Tercio bajó su espada. Todavía atento a cualquier movimiento de la niña, echó una mirada a la pequeña habitación. Sus ojos se aclararon de la neblina rojiza que los empañaba. Era un niño varón al que había matado. Yacía en un charco de sangre junto a una mujer. Ella se veía en paz, como si solo estuviera dormida, con el cabello cuidadosamente peinado, y los brazos cruzados sobre su pecho. A diferencia de quienes habían elegido botar a sus muertos en el cauce, estos niños habían dispuesto el cuerpo de su madre con dignidad.

Había oído la historia de una madre que se comió a su propio hijo y eso había alimentado su odio hacia los judíos, adquirido durante los diez años pasados en Judea. No quería otra cosa que borrarlos de la faz de la tierra. No habían sido otra cosa que un problema para Roma desde el comienzo: rebeldes y orgullosos, reacios a inclinarse a ninguna otra cosa que a su propio dios *verdadero*.

Un dios verdadero. La dura boca de Tercio se torció en una mueca. Necios, todos ellos. Creer en un solo dios no solamente era ridículo, era poco civilizado. Y a pesar de todas sus afirmaciones sagradas y obstinada persistencia, eran una raza bárbara. Bastaba ver lo que habían hecho con su propio templo.

¿A cuántos judíos había matado en los últimos cinco meses? No se había molestado en contarlos mientras iba de casa en casa, movido por la sed de sangre, cazándolos como animales. Por los dioses, lo había disfrutado, sumando cada muerte como un pequeño pago simbólico por los amigos que ellos le habían robado.

¿Por qué dudaba ahora? ¿Era compasión por una hedionda mocosa judía? Sería más piadoso matarla y terminar con su miseria. Estaba tan delgada por el hambre que la podría derrumbar con un soplo. Se le aproximó un paso más. Podía matar a ambas niñas con un solo movimiento... intentó armarse de voluntad para hacerlo.

La niña esperaba. Estaba claro que sentía terror, pero no suplicaba piedad como lo habían hecho otros. Tanto ella como la niña que cubría estaban en silencio y quietas, observando.

El corazón de Tercio se retorció y se sintió débil. Tomó aire con dificultad y lo exhaló bruscamente. Pronunciando una maldición, guardó su espada en la vaina que tenía al costado.

—Vivirán, pero no me lo agradecerán.

Hadasa sabía griego. Era una lengua común entre los legionarios romanos y por eso se oía en toda Judea. Comenzó a llorar. El soldado la agarró del brazo y la puso en pie de un tirón.

Tercio miró a la pequeña que yacía en el suelo. Tenía los ojos abiertos y fijos en algún punto lejano al que su mente había huido.

No era la primera vez que había observado esa mirada. No duraría mucho.

—Lea —dijo Hadasa, asustada por la mirada vacía en sus ojos. Se inclinó y la rodeó con sus brazos—. Hermana mía —dijo, intentando levantarla.

Tercio sabía que la niña estaba casi muerta y tendría más sentido dejarla allí. Sin embargo, la manera en que la niña mayor intentó tomarla en sus brazos y levantarla, despertó su compasión. Incluso el peso insignificante de la pequeña era demasiado para ella.

Haciéndola a un lado, Tercio levantó a la chiquita con toda facilidad y la depositó suavemente sobre su hombro como a un saco de cereales. Tomando a la otra niña del brazo, la empujó por la puerta.

La calle estaba en silencio; los demás soldados habían seguido adelante. Se oían gritos lejanos. Caminó rápidamente, consciente de que la niña se esforzaba por seguir su paso.

El aire de la ciudad estaba hediondo de muerte. Había cuerpos por todas partes, algunos asesinados por soldados romanos que saqueaban la ciudad conquistada, otros muertos de hambre, ahora hinchados y en estado de descomposición por llevar días abandonados a la putrefacción. La mirada de horror en el rostro de la niña hizo que Tercio se preguntara cuánto tiempo había pasado recluida en esa casa.

—Tu gran ciudad santa —dijo él, y escupió en el polvo.

El dolor recorrió el brazo de Hadasa cuando los dedos del legionario se hundieron en su carne. Tropezó con la pierna de un hombre muerto. Su rostro estaba lleno de gusanos. Había muertos por todas partes. Sintió que se desvanecía.

Cuanto más avanzaban, más espantosa era la carnicería. Cuerpos en descomposición yacían enredados como animales sacrificados. El hedor de la sangre y la muerte era tan denso que Hadasa se cubrió la boca.

—¿Dónde llevamos a los cautivos? —le gritó Tercio a un soldado que estaba separando muertos. Dos soldados levantaban a un camarada romano de entre dos judíos. Otros legionarios aparecieron con botín del templo. Había carretas que ya estaban cargadas con cuencos y fuentes, despabiladeras, tazones, y candelabros relucientes de oro y plata. Habían apilado palas y calderos de bronce, así como palanganas, incensarios y otros artículos utilizados en el servicio del templo.

El soldado miró a Tercio, echando un vistazo a Hadasa y Lea.

—Por esa calle y pasando el portón grande, pero esas dos no parecen valer la pena.

Hadasa levantó la vista hacia el una vez prístino mármol del templo, el mármol que se veía como una montaña cubierta de nieve en la distancia. Estaba ennegrecido; las piedras del asedio le habían arrancado partes; el oro se había derretido en el incendio. Había grandes secciones de las paredes destruidas. El santo templo. No era más que otro lugar de muerte y destrucción.

Hadasa se movía lentamente, enferma y aterrorizada por todo lo que veía. El humo le quemaba la garganta y los ojos. Mientras caminaban junto a la pared del templo, oía un sonido creciente y ondulante que venía del interior. Tenía la boca reseca y el corazón le latía más fuerte y más rápido a medida que se acercaban a la puerta del atrio de las mujeres.

Tercio sacudió a la niña.

—Si te desvaneces te mataré donde caigas, y a tu hermana contigo.

Había miles de sobrevivientes en el patio, algunos gimiendo en su desgracia y otros llorando por sus muertos. El soldado la empujó por delante suyo en la puerta, y Hadasa vio la multitud harapienta amontonada en el patio. La mayoría estaban consumidos por el hambre, débiles y sin esperanzas.

Tercio bajó a la niña de su hombro. Hadasa recogió a Lea e intentó sostenerla. Se vino abajo de debilidad y sin fuerzas sostuvo a su hermana sobre sus piernas. El soldado dio media vuelta y se marchó.

Miles daban vueltas a su alrededor, buscando a familiares o amigos. Otros lloraban apiñados en grupos pequeños y algunos, solos, miraban hacia la nada, como hacía Lea. El aire estaba tan caliente que Hadasa apenas podía respirar.

Un levita rasgó su túnica azul y naranja y clamó con intensa emoción: «¡Dios mío, Dios mío, ¿por qué nos has abandonado!». Una mujer a su lado comenzó a gemir miserablemente, con su vestido gris manchado de sangre y desgarrado en el hombro. Un anciano envuelto en un manto a rayas blancas y negras estaba sentado solo contra la pared del patio, moviendo los labios. Hadasa sabía que pertenecía al Sanedrín; su manto simbolizaba la ropa y las tiendas de los primeros patriarcas.

Entre la muchedumbre había nazarenos con su largo cabello trenzado, y zelotes con pantalones y camisas sucias y harapientas sobre los que llevaban túnicas de mangas cortas con flecos azules en cada borde. Aun privados de sus cuchillos y sus arcos se veían amenazantes.

Se desató una pelea. Las mujeres comenzaron a gritar. Una docena de legionarios romanos se abrieron paso entre la multitud y redujeron a los adversarios, así como a varios otros cuya única ofensa era estar en las proximidades. Un oficial romano de pie en lo alto de las escalinatas les gritó a los cautivos que estaban abajo. Señaló a muchos otros hombres de la multitud, que fueron sacados para ser crucificados.

Hadasa logró arrastrar a Lea a un lugar más seguro contra la pared, cerca del levita. Cuando se puso el sol y llegó la oscuridad, Hadasa apretó a Lea contra sí, intentando compartir su calor. Pero en la mañana, Lea había muerto.

El dulce rostro de su pequeña hermana estaba libre de temor y sufrimiento. Tenía los labios curvados en una tierna sonrisa. Hadasa la sostuvo contra su pecho y la meció. El dolor creció y la llenó de una desesperación tan profunda que ni siquiera podía llorar. Cuando se acercó un soldado romano, ni siquiera lo notó hasta que intentó quitarle a Lea. Hadasa la sujetó con más fuerza.

—Está muerta. Dámela.

Hadasa puso el rostro en el cuello de su hermana y gimió. El soldado había visto demasiada muerte como para apiadarse. Golpeó a Hadasa una vez, obligándola a soltarla, y luego la pateó hacia un lado. Mareada, con el cuerpo contraído por el dolor, Hadasa observó impotente cómo el soldado llevaba a Lea a un carro repleto de los cuerpos de los que habían muerto durante la noche. Lo vio arrojar despreocupadamente el frágil cuerpo de su hermana sobre el montón.

Cerrando los ojos, Hadasa se abrazó las piernas y lloró sobre sus rodillas.

Los días pasaron sin diferenciarse el uno del otro. Cientos murieron de inanición; muchos más de desolación y esperanza perdida. Algunos de los cautivos con mejor estado físico eran llevados para cavar fosas comunes.

Corría el rumor de que Tito había dado órdenes de demoler no solamente el templo sino toda la ciudad. Solamente debían quedar en pie las torres Fasael, Hípico y Mariamne para propósitos defensivos, y una porción de la pared occidental. Desde que el rey babilonio Nabucodonosor había destruido el templo de Salomón, no había ocurrido algo así. Jerusalén, su amada Jerusalén, dejaría de existir.

Los romanos traían maíz para los cautivos. Algunos judíos, todavía obstinados contra el gobierno romano, rechazaron sus porciones en un último y fatal acto de rebeldía. Más penosos resultaban los enfermos y débiles a quienes se les negaba comida porque los romanos no deseaban desperdiciar maíz en quienes no tenían posibilidad de sobrevivir a la inminente marcha a Cesarea. Hadasa estaba entre estos últimos, de manera que no recibió ración alguna.

Una mañana, Hadasa fue llevada afuera de las paredes de la ciudad. Observó con horror la escena ante ella. Miles de judíos habían sido crucificados frente a los muros derrumbados de Jerusalén. Aves de rapiña se alimentaban de ellos. El suelo en el lugar del asedio había absorbido tanta sangre que tenía el color y la dureza de un ladrillo, pero el lugar mismo era algo que estaba más allá de todo lo que Hadasa hubiera esperado. Aparte del enorme y horrible bosque de cruces, no había ni un solo árbol, ni un arbusto, ni siquiera una brizna de hierba. Una tierra yerma se extendía frente a ella, y a sus espaldas estaba la gran ciudad siendo reducida a escombros.

«¡Sigan caminando!», gritó un guardia. Su látigo silbó en el aire cerca de ella, y rasgó la espalda de un hombre. Otro hombre por delante de ella gimió profundamente y cayó al suelo. Cuando el guardia extrajo su espada, una mujer intentó detenerlo, pero el soldado la golpeó con el puño, y luego de un rápido golpe, abrió un tajo en la arteria del cuello del hombre caído. Sujetando por el brazo al hombre que se retorcía, lo arrastró hasta el borde del cerco del asedio y lo empujó. El cuerpo rodó lentamente hasta el fondo, donde ocupó un lugar sobre las piedras entre otros cadáveres. Otro cautivo ayudó a la desolada mujer a ponerse en pie y siguieron andando.

Sus captores los instalaron a la vista y al alcance del campamento de Tito.

—Parece que tenemos que padecer el triunfo romano —dijo un hombre con amargura. Las borlas azules de su manto lo identificaban como un zelote.

—Cállate o serás comida de los cuervos así como esos otros pobres necios —le susurró alguien.

Mientras los cautivos observaban, las legiones se formaron y marcharon en rígidas unidades frente a Tito, que resplandecía en su armadura dorada. Había más cautivos que soldados, pero los romanos se movían como una gran bestia de guerra, organizada y disciplinada. Para Hadasa, la cadencia rítmica de miles de hombres que marchaban en perfecta formación era un espectáculo aterrador. Una sola señal u orden podía hacer que cientos se movieran como uno solo. ¿Cómo podía alguien pensar que podría derrotar a tales hombres? Llenaban el horizonte.

Tito dio un discurso, haciendo pausas de tanto en tanto ante los vítores de los soldados. Luego se presentaron las recompensas. Los oficiales se formaron frente a los hombres, con sus armaduras limpias y relucientes bajo el sol. Se leyeron listas de los que habían realizado grandes hazañas en la guerra. El propio Tito colocó coronas de oro sobre sus cabezas y les colgó adornos dorados al cuello.

Algunos recibieron largas lanzas doradas e insignias de plata. A cada uno se le recompensó con el honor de subir de categoría.

Hadasa miró alrededor a sus compañeros y observó su amargo odio; tener que presenciar esa ceremonia echó sal en sus heridas abiertas.

Se distribuyeron pilas del botín entre los soldados. Luego Tito habló otra vez, alabando a sus hombres y deseándoles mucha suerte y felicidad. Jubilosos, los soldados aclamaron a Tito una y otra vez mientras pasaba en medio de ellos.

Finalmente ordenó que comenzara la fiesta. Gran número de bueyes se presentaron ante los dioses romanos, y a la orden de Tito fueron sacrificados. El padre de Hadasa le había dicho que la ley judía requería verter sangre como expiación por el pecado. Ella sabía que había sacerdotes en el santo templo que realizaban diariamente el sacrificio, un constante recordatorio de la necesidad de arrepentimiento. Pero su padre y su madre le habían enseñado desde su nacimiento que Cristo había derramado su propia sangre como expiación por los pecados del mundo, que la ley de Moisés se había cumplido en él, que los sacrificios de animales ya no eran necesarios. De modo que ella nunca había visto el sacrificio de animales. Ahora observó en absoluto horror cómo un buey tras otro era asesinado como una ofrenda de agradecimiento. La vista de tanta sangre derramándose sobre los altares de piedra la hizo sentirse enferma. Sintiendo náuseas, cerró los ojos y apartó la vista.

Los bueyes sacrificados se distribuyeron entre el ejército victorioso para un gran banquete. El aire de la noche trajo el atormentador aroma de la carne asada hasta donde estaban los hambrientos cautivos. Aún si les hubieran ofrecido un poco, los judíos piadosos la habrían rechazado. Mejor polvo y muerte que carne sacrificada a dioses paganos.

Al final, los soldados se acercaron y ordenaron a los cautivos que hicieran fila para recibir sus raciones de maíz, trigo y cebada. Débilmente, Hadasa se puso de pie y se ubicó en la larga fila, segura de que una vez más le negarían la comida. Sus ojos se pusieron borrosos por las lágrimas. *Oh, Dios, Dios, que se haga tu voluntad.* Ahuecó las manos cuando llegó su turno, pero solamente esperaba ser empujada a un lado. En lugar de eso, granos dorados pasaron del cucharón a sus manos.

Casi podía oír la voz de su madre: «*El Señor proveerá*».

Miró a los ojos del joven soldado. Su rostro, curtido por el sol de Judea, era duro, carente de alguna emoción. «Gracias», le dijo ella en griego, con sencilla humildad, sin siquiera pensar en quién era o lo que podría haber hecho. El soldado parpadeó. Alguien la empujó con fuerza y la maldijo en arameo.

Al alejarse, no se percató de que el joven soldado la seguía observando. Él hundió el cucharón otra vez en el barril, vertiendo maíz en las manos del siguiente sin quitarle los ojos de encima.

Hadasa se sentó en la ladera. Estaba separada de los demás, sola consigo misma. Inclinando la cabeza, apretó las manos en torno al maíz. Las emociones la embargaban. «Me preparas un banquete en presencia de mis enemigos —susurró en forma entrecortada y comenzó a llorar—. Oh Padre, perdóname. Cámbiame. Pero suavemente, Señor, a menos que me reduzcas a nada. Tengo miedo. Padre, tengo mucho miedo. Sostenme con la fuerza de tu brazo».

Abrió los ojos y volvió a abrir las manos también. «El Señor provee», dijo suavemente y comió con lentitud, saboreando cada grano.

Cuando el sol se puso, Hadasa se sintió curiosamente en paz. Aun con toda la destrucción y muerte a su alrededor, con todo el sufrimiento por delante, sintió la proximidad de Dios. Miró hacia arriba, al límpido cielo nocturno. Las estrellas brillaban y el viento soplaba suavemente, recordándole a Galilea.

La noche estaba tibia... había comido... viviría. «*Dios siempre deja un remanente*», había dicho Mateo. De todos los miembros de su familia, la fe de ella era la más débil, su espíritu el más dudoso y el menos valiente. De todos ellos, ella era la menos digna.

«¿Por qué yo, Señor? —preguntó, llorando suavemente—. ¿Por qué yo?».

Germania

2

Atretes levantó la mano muy alto, haciéndole una señal a su padre que una legión romana se acercaba al claro. Los guerreros germanos esperaban escondidos en el bosque. Cada uno llevaba una *frámea*: una lanza muy temida por los romanos, porque su fuerte asta tenía un hierro en la punta, estrecho y corto pero muy agudo, que podía perforar la armadura. Se podía lanzar con precisión desde una gran distancia o utilizar en el combate cuerpo a cuerpo.

Viendo que el momento era propicio, Atretes bajó la mano. De inmediato su padre inició el grito de guerra, que creció y se dispersó a lo largo del horizonte a medida que toda la compañía cantaba contra sus escudos a Tiwaz, su dios de la guerra. Marcobus, líder de los brúcteros, unificador de todas las tribus germánicas, se les unió, junto con el resto de las tribus de los brúcteros y los bátavos, en total unos cien hombres. El sonido espeluznante y caótico resonó en todo el valle como el rugido de los demonios del Hades. Sonriendo, Atretes vio a los legionarios perder el ritmo, y fue en ese instante que los hombres de las tribus descendieron las laderas para el ataque.

Sorprendidos y confundidos por los gritos bárbaros, los romanos no podían oír a sus comandantes que les ordenaban realizar la formación tortuga. Los comandantes sabían que esa maniobra militar —en la que los hombres se ubicaban muy juntos con sus escudos hacia afuera por los lados y sobre sus cabezas, armando una coraza impenetrable similar al caparazón de una tortuga— era su única defensa real contra los bárbaros. No obstante, al ver a la horda de guerreros feroces, prácticamente desnudos y armados con sus lanzas que atacaban sus flancos, la legión rompió filas apenas el tiempo suficiente para darles a los guerreros de las tribus una ventaja muy necesaria. Las frámeas volaron. Los legionarios cayeron.

El padre de Atretes, Hermun, encabezaba la formación en cuña que inició la carga. Con su reluciente yelmo de cacique, condujo al clan desde su escondite en el denso bosque de píceas, mientras los guerreros catos corrían ladera abajo. Con su cabello largo y suelto, la mayoría de los hombres de las tribus no usaban otra prenda que un *sago*, una capa corta protectora sujetada en el hombro con un sencillo broche de bronce, y estaban armados sencillamente con un escudo de hierro y cuero, y una frámea. Solo los caciques más ricos llevaban espada y usaban casco.

Lanzando su grito de guerra, Atretes arrojó su frámea mientras corría. La punta de la larga lanza atravesó la garganta de un tribuno romano y arrojó al suelo la insignia. Otro romano la recogió, pero Atretes lo alcanzó y le rompió la espalda con el golpe de sus puños cerrados. Arrancando la lanza del hombre muerto, atravesó a otro soldado.

Las mujeres y los niños de la tribu corrieron ladera abajo y se sentaron, gritando y vitoreando a sus guerreros. La batalla no duraría mucho, porque el elemento sorpresa era solo una ventaja momentánea. No bien los romanos se percataran de la situación, los guerreros germanos emprenderían la retirada. Sabían que tenían pocas oportunidades en una batalla prolongada contra las fuerzas altamente entrenadas de Roma. Durante los últimos meses, los hombres de las tribus habían utilizado la táctica que mejor les funcionaba: hostigar los flancos del ejército, atacar rápidamente y retirarse tan pronto como la batalla comenzaba a dar un giro.

La lanza de Atretes se rompió cuando la embistió a través de la coraza de un centurión. Maldijo con el nombre de Tiwaz y golpeó con su escudo la cabeza de un atacante mientras arrebataba la *gladius*, o espada corta, de un centurión muerto; apenas consiguió bloquear los golpes de otros dos romanos. No estaba acostumbrado a luchar con una espada corta y sabía que debía retirarse antes de que lo derrotaran.

El pánico inicial de los romanos ya había desaparecido. Los oficiales montados estaban en medio del tumulto, esgrimiendo sus espadas y gritando órdenes. Las filas se estaban cerrando nuevamente, y el entrenamiento y la disciplina romana estaban haciendo efecto sobre sus atacantes.

Atretes vio caer a su hermano Varus. Blandiendo velozmente la espada, amputó el brazo de un romano. Cuando intentó alcanzar a su hermano, otro centurión se lanzó sobre él y estuvo en apuros para salvar su vida frente a la habilidad del hombre con su gladius. Atretes bloqueó una estocada tras otra. Finalmente, utilizando su fuerza bruta, embistió al centurión con todo el peso de su robusto cuerpo y lo empujó contra otros tres.

«¡A tu espalda, Atretes!», gritó su padre.

Atretes se agachó con rapidez y giró. Luego bajó y subió la espada velozmente, rompiendo huesos mientras cortaba hacia arriba desde la ingle hasta el abdomen de su atacante. El hombre gritó y cayó antes de que Atretes pudiera retirar la espada.

El centurión al que Atretes había tumbado se había puesto de pie y venía nuevamente hacia él. Sin espada, Atretes rodó y agarró la pierna de su atacante, derribándolo. Saltando sobre él, le agarró la cabeza y dio un fuerte tirón, quebrándole el cuello. Tomó la gladius de una mano inerte, saltó sobre sus pies y embistió contra un romano que estaba retirando una espada del cuerpo de un hombre del clan. Atretes le dio en la parte expuesta del cuello, y brotó un chorro de sangre que le salpicó la cara. Dejando caer la espada, arrancó una frámea del cuerpo de un soldado muerto mientras corría.

No alcanzaba a ver el yelmo dorado de su padre, y las fuerzas germanas se iban reduciendo a medida que los soldados romanos se reagrupaban y mostraban la destrucción organizada por la que eran famosos. Marcobus, con su brazo izquierdo colgando inservible a un lado, les gritó a sus hombres que se retiraran. Contrario al pensamiento romano, las tribus no veían nada deshonroso en ceder terreno cuando la batalla se volvía en su contra. Los bátavos siguieron el ejemplo y se retiraron, dejando atrás al clan de Atretes, ahora vulnerable. Atretes sabía que la prudencia exigía que los catos se replegaran a los bosques con los otros, pero tenía la sangre caliente, el puño todavía firme. Atacó a otros dos romanos, lanzando su grito de guerra.

Su tío cayó con un dardo romano atravesándole el pecho. Su primo Rolf intentó alcanzarlo y fue abatido por un centurión. Rugiendo de furia, Atretes golpeó a derecha e izquierda, hundiendo el costado del casco de un legionario y atravesando el brazo de otro. Demasiados hombres de su clan estaban cayendo, y finalmente ganó la prudencia. Atretes gritó a los restantes miembros de su clan que se replegaran a los bosques. Desaparecieron entre los árboles, dejando a los romanos frustrados y mal preparados para seguirlos.

A casi un kilómetro montaña arriba, Atretes encontró a su hermana Marta, de rodillas, limpiando la herida del hombro de su esposo. Su hermano estaba inconsciente a su lado; la herida de su pierna estaba fuertemente vendada y había dejado de sangrar.

El sudor le corría por la cara pálida, y Usipi hizo una mueca bajo la asistencia rápida y segura de Marta.

«Tu padre», dijo. Levantó la mano ligeramente y señaló.

Atretes corrió por el bosque hacia el occidente y encontró a su madre sosteniendo a su padre. Un costado de su yelmo de cacique estaba hundido, y el bronce dorado estaba ensangrentado. Atretes dejó escapar un grito salvaje y cayó de rodillas.

Con el rostro pálido y contraído, su madre trabajaba enérgicamente con una herida abierta en el abdomen desnudo de su padre. Ella lloraba mientras empujaba las entrañas hacia el interior e intentaba cerrar la herida. «Hermun —suplicó— Hermun, Hermun...».

Atretes tomó las manos ensangrentadas de su madre, deteniendo sus esfuerzos frenéticos.

—Déjalo —dijo.

—¡No!

—¡Madre! —La sacudió con fuerza—. Está muerto. Ya no puedes hacer nada más.

Ella se tranquilizó y la rígida resistencia se relajó. Atretes la soltó y sus manos ensangrentadas cayeron sin fuerza contra sus muslos. Atretes cerró los ojos fijos de su padre y le puso las manos sobre el pecho inmóvil. Su madre se quedó sentada muy quieta por un largo momento, y luego, con un sollozo, se inclinó y puso la cabeza ensangrentada de su esposo sobre su regazo. Usando el borde de su capa corta le limpió la cara como si fuera un niño.

—Lo llevaré junto a los otros —dijo Atretes. Su madre alzó los hombros de Hermun y Atretes lo levantó del suelo. Las lágrimas mojaron su rostro duro cuando tropezó por el peso del cuerpo de su padre y cayó sobre una rodilla. Luchando contra el agotamiento, apretó los dientes y se incorporó, avanzando con empeño paso a paso.

Cuando alcanzaron a su hermana y a Usipi, depositó cuidadosamente a su padre junto a los cuerpos de Dulga y Rolf, a quienes las otras mujeres de su familia habían logrado recoger. Respirando con dificultad y sintiendo que la debilidad le subía por la columna, Atretes tomó el talismán tallado que su padre usaba alrededor del cuello y apretó la imagen de madera en la palma de su mano. Había sido tallada de un roble de la arboleda sagrada y había protegido a Hermun en muchas batallas. Atretes intentó sacar fuerzas del talismán, pero sintió una profunda desesperación.

La batalla estaba perdida, y su padre muerto. El liderazgo recaería sobre él si era lo suficientemente fuerte para sostenerlo. Pero ¿lo quería?

Las profecías de Veleda, la vidente brúctera que se mantenía escondida en su torre donde ningún hombre podía verla, estaban demostrando ser falsas. Aunque Julio Civilis y sus rebeldes habían destruido las legiones de la frontera, ahora la rebelión estaba fallando. Después de un año, la libertad ya no estaba al alcance de sus manos.

Vespasiano había llegado al poder después de un período de doce meses en el que cayeron tres emperadores. Ahora, bajo el mando de Domiciano, el hijo menor del emperador, se habían enviado ocho legiones más contra Julio Civilis. Veleda había profetizado que la juventud de Domiciano sería su derrota, pero el joven había llegado a la frontera a la cabeza de sus legiones, en lugar de ocultarse detrás de ellas. Se decía que había entrenado como gladiador, y parecía determinado a demostrar que era un comandante tan capaz como su padre, Vespasiano, y su hermano, Tito. Y el joven gusano estaba triunfando.

Derrotando a las fuerzas rebeldes, Domiciano los tomó cautivos. Ordenó que los hombres de Julio Civilis fueran diezmados. A los prisioneros los ponían en una fila y uno de cada diez era crucificado. A Julio Civilis lo llevaron encadenado a Roma, y la unión de las tribus que lo habían apoyado se estaba fragmentando. Las diferentes facciones se estaban separando. Muchos de los bátavos habían sido tomados cautivos. Y uno de cada tres hombres del clan de Atretes había muerto.

Atretes sintió que su ira iba en aumento mientras miraba a su padre. Apenas una semana atrás, el líder cato había arrojado sobre un lienzo blanco pedazos de una rama y corteza de uno de los robles sagrados. No había conseguido leer un mensaje claro en ellos, pero el sacerdote había dicho que los relinchos y resoplidos del caballo blanco aseguraban la victoria.

¡Victoria! ¿Dónde estaba la victoria? ¿Acaso los dioses mismos se habían vuelto en su contra? ¿O era que los dioses romanos estaban demostrando ser más poderosos que el gran Tiwaz?

Mientras transportaban a sus muertos a la aldea, comenzaron a reunirse otros hombres del clan, informando que los romanos se habían marchado hacia el norte.

Atretes cortó madera para hacer un túmulo para su padre, mientras su madre lo vestía con sus mejores pieles y preparaba el banquete para el funeral. Colocó lo mejor de sus cuencos, tazones y platos junto a su esposo y llenó los cuencos con crema de avena y los tazones con fuerte aguamiel. Sobre los platos puso piezas asadas de cordero y cerdo. Cuando terminó, Atretes encendió el túmulo. Otras fogatas ardían luminosas en la oscuridad.

—Ha terminado —dijo su madre, mientras le corrían las lágrimas por las mejillas. Puso una mano suavemente sobre el brazo de Atretes—. Reunirás a los hombres en la arboleda sagrada mañana en la noche.

Sabía que su madre daba por sentado que él sería el nuevo cacique.

—Dependerá de los sacerdotes.

—Ya te han elegido, lo mismo que los hombres. ¿Quién está mejor calificado? ¿Acaso no fue tu orden la que siguieron sin cuestionar cuando la batalla dio un giro? Y los catos fueron los últimos en abandonar el campo de batalla.

—Solo porque padre había caído, no por mi gran valor.

—Serás cacique, Atretes. Hermun sabía que llegaría este día.

Por eso te entrenó como lo hizo, impulsándote más que a sus demás hijos. Las señales en tu nacimiento nos indicaron que serías un gran líder.

—Las señales se han equivocado en otras ocasiones.

—No en esto. Algunos asuntos no se prestan a elección. No se puede luchar contra el destino. ¿Recuerdas la noche en que tu padre te llevó ante el concilio y te presentó con tu escudo y tu frámea?

—Sí —dijo, conteniendo el dolor mientras miraba las llamas, que dejaban a la vista el cuerpo de su padre al derrumbarse las paredes. Cerró el puño. Lo último que quería era la esclavitud del liderazgo.

—Esa noche te convertiste en hombre, Atretes. Y desde entonces has madurado como hombre. Mataste a tu primer enemigo a los catorce. —Ella sonrió, sus ojos azules brillaban por las lágrimas—. Apenas tenías bigote para afeitar sobre tu enemigo muerto, pero te restregaste la piel de tu cara para seguir nuestra tradición.

La mano sobre su brazo se tensó.

—Tenías quince cuando tomaste a Ania por novia, dieciséis cuando la perdiste junto con tu hijo durante el parto. Dos años después triunfaste sobre los invasores brúcteros y se te dio el honor de quitar el anillo de hierro de tu dedo. Tu padre dijo que luchaste mejor que cualquier guerrero que hubiera visto. Estaba orgulloso de ti. —Le apretó el brazo—. ¡Me siento orgullosa de ti!

Ella se quedó en silencio; las lágrimas le corrían por la cara mientras volvía a mirar las llamas.

—Tuvimos paz por dos años.

—Y luego vino Julio Civilis y nos habló de la rebelión en Roma.

—Sí —dijo ella, mirándolo nuevamente—, y la posibilidad de ser libres.

—Vespasiano ha asumido el control, madre.

—Vespasiano es un hombre. Nosotros tenemos a Tiwaz de nuestra parte. ¿No has oído las profecías de Veleda? La libertad no nos llegará como un regalo, Atretes. Tenemos que luchar por ella.

Atretes se pasó la mano por el cabello rubio y miró las estrellas. Si al menos tuviera el conocimiento de un sacerdote y pudiera leer la respuesta allá en el cielo. ¡Quería luchar! Lo quería tanto que sus músculos se tensaron y se endurecieron, y el corazón comenzó a latirle aceleradamente. Se sentía más vivo en la batalla, cuando luchaba por la victoria y por su propia vida. Como cacique, tendría otras cosas en qué pensar, y otros a quienes debía considerar.

—Cuando eras un niño, soñabas con abandonar la tribu y ser parte del grupo de Marcobus —dijo su madre con suavidad.

Atretes la miró sorprendido ¿Acaso sabía ella todo lo que pasaba por su mente?

Ella le tocó tiernamente el rostro.

—Nunca hablaste de eso por lealtad a tu padre, pero él lo sabía tan bien como yo. Atretes, tú tienes otro destino. Leí las señales en tu nacimiento. Llevarás a tu gente a la libertad.

—O a la muerte —dijo él en tono grave.

—Morirán muchos —dijo ella con solemnidad—, entre ellos yo misma.

—Madre —dijo él, pero ella le apretó el brazo, silenciándolo.

—Así será. Lo he visto —sus ojos azules se volvieron vagos e inquietantes—. Tu nombre se hará conocido en Roma. Lucharás como ningún otro hombre de la tribu cata lo ha hecho y vencerás a todos tus enemigos —su voz sonó extraña y distante—. Se avecina una tormenta que barrerá todo el imperio y lo destruirá. Vendrá del norte y del oriente y del occidente, y serás parte de la misma. Y hay una mujer, una mujer de ojos y cabello oscuro, de costumbres extrañas, a quien amarás —se quedó en silencio, parpadeando como si saliera de un profundo sueño.

El corazón de Atretes latía apresurado. Había visto a su madre así muy pocas veces antes, y en cada ocasión, había sentido frío en la boca del estómago. Si ella hubiera sido otra persona, Atretes habría descartado sus palabras como las de una madre que sueña con la grandeza para su hijo. Pero no podía hacerlo, porque su madre era una vidente y adivinadora respetada, venerada por algunos como a una diosa.

La expresión de su madre se aclaró. Dejó escapar un suspiro y sonrió sombríamente.

—Debes descansar, Atretes —dijo—. Tienes que prepararte para lo que viene. —Fijó la vista en las brasas ardientes del túmulo—. El fuego casi se extingue. Déjame sola con Hermun —dijo ella con suavidad, el rostro dorado por la luz trémula.

Pasaron horas antes de que Atretes pudiera dormir. Cuando se levantó de su tarima al amanecer y salió del hogar comunitario, vio a su madre recogiendo los huesos de su padre de las cenizas y colocándolos en una vasija de arcilla para el entierro.

Otros cuatro hombres habían muerto por heridas de guerra antes de que el sol llegara a su cenit, y se estaban construyendo nuevos túmulos.

Luego le llegó a Atretes la noticia de que habían atrapado a un desertor. Atretes sabía que los hombres esperaban que dirigiera el concilio. Sabía lo que había que hacer, pero juzgar a un hombre, incluso a uno como Wagast, le parecía muy incómodo.

Los hombres se reunieron en la arboleda de robles, el alto

concilio se sentó cerca del árbol sagrado. El aire de la noche estaba fresco y húmedo; el sonido de las ranas y los búhos se repetía de forma inquietante alrededor de los hombres reunidos. Atretes asumió una posición humilde, con alguna esperanza de que el liderazgo cayera sobre Rud o Holt en vez de sobre él. Eran hombres capaces y mayores que él.

Gundrid, el sacerdote, tomó las imágenes del hueco del tronco del roble sagrado y las ubicó sobre las ramas más bajas. Murmurando encantamientos y rezos, desenvolvió y sostuvo en alto los cuernos dorados, que estaban adornados con símbolos tallados.

Cuando el sacerdote bajó el elemento santo, Atretes se quedó inmóvil. Los ojos celestes del sacerdote fueron pasando de un hombre a otro y se detuvieron en él. El corazón de Atretes comenzó a latir con fuerza. El sacerdote se le acercó y Atretes sintió que el sudor le brotaba de la piel. Solamente los sacerdotes y el cacique tenían permitido tocar las imágenes sagradas y los grandes cuernos. Cuando el sacerdote se los ofreció, Atretes vio que en uno de los cuernos había figuras de un hombre de tres cabezas con un hacha, y de una serpiente alimentando a su cría. En el otro cuerno había un hombre con cuernos sosteniendo una hoz y conduciendo una cabra. Atretes sabía que si tocaba los cuernos sagrados se estaría declarando a sí mismo como el nuevo cacique. Los hombres ya estaban vitoreando y levantando sus lanzas en confirmación.

Controlando sus nervios, Atretes depositó su frámea a su lado en el suelo y extendió las manos, agradecido de que no le estuvieran temblando. Cuando el sacerdote le entregó el ídolo sagrado a su cuidado, Atretes se levantó, sosteniendo muy alto los grandes cuernos. Los hombres vitorearon más fuerte y agitaron sus lanzas en aclamación. Atretes clamó a Tiwaz, su voz profunda rebosando por el bosque.

El sacerdote encendió las lámparas de incienso mientras Atretes llevaba los cuernos al altar. Cuando colocó allí los cuernos, se arrodilló para recibir la bendición del sacerdote. Gundrid suplicó a Tiwaz que guiara al nuevo gran cacique, que le diera sabiduría y fuerza a su brazo luchador. Atretes sintió que el rostro y el cuerpo se le encendían cuando el sacerdote rezó pidiendo una esposa para él y que su unión fuera fructífera.

Cuando Gundrid terminó, Atretes se puso de pie y tomó el puñal que se le ofrecía. Con un golpe rápido, se abrió una vena en la muñeca. En medio del silencio, extendió el brazo y derramó su propia sangre sobre los cuernos sagrados como una ofrenda.

Gundrid le dio un lienzo blanco para frenar la sangre. Atretes lo envolvió con fuerza, y luego desató la delgada tira de cuero que sostenía una pequeña bolsa debajo de su cintura. Su madre se lo había preparado como una ofrenda a los dioses. Mientras el sacerdote vertía el contenido en la lámpara de incienso, una pequeña llama siseó y explotó en brillantes rojos y azules, provocando un grito ahogado de los hombres.

Gundrid se estremeció y gimió mientras el aire se llenaba de una fragancia dulce y embriagadora. Alzó las manos al cielo, adorando en éxtasis, en un lenguaje irreconocible salvo para Tiwaz y los dioses del bosque. Los demás sacerdotes pusieron las manos sobre Atretes, conduciéndolo nuevamente al altar. Atretes se inclinó y besó los cuernos mientras ellos se cortaban con cuchillos sagrados y vertían su sangre sobre él a modo de bendición.

El corazón le latía cada vez más de prisa; la respiración se le aceleró. El dulce aroma del incienso lo mareó y le produjo visiones de bestias aladas y cuerpos de bronce retorcidos, trabados en combate mortal entre las llamas sagradas. Echó la cabeza hacia atrás clamando con violencia. La excitación creció en su interior hasta que sintió que iba a explotar. Su voz profunda sonó una y otra vez en la oscuridad del bosque.

Gundrid se le acercó, y cuando posó las manos sobre Atretes, eran como fuego. Atretes inclinó la cabeza y permitió que le dibujara la marca en su frente. «Bebe», dijo Gundrid, y colocó una copa de plata sobre sus labios. Atretes la vació; su corazón disminuyó su atronador latido mientras probaba la mezcla de fuerte aguamiel y sangre.

Estaba hecho. Era el nuevo cacique del clan.

Levantándose, tomó el lugar de honor y enfrentó con seriedad su primera tarea: ejecutar a uno de sus amigos más antiguos.

Wagast fue arrastrado ante al concilio y arrojado frente a Atretes. El rostro del joven sudaba copiosamente, y su boca se torcía con nerviosismo. Mientras Atretes lo miraba, recordó que Wagast había recibido su escudo y su frámea un mes antes que él.

—¡No soy un cobarde! —gritó Wagast con desesperación—. ¡La batalla estaba perdida! Atretes, vi caer a tu padre. Los bátavos estaban corriendo hacia el bosque.

—Dejó caer su escudo —afirmó Rud. Su rostro duro y afeitado se veía bronceado e intransigente a la luz del fuego. No había crimen más bajo del que pudiera acusarse a un hombre, sin importar su juventud o inexperiencia.

—¡Me fue arrancado de un golpe! —clamó Wagast—. ¡Lo juro!

—¿Intentaste recuperarlo? —preguntó Atretes.

Wagast miró a otro lado.

—No pude alcanzarlo —dijo.

Los hombres murmuraron su rechazo a la afirmación de Wagast. Rud lo miró con disgusto, con sus fieros ojos azules.

—Yo mismo te vi huir del campo como un perro asustado —clamó a Atretes y al concilio—. El castigo por cobardía ya está establecido. No hay sobreseimiento. ¡Nuestra ley exige su muerte!

Los hombres blandieron sus espadas, aunque no con gran celo. A ninguno de ellos le agradaba ejecutar a uno del clan. Cuando Atretes levantó su propia espada, el juicio quedó sentado. Wagast intentó escapar, rodando y pateando a los hombres que trataban de sujetarlo. Pidiendo misericordia a gritos, fue arrastrado hasta el borde de una ciénaga. Hundió sus talones en la tierra blanda, luchando violentamente, sollozando e implorando. Asqueado, Atretes lo derribó con su puño. Luego, levantándolo en alto, él mismo lo arrojó en la ciénaga. Dos ancianos le colocaron una valla encima y la sujetaron con largas varas, dejándolo atrapado en el pantano.

Cuanto más luchaba Wagast, más rápido se hundía. Cuando su cabeza quedó bajo el lodo, arañó el aire buscando donde sujetarse. Uno de los ancianos retiró su vara y la puso a un lado. Los otros hicieron lo mismo. Los dedos lodosos de Wagast se aferraban a la valla. Finalmente, perdiendo fuerza, sus dedos se deslizaron mientras algunas últimas burbujas asomaban a la superficie.

Los hombres observaron en silencio. No había ninguna victoria en tal muerte. Mejor morir bajo una espada romana que perderse en la vergüenza y el fétido olvido de la ciénaga.

Atretes se volteó hacia el hombre de cabello gris que estaba sentado solo a un costado. Puso su mano sobre el hombro de Herigast y lo sujetó con firmeza. «Fuiste el amigo de mi padre. Todos sabemos que eres un hombre de honor y no te culpamos por la cobardía de tu hijo». El duro rostro se estremeció, y luego se quedó quieto y sin emoción. Atretes sintió pena, pero solo mostró un serio respeto. «Eres bienvenido a mi fuego», dijo, y abandonó el pantano. Los demás lo siguieron.

Solo Herigast se quedó atrás. Cuando todos se marcharon, se agachó, puso la frente sobre su frámea y lloró.

Severo Albano Mayoriano había luchado antes contra esa inmunda tribu de germanos. Durante los últimos dos meses, habían hostigado a varias legiones romanas, atacando repentinamente y luego desapareciendo, después de derribar una parte de las filas, como una niebla mortal. Aun así, aunque había esperado y contado con un ataque de las tribus germanas, el comandante romano estaba estupefacto por la ferocidad que estaba enfrentando.

Al instante de oír el grito de guerra, Severo había indicado un contraataque. Esos inmundos germanos jugaban sucio, atacando como una serpiente venenosa que aparecía de la nada y luego se escurría rápidamente a su cueva. La única manera de matar a una serpiente era cortándole la cabeza.

Sin ser vista, la caballería se movió a su posición. Las filas comenzaron el giro practicado. A medida que la horda de guerreros desnudos corrían desde los árboles, Severo divisó al líder quien, con su largo cabello rubio al viento como una bandera, corría frente a su manada de lobos. Un relámpago de furia recorrió al soldado, pero fue reemplazado casi inmediatamente por una grave determinación. Quería ver encadenado a ese joven bárbaro. Impulsando su caballo hacia adelante, Severo gritó más órdenes.

Lanzándose directamente contra la legión, el joven bárbaro usó su sangrienta frámea con tal habilidad que los romanos de la línea del frente retrocedieron ante él con terror. Impávido, Severo volvió a hacer la señal, y las trompetas dieron la orden para que la caballería romana se reuniera por detrás de los hombres de las tribus. Los que sobrevivieron a la arremetida inicial volvieron a cerrar las filas romanas, moviéndose para tomar lo que los bárbaros pudieran ceder, y así los arrastraron más adentro de la trampa de la legión.

Severo condujo su caballo hacia la masa de hombres en combate, blandiendo su espada a diestra y siniestra, sabiendo lo suficiente sobre la guerra germana como para darse cuenta de que solo tenía unos minutos antes de que los guerreros huyeran hacia el bosque. Si lograban escapar de los legionarios, volverían a desaparecer solo para atacar más adelante. Severo vio que el líder ya había descubierto la trampa y les estaba gritando a sus hombres.

«¡Atrapen al gigante!», bramó Severo, apurando el galope. Se inclinó cuando una frámea pasó muy cerca de su cabeza. Blandiendo su espada contra otro atacante, echó una maldición. «¡Al gigante! ¡Atrápenlo! ¡*El gigante*!».

Atretes emitió un silbido penetrante, indicando una vez más a sus hombres la retirada. Rud cayó con un dardo en la espalda; Holt gritaba enloquecido a los demás. Unos pocos atravesaron entre las filas, pero Atretes quedó atrapado. Con la punta de su lanza atravesó a un soldado y con el extremo de la misma hirió la quijada de otro que lo había atacado por detrás. Antes de poder liberar la lanza, otro soldado lo embistió por la espalda. Dejando que lo llevara el propio ímpetu, sin soltar la frámea, Atretes rodó y se puso de pie, liberando el arma y empuñando la afilada punta como una navaja contra el abdomen de un atacante.

Vio un destello a su derecha y giró, sintiendo la punzada de una herida de espada en su hombro derecho. Un comandante montado conducía su caballo hacia él, gritando. Media docena de soldados se acercaron a Atretes y lo rodearon.

Soltando un grito de guerra salvaje, Atretes arremetió contra el más joven de los soldados que venía hacia él, haciendo una fuerte abolladura en su casco y luego le atravesó la ingle. Cuando otro lo embistió, lo esquivó con brusquedad y se volvió, clavando el talón en la cara del soldado. El comandante romano galopó directamente hasta él, pero Atretes logró rodar y ponerse de pie con rapidez, levantando las manos y soltando un grito entrecortado y estridente que hizo que el padrillo del comandante se encabritara. Esquivando los cascos, Atretes recuperó su frámea.

Los romanos retrocedieron no bien su lanza cata estuvo de nuevo en sus manos. Luchando por controlar su caballo, el comandante vociferó órdenes a sus tropas, con su rostro al rojo vivo de furia.

Atretes no vio manera de escapar y decidió llevarse consigo el mayor número posible de los inmundos soldados. Mostrando los dientes, giró sobre sí mismo, esperando el ataque. Cuando un soldado dio un paso hacia adentro en el círculo, Atretes lo enfrentó sosteniendo la lanza con ambas manos. El soldado blandió su espada y se movió hacia la derecha mientras los otros lo animaban. El romano atacó primero. Bloqueando el golpe con facilidad, Atretes lo escupió en la cara antes de empujarlo. Enfurecido, el soldado arremetió. Atretes lo esperaba y lo esquivó; giró el extremo de su frámea y la incrustó en el costado de la cabeza del imprudente legionario con un golpe seco. Mientras el soldado caía, Atretes le hizo un rápido tajo en la yugular. El legionario se retorció violenta pero brevemente y murió.

Otro soldado se acercó, blandiendo su espada. Atretes se agachó a un lado y volteó, esperando un golpe de espada por la espalda, de parte de alguno del grupo que se iba cerrando. Pero no vino. Parecía que los romanos querían que la última muerte se volviera un torneo.

El segundo soldado fue rápidamente incapacitado por un profundo tajo en el muslo. Atretes lo habría matado de no haber sido porque otro entró al círculo rápidamente y bloqueó el golpe de la frámea. Arrastraron al herido hacia afuera, y Atretes enfrentó a un tercer oponente, al que dio veloces y duros golpes empujándolo hacia afuera. El círculo se rompió pero se cerró rápidamente de nuevo. El soldado que enfrentaba a Atretes bajó su escudo con fuerza, golpeándolo contra la larga cabeza metálica de la lanza, al mismo tiempo que blandía su espada. Atretes lo esquivó rápidamente y dio un giro, golpeando al hombre en la nuca con el largo mango de la frámea. El soldado cayó de cara al polvo y no se movió.

Los hombres estaban furiosos y gritaban con rabia, animando a otros dos mientras desafiaban al bárbaro. Atretes se movió con tal agilidad que chocaron uno contra el otro. Riéndose, Atretes les pateó polvo encima y los escupió. Si tenía que morir, lo haría mostrando desprecio por sus enemigos.

Sobre su padrillo negro, Severo observaba luchar al joven germano. Aunque estaba rodeado de soldados, con la muerte asegurada, el perro se burlaba abiertamente de sus atacantes. Mientras Severo observaba, el gigante hizo girar su lanza en un gran círculo, riéndose a viva voz mientras los soldados retrocedían. Cuando otro lo desafió, lo incapacitó rápidamente usando su larga lanza como espada y garrote a la vez. Pisando sobre el hombre caído, sostuvo el arma con ambas manos y sonrió fieramente, burlándose de los otros en esa lengua pagana que solo los hombres de una tribu germana podían entender. Cuando otro retador lo enfrentó, se movió con tal velocidad que el soldado lo pasó de largo. El hombre intentó recuperarse pero era demasiado tarde. El bárbaro estrelló un extremo de la lanza en el casco del soldado, y girando el otro extremo, cortó despiadadamente el cuello expuesto.

«¡Suficiente! —gritó Severo, furioso—. ¿Planean morir uno por uno? ¡Derrótenlo de una vez!». Cuando tres soldados entraron a la vez al círculo, ansiosos de la sangre del joven germano, gritó de nuevo: «¡*Lo quiero vivo*!».

Aunque Atretes no comprendió las órdenes, supo que algo estaba cambiando debido a la mirada en el rostro de los soldados. Usaron sus espadas para bloquear los golpes, pero no se los devolvían. Tal vez pretendían mantenerlo vivo para crucificarlo. Soltando un enfurecido grito, golpeó al azar con rabia. Si la muerte venía por él, la saludaría con su frámea en las manos.

Más soldados lo rodearon, golpeándolo con sus escudos. El más grande agarró la lanza, mientras otro descargó el canto de su espada contra el costado de su cabeza. Clamando con furia a Tiwaz, Atretes bajó la framea y chocó su frente con fuerza contra el rostro de su adversario. Cuando el hombre cayó, Atretes arremetió contra otros dos. Esquivó un escudo, pero antes de que pudiera alzar su espada una vez más, el canto de una espada lo golpeó aturdiéndolo brevemente. Levantó un pie hundiéndolo con fuerza en la ingle de un atacante, pero otro golpe en la espalda hizo que sus rodillas se aflojaran. El siguiente golpe lo tumbó.

Instintivamente rodó e intentó ponerse de pie, pero cuatro hombres le sujetaron los brazos y las piernas. Lo prensaron al suelo mientras otro intentaba arrancarle la lanza del puño apretado.

Atretes sostuvo su grito salvaje, pateando y luchando. El comandante romano desmontó y se paró a un costado, mirándolo. Dio una orden tranquila, y alguien le dio con la empuñadura de la espada en la sien. Atretes se aferró a la frámea hasta que lo invadió la oscuridad.

Atretes se despertó lentamente. Estaba desorientado, no sabía dónde estaba. Tenía nublada la visión, y en lugar del limpio aroma del bosque, el olor a sangre y orina le invadió la nariz. Le zumbaba la cabeza y sentía en la boca el sabor de la sangre. Intentó ponerse de pie y apenas se movió unos centímetros antes de que el ruido metálico de cadenas le produjera punzadas de dolor en las sienes y le volviera la plena conciencia de su derrota. Gimiendo, se hundió de nuevo en su lugar.

La profecía de su madre se burló de él. Había dicho que ningún enemigo lo vencería, y ahí estaba, encadenado a un bloque de madera, a la espera de un destino incierto. Le había fallado a su gente; se había fallado a sí mismo.

«¡Si vamos a morir, muramos como hombres libres!», habían exclamado sus guerreros cuando les ofreció la elección de conducir la tribu al norte o continuar luchando contra el dominio romano. Con qué amargura se le quedaba pegada en la garganta esa promesa ahora, porque ni él ni ellos habían pensado jamás en la posibilidad de ser tomados cautivos. Sin temor a la muerte, habían entrado a la batalla decididos a matar a tantos de sus enemigos como pudieran. Todos los hombres estaban destinados a morir. Atretes y sus compañeros de clan siempre habían creído que morirían en batalla.

Ahora, encadenado, Atretes conoció la lacerante humillación de la derrota. Luchó violentamente contra las cadenas y se desvaneció. Despertándose nuevamente momentos después, esperó hasta que le pasaran la náusea y el mareo antes de abrir los ojos.

Volteó la cabeza e intentó evaluar su posición. Estaba en una habitación pequeña construida con troncos gruesos. La luz del sol se colaba por una pequeña ventana alta, obligándolo a entrecerrar los ojos cuando el dolor le atravesó la cabeza. Estaba estirado y encadenado a una mesa grande. Incluso le habían quitado el sago. Se movió lentamente, probando las cadenas mientras el dolor le recorría los hombros y la espalda. Cadenas cortas y gruesas estaban sujetas a grilletes de hierro que le ceñían las muñecas y los tobillos.

Dos hombres entraron a la habitación.

Atretes intentó levantarse, tirando de sus ataduras. Soltó una maldición corta y viciosa, insultándolos. Los hombres se quedaron tranquilos, saboreando su victoria. Uno de ellos, vestido con una magnífica armadura y capa color escarlata, sostenía un casco de bronce debajo del brazo. Atretes lo reconoció como el oficial de alto rango que se había parado a su costado, mirándolo, regodeándose al final de la batalla. El otro hombre vestía una túnica finamente tejida y un manto oscuro de viaje; ambos denotaban riqueza.

«Ah, veo que estás consciente —dijo Severo, sonriendo a los feroces ojos azules del joven guerrero—. Me complace que estés vivo y no hayas perdido la razón. Mis hombres querrían verte azotado y crucificado, pero yo tengo otros planes más provechosos para ti».

Atretes no entendía latín ni griego, pero la expresión insolente del oficial avivó su naturaleza rebelde. Luchó violentamente contra las ataduras, sin importarle el dolor que le producían.

—Bien, ¿qué piensas de él, Malcenas?

—Gruñe como una bestia y apesta —dijo el mercader.

Severo rió suavemente y se enderezó.

—Échale una buena mirada a este, Malcenas. Creo que lo encontrarás fuera de lo común y el precio que le he puesto es más que justo.

La furia de Atretes aumentó cuando el comerciante se acercó y comenzó a examinarlo con avidez. Cuando el hombre extendió la mano para tocarlo, Atretes arremetió, dándole un fuerte tirón a las cadenas. La explosión de dolor en su cabeza y el hombro solo lo enardeció más. Escupió al hombre mientras luchaba y lo maldijo: «¡Sucio cerdo romano!».

Malcenas sonrió y sacó un pequeño lienzo de su manga con el que limpió delicadamente su túnica.

—Estos germanos no son mejores que los animales, y qué lengua tan pagana la que habla.

Severo tomó al joven por el cabello, obligándolo a doblar el cuello hacia atrás.

—Un animal, sí... ¡pero qué animal! Tiene el rostro de Apolo y el cuerpo de Marte.

El germano se retorció con violencia, intentando clavar sus dientes en el brazo de su atormentador. Severo jaló la cabeza nuevamente hacia atrás, sujetándola con más fuerza esta vez.

—Sabes muy bien, Malcenas, que con una mirada a este atlético joven bárbaro las mujeres de Roma se volverán locas por los juegos. —Miró el rostro ruborizado de Malcenas y su boca se torció cínicamente—. Y algunos hombres también, creo, a juzgar por la expresión de tu rostro.

Los gruesos labios de Malcenas se tensaron. No podía dejar de mirar al joven guerrero. Sabía que los germanos eran feroces, pero una mirada a los ojos azules de este joven guerrero le produjo un estremecimiento de temor. Incluso con el joven encadenado, Malcenas no se sentía a salvo. Eso lo excitaba. Ah, pero el dinero era el dinero, y Severo quería una fortuna por este cautivo.

—Es muy hermoso, Severo, pero ¿se le podrá entrenar?

—¿Entrenar? —Severo se rió y soltó el cabello rubio del guerrero—. Tendrías que haber visto luchar a este bárbaro. Ya es mejor gladiador que cualquiera de los que hayas puesto en la arena en los últimos diez años. —Se esfumó su sonrisa—. Mató a más de una docena de legionarios entrenados en los primeros minutos de la batalla. Hicieron falta cuatro soldados expertos para sujetarlo. No podían arrancarle esa frámea sangrienta de las manos. No hasta que les dije que lo dejaran inconsciente. —Soltó una risa sarcástica—. No creo que necesite mucho entrenamiento. Solo mantenlo encadenado hasta que estés preparado para soltarlo en la arena.

Malcenas admiró los tensos músculos del cuerpo joven y poderoso. Aceitado parecería un dios de bronce. Y esa melena de largo cabello rubio. ¡A los romanos les encantaba el cabello rubio!

—De todas maneras —dijo Malcenas con un suspiro pesaroso, con la esperanza que Severo bajara el precio—, lo que pides es demasiado.

—Lo vale. ¡Y más!

—Ni el mismo Marte vale ese precio.

Severo se encogió de hombros.

—Es una lástima que no puedas pagarlo. —Señaló hacia la puerta—. Ven, te venderé otros dos de menor calidad.

—¿No negociarás?

—Es una pérdida de tiempo para mí y para ti. Prócoro lo comprará sin discutir por unos pocos miles de *sestercios*.

—¡Prócoro! —Ante la mención de su competidor, Malcenas tuvo un instante de furia.

—Sí. Llega mañana.

—Muy bien —dijo con impaciencia, con el rostro ensombrecido—. Me lo llevaré.

Severo sonrió.

—Una decisión sabia, Malcenas. Eres un hombre astuto cuando se trata de carne humana.

—Y tú, mi querido Severo, eres un comerciante que no tiene corazón.

—¿Quieres ver a los otros?

—Dijiste que eran inferiores. Ofréceselos a Prócoro. Yo pondré mi sello en el contrato por este, y te enviaré los fondos tan pronto vuelva a Roma.

—Acordado.

Malcenas se dirigió a la puerta cerrada y la golpeó. Un hombre vestido con una túnica sencilla entró rápidamente. Malcenas señaló a Atretes. Sabía que el viaje hasta el *ludus*, la escuela de entrenamiento para gladiadores, no sería corto. «Ocúpate de él, Quinto. Se ha abierto las heridas. No quiero que se desangre antes de llegar al ludus en Capua».

Roma

3

Décimo Vindacio Valeriano se sirvió más vino y luego repuso con un golpe el cántaro de plata sobre la mesa de mármol. Miró a través de la mesa de mármol a su hijo, que estaba recostado en el sofá con una mirada indolente en su rostro bien parecido. El joven estaba poniendo a prueba su paciencia. Habían hablado casi una hora y Décimo no había logrado gran cosa con él.

Marcus bebió un sorbo del falerno italiano y asintió con la cabeza. «Excelente vino, padre». El cumplido fue recibido con una mirada fría. Como siempre, su padre estaba tratando de dirigirlo hacia el rumbo que había elegido para su hijo. Marcus sonrió para sí. ¿Su padre realmente esperaba que se rindiera? Al fin y al cabo, él le pertenecía a su señor. ¿Cuándo se daría cuenta el viejo Valeriano que su hijo tenía sus propias ideas por lograr, su propio camino a seguir?

Su padre era un hombre inquieto, dado a arranques de ira cuando no se salía con la suya. Tenazmente, persistía con el semblante aparentando calma, pero Marcus sabía bien que era solo una fachada que ocultaba el mal genio que se agitaba por debajo.

—Vespasiano, aun con toda su inteligencia y su habilidad militar como general, no deja de ser un plebeyo, Marcus. Y, como plebeyo, odia a la aristocracia que casi ha destruido a nuestro imperio. Uno de los miembros del Senado afirmó que su genealogista había rastreado el linaje del emperador hasta Júpiter. Vespasiano se rió en su cara.

Marcus se encogió de hombros y se levantó del sofá.

—Eso escuché, padre. Él despidió a cuatro senadores cuya estirpe se remontaba a Rómulo y Remo.

—Si crees en semejante tontería.

—Me conviene creer. Este Flavio reconoce abiertamente ser hijo de un español recaudador de impuestos, y eso podría ser su ruina definitiva. Es un plebeyo que ha tomado las riendas de un imperio fundado sobre estirpes reales.

—El hecho de que seas el pez más grande no significa que seas el más inteligente ni el mejor. Puede que Vespasiano no tenga la estirpe, pero es un líder nato.

—Comparto tu admiración por Vespasiano, padre. Galba era

un tonto senil y Otón, avaro y estúpido. En cuanto a Vitelio, sospecho que el único motivo por el que quería ser emperador era para darse el lujo de llenarse la barriga con hígado de ganso y lenguas de colibrí. Jamás he visto a un hombre comer con tanta pasión. —Su sonrisa seca se desvaneció—. Vespasiano es el único hombre con la fuerza suficiente para mantener unido al imperio.

—¡Exacto! Y necesitará senadores jóvenes y fuertes que lo ayuden.

Marcus pudo sentir cómo se le congelaba la sonrisa. Entonces, de eso se trataba. Se había preguntado por qué su padre había cedido tan fácilmente cuando Marcus rechazó su sugerencia de un matrimonio apropiado. Ahora tenía sentido. Su padre tenía un tema más grande por abordar: la política. Un deporte de los más sangrientos para la manera de pensar de Marcus.

Los dioses no habían tratado bien a su padre en los últimos años. El incendio y la insurrección le habían costado varios almacenes y millones de sestercios en bienes destruidos. Él le echaba la culpa a Nerón, a pesar de que el emperador había hecho lo posible por culpar a la secta cristiana por el gran incendio. Los más cercanos a Nerón tenían conocimiento de su sueño de rediseñar y reconstruir a Roma y de cambiarle el nombre por el de Nerópolis. En lugar de eso, el demente había logrado destruir la ciudad.

Roma se tambaleaba en rebeldía por el mal manejo de Nerón. El emperador Galba había demostrado ser un tonto. Cuando ordenó que todos los que habían recibido obsequios y pensiones de Nerón devolvieran el 90 por ciento a los fondos públicos, aseguró su muerte. A las pocas semanas, la Guardia Pretoriana le entregó su cabeza a Otón y declaró al comerciante insolvente como el nuevo emperador de Roma.

Roma dio un traspié.

Otón no mejoró la situación. Mientras las legiones de Vitelio invadían Italia y arrasaban las guarniciones norteñas de la Guardia Pretoriana, Otón se suicidó. Pero, una vez que llegó al poder, Vitelio empeoró la situación al ceder sus responsabilidades a la corrupción de su liberto llamado Asiático. Vitelio, como el cerdo repugnante que era, se retiró para llevar la vida de un epicúreo goloso, gordo y vago.

Mientras el poder se batía de un lado al otro como la marea, las revueltas se propagaron por todo el imperio. El levantamiento judío continuaba. Otro comenzó en Galia. Las tribus germanas se unieron bajo el mando de Civilis, entrenado por Roma, y atacaron los puestos militares fronterizos.

Roma estaba de rodillas.

Le tocó a Vespasiano volver a ponerla de pie. Mientras que en las provincias se decía que el gobierno se había desintegrado, las legiones de los generales proclamaron a Vespasiano como su emperador y ratificaron su proclamación enviando a Italia al general Antonio y a un gran ejército para que derrocaran a Vitelio. Derrotando al ejército en Cremona, Antonio marchó a Roma y mató a las tropas de Vitelio sin darles cuartel. Hallaron al mismo Vitelio escondido en el palacio y lo arrastraron semidesnudo por las calles. Los ciudadanos le arrojaron estiércol y lo torturaron sin piedad. Aun con su muerte, las masas y los soldados no quedaron satisfechos. Mutilaron el cuerpo de Vitelio, arrastrándolo con ganchos por la ciudad y, finalmente, desecharon lo que quedaba de él en el fangoso Tíber.

—No dices nada —dijo Décimo, frunciendo el ceño.

Las palabras de su padre sacaron a Marcus de su ensimismamiento. Había visto morir a demasiados en los años recientes como para desear una carrera en la política. Hombres jóvenes, cuyo único error fue apoyar al hombre equivocado, habían muerto. Era cierto que Vespasiano era un hombre honorable y capaz, un hombre acostumbrado al combate. Sin embargo, para la mentalidad de Marcus, eso no significaba que no fuera a caer víctima del veneno de alguna concubina o de una daga asesina.

—Muchos de mis amigos tenían ambiciones políticas, padre. Himeneo y Aquila, por ejemplo. ¿Y qué fue de ellos? Les ordenaron que se suicidaran cuando Nerón sospechó que lo habían traicionado, sin otra evidencia que la palabra de un senador celoso. Y Pudente fue asesinado porque su padre era amigo personal de Otón. Apicio fue liquidado cuando Antonio entró en Roma. Además de eso, teniendo en cuenta la vida de la mayoría de nuestros emperadores y cómo terminaron, la política no me parece una actividad particularmente sana ni honorable.

Décimo tomó asiento y se impuso una calma que distaba de sentir. Conocía la mirada que había en el rostro de Marcus. Si solo pudiera canalizar apropiadamente la poderosa voluntad de su hijo hacia otra cosa que no fueran los placeres egoístas.

—Marcus, reconsidéralo. Con Vespasiano en el poder, este es el momento oportuno para las ambiciones políticas. Es un buen momento para encontrar un camino digno para tu vida —dijo—. Los tiempos han sido turbulentos, pero ahora se someterán al reinado de un hombre de inteligencia y justicia. —Vio la expresión burlona en el rostro de su hijo y fue al grano—: Un millón de sestercios te comprarán un lugar en la orden ecuestre y un asiento en el Senado.

Marcus reprimió su enojo y adoptó una expresión de humor sarcástico.

—¿Para que pueda formar parte de una clase que siempre has ridiculizado y despreciado?

—¡Para que puedas formar parte del nuevo orden de Roma!

—Yo soy parte de él, padre.

—Pero al margen del poder. —Décimo se inclinó hacia adelante y cerró un puño—. Podrías tener el control de buena parte de él.

Marcus soltó una risa burlona.

—Antígono casi se ha empobrecido intentando cortejar al populacho. Tú evitas los juegos, padre, pero como bien sabes, subvencionarlos es una necesidad política. Cualquiera que sea el costo, la plebe debe ser apaciguada. Por los dioses, ¿te gustaría ver el trabajo de toda tu vida desperdiciado en la arena que te rehúsas a visitar? ¿O debemos despilfarrar miles de sestercios en banquetes para los gordos aristócratas que tanto odias?

Décimo refrenó su mal genio y escuchó las palabras que él mismo solía decir, en boca de su hijo. Era un método de debate que Marcus usaba normalmente (y que Décimo detestaba).

—Un tiempo turbulento puede ser un tiempo de grandes oportunidades.

—Ah, sinceramente, estoy de acuerdo, padre. Pero los vientos de la política cambian demasiado rápido y no tengo ganas de que acaben conmigo. —Sonrió con tensión y levantó su copa—. Mis ambiciones van en otro sentido.

—El de comer, beber y disfrutar la vida antes de morir —dijo Décimo sombríamente.

Marcus respiró profundamente antes de ceder a su creciente enojo.

—Y el de hacerte más rico de lo que ya eres. —Su boca se ladeó cínicamente—. Si quieres dejar una huella en el imperio, padre, hazlo en cedro y en piedra. Nerón nos destruyó con el incendio; Galba, Otón y Vitelio, con los levantamientos. Deja que la casa de Valeriano tenga parte en levantar a Roma nuevamente.

La mirada de Décimo se oscureció.

—Preferiría que buscaras el honor de convertirte en un senador, en lugar de verte perseguir el dinero como cualquier comerciante vulgar.

—Yo no lo llamaría a usted vulgar, mi señor.

Décimo colocó violentamente su copa sobre la mesa, derramando vino en el mármol.

—Eres un insolente. Estamos discutiendo *tu* futuro.

Marcus bajó su copa de vino y aceptó el desafío.

—No, tú estás tratando de dictar los planes que hiciste sin consultarme. Si quieres a un Valeriano en el Senado, ve y toma el asiento tú mismo. Lamento decepcionarte de nuevo, padre, pero tengo mis propios planes para mi vida.

—¿Te molestaría decirme qué incluyen esos planes?

—Disfrutar el poco tiempo que tenga en esta tierra. Valerme por mí mismo, por supuesto, como sabes muy bien que puedo hacer.

—¿Y te casarás con Arria?

Marcus sintió que su sangre se enardecía ante la mordaz mención de Arria. Su padre desaprobaba la actitud de espíritu libre que tenía la joven. Molesto, Marcus apartó la mirada y vio a su madre y a su hermana que venían de los jardines. Se levantó, aliviado de poder terminar la discusión. No quería decir nada de lo que pudiera arrepentirse después.

Su madre le dirigió una mirada interrogante cuando él salió a saludarla.

—¿Todo está bien, Marcus? —le preguntó cuando él se inclinó para besarla en la mejilla.

—¿No es así siempre, mamá?

—Tú y padre han estado hablando un largo rato —dijo Julia detrás de su madre, indagando con sutileza.

—Solo de negocios —dijo él y le pellizcó la mejilla suavemente, con cariño. A sus catorce años, Julia estaba convirtiéndose en una verdadera belleza.

Febe entró al *triclinium*, el amplio comedor con elegantes muebles y decoraciones, por delante de su hijo. Normalmente, este lugar le daba una sensación de placer cuando entraba en él. Sin embargo, ese día apenas notó su entorno; sus ojos estaban fijos en su esposo. Décimo se veía tenso; tenía el cabello gris y rizado sobre la frente húmeda. Se sentó a su lado en el sofá y puso su mano en la de él.

—¿No resultó bien? —le dijo con suavidad.

Cubriendo los dedos de ella con los suyos, él la apretó ligeramente. Vio la preocupación que había en sus ojos y trató de tranquilizarla. Habían estado casados durante treinta años y, aunque su pasión había menguado mucho tiempo atrás, su amor se había vuelto más profundo.

—Marcus desprecia la honorable actividad política.

—¿Honorable? —Julia se rió alegremente con sorpresa—. ¿Dijiste *honorable* en la misma frase que *política*, padre? Tú aborreces a los políticos. Nunca has tenido ni una sola cosa buena que decir de ellos, ¿y ahora le aconsejas a Marcus que se convierta en uno de ellos? ¡No puedes estar hablando en serio!

Marcus sonrió de oreja a oreja ante el cándido arranque de su hermana. Tenía que ser ella la que dijera lo primero que se le viniera a la mente, antes de considerar el buen humor de su padre o, mejor dicho, la falta de él.

—Parecería que, a pesar de los habituales comentarios de padre sobre la dudosa legitimidad de la mayoría de los senadores, siempre tuvo aspiraciones secretas de ver a un Valeriano en el Foro.

—¡Oh! Pero ¿no sería maravilloso? —dijo Julia, con sus ojos marrón oscuro encendidos—. Marcus, te imagino de pie ante el Senado. —Ella se puso de pie y adoptó una pose dramática. Levantando su bonito mentón al aire, se recogió la *palla*, el elegantemente bordado manto o sobretúnica, y se paseó hacia adelante y hacia atrás frente a su hermano y a sus padres, la mano apoyada contra el pecho, con una expresión de majestuosidad tan seria que hasta Décimo sonrió.

—Siéntate, diablilla —dijo Marcus, jalándola hacia el sofá.

Julia, incontenible cuando estaba alegre, tomó su mano.

—Serás el senador más hermoso, Marcus.

—¿Hermoso? Esa es una descripción que le queda mejor al lindo Scorpus —dijo él, refiriéndose al rico comerciante que había viajado desde Éfeso a hacer negocios con su padre. Julia había quedado muy impresionada con sus ojos oscuros y su piel morena.

—¿Es cierto que tiene un *catamito*?

—¡Julia! —dijo Febe, escandalizada de escuchar a su joven hija hablando de semejantes cosas.

Julia hizo una mueca:

—Pido disculpas, mamá.

—¿Dónde escuchas semejantes cosas?

—Padre le estaba diciendo a Marcus que no confiaba en un hombre que tuviera un catamito, y Marcus dijo...

—¿Cuánto tiempo estuviste fuera de la biblioteca? —interrumpió Marcus para hacerla callar antes de que pudiera seguir parloteando. Estaba enojado porque ella había escuchado a escondidas la conversación que había tenido con su padre en la biblioteca y porque había avergonzado a su madre, quien estaba visiblemente espantada de que se hablara con tanta liberalidad. Julia sabía más del mundo a los catorce años que su madre a los cuarenta y cuatro. Quizás porque su madre no quería saber.

—Solo pasaba por aquí —Julia notó demasiado tarde la desaprobación en el rostro de su madre. Con rapidez, cambió de tema—. ¿Serás senador, Marcus?

—No. —Se encontró con la mirada de su padre—. Si quieres formar parte de la política, ayuda al pobre Antígono.

—¿Antígono? —dijo Décimo—. ¿El novato que le vende estatuas a la aristocracia?

—Obras de arte, padre, no estatuas.

Décimo resopló con burla.

Marcus volvió a llenar la copa de su padre y se la alcanzó.

—Antígono me dijo esta tarde que está dispuesto a abrirse las venas por lo que le costó patrocinar los juegos la semana pasada. Podrías tener tu propio senador por la ganga de unos cientos de miles de sestercios. De hecho ya tiene el favor del emperador a través de Domiciano, el hijo de Vespasiano. Él y Antígono entrenan juntos como gladiadores en el ludus. Solo es cuestión de tiempo para que Antígono se siente en el Senado, a menos que se suicide primero, desde luego.

—Dudo que Antígono se haga algún daño grave a sí mismo —dijo Décimo con frialdad—. Excepto por accidente.

—Antígono admira a Séneca, y tú sabes que Séneca predicaba el suicidio. Si Antígono muere, habremos perdido una gran ventaja —dijo con tintes de cínica diversión.

Febe estaba consternada:

—Creí que Antígono era tu amigo, Marcus.

—Lo es, mamá —dijo él con gentileza—. Un amigo desanimado, por el momento —miró a su padre—. La ambición política suele llevar a la pobreza.

Décimo apretó los labios. Lo que decía su hijo era cierto. Conocía a más de un senador que se había suicidado cuando su fortuna se esfumó por las responsabilidades del cargo. «Cortejar al populacho», como había dicho Marcus. Era una frase acertada. Y la plebe era como una amante cara e infiel. Se ablandó:

—Averigua cuáles son sus necesidades, y las discutiremos.

Marcus se sorprendió por la capitulación de su padre. Había esperado un debate más largo y arduo antes de sacarle un *denario*. Mencionó un precio que hizo que su padre alzara las cejas.

—Le dije a Antígono esta tarde, en los baños, que mi padre era un benefactor sensato y generoso.

—¿Así están las cosas? —dijo Décimo, dividido entre el orgullo y el enojo por la osadía de su hijo.

Sonriendo, Marcus levantó su copa como saludo:

—Encontrarás que Antígono es un tipo de lo más agradecido. Antes de que regresara a casa esta tarde, él y yo hablamos en detalle de algunos contratos de construcción. Estaba muy dispuesto.

Décimo vio que su hijo ya había empezado a llevar a cabo sus propios planes.

—¿Y qué construirás, Marcus? ¿Templos para la diosa Fortuna?

—Nada tan grandioso como eso, padre. Casas para tu nueva y noble aristocracia, creo. Y casas de vecindad para los plebeyos, si así lo deseas.

Abatida por la tensión entre padre e hijo, Febe le hizo un gesto al esclavo parto que estaba de pie en la entrada. «Puedes servirnos ahora». El parto hizo señas y dos jóvenes esclavos griegos entraron en silencio y se sentaron discretamente en un rincón. Uno sopló suavemente una zampoña, mientras que el otro rasgaba dulcemente una lira. Una esclava egipcia entró cargando una fuente de plata en la que había tajadas de cerdos asados que se habían engordado en bosques de robles.

—Le prometí a Antígono que le haría saber tu decisión esta noche —dijo Marcus, eligiendo una porción de carne.

—Así de seguro estabas de que yo aceptaría —dijo Décimo con ironía.

—Tú me enseñaste que nunca dejara pasar una oportunidad. Esto podría no volver a presentarse.

—Hay ciertas cosas que desearía no haberte enseñado —dijo Décimo.

Cuando terminaron el primer plato, colocaron otro delante de ellos. Julia buscó entre las frutas y seleccionó un pequeño racimo de uvas sirias. Marcus mordió un durazno persa. El parto permaneció erguido, con la cabeza en alto y sin moverse del portal. Cuando las copas se vaciaban, la esclava egipcia las llenaba.

—El mármol se obtiene fácilmente en Luni y en Paros —dijo Décimo, analizando la idea de Marcus—. Pero el cedro está cada vez más escaso en el Líbano, lo cual está aumentando su precio. Sería mejor que importáramos madera de Grecia.

—¿Por qué no de Galia? —preguntó Marcus.

—Todavía hay demasiados disturbios en esa región. Si vas a tener contratos por cumplir, necesitarás tener los materiales a la mano, no en camino.

El parto le indicó a la muchacha egipcia que trajera los pequeños cuencos con agua tibia perfumada. Cuando ella se inclinó para colocar un cuenco delante de Marcus, levantó sus ojos hacia los de él con un claro mensaje en ellos. Sonriendo ligeramente, Marcus hundió sus manos en su cuenco y se enjuagó los dedos de los jugos de la carne y de la fruta. Tomó la toalla que le ofreció la muchacha y dejó que su mirada la recorriera mientras permanecía a la espera de su orden.

«Eso es todo, Bitia», dijo Febe con suavidad, despidiendo a la muchacha. Febe sabía que la joven egipcia no era la primera esclava en la casa de los Valeriano que se enamoraba de su hijo. Marcus era apuesto y fornido, y rebosaba virilidad. Su moral no era la que Febe deseaba que fuera; a decir verdad, en general, era lo opuesto a todo lo que ella le había enseñado desde pequeño. Si una mujer joven y hermosa estaba dispuesta, Marcus estaba más que listo para acceder. Bien, ya había demasiadas jóvenes romanas dispuestas en el círculo social de Marcus como para que él se aprovechara inapropiadamente de la esclava egipcia enamorada que estaba en su propia casa.

A Marcus lo divertía la desaprobación de su madre, pero honró su súplica silenciosa. Lanzó la toalla de mano sobre la mesa y se puso de pie.

—Iré y le diré a Antígono tu decisión, padre. Se sentirá muy aliviado. Y te doy las gracias.

—¿Vas a salir de nuevo? —dijo Julia, decepcionada—. ¡Oh, Marcus! Acabas de volver hace unas pocas horas y tú y padre han estado hablando la mayor parte del tiempo. ¡No hemos tenido ni una oportunidad de charlar!

—No puedo quedarme esta noche, Julia. —Se agachó y le besó la mejilla—. Te contaré sobre los juegos cuando vuelva —le susurró al oído para que solo ella escuchara.

Décimo y Febe observaron cómo se iba su hijo. Julia se levantó de un brinco y lo siguió. A Febe siempre le había gustado ver cuán unida era Julia a su hermano mayor y lo profundo que era el cariño que él tenía por su joven hermana. Había ocho años de diferencia entre ambos; había perdido en la infancia a los otros dos hijos que tuvo entre ellos.

Sin embargo, últimamente su cercanía había preocupado a Febe. Julia era efervescente y apasionada, una naturaleza fácilmente corruptible. Y Marcus se había convertido en un epicúreo declarado. Pensaba que casi no había otro propósito en la vida más que el de ganar dinero y disfrutar de todos los placeres posibles. Febe suponía que no podía echarles la culpa a los jóvenes y a las jovencitas que adoptaban esta filosofía, pues, durante los últimos años, los tumultos y las matanzas se habían llevado a muchos. La vida era incierta. No obstante, a ella le molestaban tales actitudes.

¿Qué había pasado con la decencia? ¿Dónde estaban la pureza y la fidelidad? La vida era más que placer. Era el deber y la honra. Era formar una familia. Era cuidar a los que no tenían los medios para cuidarse a sí mismos.

Miró a Décimo. Él estaba perdido en sus pensamientos. Tocó su mano nuevamente para llamar su atención.

—Me gustaría ver a Marcus casado y establecido. ¿Qué dijo acerca de hacer una alianza con los Garibaldi?

—Dijo que no.

—¿No pudiste persuadirlo? Olimpia es una joven muy bonita.

—Como habrás notado, Marcus puede elegir entre las jovencitas hermosas, sean esclavas o libres —dijo Décimo—. No creí que la idea de matrimonio le resultara de gran atractivo.

Se preguntaba si su hijo todavía era tan tonto como para creer que estaba enamorado de Arria. Lo dudaba.

—Su vida está volviéndose tan sin sentido —dijo Febe.

—No es sin sentido, mi amor. Es egocéntrica. Permisiva —Décimo se levantó e hizo poner de pie a Febe—. Él es como tantos de sus jóvenes amigos aristócratas. Considera que la vida es una gran cacería; cada experiencia es una presa que quiere devorar. Hoy en día se piensa poco en lo que es bueno para Roma.

Se dirigieron hacia el *peristilo*, el gran corredor que rodeaba al patio. Pasearon por él bajo las columnas de mármol blanco y salieron al jardín. Era una noche cálida y las estrellas brillaban en el cielo despejado. El sendero serpenteaba entre arbustos podados y árboles en flor. La estatua de mármol de una mujer desnuda se erigía en el parterre y su equivalente masculino estaba al otro lado del sendero. Las formas perfectas relucían blancas a la luz de la luna.

Los pensamientos de Décimo divagaron al día que Marcus se afeitó por primera vez. Juntos habían llevado el vello de la barba al templo de Júpiter. Marcus hizo su ofrenda y se convirtió en un hombre. Parecía que había sido ayer, y toda una vida atrás. Durante los años intermedios, Décimo había visto al muchacho pasar por el entrenamiento retórico y militar. Pero, en algún momento a lo largo del camino, había perdido el control. Había perdido a su hijo.

—Tenía la esperanza de convencer a Marcus de que un nuevo orden puede traer los cambios que tanto necesita el imperio —dijo, poniendo su mano sobre la de Febe que descansaba contra su brazo.

—¿Acaso querer reconstruir Roma no es una actividad que valga la pena? —preguntó Febe con dulzura, colocando su otra mano sobre la de él. Él se veía muy preocupado y, últimamente, no estaba bien, aunque no hablaba de lo que lo afligía. Quizás solo fuera la preocupación por el futuro de Marcus. Y el de Julia.

—Roma necesita ser reconstruida —dijo Décimo, pero sabía que a Marcus poco le importaba el imperio, excepto si lo afectaba de modo personal. Marcus no tenía motivos altruistas para querer reconstruir las viviendas romanas. Su única motivación era incrementar la riqueza de los Valeriano. Uno no podía saquear la vida sin los medios para hacerlo, y el dinero proveía esos medios.

Décimo supuso que tenía la culpa por la obsesión de Marcus con el dinero. La mayor parte de su propia vida la había dedicado a amasar la fortuna de los Valeriano a través de sus diversas empresas. Había comenzado en Éfeso como copropietario de un pequeño barco. Ahora la misma Roma se había convertido en su hogar y era el supervisor de toda una flotilla mercante. Sus embarcaciones viajaban por todos los mares conocidos y volvían con cargamentos de la mayoría de los países del imperio: reses y lana de Sicilia; esclavos de Bretaña; bestias salvajes de las costas de África; esencias exóticas, piedras preciosas y eunucos de Partia y Persia; cereales de Egipto; canela, aloes y láudano de Arabia.

Las caravanas de Valeriano viajaban hasta sitios tan distantes como China para traer sedas, tinturas y medicamentos; otras viajaban a la India y volvían con pimienta, especias y hierbas, junto con perlas, ágatas, diamantes y granate rojo. Cualquier cosa que los mercados romanos desearan, las caravanas y los barcos de Valeriano lo proveían.

Décimo había notado la astucia de Marcus desde su niñez. Tenía un don para hacer dinero. Sus ideas eran perspicaces y su intuición era firme. Más importante aún, podía ver el interior del alma humana. Décimo se enorgullecía de las habilidades naturales de su hijo, pero reconocía un lado de su carácter que lo apenaba en gran manera. Aun con todo su encanto e inteligencia, Marcus usaba a las personas.

Décimo recordó la primera vez que se dio cuenta de lo insensible que se había vuelto Marcus. Había sido tres años atrás, cuando Marcus tenía diecinueve años.

—La arena vale más que el trigo, padre.

—El pueblo *necesita* el trigo.

—Ellos quieren los juegos, y no puedes tener los juegos sin la arena que absorba la sangre derramada.

—Hay cientos que están hambrientos y necesitan comida. Debemos pensar en lo que sea mejor para nuestro pueblo.

Por primera vez, su hijo lo desafió:

—Trae dos barcos: uno cargado de trigo y otro de arena, y veamos cuál de las dos cargas se vende y descarga primero. Si es el trigo, haré cualquier cosa que me pidas durante el próximo año. Pero si es la arena, me dejarás administrar seis barcos para que haga con ellos lo que yo quiera.

Décimo había estado absolutamente seguro de que la necesidad pesaría más que el deseo. O, tal vez, era lo que deseaba.

A fin de cuentas, Marcus consiguió sus seis barcos. A Décimo le dolía admitir que ahora se sentía aliviado de saber que Marcus los llenaría con madera y piedras, y no con más arena o víctimas para los juegos.

El padre suspiró. Febe se equivocaba al decir que Marcus no tenía objetivos. Marcus estaba muy enfocado en la búsqueda de riqueza y placer; todo lo que lograra conseguir.

En la entrada principal, Marcus se acomodó el manto y besó a Julia en la frente:

—Te llevaré a los juegos cuando seas un poco mayor.

Julia estampó su delicada sandalia en el piso.

—Te detesto cuando me tratas con condescendencia, Marcus —le dijo. Cuando él abrió la puerta, ella se aferró a su brazo con rapidez—. Por favor, Marcus. Me lo prometiste.

—No, no lo hice —dijo él, divertido.

—Bueno, casi fue una promesa. Oh, Marcus. No es justo. Nunca he estado en los juegos y me *moriré* si no logro ir.

—Tú sabes que madre me cortaría la cabeza si yo te llevara.

—Ella te perdonaría cualquier cosa y *tú* lo sabes. Además, madre no tiene que enterarse. Podrías decirle que me llevaste a pasear en tu nueva cuadriga. Solo llévame al teatro una o dos horas. Por favor. Oh, Marcus. Me da tanta vergüenza ser la única de mis amigas que no ha visto una lucha de gladiadores.

—Lo pensaré.

Julia sabía que lo estaba postergando. Retrocedió un poco e inclinó la cabeza.

—Glafira me contó que llevas a Arria. Ella es solo tres años mayor que yo.

—Arria es Arria —dijo él.

—¡No es de romanos no asistir a los juegos!

Marcus le puso rápidamente la mano sobre la boca y la hizo callar.

—Si vuelves a tener otro estallido como ese, puedes olvidarte del tema. —Las lágrimas llenaron los ojos de la niña y él se ablandó—. Sea que esté de acuerdo contigo o no, ahora no es el mejor momento para llevarte a ningún lugar.

—¿Porque decepcionaste a padre con tu falta de noble ambición? —se burló ella.

—No veo nada noble en la política. Ni en el matrimonio.

Julia abrió los ojos aún más.

—¿Padre quiere que te cases? ¿Con quién?

—Solo lo dio a entender y no hizo sugerencias.

Aunque disfrutaba de los chismes interminables de Julia, no quería que la noticia de su rechazo a Olimpia llegara a la puerta de los Garibaldi por medio de una de las infantiles amigas de Julia. Además, no había rechazado tanto a Olimpia como al matrimonio en sí. La sola idea de pasar el resto de su vida con una sola mujer era desalentadora.

Había considerado brevemente casarse con Arria en el punto más alto de su apasionado amorío. El buen juicio lo mantuvo callado. Arria, la hermosa y excitante Arria. Al principio, el solo hecho de pensar en ella lo estremecía de excitación. A veces, sentía que la sangre se le encendía con solo mirarla gritar a los dos gladiadores que peleaban en la arena. Arria seguía siendo agradable, encantadora y ocurrente, pero, a pesar de todos sus considerables encantos, había comenzado a aburrir a Marcus.

—Tú y padre estuvieron juntos por más de una hora. Lo que pasa es que simplemente no quieres decirme quién es. Nadie me dice nada, nunca. Ya no soy una bebé, Marcus.

—Entonces, deja de comportarte como una. —Le dio un beso en la mejilla—. Tengo que irme.

—Si no me llevas al teatro, le contaré a madre lo que escuché de ti y de la esposa de Patrobas.

Anonadado, lo único que pudo hacer fue reírse.

—Tú no escuchaste sobre eso en esta casa —le dijo—. Una de tus repugnantes amiguitas, lo apuesto. —La hizo girar y le dio una palmada firme en el trasero. Ella soltó un chillido de dolor y se soltó de un tirón, con sus ojos oscuros destellando de furia.

Él le sonrió.

—Si acepto llevarte... —Julia se calmó instantáneamente al verlo rendirse; su bonito rostro se ruborizó con una sonrisa triunfante—. Dije *si*, pequeña bruja. Si es que acepto, ¡no será porque me amenazas con repetir rumores sobre la esposa de un senador!

Ella hizo un puchero, con gracia.

—Tú sabes que no lo haría, realmente.

—Madre no te creería si lo hicieras —dijo él, sabiendo que su progenitora nunca había creído lo peor de él.

Julia también lo sabía.

—Hace mucho que quiero ir a los juegos.

—Lo más probable es que te desmayes cuando veas la sangre.

—Te prometo que no te avergonzaré, Marcus. No me inmutaré, no importa cuánta sangre haya. Lo juro. ¿Cuándo iremos? ¿Mañana?

—No tan pronto. Te llevaré la próxima vez que Antígono sea el anfitrión.

—Oh, Marcus, te quiero mucho. Te quiero muchísimo —dijo ella, abrazándolo.

—Sí, lo sé. —Le sonrió cariñosamente—. Siempre y cuando te salgas con la tuya.

4

Marcus salió a la calle y respiró profundamente el aire nocturno. Se alegró de estar fuera de la casa. Quería a su padre, pero tenía una nueva manera de ver las cosas. ¿Por qué habría de trabajar, a menos que fuera con la intención de disfrutar el fruto de su trabajo?

Él había observado la vida de su padre. El viejo Valeriano se levantaba a las siete y pasaba dos horas en el atrio, el patio central, repartiendo las pensiones a los clientes, la mayoría de los cuales no había trabajado en años. Tomaba un desayuno frugal y salía hacia los almacenes. Después de un largo día, en la tarde, se ejercitaba en el gimnasio y se relajaba en los baños, mientras conversaba con aristócratas, políticos y otros comerciantes adinerados. Volvía a la casa para cenar con su esposa y su familia, y después se retiraba para hacer las cuentas. El día siguiente era igual al anterior. Día tras día, siempre.

Marcus quería más de la vida. Quería sentir la sangre corriéndole por las venas como le sucedía en las carreras de cuadrigas, o cuando presenciaba un buen combate de gladiadores, o cuando estaba con una mujer hermosa. Gozaba el desfallecimiento de estar borracho por un buen vino o por haber compartido una buena noche de pasión y placer. Disfrutaba probar exquisiteces nuevas y exóticas. Le agradaba observar a las bailarinas, escuchar a los cantantes y asistir a las obras teatrales.

La vida era un hambre que debía ser saciada. La vida estaba para ser devorada, no bebida a sorbos. Pero vivir costaba dinero... mucho dinero.

Aun con todos los discursos y la afectación de su padre, Marcus estaba seguro de que no era la honra lo que hacía funcionar a Roma y al mundo. Eran el oro y las monedas. El dinero compraba pactos y acuerdos comerciales; el dinero pagaba a los soldados y la maquinaria de guerra que expandían los confines del imperio. El dinero compraba la *Pax romana*.

Marcus caminó con pasos decididos por el monte Aventino. La ciudad estaba llena de ladrones al acecho de alguna víctima descuidada a la cual asaltar. Marcus iba atento. Sus reflejos eran rápidos y su daga estaba afilada. Casi ansiaba ser atacado. Una buena lucha violenta podría descargar las frustraciones que su padre le había provocado con sus exigencias y expectativas. ¿Por qué, de pronto, su padre desdeñaba el dinero, cuando se había pasado toda la vida acumulándolo? Marcus emitió una áspera risotada. Al menos, él era sincero en su objetivo de ser más rico. No fingía despreciar lo que le daba el estilo de vida que quería.

El retumbar de las ruedas sobre los adoquines se volvía más fuerte a medida que Marcus se acercaba a la vía pública. Los carros y las carretas cargados de mercancías subían por la ciudad, causando un estrépito ensordecedor mayor aún que el de la mayoría de las batallas. Debería haber salido más temprano de la casa, antes de que se levantara la prohibición de ingreso a Roma de los vehículos con ruedas.

Marcus cortó camino por los callejones y siguió las calles serpenteantes, tratando de evitar el tránsito. Se mantuvo cerca de las paredes para que no lo empaparan con el agua sucia que desechaban desde las ventanas de los pisos altos. Al cruzar una avenida principal, vio un carro volcarse. Unos toneles de vino se soltaron y rodaron. Los hombres gritaban; los caballos relinchaban. El conductor griego usó su látigo contra un hombre que trató de llevarse rodando un tonel. Otros dos hombres empezaron a pelearse en la calle.

Un vendedor ambulante, que llevaba al hombro un botellón de vino, una cesta de pan y un jamón, chocó contra Marcus. Con maldiciones, Marcus lo empujó a un lado y avanzó a empellones entre la multitud. Abriéndose paso, se dirigió al puente Tíber. El hedor del excremento era potente. ¡Por los dioses, cómo extrañaba un poco de aire fresco del campo! Tal vez invertiría en tierras al sur de Capua. La ciudad estaba creciendo y los precios aumentarían.

Cruzando el puente con pasos largos, caminó hacia el sur y se dirigió a los Jardines de Julius. La casa de Antígono no quedaba lejos de allí y la caminata le había hecho bien.

Un esclavo negro le abrió la puerta. El etíope medía más de un metro ochenta y su complexión física era fuerte. Marcus lo miró de arriba abajo y determinó que debía ser una de las nuevas adquisiciones africanas de Antígono. Este le había hablado de que compraría un gladiador entrenado para que sirviera como su guardaespaldas. Marcus pensaba que era un gasto injustificado, ya que el joven aristócrata todavía no tenía un puesto que implicara una amenaza para su vida.

—Marcus Luciano Valeriano —le dijo Marcus al esclavo.

El negro se inclinó con una gran reverencia y lo condujo a la gran sala de banquetes al otro lado del atrio.

Una atmósfera deprimente flotaba en la sala tenuemente alumbrada. Dos hombres jóvenes y fornidos, vestidos con unos taparrabos y luciendo unas coronas de hojas de laurel, tocaban una música melancólica con una zampoña y una lira. Los amigos de Antígono hablaban en voz baja. Algunos estaban recostados en los sofás, comiendo y bebiendo. Patrobas ocupaba un sofá, junto a una fuente de manjares. Marcus no vio a Fannia, la esposa del senador, y se preguntó si se habría ido a la finca campestre según lo planeado.

Divisó a Antígono, recostado y disfrutando de los servicios de una encantadora esclava númida. Marcus se acercó. Cruzando sus brazos, se apoyó despreocupadamente contra una columna de mármol; su boca se curvó en una sonrisa socarrona mientras los observaba durante unos instantes.

—Ah, Antígono, cuando dejé tu augusta presencia esta tarde estabas considerando cruzar el río Estigia. Y ahora te encuentro venerando a Eros.

Antígono abrió los ojos y trató de enfocarlos. Separándose de la muchacha, la despachó con un suave empujón y se puso de pie vacilante, claramente borracho.

—¿Has venido para un funeral o para una fiesta, mi querido Marcus?

—A una fiesta, por supuesto. Te di mi palabra, ¿no es así? Tendrás lo que necesitas esta misma semana.

A Antígono se le escapó un suspiro de alivio.

—Alabados sean los dioses por su generosidad. —Notando la mirada sarcástica de Marcus, el joven aristócrata agregó con rapidez—: Y tu familia también, desde luego.

Batió las palmas, sobresaltando de su letargo a media docena de invitados.

—¡Dejen de tocar esa música tan deprimente y regálennos algo más alegre! —Le hizo un ademán impaciente a un esclavo—. Tráenos más vino y comida.

Antígono y Marcus se sentaron y empezaron a hablar de sus planes para los juegos que Antígono realizaría en honor del emperador.

—Debemos tener algo nuevo y fascinante para entretener a nuestro noble Vespasiano —dijo Antígono—. Tigres, quizás. Me dijiste que una de tus caravanas llegó hace pocos días.

Marcus no tenía la intención de venderle los tigres a Antígono y ser recompensado con fondos del tesoro de su propia familia. Un obsequio de medio millón de sestercios bastaba, sin tener que agregar animales costosos.

—El pueblo tal vez recibiría mejor la representación de una de las más exitosas batallas judías del emperador.

—Ha llegado la noticia que Jerusalén está destruida —dijo Antígono—. Cinco meses de asedio a esa ciudad desgraciada y miles de nuestros soldados muertos. Ah, pero vale la pena enterarse de que esa raza infame está casi aniquilada. —Chasqueó los dedos y un esclavo entró rápidamente con una bandeja de frutas. Antígono eligió un dátil—. Tito hizo marchar a noventa mil prisioneros a Cesarea.

—Así que Judea finalmente está en paz —acotó Marcus.

—¿En paz? ¡Ja! ¡Mientras haya un solo judío vivo habrá insurrección, nunca paz!

—La fuerza de Roma consiste en su tolerancia, Antígono. Nosotros dejamos que nuestro pueblo le rinda culto a cualquier dios que elija.

—Siempre y cuando veneren también al emperador. Pero, ¿estos judíos? Parte de este problema comenzó porque ellos se negaron a aceptar en su templo las ofrendas para nuestro emperador. Sostenían que los sacrificios de los *extranjeros* profanarían su lugar sagrado. Bueno, ahora no tienen ningún lugar sagrado. —Se rió y se metió el dátil en la boca.

Marcus aceptó el vino que le ofreció una hermosa parta y dijo:

—A lo mejor ahora abandonarán su inútil fe.

—Algunos lo harán, tal vez, pero los que se llaman a sí mismos justos nunca se rendirán. Los tontos se postran ante un dios que no pueden ver y se niegan, aunque les cause la muerte, a inclinar el cuello aunque sea un poco ante la única divinidad verdadera, el emperador.

Sobre un sofá próximo, Patrobas acomodó su corpulencia.

—Por lo menos son más interesantes que los cobardes cristianos. Enfrenta a un judío contra quien sea, y verás con qué fiereza pelea. Pero pon a un cristiano en la arena, y se arrodillará y cantará a su dios invisible, y morirá sin levantar ni el meñique para defenderse. —Tomó otro manjar de la fuente de plata—. Me asquean.

Marcus recordaba muy bien a los cientos de cristianos que Nerón había ordenado que ejecutaran. Incluso habían empapado a algunos en alquitrán y betún y les habían prendido fuego para usarlos como antorchas en los juegos. El pueblo había tenido sed de la sangre de los cristianos después de que el emperador aseguró que la secta había incendiado Roma, ostensiblemente para cumplir la profecía cristiana de que el mundo sería consumido por el fuego. Pero la multitud no conocía los sueños de Nerón de tener una nueva ciudad que llevara su nombre.

Ver a hombres y mujeres morir sin pelear había dejado a Marcus con una sensación confusa de intranquilidad, un desasosiego que lo carcomía. Patrobas les decía cobardes; Marcus no estaba seguro de coincidir con esa valoración. Un cobarde huiría ante un león que venía a atacarlo, no se plantaba a hacerle frente.

Antígono se inclinó hacia Marcus, y sonrió:

—Ahí llega la hermosa Arria —susurró.

Arria entró desde los jardines, riendo con otras dos mujeres jóvenes. Una estola blanca envolvía elegantemente su cuerpo delgado, su estrecha cintura estaba ceñida por un ancho cinturón dorado adornado de joyas, como el que ella había visto usar a un gladiador en la arena. Se había hecho decolorar su cabello oscuro con espuma de Batavia y sus bucles, ahora rubios, estaban trenzados e intrincadamente anillados en su orgullosa cabeza. Había dejado algunos pequeños rulos para que enmarcaran su rostro delicado. Marcus sonrió débilmente. La pureza y la fragilidad femenina. ¿Cuántos hombres habían sido engañados por esa dulce imagen, cuando debajo de ella había un apetito voraz y a veces extraño?

Ella miró alrededor hasta que lo vio. Sonrió. Él conocía muy bien esa mirada, pero ya no respondía a ella como lo había hecho al comienzo de su amorío. Aunque le respondió con una sonrisa, casi deseó que ella no estuviera. La libertad que había sentido un momento antes se disolvió cuando ella cruzó la sala.

—Marcus, siempre leal —dijo ella con un poco de mordacidad en su dulce voz, mientras se recostaba elegantemente a su costado en el sofá—. En los jardines escuchamos que la música cambiaba. Entiendo que has salvado a nuestro querido Antígono de la ruina económica.

Preguntándose qué significaba el tono mordaz, él tomó su pequeña mano blanca y la besó. Ella tenía los dedos fríos y temblorosos. Algo no estaba bien.

—Solo por ahora —dijo Marcus—. Hasta que pueda ganarse un asiento en el Senado y empezar a participar del tesoro público.

Su boca se ablandó.

—El aire de la noche es refrescante, Marcus.

—Ah, sí, desde luego; disfrútalo mientras puedas —dijo Antígono con una sonrisa irónica. Apenas esa tarde, en los baños, Antígono había estado sondeándolo acerca de Arria—. ¿A qué se debe, Marcus, que mientras la pasión de una mujer crece por determinado hombre, la de él por ella decrece? —A todos les parecía obvio, salvo a la dama involucrada, que Marcus estaba cansándose de ella.

Marcus se puso de pie y puso la mano de Arria encima de su brazo. Salieron a los jardines y pasearon por el sendero de mármol a la luz de la luna. Marcus no subestimaba a Arria. No lo dejaría deshacerse de ella fácilmente. Arria había estado con él mucho más tiempo que con todos sus otros amantes. Sabía que tenía menos que ver con su destreza que con su naturaleza. Si bien él se había obsesionado desde el principio, nunca había caído completamente bajo su encantamiento, una experiencia a la cual la joven Arria no estaba acostumbrada.

—¿Viste la última estatua de Antígono? —dijo ella.

—¿Afrodita? —Aunque Antígono estaba más que satisfecho con el trabajo de sus artesanos griegos, a Marcus no lo había conmovido la obra terminada. Creía que Antígono no obtendría mucho beneficio con esa creación tan exagerada. Su padre tenía razón en su evaluación de las obras de arte de Antígono. No ameritaban más que un resoplido de escarnio.

—Esta vez no es una deidad, mi amor. Pero creo que esta obra es lo mejor que ha hecho. Debería pedir una fortuna por ella, pero la guardó para sí mismo. Me la mostró esta tarde, pero nadie más la ha visto. —Ella lo llevó por el sendero hasta el fondo de los jardines—. Está ahí, detrás de la arboleda.

Puesta sobre un lecho de flores, cercana a una alta pared de mármol, había una estatua de un hombre parado detrás de una muchacha hermosa con su largo cabello suelto. Ella tenía la cabeza inclinada hacia un costado, con la mirada baja. Las manos de él estaban sobre el hombro y la cadera de la muchacha. El escultor había puesto fuerza en esas manos, de modo que parecía que el hombre intentaba darle vuelta a la joven y abrazarla. Su delicado cuerpo juvenil emanaba resistencia e inocencia. Pero en ella también había una pasión contenida. Tenía los ojos caídos y los labios separados, como tratando de respirar. El conflicto parecía ser más consigo misma que con él.

—Mira el rostro del hombre —dijo Arria—. Puedes sentir su deseo y su frustración. Muy... conmovedor, ¿no es así? —Ella se abanicó el rostro.

Asombrado por haber encontrado algo tan magnífico en la colección de Antígono, Marcus permaneció impasible, analizando la obra. La evaluación de Arria era certera. Era una obra maestra y valía un buen precio. Sin embargo, sabía que cualquier cosa que dijera en ese momento sería transmitida a Antígono y serviría para aumentar su precio, si decidiera venderla. Marcus miró las líneas puras y elegantes del mármol blanco con un aire indiferente.

—Es un poco mejor que las que suele tener.

—¿No tienes buen ojo en absoluto, Marcus?

—Supongo que conseguirá un mejor precio por esto que por la mayoría de la basura que vende —dijo. Si fuera suya, no se desharía de ella, pero sus ganancias no dependían de un grupo de escultores que creaban dioses y diosas de piedra para los jardines de los ricos.

—¡Basura! Esta es una obra maestra y lo sabes bien.

—He visto otra docena igual a esta en la mitad de los jardines del Palatino.

—Pero ninguna tan evocativa.

Era verdad, Marcus tenía que reconocerlo. La muchacha era tan real que Marcus sentía que si la tocaba, sentiría calor.

Arria torció la boca.

—Antígono dijo que hizo esculpir al hombre detrás de ella por pudor.

Marcus se rió en voz baja.

—¿Desde cuándo le preocupan a Antígono el pudor o los censores?

—No quiere ofender a los conservadores en un momento tan sensible de su carrera política —dijo Arria—. Te gusta, ¿no? Lo sé por ese brillo avaro que hay en tus ojos. ¿Eres dueño de alguna de las estatuas de Antígono?

—Casi ninguna. Sus artesanos tienen un estilo común y mis gustos nunca se han inclinado hacia las mujeres corpulentas.

—Antígono nunca esculpe mujeres corpulentas, Marcus. Son voluptuosas. Seguramente conoces la diferencia. —Levantó sus ojos hacia él—. Fannia es corpulenta.

Así que la pequeña Arria había escuchado los rumores sobre su breve encuentro con la esposa del senador. No le gustó la mirada posesiva que ella tenía en su rostro.

—De curvas generosas es una descripción mucho mejor para ella, Arria, y mucho más acertada.

Los ojos de ella destellaron.

—¡Parece una paloma sobrealimentada!

—Arria, cariño, es lamentable que creas todo lo que escuchas.

Arria levantó la barbilla.

—La mayoría de los rumores no nacen sin una base de verdad.

—¿No es sorprendente cómo tú sabes mucho más sobre mis actividades que yo mismo?

—No te burles de mí, Marcus. Sé que es verdad. Fannia estuvo aquí y estaba muy engreída por eso.

—Por los dioses —dijo él, con ira creciente—. ¿Qué hiciste? ¿La interrogaste delante de Patrobas? —Era en momentos así que las mujeres en general le resultaban un maldito estorbo a Marcus.

—Patrobas estaba tan ocupado llenándose la boca de hígados de ganso que no prestó atención en absoluto.

—Él le presta poca atención a Fannia. Eso es parte del problema.

—Y uno de los motivos por los que ella estuvo tan dispuesta a tus avances. ¿No es así? Supongo que me dirás que te encontraste con ella en los Jardines de Julius solamente porque sentías lástima de su triste apuro.

—¡Baja la voz! —Él no había tomado la iniciativa. Había sido Fannia misma quien se había acercado a él durante uno de los juegos. No fue hasta después que él se encontró con ella en los jardines y pasó una larga y ardiente tarde con ella.

—Es una cerda.

Marcus apretó los dientes.

—Y tú, mi querida Arria, eres un fastidio.

Anonadada por el inesperado ataque, se congeló por un breve instante antes de que su orgullo estallara y trató de abofetearlo. Marcus la agarró de las muñecas con facilidad y se rió de su rabieta.

—¿Soy un fastidio, es así? —Las lágrimas le brotaron rápidamente, enfureciéndola aún más—. ¡Perro infiel!

—Tú has tenido tus momentos de infidelidad, querida mía. Ese *reciario*, por ejemplo. ¿Recuerdas? Te morías de ganas de contármelo.

—¡Lo hice para darte celos!

A ella le habría gustado saber que él se había encendido de ira cuando ella le contó cada detalle de su encuentro con el gladiador. La soltó, asqueado por su alarde y por su propia propensión a enfadarse.

Arria se mordió el labio, estudiándolo por un instante:

—¿Qué está pasándonos, Marcus? Hubo una época en que no soportabas estar lejos de mí.

Y ahora era ella la que tenía un hambre insaciable de él.

Marcus estuvo a punto de decirle la verdad, y entonces decidió que era mejor apelar a su vanidad:

—Eres como la diosa Diana. Amas la cacería. Me atrapaste hace algún tiempo.

Ella sabía que estaba tratando de tranquilizarla.

—Pero ya no te tengo más, ¿no es así, Marcus? —dijo en voz baja, sintiendo la punzada penetrante de la pérdida. Se le llenaron los ojos de lágrimas. No intentó contenerlas. Quizás las lágrimas lo ablandarían, como lo habían hecho con otros—. Creí que era importante para ti.

—Lo eres —dijo él y la tomó en sus brazos. Le levantó el mentón y la besó. Ella volteó su rostro y él sintió que ella temblaba. Volvió a buscar su rostro y la besó nuevamente, sintiendo que esta vez se resistía menos.

—Siempre te admiré, Arria. Tu belleza, tu pasión, tu espíritu libre. Tú quieres disfrutar la vida, y así es como debería ser. Quieres probar de todo. Y yo también.

—Eres el único hombre que he amado en mi vida, Marcus.

Él se rió. No pudo evitarlo.

Arria lo empujó apartándose de sus brazos y lo miró furiosa, olvidándose de las lágrimas.

—¿Cómo puedes reírte cuando te estoy diciendo que te amo?

—Porque eres una pequeña y adorable mentirosa. ¿Te has olvidado tan rápido y convenientemente de Aristóbulo, Sosípater, Chuza y varios otros? Incluso de Fado, pobre sujeto. Me parece que solo querías ver que podías ganárselo a su gladiador. Hubo apuestas sobre ese pequeño episodio. Algunos perdieron fortunas cuando de verdad hiciste que se enamorara de una mujer.

Con la boca torcida, Arria se sentó en el banco y cruzó las piernas. Mirándolo con petulancia, dijo:

—Pero Fannia, Marcus. Debo objetar. Es que es demasiado humillante. Tiene, por lo menos, diez años más que yo y no posee ni remotamente mi belleza.

—Ni tu experiencia.

Ella levantó la cabeza.

—Entonces, no quedaste particularmente satisfecho con ella.

—Eso no es asunto tuyo.

Ella apretó los labios.

—¿Vas a volver a encontrarte con ella?

—Eso tampoco es asunto tuyo.

Sus ojos oscuros destellaron.

—Eres injusto, Marcus. Yo te cuento todo.

—Porque eres indiscreta. —Su boca se torció irónicamente—. Y cruel.

Sus ojos sensuales se abrieron más.

—¿Cruel? —dijo ella con inocencia—. ¿Cómo puedes acusarme de ser cruel cuando no he hecho más que complacerte desde el principio?

—Cuando un hombre considera que está enamorado de una mujer, no quiere escuchar cada detalle de sus amoríos con otros.

—¿Y tú estabas enamorado de mí? —Se levantó y se acercó a él—. ¿Te lastimé, Marcus? ¿Realmente lo hice?

Él vio satisfacción en sus ojos.

—No —dijo sinceramente, y vio que su rostro se ensombreció. Ella lo había enfurecido, sí. Lo apasionaba frecuentemente. Pero siempre le había fallado al blanco de su corazón. Y tampoco era la única. Nunca había sentido una pasión absorbente por nada ni por nadie.

Ella pasó la punta de su uña por su mandíbula.

—Entonces, ¿no me amas?

—Me pareces una distracción agradable. —Al ver su disgusto, se inclinó y rozó sus labios contra los de ella—. A veces, más que una distracción.

Ella se veía afectada.

—¿Alguna vez me amaste, Marcus?

Acarició suavemente la delicada mejilla de Arria con su dedo, deseando haber evitado el tema del amor.

—Creo que no tengo esa capacidad. —La besó lentamente. Terreno conocido.

Tal vez eso era lo que estaba mal entre ellos. Ya no había misterio y ninguna gran pasión de parte de él. Sentir la piel suave de Arria, el aroma de su cabello y el sabor de su boca ya no lo volvían loco. Hasta sus conversaciones se habían convertido en repeticiones aburridas. De lo único que Arria quería hablar, realmente, era de Arria. Todo lo demás era un subterfugio.

—No estoy lista para que esto se termine —dijo ella entrecortadamente, inclinando su cabeza hacia atrás.

—Yo no dije que tiene que terminar.

—Te conozco mejor que Fannia.

—¿Te puedes olvidar de Fannia?

—¿Tú puedes? Oh, Marcus, nadie te excitará tanto como yo. —Lo acarició con sus manos—. Hoy estuve en el templo de Astarté y la sacerdotisa me dejó ver lo que le hacía a uno de los fieles. ¿Te muestro lo que le hizo, Marcus? ¿Te gustaría eso?

Excitado, pero inexplicablemente disgustado, Marcus la empujó para apartarla de sí.

—En otro momento, Arria. No creo que este sea el lugar.

Estaba demasiado consciente de otras cosas. Escuchó risas desde la casa. Una melodía alegre empezaba a emanar desde una zampoña. Esta noche quería ahogarse en vino, no en una mujer.

Arria parecía afligida pero, por más que lo intentó, no pudo sentir nada por ella.

La luz de la antorcha parpadeó y atrajo su mirada nuevamente a la estatua. Observándolo, Arria trató de dominar sus emociones tumultuosas. Su boca se tensó al ver que Marcus estudiaba con más interés la estatua de los jóvenes amantes que el que había puesto al mirarla a ella. Deseaba escucharlo suplicar como había suplicado Chuza.

Pero Marcus no era como Chuza y ella no quería perderlo. Era rico, era guapo y había algo en él. —Una inquietud y una pasión profunda— que la atraía.

Tragándose su orgullo, Arria enlazó su brazo en el de él.

—¿Sí te gusta la estatua, verdad? Es muy buena. Dudo que Antígono se desprenda de ella. Está enamorado de ellos.

—Veremos —dijo Marcus.

Volvieron a la casa y se reincorporaron a la fiesta. Pensativo, Marcus se recostó en el sofá cerca de Antígono. El vino circulaba libremente mientras hablaban de política. Aburrida, Arria mencionó que Marcus estaba fascinado con la estatua de los amantes. Antígono frunció las cejas y cambió de tema. Marcus insinuó las posibles necesidades económicas futuras, quejándose del costo de ofrecer los juegos para el populacho, las fiestas para la aristocracia y otras obligaciones onerosas del cargo público. Antígono pronto vio la necesidad de la generosidad.

—La estatua estará en los jardines de Valeriano a fines de la semana que viene. —Ofreció solemnemente.

Marcus sabía cómo funcionaba la mente de Antígono. Convenientemente se olvidaba de las promesas que hacía cuando estaba borracho. Sonriendo levemente, Marcus sirvió más vino para sí mismo y para Antígono:

—Me ocuparé de los arreglos —dijo, y le hizo señas a uno de los esclavos.

El semblante de Antígono decayó mientras Marcus daba las órdenes para que se llevaran la estatua a la residencia de Valeriano en ese mismo momento.

—*Eres* generoso, Antígono —dijo Arria—. Especialmente con Marcus, quien valora muy poco la verdadera belleza.

Reclinándose hacia atrás indolentemente, Marcus le sonrió con burla.

—La verdadera belleza es excepcional y rara vez es reconocida por quien la posee.

Sonrojada por la ira, Arria se levantó con elegancia. Sonrió y puso su fina mano llena de joyas sobre el hombro de Antígono.

—Ve con cuidado, querido amigo, no sea que te vendas a ti mismo a la ambición de un plebeyo.

Antígono la observó marcharse y le sonrió a Marcus.

—La bella Arria se ha enterado de tu encuentro amoroso con Fannia.

—Una mujer es un placer; dos, una maldición —dijo Marcus, y volvió al tema de la política y, más tarde, a los contratos de construcción. También podía llegar a usar la llegada de Antígono al Senado. Para el amanecer, tenía todas las garantías que necesitaba para dar a conocer su propio nombre como constructor por toda Roma y llenar sus arcas con talentos de oro.

Lograría su objetivo. Antes de llegar a los veinticinco años, superaría la riqueza y la posición de su padre.

5

Hadasa se mantuvo erguida en la larga fila de hombres y mujeres judíos, mientras los esclavistas efesios suntuosamente vestidos caminaban entre los cautivos buscando a los que tenían aspecto de estar más sanos. Los prisioneros judíos habían tenido cierto grado de protección mientras marchaban con Tito, pero ahora que él se había ido a Alejandría, los esclavistas cayeron sobre ellos, inspeccionándolos como buitres en busca de carroña para devorar.

Setecientos de los hombres más fuertes y espléndidos se habían ido con Tito, marchando nuevamente al sur con sus legiones para ver los restos de Jerusalén antes de viajar a Egipto. Desde allí navegarían hasta Roma. Tito presentaría a sus prisioneros en el Triunfo y los mandaría a los juegos en la arena.

Una de las mujeres gritó cuando un guardia romano le arrancó la túnica harapienta, para permitir que el mercader de esclavos la examinara más de cerca. Cuando trató de cubrirse con las manos, el guardia la golpeó. Sollozando, se quedó quieta bajo el escrutinio de los dos hombres.

—No vale un sestercio —dijo el esclavista con disgusto y siguió adelante. El romano le arrojó a la mujer la túnica rasgada.

Ya hacía tiempo que las mujeres más hermosas habían sido usadas por los oficiales del ejército romano y después vendidas en las ciudades por las que pasaban en su marcha. El grupo que quedaba era variado: en su mayoría eran viejas y niñas, y otras mujeres muy poco atractivas para llamar la atención de los soldados romanos. Sin embargo, aunque no eran hermosas, tenían otra cualidad. Habían sobrevivido meses de adversidades y marchas extenuantes. En cada ciudad por la que Tito pasaba, se habían celebrado juegos y miles de cautivos habían muerto. Sin embargo, estas pocas seguían vivas.

Cuando Tito tomó a la princesa herodiana Berenice como su amante, durante un breve período existió la esperanza de que los judíos se librarían de los juegos. Oraban pidiendo que Berenice los librara como lo había hecho la reina Ester, siglos atrás. Sin embargo, el amor de Tito por la bella joven princesa no trajo salvación para su pueblo. La sangre judía corrió por las arenas de Cesarea de Filipo, Ptolemaida, Tiro, Sidón, Bérito y Antioquía. De los miles que partieron de Jerusalén, quedaban estas pocas mujeres cadavéricas.

Hadasa había sufrido como los demás. La muerte acompañó a los prisioneros por el camino, atravesando con ellos el calor, el polvo, las raciones exiguas, las enfermedades y los festejos de las victorias romanas. Cuando las legiones de Tito y los prisioneros llegaron a Antioquía, quedaban vivos menos de la mitad de los que habían sido arrebatados de la ciudad santa.

La gente de Antioquía salió en masa a recibir a Tito como si fuera un dios. Las mujeres con ojos de cordero degollado seguían al apuesto hijo del emperador, arrastrando a sus hijos detrás de ellas. Recientemente, los judíos libres de Antioquía habían estado peleando entre sí, alentando el odio de los sirios. Habían arrojado terrones que golpearon a Hadasa y a las demás cuando pasaban caminando, mientras los sirios les gritaban insultos a los prisioneros y demandaban que los destruyeran. Finalmente, los guardias romanos hicieron retroceder a los agresores. Corría la voz de que los sirios querían que Tito sacara a los judíos libres de su ciudad y se los llevara con él, pero Tito se negó a hacerlo y se irritó por sus incesantes exigencias. Después de todo, ¿qué iba a hacer él con más judíos en sus manos? Su país estaba destruido, su ciudad santa estaba en ruinas y él tenía todos los que necesitaba para los juegos. ¿Quién los quería?

Los sirios demandaron que Tito quitara las tablas de bronce sobre las que estaban grabados los privilegios judíos, pero, nuevamente, Tito se negó. Fue un poco más allá y, por motivos que solo él conocía, proclamó que todos los judíos libres de Antioquía debían seguir disfrutando de todos los privilegios que siempre habían tenido. Si no era así, los sirios le rendirían cuentas a Roma.

Mientras que la vida de los judíos de Antioquía estaba, por consiguiente, asegurada, la vida de los desdichados cautivos era cada vez más precaria. Decidido a evitar cualquier conflicto futuro en la provincia romana de Judea, Tito comenzó a dispersar a los judíos sobrevivientes por todos los países del Imperio romano. Los esclavos de buena condición física siempre eran muy solicitados y grandes cantidades de ellos eran compradas por lotes; los amarraban juntos y los escoltaban hasta las embarcaciones que se dirigían a cada provincia del imperio.

Algunos judíos fueron obligados a bajar a las entrañas de un ciento de barcos, donde pasarían el resto de su vida sirviendo como remeros. Otros fueron enviados a Galia para talar árboles y proveer madera para expandir las ciudades romanas. Grandes grupos fueron enviados a España para cuidar ganado o trabajar duramente en las minas de plata. Cientos más fueron enviados a Grecia a cortar y cargar el mármol de las canteras. Los más rebeldes y orgullosos fueron vendidos a sus enemigos ancestrales, los egipcios. Morirían paleando y cargando arena en barcazas; la arena destinada a los anfiteatros del imperio, donde se absorbería la sangre judía derramada para divertir al populacho romano.

Los mejores prisioneros habían sido vendidos; ahora quedaban las más débiles y más feas. Hadasa estaba entre los últimos cientos que serían dispersados. El traficante que los examinaba buscaba adquirir tejedoras, trabajadores del campo, sirvientes y prostitutas. Con las manos apretadas, Hadasa rogaba ser librada de las últimas.

—¿Qué hacemos con esta? —dijo un soldado romano, jalando a una mujer fuera de la fila.

El oscuro efesio la miró con desagrado.

—Es más fea que cualquier cosa que haya visto. —Siguió caminando y hablando con desprecio de las mujeres que quedaban—. Recuerda que estoy comprando esclavas que sirvan a las prostitutas del santuario del templo de Artemisa. Deben ser algo atractivas.

El corazón de Hadasa latió violentamente a medida que se acercaba a ella. *Señor, que pase de largo. Hazme invisible.* Prefería limpiar heces que servir a una diosa pagana.

El esclavista hizo una pausa delante de ella. Hadasa mantuvo la mirada en los pies calzados por unas sandalias refinadas de cuero que tenían puntadas de colores vistosos. El lino exquisito de su túnica era azul y pulcro. Se sintió fría y enferma mientras él seguía mirándola. No levantó la cabeza.

—Esta tiene potencial —dijo repentinamente el hombre. La tomó del mentón y levantó su rostro. Ella miró sus ojos fríos y casi se desmaya.

—Es demasiado joven —dijo el soldado.

—¿Cómo fue que la pasaron por alto? —El esclavista giró su cabeza a la izquierda y a la derecha—. Veamos tus dientes, niña. Abre la boca. —El mentón de Hadasa tembló mientras obedecía y él estudiaba sus dientes—. Buenos dientes.

—Está muy delgada —dijo el romano.

Él volvió a levantar la cabeza de la muchacha, estudiándola de cerca.

—La comida decente arreglará eso.

—Es fea.

El esclavista miró de reojo al soldado y sonrió.

—No es tan fea como para que te hayas interesado en ella. ¿Has estado usándola?

Ofendido y repugnado por la idea, el legionario romano se puso rígido.

—Jamás la he tocado.

—¿Por qué no?

—Es una de las justas.

El esclavista se rió.

—Una de las justas. —Se burló—. Una razón más para comprarla. Nada le gustaría más a la mitad de los hombres efesios que tener acceso a una judía justa.

Volvió a mirar a Hadasa con una sonrisa amplia que a ella le revolvió el estómago.

Un músculo se tensó en el rostro del soldado romano.

—¿A mí qué me importa si pagas treinta piezas de plata por una muchacha que estará muerta antes de que llegues a Éfeso?

—Me parece que está lo suficientemente sana, y aguantó hasta ahora. Dudo que la maten las severas tareas que le pedirán que haga en el templo.

—Apostaría mi ración de sal a que se suicidará antes de que llegues a Éfeso.

—¿Por qué haría eso?

—Obviamente, no sabes nada de los judíos. Esta preferiría morir a servir a quien ella considera un dios pagano. —Agarró el frente de la túnica de Hadasa y la jaló hacia adelante—. Pero aquí está. Llévatela. Una judía menos de la cual preocuparme.

Hadasa sintió escalofríos cuando el esclavista la miró de nuevo. La transpiración surgió en su piel. Se puso pálida y se tambaleó. El puño del romano le apretó bruscamente la túnica, sujetándola mientras el efesio continuaba con la inspección.

El esclavista la estudió detenidamente, entrecerrando los ojos.

—Quizás tengas razón. Parece que se va a caer muerta ahora mismo. —Hizo un gesto desdeñoso con la mano y avanzó—. Todos estos judíos repugnantes. Preferiría tener egipcios.

El joven soldado la soltó y empezó a seguirlo. Impulsivamente, Hadasa tomó su mano.

—Que Dios lo bendiga por su misericordia —le dijo, y le besó la mano.

Él sacudió la mano para soltarse.

—Ya me agradeciste antes, ¿recuerdas? Te di una porción de maíz y... —hizo una mueca—. Te he observado orar. Kilómetro tras kilómetro, mes tras mes, orando. ¿De qué te ha servido?

A Hadasa se le llenaron los ojos de lágrimas.

—¿De qué te ha servido? —dijo él, enojado, como si quisiera que ella le respondiera.

—Aún no lo sé.

Él frunció ligeramente el ceño, buscando algo en sus ojos.

—Todavía crees, ¿no? Eres una tonta. Todos ustedes son unos tontos. —Empezó a alejarse, y entonces volvió a mirarla con el rostro endurecido—. No te hice ningún favor. Las esclavas del templo reciben muy buen trato. Especialmente las prostitutas. Quizás, con el tiempo, llegues a maldecirme.

—Nunca.

—Regresa a la fila.

—Nunca lo maldeciré —dijo, e hizo lo que él le ordenó.

El esclavista compró diez mujeres y se fue. Un esclavista griego llegó al día siguiente. Hadasa fue comprada como esclava doméstica. Amarrada junto a otras diez mujeres, fue llevada por las calles de Antioquía. Unos niños de piel oscura corrían junto a las mujeres, arrojándoles estiércol e insultándolas. Una judía les gritó histéricamente y, en lugar de estiércol, empezaron a arrojarles piedras. Los guardias del esclavista persiguieron a los niños y luego desvistieron y apalearon a la mujer que les había gritado. Para empeorar su humillación, la hicieron caminar desnuda el resto del camino.

Los mástiles de los barcos se erguían frente a Hadasa, y el olor del mar la invadió y le trajo recuerdos de Galilea y de su padre y su madre, de su hermano y de su hermana. Cegada por las lágrimas, se tambaleó junto con las otras mujeres, mientras las empujaban para que subieran la rampa hacia el interior del barco.

Hadasa bajó los empinados escalones y caminó por el pasillo estrecho, entre las hileras de galeotes con olores nauseabundos que manejaban los remos. Etíopes de piel negra, britanos de ojos azules y galos de cabello oscuro la vieron pasar sin ningún sentimiento. Bajaron una segunda escalera hasta el casco. El repugnante hedor de las heces, orines, transpiración y vómito subió a su encuentro.

Mientras descendía, vio unas sombras imprecisas que se movían. Fue un momento antes de que sus ojos se adaptaran a la oscuridad y se diera cuenta de que era la segunda tripulación de galeotes. «Mujeres», dijo en griego un esclavo, y la sola palabra revelaba cuántos años habían pasado desde que había visto una.

Les aflojaron las cuerdas y cerraron la rejilla con violencia. Pusieron los cerrojos. En pocos segundos agarraron a la mujer desnuda y su grito rápidamente fue sofocado por otros sonidos más horribles. Gimiendo, Hadasa se alejó a rastras y trató de no escuchar los sonidos de la lucha desesperada en la oscuridad. Una pelea estalló entre dos hombres. El casco oscuro cobró la apariencia de un Seol agitado y Hadasa se escondió desesperadamente en el recoveco más alejado de la oscuridad.

Finalmente el forcejeo terminó y Hadasa escuchó a la mujer sollozar histéricamente. Cuando alguien la pateó y le dijo que se callara, la mujer reptó débilmente a través del fétido revoltijo que estaba sobre los tablones. Cuando se aproximaba, Hadasa estiró el brazo y la tocó. La mujer bruscamente dio un tirón y Hadasa le habló en voz baja.

—Aquí hay un espacio, a mi lado.

Pudo sentir que la mujer temblaba violentamente cuando se acurrucó junto a ella en la oscuridad. Su agitación aumentó. Hadasa tocó la piel fría y húmeda. No tenía palabras para consolarla, a pesar de que quería hacerlo con desesperación. La mujer empezó a llorar nuevamente, sofocando el sonido contra sus rodillas levantadas.

A Hadasa se le cerró la garganta. Se quitó el manto y se lo dio a la mujer, quedándose solo con la larga túnica gris para cubrirse a sí misma.

—Ponte esto —le dijo con suavidad. Tiritando violentamente, la mujer hizo lo que Hadasa le indicó. Hadasa la rodeó con sus brazos y la sostuvo cerca, acariciándole el cabello enmarañado y nauseabundo como había acariciado el de su madre.

—Bendita es la mujer estéril que nunca ve a su hija llegar a esto —gimió alguien.

El silencio cayó sobre los ocupantes del casco. Solo se oían los crujidos del barco, el redoble del tambor mientras se golpeaba una cadencia para marcarle el ritmo a los galeotes, y el deslizamiento de los remos. La rejilla se abrió con violencia varias veces al día; a los esclavos más descansados se les ordenaba subir, mientras que a los que estaban exhaustos los enviaban abajo. A veces el látigo chasqueaba bruscamente, provocando un grito ahogado de dolor de algún perezoso.

El día y la noche se entremezclaron. Hadasa dormía, despertándose cuando los pestillos eran liberados y la rejilla se abría de golpe con el cambio de tripulación, o cuando les repartían las escasas raciones. El balanceo del barco acrecentaba el malestar de algunos que yacían enfermos en la oscuridad pestilente. El aire estaba pesado y nauseabundo. Hadasa ansiaba una bocanada de aire puro y soñaba con Galilea.

Una tormenta azotó el barco cuando navegaba a lo largo de la costa de Licia. La nave subió muy alto y se desplomó contra las olas, mientras el viento gemía y aullaba. Los esclavos se aterrorizaron y buscaron con desesperación de dónde agarrarse, clamando en media docena de idiomas a media docena de dioses que los salvaran.

El agua helada se metió en el casco y corrió de un lado al otro, empapando la túnica harapienta de Hadasa mientras se aferraba a una cuaderna del barco. Tiritando, se agarró firmemente y oró en silencio en medio de los gritos. El barco se levantó tan vertiginosamente que parecía que iba a salir disparado del agua. Después cayó igual de repentinamente y el estómago de Hadasa descendió con él. El casco golpeó el mar con un chasquido ruidoso y todo el barco se estremeció como si fuera a hacerse pedazos.

—¡Vamos a morir! ¡Déjennos salir!

Los hombres se agarraban frenéticamente de la rejilla mientras el agua llovía a cántaros sobre ellos.

—¡Déjennos salir! *¡Déjennos salir!*

Cuando el barco volvió a sacudirse, alguien cayó contra Hadasa y perdió su agarre. Se deslizó y se golpeó contra una viga mientras el barco volvía a elevarse. El rugido del mar era como una bestia salvaje. El barco se balanceó hacia un costado y sintió que el agua fría la empapaba. *Oh, Padre, ¡ayúdanos! Sálvanos como salvaste a los discípulos en el mar de Galilea.* Buscó de qué aferrarse, pero no encontró nada. Entonces, algo la golpeó fuertemente en la cabeza y el sonido se desvaneció. Flotó en la oscuridad, sin sentir nada.

Fue la cadencia constante del tambor y de los remos hundiéndose en el agua lo que la despertó. El sonido del mar golpeando la proa y bañando los costados del barco apaciguó sus sienes palpitantes. Creía que había estado soñando. Le dolía la cabeza; tenía la túnica empapada y el cabello también. El casco estaba inundado de agua de mar. Dos esclavos llenaban odres y los enganchaban en una soga para que fueran levantados y vaciados.

Una mujer se sentó a su lado y le tocó la frente:

—¿Cómo te sientes?

—Me duele un poco la cabeza. ¿Qué pasó?

—Te golpeaste la cabeza durante la tormenta.

—Entonces, ya terminó.

—Hace mucho. Las tripulaciones cambiaron cuatro veces desde que se calmó. Escuché al guardia decir que estamos pasando por la isla de Rodas. —Abrió una tela manchada y se la entregó a Hadasa—. Te guardé un poco de cereal.

—Gracias —dijo Hadasa y tomó lo que le ofrecía.

—Me diste tu túnica —dijo la mujer, y Hadasa supo quién era.

Los días y las noches se confundían en el silencio oscuro. A pesar de que la inmundicia, la comida precaria, la falta de privacidad y el abuso deshumanizaron a algunos, estas cosas condujeron a Hadasa a Dios. Su padre había dicho que el sufrimiento producía resistencia para que la persona pudiera ser fortalecida para cualquier cosa que tuviera por delante. A ella no le gustaba pensar en lo que podía depararle el futuro. Había demasiadas posibilidades horrorosas. La muerte llegaba de muchas maneras.

Dios era omnisciente, todopoderoso y omnipresente, y su padre siempre le había asegurado que todas las cosas obraban para el buen propósito de Dios. Sin embargo, Hadasa no podía ver ningún propósito en lo que ella y los que la rodeaban padecían. Así como ella, otros simplemente habían estado en Jerusalén en el momento equivocado. Habían quedado atrapados como conejos ante una jauría de perros de caza. Zelotes o romanos, ella no podía ver la diferencia. Todos eran hombres violentos.

Muchos amigos de la familia habían creído que el fin de los tiempos de los que Jesús había hablado había llegado, que el Señor regresaría y reinaría mientras todavía estaban vivos. Algunos incluso habían vendido todo lo que tenían y le habían entregado el dinero a la iglesia. Luego, se habían cruzado de brazos a esperar el fin. Su padre no había sido uno de ellos. Él siempre siguió adelante, trabajando en su oficio.

«Dios volverá a su debido tiempo, Hadasa. Él les dijo a los discípulos que vendría como un ladrón en la noche. Por eso, no creo que venga cuando lo esperen. Solamente sabemos que Él vendrá. No es para nosotros saber cuándo sucederá».

Seguramente la destrucción del templo y de la ciudad de Sión eran señales de que el fin del mundo estaba sobre ellos. Seguramente el Señor regresaría ahora. Ella deseaba que volviera. Lo anhelaba. No obstante, una profunda sensación en su interior le advertía contra los rescates precipitados. Dios no intervenía siempre. A lo largo de las Escrituras había utilizado a las naciones paganas para poner de rodillas a Israel.

—"Vengan, volvámonos al Señor" —susurró la mujer—. "Él nos despedazó, pero ahora nos sanará. Nos hirió, pero ahora vendará nuestras heridas. Dentro de poco tiempo Él nos restaurará, para que podamos vivir en su presencia".

Con voz temblorosa, Hadasa retomó donde la mujer se había detenido, recitando las palabras del profeta Oseas:

—"¡Oh, si conociéramos al Señor! Esforcémonos por conocerlo. Él nos responderá, tan cierto como viene el amanecer o llegan las lluvias a comienzos de la primavera".

La mujer tomó la mano de Hadasa.

—¿Por qué es solo en la oscuridad que recordamos lo que nos ha sostenido aun en la luz? No he pensado en las palabras del profeta desde mi infancia, y ahora, en esta oscuridad, vienen a mí más claras que el día que escuché que las leían. —Lloró suavemente—. Jonás debe haber sentido esta misma lúgubre desesperación en el vientre de la ballena.

—Oseas hablaba de Yeshúa y de la resurrección —dijo Hadasa, sin pensar.

La mujer la soltó y la miró detenidamente en la oscuridad:

—¿Eres una *cristiana*? —la palabra sonó como un insulto.

Asustada, Hadasa no respondió. Sintió un escalofrío ante la animosidad de la mujer. El silencio que se produjo entre ambas era más denso que una pared. Hadasa quería decir algo, pero no pudo encontrar las palabras.

—¿Cómo puedes creer que nuestro Mesías ha venido? —siseó la mujer—. ¿Hemos sido liberados de los romanos? ¿Acaso reina nuestro Dios? —comenzó a llorar.

—Yeshúa vino para expiar nuestros pecados —susurró Hadasa.

—Yo me comporté según la ley de Moisés toda mi vida. No me hables de expiación —dijo la mujer, con el rostro desfigurado por la amargura y el dolor. Se puso de pie y se apartó, sentándose cerca de otras mujeres. Miró furiosa a Hadasa por un largo rato y luego giró el rostro en otra dirección.

Hadasa puso la cabeza contra sus rodillas y luchó contra la desesperación.

Cuando el barco llegó a Éfeso, las esclavas fueron llevadas a la cubierta y volvieron a atarlas juntas. Hadasa aspiró el aire limpio del mar. Después de largos días y noches en las entrañas del barco, pasaron varios minutos hasta que sus ojos se adaptaron al brillo de la luz del sol y pudo mirar a su alrededor. Los muelles rebosaban de actividad bulliciosa. Había obreros en todas partes realizando sus tareas. Los *stuppatores*, muy bronceados, trabajaban en los andamios calafateando un barco que estaba atracado al lado del que había traído a Hadasa. A su izquierda había otro navío romano. Los *sburarii* luchaban por subir las escaleras, llevando al hombro costales de arena. Caminando lentamente hacia abajo por los tablones, vertían el lastre en una carreta que llevaría los sacos hasta un anfiteatro efesio.

Otros trabajadores llamados *sacrarii* cargaban costales de trigo y los dejaban caer sobre unas balanzas. Luego, los *mensores* los pesaban y escribían en sus libros de cuentas. Un hombre tropezó y una caja cayó al mar. Un *urinator* desnudo se arrojó al agua para buscarla.

De media docena de barcos se oían las órdenes proferidas en la misma cantidad de lenguas. El látigo volvió a chasquear y el guardia a cargo del grupo de Hadasa les gritó a las mujeres que bajaran los tablones. Las condujeron a lo largo de una calle flanqueada por puestos de vendedores y llena de clientes vociferantes. Muchos se detuvieron y las miraron. Otros les gritaron insultos: «¡Judías repugnantes y hediondas!».

Hadasa ardía de vergüenza. Los piojos le trepaban por el cabello, su túnica estaba apestosa y manchada de excremento humano.

Una mujer griega la escupió mientras pasaba y Hadasa se mordió el labio para no llorar.

Las llevaron a los baños. Una mujer robusta le arrancó bruscamente la túnica andrajosa y luego le afeitó todo el cabello. Humillada, Hadasa deseó morir. Lo peor fue cuando la mujer la frotó con un ungüento maloliente en cada curva y hendidura de su cuerpo.

«Quédate parada allí hasta que te diga que te laves», le dijo secamente la mujer. El ungüento ardía como el fuego. Luego de varios minutos insoportables, la mujer le ordenó que fuera a la habitación contigua. «Restriégate minuciosamente o yo lo haré por ti», le dijo. Hadasa obedeció, agradecida de librarse de la mugre endurecida que se le había acumulado en el cuerpo durante el largo viaje y la travesía. El ungüento había matado a los bichos.

La mojaron con agua helada y la enviaron a los baños.

Hadasa ingresó en una habitación enorme en la que había una gran piscina de mármol blanco y verde. Había un guardia presente, por lo que se apresuró a meterse en el agua para esconder su desnudez. El hombre apenas se dio cuenta de que ella estaba allí.

El agua caliente alivió la piel ardiente de Hadasa. Nunca antes había estado en un baño romano y miró asombrada a su alrededor. Las paredes eran murales de mosaicos tan maravillosamente hermosos, que tardó un momento en darse cuenta de que eran escenas que representaban a dioses paganos seduciendo a mujeres terrenales. Sus mejillas se sonrojaron y bajó la vista.

El guardia les ordenó a ella y a las demás que salieran de la piscina y fueran a otra cámara, donde les entregaron toallas grises para secarse. Les dieron ropa y Hadasa se puso una túnica simple de color canela y un manto marrón oscuro, pasándolos por encima de su cabeza. Se envolvió la tela de rayas rojas y marrones dos veces alrededor de la cintura y la ató con firmeza. Los largos bordes raídos colgaban sobre su cadera. Le entregaron una prenda marrón más clara para que se la colocara sobre la cabeza pelada. Se la ató sobre la nuca para sujetarla. Por último le ajustaron el infamante collar de esclava y luego le colgaron una pizarra al cuello.

El propietario entró cuando habían terminado. Cuando se paró frente a Hadasa, la estudió detenidamente. Luego, levantó la pizarra y escribió algo en ella antes de pasar a la siguiente.

Atadas juntas, fueron llevadas al mercado de esclavos. El propietario regateó con el subastador hasta que se pusieron de acuerdo sobre la comisión. Entonces enviaron a un vendedor ambulante al muelle atestado de personas para que atrajera a la multitud.

«¡Mujeres judías en venta! —gritó el vendedor—. ¡Las mejores prisioneras de Tito al precio más bajo!». Cuando se reunió una muchedumbre, el propietario desató a una mujer y le ordenó que se parara sobre una enorme mesa redonda semejante a la rueda de un alfarero. Un esclavo semidesnudo se paró con una soga sobre su amplio hombro, esperando la orden de girarla.

Los espectadores se burlaban de la mujer y le gritaban insultos. «¡Desnúdala y déjanos ver qué estás vendiendo realmente!», gritó uno. «¡Judíos malditos! ¡Échenlos a los perros en la arena!». La mujer permaneció erguida, con la mirada fija hacia adelante, mientras la rueda giraba para que los que la observaban pudieran ver todos los costados de la mercadería ofrecida.

Sin embargo, entre los presentes había quienes buscaban esclavas para su hogar. Una por una, las mujeres fueron vendidas como cocineras, tejedoras, costureras, niñeras, esclavas para la cocina y aguateras. Cuando cada una era vendida, se le ordenaba que bajara de la gran rueda y su nuevo amo se la llevaba con la soga. Hadasa se sintió desolada al verlas partir.

Fue la última en pararse sobre la rueda.

«Ella es pequeña y delgada, pero marchó desde Jerusalén hasta Antioquía, así que es fuerte. ¡Será una excelente esclava del hogar!», dijo el subastador e inició la puja con treinta sestercios, como había hecho con las demás. Nadie ofertó, así que bajó el precio a veinticinco, luego a veinte y después a quince.

Finalmente la compró un hombre delgado vestido con una toga blanca de ribetes púrpura. Ella bajó de la rueda y se paró delante de él, con la cabeza inclinada en reverencia y las manos cruzadas. Cuanto más la analizaba, más apretado le parecía el collar de latón de esclava. Le arrancó la tela de la cabeza y ella levantó la vista el tiempo suficiente como para mirar sus ojos consternados.

«Qué lástima que te hayan afeitado la cabeza —dijo él—. Con cabello, posiblemente te parecerías más a una mujer». Le arrojó la tela y, rápidamente, ella volvió a atársela.

«Me pregunto qué dios está gastándome una broma esta vez», farfulló muy irritado, tomando la soga que sujetaba las muñecas de Hadasa y comenzando a caminar enérgicamente por el muelle. Hadasa daba dos pasos por cada uno de los de él, apresurándose para seguirle el ritmo. Empezó a dolerle el costado.

Procopus la llevó a rastras, preguntándose qué haría con ella. Su esposa, Eficaris, le arrancaría la cabeza si la llevaba a su casa. Efi despreciaba a los judíos; los llamaba traidores y dignos del exterminio. El hijo de su mejor amiga había muerto en Judea. Sacudió la cabeza. Para empezar, ¿qué lo había poseído para comprar a la muchacha? ¿Y qué iba a hacer con ella ahora? Diez sestercios por esta pequeña criatura. Qué ridículo. Había estado dando vueltas por los muelles, pensando en sus propios asuntos, soñando con zarpar hacia Creta y alejarse de todos sus problemas, cuando siguió a ese vendedor ambulante. Tenía curiosidad de ver a las cautivas judías y había sentido una lástima extraña por esta que no tenía comprador.

No debería haber ido a los muelles ese día. Debería haber ido a los baños y recibir un masaje. Le dolía la cabeza; tenía hambre; estaba furioso consigo mismo por haber sentido la mínima lástima por este retoño. Si hubiera mantenido la mano a su costado, algún otro la tendría atada en este momento y él no tendría este problema por resolver.

Quizás podía regalársela a Tiberio y, así, quitársela de encima. A Tiberio le gustaban las jovencitas, especialmente las que eran demasiado jóvenes para quedar embarazadas. Echó un vistazo hacia atrás. Los grandes ojos marrones parpadearon ante los suyos y rápidamente bajaron la vista al suelo. Muerta de miedo. ¿Y por qué no? Gran parte de su raza estaba muerta. Cientos de miles de ellos, según había escuchado. No era que los judíos no merecieran el exterminio, después de toda la molestia que habían sido para Roma.

Frunció el ceño con desaprobación. Tiberio no la querría. No era más que huesos, un rostro demacrado y ojos castaños sufridos. Ni un sátiro podía excitarse con esto. ¿Quién entonces?

Clemencia, quizás. A lo mejor necesitaba otra sirvienta, pero hoy no tenía ganas de enfrentar a su mordaz amante. Dudaba que regalarle una esclava esquelética fuera a complacerla, especialmente porque no había tenido tiempo de visitar a su joyero para comprarle la baratija necesaria para colgar ante sus avaros ojos. Todavía estaba enfadada por el broche que le había dado. No se había dado cuenta de que ella era tan astuta, ni había considerado la posibilidad de que lo haría tasar tan rápido.

«Después de todas tus promesas, ¿cómo te atreves a darme una imitación?», le gritó, lanzándole la hermosa pieza de joyería a la cabeza. Las mujeres eran grotescamente desagradables cuando lloraban; especialmente cuando las lágrimas eran producto de la rabia. El semblante generalmente encantador de Clemencia se había transformado en una máscara tan fea, que Procopus recuperó la despreciada chuchería y huyó del departamento. Su esposa la había aceptado con el debido aprecio.

Varios centuriones romanos hacían guardia ante una fila de esclavos andrajosos y raquíticos que iban atados todos juntos con una soga y estaban embarcando en un navío. Había más de cuarenta hombres y mujeres en el grupo.

—¿Hacia dónde se dirigen? —le gritó Procopus al comandante que estaba parado en lo alto del tablón de carga.

—A Roma —le respondió.

El corazón de Hadasa dio un salto. Vio a los cautivos y supo su destino. *Oh, Dios, líbrame, por favor.*

—¿Son judíos?

—¿Y qué parecen? ¿Ciudadanos romanos?

—¿Quiere aprovechar otra? —dijo Procopus, tironeando de la soga y empujando a Hadasa hacia adelante—. Quince sestercios y se la queda —El romano se rió burlonamente—. Diez entonces. —El romano lo ignoró—. Tuvo la fuerza como para marchar desde Antioquía. Es fuerte como para cualquier cosa que tenga en mente para esos esclavos.

—No necesitarán ser fuertes.

—Se la venderé por siete sestercios.

—No pagaría ni una moneda por un judío —dijo el romano—. Ahora, váyase.

Procopus empujó a Hadasa hacia adelante.

—¡Entonces, quédesela! ¡Por nada! Llévesela a Roma con los demás —Soltó la soga—. Ve y ponte en la fila con los otros —le ordenó—. No tengo nada que ver contigo.

Hadasa lo observó alejarse dando zancadas y sintió que se apagaba su destello de esperanza.

—Avanza —dijo el legionario y la empujó. Cuando llegó a la parte superior del tablón, miró al capitán a los ojos. Estaba curtido por años de campañas militares y le devolvió la mirada con ojos duros y fríos.

Festo despreciaba a los judíos. Demasiados amigos suyos habían muerto en sus manos traicioneras como para que sintiera pena de una muchachita como esta. La había visto mover los labios mientras subía el tablón y supo que estaba suplicándole a su dios invisible que la salvara. Era la única judía de todo el grupo que lo había mirado a la cara, directamente a los ojos. Agarró su soga y, de un tirón, la sacó de la fila. Ella volvió a mirarlo. Solo vio temor, no rebeldía.

—Irás a Roma —le dijo—. Sabes qué significa eso, ¿no? La arena. Te vi implorarle a tu dios que te salve, pero sigues yendo hacia Roma, ¿no es así?

Cuando ella no le respondió nada, se enojó más.

—¿Entiendes griego?

—Sí, mi señor.

Su voz era sumisa, pero no temblaba. La boca de Festo se tensó.

—Parecería que tu dios invisible no te va a salvar, después de todo, ¿no? ¿Qué tienes que decir de eso?

Ella lo miró:

—Si Dios quiere que yo muera, entonces moriré. Ningún poder en el mundo puede cambiar eso.

Eran palabras simples, dichas en voz baja y por una niña frágil, pero en ellas radicaba la semilla de una rebelión más violenta. Festo apretó los labios.

—Solo hay un poder real en este mundo, niña, y es el poder de Roma. —Giró su cabeza hacia el centurión que estaba parado junto a él—. Llévala abajo con los demás.

6

Con el traqueteo de las cadenas y el ruido de los grilletes hincándole los tobillos, Atretes fue obligado a bajar de la carreta justo adentro de las puertas del ludus de Capua. Malcenas había comprado otros nueve hombres en el camino al sur; varios simplemente por su tamaño. Atretes descubrió muy pronto que no tenían apetito para la sangre ni el sentido común para una buena pelea. Como bestias de carga, cumplían cada orden que se les daba. El guerrero germano los despreciaba.

Atretes se movió lentamente, dolorido por la paliza que le habían dado después de su último intento de escaparse.

«Ponte en fila», le ordenó el guardia y blandió su látigo. Atretes inhaló aire rápidamente cuando lo golpeó en la espalda, causándole agudos pinchazos de dolor. Maldijo al guardia y fue empujado a la fila.

Malcenas caminó a lo largo de la fila de hombres encadenados, dando órdenes.

«¡Párate derecho!», le gritó a uno y un guardia hincó al esclavo visiblemente enfermo hasta que obedeció. Los demás cautivos mantenían la mirada gacha, con la sumisión adecuada... excepto Atretes, quien abrió las piernas y miró abiertamente al mercader, demostrando todo el odio que sentía bombeando en su interior. El guardia lo azotó duro en los hombros con su látigo. Aparte de encogerse de dolor, Atretes no cambió de actitud. «¡Basta! —dijo Malcenas, antes de que el látigo fuera usado nuevamente—. No quiero que tenga más marcas de las que ya tiene».

Consumido por el dolor, Atretes entrecerró los ojos contra la luz del sol, tratando de estudiar su entorno y evaluar la posibilidad de escaparse. Lo rodeaban altas y gruesas paredes de piedra. Los barrotes de hierro, las puertas pesadas y los guardias de alerta armados presagiaban un futuro nefasto de forzosa servidumbre a su enemigo. Frente a él, los hombres entrenaban para la arena. Entonces, ¿sería que tenían la intención de convertirlo en un gladiador?

El instructor era fácil de identificar porque era alto, de cuerpo fornido; usaba una túnica de cuero fuertemente acorazada y era el único que portaba una gladius, que mantenía enfundada en su cinturón. Era más por apariencia que por cualquier otra cosa. No la necesitaba para protegerse ni para hacer cumplir sus órdenes.

Malcenas se dio cuenta dónde estaba fija la mirada del germano y sonrió con malicia.

«Ese es Taraco. No te convendría hacerlo enojar como me hiciste enojar estas últimas semanas. Tiene fama de haberle cortado el cuello a un esclavo por ningún otro motivo que el de usarlo como ejemplo».

Atretes había aprendido un poco de griego durante las pocas semanas del cautiverio, pero le importaba un bledo la amenaza de Malcenas. Hizo un movimiento repentino como para atacar al mercader y se rió del rápido repliegue del romano. Era el único placer que le quedaba: ver a un hombre que se hacía llamar «amo» retroceder por miedo a él.

—Si hubieras nacido cato, te habríamos ahogado en una ciénaga —le dijo con desprecio.

Malcenas no necesitaba entender el idioma germánico para saber que había sido groseramente insultado. Con el rostro rojo de ira, agarró el látigo del guardia y azotó a Atretes en el pecho, desgarrándole la piel. Atretes tomó aire, pero no se movió. Miró a Malcenas y escupió a sus pies.

—Ahí llega Scorpus —dijo uno de los guardias cuando Malcenas volvió a levantar el látigo.

Lo bajó y lo arrojó de vuelta a un guardia cercano.

—Vigílalo.

—Deberíamos matarlo —murmuró el guardia.

—Es el único que vale la pena vender —dijo Malcenas en tono grave. Pero, recordando que tenía huéspedes, Malcenas se dio vuelta, sonrió desenvuelto y saludó con diplomacia.

Atretes observó a un hombre acompañado por dos guardias armados que saludaban al «amo». El visitante parecía un soldado, pero estaba vestido como un delicado aristócrata romano. Tras analizarlo someramente por unos instantes, Atretes volvió a prestarles atención a los hombres que se entrenaban detrás de la pared enrejada. Eran un grupo variado, traídos desde los puntos más lejanos del Imperio romano. Britanos tatuados, galos de piel trigueña, africanos negros, todos se desplazaban a cada orden que les gritaban. Llevaban a cabo su entrenamiento armados solo con espadas de madera; cada hombre se movía al unísono al escuchar la voz grave de Taraco.

—Empujar, esquivar, girar hacia arriba y alrededor, bloquear, girar, empujar. *Otra vez.*

Atretes estudió las instalaciones nuevamente en busca de posibles vías de escape. Sus esperanzas menguaron rápidamente.

Nunca había visto un lugar tan fortificado. Las paredes eran gruesas y altas, todas las puertas eran de madera pesada y estaban provistas de pestillos y cerraduras dobles, y había guardias armados por todas partes; algunos lo miraban como si pudieran presentir qué estaba pensando y estaban listos para detenerlo.

La risa de Malcenas chirriaba, caldeándole la sangre a Atretes, que deseaba sentir el cuello gordo de Malcenas entre sus manos. Aunque fuera lo último que hiciera en este mundo, quería tener la satisfacción de matar a Malcenas.

—¿Y bien, Scorpus? ¿Ves alguno que te sirva para lo que necesitas? —dijo Malcenas, petulantemente consciente de que el propietario adinerado del ludus había puesto su atención en ese germano desafiante—. Es precioso, ¿no? —Trató de no sonar como que estaba restregándose las manos.

—No me interesa la belleza, Malcenas —dijo Scorpus con frialdad—. La fortaleza y la resistencia son mucho más rentables.

—Él tiene las dos.

—¿Dónde lo conseguiste?

—En la frontera de Germania. Era el cacique de una de las tribus y mató a más de veinte soldados en una sola batalla.

—La típica exageración, Malcenas. Es demasiado joven para ser un cacique —dijo Scorpus y caminó a lo largo de la fila de hombres. Tomaba nota de cada defecto, desde dientes podridos hasta piel amarillenta. Malcenas estaba nervioso y argumentaba desganadamente, volviendo a mirar con frecuencia al germano. Era obvio que estaba ansioso por deshacerse del bárbaro. Scorpus volvió al hombre joven y lo estudió nuevamente. Malcenas parecía inquieto, tenía el ceño y el labio superior mojados de transpiración.

—Al parecer, ha recibido varias palizas. ¿Por qué motivo, Malcenas? ¿Se resiste a tus avances?

A Malcenas no le pareció divertido.

—Intentó escaparse —dijo Malcenas, haciéndoles señas a sus guardias para que se acercaran—. Cuatro veces. —No sería bueno que Scorpus fuera atacado dentro de su propio ludus, y ese joven bárbaro estaba lo suficientemente loco como para hacerlo.

Scorpus notó el movimiento de los guardias. El germano tenía cierta pinta. Malcenas transpiraba de miedo por él y a Scorpus le resultó divertido. Los ojos azules que le devolvían la mirada eran fieros y estaban llenos de odio declarado. Esa ferocidad desenfrenada era digna de ser comprada.

—¿Cuánto quieres por él?

—Cincuenta mil sestercios —dijo Malcenas, suplicándole en silencio a Marte que lo librara del bárbaro.

—¿*Cincuenta* mil?

—Los vale.

—El lote completo no vale cincuenta mil sestercios. ¿Dónde los encontraste? ¿Recolectando uvas o construyendo caminos? ¿En las minas, tal vez? Tienen la misma inteligencia y vida que las piedras —excepto el germano, que parecía ser un poco inteligente, algo que era tanto deseable como peligroso.

Malcenas regateó un momento el precio, pero Scorpus negó con la cabeza, mirando a otros dos. Malcenas rechinó los dientes; quería librarse de ese joven germano aunque significara venderlo por un precio menor del que valía. Ese joven demonio ya había matado a uno de sus guardias durante el camino y Malcenas sabía que al germano nada le gustaría más que matarlo a él también. Lo veía en esos ojos gélidos cada vez que lo miraba. Lo sentía ahora, erizándole el cabello de la nuca y estrujándole los intestinos.

—Te dejaré al germano por cuarenta mil sestercios, pero eso es lo menos que puedo aceptar.

—Entonces, quédatelo —dijo Scorpus—. ¿Cuánto por este? —Seguía inspeccionando a un galo que Malcenas había comprado de una cuadrilla de carreteras.

Como de costumbre, Scorpus acertaba en su evaluación del surtido que había traído Malcenas. La mayoría de los hombres que estaban parados en la fila no tenía posibilidades de durar ni cinco minutos en la arena.

—Diez mil —dijo Malcenas, sin mirar siquiera al hombre que estaba tasando. En cambio, miró rápidamente y con cuidado hacia atrás, al germano, y sintió que el frío de esos ojos azules lo calaba hasta el tuétano de sus huesos. No iba a viajar un kilómetro más con ese demonio—. Enfrenta al germano contra Taraco si piensas que no vale el precio que le he puesto. —Si no podía vender al germano, tendría la satisfacción de verlo morir.

Scorpus lo miró, sorprendido.

—¿Taraco? —se rió sin ganas—. ¿Prefieres verlo masacrado antes que venderlo? No duraría un minuto con Taraco.

—Pon una frámea en sus manos y verás qué puede hacer —dijo Malcenas en desafío.

Scorpus sonrió burlonamente.

—Me parece que le tienes miedo, Malcenas. A pesar de todos los guardias que tienes para protegerte.

La burla le ardió. Si no fuera por Malcenas, Scorpus tendría que salir de sus magníficos cuarteles y procurarse su propia materia prima para su ludus. Apretando los dientes, Malcenas dijo fríamente:

—Ha intentado escapar cuatro veces; la última vez mató a uno de mis hombres. Le rompió el cuello.

Scorpus levantó las cejas.

—Cuatro intentos —volvió a mirar al joven germano—. Tiene cierta pinta, ¿no? Se ve como que nada le gustaría más que beber tu sangre. Está bien, Malcenas. Te lo quitaré de las manos. Treinta mil sestercios.

—Hecho —dijo Malcenas, lejos de estar satisfecho con la escasa ganancia que le había sacado—. ¿Y los otros?

—Solo él.

—El galo es fuerte y está bien proporcionado.

—Solo el bárbaro.

Malcenas retrocedió un paso mientras les ordenaba a sus guardias que quitaran las cadenas de las piernas de Atretes.

—Asegúrense de que tenga las manos bien encadenadas a la espalda antes de quitarle los grilletes de los tobillos —ordenó. Scorpus se rió burlonamente, pero Malcenas estaba demasiado asustado para ofenderse.

Con el corazón palpitándole más rápido, Atretes permaneció apaciblemente de pie mientras le quitaban los seguros y pasaban las cadenas por las argollas de los otros esclavos. Una oportunidad, eso es lo único que tendría, una sola oportunidad. Tiwaz lo vería morir como un guerrero. El guardia pasó las cadenas a través de las argollas de los grilletes que tenía en los tobillos, liberando a otros cuatro esclavos antes de llegar a Atretes. Había otro guardia vigilándolo justo detrás de él.

—Intenta cualquier cosa y te muelo a palos como el perro que eres. —Tiró con fuerza de las cadenas que rodeaban las muñecas de Atretes para asegurarse de que estaban muy firmes.

Cuando se soltó la cadena de los grilletes de sus tobillos, a Atretes le hirvió la sangre y actuó a toda velocidad. Embistiendo con toda la fuerza de su cuerpo al guardia que tenía detrás, levantó la pierna y golpeó con el pie en la ingle al guardia que tenía enfrente. Dando su grito de guerra, se quitó de encima a otro que trató de abatirlo y corrió hacia Malcenas, quien chillaba órdenes frenéticas mientras huía como un loco a buscar refugio.

Riéndose, Scorpus vio cómo los guardias de Malcenas intentaban volver a controlar al germano. Cuando fue evidente que no era solo Malcenas quien le tenía miedo al germano y no podía detenerlo, Scorpus chasqueó los dedos y sus propios guardias se encargaron de la situación.

—¡Ya puedes volver y mirar, Malcenas! —gritó burlándose—. Nuestro germano ha sido dominado.

Atretes forcejeó violentamente, pero los hombres de Scorpus eran más fuertes y más rápidos. Trabajando en conjunto, dos contrapusieron toda su fuerza a la de él, mientras un tercero enlazaba su cuello con una gruesa soga. Con las manos encadenadas a la espalda, Atretes no pudo romper la contención. Le cortaron el paso del aire y la sangre no le llegaba al cerebro. Apretaron la soga. Tironeando violentamente mientras se asfixiaba, cayó de rodillas. Se le nubló la vista y se desplomó hacia adelante en el polvo, mientras que el peso de la rodilla de un hombre se hundía en la mitad de su espalda. Le aflojaron la soga gruesa pero no se la quitaron, y dejaron que los pulmones ardientes de Atretes volvieran a llenarse de aire. Se atragantó con el polvo y maldijo con la voz ronca.

—Levántenlo —ordenó Scorpus indolentemente. Malcenas se acercó con cautela; tenía el rostro pálido y estaba cubierto de sudor.

—Sabino, quiero que traduzcas exactamente lo que digo. —El guardia asintió e hizo lo que le ordenó—. Mi nombre es Scorpus Proctor Carpóforo y soy tu dueño. Tomarás el juramento de un gladiador de sufrir ser azotado con varillas, quemado con fuego o muerto con acero si me desobedeces. ¿Entiendes?

Atretes le escupió los pies.

Los ojos de Scorpus se estrecharon.

—Tenías razón de pedir cincuenta mil sestercios, Malcenas. Es una lástima que no hayas esperado por ellos.

Tras una señal, Atretes fue sometido a una paliza salvaje, pero siguió mirando fijamente en silencio a Carpóforo, negándose a hacer el juramento.

Scorpus asintió con la cabeza a su oficial y la paliza comenzó de nuevo.

—Me considero afortunado de haberme librado de él —dijo Malcenas con sentimiento—. Harías bien en tomar precauciones adicionales en lo que a él respecta. Si no acepta el juramento ahora, pensará que te superó.

Scorpus detuvo la golpiza agitando apenas la mano.

—Hay otras maneras de hacer capitular a un hombre como él. No quiero quebrantar su espíritu, solo su voluntad. —Scorpus le lanzó una mirada a Sabino—. Márcalo con el hierro y ponlo en el Hoyo.

Atretes entendió la orden de ser herrado como esclavo de Roma y profirió un grito de rabia, forcejeando violentamente mientras los guardias lo arrastraban hacia la puerta enrejada de hierro. La puerta fue cerrada de un golpe y asegurada detrás de Atretes mientras los guardias lo empujaban hasta la fragua, donde un hierro que tenía símbolos en la punta estaba puesto sobre brasas al rojo vivo. Luchó más fuerte, sin preocuparse cuando le apretaron la soga, asfixiándolo. Mejor estar muerto que llevar la marca de Roma.

Un guardia no pudo contener a Atretes y se estrelló contra una mesa. El que estaba detrás de él maldijo y les ordenó a otros dos que lo sujetaran con más firmeza. Atretes cayó y lo contuvieron allí mientras el hierro caliente chamuscaba las capas de piel de su talón. Atretes no pudo contener el sonido gutural de dolor, mientras la marca ardiente lo quemaba profundamente y el tufo asquerosamente dulzón de su propia carne quemada llenaba el aire. Luego fue arrastrado para que volviera a ponerse de pie.

Atretes fue llevado a lo largo de un pasillo de piedra, escaleras abajo y a lo largo de otro pasillo. Una puerta pesada se abrió, le quitaron las cadenas, lo obligaron a arrodillarse y lo empujaron enérgicamente al interior de una habitación oscura y diminuta. La puerta se cerró de un golpe detrás de él y fue sólidamente trabada con una barra; el sonido retumbó en el cerebro de Atretes. Quería gritar. Las paredes estaban muy cerca a su alrededor, el techo de piedra estaba tan bajo que no podía sentarse y la habitación era tan pequeña que no podía estirar las piernas. Empujó la puerta con todas sus fuerzas, pero no se movió. Maldijo y escuchó que los guardias se reían, mientras sus pasos remachados se alejaban.

—Te hago una apuesta —dijo Sabino—. No pasará más de un día. Es todo lo que requerirá y estará pidiendo misericordia a gritos.

Otra puerta se cerró, y entonces hubo silencio.

El pánico fue en aumento. Atretes apretó fuerte los ojos cerrados, luchando por dominarse, mientras las paredes de la pequeña celda parecían venírsele encima. Apretó los dientes y no emitió ni un sonido, sabiendo que si lo hacía estaría dándose por vencido al terror que lo llenaba. El corazón le latía fuertemente y apenas podía respirar. Pateó la puerta con toda su fuerza, ignorando el dolor palpitante donde lo habían marcado, y siguió pateando hasta que se le amorataron los talones.

Atretes respiraba entrecortadamente, atemorizado, y transpiraba de manera profusa. *No pasará más de un día. Es todo lo que necesita y estará pidiendo misericordia a gritos*. Se repitió las palabras a sí mismo una y otra vez, hasta que la furia superó al miedo.

Las horas pasaron en la más absoluta oscuridad.

Para no volverse loco, Atretes se acurrucó de costado y trató de verse a sí mismo en los bosques de su tierra. No tenía agua; no tenía comida. Los músculos se le acalambraban y gimió de dolor, sin poder estirarse lo suficiente para aliviarlos. Los piojos se le trepaban y lo picaban. Volvió a patear la puerta y maldijo a Roma con cada aliento.

—Ahora cooperará —dijo un guardia. La puerta se abrió. Cuando el guardia se agachó, Atretes lo pateó en la cara y lo hizo caer de espaldas. Atretes trató de mantener la puerta abierta, pero el segundo guardia la cerró a la fuerza y volvió a trabarla. Pudo escuchar al guardia herido insultando en germano.

—Dos días no parecen haber mejorado su disposición —dijo otro.

—¡Que se pudra ahí adentro! ¿Me escuchas? ¡Te pudrirás!

Atretes le contestó con insultos y pateó la puerta. Su corazón palpitaba y su respiración se hizo más fuerte y veloz.

—¡Tiwaz! —gritó, llenando la celda con su grito de guerra—. *¡Tiwaz!* —clamó el nombre de su dios hasta que se quedó ronco y después se acurrucó en el piso, luchando contra el miedo que, nuevamente, crecía en él.

Sofocado en la oscuridad y a la deriva en sus pesadillas, perdió la noción del tiempo. Cuando la puerta se abrió, creyó que estaba soñando, pero supo que no era así cuando unas manos fuertes le sujetaron los tobillos, y le enderezaron las piernas, haciendo que el dolor le recorriera todo el cuerpo. Los músculos se le contrajeron y no pudo ponerse de pie. Le llevaron una jícara a los labios y tragó el agua que se derramaba de ella. Lo jalaron para ponerlo de pie, y pusieron sus brazos sobre los hombros de dos guardias. Lo llevaron a un gran salón y lo lanzaron a una piscina de piedra.

—¡Apestas! —le dijo el guardia en germano y le lanzó una esponja al pecho. Tenía la nariz hinchada y magullada. Atretes se dio cuenta de que era el guardia al que había pateado—. Lávate tú mismo o lo haremos nosotros.

Atretes lo miró con desprecio.

—¿Cómo llega un miembro de la tribu a convertirse en un sirviente de Roma? —murmuró con los labios agrietados.

El rostro del guardia se endureció.

—Te escuché gritar anoche. Si pasas un día más en el Hoyo, te volverás loco y perderás todo lo que crees que tienes de honor, ¡como me pasó a mí!

Atretes apretó sus puños y se lavó, sintiendo cerca a los dos guardias. Estaban hablando y Atretes se enteró de que el nombre del germano había sido adaptado al romano *Galo*.

Galo sorprendió a Atretes estudiándolo y volvió a ponerle toda su atención.

—A mí me tomaron prisionero casi de la misma manera que a ti, y me convertí en esclavo de Roma —dijo—. Yo le saqué el mejor provecho que pude. —Levantó una pequeña pieza rectangular de marfil que tenía algo escrito, atada a una cadena y colgada alrededor del cuello—. Me costó siete años de luchas en la arena, pero gané mi libertad. —Dejó caer el marfil—. Tú podrías hacer lo mismo, quizás incluso en menos tiempo, si te empeñas en conseguirla.

Atretes observó intencionadamente las paredes hechas de bloques de piedra y al guardia armado que estaba en lo alto de la escalera y luego miró a Galo a los ojos.

—Yo no veo ninguna libertad aquí. —Se levantó, desnudo y empapado—. ¿Me seco yo solo o eso es parte de tu placer?

Galo tomó una toalla de un estante y se la arrojó contra el pecho.

—Cuidado, esclavo. Aprenderás o morirás. Es tu elección y a mí me da igual. —Hizo un gesto con la cabeza hacia el estante de ropa—. Toma una túnica, un cinturón y una toga, y póntelos.

Atretes dio un vistazo a lo alto de la escalera, con la mente agitada, pero notó que otro guardia se había sumado al primero.

—Yo no intentaría nada si fuera tú —dijo Galo con la mano apoyada en la empuñadura de su gladius.

Apretando las mandíbulas, Atretes se puso la ropa y subió la escalera. Dos guardias caminaron delante de él y dos detrás. No querían correr riesgos. El corredor era largo y tenía una celda tras otra a ambos lados. Galo se detuvo y abrió una.

—Tu nuevo hogar. Hasta que te vendan.

—No parece demasiado ansioso por entrar —dijo un guardia, burlándose, y empujó bruscamente a Atretes hacia el interior de la habitación. Atretes se encogió cuando la puerta se cerró de un golpe detrás de él y la barra cayó en su lugar.

—Que duermas bien —le dijo Galo a través de la pequeña rejilla.

La celda oscura y húmeda medía alrededor de dos metros de largo por un metro y medio de ancho. Sobre una plataforma de piedra había un colchón delgado de paja. Debajo de la plataforma había una vasija de barro para los desechos. En las paredes de piedra había grafiti. Atretes no podía leer, pero las imágenes eran lo suficientemente claras. Hombres que peleaban y morían. Hombres y mujeres copulando. Líneas, una tras otra, como si algún hombre hubiera contado los días. En la pared de atrás habían cavado un nicho para un ídolo: una horrible diosa agachada que tenía una docena de senos.

Una antorcha parpadeante lanzaba sombras a través de una rejilla de hierro sobre su cabeza. Atretes escuchó el sonido de unas botas con remaches contra la piedra; levantó la mirada y vio brevemente a un guardia que miró hacia él antes de continuar su ronda.

Atretes se sentó sobre el colchón de paja. Se pasó los dedos por el cabello, se sujetó la cabeza con las manos por un largo rato; luego se recostó sobre la fría pared de piedra. Estaba temblando nuevamente, por dentro así como por fuera.

Le pareció que pasaron horas antes de escuchar que las puertas se abrían y que otros entraban en el corredor. Alguien murmuró y un guardia gritó que se callara. Las puertas se abrían y se cerraban una a la vez, mientras los hombres eran encerrados en sus celdas para que pasaran la noche. Sobrevino un largo silencio. Atretes escuchó que un hombre lloraba.

Acostado en su estante de piedra, cerró los ojos y trató de ver los bosques de Germania, los rostros de sus familiares y amigos. No pudo. Lo único que podía ver en su mente era el recinto y a esos hombres llevando a cabo los movimientos practicados.

Los sonidos del guardia que caminaba de un lado a otro sobre él llegaban con una lúgubre regularidad, remachando en el cerebro de Atretes que no podría escaparse de este sitio. No habría escapatoria, salvo la muerte.

El grito de un guardia lo despertó y se puso de pie para esperar que su puerta se abriera. El guardia pasó de largo. Escuchó y oyó que los hombres salían en fila de las barracas y, después, el silencio volvió a cerrarse sobre él. Se sentó agarrándose del borde del estante de piedra.

Finalmente, Galo abrió la puerta.

—Quítate la toga y sígueme —dijo.

Otros dos guardias se formaron detrás de él cuando Atretes salió al pasillo. Se sentía débil por la falta de alimento y se preguntó si pensaban darle de comer o dejarlo pasar hambre. Lo llevaron al recinto de entrenamiento y se lo presentaron a Taraco, el *lanista* o instructor principal del ludus.

El rostro de Taraco era curtido y duro, y sus ojos oscuros eran astutos. Una cicatriz corría a lo largo de una de sus mejillas y le faltaba media oreja, pero él también llevaba un rectángulo de marfil alrededor del cuello, lo cual significaba que se había ganado la libertad en la arena.

—Tenemos un esclavo nuevo de Germania —anunció en voz alta a la formación de hombres—. Él cree que es un guerrero, pero sabemos que todos los germanos son cobardes. ¡Cuando pelean, se esconden detrás de los árboles y se confían en la emboscada! Después, tan pronto como la batalla se vuelve en su contra, como pasa siempre, huyen hacia los bosques.

Algunos de los hombres se rieron, pero Atretes permaneció en silencio y rígido, observando a Taraco que caminaba de un lado al otro frente a los aprendices. Con cada insulto que profería el lanista, Atretes sentía que el calor subía en su interior, pero los guardias que estaban alerta y bien armados, apostados a cortas distancias regulares alrededor de los esclavos, convencieron a Atretes de que no había nada que pudiera hacer.

—Sí, sabemos que los germanos son buenos para correr —dijo Taraco, burlándose un poco más de Atretes—. Veamos ahora si pueden estar de pie y pelear como hombres. —Se detuvo frente a Atretes—. ¿Cómo te llamas, esclavo? —habló en dialecto germano.

Atretes lo miró sosegadamente y no dijo nada. Taraco lo golpeó fuertemente en la cara.

—Preguntaré otra vez —dijo Taraco con una sonrisita tensa que le torcía la boca—. Tu nombre.

Atretes se chupó ruidosamente la sangre del corte que tenía en la boca y la escupió a la arena.

Un segundo golpe lo derribó. Sin pensarlo, Atretes arremetió hacia arriba y hacia adelante, pero el lanista lo pateó hacia atrás y sacó su gladius. Atretes sintió la punta de la espada en su garganta antes de que pudiera hacer otro movimiento.

—Me darás tu nombre —dijo Taraco uniformemente— o acabaré contigo ahora mismo.

Atretes miró el implacable rostro que tenía sobre él y supo que Taraco lo decía en serio. Recibiría con agrado la muerte si estuviera de pie y tuviera una frámea en la mano, pero no perdería su honor muriendo de espaldas contra el suelo.

—Atretes —rechinó, fulminando con la mirada al lanista.

—Atretes —dijo Taraco, probando el nombre, con la espada todavía presta en su posición para una rápida matanza—. Escucha bien, joven Atretes. Obedece y vivirás; desafíame otra vez y te cortaré el cuello como a un cerdo y te colgaré de los pies para que te desangres delante del ludus y que todo el mundo te vea —hizo un movimiento rápido con la punta de la espada para cortarle la piel y derramar algunas gotas de sangre, para demostrarle que no era una amenaza inútil—. ¿Lo entiendes? *Contéstame.* ¿Entiendes?

—Sí —masculló Atretes entre dientes.

Taraco retrocedió y enfundó la gladius.

—Levántate.

Atretes se levantó.

—Me han dicho que puedes luchar —dijo Taraco con una sonrisa burlona—. Hasta ahora no me has demostrado más que estupidez. —Le hizo una seña con la cabeza a un guardia—. Dale una de las varas. —Agarró una para sí mismo y se puso en posición de combate—. Veamos qué puedes hacer.

Atretes no necesitó una segunda invitación. Calibró la vara en sus manos mientras se movía alrededor del lanista, agachándose, bloqueando y manejando algunos golpes sólidos antes de que Taraco girara rápidamente y le pusiera la vara debajo de su barbilla. Otro golpe veloz detrás de sus piernas lo hizo desplomarse contra el suelo, y otro más al costado de su cabeza lo mantuvo allí. Atontado, Atretes quedó tendido sobre su rostro, respirando con dificultad.

—No es lo suficientemente bueno para sobrevivir en la arena —dijo Taraco despectivamente, alejando de una patada la vara de

Atretes. Le arrojó la suya al guardia que estaba parado junto a él y lo miró desde arriba—. *¡Levántate!*

Con el rostro encendido de vergüenza, Atretes volvió a ponerse en pie. Con todos los músculos rígidos, esperó cualquier humillación que el lanista planeara a continuación. Taraco pronunció una palabra despachándolos, y los demás se fueron con sus guardias armados e instructores a varios sectores del recinto.

Taraco volvió a prestarle atención.

—Scorpus pagó muy caro por ti. Yo esperaba un desempeño mejor. —Con el orgullo herido, Atretes apretó los dientes y no dijo nada. Taraco sonrió con frialdad—. Te sorprendiste al caer tan rápido, ¿no? Ah, pero estuviste encadenado durante cinco semanas y luego en el Hoyo por cuatro días. Quizás eso justifique tu condición débil y tu mente aturdida. —Su comportamiento cambió sutilmente—. La arrogancia y la estupidez te matarán más rápido que la falta de habilidad. Recuérdalo y quizás sobrevivirás.

Volviendo al asunto, Taraco lo inspeccionó críticamente.

—Necesitas aumentar unos kilos, ejercitarte y ponerte en mejor condición física. Y serás puesto a prueba. Cuando esté convencido de que eres digno de mi tiempo, te unirás a los que yo entreno. —Señaló hacia un grupo variado de hombres que se ejercitaban en el rincón más alejado del recinto—. Mientras tanto, quedas a cargo de Trófimo.

Atretes le echó un vistazo a un oficial pequeño y musculoso que les gritaba a una docena de hombres que parecía que hubieran salido de las minas, no del campo de batalla. Atretes los miró con desprecio. Taraco sacó su gladius y golpeó a Atretes con la parte plana; el acero frío presionó contra su abdomen.

—Me informaron que mataste a un guardia romano mientras venías para acá —dijo Taraco—. Parece que no temes morir. Creo que lo único que te perturba es cómo. Eso es bueno. Un gladiador que le tiene miedo a la muerte es una desgracia. Pero, te advierto, Atretes: aquí no se tolera la insurrección. Ponle una mano encima a un guardia y maldecirás el día que naciste. —Atretes sintió que la sangre huía de su rostro cuando Taraco bajó su gladius y apoyó su canto contra sus partes viriles—. ¿Preferirías morir con una espada en las manos a ser castrado?

Taraco rió suavemente.

—Veo que ahora me prestas atención, ¿no es así, joven Atretes? —Presionó el borde de la espada peligrosamente más cerca. La burla se acabó—. Me han dicho que te negaste a hacer el juramento del gladiador cuando Scorpus te lo ordenó. Lo harás ahora ante mí o te convertirás en un eunuco. En Roma son muy solicitados.

Atretes no tenía elección. Obedeció la orden.

Taraco enfundó su gladius.

—Ahora veremos si un bárbaro germano tiene el valor y el honor como para ser fiel a su palabra. Repórtate a Trófimo.

Atretes pasó el resto de la mañana corriendo a través de una serie de obstáculos, pero por haber estado encadenado en una carreta durante semanas y no haber recibido comida durante varios días, se cansó rápidamente. Aun así, a los demás les fue peor que a él. Un hombre acusado de flojera fue azotado a cada paso a lo largo de la pista de obstáculos.

Con el sonido de un silbato, Trófimo les ordenó que formaran una sola fila. Entraron así al recinto comedor del enrejado de hierro. Atretes tomó el cuenco de madera que le entregó una esclava. El estómago se le contrajo dolorosamente al sentir el aroma de la comida. Tomó su lugar en un largo banco con los demás y esperó que las dos mujeres que cargaban las cubetas caminaran a lo largo de la fila de hombres, sirviendo con un cucharón las porciones de guiso de carne gruesa y cebada. Todo, hasta la comida, estaba calculado aquí. La carne desarrollaba los músculos, y el cereal nutritivo cubría las arterias con una capa de grasa que evitaba que un hombre herido muriera desangrado rápidamente. Otra mujer repartió gruesos trozos de pan, seguida por otras que sirvieron agua en los vasos de madera.

Atretes comió vorazmente. Cuando su cuenco se vació, una mujer delgada y morena le sirvió más guiso. Ella avanzó hacia otro que golpeaba el vaso contra el cuenco para llamarla. Cuando la mujer regresó y volvió a llenar el cuenco de Atretes por tercera vez, el britano tatuado junto a él susurró en griego:

—Tómalo con calma, o lo lamentarás en los ejercicios vespertinos.

—*¡No hablen!* —gritó Trófimo.

Atretes tragó lo que le quedaba de guiso cuando les ordenaron que se pusieran de pie. Mientras salían en fila, dejó caer su cuenco y su vaso de agua en un medio tonel.

Parado al sol, Atretes se sentía somnoliento mientras Trófimo los sermoneaba sobre la necesidad de desarrollar fuerza y resistencia para la arena. Atretes no había comido una comida completa en semanas y el peso copioso de la comida en su barriga se sentía bien. Recordó los banquetes que siempre venían después de una batalla victoriosa y cómo los guerreros se daban un atracón de carne asada y exquisita cerveza hasta que no podían hacer otra cosa que contar historias y reírse.

Trófimo los llevó a un área de ejercicios en la que había varios *pali* erigidos dentro de la pared enrejada. Los pali, ruedas que habían sido colocadas de costado y montadas en el suelo, tenían postes gruesos que se levantaban a través del centro. De cada poste asomaban dos espadas forradas con cuero, una a la altura de la cabeza de un hombre y la otra al nivel de sus rodillas. Una manivela manejada por un esclavo hacía trabajar los engranajes que hacían girar los pali, y así oscilaban las espadas envainadas a la velocidad que ordenara el instructor. Cualquiera que se parara en la rueda tenía que saltar la espada inferior y esquivar rápidamente, antes de que la superior le golpeara la cabeza.

Trófimo les ordenó a Atretes y al britano que hicieran una demostración. Tomaron sus lugares en la rueda mientras un aprendiz númida manejaba la manivela. Cuando el poste giró, Atretes saltó y esquivó cada vez la espada enfundada. En la sexta vuelta, el britano fue golpeado directamente en la frente y cayó hacia atrás fuera de la rueda. Atretes no se detuvo.

—Más rápido —ordenó Trófimo.

El númida giró más rápido la manivela. Atretes se estaba cansando rápidamente pero siguió, sintiendo que los músculos le ardían. El gran peso de la comida se sacudía en su estómago, pero el poste seguía dando vueltas y vueltas. Trófimo estaba parado a un costado y observaba sin expresión. El pecho de Atretes jadeaba y la comida amenazaba con salírsele. La espada superior le rozó la cabeza y a duras penas llegó a brincar sobre la de abajo. El sudor fluyó a raudales hacia sus ojos. Miró con furia a Trófimo y sintió una explosión de dolor en el puente de la nariz. Voló hacia atrás y golpeó pesadamente el suelo. Con un gemido se dio vuelta, se levantó y vomitó sobre la tierra. Su nariz rota chorreaba sangre. No lejos de allí, Galo se reía de él. Gateó a una corta distancia de la rueda y sacudió la cabeza, intentando despejarla.

Trófimo les ordenó a otros dos que fueran a la rueda y se acercó a Atretes.

—Arrodíllate e inclina la cabeza hacia atrás. —La advertencia de Taraco de castrarlo pesaba en Atretes y adoptó la posición servil que le ordenó. Trófimo sujetó su cabeza, colocó los dos pulgares a lo largo de ambos lados de la nariz partida y jaló el cartílago—. Tu error fue mirarme.

Atretes apretó los dientes con miedo a una deshonra mayor si se desmayaba. La sangre cayó a raudales sobre su boca y su barbilla y manchó la túnica marrón. Trófimo no le quitó las manos hasta que el cartílago encajó en su lugar.

—A las damas les gusta tener algo lindo para mirar —dijo Trófimo, sonriendo. Se lavó las manos en un balde con agua que sostenía un esclavo. Tomó la esponja del balde y se la arrojó a Atretes—. Necesitas resistencia para una buena lucha —dijo, secándose las manos en una toalla que le entregó el esclavo—.

Cuando dejes de sangrar, vuelve con los demás. —Dejó caer la toalla en la tierra al lado de Atretes y dirigió su atención a los dos que estaban en la rueda.

Atretes se apretó el rostro palpitante con la esponja mojada. El agua fría alivió el dolor, pero no su rabia ni la vergüenza. Escuchó un golpe seco y un gemido cuando otro hombre fue rápidamente derribado.

—¡El que sigue! —gritó Trófimo.

La tarde avanzó. Trófimo no movió a los hombres a otro sector del complejo hasta que cada uno tuvo varios turnos en la rueda.

El sol subió más alto y cayó con fuerza sobre los aprendices mientras volvían a la pista de obstáculos. Aun cansado, con la túnica empapada de sangre y sudor, Atretes pudo hacerlo sin demasiada dificultad. Él había pasado su vida en los bosques de Germania; correr a través de obstáculos no era nuevo para él. Para él, eludir ramas, saltar raíces y piedras y moverse en zigzag entre grupos de pinos era su segunda naturaleza.

Los que habían sido comprados en las minas y en los campos se tropezaban y caían, jadeaban y se levantaban solamente cuando el látigo silbaba cruzando el aire y chasqueaba sobre sus espaldas. Pero, a medida que su barriga repleta se vaciaba, los obstáculos que estos romanos habían instalado fueron como juegos de niños para Atretes.

Trófimo estaba indignado con la demostración de algunos de los novatos.

—¡Cuántos días hemos estado haciendo esto y todavía no pueden llegar al final de la pista! ¡Bien les valdría observar al germano! ¡Si hay algo que un germano sabe hacer es cómo correr!

Atretes ardió de ira cuando le ordenó que atravesara la pista dos veces más para que los demás lo observaran.

Cuando sonó otro silbato, los hombres se formaron para entrar en fila a su edificio y bajaron una escalera hacia los baños. Exhausto, Atretes descansó sus antebrazos en la piedra mientras estaba sentado en el baño. La nariz le palpitaba y le dolía cada músculo del cuerpo. Llenó la esponja y la apretó contra su nuca. El agua se sentía bien, así como saber que había hecho las cosas bien.

El único sonido en la cámara iluminada por la luz de la antorcha era el agua que corría en los baños. Nadie hablaba. Había cuatro guardias en sus puestos alrededor de la sala. Por más ganas que tuviera de matar a alguno, Atretes sabía que Taraco gozaría mucho cumpliendo el castigo con el que lo había amenazado.

Le entregaron una túnica limpia. Una vez que se vistió, le ordenaron que subiera la escalera. Después de otra comida de guiso de carne y cebada, que Atretes comió con moderación, los aprendices fueron llevados a sus celdas y encerrados para pasar la noche. Atretes se puso la pesada toga que había dejado en el estante de piedra y se estiró en su colchón de paja.

Durante toda su vida, lo único que había querido era sentir que la sangre caliente le corría por el cuerpo, ser un guerrero, pelear. Destruir al enemigo que invadía sus tierras era un honor; pelear para proteger a su pueblo era un honor; morir en una batalla era un honor. Pero matar a sus pares para divertir a la plebe romana no era un honor.

Atretes miró hacia arriba a través de los barrotes de hierro a las sombras que titilaban sobre las paredes del corredor de arriba. Estaba demasiado cansado para sentir nada, excepto una profunda vergüenza y una ira inútil por lo que tenía por delante.

7

Julia trató de pasar a los que tenía delante de ella para ver la arena que estaba abajo, y sintió la mano de Marcus aferrándola del brazo.

—No hay prisa, Julia —le dijo, divertido—. El *locarius* nos mostrará nuestros asientos cuando sea nuestro turno —dijo, atento al acomodador mientras hablaba.

—Creí que tenías un palco especial.

—Lo tengo, pero hoy lo están usando y pensé que te gustaría sentarte entre la multitud y sentir la verdadera emoción de los juegos.

Los espectadores ya estaban apiñándose dentro del anfiteatro; moviéndose como un enjambre bajando las escaleras y ocupando las gradas de asientos, llamadas *caveas*. En cuatro sectores superpuestos había tres muros circulares, los *baltei*. El sector más alto y menos atractivo era el *pullati*. El más cercano a la arena era el *podio*, donde se sentaba el emperador. Los caballeros y los tribunos se ubicaban detrás, sobre el primer y el segundo *maenianum*. El tercer y cuarto maenianum estaban reservados para los patricios.

—¿Por qué se demoran tanto? —dijo Julia, exasperada—. No quiero perderme nada.

—Tratan de atender a la multitud. No te preocupes, hermanita, no te perderás nada. Ni siquiera han presentado al patrocinador todavía.

Le entregó sus pases de marfil al acomodador y sostuvo a Julia firmemente con la mano debajo de su codo mientras bajaban los escalones. El acomodador los llevó a la fila correcta y le devolvió los vales de marfil a Marcus para que pudiera contrastar los números con los asientos de piedra.

—Las primeras horas serán aburridas —dijo Marcus mientras Julia tomaba asiento—. No sé cómo dejé que me convencieras de hacer esto. Aún falta bastante para que comience la verdadera lucha.

Julia apenas oyó la queja de Marcus, completamente fascinada por la muchedumbre. Los presentes eran cientos de personas, desde los patricios más ricos hasta los esclavos más humildes. Fijó la mirada en una mujer que bajaba las escaleras, con un esclavo sirio en una túnica blanca justo detrás de ella. El esclavo llevaba un protector contra el sol para darle sombra y una cesta que, sin duda, iba llena de vino y manjares.

—Marcus, mira a esa mujer. ¡Debe tener puesta una fortuna en joyas! Apuesto a que esos brazaletes pesan cinco kilos cada uno, y tienen joyas incrustadas.

—Es la esposa de un patricio.

Julia lo miró.

—¿Cómo puedes hablar y parecer tan aburrido cuando todo es tan fascinante?

Él había estado en los juegos cien veces o más. La única parte que disfrutaba eran los enfrentamientos a muerte y esos todavía tardarían horas en comenzar.

—Porque *estoy* aburrido. Lo pasaría mejor si cortaran todos esos preliminares.

—Me prometiste que dejarías que me quede a todo lo que quiera, Marcus, y voy a quedarme para *todo*. Además, los carteles decían que Celerus va a pelear hoy. Octavia dijo que es maravilloso.

—Si te gustan los *tracianos* desfigurados que usan sus armas con la destreza de un toro a toda carga...

Julia ignoró su sarcasmo. Desde que Marcus había empezado a construir casas en el monte Aventino, de lo único que hablaba era de negocios, de cuánto costaban la madera y la piedra, y de cuántos esclavos más necesitaba comprar para finalizar los contratos. Ella había ansiado este momento por demasiado tiempo para permitir que se lo echara a perder el mal humor de su hermano por perderse unas horas de trabajo. Al fin y al cabo, era la única entre sus amigas que no había asistido a los juegos. Merecía divertirse. Iba a absorber cada sonido, cada imagen y cada momento.

Pero un aleteo de duda le hizo fruncir el ceño. Madre y padre creían que ella y Marcus habían ido a un día de excursión campestre. No era más que una mentirita; realmente no era un engaño. Marcus la había llevado en su cuadriga anteriormente. ¿Qué importaba cuando padre y madre eran poco razonables? Sus normas eran injustas y ridículas. Solo porque padre despreciara en qué se habían convertido los juegos no significaba que ella y Marcus tuvieran que sentir lo mismo. Padre era remilgado y tradicional, y un hipócrita. Hasta él asistía a los juegos de vez en cuando, aunque dijera que lo hacía solamente cuando había razones sociales y políticas que lo demandaban.

—Me repugna escuchar a las jóvenes gritando por un hombre que no es más que un ladrón y un asesino —había dicho pocos días atrás—. Celerus se pavonea en la arena como un gallo y pelea solo lo suficientemente bien como para sobrevivir. Y sin embargo, lo han convertido en un dios.

Estaba agradecida a los dioses por Marcus, quien no podía decirle que no. Él era justo y razonable, y estaba dispuesto a enfrentar la ira de su padre para darle a ella los mismos sencillos privilegios que tenían sus amigas.

—Estoy tan contenta de que me hayas traído, Marcus. Ahora mis amigas ya no podrán burlarse de mí —dijo ella, poniendo su mano sobre la de él.

Distraído, él respondió con una leve sonrisa.

—Disfrútalo y no te preocupes por nada.

Marcus estaba pensando en lo que había dicho su padre sobre usar esclavos en lugar de hombres libres para completar los contratos de trabajo. Padre decía que los esclavos eran la razón por la que Roma estaba reblandeciéndose. Los hombres libres necesitaban trabajo y propósito. Marcus decía que los hombres libres exigían salarios muy elevados. Él podía comprar un esclavo, usarlo hasta finalizar una obra y venderlo cuando el proyecto estuviera concluido. De esa manera ahorraba dinero mientras la obra estaba en marcha y hasta ganaba un beneficio adicional una vez que estaba terminada. Padre se había enfurecido por su razonamiento, proclamando que si Roma había de sobrevivir, necesitaba contratar a sus propios ciudadanos en vez de importar esclavos de otros lugares.

Julia se inclinó y enlazó su brazo en el de su hermano.

—No tienes que preocuparte de que le cuente a nuestro padre que me trajiste a los juegos. No diré una palabra.

—Eso me alivia enormemente —dijo él.

Ella se apartó, ofendida por su tono condescendiente.

—Yo sé guardar un secreto.

—¡Yo no te confiaría ninguno!

—¿Esto no es un secreto? Padre te despellejaría vivo si se enterara que me trajiste aquí.

—Con solo mirarte la cara esta mañana bastó para que él supiera que no ibas a pasear por el campo hoy.

—Él no te prohibió que me sacaras de la casa.

—Quizás sabe que encontrarías otra manera de venir. Posiblemente prefiere que vengas conmigo, en lugar de hacerlo con alguna de tus amigas caprichosas.

—Podría haber venido con Octavia.

—Ah, sí, la inocente Octavia.

No le gustó su tono irónico.

—Ella consigue ir al banquete ceremonial la noche anterior a los juegos y ve a todos los gladiadores de cerca.

—¡Efectivamente! —dijo Marcus con ironía, ya enterado del hecho—. Octavia hace muchas cosas que a mí no me gustaría que mi hermana hiciera.

—No entiendo por qué la desapruebas. Ella va acompañada de su propio padre.

Marcus no hizo ningún comentario, convencido de que cualquier información que pudiera dar sobre Druso sería repetida a Octavia. Druso no era tan rico como para ser una amenaza, pero tenía suficiente influencia y dinero para ser inconveniente.

Julia apretó las manos sobre su regazo. Él trataba de hacer que se sintiera culpable. Era cruel de su parte y ella no quería entrar en una discusión acerca de padre. No ahora. Sabía muy bien que estaba desobedeciendo sus deseos, pero ¿por qué tenía que sentirse culpable? Marcus había buscado sus propios intereses desde que tenía dieciocho años. Él no se inclinaba ante el ridículo sentido de moralidad de su padre; entonces, ¿por qué tenía que hacerlo ella? Padre era irrazonable, dictatorial y aburrido. Tenía la expectativa de que ella estudiara y se preparara para ser una esposa adecuada, justo como mamá. Bueno, eso estaba bien para mamá (que parecía disfrutar de una vida tan rutinaria), pero Julia quería más. Quería emoción. Quería pasión. Quería probar todo lo que el mundo tuviera para ofrecer.

Marcus se acomodó en el asiento. Ya tenía los ojos entrecerrados por el aburrimiento. Julia endureció la boca. No le importaba si estaba aburrido. Y le molestaba que defendiera la actitud de padre, especialmente cuando, últimamente, él y padre estaban en desacuerdo con mucha frecuencia. Discutían constantemente sobre todos los temas.

Miró de reojo a su hermano y vio la línea rígida de su quijada. Sus pensamientos estaban en otra parte. Había visto esa mirada en él lo suficiente como para saber que estaba pensando en alguna discusión que había tenido con padre. Bueno, no era justo. No iba a permitir que nada arruinara este día: ni su padre, ni Marcus, ni nadie.

—Octavia dijo que ha visto a Arria en las fiestas más de una vez.

Marcus torció su boca con cinismo. Julia no estaba diciéndole nada que él no supiera ya.

—Arria hace muchas cosas que no me gustaría que hicieras tú.

¿Por qué todos esperaban que ella fuera distinta a los demás?

—Arria es hermosa y rica, y hace lo que quiere para darse placer. Me gustaría ser exactamente como ella.

Marcus se rió sin ganas.

—Eres demasiado dulce y sencilla para ser como ella.

—Supongo que lo dices como un halago —dijo ella y apartó la

mirada, enfurecida en silencio. ¡Dulce y sencilla! También podría haber dicho que era aburrida. Nadie la conocía de verdad, ni siquiera Marcus, que la conocía mejor que nadie. Para él, era su hermanita, alguien para mimar y molestar. Padre y madre la veían a través de la nube de sus propias expectativas y dedicaban cada momento que estaban despiertos a moldearla a esas expectativas.

Julia envidiaba la libertad de Arria.

—¿Ella vendrá hoy? Me gustaría conocerla.

—¿Arria?

—Sí, Arria. Tu amante.

La última persona que Marcus quería que su hermana conociera era Arria.

—Si viene, no llegará hasta dentro de varias horas, hasta que comience el verdadero baño de sangre. Y cuando llegue, dulce mía, se sentará con Antígono, no con nosotros.

—¿Quieres decir que Antígono no se sentará aquí? —preguntó sorprendida.

—Estará en el palco del patrocinador.

—Pero siempre te sientas con él.

—No esta vez.

—¿Por qué no? —Se indignó más cuando captó la posibilidad de que el joven aristócrata se creía demasiado importante para sentarse con el hijo de un comerciante efesio—. Nosotros deberíamos estar sentados en el palco del patrocinador. Teniendo en cuenta que es el dinero de padre que está pagando todo esto, no me parece que a Antígono le convenga excluirnos.

—Cálmate. No fue un desprecio de su parte. Yo nos excluí —dijo Marcus. No tenía la intención de poner a su hermana cerca de su lascivo amigo ni de su propia amante amoral. Quería que Julia se divirtiera, no que fuera completamente pervertida después de una sola tarde calurosa en el anfiteatro. Antígono ya había comentado una vez que Julia estaba convirtiéndose en una joven bellísima y eso fue suficiente para advertir a Marcus sobre sus intenciones. Julia era demasiado influenciable y, probablemente, sería presa fácil de un ataque del experimentado Antígono. Marcus quería estar seguro de que eso no le pasara a Julia. Permanecería intacta hasta que se casara con un hombre que eligiera su padre y entonces podría hacer lo que a ella le pareciera.

Por un momento, Marcus frunció el ceño. Padre ya *había* elegido, aunque no se lo informaría a Julia hasta que estuvieran hechos los arreglos. Padre le había contado a Marcus sobre su elección tan solo hacía una hora, unos instantes antes de que Julia entrara en la sala.

—Se están realizando los preparativos para el casamiento de tu hermana —le había dicho—. En el transcurso de este mes se hará el anuncio.

Marcus todavía estaba anonadado. Si padre sospechaba que él estaba llevando a Julia a los juegos, no lo había demostrado. Él había mirado a su padre con cautela, preguntándose por qué le estaba contando acerca del compromiso.

—Nunca le he dado rienda suelta a Julia, bajo ninguna circunstancia —había dicho Marcus para tranquilizarlo—. Ella es mi hermana y velaré para proteger su buena reputación.

—Lo sé, Marcus, pero ambos sabemos que Julia tiende a ser excitable. Podría ser corrompida fácilmente. Debes protegerla siempre que te sea posible.

—¿De la vida? —dijo Marcus.

—De la diversión contaminada y sin sentido.

Marcus se puso tenso, perfectamente consciente de que el comentario apuntaba a su propio estilo de vida. Sin embargo, no dio lugar a la discusión.

—¿A quién has elegido para ella?

—A Claudio Flaccus.

—¿*Claudio Flaccus*? ¡Peor pareja no pudiste encontrar!

—Hago lo que considero mejor para tu hermana. Ella necesita estabilidad.

—Flaccus la matará de aburrimiento.

—Tendrá hijos y se contentará.

—Por los dioses, padre, ¿no conoces a tu propia hija?

Décimo se puso rígido, sus ojos oscuros destellaban.

—Eres insensato y ciego en lo que respecta a tu hermana. Lo que Julia desea no es lo mejor para ella. Te responsabilizo a ti, en parte. —Marcus se apartó, sabiendo que enojado como estaba podía decir algo de lo que luego se arrepentiría—. Marcus, ¡cuida no poner en peligro a Julia mientras esté a tu cargo!

Marcus sabía que Flaccus era un hombre de impecable estirpe, un atributo que padre desdeñaba en público, pero que, secretamente, codiciaba. Flaccus además contaba con cierta riqueza y prestigio en la comunidad. Sin embargo, Marcus sospechaba que el verdadero motivo por el que padre había elegido a Flaccus era su inflexible punto de vista tradicional y su rectitud. Flaccus había tenido solo una esposa y, según todos los comentarios que Marcus había escuchado, se había mantenido fiel mientras ella vivió. Habían pasado cinco años desde que había muerto dando a luz, pero el nombre de Flaccus nunca había sido vinculado con ninguna otra mujer. El hombre era célibe, u homosexual.

Aun con todos los valores de Flaccus, Marcus creía que el matrimonio no haría feliz a Julia. Flaccus era mucho mayor que

Julia y era un intelectual. Un hombre así sería una compañía aburrida para una muchacha con el temperamento de Julia.

—Estás cometiendo un error, padre.

—El futuro de tu hermana *no* te concierne.

Julia había elegido ese momento para entrar en la sala y, por lo tanto, impidió que Marcus emitiera su opinión acerca de esa frase. ¿Quién conocía a Julia mejor que él? Era como él: se irritaba por las restricciones morales que ya no existían en ninguna parte del imperio.

De camino al anfiteatro, le entregó las riendas a Julia y la dejó manejar los caballos a un galope desenfrenado. *Apenas tiene quince años... Que sienta el viento de la libertad sobre su rostro antes de que padre la entregue a Flaccus y la encierren tras los altos muros de un palacio aventino*, pensó con tristeza. La misma sangre caliente que corría por sus propias venas corría por las de Julia, y pensar en el destino que tendría lo enfermaba. En parte quería permitirle a su hermana cualquier aventura que ella deseara, pero el honor familiar y su propia ambición no lo permitían.

La advertencia de su padre había sido clara, aunque tácita: Mantén a Julia lejos de tus amigos; especialmente de Antígono. La advertencia era innecesaria. Además de la necesidad de resguardar la pureza de Julia para proteger el buen nombre familiar, Marcus no quería complicar más la relación con Antígono. Conocía demasiado bien a su amigo, el aristócrata, como para confiarle a Julia. Antígono seduciría a Julia y se casaría con ella solo para asegurar su propio acceso futuro a las arcas de los Valeriano. Marcus no era tonto. La inversión cuantiosa en la carrera de Antígono había sido necesaria para obtener los contratos de construcción que ambicionaba, pero Marcus no tenía ninguna intención de permitir un matrimonio que lo obligara de manera permanente.

Ahora que tenía los contratos podía demostrar sus propias habilidades a mayor escala. En tres o cuatro años, Antígono dejaría de serle útil. Pues, aunque Marcus lo consideraba divertido y, en cierto modo, inteligente, era lo suficientemente sensato para saber que Antígono no duraría en el Senado. Consumía el dinero y el vino muy rápido y alardeaba demasiado. Algún día, Antígono tomaría de más en alguna fiesta, seduciría a la esposa del patricio incorrecto y terminaría con una orden imperial de cortarse sus propias muñecas. Marcus pensaba lograr cierta distancia política entre ellos antes de que llegara ese momento.

La exclamación de Julia lo trajo de vuelta al presente.

—Oh, Marcus, ¡esto es tan fascinante que casi no puedo resistirlo!

Las tribunas estaban llenándose de hombres, mujeres y niños. El ruido iba en aumento y se parecía a la marea cuando se retiraba.

Marcus vio muy poco que le interesara y se recostó indolentemente, resuelto a someterse al aburrimiento de la mañana. Julia se sentó con la espalda recta y los ojos bien abiertos, fascinada, asimilando todo lo que estaba sucediendo a su alrededor.

—Una dama está mirándote, Marcus.

Él tenía los ojos entrecerrados contra la luz del sol.

—Que mire —dijo él, indiferente.

—Quizás la conoces —dijo ella—. ¿Por qué no abres los ojos y miras?

—Porque no tiene caso. Si es hermosa, posiblemente quiera ir detrás de ella, y tengo que quedarme aquí para proteger a mi bella e inocente hermana.

Con una risita, lo golpeó.

—¿Y si yo no estuviera aquí?

Abrió un ojo y buscó a la mujer mencionada. Volvió a cerrarlo.

—Se acabó la necesidad de la discusión.

—Hay otras que están mirando —dijo Julia, orgullosa de estar sentada junto a él. Los Valeriano no podían reivindicar ninguna estirpe romana, pero Marcus era muy guapo y poseía un aire de seguridad masculina. Los hombres, así como las mujeres, le prestaban atención. Eso le gustaba a Julia porque, cuando lo miraban a él, terminaban mirándola a ella también. Se había arreglado especialmente y sabía que se veía espléndida. Sintió la mirada atrevida de un hombre a pocas filas de distancia y fingió no darse cuenta. ¿Se imaginaría que era la amante de Marcus? La idea le pareció divertida. Deseaba parecer sofisticada y distante, pero sabía que el rubor que inundaba sus mejillas revelaba su inocencia.

¿Qué haría Arria en estas circunstancias? ¿Simular que no sentía la mirada fija del hombre? ¿O devolvérsela?

Las trompetas resonaron, sobresaltándola.

—¡Despierta, Marcus! Las puertas están abriéndose —dijo Julia con entusiasmo y se inclinó hacia adelante en su asiento.

Marcus bostezó largamente mientras comenzaban los tediosos procedimientos preliminares. Generalmente llegaba más tarde para evitar las declaraciones aburridas de a quién atribuirle el mérito por financiar los juegos de la fecha. Hoy Antígono encabezaría el desfile con sus flameantes estandartes. A nadie le importaba realmente quién pagaba, en tanto que los juegos continuaran. De hecho, a veces insultaban a los patrocinadores que demoraban mucho tiempo en publicitar su parte en la producción.

Julia aplaudía incontroladamente mientras aparecían las cuadrigas que transportaban a los patrocinadores y a los duelistas.

—¡Ah, mira! ¿No son maravillosos? —Su entusiasmo divertía a Marcus.

Como el patrocinador principal de los próximos juegos, Antígono presidía el desfile. Estaba espléndidamente vestido de blanco y dorado, con las borlas púrpuras, ganadas con mucho esfuerzo, que denotaban su nuevo pero poco seguro rango de senador. Saludó con la mano a la multitud mientras su conductor luchaba por mantener bajo control al par de magníficos padrillos. Al completar una vuelta y media a la arena, el conductor giró la cuadriga y la detuvo delante de la plataforma del emperador. Antígono, con todo el dramático fulgor de un actor, pronunció el discurso que Marcus había escrito la noche anterior. La multitud aprobó la brevedad; el emperador, su elocuencia. Antígono hizo una señal grandiosa y los duelistas descendieron de las cuadrigas para exhibirse ante la muchedumbre que los ovacionaba.

Julia dio un grito ahogado y señaló al gladiador que estaba quitándose un manto rojo brillante. Debajo de este llevaba una armadura de bronce pulido.

—¡Oh, míralo! ¿No es hermoso?

Su yelmo tenía plumas de avestruz teñidas de amarillo, azul y rojo brillante. Caminó alrededor de la arena para que los espectadores pudieran mirarlo bien. Marcus torció la boca irónicamente. Para variar, estuvo de acuerdo con padre. Celerus parecía un gallo pavoneándose. Julia, por otro lado, lo miraba fascinada y parecía estar pensando que era el hombre más hermoso que había visto en su vida, hasta que otros seis gladiadores se quitaron sus mantos y se unieron a él.

—¿Qué es *él*? —preguntó Julia, señalando.

—¿Cuál?

—El que tiene la red y el tridente.

—Es un reciario. Lo enfrentarán contra un *murmillo*, que son los que tienen las crestas en forma de pez en los cascos, o contra un *secutor*. ¿Ves a ese hombre que está allá, el que está completamente armado? Él es un secutor. Tienen que perseguir a sus oponentes hasta que se cansen lo suficiente para poder terminar con ellos.

—Me gusta el murmillo —dijo Julia, riendo—. Un pescador contra un pez. —Tenía las mejillas encendidas y sus ojos brillaban más que nunca. Se alegró de haberla llevado. Ella aplaudió cuando las trompetas volvieron a sonar—. ¿Aquel es un *tracio*? —preguntó, señalando a un gladiador alto que portaba un escudo alargado y usaba un casco con plumas. Tenía una gladius, una lanza y una funda en el brazo derecho—. ¡Octavia dijo que los tracios son los más interesantes!

—Ese es un *samnita*. El que tiene la daga curva y el pequeño escudo redondo es un tracio —dijo Marcus, sin poder entusiasmarse demasiado por ninguno de los dos.

Celerus se había detenido frente a un palco de mujeres suntuosamente vestidas y se acercó a ellas, ondulando sus caderas. Ellas gritaron con lujuriosa aprobación. Cuanto más explícitas eran las payasadas del hombre, más fuerte se reían y gritaban, y otras a su alrededor se les sumaban. Varios hombres bajaron por las filas, empujando a las personas al pasar para llegar al borde de la plataforma, desde donde podían inclinarse hacia adelante y arrojarle flores al famoso gladiador.

—¡Celerus! ¡Celerus! ¡Te amo! —le gritó uno al gladiador.

Con los ojos y la boca muy abiertos, Julia lo absorbía todo. Marcus distrajo su atención de las *amoratae*, como se les decía a las admiradoras de los gladiadores, y le señaló los puntos más sutiles de los otros gladiadores. Sin embargo, ella volvía a prestarle atención a lo anterior. Mientras Celerus completaba el círculo y pasaba frente a sus asientos, las mujeres se pararon y clamaron su nombre una y otra vez, cada una tratando de gritar más fuerte que las otras para lograr su atención. Para consternación de Marcus, Julia se levantó con ellas, con la misma histeria. Enojado, la jaló hacia abajo, junto a él.

—¡Suéltame! ¡Quiero verlo bien! —protestó ella—. ¡Todos están de pie y no puedo ver nada!

Marcus se rindió. Por cierto, ¿por qué no permitirle un poco de emoción, para variar? Había pasado la mayor parte de su vida recluida en la casa, bajo la mirada vigilante y protectora de sus padres. Era hora de que viera una parte del mundo que había afuera de las altas paredes y los jardines llenos de esculturas.

Julia se subió a su asiento y se puso de puntillas.

—¡Está mirándome! Espera a que le cuente a Octavia. ¡Se llenará de envidia! —Riendo, lo saludó con la mano y gritó su nombre con las demás—. ¡Celerus! ¡Celerus!

Las mujeres gritaron más fuerte, pero, de repente, Julia se quedó congelada, con la boca abierta. Abrió más los ojos y el rostro se le puso colorado y caliente. Marcus le agarró la mano y ella se sentó rápidamente junto a él, cerrando bien fuerte los ojos mientras los gritos femeninos crecieron casi hasta el frenesí.

Marcus se rió de la expresión del rostro de su hermana. Celerus estaba notoriamente orgulloso de su cuerpo y disfrutaba exhibiéndolo a la multitud, todo lo que quisieran. Marcus sonrió.

—Entonces —dijo él con la falta de tacto de un hermano mayor—, ¿ya le diste una *buena* mirada?

—¡Deberías haberme advertido!

—¿Y arruinarte la sorpresa?

—Odio cuando te ríes de mí, Marcus. —Girando el mentón, lo ignoró. Las mujeres gritaban tan fuerte que le estaba dando dolor de cabeza. ¿Qué estaba haciendo ahora ese hombre horrible? Profirieron una gran protesta y, una por una, se sentaron. Volvió a mirar de refilón a Celerus, quien se alejaba a zancadas. Él volvió a reunirse con los otros que estaban ante la plataforma del emperador, quienes, extendiendo el brazo derecho, clamaron el credo del gladiador:

«*¡Ave, Imperator, morituri te salutant!* ¡Salve, Emperador, los que van a morir te saludan!».

A pesar de todo lo que le había dicho Octavia, Julia no pensaba que Celerus fuera guapo, en absoluto. De hecho, le faltaban varios dientes y tenía una cicatriz desagradable en un muslo y otra que le atravesaba el costado de la cara. Pero tenía algo que hacía que le palpitara el corazón y se le secara la boca. Se sentía incómoda de estar sentada junto a su hermano vigilante y divertido. Para empeorar las cosas, el hombre joven que estaba varias filas más abajo también estaba observándola, con una expresión que le provocaba un nudo en el estómago.

—Tu rostro está rojo, Julia.

—¡Te odio, Marcus! —dijo ella, al borde del llanto por la ira—. ¡Te odio cuando te burlas de mí!

Marcus levantó un poco las cejas ante su vehemencia. Tal vez se había vuelto demasiado inmune a las exhibiciones groseras de algunos de los *bustuarii*, u hombres de la tumba, como los llamaban. Ya nada lo sorprendía, mientras que a Julia todo la escandalizaba y la fascinaba. Apoyó su mano sobre la de ella.

—Me disculpo —dijo con sinceridad—. Respira profundo y cálmate. Supongo que estoy tan acostumbrado a estos espectáculos que ya han dejado de escandalizarme.

—*No* estoy escandalizada —dijo ella—. Y si vuelves a reírte de mí, ¡le diré a padre y a madre que me trajiste a los juegos contra mi voluntad!

Su propia ira ardió con rapidez ante el tono imperioso y la amenaza ridícula. Julia había estado suplicando ir a los juegos durante los últimos dos años. Marcus la miró con los ojos entrecerrados y sardónicos.

—Si vas a actuar como una niña consentida, ¡te llevaré a casa, que es donde debes estar!

Ella vio que lo decía en serio. Sus labios se separaron y sus ojos oscuros se llenaron de lágrimas.

Marcus maldijo en voz baja. Ya había visto esa mirada abatida antes y sabía que era capaz de irrumpir en un llanto tempestuoso y hacerlo quedar como un patán agresivo. Le sujetó la muñeca con su mano.

—Si lloras ahora, nos humillarás a los dos delante de todos

los habitantes de Roma y te juro que nunca volveré a venir a los juegos contigo.

Julia se tragó las lágrimas y su protesta. Volteó la cabeza y se puso rígida, esforzándose por mantener el control de sus emociones. Marcus podía ser muy cruel a veces. Que él se burlara de ella estaba bien, pero si ella se defendía, amenazaba con llevarla a casa. Cerró los puños.

Marcus la observó un instante y frunció el ceño. Había deseado introducirla al esparcimiento favorito de Roma. Julia era muy impresionable y se excitaba fácilmente, pero seguramente no era como algunas de esas mujeres que se ponían tan ansiosas que caían en la histeria sin sentido.

Julia presionó fuertemente los labios cuando sintió que su hermano la estudiaba. Si él estaba esperando que se disculpara, esperaría para siempre. No se merecía una disculpa después de haberse reído de ella.

—Me comportaré, Marcus —dijo con gran solemnidad—. No te avergonzaré.

El sentido común de Marcus le decía que se la llevara a casa en ese mismo momento, antes de que empezara la matanza. Ella se enojaría; incluso evitaría hablarle por varios días... pero descartó la idea. No quería decepcionarla. Había esperado esta experiencia durante mucho tiempo. Quizás eso explicaba su estado emocional.

Tomó su mano y la apretó.

—Si resulta demasiado para ti, nos iremos —dijo con un tono serio.

El alivio la inundó.

—Oh, eso no pasará, Marcus. Lo juro. —Enlazó su brazo en el de él. Recostándose contra él, levantó los ojos con una sonrisa radiante—. No te arrepentirás de haberme traído. Ni me encogeré cuando Celerus le corte la garganta a alguno.

Se escuchó un trompetazo anunciando las exhibiciones de segunda sin derramamiento de sangre que servían para precalentar a la multitud. Julia estaba encantada con los *paegniarii*, los luchadores de burla. Aplaudió y gritó alentándolos, llamando la atención de los asistentes con más experiencia que la consideraban más entretenida que la exhibición. A continuación, aparecieron los *lusorii*, quienes peleaban con empeño, pero que apenas podían herirse seriamente unos a otros con sus armas de madera.

El sol ya estaba alto y quemaba. No soplaba el viento en el anfiteatro y Marcus vio la transpiración en la pálida frente de Julia. Tocó su mano y descubrió que estaba fría.

—Voy a comprar un odre de vino —dijo, preocupado de que ella se desmayara de calor. Necesitaba algo para beber y una sombrilla. Él había estado tan abstraído en sus propios pensamientos que no había hecho los preparativos adecuados. Generalmente Arria traía vino, comida y un esclavo que sostenía una sombrilla sobre ellos—. Quédate aquí y no hables con nadie.

A los pocos minutos, el joven romano que la había mirado fijamente ocupó el asiento de Marcus.

—Tu amante te abandonó —le dijo en griego con un acento común.

—Mi hermano no me ha abandonado —dijo ella rígidamente, las mejillas encendidas—. Ha ido a comprar vino y pronto volverá.

—Tu hermano —dijo él, contento—. Soy Nicanor de Capua. Y tú eres...

—Julia —dijo despacio, recordando lo que Marcus le había dicho, pero queriendo tener algo para contarle a Octavia.

—Me encantan tus ojos. Unos ojos como esos podrían hacerle perder la cabeza a un hombre.

Se ruborizó; su corazón latía fuertemente. Sentía todo el cuerpo acalorado por la vergüenza. No estaba vestido adecuadamente para la clase de ella, pero tenía una mundanalidad que la excitaba. Tenía ojos marrones y pestañas espesas, la boca grande y sensual.

—Mi hermano me dijo que no hablara con nadie —dijo, levantando su mentón nuevamente.

—Tu hermano es sabio. Hay muchos aquí que desearían aprovecharse de una mujer tan joven y encantadora. —La acariciaba con su voz profunda mientras continuaba—. Eres una verdadera hija de Afrodita.

Julia escuchó, halagada y fascinada. Él habló mucho y con devoción, y ella absorbía sus palabras, deliciosamente excitada. Pero cuando su mano callosa tocó su brazo desnudo, el hechizo se rompió. Con un sonido ahogado retiró su brazo.

Nicanor miró más allá de ella y se marchó rápidamente.

Marcus se sentó al lado de ella y dejó caer de golpe el pesado odre sobre su regazo.

—¿Haciendo nuevos amigos?

—Se llama Nicanor. Apareció de la nada y se sentó junto a mí y empezó a hablarme. No sabía qué hacer para que se fuera. Dijo que soy hermosa.

—Por los dioses, Julia, te han mantenido encerrada y bajo llave demasiado tiempo. Eres ingenua.

—Me gustó, así de ordinario como era. —Levantó la mirada por encima de su hombro—. ¿Crees que volverá?

—Si lo hace, Antígono tendrá más carne para arrojar a sus leones. —Marcus sirvió vino en una pequeña copa de cobre y se la entregó.

Resonó la trompeta de guerra anunciando el primer combate con armas afiladas. Julia se olvidó de Nicanor, bebió rápidamente su vino y le devolvió la copa a Marcus para poder inclinarse hacia adelante en su asiento. Antígono había contratado músicos y, mientras los luchadores peleaban, sonaban las trompetas y los cuernos a todo volumen. Bloqueando varios golpes, el defensor tomó la ofensiva y vibraron las flautas y las tubas. La multitud gritaba palabras de aliento y consejos para sus favoritos. El combate continuó por un rato y hasta Julia se sintió decepcionada.

—¿Siempre tardan tanto?

—A menudo.

—Quiero que gane el reciario.

—No ganará —dijo Marcus, observando el combate sin mucho interés—. Ya se está cansando.

—¿Cómo lo sabes?

—Por la manera en que sostiene el tridente. Observa con atención. Mira cómo lo baja y lo mueve hacia un costado. Se está poniendo muy al descubierto. El tracio terminará pronto con esto.

Un instructor perseguía al tracio, mientras otro azotaba al reciario y le gritaba que peleara más duro. La multitud silbaba y gritaba insultos, impaciente por ver una muerte. El instructor del reciario eligió el momento equivocado para mover su látigo, porque se enredó en el trinche del tridente el tiempo suficiente para darle al tracio la brecha que necesitaba. Su espada entró directo y profundo y el reciario cayó.

—¡Oh! —dijo Julia sorprendida, mientras la multitud gritaba y aclamaba—. Tenías razón, Marcus.

El reciario estaba de rodillas, agarrándose el estómago con las manos y su sangre se derramaba sobre el taparrabo.

«¡Ya está acabado! —gritó la multitud, bajando sus pulgares—. *¡Júgula! ¡Júgula!*». El tracio miró al emperador. Vespasiano apuntó el pulgar hacia abajo, apenas haciendo una pausa en su conversación con un senador. El tracio se dio la vuelta y puso su mano sobre la cabeza del reciario. Inclinándola hacia atrás, hizo un corte rápido y le abrió la yugular. Una fuente de sangre lo salpicó antes de que el moribundo cayera hacia atrás, se sacudiera y después quedara inmóvil en un charco de sangre.

Marcus miró a Julia y vio que tenía los ojos cerrados y los dientes apretados.

—Tu primera muerte —dijo Marcus—. ¿Miraste en algún momento?

—Observé —su mano apretaba el frente de su túnica. Abrió sus ojos nuevamente cuando un hombre africano vestido de Mercurio cruzó danzando sobre la arena hacia el hombre caído. Como guía divino del alma de los hombres hacia las regiones infernales, arrastró el cuerpo a través de la puerta. El gladiador victorioso fue anunciado con una rama de palmera, mientras otros muchachos africanos rastrillaban la arena manchada de sangre; luego salieron disparados para que fuera presentada la próxima pareja.

Julia estaba pálida y temblaba. Su hermano le pasó la punta de los dedos por la frente húmeda y notó que estaba fría.

—Quizás deberíamos irnos.

—No. No quiero irme. Solo me sentí indispuesta por un momento, Marcus. Ya pasó. —Sus ojos oscuros estaban brillantes y dilatados—. Quiero quedarme.

Marcus la evaluó y luego asintió, orgulloso de ella. Padre había dicho que Julia era demasiado débil para los juegos. Se equivocaba.

Julia era una verdadera hija de Roma.

8

Enoc sabía que estaba en peligro por lo que había hecho. Aunque su amo había aprobado la compra de siete esclavos, no había dicho nada de adquirir judíos. Enoc había tomado esa decisión por sí mismo, a pesar de que sabía que su amo prefería a los galos y los britanos. Pero habiendo visto que su pueblo era traído de a cientos desde Judea a Roma para ser enviados a morir a la arena, Enoc no podía desperdiciar la única oportunidad que tenía de salvar a unos pocos.

Todos los judíos sufrían, no solo los que eran parte de la insurrección. El medio siclo que anteriormente habían recaudado de los judíos romanos para el mantenimiento del templo de Jerusalén ahora se cobraba para construir un anfiteatro colosal. Los esclavos judíos cargaban las piedras; los cautivos judíos estaban entre los primeros que morirían en la arena; los ciudadanos judíos pagaban la parte más pesada de la financiación.

Enoc se debatía entre la rabia y el dolor de saber en qué se habían convertido su patria y su pueblo. Hasta esa mañana no había podido hacer nada por salvar ni a un solo miembro de su raza. Ahora tenía siete a su cuidado. Pero tenía miedo. Ninguno era adecuado para la ardua tarea que se les exigiría en la hacienda. A pesar de haberlos lavado, afeitado y vestido con túnicas nuevas, se veían patéticos y apagados. Cuatrocientos sestercios cada uno y ni uno solo valía la mitad de lo que había pagado.

Miró a la chica, preguntándose por qué se había arriesgado a comprarla. ¿Qué uso podía darle? Pero, con solo mirarla a los ojos sintió la mano de Dios en él, una voz suave y tranquila que le dijo: *Salva a esta*. Enoc la había comprado sin cuestionamientos, pero ahora se preguntaba y le preocupaba qué diría su amo. Su amo esperaba galos y britanos, y él estaba llevándole siete judíos quebrantados, entre ellos una muchacha pequeña con los ojos de una profetiza. Enoc oró fervientemente pidiendo la protección de Dios.

Abriendo la cerradura de la puerta occidental, Enoc hizo pasar a los siete esclavos al interior de los altos muros de la propiedad de su amo. Los condujo por el sendero hacia la parte trasera de la casa. Los hizo formar en fila en la recepción, donde su amo distribuía las pensiones cada mañana, y les dio instrucciones de que se quedaran firmes, erguidos y en silencio; que mantuvieran la mirada gacha, y que solo hablaran si el amo les dirigía una pregunta personal.

«Esperarán aquí mientras hablo con el amo. Oren para que acepte a cada uno de ustedes. Décimo Vindacio Valeriano es amable para ser romano y, si aprueba que los haya comprado, recibirán un buen trato. Que el Dios de nuestros padres nos proteja a todos».

Décimo estaba con su esposa en el peristilo, donde ella le daba vueltas a una margarita entre sus dedos elegantes y escuchaba a su esposo. Enoc pensó que su amo se veía demacrado y de mal humor, pero respiró hondo y, armándose de valor, se acercó a ellos. Esperó a que su amo reconociera su presencia y le diera permiso para hablar.

—Mi señor —dijo—, he vuelto con siete esclavos para que los inspeccione.

—¿Galos?

—No, mi señor. No había ninguno disponible. Tampoco había ningún britano. —Deseaba que la mentira no se le viera en la cara—. Son de Judea, mi señor —dijo y vio que la boca de su amo se ponía tensa.

—Los judíos son la raza más traicionera del imperio, ¿y tú trajiste siete a mi casa?

—Enoc es judío —dijo Febe con una sonrisa— y nos ha servido fielmente durante quince años.

Enoc agradeció a Dios que ella estuviera presente.

—En esto, se sirvió a sí mismo —dijo Décimo, mirando fríamente a su supervisor. Si el esclavo tenía la intención de defenderse, cambió de parecer y se quedó en silencio—. ¿Los esclavos son adecuados para el trabajo duro?

—No, mi señor —dijo con sinceridad—, pero con comida y descanso lo serán.

—No tengo el tiempo ni la inclinación para consentir rebeldes.

La esposa romana tocó el brazo de su esposo.

—Décimo, ¿culparás al hombre por su compasión? —preguntó suavemente—. Ellos son su pueblo. Enoc nos ha servido con lealtad. Por lo menos démosles un vistazo y veamos si son apropiados para nuestros propósitos.

No lo eran.

—Por los dioses —dijo Décimo en voz baja. Había visto muchos prisioneros, de muchos países, pero ninguno era tan patético como estos débiles, abatidos y exánimes supervivientes de la destrucción de Jerusalén.

—Oh —dijo Febe, con su tierno corazón conmovido por la compasión.

—Iban camino a la arena, mi señor, pero le juro por mi Dios que lo servirán como yo lo he servido —dijo Enoc.

—Tiene poco más de la edad de Julia —dijo Febe, con toda su atención puesta en la joven que tenía los ojos oscurecidos por el sufrimiento y un conocimiento de cosas innombrables—. La niña, Décimo —dijo Febe en voz baja—. Decidas lo que decidas sobre el resto, la quiero.

Él frunció un poco el ceño y miró a su esposa.

—¿Con qué fin?

—Para que sirva a Julia.

—¿Julia? No es apropiada para Julia.

—Confía en mí en esto, Décimo. Por favor. Esta niña le hará mucho bien a Julia.

Décimo volvió a mirar a la muchacha, estudiándola con más atención y preguntándose qué había en ella para que su esposa la aceptara, luego de haber rechazado a tantas otras. Febe había estado buscando una sirvienta para su hija durante algún tiempo. Le habían presentado a muchas muchachas esclavas, pero ninguna había sido lo que Febe deseaba. Y ahora, sin la más mínima duda, había elegido a una judía demacrada que era más fea de lo que pudiera describir y, probablemente, hija de algún zelote asesino.

Marcus y Julia entraron al patio, riendo y de muy buen humor. Se callaron cuando vieron a los esclavos. Marcus les echó un vistazo a los siete con repulsión.

—¿Judíos recién llegados de Judea? —dijo sorprendido—. ¿Qué hacen aquí?

—Necesito esclavos para la hacienda.

—¿No prefieres galos y britanos?

Décimo lo ignoró y le dijo a Enoc que hiciera los arreglos para enviar a los seis hombres a la hacienda en los Apeninos.

—La niña se quedará aquí.

—¿Realmente los compraste? —dijo Marcus, estupefacto—. ¿A ella también? —dijo, dándole una ojeada despectiva a la muchacha—. Nunca supe que desperdiciaras el dinero, padre.

—La niña servirá a Julia —volvió a decir Febe.

Julia miró a su madre y a la muchacha y de vuelta a su madre.

—Oh, madre, no puedes hablar en serio. Es terriblemente fea. ¡No quiero que me sirva una esclava fea! ¡Quiero una sirvienta como la de Olimpia!

—No la tendrás. La esclava de Olimpia podrá ser muy bonita, pero es arrogante y embustera. No se puede confiar en una esclava como ella.

—¡Entonces, Bitia! ¿Por qué no puede servirme Bitia?

—Bitia no servirá para ti —dijo Febe firmemente.

Marcus sonrió con ironía. Sabía muy bien por qué su madre no quería que Bitia sirviera a Julia y sospechaba que también sabía por qué motivos habían comprado a esta esclava en particular. Torció la boca con burla. La moral judía no lo divertía, pero una esclava que vigilara y protegiera a su hermana sería algo bueno.

—¿Cómo te llamas, niña? —dijo Febe suavemente.

—Hadasa, mi señora —dijo ella en voz baja, avergonzada por el examen burlón del joven romano y por el lloriqueo de la muchachita. Su vida pendía del equilibrio de su conversación. Apretó sus manos delante de ella y siguió mirando al suelo, plenamente consciente de que si la señora de la casa flaqueaba y la hacía volver al mercado de esclavos, moriría en la arena.

—Nada más mírenla —dijo Julia, disgustada—. ¡Tiene el cabello corto como un varón y está demasiado delgada!

—Con la comida adecuada recuperará el peso y el cabello le volverá a crecer —dijo Febe con serenidad.

—No es justo, madre. Yo debería poder elegir mi propia criada personal. Octavia eligió a la suya. Tiene una etíope muy exótica cuyo padre es el cacique de una tribu.

Marcus se rió.

—Dile a la encantadora Octavia que esta es pariente de la princesa Berenice.

Julia resopló.

—Nunca lo creería. Con solo mirar a esa chica, Octavia se dará cuenta de que no puede ser pariente de la mujer que cautivó el corazón de Tito.

—Entonces dile que tu esclava es la hija de un sumo sacerdote. O que es profetiza de nacimiento de su dios invisible y que tiene poderes para predecir el futuro.

Hadasa le echó una mirada furtiva al burlón joven romano. Era muy apuesto; usaba el cabello oscuro muy corto y un poco enrulado sobre la frente. De hombros amplios y cintura estrecha, estaba vestido con una túnica blanca con un cinturón trabajado con dibujos muy elaborados en cuero y oro. Las correas de cuero de sus costosas sandalias estaban entrelazadas firmemente alrededor de sus musculosas pantorrillas. Sus manos eran fuertes y bellamente formadas; el único adorno que tenía era una sortija de sello de oro en el dedo índice. Cada centímetro de su cuerpo denotaba lo arrogante que era por su educación y su riqueza.

En contraste con la fortaleza física del joven, su hermana era delicada. Hadasa estaba cautivada por su belleza etérea. Aun al quejarse, la voz de la muchacha era refinada y melodiosa, y el rubor que subía a sus mejillas por el enfado solo añadía color a su tez pálida. Tenía puesta una toga azul claro con ribetes dorados. El peso de su cabello oscuro estaba apilado en rizos en su cabeza y lo mantenía en su lugar con alfileres de oro y perlas que hacían juego con sus pendientes. Alrededor del cuello tenía un pesado colgante de una diosa pagana.

Marcus se dio cuenta de que la esclava estudiaba a su hermana. No vio rencor ni animosidad en su expresión; más bien, una fascinación con sorpresa. Miraba a Julia como si fuera una criatura hermosa que nunca antes hubiera visto. Marcus se divirtió en secreto y pensó que quizás su madre tuviera razón, después de todo. Aun con todos los estragos del holocausto judío que la muchacha había vivido, en su rostro había una dulzura y una amabilidad que podrían calmar el espíritu frenético e impaciente de Julia.

—Quédatela, Julia —dijo él, sabiendo que una palabra de él influiría más rápido en su hermana que cualquier cosa que pudieran decir su madre y su padre.

—¿De verdad piensas que debería? —dijo Julia sorprendida.

—Hay cierta cualidad misteriosa en ella —dijo él, manteniendo la seriedad. Podía sentir la cólera de su padre. Besó a Julia y a su madre, despidiéndose.

Cuando los ojos burlones de él la rozaron, el corazón de Hadasa dio un vuelco. Se sintió aliviada cuando se marchó. Aceptando sus palabras, la muchacha se rindió y la analizó más detalladamente, lo cual hizo enrojecer las pálidas mejillas de Hadasa.

—Me la quedaré —dijo Julia con grandiosidad—. Ven conmigo, niña.

—Se llama Hadasa, Julia —le dijo Febe suavemente como reprimenda.

—Hadasa, entonces. Ven conmigo —dijo Julia, imperiosamente.

Hadasa la siguió obedientemente, internalizando las maravillas de la enorme casa. Los pisos eran de mosaicos resplandecientes; las paredes, de mármol. Junto a las puertas había jarrones griegos y sobre las paredes colgaban cortinas babilónicas. Cruzaron un frondoso patio al aire libre, con arbustos florecidos y plantas, adornado por estatuas de mármol. El sonido relajante del agua que corría en una fuente estaba muy cerca. Hadasa se sonrojó acaloradamente cuando vio la estatua de una mujer desnuda que estaba parada en medio de un pequeño estanque.

Su señora la guió hasta una recámara que tenía prendas de vestir regadas por todos lados.

—Todas estas cosas tienen que ser guardadas —dijo Julia, mientras se reclinaba en una cama.

Hadasa se puso a trabajar juntando togas, túnicas y chales del piso y de un taburete. Sintió que su señora la observaba mientras trabajaba y dobló cuidadosamente las prendas antes de guardarlas en su sitio.

—Dicen que Jerusalén es una ciudad santa —dijo Julia.

—Sí, mi señora.

—¿Queda algo de ella?

Hadasa se enderezó lentamente y alisó una túnica suave sobre su brazo.

—Muy poco, señora —dijo en voz baja.

Julia miró los ojos oscuros de la muchacha. Las esclavas no solían mirar al rostro de sus amas, pero Julia no sintió ninguna afrenta de que esta niña lo hiciera. Quizás no sabía que no era apropiado.

—Mi padre estuvo una vez en Jerusalén, hace muchos años —dijo—. Vio tu templo. Dijo que era precioso. Oh, no tan hermoso como el templo de Artemisa en Éfeso, desde luego, pero que era una maravilla que ver, aun así. ¡Es una desgracia que haya desaparecido!

Hadasa se apartó y comenzó a acomodar los frasquitos y los jarros del tocador.

—¿Qué fue de tu familia, Hadasa?

—Todos están muertos, mi señora.

—¿Eran zelotes?

—Mi padre era un comerciante humilde de Galilea. Fuimos a Jerusalén para la Pascua.

—¿Qué es la Pascua?

Hadasa le contó cómo Dios había tomado al primogénito de todos los egipcios porque el faraón no dejaba salir a Moisés y a su pueblo, pero Dios había pasado por alto a todos los israelitas. Julia la escuchó y luego se sacó los alfileres que tenía en el cabello.

—Si tu dios es tan poderoso, ¿por qué no intervino y salvó a tu pueblo esta vez?

—Porque ellos lo rechazaron.

Julia frunció el ceño sin entender.

—Los judíos son muy raros —dijo, y se olvidó del tema, encogiéndose de hombros con indiferencia. Se dio la vuelta y sacudió su cabello suelto sobre sus hombros. Se pasó los dedos por él, disfrutando la sensación de su suavidad. Su cabello era hermoso. Marcus también lo decía.

—Es ridículo creer en algo que no puedes ver —dijo y recogió un peine de carey. Se lo pasó por el exuberante cabello negro y se olvidó de la esclava.

¿Cuándo la llevaría Marcus a los juegos nuevamente? Le había encantado verlos ese mismo día y quería volver tan pronto como fuera posible.

—¿Qué desearía que haga ahora, señora?

Julia pestañeó, molesta por la interrupción de sus placenteros pensamientos. Le lanzó una mirada a la desdichada muchacha y, luego, alrededor de la habitación. Todo estaba ordenado con mucho esmero. Hasta las colchas estaban alisadas y los almohadones arreglados.

—Arregla mi cabello —le dijo y vio que la muchacha palidecía cuando le entregaba el peine—. Sí sabes cómo arreglar el cabello, ¿verdad?

—Yo... yo puedo trenzarle el cabello, señora —tartamudeó la muchacha.

—No sé por qué te compró mi madre. ¿De qué me sirves si ni siquiera puedes arreglarme el cabello? —Enojada, le lanzó el peine a la muchacha y caminó hecha una furia hacia la puerta—. ¡Bitia! *¡Bitia!* Ven aquí de inmediato.

La muchacha egipcia entró rápido en la habitación con una mirada impenetrable.

—¿Sí, mi señora?

—Enséñale a esta imbécil a arreglar el cabello. Mientras tenga que aguantarla, por lo menos que aprenda cómo cumplir sus tareas.

—Sí, señora.

—Sabe trenzar —dijo Julia con el suficiente sarcasmo para herirla. Hadasa observó a la muchacha egipcia trabajar con habilidad. Le pareció que el arreglo era estupendo, pero su señora no estaba satisfecha—. Hazlo otra vez. —Después de la segunda vez, Julia se arrancó las pinzas de oro del cabello y sacudió su cabello furiosamente—. Está peor que antes. ¡Vete! Eres peor que esta imbécil. —Sus ojos oscuros se llenaron de lágrimas—. ¡No es justo que no pueda elegir a mi propia sirvienta!

—Tiene el cabello más hermoso que vi en mi vida, mi señora —le dijo Hadasa con sinceridad.

—Y con razón, considerando lo que le han hecho al tuyo —dijo Julia sarcásticamente, pensando que la muchacha solo quería adularla. Le lanzó una mirada fulminante. La joven judía parecía dolida y miró hacia abajo. Julia frunció el ceño, sintiendo una punzada de remordimiento por su brusquedad. La muchacha la incomodaba. Apartó la mirada—. Ven aquí. Quiero una sirvienta que pueda arreglarme el cabello como Arria, la amante de mi hermano, ¡y tú aprenderás a hacerlo, empezando *ahora*!

Aturdida y sonrojada por las palabras poco cuidadosas de su joven señora, Hadasa tomó el peine con los dedos temblorosos e hizo exactamente lo que le dijo.

Fueron al cuarto de baño y Julia ordenó que mezclara perfumes en el agua tibia.

—Estoy tan aburrida —dijo Julia—. ¿Conoces historias para contar?

—Solo las de mi pueblo —dijo Hadasa.

—Entonces, cuéntame una —dijo Julia, desesperada por un poco de entretenimiento dentro de los confines de su tediosa vida. Reclinó su cabeza contra el mármol, y escuchó la voz tranquila y con mucho acento de la muchacha.

Hadasa le contó la historia de Jonás y la ballena. Le pareció que su señora se aburría y entonces, cuando terminó, le contó de cuando el joven pastor David derrotó al gigante Goliat. Esa le gustó mucho más.

—¿Era apuesto? Me gusta esa historia —dijo ella—. A Octavia la divertirá.

Hadasa procuraba complacer a su joven señora, pero era difícil. La muchacha estaba inmersa en sí misma, preocupada por su cabello, su piel, su ropa, y Hadasa no sabía nada del cuidado refinado de tales cosas. Sin embargo, por necesidad, aprendió rápido. Solo había escuchado hablar de los aceites aromáticos y de las pinturas que se usaban para realzar la belleza de la mujer; nunca los había visto en uso. Le fascinó ver cómo Julia se frotaba aceite aromático en su piel pálida. Arregló y volvió a arreglar el cabello de su señora hasta que Julia se cansó de estar sentada. Nada era nunca exactamente como ella quería.

Cuando la familia se reunió en el triclinium para compartir la comida, Hadasa permaneció de pie junto al sillón de Julia; rellenaba su copa con vino diluido y sostenía el cuenco con agua tibia y una toalla para que Julia se enjuagara y se secara los dedos. La conversación varió entre la política, los festivales y los negocios. Hadasa se mantuvo callada e inmóvil; escuchaba con ávido interés, aunque tenía la precaución de no demostrarlo.

Los Valeriano la fascinaban con sus discusiones acaloradas y sus obvias diferencias de opinión. Décimo era dogmático e inflexible, y se enojaba fácilmente con su hijo, que no coincidía en nada con él. Julia hacía bromas y provocaba. Febe era la mediadora. A Hadasa le recordaba a su propia madre: tranquila, modesta, pero con una fuerza que volvía a reunir a la familia cuando la discusión se volvía demasiado intensa.

Después, Octavia vino de visita.

—Es muy desagradable —dijo Octavia, mirando a Hadasa con desagrado—. ¿Por qué la eligió tu madre para ti?

Julia se sintió herida en su orgullo y levantó el mentón.

—Es fea, pero cuenta unas historias maravillosas. Ven aquí, Hadasa. Cuéntale a Octavia sobre el rey David y sus hombres fuertes. Ah, y cuéntale del hombre que tenía seis dedos.

Hadasa obedeció, ruborizándose por la timidez.

—Conoce otras, también —dijo Julia cuando terminó—. Me contó de la Torre de Babel que explica de dónde provienen todos los idiomas. Es completamente ridícula, obviamente, pero es entretenida.

—Bueno, supongo que eso es algo —reconoció Octavia—. Mi sirvienta solo habla un griego rudimentario.

Ella y Julia caminaron del brazo por los senderos. Se sentaron en un banco cerca de una estatua de Apolo desnudo. Hadasa se quedó cerca para asistirlas, mientras las dos jovencitas se inclinaban la una hacia la otra, susurrando y riendo. La bella etíope de Octavia no decía ni una palabra, pero, de vez en cuando, sus ojos altaneros recaían con odio sobre Octavia.

Hadasa sintió vergüenza de escuchar cómo Octavia hablaba con tal liberalidad. Sin embargo, la angustiaba más cómo Julia estaba cautivada por lo que decía, con un claro deseo de absorber cada palabra e idea que la muchacha tenía para ofrecer.

—¿Es cierto que vas a casarte con Claudio Flaccus? —preguntó Octavia después de describir extensamente un festival al que había asistido y las aventuras que había tenido allí.

La alegría de Julia se acabó.

—Sí —dijo tristemente—. Está todo arreglado. ¿Cómo pudo padre hacerme algo así? Claudio Flaccus es casi tan viejo como él.

—Tu padre es efesio y codicia la buena sangre romana.

Julia ladeó su mentón y sus ojos relampaguearon. No era un secreto que el padre de Octavia, Druso, era un pariente lejano del César por medio de una hermana ilegítima de uno de los hijos de Augusto. A Octavia le gustaba recordarle a Julia que por sus venas corría algo de sangre real: una pequeña estocada para que Julia estuviera consciente de lo afortunada que era de tener una amiga con contactos tan ilustres.

—Nuestra sangre no tiene nada de malo, Octavia. —El padre de Julia podía comprar a Druso con solo chasquear los dedos. Lo que la familia carecía de sangre real, lo compensaba largamente con riqueza.

—No te ofendas por todo, Julia. —Se rió Octavia—. Si mi padre pudiera casarme con Claudio Flaccus, lo haría. Claudio viene de un largo linaje de aristócratas romanos y todavía conserva parte de la fortuna familiar porque ha sido lo suficientemente astuto para evitar los cargos políticos. Tal vez no sea tan malo estar casada con él.

—No me importa en lo más mínimo su estirpe real. Me enferma el solo pensar que me toque. —Sonrojándose, se estremeció y miró para otro lado.

—Eres una tonta. —Octavia se inclinó hacia adelante y puso su mano sobre la de Julia—. Solo cierra los ojos y se terminará en pocos minutos —lanzó una risita.

Disgustada, Julia cambió de tema.

—Marcus me llevó a los juegos otra vez. Fue muy emocionante. Mi corazón estaba desbocado y, por momentos, me costaba respirar.

—Celerus es maravilloso, ¿no es así?

—¡Celerus! ¡Ja! No entiendo por qué estás tan encandilada con él. Hay otros mucho más hermosos.

—Deberías ir al banquete de la noche anterior a los juegos. De cerca, es magnífico.

—A mí me parece desagradable con todas esas cicatrices en el cuerpo.

Octavia se rió.

—Todas esas cicatrices son lo que lo hacen tan fascinante. ¿Sabes a cuántos hombres ha matado? A cincuenta y siete. Cada vez que me mira, eso es lo único en que puedo pensar. Es insoportablemente excitante.

Helada y escandalizada por cada palabra, Hadasa permaneció cerca en silencio, con la cabeza agachada y los ojos fuertemente cerrados. Deseó ser ciega y sorda para no ver sus rostros entusiasmados ni escuchar sus palabras insensibles. ¿Cómo podían hablar con tanta indiferencia de hombres que morían, o estar tan despreocupadas acerca de su propia y preciosa inocencia? Octavia parecía orgullosa de haber perdido la suya y Julia parecía estar muy ansiosa de perder la propia.

Se levantaron.

—Cuéntame en qué anda Marcus por estos días —dijo Octavia, volviendo a entrelazar su brazo con el de Julia, hablando como si estuviera apenas interesada.

Julia no se dejó engañar. Sonriendo ligeramente, le habló de Arria y de Fannia mientras las dos paseaban por el jardín. A pesar de toda la adoración que Octavia manifestaba por Celerus, Julia sabía que lo olvidaría en un instante si Marcus tan solo le sonreía una vez.

Inquieto, Marcus se levantó de la cama y se paró en la puerta abierta que daba al peristilo. Escuchando el sonido de los grillos bajo la pálida luz de la luna, se pasó la mano por el pecho desnudo y miró hacia afuera, al patio. No podía dormir ni encontraba la razón para su desasosiego. El proyecto de construcción iba bien. El dinero llegaba a raudales. Arria se había ido al campo por algunas semanas, librándolo de su presencia empalagosa y de sus celos. Había pasado una noche con sus amigos, disfrutando de conversaciones reveladoras y de las atenciones de las esclavas de Antígono.

La vida era buena y mejoraba a medida que su fortuna crecía. Entonces, ¿por qué esa inquietud insistente y este vago descontento?

Salió para tomar un poco de aire fresco. Hasta el peristilo le parecía sofocante y salió por la puerta arqueada del extremo norte del patio hacia los jardines que había más allá. Deambuló por los senderos, con sus pensamientos saltando de una cosa a otra: los cargamentos de madera de Galia, Arria y su repentina y muy irritante posesividad, padre y su desaprobación a todo lo que hacía. La tensión de sus nervios era extrema.

Hizo una pausa en la pérgola cubierta de rosas y aspiró el agradable perfume. Quizás estaba preocupado por Julia y por eso estaba tan tenso. Ella estaba peleando contra los arreglos de su matrimonio. Esa tarde había estallado en lágrimas y le había gritado a padre que lo odiaba. Él le había ordenado que se fuera a su cuarto y ella se había quedado ahí toda la noche con esa sirvienta rara que tenía.

Un movimiento le llamó la atención y se dio vuelta levemente. La pequeña judía de Julia apareció por la entrada del peristilo. Estrechó los ojos al verla caminar por el sendero, no muy lejos de la pérgola, donde permanecía inadvertido. ¿Qué estaba haciendo ella fuera de la casa? No tenía asuntos que atender en los jardines a estas altas horas.

La observó caminar por el sendero. Sabía que no tenía la intención de escapar porque iba en la dirección opuesta a la puerta del muro occidental. Se detuvo en la espaciosa intersección de dos senderos empedrados. Cubriéndose la cabeza con el chal que llevaba, se arrodilló sobre las piedras. Juntó sus manos e inclinó la cabeza.

Marcus abrió más los ojos, sorprendido. ¡Estaba orando a su dios invisible! Ahí mismo, en el jardín. Pero, ¿por qué en la penumbra, ocultándose de la mirada de los demás? Debería estar adorando con Enoc en la pequeña sinagoga donde se reunían él y los otros judíos. Curioso, Marcus se acercó. Ella estaba inmóvil y su perfil se veía claramente a la luz de la luna.

Estaba angustiada. Tenía los ojos cerrados y sus labios se movían, aunque no hablaba en voz alta. Las lágrimas corrían por sus mejillas. Con un suave gemido, se estiró con el rostro hacia abajo, sobre las piedras, con los brazos extendidos, y entonces pudo escucharla murmurando palabras en un idioma que no entendía. ¿Arameo?

Marcus se acercó más, extrañamente conmovido de ver a la muchacha postrada ante su dios. Muchas veces había visto a su madre orando a las deidades familiares en el *lararium*, donde estaban sus altares y sagrarios, pero nunca se postraba ante ellos. Devota a ellos, todas las mañanas iba al lugar a colocar terrones de sal como ofrenda y a pedirles su protección sobre sus seres queridos. Su padre no había vuelto a pisar el lararium desde que los dos hermanos menores de Marcus habían muerto de fiebre. El propio Marcus tenía poca fe en los dioses, pero le rendía culto al dinero y a Afrodita. Él estaba hecho para el dinero; Afrodita apelaba a sus sentidos. Marcus creía que cualquier poder real que el hombre tuviera provenía de sí mismo, de su propia voluntad y de su esfuerzo, y no de ningún dios.

La esclava se levantó.

Era pequeña y delgada; no se parecía en nada a Bitia, ella con sus curvas sensuales, su boca grande y sus ojos seductores. La muchacha judía se quedó parada un rato largo a la luz de la luna con la cabeza agachada; parecía renuente a irse del jardín tranquilo. Inclinó la cabeza hacia atrás para que la luz de la luna cayera sobre su rostro. Tenía los ojos cerrados y una dulce sonrisa dibujada en los labios. En su rostro levantado, Marcus vio una paz que él nunca había sentido, una paz que ansiaba y buscaba.

—No deberías estar en el jardín a esta hora de la noche.

Hadasa dio un salto al escuchar su voz y pareció a punto de desmayarse cuando lo vio caminar hacia ella. Su cuerpo se puso tenso y se quedó muy quieta nuevamente; sus dedos apretaron el chal que ahora se le había caído sobre los hombros.

—¿Esto lo practicas habitualmente? —Él inclinó ligeramente su cabeza hacia un costado, tratando de interpretar lo que veía en su rostro—. ¿Oras a tu dios todas las noches, cuando la casa duerme?

El corazón de Hadasa latía fuerte. ¿Había adivinado que era cristiana o todavía suponía que era judía?

—La señora dijo que está permitido. —Su voz temblaba notablemente. Era una noche cálida, pero de pronto ella sintió frío; luego, calor nuevamente, cuando vio que él solo llevaba puesto un taparrabos.

—¿Te lo dijo mi madre, o Julia? —dijo él y se detuvo a poca distancia de ella.

Levantó la mirada hacia él y luego bajó los ojos rápidamente, en reverencia.

—Su madre, señor.

—Entonces, supongo que está permitido, siempre y cuando tu devoción no interfiera con tus obligaciones con mi hermana.

—La señorita Julia estaba durmiendo bien cuando salí, señor. De no ser así, no la habría dejado.

Marcus la estudió un buen rato. ¿Qué tenían estos judíos que podían postrarse ante un dios que no veían? Para él no tenía sentido. A excepción de Enoc, Marcus no les tenía ninguna estima ni confiaba en ellos. No estaba seguro de confiar en esta muchacha ni de quererla en la casa. Ella era producto de la destrucción de Jerusalén y, por lo tanto, tenía un motivo (si no el derecho) para ser hostil con los romanos. Él quería que Julia estuviera segura.

Pero la muchacha parecía bastante inofensiva, incluso tímida. Sin embargo, las apariencias podían ser engañosas. Levantó una ceja.

—Roma tolera todas las religiones, salvo aquellas que predican la rebeldía —dijo él, poniéndola a prueba—. Durante años ha sido común el clamor judío por la sangre romana, y esa es la razón por la que tu ciudad santa está en ruinas hoy en día.

Hadasa no respondió. Lo que él decía era bastante cierto.

Marcus solo vio consternación en la expresión de la muchacha. Se acercó más para leer mejor su rostro y, entonces, ella reaccionó. Hadasa levantó su mentón apenas un poco y él vio que su desnudez la avergonzaba. Sonrió divertido por la incomodidad que le causaba. ¿Cuánto había pasado desde la última vez que había visto a una chica realmente avergonzada por algo?

—No tengas miedo, niña. No tengo el mínimo deseo de tocarte —dijo, aunque se descubrió a sí mismo estudiándola. Había aumentado de peso en las últimas semanas y ahora su cabello caía dulcemente sobre su pequeño rostro como un gorro oscuro. Distaba mucho de ser bella, pero ya no era desagradable. Levantó la vista hacia él cuando no habló y Marcus quedó deslumbrado por la oscuridad de sus ojos, por la misteriosa profundidad que había en ellos. Frunció el ceño ligeramente.

—¿Puedo volver a la casa ahora, señor? —dijo ella, sin volver a mirarlo a los ojos.

—Todavía no.

Se quedó firmemente parado en su camino. Sus palabras sonaron más severas de lo que deseaba y ella parecía dispuesta a huir de él. Para hacerlo, ella habría tenido que meterse entre las flores del jardín para rodearlo, y él dudaba que tuviera el valor de intentarlo.

Esta muchacha tenía algo que lo intrigaba. Tal vez se debía a la excitante combinación de temor e inocencia. Le recordaba a la estatua que le había comprado a Antígono, que ahora estaba a unos quince metros de ellos, colina arriba. Pensó en la hermosa Bitia, que pasaba cualquier momento que pudiera con él. Esta muchacha claramente ansiaba estar en cualquier parte menos aquí, en el jardín, con él. Se dio cuenta de que le tenía miedo y se preguntó si se debía solo a que era un romano, un enemigo de su pueblo. ¿O era por algo más básico? Estaban solos; él no estaba completamente vestido.

—Tu nombre —dijo él—. Lo olvidé.

—Hadasa, señor.

—Hadasa —dijo él, probándolo.

Hadasa se estremeció. Sonó raro y desconocido de la manera que lo dijo. Y hermoso, en cierto modo.

—Hadasa —volvió a decir, y, como si fuera una caricia, el sonido de su voz profunda despertó en ella sensaciones que nunca antes había sentido.

—¿Por qué insistes en adorar a un dios que te ha abandonado?

Sorprendida por la pregunta, lo miró. ¿Por qué querría hablar con ella acerca de cualquier cosa? Estaba parado delante de ella, viril y hermoso, la representación de la mismísima Roma: poderoso, rico y lleno de tentaciones espantosas.

—Deberías elegir a otro —dijo él—. Camina por la Vía Sacra y escoge a tus dioses. Elige uno que sea más amable contigo que el dios invisible ante el que estabas postrada hace un momento.

Se entreabrieron sus labios y se sonrojó con calor. ¿Cuánto tiempo había estado observándola? Había buscado la soledad del jardín por la noche, pensando que tendría privacidad, que nadie la vería allí. Pensar en que él la había estado mirando todo el tiempo le dio escalofríos.

—¿Y bien? ¿No puedes hablar?

Tartamudeó su respuesta:

—Mi Dios no me ha abandonado, mi señor.

Él rió con sarcasmo.

—Tu ciudad santa es un montón de escombros, tu pueblo ha sido dispersado sobre la faz de la tierra y tú eres una esclava. ¿Y dices que tu dios no te ha abandonado?

—Él me ha mantenido viva. Tengo comida, refugio y buenos amos.

Marcus estaba estupefacto por su mansa aceptación, por su gratitud.

—¿Por qué supones que tu dios te concedió un favor tan generoso?

Le dolió su sarcasmo; sin embargo, respondió con sencillez.

—Para que pueda servir.

—¿Dices eso porque piensas que es lo que yo espero escuchar? —Ella bajó la cabeza—. Mírame, pequeña Hadasa.

Cuando ella hizo lo que le ordenó, volvió a sentir el impacto de sus ojos oscuros y maravillosos en ese pequeño rostro ovalado.

—¿Acaso no te importa haber perdido tu libertad? Dime la verdad. ¡Vamos, niña, habla ahora!

—Todos servimos a alguien o a algo, mi señor.

Él sonrió.

—Una conjetura interesante. ¿Y a quién sirvo yo? —Cuando ella parecía demasiado tímida para responder, él usó su encanto para engatusarla—. No tengo la intención de lastimarte, pequeña. Puedes responder sin miedo a que te castigue. ¿A quién te parece que sirvo?

—A Roma.

Él se rió de esa respuesta.

—A Roma —repitió y le devolvió una gran sonrisa—. Niña tonta. Si todos servimos a algo, yo me sirvo a mí mismo. Yo sirvo a mis propios deseos y ambiciones. Satisfago mis propias necesidades a mi manera, sin la ayuda de ninguna deidad. —Mientras hablaba, se preguntó por qué le confesaba esto a una simple esclava a quien nunca podrían importarle tales cosas. Lo intrigaba aún más por qué lo miraba tan entristecida.

—Es el propósito de la vida, ¿cierto? —dijo él con sorna, enfadado porque una esclava lo mirara con algo parecido a la lástima—. Buscar la felicidad donde puedas y aferrarte a ella. ¿Qué piensas? —Ella permanecía en silencio, con la mirada hacia abajo nuevamente y, de pronto, él sintió ganas de sacudirla—. ¿Qué piensas? —volvió a decir, ordenándoselo esta vez.

—No creo que el propósito de la vida sea ser feliz. Es servir. Es ser útil.

—Para una esclava, tal vez eso sea verdad —dijo él y apartó la mirada. Se sentía agotado. Cansado hasta los huesos.

—¿Acaso no somos todos sirvientes de aquello que veneramos?

Sus palabras lo hicieron levantar la cabeza y prestarle atención nuevamente. Su rostro apuesto estaba rígido, con una mueca de desprecio altivo. Lo había ofendido. Asustada, se mordió el labio. ¿Cómo se había atrevido a hablarle con tanta libertad a un romano que podría haberla matado por simple capricho?

—Entonces, según tus propias palabras, como yo me sirvo a mí mismo, soy mi propio esclavo. ¿Es eso lo que estás diciendo?

Dio un paso hacia atrás y se puso pálida.

—Le suplico que me perdone, mi señor. No soy un filósofo.

—No te retractes ahora, pequeña Hadasa. Dime algo más para que me divierta. —Pero no parecía divertido.

—¿Quién soy yo para que me pregunte sobre algo? ¿Tengo alguna sabiduría que pueda transmitirle? No soy más que una esclava.

Lo que decía era cierto. ¿Qué respuestas podía ofrecerle una esclava y por qué se había quedado en el jardín con ella? Algo le molestaba. Ciertamente, quería saber algo de ella. Quería preguntarle qué intercambio había hecho con su dios invisible para haber sufrido todo lo que había vivido y, sin embargo, tener esa mirada de paz que él había visto y envidiaba. En lugar de eso, dijo bruscamente:

—¿Tu padre también era un esclavo?

¿Por qué la atormentaba?

—Sí —dijo en voz baja.

—¿Y qué era su amo? ¿En qué creía él?

—Él creía en el amor.

Era tan trillado que lo estremeció. Se lo había escuchado decir a Arria y sus amigas muy a menudo. *Yo creo en el amor, Marcus.* Ese era el motivo, suponía, por el cual ella pasaba tanto tiempo en los templos, participando de él, saciándose en él. Marcus sabía todo sobre el *amor*. Lo dejaba exhausto y vacío. Podía perderse en una mujer, ahogarse en sensaciones y placeres, pero cuando terminaba y se iba, descubría que seguía teniendo hambre, un hambre de algo que ni siquiera podía definir. No, el amor no era la respuesta. Quizás era como siempre había pensado. El poder traía paz y el dinero compraba poder.

¿Por qué había creído que aprendería algo de esta niña? Él ya sabía la respuesta por sí mismo, ¿no?

—Puedes volver a la casa —le dijo secamente, haciéndose a un lado para que pudiera pasar.

Hadasa lo miró. Su rostro espléndido estaba profundamente arrugado, reflejando sus pensamientos preocupados. Marcus Valeriano tenía todo lo que el mundo tenía para ofrecerle a un hombre. Sin embargo, estaba parado ahí, en silencio y curiosamente despojado. ¿Acaso toda su arrogancia y su opulencia no eran más que una señal externa de una aflicción interna? Su corazón se conmovió. ¿Y si ella le hablaba del amor al que se refería? ¿Se reiría o la mandaría a la arena?

Tenía miedo de hablarle de Dios a un romano. Sabía lo que había hecho Nerón. Sabía lo que sucedía todos los días en la arena. Por eso mantenía en secreto lo que sabía.

—Que encuentre paz, mi señor —dijo ella suavemente y se alejó.

Marcus la miró, sorprendido. Se lo dijo con suma dulzura, como si quisiera consolarlo. Siguió observándola hasta que estuvo fuera de su vista.

9

Marcus descubrió que observaba a la joven judía cada vez que estaba en casa. Se preguntaba qué le fascinaba tanto de ella. Era leal a su hermana y parecía percibir cada estado de ánimo y cada necesidad de Julia, y se ocupaba de ella con dulce humildad. Bitia había servido a Julia antes que Hadasa, pero la egipcia no había sentido cariño por ella. Julia era nerviosa y difícil. Bitia *obedecía*. Esta joven judía *servía*. Marcus podía verlo en la manera que le ponía la mano en el hombro cuando su hermana estaba impaciente. Nunca había visto a nadie, salvo a su madre, tocar a Julia de esa forma. Lo más sorprendente es que cuando Hadasa la tocaba, Julia parecía tranquilizarse.

El anuncio de padre sobre el casamiento de Julia había causado un alboroto en el hogar y había sido una prueba para Hadasa. Tan pronto como las palabras salieron de la boca de su padre, Julia entró en un ataque de histeria y ese estado había permanecido cerca de la superficie desde entonces.

—¡No me casaré con él! ¡No lo haré! —le gritó a su padre la noche que se lo dijo—. ¡No puedes obligarme! ¡Me escaparé! ¡Me mataré!

Padre le dio una bofetada. Nunca antes había hecho algo así y Marcus se sorprendió demasiado como para hacer algo, salvo enderezarse del sillón y golpear su copa sobre la mesa.

—¡Décimo! —fue el grito ahogado de su madre, claramente tan conmocionada como él por el hecho de que padre hubiera hecho algo así. No era que Julia no lo mereciera. Aun así, abofetearla era imperdonable.

Julia se quedó aturdida y en silencio, con la mano presionada contra su mejilla.

—Me golpeaste —dijo, como si ella tampoco pudiera creerlo—. ¡Me golpeaste!

—No toleraré tu histeria, Julia —dijo su padre entre dientes y con el rostro ceniciento—. Me hablas en ese tono de voz y te abofetearé nuevamente. ¿Entiendes?

Sus ojos se llenaron de tempestuosas lágrimas, mientras apretaba el puño contra su costado.

—Lo que hago, lo hago por tu propio bien, si tuvieras el juicio para comprenderlo. Te casarás con Claudio Flaccus. Él es muy respetado y posee considerables propiedades en los Apeninos, lugar que tú aseguras que te gusta más que Roma. Y fue un esposo considerado y fiel con su esposa antes de que ella muriera. Así también lo será contigo.

—Está viejo y decrépito.

—Tiene cuarenta y nueve años y buena salud.

—¡Te digo que no me casaré con él! ¡No lo haré!—volvió a gritar Julia y rompió en llanto—. Te odiaré si me obligas. Lo juro. ¡Te odiaré hasta que muera! —Salió corriendo de la sala.

Marcus trató de seguirla, pero la suave voz de su madre lo detuvo.

—Marcus, déjala. Hadasa, ocúpate de ella.

Marcus vio que la muchacha salía con rapidez de la sala.

—¿Era necesario eso, padre? —dijo Marcus crispado, sintiendo que le subía la rabia, a pesar de su aparente fría calma.

Décimo bajó la mirada hacia su mano, con el rostro pálido y cansado. Apretando el puño, cerró los ojos y se fue sin decir una palabra.

—Marcus —dijo su madre, apoyando la mano en su hombro con firmeza cuando él se levantó y quiso seguirlo—, déjalo tranquilo. No ayudarás a Julia si te pones de su lado en esto.

—No tiene derecho a golpearla.

—Tiene el derecho de un padre. Gran parte de lo que está pasando con el imperio tiene que ver con los padres que no disciplinaron a sus hijos. ¡Ella no tiene el derecho de hablarle a tu padre de la manera que lo hizo!

—Tal vez no el derecho, ¡pero sí la razón! Claudio Flaccus. ¡Por los dioses, madre! Seguro que estás en contra de esta unión.

—No, en realidad. Claudio es un hombre bueno. Julia no tendrá ningún motivo de aflicción por su causa.

—Ni tendrá ningún placer.

—La vida no se trata de placer, Marcus.

Marcus sacudió la cabeza con furia y salió del salón. Hizo una pausa y luego se dirigió a la habitación de Julia. Quería asegurarse personalmente de que Julia estuviera bien. Estaba llorando, pero no tan histéricamente, y la joven judía la sostenía como una madre, acariciándole el cabello y hablando con ella. Permaneció inadvertido en la puerta, observándolas.

—¿Cómo puede pensar mi padre en entregarme en matrimonio a ese viejo desgraciado? —gimoteaba Julia, agarrando a la niña como a un talismán.

—Su padre la ama, señora. Él solo desea su bien.

Marcus se echó hacia atrás con cautela, pero se quedó en el corredor para escuchar.

—No, no es así. —Julia lloró—. No le importo para nada. ¿No viste que me golpeó? Lo único que le interesa es controlarme. No puedo hacer nada sin su aprobación expresa, y estoy harta de esto. Ojalá Druso fuera mi padre. Octavia puede hacer todo lo que quiere.

—A veces, esa clase de libertad no procede del amor, mi señora, sino de la falta de cariño.

Marcus esperó otro estallido de Julia al escuchar una declaración tan discreta y volátil. A continuación se produjo un largo silencio.

—Dices las cosas más extrañas, Hadasa. En Roma, si amas a alguien, lo dejas hacer lo que quiere... —La voz de Julia se extinguía.

—¿Qué quiere hacer usted, señora?

Marcus se acercó un poco y vio a Julia sentada en silencio por un instante, confundida y preocupada.

—Cualquier cosa —dijo, frunciendo el ceño—. *Todo.* —Se corrigió y se puso de pie, perturbada—. Excepto casarme con el flácido Claudio Flaccus.

Marcus torció la boca al escuchar la opinión que su hermana tenía sobre Claudio. La vio cruzar la habitación hacia su tocador. Tomó un pequeño vial griego de un caro perfume.

—No puedes entenderlo, Hadasa. ¿Qué puedes saber? A veces, me siento más esclava que tú. —Con un callado gemido de frustración lanzó el vial al otro lado del cuarto, destrozándolo contra la pared. El perfume salpicó y se derramó por los mosaicos de niños que retozaban en una profusión de flores, y llenó el cuarto con su empalagoso aroma.

Julia se sentó pesadamente y volvió a llorar. Marcus pensó que Hadasa lo vería en la entrada al huir de la furia de su hermana, pero ella nunca se dio vuelta. Se levantó y caminó hacia su hermana. Poniéndose de rodillas, tomó las manos de Julia y le habló con suavidad, en una voz tan baja que él no pudo escucharla.

Julia dejó de llorar. Asintió como si respondiera a algo que Hadasa le había preguntado. Sosteniéndole las manos aún, Hadasa empezó a cantar suavemente en hebreo. Julia cerró los ojos y escuchó, aunque Marcus sabía que no entendía el idioma. Y él tampoco. Sin embargo, parado en las sombras, él también se descubrió escuchando; no las palabras, sino la dulce voz de Hadasa. Inquieto, se marchó.

—¿Julia se tranquilizó? —le preguntó su madre cuando él se le unió en la fuente.

—Eso parece —dijo Marcus, distraído—. Esa pequeña judía la está hechizando.

Febe sonrió.

—Es muy buena para Julia. Yo sabía que lo sería. Había algo

en ella el día que Enoc nos la trajo —pasó su mano por el agua transparente de la piscina—. Espero que no te enfrentes a tu padre en su decisión.

—Claudio Flaccus difícilmente será apasionante para una muchacha con el temperamento de Julia, madre.

—Julia no necesita apasionarse, Marcus. Ella genera la pasión dentro de sí misma. Esa pasión podría hacerla arder como la fiebre. Necesita un hombre que le dé estabilidad.

—Claudio Flaccus hará más que estabilizarla, madre. Se quedará dormida de pie.

—No lo creo. Es un hombre brillante y tiene mucho que ofrecer.

—Es cierto, pero ¿alguna vez Julia ha mostrado interés por la filosofía o la literatura?

Febe suspiró pesadamente.

—Lo sé, Marcus. He pensado en las dificultades que nos esperan. Pero ¿a quién querrías que tu padre eligiera? ¿A uno de tus amigos? ¿Antígono, por ejemplo?

—De ninguna manera.

Ella rió suavemente ante su rápida respuesta.

—Entonces, debes estar de acuerdo. Julia necesita un esposo con madurez y estabilidad. Esas cualidades no se encuentran habitualmente en un hombre más joven.

—Una muchacha quiere otras cosas además de madurez y estabilidad en un hombre, madre —dijo secamente.

—Una muchacha con un poco de sentido común se da cuenta de que el carácter y la inteligencia duran mucho más que el carisma, la belleza o el físico.

—Dudo que tal sabiduría apacigüe a Julia.

—Aun con todo el drama, Julia se someterá a la decisión de tu padre y será para su bien. —Febe cruzó sus manos y lo miró—. A menos que tú la incites a la rebeldía.

La boca de Marcus se puso tensa.

—No necesita que la incite, madre. ¡Ella tiene su propia manera de pensar!

—Tú sabes la influencia que tienes en tu hermana, Marcus. Si le hablaras...

—Ah, no. No me metas en esto. Si mi opinión contara, Julia elegiría a quien le complaciera.

—¿Y a quién elegiría tu hermana?

Su mente se proyectó al apuesto y joven granuja del anfiteatro. Muy probablemente un campesino. Le molestó recordar el episodio. Un músculo tensó su mandíbula. Todas las muchachas eran tontas ante una cara bien parecida; su hermana no era la excepción. Aun así, su opinión era la misma.

—Claudio Flaccus no es apropiado para ella.

—Creo que estás muy equivocado, Marcus. Verás, lo que no te han dicho es que tu padre no fue a buscar a Claudio Flaccus. Él vino a vernos. Claudio está enamorado de ella.

Claudio Flaccus y Julia intercambiaron las hostias de trigo llamadas *farro* ante la mirada atenta de dos sacerdotes ancianos del templo de Zeus. Julia estaba pálida y no mostraba ninguna emoción. Cuando Claudio tomó su mano y la besó suavemente, ella levantó la mirada y sus mejillas se sonrojaron. Décimo se puso tenso, esperando un estallido. Vio que se le llenaban los ojos de lágrimas y supo que su hija era capaz de hacer el ridículo delante de todos.

La sala del templo estaba en silencio; los ídolos de mármol parecían casi vigilantes. El rostro de Marcus era una máscara lúgubre y sus ojos oscuros destellaban. Había peleado larga y duramente en contra del matrimonio. Había sugerido el *coemptio*, o la compra de la novia, un matrimonio que podía disolverse rápidamente por medio del divorcio. Décimo se había negado a considerarlo.

—¡*No* le harás esa sugerencia a Claudio que avergonzará a nuestra familia! ¿No has pensado que es mucho más probable que él quiera divorciarse de tu hermana a la larga? Aun con toda su belleza y su encantadora efervescencia, Julia es vanidosa, egoísta y volátil. Semejante combinación desgasta rápidamente la paciencia de cualquier hombre. ¿O no has aprendido eso con Arria?

Marcus palideció de ira.

—Julia no se parece en nada a Arria.

—El matrimonio por *confarreatio* con un hombre como Claudio garantizará que ella no se convierta en alguien como Arria.

—¿Tan poca confianza le tienes a tu propia hija?

—La amo más que a mi propia vida, pero no estoy ciego a sus defectos. —Décimo sacudió la cabeza con mucho pesar. Sabía que la belleza se desvanecía con rapidez cuando el egoísmo la encarnaba, y el encanto de Julia era una herramienta de manipulación. Marcus veía en su hermana solamente lo que quería ver: una niña efervescente y caprichosa. No veía en qué se convertiría, si se le daba rienda suelta. Por otra parte, con el marido adecuado, Julia podría madurar para ser una mujer como su madre.

Julia necesitaba estabilidad y dirección. Claudio Flaccus le daría ambas cosas. Décimo estaba de acuerdo con que Claudio no era lo que una muchacha soñaba, pero había cosas mucho más importantes: el honor, la familia, el deber. Décimo quería asegurar un futuro respetable para su hija, y por mucha racionalización que aportara su irascible hijo, nada lo disuadiría de su parecer. La libertad sin restricción engendraba destrucción. Algún día, quizás, sus dos hijos lo entenderían y lo perdonarían.

Décimo observó a su hija levantar levemente el mentón y sonreírle a Claudio con valentía. Sintió un arrebato de orgullo y alivio. Quizás ella se daría cuenta de cuán bueno era el hombre con quien acababa de casarse y, a lo mejor, su adaptación fluiría con menos inconvenientes de los que todos esperaban, incluido él mismo. Por los dioses, la amaba tanto. Quizás no fuera la tonta que él temía que fuera. Tomó la mano de Febe y la apretó levemente, satisfecho de ver a Julia casada ante los sacerdotes por confarreatio, la unión más tradicional, que no podía ser disuelta y que perduraría hasta la muerte. Sus ojos ardieron llenos de lágrimas al recordar el día de su propio casamiento y el amor que había sentido por su aterrada novia. Todavía la amaba.

Octavia fue la primera en abrazar a Julia después de la ceremonia, cuando los invitados rodearon a la pareja para felicitarlos. Sus voces se mezclaron, alzándose y resonando en el salón sagrado. Los sacerdotes se acercaron a Décimo, quien les pagó y tomó el documento que declaraba que el matrimonio estaba confirmado. Febe les puso varias monedas más en las manos, pidiéndoles calladamente que quemaran incienso e hicieran sacrificios para bendecir el casamiento. Décimo había sido generoso y ellos prometieron hacerlo. Se fueron por su camino, con las monedas tintineando en sus morrales.

Décimo observó con una punzada de dolor a su bella y joven hija aceptando las felicitaciones y los buenos deseos de los invitados. Esa noche, después del banquete, Claudio se llevaría a Julia en un viaje corto. Luego de algunas semanas, tenía planes de llevarla a su hacienda campestre cerca de Capua, donde vivirían. Desde luego, Décimo había dado su aprobación, sabiendo que era lo mejor para ella. Resguardada allí, Julia estaría lejos de las influencias destructivas de las jóvenes como Octavia y Arria, con esas ideas modernas de independencia e inmoralidad. Estaría lejos de Marcus.

Pero, ay, cómo la extrañaría, a su única hija.

—Así que ya está —dijo Febe en voz baja, sonriéndole a su esposo a través de sus lágrimas—. Todas las luchas han cesado y finalmente la guerra se ganó. Creo que les irá bien, Décimo. Hiciste lo correcto para ella. Algún día te lo agradecerá.

Se unieron a los invitados y salieron a la luz del sol. Claudio estaba ayudando a Julia a sentarse sobre la litera cubierta de flores. Décimo sabía que Claudio sería un esposo atento y paciente. Vio que Claudio se unía a Julia y le tomaba la mano. Era obvio que la adoraba, pero ella se veía muy joven, muy vulnerable.

Mientras el cortejo avanzaba lentamente por las atestadas calles de Roma, las personas aclamaban a la pareja de recién casados. Algunos jóvenes burdos gritaron cosas desvergonzadas que hicieron sonrojar las mejillas de Febe, mientras se reclinaba junto a Décimo. Consentida tras los altos muros de su casa, estaba protegida de gran parte del comportamiento licencioso de la ciudadanía.

Décimo anhelaba la tranquilidad del campo. Añoraba el agua azul y cristalina del mar Egeo. Añoraba las colinas de su tierra. Estaba cansado de Roma.

Febe estaba a su lado debajo del toldo, con su cadera contra la de él. Tantos años juntos y él aún la deseaba con fuerza, a pesar de que se deprimía al pensar en la muerte pues el dolor que al principio había comenzado de manera intermitente, ahora lo acompañaba todo el tiempo. Tomó su mano y entrelazó sus dedos. Ella levantó la mirada y le sonrió. ¿Sospechaba lo que él sabía, que su enfermedad estaba empeorando?

Los invitados se reunieron en el triclinium para el banquete de celebración. Décimo había optado por un número pequeño; no eran menos que las Gracias ni más que las Musas. Febe se había encargado de decorar la sala con una profusión de flores coloridas y aromáticas. Décimo no confiaba en la creencia que ella tenía de que el perfume agradable de las flores neutralizaría el humo de las lámparas (ni los efectos del vino, que esa noche servirían sin reservas). Estaba cansado; el dolor siempre presente estaba debilitando sus fuerzas. El aroma empalagoso de las flores le provocaba náuseas.

Claudio y Julia se sacaron el calzado y se recostaron en el primer sillón, mientras que los demás ocuparon sus lugares en sillones alrededor de ellos. Inclinándose, Claudio le habló a Julia en voz baja. Ella se sonrojó. Tras haber pasado la ceremonia matrimonial, Julia parecía estar de mejor humor.

Décimo esperaba que Claudio la embarazara pronto. Con un niño sobre su pecho, Julia se convertiría más fácilmente en la esposa romana apropiada. Se ocuparía de su hogar y lo manejaría como Febe la había preparado para hacerlo. Tendría la mente ocupada con la educación de sus hijos y el cuidado de su familia, en lugar de interesarse por los juegos y el chisme lascivo.

Enoc estaba de pie en la entrada. Décimo le indicó con un gesto que hiciera entrar a los sirvientes con el *gustus*, los aperitivos.

En la cocina, Hadasa observaba a Sejano colocar los espléndidos aperitivos sobre las fuentes de plata. El aroma de la deliciosa y exótica comida llenaba la calurosa sala y se le hacía agua la boca. El cocinero colocó cuidadosamente cada ubre de cerda hasta conformar el dibujo del destello de una estrella y añadió generosas cucharadas de medusas y huevos de pescado y ramitos de hierbas para ampliar el diseño. Otra bandeja exhibía una escultura hecha de hígado de ganso con la forma de un pájaro en un nido y había dispuesto porciones de huevos para que lucieran como plumas blancas. Hadasa nunca había visto una comida como esa anteriormente ni había inhalado aromas tan celestiales. Los sirvientes parloteaban sobre el casamiento entre Claudio y Julia.

—Es probable que el amo esté dando suspiros de alivio por haberla casado.

—Flaccus estará muy ocupado con ella.

—Puede ser un encanto cuando no está de mal humor.

La conversación siguió desarrollándose alrededor de Hadasa. La mayoría de los sirvientes deseaban que Julia fuera infeliz porque les disgustaban sus modales altivos y sus estallidos temperamentales. Hadasa no participó en el cotilleo. Observaba con fascinación el trabajo de Sejano.

—Nunca he visto comida como esta —dijo, maravillada por lo que él estaba creando.

—No soy como los cocineros de palacio, pero hago lo mejor que puedo. —Levantó la vista cuando Enoc entraba. Se secó el sudor de la frente e inspeccionó las bandejas con un ojo crítico, haciendo unos pocos cambios de último momento.

—Todo huele y luce maravilloso, Sejano —dijo Hadasa, sintiéndose privilegiada de haber observado los preparativos finales.

Complacido, dijo con generosidad:

—Puedes probar todo lo que dejen.

—Ella no tocará nada de esto —dijo Enoc secamente—. Ubres de cerda, lampreas, erizos de mar, huevos de pescado, becerros hervidos en leche materna —dijo él y se estremeció, disgustado, mientras repasaba el elegante despliegue—. Nuestra ley nos prohíbe comer cualquier cosa impura.

—¡Impuro! —dijo Sejano, insultado—. Tu dios judío le succionaría el placer a la boca del huérfano más pobre. ¡Hierbas amargas y pan sin levadura! Eso comen los judíos.

Enoc ignoró a Sejano y les indicó a varios sirvientes que tomaran las bandejas. Miró a Hadasa con un aire de severidad paterna.

—Esta noche tendrás que purificarte después de servir.

Sintiendo pena en su interior por el comentario tan insensible sobre su perfección culinaria, Hadasa le dirigió una mirada de disculpa a Sejano. Él tenía manchas rojas en el rostro por la indignación.

—Toma aquella —ordenó Enoc, señalando con repugnancia las ubres de cerda—. Trata de no tocar ninguna.

Ella levantó la bandeja y siguió a Enoc fuera de la cocina.

Cuando Hadasa colocó la bandeja delante de ella, Julia estaba riéndose con Octavia. Haciendo un ademán con la mano para que se fuera, Julia metió los dedos en las medusas y los huevos de pescado, mientras Claudio agarró una de las ubres de cerda rellenas de frutos de mar. Enoc sirvió el vino dulzón en las copas de plata mientras varios músicos tocaban suavemente la zampoña y las liras.

Hadasa retrocedió hasta la pared. Se sentía aliviada de ver a Julia riendo y charlando nuevamente, aunque tenía la sospecha de que era más para causar una buena impresión en sus amigas, que por una alegría verdadera. A pesar de toda su vivacidad y alegría, había un vacío en Julia que a Hadasa le dolía. Podía tranquilizarla. Podía servirle. Podía quererla. Pero no podía llenar ese vacío.

¡Dios, te necesita! Ella piensa que todas las historias que le cuento son solamente para entretenerla. No escucha nada. Señor, soy tan inútil. Hadasa sentía un cariño muy grande por Julia, un cariño similar al que había sentido por Lea.

Hadasa absorbió la belleza de la noche mientras servía en silencio. El sonido de la zampoña y de las liras circulaba dulcemente por el salón mientras los músicos tocaban discretamente en un rincón. Todo era muy bello: las personas vestidas con sus togas y joyas, la sala decorada con flores, los coloridos cojines, la comida. Sin embargo, Hadasa sabía que, aun con toda la celebración y la suntuosidad de esta velada, había poca alegría en el salón.

Décimo Valeriano se veía ojeroso y pálido. Febe Valeriano estaba notablemente preocupada por él, pero trataba de no molestarlo con ningún tipo de preguntas. Octavia coqueteaba descaradamente con Marcus, que parecía aburrido de sus avances, por no hablar de la reunión en sí. La risa de Julia era por demás intensa, como si estuviera decidida a verse feliz por las apariencias; más para el disfrute de Octavia que el de su propia familia. Nadie excepto Claudio lo creía y él estaba enamorado, ajeno a todo, salvo a la belleza de su joven esposa.

A Hadasa le había llegado a importar profundamente la familia a la cual servía. Oraba sin cesar por cada uno de ellos. En esta reunión parecían estar muy unidos, sin embargo se alejaban en sentidos opuestos, cada uno luchando contra el otro y también consigo mismos. ¿Era parte de la naturaleza romana el estar constantemente en guerra? Décimo, un hombre que había alcanzado su fortuna gracias a su propio esfuerzo, ahora luchaba por enderezar lo que su propia opulencia había causado en sus hijos. Febe, siempre leal y constantemente amorosa, buscaba consuelo y bendición en sus dioses de piedra.

Hadasa oraba por Julia más que por todos los demás juntos,

pues Dios se la había entregado para que la sirviera, y Julia era víctima de los rasgos de carácter más fuertes de todos. Poseía una voluntad tan férrea como la de su padre; una lealtad más extrema, aunque menos selectiva, que la de su madre, y una pasión tan ardiente como la que se le atribuía a Marcus.

Reclinado en el sillón con Octavia, Marcus padecía su coqueteo. Ella se movió y rozó su cadera contra la de él. Marcus sonrió sardónicamente y tomó un pedazo de huevo, metiéndolo en el hígado de ganso. Octavia tenía toda la sutileza del aullido de una gata.

Marcus se preguntó qué estaría haciendo Arria para pasar la noche. Se había enojado cuando le dijo que su padre había rehusado invitarla a la boda y a los festejos posteriores. Se enfureció más aún cuando se enteró de que Druso y Octavia asistirían. Consideraba que Druso no era más que un plebeyo bendecido por Fortuna. Al igual que el padre de Marcus, Druso había comprado su ciudadanía romana, así como su respetabilidad.

—Tu padre cree que no soy lo suficientemente buena para ti, ¿verdad? —había dicho Arria el día anterior, mientras pasaban el rato juntos después de haber ido a los juegos.

—Él piensa que la mayoría de las jóvenes de esta época tienen un espíritu demasiado libre de convencionalismos.

—Una manera educada de decir que me considera un poco mejor que una prostituta común. ¿Él cree que *yo* te corrompí a *ti*, Marcus? ¿No adivinó que fue al revés?

Marcus se rió.

—Tu reputación me precede por mucho. Fue uno de los motivos por los que te busqué con tanta locura, ¡para averiguar de qué se trataba todo lo que se decía! —la besó prolongadamente.

Sin embargo, ella no quería abandonar el tema.

—¿Qué dice Julia de todos estos arreglos?

Marcus suspiró impaciente.

—Ha aceptado lo inevitable —dijo, tratando de guardarse lo funesto de su voz.

—Pobre niña. Me da lástima. —En su voz había un dejo de burla que a Marcus le ponía los nervios de punta—. Una vez que proclamen los votos e intercambien las hostias far frente a los sacerdotes, se convertirá en poco más que bienes muebles. No tendrá absolutamente ningún derecho.

—Claudio no la tratará mal.

—Ni la apasionará.

Marcus observó a Claudio y a su hermana en el sillón principal. Era obvio que Claudio estaba embelesado. Estudiaba todo lo que hacía Julia con tal atención que transmitía a todos los presentes que estaba enamorado. Julia estaba aturdida, no porque estuviera feliz por el casamiento, sino porque Enoc mantenía llena su copa con vino dulzón. Ebria, no sentiría ningún dolor... ni placer.

Hadasa estaba parada cerca, como siempre; la serenidad en medio del caos. Su mirada iba de la familia a los invitados. Observándola, Marcus especulaba cuáles eran sus sentimientos por cada uno: preocupación por su padre, admiración por su madre, cariño por Julia, curiosidad por Claudio.

¿Y qué sentía por él?

No había hablado con ella desde la noche en que la vio orar, aunque dondequiera que estuviera Julia, Hadasa también estaba allí. Nunca la escuchaba decir más que una o dos palabras, pero Julia decía que Hadasa a menudo le contaba historias entretenidas acerca de su pueblo. Le había contado una historia sobre el bebé de una esclava que fue dejado en los juncos del Nilo, que luego fue hallado y criado por una princesa real. Otro cuento hablaba de una judía que se convirtió en la reina de Persia y salvó a su pueblo de ser aniquilado; hasta tenía otro que hablaba de un hombre de Dios que fue lanzado a una guarida de leones y sobrevivió ileso toda una noche. Marcus creía que las historias de la muchacha no eran más que simples relatos para pasar el tiempo en las tardes largas y aburridas. Pero, mientras la miraba, casi deseó escaparse de la fiesta e ir a los jardines con ella para escuchar sus historias. ¿Ella le contaría alguna, o se sentaría a la luz de la luna temblando de miedo, como lo había hecho la última vez que estuvieron allí?

Ella sintió que la veía y miró en su dirección; sus ojos oscuros encontraron brevemente los suyos, indagando. Él levantó apenas la mano y ella se acercó a él de inmediato.

—¿Sí, mi señor?

Su voz era suave y dulce. Tenía la expresión de una esclava, solícita y sin sentimiento. Él estaba inexplicablemente irritado.

—¿Todavía oras por la noche en el jardín? —le dijo, olvidándose de la presencia de Octavia junto a él en el sillón.

—Los judíos oran en todas partes —dijo Octavia con burla—. Para lo que les sirve...

La boca de Marcus se tensó cuando la expresión de Hadasa se volvió más velada aún. Deseó no haberle preguntado algo tan personal; al menos, nada que otro pudiera escuchar. Octavia seguía mofándose de los judíos. Él no le prestó atención.

—¿Qué hay para cenar en el menú, Hadasa? —dijo, como si ese hubiera sido su único interés al pedirle que se acercara. ¿Por qué lo hizo?

En tono monocorde, Hadasa recitó los platillos que se servirían para la comida principal.

—Gamo asado, lampreas de los estrechos de Sicilia, tórtolas rellenas de cerdo y piñones, trufas, dátiles de Jericó, pasas de uvas y manzanas hervidas en miel, mi señor. —Era el mismo tono que Bitia usaba con él cuando le hablaba delante de su madre. Sin embargo, cuando estaban solos, la voz de Bitia era mucho más intensa y profunda.

Observó la delicada forma de la boca de Hadasa, la línea de su garganta, donde su pulso latía desbocadamente, y volvió a mirarla a los ojos. Ella no se movió, pero él sintió que se retiraba. ¿Acaso lo veía como un león y a sí misma como la presa? Él no quería que le tuviera miedo.

—¿Irás con Julia a Capua?

—Sí, mi señor.

Tuvo una sensación de pérdida y le molestó. Levantó apenas la mano y la despachó.

—Es muy fea. ¿Por qué razón se la compró tu madre a Julia?

¿Fea? Marcus volvió a mirar a Hadasa, mientras volvía a ocupar su lugar junto a la pared. Sencilla, quizás. Callada, definitivamente. Sin embargo, Hadasa tenía un atractivo que no podía definir. Algo que trascendía lo físico.

—No es para nada engreída.

—Como debería ser cualquier esclava.

—¿Tu esclava etíope lo es? —dijo Marcus con indiferencia.

Octavia resintió el comentario cruel y cambió de tema. Metiendo los dedos en el hígado de ganso, Marcus sucumbió a la conversación de Octavia. Ella tenía la mente puesta en los juegos. Sabía bastante más de lo que una dama debía saber acerca de varios gladiadores. Después de unos minutos volvió a cansarse de ella y empezó a escuchar la conversación que se desarrollaba alrededor de él, pero poco le interesaban los viñedos y las huertas de Claudio.

El plato principal fue servido y se sorprendió nuevamente observando a Hadasa mientras levantaba la bandeja de ubres de puerca y colocaba otra de gamo delante de Julia y Claudio. Nadie parecía notarla en lo más mínimo (nadie, excepto él) y él sentía su presencia con cada fibra de su ser.

¿Era solamente porque estaba aburrido y buscaba una distracción? ¿Cualquier distracción? ¿O era que realmente ella tenía algo extraordinario, algo debajo de la ordinariez superficial? Él se lo preguntaba cada vez que la veía.

Cuando Hadasa retiró la bandeja de los aperitivos de su mesa, observó sus manos fuertes y finas. Mientras se marchaba caminando, se fijó en el discreto balanceo de sus delgadas caderas. En los seis meses que llevaba con ellos, la raquítica niña judía se había convertido en una joven atractiva, con hermosos y misteriosos ojos oscuros.

Él sabía que Hadasa tenía más o menos la misma edad que Julia, lo cual significaba que rondaba los quince o dieciséis años. ¿Qué le cruzaba por la cabeza al ver la boda de su ama? ¿Anhelaba tener un esposo y su propia familia? No era raro que los esclavos de una familia se casaran. ¿Habría alguno en la casa que hubiera captado el interés de Hadasa? Enoc era el único judío y tenía la edad suficiente como para ser su padre. Los otros esclavos judíos que padre había comprado habían sido enviados a la hacienda.

Hadasa acomodó la bandeja delante de Julia para que los mejores bocados estuvieran a su alcance. Cuando se agachó, Marcus miró sus finos tobillos y sus pequeños pies con sandalias. Cerró los ojos. Ella había sobrevivido a la destrucción de su país y de su pueblo. Había caminado mil seiscientos kilómetros a través de algunos de los terrenos más duros del imperio. Había visto y vivido cosas que él solo podía imaginar, y no quería hacerlo.

La música relajante estaba sacándolo de quicio. No podía dejar de pensar en que Hadasa se iría a Capua con su hermana. Pero ¿qué importaba si lo hacía? ¿Qué era ella para él, excepto una esclava de la casa de su padre, la esclava que servía a su hermana?

Bitia danzó entonces, distrayéndolo un rato con sus movimientos ondulantes y el torbellino de velos coloridos. Excitó a Druso, por no decir al formal Flaccus, tan solícito con su esposa que ahora estaba un tanto entonada. Marcus sentía amargura. Pensar en su hermana con un marido entrado en años lo enfermaba; la idea de no tener la serena presencia de Hadasa en la casa lo deprimía.

Los músicos tocaban mientras un poeta recitaba, y sirvieron el último plato: pasteles de vino dulce y dátiles rellenos con nueces. Solo era en esta casa que Marcus se sentía impotente. Todavía estaba bajo los auspicios de su tiránico padre; era un hijo, no un hombre por sus propios méritos. Tenía una voluntad férrea, motivo de sus frecuentes peleas, y aunque Marcus sabía que algún día la muerte le daría la victoria, no era la clase de victoria que esperaba con impaciencia.

A pesar de que casi nunca se llevaban bien, amaba a su padre. Eran demasiado parecidos, pedernal contra pedernal. Décimo se había abierto camino de ser un marinero a un comerciante rico. Ahora tenía una flota considerable. Insatisfecho con su situación actual, Marcus quería llegar más lejos. Quería tomar la fortuna que había hecho su padre y diversificarla, extender la riqueza a través de otros emprendimientos y provincias para que la fortuna familiar no dependiera solamente de la buena voluntad de Neptuno o de Marte. Hasta ahora, su padre se había resistido y había mantenido firmes las riendas, aunque Marcus había obtenido considerables ganancias de los seis barcos que su padre le había entregado para que administrara. Él había invertido esas ganancias en madera, granito, mármol y la construcción. Y jugaba con la idea de invertir en los caballos nobles que criaban para las carreras.

A los veintiún años, era exitoso y respetado por sus pares. A los veinticinco, superaría a su propio padre en riqueza y posición. Quizás entonces, y solo entonces, Décimo Valeriano entendería que los valores tradicionales y arcaicos debían cederle el paso al progreso.

Hadasa volvió a la cocina cuando Claudio la despidió por el resto de la noche. Había visto la expresión en los ojos de Julia: un destello de ira porque se *atrevió* a despedir a su sirvienta personal... y luego el temor de una virgen inocente.

Sejano puso a trabajar a Hadasa, haciéndola lavar los cuencos y los utensilios de cocina. Mandó a las otras dos esclavas a limpiar las mesas del salón comedor, ahora que los invitados se habían marchado.

—Supongo que tendrás que bañarte en las aguas más puras después de que hayas lavado esos recipientes —dijo, todavía dolido por los comentarios de Enoc—. ¿Solamente las manos —añadió—, o también tendrás que lavarte de la cabeza a los pies, solo para asegurarte de volver a ser una pequeña judía muy limpia?

Ella se mordió el labio y lo miró, percibiendo que detrás de su pregunta mordaz estaba herido.

—Lamento que te hayan insultado, Sejano. —Le sonrió, deseando que él pudiera entender—. Todo se veía y olía delicioso. Julia y los demás disfrutaron cada bocado.

Sejano tomó el cuenco que ella había lavado y lo colgó de un gancho.

—¿Por qué te disculpas por lo que él dijo?

—Enoc está limitado por la ley. Si no hubiera creído que yo estaba a punto de infringirla, no habría dicho nada.

Apaciguado, Sejano la observó lavar los utensilios, después secarlos y guardarlos en su sitio. Le agradaba esta joven esclava. A diferencia de las demás, a quienes había que decirles qué hacer, Hadasa veía qué debía hacerse y lo hacía. Las otras se tomaban su tiempo para cumplir con sus obligaciones y se quejaban de todo. Hadasa no se quejaba de nada y servía como si para ella fuera un placer. Aprendía rápido y hasta ayudaba a las otras si el tiempo se lo permitía.

—Queda bastante —dijo él—. Bitia y las demás ya han comido lo que querían y se fueron a la cama. Los músicos y todos los demás ya comieron; todos salvo Enoc, que se muera de estreñimiento. Siéntate y come algo. Lo único que probaste esta noche fue pan. Toma queso y un poco de vino. —Él se sentó en el banco al otro lado de la mesa—. Prueba una ubre de cerda. Sé que nunca en tu vida has comido algo tan bueno. ¿Qué mal puede hacerte?

Ninguno, Hadasa lo sabía, no desde la perspectiva de si la contaminaría. No era lo que metiera en su boca lo que la contaminaría, sino lo que procediera de su boca, las palabras desagradables, difamatorias, chismosas, jactanciosas o blasfemas. Sin embargo, no podía comer esa comida porque Enoc, que todavía vivía bajo la ley judía, la aborrecía. Él la había salvado de la arena. La había traído aquí, a esta bella casa, a estas personas a quienes había llegado a querer. Era un hermano de su raza. Comer esto sería una deshonra y un insulto hacia él; no podía hacerlo, por más que se le hiciera agua la boca por probar un poquito.

Pero también consideraba a Sejano como un amigo, y rehusarse a probar lo que él había trabajado tanto por crear lo lastimaría. Lo miró y vio que su rostro expresaba que estaba poniendo a prueba su lealtad. En ocasiones, Enoc era desabrido, orgulloso y mojigato, pero había demostrado ser compasivo y valiente al arriesgarse para salvarla a ella y a los seis hombres que había traído a esta casa. Sejano era igual de orgulloso y se ofendía rápidamente. También era generoso y animoso, y bromeaba con las esclavas mientras trabajaban.

La comida olía tan deliciosa que el estómago se le acalambraba de hambre. No había comido desde temprano. La tentación de comer esos manjares era fuerte, pero Enoc le importaba mucho más.

—No puedo —dijo, disculpándose.

—Por tu desventurada ley —dijo él con disgusto.

—Estoy ayunando, Sejano. —Eso lo comprendía. Hasta los paganos ayunaban.

—Por Julia —dijo él—. ¿No es suficiente que ores por ella constantemente? ¿Por qué renuncias también a tu comida? El ayuno no reblandecerá su corazón. ¡Ni siquiera una docena de sacrificios lograrían eso!

Hadasa se apartó y lavó los utensilios que quedaban, renuente a escuchar la crítica contra su señora. Julia tenía defectos. Era egoísta y engreída. También era joven, hermosa y enérgica. Hadasa la quería y estaba preocupada por ella. Julia estaba desesperada por ser feliz.

Hadasa nunca había estado entre personas como los Valeriano, que tenían tanto y sin embargo tan poco. Necesitaban al Señor, pero no se atrevía a hablarles de las cosas milagrosas y maravillosas que ella conocía. Lo intentaba, pero las palabras se le quedaban atascadas en la garganta; el temor hacía que se quedara callada. Cada vez que tenía una oportunidad, recordaba las arenas en el camino desde Jerusalén; volvía a escuchar los gritos de terror y dolor que a veces la perseguían por la noche. Ninguno de los miembros de esta casa creería que su padre había muerto y había sido resucitado por Jesús; ni siquiera Enoc, que conocía a Dios. Lo que harían sería condenarla a morir.

¿Por qué me salvaste, Señor? Soy inútil para ellos, pensaba, desesperada.

Era cierto que le había contado a Julia las historias que su padre le había contado en Galilea. Pero Julia solamente las había tomado como un entretenimiento. No encontraba lecciones en ellas. ¿Cómo podía Julia elegir la verdad si no tenía oídos para escucharla? ¿Cómo podía buscar a Cristo si no sentía la necesidad de un Salvador? A pesar de las historias que Hadasa le había contado, los relatos bíblicos de la intervención de Dios en favor de su pueblo, Julia no entendía. Estaba convencida de que cada ser humano estaba en la tierra para tomar todo lo que pudiera y hacer lo que deseara. Julia no sentía la necesidad de un Salvador, y por lo tanto, no quería uno.

Hadasa veía la riqueza y la comodidad que gozaban los Valeriano como una maldición sobre ellos. Debido a esas cosas, no sentían ninguna necesidad de Dios. Estaban abrigados, bien alimentados, vestidos con ropa maravillosa y protegidos. Disfrutaban del entretenimiento suntuoso y eran servidos por un gran séquito de esclavos. Solo Febe veneraba a algún dios, y su devoción era para ídolos de piedra que no podían compensarla de ninguna manera; mucho menos, darle paz y alegría.

Hadasa sacudió la cabeza con pesar. *¿Cómo alcanzas a las personas que no sienten ninguna necesidad ni deseo de tener un Salvador?*, se preguntaba. *Dios, ¿qué debo hacer para que vean que Tú estás aquí en su jardín, que Tú habitas su casa, aunque no en su corazón? Yo soy incapaz. Soy cobarde. Estoy fallándole a Julia, Señor. Estoy fallándoles a todos. Debajo de las sonrisas y la risa, están perdidos. Oh, Dios, cuán grande eres tú. Ni siquiera todos los dioses y diosas de Roma pueden resucitar a una sola alma de la muerte como hiciste Tú. Y, sin embargo, ellos no creen.*

—No tuve la intención de lastimarte —dijo Sejano, yendo hasta ella. Él había visto las expresiones de angustia que atravesaban su rostro durante los últimos minutos y se sintió culpable. Poco le importaba Julia: demasiado a menudo la había escuchado gritar durante algún ataque de ira, con su rostro pequeño y bonito distorsionado por salvaje emoción. Pero, por algún motivo inexplicable, esta esclava la amaba y la servía con una devoción cariñosa—. No tienes que preocuparte por Julia —le dijo él, tratando de reconfortarla—. Ella estará bien a su manera.

—Pero, ¿su manera le traerá paz?

—¿Paz? —dijo Sejano, soltando una carcajada—. Eso es lo último que quiere Julia. Es muy parecida a su hermano, salvo que Marcus la supera mucho en ingenio. Él tiene la sagacidad de su padre, pero ni una pizca de su moral. Y eso no es culpa de Marcus. Es culpa de las rebeliones —dijo él, rápido para justificarlo—. Vio que muchos de sus jóvenes amigos fueron asesinados u obligados a suicidarse. Es entendible que haya adoptado la filosofía de "Vive el presente, pues mañana morirás".

—No parece satisfecho.

—¿Hay alguien en este mundo que esté satisfecho? Solo los tontos y los muertos están satisfechos.

Hadasa terminó las tareas que Sejano le había pedido y vio si había algo más por hacer. Juntos limpiaron los mostradores, desecharon la comida que había sobrado, y lavaron y pulieron las fuentes y las guardaron en su sitio. Sejano hablaba con orgullo de Grecia.

—A los romanos les pertenece el mundo, pero envidian a los griegos. Los romanos solo saben cómo hacer la guerra. No saben nada de la belleza, la filosofía o la religión. Lo que no roban, imitan. Nuestros dioses y diosas, nuestros templos, nuestro arte y literatura. Estudian a nuestros filósofos. Es posible que nos hayan conquistado, pero nosotros los hemos remodelado.

Hadasa percibía orgullo mezclado con resentimiento.

—¿Sabías que el amo nació en Éfeso? —dijo Sejano—. Era hijo de un comerciante pobre que vivía cerca de los muelles. Se las ingenió para convertirse en un gran hombre. Compró la ciudadanía romana. Fue una jugada inteligente —dijo, excusando su deslealtad—. Al hacerlo, evitó tener que pagar ciertos impuestos y consiguió beneficios sociales para él y para su familia.

Hadasa estaba al tanto de algunos de esos beneficios. El apóstol Pablo había sido excarcelado más de una vez por tener la ciudadanía romana. Y, si uno tenía que morir, era mejor morir rápidamente por la espada a ser colgado en una cruz. Los ciudadanos romanos eran ejecutados con clemencia. Pablo fue decapitado, mientras que Pedro, un galileo, fue crucificado con la cabeza hacia abajo, después de que lo hicieron presenciar la tortura y la muerte de su esposa.

Hadasa se estremeció. A veces lograba olvidar la espantosa visión de miles de cruces frente a las murallas de Jerusalén. Esa noche volvió a verlas, y a los rostros de los hombres que colgaban en ellas.

—Tengo que empacar algunas cosas más para mi señora Julia —dijo Hadasa y le dio las buenas noches a Sejano.

La lámpara de aceite todavía estaba encendida en la recámara vacía de Julia. Había cuatro arcones cerrados, completamente llenos. Había otros dos abiertos. Hadasa tomó una túnica azul claro, la dobló con cuidado y la puso sobre otra amarilla que ya estaba en el arcón. Sacó el resto de las pertenencias de Julia y las empacó. Cerrando los arcones, los aseguró con llave. Se enderezó y dio un vistazo general a la habitación. Suspirando, se sentó en un taburete.

—Se ve vacío, ¿verdad? —dijo Febe desde la puerta y vio a la joven esclava sobresaltarse con sorpresa. Sentada en medio de los arcones cerrados, se veía pequeña y desolada. Se puso de pie y miró a su señora—. Me pregunto cómo le irá esta noche —dijo Febe y entró a la habitación.

—Bien, señora —dijo Hadasa.

Febe sonrió.

—No podía dormir. Demasiadas emociones —suspiró—. Ya la extraño. Cuando te vi, me pareció que tú también la extrañas.

Hadasa le devolvió una sonrisa:

—Está tan llena de vida.

Febe pasó su mano por la suave superficie del tocador de Julia, ahora despojado de sus cosméticos, perfumes y alhajeros. Levantó un poco la cabeza y miró a Hadasa.

—Claudio mandará a alguien a buscarte a ti y a las cosas de Julia.

—Sí, mi señora.

—Probablemente, hacia el fin de semana —dijo, mirando alrededor de la habitación—. El viaje a Capua no es difícil. El camino está rodeado de una hermosa campiña. Tendrás mucho tiempo para desempacar las cosas de Julia y prepararlas para su llegada al nuevo hogar.

—Todo estará listo para ella, mi señora.

—Lo sé. —Febe miró a la joven y sintió un profundo afecto por ella. Era atenta y fiel y, a pesar de lo difícil que podía ser Julia, Febe sabía que esta joven judía amaba a su hija. Se sentó en la cama de Julia—. Cuéntame de tu familia, Hadasa. ¿De qué trabajaba tu padre?

—Vendía vasijas de arcilla, mi señora.

Febe le hizo un gesto a Hadasa para que se sentara en el banquillo cerca de la cama.

—¿Tenía buenos ingresos?

¿Por qué le hacía preguntas tan personales? ¿Qué interés podía generar ella en esta fina señora romana?

—Nunca pasamos hambre —dijo Hadasa.

—¿Él hacía las vasijas de arcilla o solo las vendía?

—Hacía muchas de ellas; algunas eran sencillas y algunas muy hermosas.

—Oficioso y trabajador, pero creativo.

—La gente venía a buscarlo desde otras provincias.

Aunque compraban su mercadería, sabía que iban más para escuchar su historia. Recordaba las muchas veces que había escuchado a su padre hablar con un extraño que había llegado para escuchar de su resurrección.

Febe vio que las lágrimas titilaban en los ojos de la muchacha esclava y se dio cuenta de que se había puesto triste.

—¿Cómo murió?

—No lo sé —dijo Hadasa—. Un día salió a la calle a hablarles a las personas y nunca volvió.

—¿A hablarles?

—Sobre la paz de Dios.

Febe frunció el ceño. Comenzó a decir algo y, entonces, dudó.

—¿Y tu madre? ¿Está viva en alguna parte?

—No, mi señora —dijo Hadasa y bajó la cabeza.

Vio las lágrimas que la muchacha trataba de ocultar.

—¿Qué le pasó? ¿Y los otros en tu familia?

—Murió de hambre pocos días antes de que los legionarios romanos tomaran Jerusalén. Los soldados iban de casa en casa matando a todos. Uno entró en la casa donde estábamos y mató a mi hermano. No sé por qué también no nos mató a mí y a mi hermana.

—¿Qué le pasó a tu hermana?

—El Señor se llevó a Lea la primera noche que estuvimos en cautiverio.

El Señor se llevó... Qué manera tan extraña de decirlo. Febe suspiró y apartó la mirada.

—Lea —dijo tiernamente—. Qué nombre tan bonito.

—Todavía no había cumplido diez años.

Febe cerró los ojos. Pensó en sus propios dos hijos que habían muerto de fiebre. Era común que las fiebres asolaran la ciudad, porque Roma estaba rodeada de ciénagas y solía ser azotada por las pestilentes inundaciones del gran Tíber. Algunos, como Décimo, habían sobrevivido a la fiebre pero padecían de ataques de escalofríos año tras año. Otros tosían hasta que les sangraban los pulmones y morían.

La vida era muy incierta, como daba testimonio el relato de

Hadasa. Ella había perdido a todos los que amaba en Jerusalén. Había hablado de la paz de Dios, pero ni siquiera con los dioses parecía haber garantías. No importaba cuántas horas dedicara Febe a suplicarles a Hestia, la diosa del hogar; a Hera, la diosa del matrimonio; a Atenea, la diosa de la sabiduría; a Hermes, el dios de los viajes; y a otra docena de dioses familiares que protegieran a sus seres queridos, ¿existiría otro dios o diosa más poderoso que podría arrebatárselos?

Aun ahora, Décimo, su amado, estaba enfermo e intentaba ocultarlo de todos. Las lágrimas ardían en los ojos de Febe mientras se estrujaba las manos. ¿Creía que podía ocultarle algo?

—Está angustiada, mi señora —dijo Hadasa y posó una mano sobre las suyas.

Febe se sorprendió por la tierna caricia de la muchacha.

—El mundo es un lugar caprichoso, Hadasa. Los dioses nos impulsan hacia donde se les antoja —suspiró—. Pero tú ya sabes eso, ¿no? Has perdido todo: tu familia, tu hogar, tu libertad.

Estudió a Hadasa bajo la luz de la lámpara: la delicada curva de sus mejillas, sus ojos oscuros, su complexión delgada. Había visto a Marcus mirar a la muchacha curiosamente fascinado. Hadasa no era más que un año mayor que Julia (dieciséis, como máximo), pero era profundamente diferente. Poseía una mansa humildad, adquirida a través del sufrimiento. Y había algo más... una compasión dulce y rara que iluminaba sus ojos oscuros. Quizás, a pesar de su tierna edad, también poseía sabiduría.

Febe tomó su mano con firmeza.

—Te encargo a mi hija, Hadasa. Te pido que siempre la vigiles y la cuides. Muchas veces será difícil, incluso cruel, aunque no creo que alguna vez lo haga a propósito. Julia era una niña dulce y cariñosa. Esas cualidades todavía están en ella. Pero necesita desesperadamente una amiga, Hadasa, una amiga de verdad, y nunca las ha elegido con sensatez. Por eso te elegí aquel día, cuando Enoc te trajo a nosotros con los otros prisioneros. Vi en ti a alguien que sería capaz de permanecer con mi hija en cualquier circunstancia. —Buscó su mirada—. ¿Me prometes que lo harás?

Como esclava, Hadasa no tenía otra opción que cumplir la voluntad de sus amos. Pero Hadasa sabía que la promesa que su señora le pedía no era algo que tenía que hacer solo por ese motivo. Febe Luciana Valeriano habló, pero Hadasa sintió que era Dios mismo quien estaba pidiéndole que amara a Julia, en toda circunstancia, fuera lo que fuera que vivieran a partir de este día. No sería fácil, porque Julia era obstinada, egoísta y desconsiderada. Hadasa sabía que podía prometer que lo intentaría. Podía decir que daría lo mejor de sí. Cualquier respuesta satisfaría a su señora. Pero ninguna agradaría al Señor. *¿Se hará Tu voluntad o la mía?*, preguntó el Maestro. Tenía que elegir. No mañana, sino ahora, en esta habitación, delante de esta testigo.

Febe sabía perfectamente bien lo que pedía. A veces le costaba amar a su propia hija, especialmente durante estos últimos días en los que Julia le había hecho la vida tan miserable a Décimo, quien actuaba solamente por su bienestar. Julia quería salirse con la suya a toda costa y esta vez no lo había logrado. Vio la lucha en el rostro de la esclava y se alegró de que no contestara rápidamente. Una respuesta apresurada pronto sería una promesa olvidada.

Hadasa cerró los ojos y suspiró despacio.

—Se hará su voluntad —dijo suavemente.

Febe sintió una oleada de alivio de que Julia quedara al cuidado de Hadasa. Confiaba en esta muchacha y, en este momento, también sintió un profundo cariño por ella. Una esclava fiel valía su peso en oro. Su instinto acerca de comprar a esta pequeña judía había sido acertado.

Se puso de pie. Tocando la mejilla de Hadasa, le sonrió con lágrimas en los ojos.

—Que tu dios te bendiga siempre. —Pasó su mano por el cabello suave y oscuro, como lo haría una madre, y luego salió en silencio de la habitación.

10

Atretes corría por el camino, manteniendo el extenuante ritmo que Taraco le marcaba a caballo junto a él. Taraco alternaba insultos y palabras de ánimo, mientras mantenía las riendas del animal a un trote constante. El elegante padrillo resoplaba y sacudía con rabia su crin blanca, queriendo correr más, mientras que las pesas que usaba Atretes se sentían más pesadas con cada kilómetro que corría. Apretando los dientes por el dolor, el germano seguía, con el cuerpo empapado de transpiración, los músculos tensos y el pecho ardiendo.

Atretes tropezó una vez, recuperó el equilibrio y maldijo en voz baja. Si seguía así, se caería y pasaría vergüenza. Se concentraba en llegar al siguiente hito y, cuando lo veía, fijaba su mente en alcanzar el siguiente.

—Párate —le ordenó Taraco. Atretes dio tres pasos más y se detuvo. Inclinándose hacia adelante, se agarró de las rodillas y aspiró el aire que tanto necesitaban sus pulmones.

—Enderézate y sigue caminando —dijo Taraco sin emoción. Le arrojó una bolsa de cuero con agua.

Con la boca reseca, Atretes la inclinó y bebió desesperadamente. Antes de devolverla, se echó un chorro de agua en la cara y sobre su pecho desnudo. Le arrojó la cantimplora a Taraco y caminó dando algunas vueltas al costado del camino hasta que su respiración volvió a la normalidad y el cuerpo se enfrió del calor que lo envolvía.

—Les has llamado la atención, Atretes —dijo Taraco sonriendo, mientras le hacía una seña con la cabeza hacia el otro lado del camino.

Atretes miró al otro lado y vio a dos mujeres jóvenes en un huerto de duraznos. Una llevaba puesta una túnica blanca de lino fino; la otra usaba una túnica marrón con una toga color beis que ajustaba con una faja a rayas.

—Está a punto de huir como un venado. —Se burló Taraco—. Pareciera que nunca antes vieron a un hombre desnudo. —Se rió con cinismo—. Mira cómo te clava los ojos la dama.

Atretes estaba demasiado cansado para que lo afectara la atención embelesada de la joven bonita o de la sorprendida muchachita judía o, incluso, de la burla de su lanista. Ansiaba su banco y la silenciosa frialdad de su celda. Había descansado lo suficiente para continuar, pero Taraco parecía tener ganas de divertirse un rato.

—Mírala bien, Atretes. Es hermosa, ¿no? Conocerás a muchas como ella cuando entres en la arena. Las mujeres de cuna aristocrática reclamarán a gritos que les prestes atención. Y los hombres también. Te entregarán cualquier cosa: oro, joyas, su cuerpo; cualquier cosa que pidas y de la manera que la pidas.

Sonrió ligeramente y continuó.

—Yo tuve una mujer que solía esperarme mientras luchaba. Quería que la tocara cuando todavía tenía las manos totalmente cubiertas de la sangre de una buena matanza. La volvía casi loca de pasión. —Su sonrisa se transformó en una mueca sardónica—. Me pregunto qué le habrá pasado. —Hizo que su caballo diera la vuelta.

Atretes volvió a mirar al otro lado del camino, directamente a la muchacha de blanco que estaba parada a la sombra de un árbol. La miró atrevidamente hasta que ella apartó la mirada. La pequeña judía le habló, dieron la vuelta y volvieron caminando por el huerto. La joven de blanco lo miró nuevamente por encima del hombro; luego se levantó el dobladillo y empezó a correr, y su alegre risa flotó hasta él.

—A los romanos les gustan los rubios —dijo Taraco—. Disfruta de la adoración mientras dure, Atretes. ¡Aprovecha todo lo que puedas! —Golpeó a Atretes con el extremo de su látigo—. Ya se fue. Empieza el regreso. Gira a la izquierda en el cruce de caminos y regresa a través de las colinas —dijo Taraco, indicándole el camino ascendente.

Atretes se olvidó de la muchacha y empezó otra vez. Fijó un ritmo parejo, que sabía que podría mantener, pero Taraco le gritó que acelerara. Poniéndose firme, Atretes corrió colina arriba, regulando su respiración.

Había sufrido cuatro meses de riguroso entrenamiento en el ludus. El primer mes había sido adiestrado por Trófimo. Taraco lo había observado de cerca y pronto tomó a su cargo su entrenamiento. Habiéndoles entregado los otros aprendices a Galo y al resto, Taraco pasaba la mayor parte del tiempo trabajando con Atretes. Lo obligaba a esforzarse mucho más que a todos los demás y le enseñaba trucos que no compartía con los otros.

—Si me escuchas y aprendes, quizás sobrevivas lo suficiente para ganarte la libertad.

—Me honra tu atención —le dijo Atretes entre dientes.

Taraco sonrió fríamente.

—Te convertiré en un campeón. Si logras sobrevivir, podré

forjarme una buena reputación como para ganarme un lugar en el gran ludus de Roma, en lugar de pasar el resto de mi vida en esta madriguera de conejos.

A diferencia de muchos otros, Atretes disfrutaba los ejercicios. Habiéndose entrenado toda la vida como guerrero, ser adiestrado como gladiador no era más que una expansión de sus habilidades. Juró que un día utilizaría todo lo que había aprendido en contra de la propia Roma.

Con ese fin se había convertido en un experto con la gladius, aunque Taraco le asignaba mucho más seguido el tridente y la red del reciario. Muchas veces, Atretes arrojaba la red a un costado, frustrado, y atacaba a su contrincante con tal ferocidad que Taraco se veía obligado a interceder para no perder un aprendiz.

La furia ayudaba a Atretes a seguir adelante. La usaba para darle impulso en las carreras largas; la usaba para repeler las depresiones que lo rondaban por la noche cuando escuchaba el calzado remachado del guardia que caminaba durante sus rondas; la usaba para darse el deseo de aprender todas las maneras posibles de matar a un hombre, con la esperanza de ganar su libertad algún día para que nadie pudiera volver a dominarlo jamás.

Atretes no hacía amigos. Se mantenía apartado de los otros gladiadores. No quería saber sus nombres. No quería saber de dónde venían ni cómo los habían atrapado. Algún día quizás tuviera que enfrentarse a uno de ellos en la arena. Podía matar a un extraño sin el más mínimo remordimiento; matar a un amigo lo perseguiría para siempre.

Divisó el ludus a la distancia y tomó impulso. Sus piernas rápidamente se tragaron el tramo llano del camino. Taraco soltó la rienda del caballo solo lo suficiente para que se pusiera adelante. Un guardia chifló de un modo estridente desde su puesto en la muralla y, como respuesta, la puerta del recinto se abrió.

Taraco bajó del caballo y le arrojó las riendas a un esclavo.

—A los baños, Atretes; luego, repórtate a Flegón para que te dé un masaje. —Su boca se ladeó—. Hoy lo hiciste bien. Serás recompensado.

Entrando en el vestuario, Atretes se sacó el taparrabos mojado, tomó una toalla y pasó a la cámara del *tepidarium*. El agua estaba tibia y reconfortante. Se relajó y se lavó sin prisa, ignorando a los demás, que hablaban en voz baja para que los guardias no pudieran escucharlos. Salió del tepidarium y entró en la siguiente sala, el *caldarium*, la habitación más cercana a las calderas. Atretes respiró el aire húmedo mientras un esclavo le frotaba el cuerpo con aceite de oliva y luego se lo raspó con un estrígil con forma de cuchillo.

En la siguiente cámara, Atretes se metió de lleno en el

frigidarium. El agua fría fue un choque placentero y nadó el largo de la piscina de ida y vuelta. Trepó al borde y sacudió la cabeza, salpicando el agua como un perro sacudiéndose el pelaje. Volvió al tepidarium para tener unos últimos minutos de recreo antes de que le ordenaran pasar a la sala de masaje.

Flegón era brusco. Golpeó y amasó los músculos de Atretes hasta que se aflojaron. Parecía que todo en este lugar infame estaba diseñado para quebrantar el cuerpo y luego volverlo a formar y convertir la carne en acero.

Atretes comió con buen apetito el guiso de carne y cebada, y luego marchó con los demás de regreso al pabellón de celdas. Encerrado y listo para pasar la noche, se estiró en su banco y pasó el brazo detrás de su cabeza. Trató de no pensar en nada. Pero el murmullo de unas voces masculinas y una puerta que se abría lo despertaron. Alguien venía hacia su celda. Se sentó y se recostó contra la piedra fría; el corazón le latía con fuerza.

El cerrojo de hierro cedió y se abrió la pesada puerta de madera. Galo estaba parado afuera con una muchacha esclava frente a él. Ella entró en la celda sin mirar a Atretes y Galo cerró la puerta detrás de ella. Sin decir una palabra, la niña dio un paso y se quedó parada frente a él. Atretes se levantó del banco, mirándola. Recordó a la hermosa joven vestida de blanco que lo había observado desde la sombra del duraznero y sintió un arrebato de deseo e ira. Podría haber descargado su odio sobre la niña y haberlo disfrutado. Pero esta muchacha se parecía más a la pequeña esclava judía. Cuando Atretes se estiró para tocarla, lo hizo sin hostilidad.

Después, Atretes se paró al otro lado de la celda. Escuchó un rasguño desde arriba y supo que el guardia había estado mirando. Un tinte de humillación cubrió su rostro y tuvo que reprimir el deseo de gritar. Se había convertido en apenas algo más que un animal al cual mirar boquiabierto.

La muchacha fue a la puerta, golpeó dos veces y se quedó de pie esperando. Atretes siguió dándole la espalda, no tanto por su propia vergüenza, sino por la de ella. El cerrojo rasguñó y la puerta se abrió; luego, volvió a cerrarse y le echaron llave de nuevo. La muchacha esclava desapareció. La recompensa prometida por Taraco, dada.

Una soledad profunda y agotadora inundó a Atretes. ¿Qué hubiera sucedido si le hubiera hablado? ¿Habría respondido? Antes ya se había presentado ante él y Atretes había sentido el ruego tácito de que no dijera nada, que ni siquiera la mirara a la cara. Había ido a él porque había sido enviada para servirlo. Él la aceptó para liberar la tensión insoportable que le generaba la esclavitud, pero no había calidez, ni amor ni humanidad. Ella le entregaba una satisfacción física fugaz, siempre seguida por una oleada de vergüenza.

Se tumbó sobre el banco de piedra y pasó el brazo detrás de su cabeza, mirando fijamente hacia la rejilla. Recordó a su esposa, riéndose y corriendo por el bosque, con su trenza rubia brincando sobre su espalda. Recordó cómo le hacía el amor en la luz del sol que caía sobre un prado. Recordó la ternura que había entre ellos. La muerte se la había llevado demasiado rápido. Los ojos le ardían y se incorporó, luchando contra el abatimiento que lo hacía querer romperse la cabeza contra la pared.

¿Había dejado de ser un hombre? ¿Los seis meses en este lugar lo habían convertido en un animal que se rendía a sus más bajos instintos? Mejor era estar muerto. Se desvió de la idea de suicidarse. Los guardias siempre estaban alerta a cualquier intento, pero los hombres encontraban maneras de hacerlo, a pesar de todos los esfuerzos por impedirlo. Un hombre se había comido una taza de cerámica antes de que los guardias pudieran detenerlo. Murió a las pocas horas con las entrañas laceradas. Otro había metido la cabeza a través de los rayos de la rueda de entrenamiento y se había roto el cuello. El último, tan solo dos noches antes, había rasgado su manto y había tratado de colgarse de la rejilla.

Atretes creía que no había ningún honor en quitarse la vida. Cuando muriera, quería llevarse consigo a tantos romanos, o a aquellos que servían a Roma, como pudiera. Finalmente, cerró los ojos y se durmió y soñó con las selvas negras de Germania y con su esposa muerta.

Taraco no lo hizo correr al día siguiente. En lugar de eso, lo llevó a una pequeña arena de exhibición. Se sumó a él en una serie de ejercicios de calentamiento y estiramiento. Atretes se preguntó por los cuatro guardias armados que estaban parados a una distancia equidistante dentro de las paredes y levantó la mirada hacia el palco de los espectadores. Scorpus estaba junto a un hombre negro vestido con una túnica roja con ribetes dorados.

—Veamos si puedes superarme, Atretes —dijo Taraco en germano y le arrojó una de las dos varas gruesas y largas. Se agachó y se movió a un costado, dándole vueltas a la vara una y otra vez con destreza, esperando—. Vamos —dijo, burlándose de él—. Atácame, si te atreves. Muéstrame que aprendiste algo.

El peso del roble se sentía bien en las manos de Atretes. Las puntas estaban romas con cuero. Scorpus había ordenado este combate por una de dos razones: el africano era rico y estaba buscando un poco de diversión, o quería comprarse un gladiador.

Ninguno de los motivos satisfizo el orgullo de Atretes. Con Scorpus lejos de su alcance, enfocó todo su odio contra Taraco.

Moviéndose lenta y cautelosamente alrededor de Taraco, buscó algún hueco. Taraco blandió la vara con brusquedad. Atretes lo bloqueó y el golpe de la madera contra la madera resonó en la arena. Taraco desplazó su peso, giró rápidamente y golpeó a Atretes en el costado de la cabeza, haciéndole un corte al lado del ojo.

La furia ardiente corrió por la sangre de Atretes, pero con la fuerza de su entrenamiento y su voluntad, se dominó. Recibió dos golpes más y descargó dos a su vez, desestabilizándole los pies a Taraco. Usando el impulso de su furia para darse fuerza, tomó la ofensiva. Había aprendido a mirar a los ojos de su oponente, en lugar de mirar sus manos, para saber qué trataría de hacer. Bloqueó dos bandazos y arremetió la larga vara al riñón de Taraco, viendo la mirada azorada del lanista mientras se tambaleaba. Giró velozmente el palo y dirigió el golpe hacia la cabeza de Taraco. El lanista lo esquivó y se paró de nuevo. A una sola palabra de él, los guardias intervendrían. Pero no dijo nada.

Los crujidos nítidos y rápidos de los largos palos resonaban en la pequeña arena. El sudor de ambos fluía a raudales y gruñían ante cada potente golpe. Viendo que estaban demasiado parejos en el combate como para lograr una ventaja, Atretes dejó caer su palo y agarró el de Taraco, usando toda su fuerza para hundirlo contra la barbilla del lanista. Sabía todos los trucos del lanista. Taraco trataría de barrer sus pies. Cuando hizo el movimiento, Atretes levantó fuerte la rodilla. Taraco expulsó un resoplido intenso, con la mirada vidriosa por el dolor y sus dedos se aflojaron. Atretes volvió a levantar la rodilla y luego usó el palo para golpear al lanista otra vez.

Con el rabillo del ojo vio que un guardia se movió cuando Taraco cayó. Sabía que tenía poco tiempo. Liberando el largo palo, cayó sobre Taraco, asió el casco con la mano izquierda y levantó su mano derecha. Taraco abrió mucho los ojos y trató de esquivar el golpe que él mismo le había enseñado, gritando la orden demasiado tarde. Atretes impulsó el talón de su mano contra la base de la nariz de Taraco, partiéndole el cartílago e incrustándoselo en el cerebro.

Dos guardias lo arrastraron hacia atrás, separándolo del cuerpo convulsionado de Taraco. Atretes echó la cabeza hacia atrás y rugió su grito de guerra en regocijo. Con la adrenalina aun corriéndole por el cuerpo, se sacó de encima a un guardia y estampó su puño contra el abdomen del otro, arrancándole la gladius de la funda mientras caía. El tercero y el cuarto desenvainaron sus espadas.

—*¡No lo maten!* —gritó Scorpus desde el palco.

Los guardias envainaron las espadas y usaron una red para derribarlo. Enredado en ella como un animal salvaje apaleado, lo sujetaron en la arena con la cara hacia abajo y le quitaron la gladius. Cerraron con llave los grilletes en sus muñecas y sus tobillos y lo obligaron a pararse, mientras escupía blasfemias en griego. Lo pusieron de pie delante del palco de los espectadores.

Con el pecho agitado, levantó la mirada hacia Scorpus y su huésped y profirió las peores groserías que había aprendido en los seis meses en el ludus. Scorpus le lanzó una mirada fulminante, con el rostro pálido y contraído. El hombre negro sonrió, le dijo algo a Scorpus y salió del palco.

En menos de una hora, Atretes fue encadenado a otra carreta con un galo, un turco y dos britanos que venían de otros *ludi* capuanos. El hombre negro viajaba adelante, en una litera sombreada, cargada por cuatro esclavos.

El africano se llamaba Bato. Le pertenecía al emperador Vespasiano y tenía el prestigioso puesto de lanista jefe del ludus de Roma.

Atretes se dirigía al corazón del imperio.

—Dile que me duele la cabeza —dijo Julia en tono displicente, sin mirar siquiera al esclavo que estaba parado en la entrada con la amable petición de Claudio de que se reuniera con él en la biblioteca. Ni siquiera hizo una pausa en el juego que estaba jugando, sino que dejó caer las matatenas de sus dedos y observó cómo repiqueteaban sobre el suelo de mármol. Cuando no escuchó hablar a Hadasa ni que se cerrara la puerta, miró hacia arriba y vio la mirada suplicante de Hadasa.

—Díselo —ordenó imperiosamente y Hadasa no tuvo otra alternativa que repetir el mensaje de su señora.

—Ya escuché —susurró Persis y se alejó.

Hadasa cerró la puerta discretamente y miró a su joven ama. ¿Era tan egoísta y tonta como para negarle a su esposo la más mínima cortesía? ¿Qué sentiría Claudio Flaccus?

Al ver la mirada de Hadasa, Julia se puso a la defensiva.

—No deseo pasar otra tarde aburrida en la biblioteca, mientras él habla de esas filosofías fastidiosas. ¿Qué sé yo ni me importa lo que pensaba Séneca?

Volvió a agarrar las matatenas y las apretó en su puño. Le ardían los ojos por las lágrimas. ¿Por qué no podían dejarla en paz, todos? Arrojó las matatenas, que rebotaron y rodaron desordenadamente. Se sentó hacia atrás sobre sus talones.

Hadasa se agachó y juntó las matatenas una por una.

—Es que no me entiendes —dijo Julia—. Nadie me entiende.

—Él es su esposo, mi señora.

El mentón de Julia se alzó de golpe.

—¿Eso quiere decir que debo responder a cada uno de sus llamados como una esclava?

Hadasa no dejaba de preguntarse qué haría Claudio Flaccus cuando le dijeran que su joven esposa se rehusaba a acompañarlo bajo la débil excusa de un dolor de cabeza. Al principio, Julia había jugado a ser la esposa feliz, más para impresionar a sus amigas que para complacer a su esposo. Sin embargo, una vez que salieron de Roma, empezó a ser fastidiosamente amable. Cuando se establecieron en Capua, se volvió arrogante.

Claudio Flaccus era un hombre con una paciencia monumental, pero el atrevimiento de Julia de rechazarlo sin delicadeza bien podía hacer añicos esa virtud. A lo largo de los seis meses pasados, Claudio había hecho la vista gorda a los humores de Julia. No obstante, la descarada desobediencia y la grosería seguramente lo harían enojar. Hadasa temía por su señora. ¿Golpeaban a sus esposas los maridos romanos?

Ella también estaba francamente disgustada. ¿Era Julia tan ciega que no podía ver que Claudio Flaccus era inteligente, bueno y amable? Era un marido valioso para cualquier mujer joven. Claudio hacía todo lo posible por entretener a Julia: se la presentaba a sus amigos, la llevaba a pasear en cuadriga por Campania y le compraba regalos. Sin embargo, Julia no tenía con él ni una mísera consideración a cambio. Su gratitud era superficial, como si cualquier cosa que él hiciera fuera su deber, y ella se la merecía.

—Él es amable con usted, mi señora —dijo Hadasa, buscando la manera de razonar con ella.

—Amable —dijo Julia resoplando—. ¿Es amable que me presione con sus atenciones, cuando no las quiero? ¿Es amable que me exija sus derechos, cuando el solo pensar en él me repugna? No quiero pasar la noche con él. —Se llevó las manos a la cara—. Odio cuando me toca —dijo y se estremeció—. Tiene la piel tan pálida como la muerte.

Hadasa sintió que el calor le invadía el rostro.

—El solo pensar en él me enferma. —Julia se levantó y se acercó a la ventana, mirando hacia el patio.

Hadasa bajó la mirada a sus manos, sin saber qué decir para calmar a su señora. Semejante charla tan directa la avergonzaba. ¿Qué sabía ella de las intimidades de la vida matrimonial? Quizás para Julia era insoportable y ella no debía juzgarla con tanta rapidez.

—A lo mejor sus sentimientos cambien cuando tenga hijos —dijo Hadasa.

—¿Hijos? —dijo Julia con un destello en sus ojos oscuros—. No estoy lista para tener hijos. Ni siquiera he vivido todavía. —Pasó su mano por un tapiz babilónico—. Los dioses deben darme la razón, porque todavía no tengo un hijo y no es porque Claudio no lo intente. Ah, él lo intenta una y otra vez. A pesar de las grandes esperanzas de padre de tener un linaje real, la simiente de Claudio probablemente se haya echado a perder.

Su dureza se transformó en diversión cuando miró a Hadasa. Se rió.

—Tienes la cara toda roja.

Sin embargo, se le borró rápidamente la sonrisa mientras se reclinaba en un diván. Contempló un fresco colorido en la pared que mostraba hombres y mujeres retozando en una cañada boscosa. Se reían y estaban alegres. ¿Por qué su vida no podía ser así? ¿Por qué tenía que tener un marido tan viejo e insípido? ¿Iba a estar bajo llave en esta villa de Capua por el resto de su vida? Añoraba la agitación de Roma. Extrañaba el ingenio de Marcus. Quería aventura. Claudio ni siquiera consentía a llevarla a uno de los ludi de gladiadores para que viera una práctica.

—¿Recuerdas a ese gladiador que vimos? —dijo Julia como si estuviera soñando—. Era hermoso, ¿no? Como Apolo. Su piel tenía el color del bronce y su cabello era como el sol. —Apoyó delicadamente la mano en su estómago—. Me hizo temblar por dentro. Cuando me miró, sentí que ardía.

Se dio vuelta con el rostro pálido; los ojos brillaban con lágrimas de amarga decepción.

—Y luego está Claudio, que me hiela la sangre.

Hadasa recordó al gladiador. Julia había insistido en regresar al huerto al día siguiente y al otro, pero, afortunadamente, el gladiador y su entrenador no habían vuelto a aparecer.

Julia se puso de pie con nerviosismo y se masajeó las sienes.

—De verdad me duele la cabeza —dijo—. De solo pensar en Claudio me da dolor de cabeza. —Tardíamente, se le ocurrió que Claudio podía enojarse por su rechazo. No era apropiado que una esposa le negara nada a su marido. Pensó en su madre y se sintió culpable. Casi podía ver su mirada reprobatoria y escuchar su regaño, suave, pero mordaz.

Julia se mordió el labio, enfadada. Nunca había visto a Claudio enojado. Su corazón empezó a latir fuertemente.

—Es probable que él no me crea, pero *no* me estoy sintiendo bien. Ve y habla con él por mí —le dijo e hizo un ademán con la mano, señalando la puerta—. Salúdalo cariñosamente de mi parte y explícale que tomaré un largo baño y me retiraré a mi habitación. Llama a Catia para que me atienda.

Ese Persis horrible probablemente ya le había dicho a Claudio que estaba jugando matatenas.

Hadasa llamó a la sirvienta macedonia y se fue por el corredor interno hacia la biblioteca. La casa grande estaba silenciosa y tranquila.

Claudio estaba sentado en su escritorio, con un pergamino desplegado delante de él. La luz de la lámpara hacía que los mechones grises de su cabello resplandecieran blancos. Claudio levantó la vista.

—Persis ya me dijo que la señora Julia tiene un dolor de cabeza. —Su tono era cortante y su expresión era indiferente, más que irritada—. ¿Ha cambiado de parecer?

—No, mi señor. La señora Julia le envía sus afectuosos saludos y lamenta no sentirse bien. Va a tomar un baño y se retirará por esta noche.

Claudio hizo una mueca. De manera que lo había despachado aun antes de la puesta del sol. Las excusas de Julia no lo engañaban ni lo molestaban. A decir verdad, estaba aliviado. Se reclinó ligeramente hacia atrás y soltó lentamente la respiración. Tratar de divertir a Julia se había vuelto algo tedioso. En los seis meses de matrimonio, Claudio había aprendido mucho sobre su joven esposa, poco de lo cual se había ganado su simpatía. Sonrió con dolor. Ella era hermosa y había sido creada para ser admirada, pero era inmadura y egocéntrica.

Y él era un viejo tonto que se había dejado extasiar por eros.

La primera vez que vislumbró a Julia, lo sorprendió el parecido que tenía con Helena, su amada esposa. Había pensado (o, más bien, soñado) que quizás fuera una reencarnación de ella. Se había enamorado, embriagado de esperanza y se había aferrado a una posibilidad inexistente. Los dioses solo habían estado jugando con él.

Pensar en Helena lo llenaba de soledad. Recordaba su dulce presencia con una nostalgia dolorosa. Todos los años que había compartido con ella no habían sido suficientes. Toda una vida no habría sido suficiente.

Helena había sido discreta, reflexiva, tierna; se complacía con sentarse con él en esta habitación por horas. Hablaban de todo: artes, dioses, filosofía, política. Hasta lo mundano, los problemas cotidianos de los que él hablaba con su capataz le interesaban a Helena. Julia estaba en continuo movimiento y tenía una energía apenas contenida. Él percibía las pasiones rebeldes que estaban constantemente en conflicto dentro de ella, pasiones que él no podía tocar con su posesión. Era hermosa, más bella que Helena; tenía curvas delicadas y la suavidad del mármol puro. Pero era inquietante.

A Julia no le interesaba nada, excepto los ludi de gladiadores que poblaban la región capuana. Quería visitar uno de esos lugares bárbaros y ver cómo entrenaban a los gladiadores. Quería saber todo sobre ellos. Cada vez que él trataba de dirigir la conversación a otras vías de pensamiento más aleccionadoras, ella la regresaba a esos pobres desgraciados que estaban tras los muros altos y las rejas gruesas.

Quizás esperaba demasiado de ella, que era joven e inexperta. Tenía una mente ágil, pero sus intereses eran demasiado limitados. Su Helena había sido intelectual; Julia era física. Si bien él disfrutaba de cierto placer en el encantador y joven cuerpo de Julia, el placer se estaba volviendo más breve, las secuelas más decepcionantes. Con Helena había compartido la pasión y la ternura. A veces se reían y conversaban hasta quedarse dormidos. Cada vez que la poseía, Julia sufría en silencioso martirio. Él nunca se quedaba en la habitación más de lo necesario.

La insoportable soledad de haber sobrevivido a Helena permanecía dentro de él. Se le había ocurrido superarla casándose con la joven y vibrante Julia. ¿Cuánto podía equivocarse un hombre? No tenían nada en común. Lo que él había confundido con amor no era más que la necesidad física de un hombre estúpido.

¡Cómo se estaría riendo Cupido por haber arrojado su flecha tan directo y preciso! Claudio había perdido la cabeza, pero no el corazón, y ahora tenía el resto de la vida para arrepentirse de su insensatez.

Desenrolló más el pergamino y se perdió en sus estudios sobre las religiones del imperio. Era un tema suficientemente valioso para mantenerlo ocupado hasta que Hades, el dios del inframundo, reclamara su alma.

A la mañana siguiente vio a su joven esposa caminando por los jardines con su sirvienta. Julia se sentó en un banco de mármol y arrancó flores, mientras su criada estaba de pie, hablando. Julia levantó los ojos una vez e hizo un breve comentario; luego, con un gesto, le indicó a la criada que continuara. Las observó un largo rato mientras la esclava hablaba y entonces salió a unirse a ellas, curioso por escuchar qué decía la muchacha.

Julia lo vio llegar y su semblante cambió. Hadasa lo vio también y dejó de contar su historia. Julia se mordió el labio inferior. Se preguntó si él la regañaría por haberse negado a acompañarlo en la biblioteca la tarde anterior, pero él no dijo nada acerca de eso mientras se reunía con ella. Hadasa se quedó debidamente en silencio mientras el señor se aproximaba. Julia esperaba que cualquier cosa que Claudio quisiera decir, la dijera y se fuera.

Se sentó junto a su esposa en el banco.

—Tu criada estaba hablando. —Vio que el rubor subía al rostro de la joven esclava.

—Estaba contándome otra de sus historias.

—¿Qué clase de historias?

—Sobre su pueblo. —Julia arrancó otra flor—. Las historias ayudan a pasar el tiempo cuando no hay más por hacer. —Se llevó la flor a la nariz e inhaló el perfume dulce e intenso.

—¿Historias religiosas? —dijo Claudio.

Julia le echó una mirada furtiva a través de sus pestañas. Se rió suavemente.

—Para un judío, todo es religioso.

Claudio miró a la sirvienta de Julia con mayor interés.

—Me gustaría escuchar alguna de sus historias cuando le des un rato libre, querida mía. Estoy haciendo un estudio comparativo de religiones. Sería interesante escuchar qué tiene para contar tu criada sobre los fundamentos de la fe judía en un dios invisible.

Y así fue como la siguiente vez que Claudio envió a Persis para que llamara a su esposa, Julia envió sus afectuosos saludos y disculpas, y mandó a Hadasa en su lugar.

11

Marcus sujetó con firmeza la brida de su nuevo padrillo blanco mientras lo llevaba a través de la multitud, cerca de las puertas de la ciudad. El caballo era una bestia majestuosa que había llegado recientemente desde Arabia, y el ruido y la confusión ponían nervioso al animal. Marcus vio que apenas avanzaba a pie, de manera que lo montó.

—¡Quítense de en medio o los pisará! —les gritó a varios hombres delante de él. El padrillo tironeó su gran cabeza y brincó, nervioso. Marcus lo impulsó hacia adelante y vio que los que iban a pie rápidamente abrieron paso.

Fuera de las murallas de Roma, el camino estaba atestado de viajeros que querían entrar a la ciudad. Los más pobres iban a pie, cargando todas sus pertenencias en los costales que llevaban sobre la espalda, mientras que a los hombres ricos los llevaban sobre sofisticadas literas o los jalaban en carrozas doradas muy elaboradas con cortinas rojas. Las *raeda* de cuatro ruedas tiradas por cuatro caballos iban llenas de pasajeros, mientras que los más veloces y ligeros *cisios*, de dos ruedas y dos caballos, avanzaban más rápido. Los conductores de las carretas tiradas por bueyes, que transportaban mercancías, no tenían prisa, sabiendo que tendrían que esperar hasta después del atardecer para que levantaran la prohibición contra sus vehículos.

Marcus cabalgó hacia el sur por la Vía Apia, orgulloso de su nueva adquisición. Dejó que el animal marchara a un galope sostenido, con la orgullosa cabeza en alto, sacudiéndola furiosamente queriendo correr. El camino estaba ajetreado con los embajadores de provincias lejanas, funcionarios romanos, legionarios, vendedores, comerciantes y los esclavos de una docena de principados conquistados. Cabalgó a través de los suburbios y dejó atrás a un grupo de albañiles formado por esclavos, prisioneros y soldados que trabajaban para mejorar una parte del camino que llegaba hasta las nuevas villas en las colinas. Las nuevas urbanizaciones brotaban como la maleza en cada ladera alrededor de la ciudad.

Respiraba mejor cuanto más lejos llegaba. Necesitaba alejarse del ajetreo de la ciudad, del ruido incesante y de las insoportables obligaciones. Casi había terminado de construir la *insulae* (los enormes edificios de departamentos de varios pisos, cada uno de los cuales cubría una cuadra de la ciudad) cerca del Campo de Marte y del mercado de ganado. La gente ya estaba haciendo fila para sus departamentos, porque estaban mejor construidos que la mayoría y tenían menos probabilidades de incendiarse. Los alquileres pronto empezarían a llegar a raudales. La villa en Capitolina estaba solo parcialmente finalizada, pero ya tenía cuatro ofertas por ella, cada una mejor que la anterior. No había aceptado ninguna. Una vez terminada planeaba abrir la villa a un pequeño y especial grupo de invitados pudientes y luego llevar a cabo una subasta privada para hacer subir el precio más aún.

Padre lo presionaba cada vez más para que se hiciera responsable del negocio de transporte marítimo, pero sus propios emprendimientos marchaban tan bien y le demandaban tanto tiempo que Marcus se resistía. ¿Qué desafío podía enfrentar haciéndose cargo de lo que ya estaba consolidado? Él quería forjarse su propio nombre y su propio pequeño imperio dentro del imperio. Y estaba lográndolo. Su reputación había crecido ininterrumpidamente con los contratos que Antígono había arreglado por medio de sus contactos políticos.

Antígono era otro de los motivos por los cuales Marcus quería irse de Roma por varios días. Estaba cansado de escucharlo lloriquear por sus problemas y de mendigar dinero. Y hablaba con demasiada libertad criticando a los que gobernaban.

También quería un poco de distancia entre él y Arria. Había dejado de buscar su compañía, pero Arria todavía deseaba la suya. Le contó que Fannia estaba divorciándose de Patrobas y que le decía a todo el mundo que tenía un amante, y él no quería llevar también ese problema sobre sus hombros. Hizo una mueca al recordar el tono de dolor y furia en la voz de Arria.

—¿Eres tú, Marcus?

—No he visto a Fannia desde el banquete que dio Antígono antes de los juegos apolinarios —respondió él, diciendo la verdad—. Tú estabas allí, ¿no lo recuerdas? Nadaste desnuda en la fuente de Antígono dedicada a los Sátiros. —Ella estaba borracha y enloqueció de ira cuando lo vio en los jardines con Fannia. Él la había lanzado a la fuente, pero dudaba que ella se acordara de eso.

Ahora Arria asistía a cada festival y a cada banquete a los que él iba, una espina constante en su costado. Resentida por su rechazo les había contado a sus amigos que se había cansado de él, aunque era demasiado obvio que todavía lo quería. Su insistencia era embarazosa.

Había cierto alivio en su condición libre. Podía hacer todo lo que quisiera, cuando quisiera y con quien quisiera. Durante unos pocos días había disfrutado a Malonia, una amiga de Tito, el hijo del emperador. A través de ella, Marcus había sido presentado a Tito. El Flavio más joven había estado deprimido por el fin de su aventura amorosa con la princesa judía Berenice. A pesar de ser su cautiva, ella lo había cautivado a él. Marcus se había asombrado por los rumores que circulaban por el imperio de que Tito quería casarse con una judía. No lo creía, hasta que conoció a Tito. De no haber sido porque Vespasiano ordenó que el amorío terminara, Tito realmente podría haberlo hecho.

Tito nunca debería haber considerado la posibilidad de casarse con una mujer de semejante raza pagana. Quizás fue la combinación de demasiados meses de campaña y de tanto tiempo bajo el ardiente sol judío. Las mujeres estaban hechas para ser conquistadas y disfrutadas, no para darle vuelta a la vida del hombre o para poner al imperio en rebeldía.

Marcus pensó en Hadasa y luego reprimió la imagen de su rostro dulce.

Trasladó sus pensamientos a las canteras. Había adquirido interés en dos de ellas, que quedaban a un día de viaje desde Roma, después de escuchar un rumor que le había transmitido uno de sus agentes. Uno de los esclavos del palacio de Vespasiano había oído una conversación entre el emperador y varios senadores acerca del lago de Nerón que estaba cerca de la Casa de Oro. Vespasiano estaba meditando la idea de vaciar el lago y convertirlo en el lugar para un gran anfiteatro lo suficientemente grande para sentar a más de cien mil plebeyos.

Se necesitarían toneladas de piedras, y ¿qué mejor lugar para adquirirlas que en las canteras más cercanas a Roma? Por supuesto, Marcus solo era dueño de una parte muy pequeña de las canteras, pero aun una pequeña parte valdría una fortuna una vez que el colosal proyecto se pusiera en marcha.

Sonriendo, Marcus le soltó la rienda al padrillo y galopó por el camino. La velocidad y la potencia que tenía el animal bajo su dominio lo excitaban y la sangre le corría en respuesta. El padrillo bajó el ritmo después de varios hitos. Marcus aspiró el aire fresco del campo.

Se preguntaba cómo le estaría yendo a Julia con el vetusto Claudio. No la había visto en meses. Ella no lo esperaba y la idea de sorprenderla le gustaba.

Compró comida en un mercado al aire libre, en una de las pequeñas *civitates*, y siguió camino. Pasó junto a un viajero rico que estaba ordenándoles a sus esclavos que armaran una carpa para pasar la noche. Con el tamaño del séquito del hombre y la frecuencia con que pasaban los legionarios romanos por el camino, había menos posibilidad de que fuera atacado al aire libre. Pasar la noche en una posada local era una invitación al robo o a algo peor.

Marcus tenía amigos a lo largo del camino, pero prefería no detenerse. Quería estar solo, escuchar el silencio y sus propios pensamientos. Eligió un lugar donde acostarse bastante apartado del camino y oculto por una formación de granito.

La noche era cálida y no necesitaba una fogata. Retiró la montura y la cobija del caballo y lo cepilló. Había un pequeño arroyo y una gran cantidad de hierba para pastar. Amarró al caballo cerca de ambos y se tendió bajo las estrellas.

El silencio agradable sonaba en sus oídos como si las sirenas cantaran cerca. Se empapó de él, deleitándose en la paz. Sin embargo, muy pronto esa paz lo abandonó cuando su mente se llenó de los cientos de decisiones comerciales que tenía que tomar en el transcurso de las próximas semanas. Parecía que cuanto más éxito tenía, más complicada se volvía su existencia. Hasta escaparse unos días le había exigido un esfuerzo monumental.

Por lo menos, no estaba en la posición social de su padre. Él no tenía que sentarse todas las mañanas en una silla curul y repartirles denarios a veinte clientes, o más, que lo esperaban parados con sus gorros en la mano. Siempre se demoraban, pidiendo consejos, halagando, haciendo reverencias de falso agradecimiento.

Su padre era un hombre generoso, pero había ocasiones en las que hasta a él le parecía reprochable el dinero que repartía. Decía que la limosna le quitaba al hombre el deseo de trabajar por sí mismo. Por unos pocos denarios, vendían su amor propio. No obstante, ¿qué alternativa les quedaba a los romanos, cuando la población había quedado saturada por cada provincia conquistada y los productos extranjeros dominaban el mercado? Los trabajadores romanos libres exigían salarios más altos que los esclavos provinciales. Los romanos consideraban que debían ganar por encima de la paga general. Los efesios como su padre habían aprovechado cada oportunidad.

Nacido y educado en la Ciudad Eterna, Marcus sentía que sus lealtades lo dividían. Era más romano que efesio. Sin embargo, su padre todavía sentía que sus raíces estaban profundamente arraigadas en Éfeso. Pocas noches atrás, su padre había dicho con ira:

—Pagué para ser romano, pero en mi sangre soy y siempre seré un efesio, ¡como lo eres tú!

Marcus se sorprendió por la vehemencia de su padre.

—Alguna vez fue importante ser romano, para asegurarse la protección y la oportunidad —había dicho Décimo, explicando sus motivos para convertirse en un ciudadano—. Me llevó tiempo y esfuerzo. Fue una cosa de honor concedida a unos pocos elegidos que se lo habían ganado. En estos días, cualquier hombre que pueda pagarlo puede ser romano, ¡sea aliado o enemigo! El imperio se ha convertido en una ramera común y, como ramera que es, está enfermo y podrido por dentro.

Su padre parecía resuelto y hablaba con una velocidad irritante de la madre patria que había dejado casi dos décadas atrás. Ni siquiera el liderazgo capaz de Vespasiano sobre el imperio había calmado sus funestas conjeturas. Era como si una fuerza interior desconocida en el viejo Valeriano buscara arrastrarlo de vuelta a Éfeso.

Marcus suspiró y pensó en cosas más placenteras y menos inquietantes. Malonia, con sus ojos verdes y sus tretas experimentadas; Glafira y sus curvas suaves y voluptuosas. Pero, cuando se quedó dormido, la mujer que llenó sus sueños fue la joven judía con las manos levantadas hacia el cielo a su dios invisible.

Julia estaba loca de felicidad de ver a su hermano. Se arrojó en sus brazos, riendo y diciendo lo agradecida que estaba de que hubiera venido. Él la levantó y la besó cariñosamente; luego volvió a ponerla de pie y puso su brazo alrededor de ella mientras salían al patio. Había crecido un poco en los meses que habían pasado desde que la había visto y estaba más bonita que nunca.

—¿Dónde está tu devoto esposo?

—Probablemente en su biblioteca, leyendo atentamente sus pergaminos otra vez —dijo ella, encogiéndose de hombros con indiferencia y haciendo un gesto despectivo con la mano—. ¿Qué te trae a Capua?

—Tú —dijo él, orgulloso de lo bella que era. Sus ojos estaban brillantes y luminosos, todo por él.

—¿Me llevas a alguno de los ludi? Claudio no tiene tiempo con sus estudios y yo me muero por ver cómo entrenan a los gladiadores. ¿Lo harás, Marcus? Oh, por favor, sería tan divertido.

—No veo qué problema habría con eso. ¿Hay alguno en particular que quisieras visitar?

—Hay uno, no muy lejos de aquí. Pertenece a un hombre llamado Scorpus Proctor Carpóforo. Escuché que es uno de los mejores centros de entrenamiento que hay en la provincia.

Los jardines de Claudio eran amplios y hermosos. Gran cantidad de esclavos los podaban, recortaban y desmalezaban para mantener pulcros los senderos. Los pájaros revoloteaban y cantaban desde las ramas altas de los árboles maduros. La familia de Claudio había sido dueña de esta villa por muchos años. Su esposa Helena había fallecido aquí. Marcus no veía ningún indicio de que su fantasma hubiera frustrado la felicidad marital de Julia. Ella parecía más feliz ahora que el día que pronunciaron los votos matrimoniales.

—¿Cómo te está yendo con tu esposo? —preguntó Marcus con una sonrisa burlona.

—Bastante bien —dijo Julia con una sonrisa astuta—. A veces, caminamos por los jardines; a veces, hablamos. —Se rió de la sonrisa pícara que él hizo—. Aquello, también, pero no muy seguido estos días, gracias a los dioses.

Marcus frunció brevemente el ceño cuando ella se adelantó corriendo y se sentó en un banco de mármol, debajo de la sombra de un roble antiguo.

—Cuéntame todo acerca de Roma, Marcus. ¿Qué está pasando allí? ¿Qué chismes me perdí? Me muero por saber.

Marcus habló durante un rato; su hermana estaba completamente absorta en todo lo que él decía. Una sirvienta les trajo vino y frutas. Nunca antes la había visto. Julia la despachó y le sonrió.

—Se llama Catia. Es hermosa, ¿no? Trata de no embarazarla mientras estés aquí, Marcus. Eso molestaría a Claudio en su sentido de decencia.

—¿Vendiste a la muchachita judía que madre te dio?

—¿Hadasa? ¡No me desharía de ella por nada! Es leal y obediente, y ha sido sumamente útil para mí en los últimos meses.

Había un mensaje oculto en la última parte de la frase, pues un tinte de enojo se destacó en sus ojos. Él sonrió fríamente.

—¿En serio?

—Claudio está bastante entusiasmado con ella —dijo y pareció divertida.

Un repentino torrente caluroso de emoción sombría estalló dentro de Marcus. No podía evaluar sus sentimientos, porque lo que le apretaba el estómago era demasiado molesto.

—¿Y estás contenta con la situación? —le preguntó en un tono tranquilo y controlado.

—Más que contenta. ¡Me regocijo! —Su sonrisa se apagó cuando vio la expresión en el rostro de su hermano. Se mordió el labio como una niña de pronto insegura de sí misma—. No necesitas mirarme así. No entiendes lo espantoso que ha sido, Marcus. Apenas podía soportarlo.

Enojándose, la agarró de la muñeca y ella apartó la mirada.

—¿Ha sido cruel contigo?

—No exactamente cruel —dijo ella y lo miró avergonzada—. Solo *insistente*. Se volvió tedioso, Marcus. No me dejaba en paz ni una sola noche. Entonces se me ocurrió la idea de enviarle a Hadasa. Eso no tiene nada de malo, ¿verdad? Ella no es más que una esclava. Tiene la obligación de servir en cualquier cosa que yo decida. Claudio parece perfectamente conforme con el acuerdo. No se ha quejado.

La sangre golpeaba en la cabeza de Marcus.

—Lindo escándalo sería si ella queda embarazada antes que tú.

—No me importa —dijo Julia—. Él puede hacer lo que le guste con ella, siempre y cuando me deje tranquila. No soporto que me toque. —Ella se puso de pie y se alejó de él, limpiándose las lágrimas de sus pálidas mejillas—. No te he visto en meses y ahora estás enojado conmigo.

Él se levantó y fue hacia ella. La tomó firmemente de los hombros.

—No estoy enojado contigo —le dijo suavemente—. Calma, pequeña. —Le dio la vuelta y la abrazó. Él sabía que ese tipo de acuerdos funcionaban en muchas casas. ¿Qué le incumbía a él si su hermana decidía llevar a cabo ese tipo de costumbres en su propio hogar? Mientras fuera feliz, ¿qué importaba lo que hiciera?

Pero sí le importaba. Se dijo a sí mismo que era la preocupación por el matrimonio de su hermana lo que lo incomodaba. Pero la idea de que Claudio tuviera a ambas, a su hermana y a Hadasa, lo exasperaba. Más de lo que hubiera creído posible.

Claudio se les unió. Se veía robusto para ser un hombre de cincuenta años, y se veía contento con su matrimonio. Marcus lo observó con Julia durante el resto de la tarde y hasta la noche. Una cosa estaba clara: Claudio ya no estaba enamorado de ella. La trataba con amable consideración y reserva, pero la chispa había desaparecido de manera notoria.

Julia estaba relajada y siguió preguntándole a Marcus sobre Roma. No hizo ningún esfuerzo por incluir a Claudio en su conversación, ignorándolo casi con descaro. Cuando él intervino en la conversación, ella escuchó con un aire de aburrimiento y paciencia fingida que hizo que Marcus se encogiera por dentro. Sin embargo, Claudio rara vez tenía algo que decir. Escuchó cortésmente su charla, pero no parecía demasiado interesado en los asuntos de estado o lo que había ocurrido en los diversos festivales. Parecía distraído y muy metido y ensimismado en sus cosas personales.

Se reclinaron en los sillones para cenar. Sirvieron un suculento cerdo alimentado con roble como plato principal, pero Marcus tenía poco apetito y comió con moderación. Bebió más vino que lo habitual y la tensión aumentó en él, en lugar de disiparse con la bebida. Hadasa atendía a Julia.

Después de dirigirle un breve vistazo a la judía, Marcus no volvió a mirarla. Sin embargo, se dio cuenta de que Claudio lo hizo varias veces. Una vez, sonrió; una sonrisa afectuosa que hizo que la mano de Marcus apretara su copa de vino. Julia parecía perfectamente contenta.

Los músicos tocaban la zampoña y la lira, sonidos reconfortantes para aliviar al corazón afligido. A continuación del último plato de fruta, Claudio sostuvo en alto su copa de oro y luego le dio vuelta. El vino tinto salpicó el piso de mármol en libación a sus dioses, y de esa manera finalizó la comida.

Julia quería sentarse en los jardines.

—Marcus y yo tenemos muchísimo de qué hablar, Claudio —dijo, tomando a Marcus del brazo y dejando en claro que la compañía de su esposo no sería bien recibida. Marcus vio que Claudio sonrió amigablemente, aliviado.

—Por supuesto, querida mía —dijo él, inclinándose para besarla en la mejilla. Marcus sintió que los dedos de ella se tensaban sobre su brazo. Claudio se incorporó y lo miró.

—Te veré en la mañana, Marcus. Cualquier cosa que desees, solo tienes que decírselo a Persis. —Y los dejó.

—¿Le gustaría un chal, mi señora? —dijo Hadasa—. La noche está fría.

Su voz suave caló en el corazón de Marcus, que sintió un ataque de ira irracional hacia ella. Hadasa salió de la habitación y regresó con un chal de lana, que colocó tiernamente sobre los hombros de Julia. Él la miró abiertamente, pero ella no levantó la mirada hacia él ni una sola vez. Hadasa hizo una leve reverencia y dio un paso atrás.

Mientras estaban sentados en el jardín, Julia quiso que él le contara acerca de todos los combates de gladiadores que había visto en los meses pasados. Marcus le contó varias historias divertidas de combates que habían salido mal.

—El britano soltó su espada y empezó a dar vueltas y vueltas alrededor de la arena. Era pequeño y muy rápido, e hizo quedar al galo como un buey torpe. El pequeño britano debe haber pasado corriendo tres veces junto a su espada y nunca se le ocurrió recogerla. La multitud rugía de risa.

Julia también se rió.

—¿Y el galo lo atrapó finalmente?

—No, y el combate se puso tan aburrido que el galo fue llamado para que saliera de la arena y enviaron a una jauría de perros entrenados. El pequeño britano no duró mucho después de eso. Unos pocos minutos después, se terminó.

Julia suspiró.

—Hace un tiempo, vi a un gladiador corriendo por nuestro sendero con su entrenador. Era muy rápido. Él hubiera atrapado rápidamente a ese britano. —Apoyó una mano sobre el muslo de Marcus—. ¿Cuándo me llevarás al ludus?

—Déjame descansar del viaje aunque sea un día. Entonces, lo

platicaremos —dijo, con una sonrisa distraída. Por más que tratara, no podía dejar de pensar en Hadasa.

—No quiero platicar. Cada vez que lo hablo con Claudio, cambia de tema. Dice que no tiene tiempo para llevarme. Él tiene tiempo. Simplemente no quiere ir. Si me lo niegas, encontraré la manera de ir al ludus yo sola.

—Todavía me amenazas con consecuencias terribles, ya veo —le dijo, sonriéndole.

—No es gracioso. No te imaginas lo aburrido que es vivir en el campo.

—Solía encantarte el campo.

—Por una semana o dos, cuando era niña. Ahora soy una mujer, Marcus. Estoy harta de jugar a las matatenas y a los dados.

—Entonces sienta cabeza y ten algunos hijos —le dijo, pellizcándole la mejilla en broma—. Carda la lana e hila, como madre.

Sus ojos destellaron con resentimiento.

—Muy bien —dijo con seria dignidad y empezó a levantarse.

Riéndose, Marcus la tomó de la muñeca y la hizo sentarse otra vez.

—Yo te llevaré, hermanita. Pasado mañana, haré los arreglos necesarios.

Ella se animó inmediatamente.

—Sabía que no me decepcionarías.

El aire nocturno se puso más frío y regresaron a la casa.

Marcus aprovechó el baño elegante de Claudio. Le resultó divertido cuando Julia le mandó a Catia. Ella sostuvo la toalla mientras él salía del agua y le ofreció frotar su cuerpo con aceites aromáticos y rasparlo. Sin embargo, él la despachó y optó por el masajista de Claudio. Había cabalgado muchas horas y había dormido sobre el suelo duro. Le dolían los músculos y la mano suave de una mujer no era lo que necesitaba. Más tarde, quizás.

Pensaba en Hadasa mientras el esclavo masajeaba sus músculos.

Un poco relajado después del masaje, se retiró a un amplio cuarto de huéspedes y se recostó en la cama. Miró fijamente y con diversión un remilgado fresco de unos niños jugando en un campo de flores. Quizás esta habitación había sido preparada como cuarto para un bebé.

Se le cruzó un pensamiento sombrío. ¿Qué posibilidad tenía Julia de tener hijos si permitía que su criada la suplantara?

Ya era tarde. Había pasado un largo rato desde que Julia se había ido a la cama, así que ya no necesitaría de su sirvienta. Se preguntaba si Hadasa todavía salía al jardín en secreto para orar a su dios. Pensando en encontrarla ahí, se levantó y salió. Cuando no la encontró, volvió a entrar en la casa y llamó a un esclavo.

—Tráeme a Hadasa —dijo y vio un breve destello de sorpresa antes de que el esclavo ocultara sus sentimientos.

—Disculpe, mi señor, pero ella está con el amo.

—¿El amo? —dijo él, enfadado.

—Sí, mi señor. El amo la citó después de la cena. ¿Puedo ofrecerle algo? ¿Le gustaría un poco de vino? —Carraspeó nerviosamente y bajó la voz—. ¿Desea que llame a Catia?

—No —La cena había terminado hacía horas. ¿Habían estado juntos todo ese tiempo? La sangre caliente palpitó en sus venas—. ¿Dónde quedan las habitaciones del amo?

—El amo no está en sus habitaciones, mi señor. Está en la biblioteca.

Marcus lo despidió con un gesto de su cabeza. Él iba a ponerle un freno a lo que fuera que hubiera entre Claudio Flaccus y Hadasa. No podía imaginar por qué Julia había sido tan ingenua como para permitir que esto llegara tan lejos. Salió de su habitación y caminó por el corredor hacia la biblioteca. La puerta estaba abierta.

Mientras Marcus se aproximaba, escuchó hablar a Claudio:

—De todas las leyes que me hablaste en los últimos días, ¿cuál es la más importante, la que suplanta a todas las demás?

—"'Ama al Señor tu Dios con todo tu corazón, con toda tu alma y con toda tu mente'. Este es el primer mandamiento y el más importante. Hay un segundo mandamiento que es igualmente importante: 'Ama a tu prójimo como a ti mismo'. Toda la ley y las exigencias de los profetas se basan en estos dos mandamientos".

Marcus se acercó a la entrada y los vio sentados lado a lado. Hadasa estaba sentada con la espalda recta sobre el borde de un banquillo y con las manos plegadas sobre su regazo. Claudio estaba más cómodo en su sillón, mirando fijamente el rostro de la muchacha. Marcus se recargó indolente contra el marco de la puerta, tratando de mantener la mente fría, a pesar del ataque de ira ardiente que sentía.

—¿Y si tu prójimo es tu enemigo? —dijo con indolencia.

Claudio miró hacia arriba, sorprendido. Obviamente, no le agradó la intromisión. A Marcus no le importó y volvió a prestarle atención a Hadasa. Ella estaba de pie con la mirada baja, esperando que su amo la despidiera.

—Puedes irte, Hadasa —dijo Claudio y se puso de pie.

Marcus no se movió de la entrada y ella no pudo pasar. La estudió desde la punta de la cabeza oscura hasta los pies pequeños calzados en sandalias. Esperó que ella levantara los ojos y lo mirara, pero no lo hizo.

—Pasa y siéntate, Marcus —dijo Claudio, guardando la tinta y las plumas y enrollando el pergamino que estaba sobre el escritorio.

Marcus se enderezó un poco y Hadasa pasó por su costado. Escuchó el andar suave de sus pasos por el pasillo.

—Siempre me lleva varios días adaptarme al silencio después de Roma —dijo Claudio sonriéndole a Marcus con conmiseración.

Marcus entró a la sala. No era el silencio lo que lo mantenía despierto.

—¿Puedo ofrecerte un poco de vino? —dijo Claudio, y sirvió una copa de vino antes de que Marcus le respondiera. Se la ofreció. Marcus la tomó y vio que servía otra para sí. Claudio estaba relajado, con la mirada más brillante de lo que él había notado durante toda la tarde en compañía de Julia. Parecía que Hadasa era una compañía estimulante.

—Lamento haber interrumpido algo entre tú y la sirvienta de mi hermana —dijo con formalidad.

—No necesitas disculparte —dijo Claudio y se reclinó sobre el sillón—. Podemos continuar mañana. —Se puso cómodo—. ¿Quieres hablar acerca de tu hermana?

—¿Tu esposa?

Claudio sonrió ligeramente.

—Cuando a ella le complace —dijo tristemente. Bebió un sorbo de vino y le hizo una seña a Marcus para que se sentara—. Si quieres que te dé mi permiso para llevarla a uno de los ludis locales, lo tienes. Te daré algunos nombres.

—Mañana haré los preparativos —dijo Marcus.

—¿Eso es todo lo que querías decirme, Marcus? —Sentía la tensión del joven, incluso sentía su enojo, aunque no podía deducir a qué se debía.

—¿Está todo bien entre Julia y tú? —dijo.

—¿Ella te dijo que no era así? —dijo Claudio, un poco sorprendido.

Marcus sabía que estaba parado sobre un terreno arenoso. Este era el hogar de Claudio Flaccus, no el suyo. Julia era la esposa de Claudio; Hadasa, su esclava. Marcus no tenía derecho a cuestionar el arreglo que tenía otro hombre con su esposa o cómo usaba a sus esclavos.

—No —dijo despacio—. Me dijo que está contenta. —Sus ojos se estrecharon fríamente—. Julia es demasiado inocente.

Claudio lo estudió más detenidamente.

—¿Qué estás pensando realmente, Marcus?

Marcus decidió ser franco.

—En tu relación con la sirvienta de mi hermana.

—¿Hadasa? —Claudio se acomodó en el asiento y dejó a un lado su vino—. Tu hermana se ganó mi eterna gratitud cuando me la envió. Es la primera judía que me ha hablado libremente sobre su religión. La mayoría nos consideran paganos. Qué gracioso, ¿no? Cada religión considera como pagana a la otra, pero el monoteísmo judío tiene una profunda arrogancia. Hadasa, por ejemplo. Ella es una sirvienta humilde, leal y obediente. Pero hay una cualidad inflexible en cuanto a su fe en su dios.

Se paró y fue hacia sus papiros.

—Hadasa me fascina. En los últimos dos meses he podido adquirir más conocimiento sobre la historia y la cultura religiosa judía que lo que fui capaz de averiguar en años. Sabe mucho sobre su Escritura, a pesar de que la mayoría de las mujeres judías están excluidas de estudiar la Torá. Aparentemente, su padre se la enseñó. Debe haber sido un librepensador. Escucha esto.

Desenrolló su papiro y le colocó un peso encima:

—"Dios mío, Dios mío, ¿por qué Me has abandonado? ¿Por qué estás tan lejos cuando gimo por ayuda? Cada día clamo a Ti, Mi Dios, pero no respondes; cada noche levanto Mi voz, pero no encuentro alivio".

Claudio levantó la mirada.

—¿Escuchas la angustia en estas palabras? Tenía lágrimas en los ojos la noche que me citó estos pasajes. Para ella no eran solo palabras poéticas. —Pasó sus dedos por las columnas de escritura.

—Dijo que la caída de Jerusalén fue anunciada por causa de la injusticia de su pueblo. Ella cree que su dios está involucrado en todo lo que pasa en la tierra.

—Como Zeus.

Claudio levantó la vista.

—No. No como Zeus. Su dios es absoluto; no comparte su dominio con una infinidad de dioses y diosas. Ella dice que es inalterable. Él no piensa como un hombre. Espera un minuto. Te leeré sus propias palabras al respecto. —Sacó otro rollo y lo desplegó sobre la mesa y buscó nuevamente.

—Aquí está. 'Dios no es un hombre, por lo tanto, no miente. Él no es humano, por lo tanto, no cambia de parecer. ¿Acaso alguna vez habló sin actuar? ¿Alguna vez prometió sin cumplir?' —Claudio levantó la vista, con la mirada encendida y divertida—. Me contó una historia graciosa junto con ese pasaje de la Escritura. Era sobre un rey llamado Balac, que contrató a un profeta llamado Balaam para que maldijera a Israel. Yendo a reunirse con el rey, el asno de Balaam se detuvo en el camino porque un ángel con una espada bloqueó el paso.

—¿Un ángel? —dijo Marcus, sin comprender.

—Un ser sobrenatural que trabaja para su dios —dijo Claudio rápidamente—. Hadasa dijo que estos seres se les han aparecido a los hombres a lo largo de toda la historia. Portadores de mensajes como Mercurio. Son siervos de su dios —hizo un gesto con la mano finalizando su explicación—. Como sea, el profeta trató de golpear al asno para que se moviera, pero el asno se puso firme y, finalmente, le *habló* —se rió—. Cuando el profeta llegó al rey, cada vez que trataba de maldecir a Israel, la maldición se convertía en bendición —soltó el pergamino y lo enrolló rápidamente, colocándolo en una pila con los demás.

Marcus los miró e imaginó las horas del tiempo con Hadasa que representaban.

—Hadasa cree que su dios se interesa personalmente en cada uno de nosotros, seamos judíos o no. Dice que la Escritura judía es la lámpara que ilumina su andar en la vida —señaló otro pergamino—. Asegura que es imposible que su dios mienta. Cuando él hace una promesa, la mantiene hasta el fin de los tiempos. Su bondad amorosa nunca se termina y su compasión nunca falla.

Marcus se rió sardónicamente.

—Tito me contó que más de un millón de judíos murieron en la destrucción de Jerusalén, miles sin contar crucificados. Si esa es la clase de bondad y compasión que su dios le confiere a su pueblo, es un milagro que los judíos no estén desbordando los templos de Artemisa y de Apolo.

—Mis pensamientos exactos. También hemos estado discutiendo eso. Ella considera que la destrucción de Jerusalén es un castigo a Israel por su deslealtad. Dice que su dios usa la guerra y el sufrimiento como medios para hacer volver a su pueblo. Un concepto interesante, ¿no? ¡El sufrimiento como un medio de protegerlos y mantenerlos dentro de su fe! Ella dijo algo más que me resultó intrigante. Al parecer, un hombre llamado Jesús de Nazaret profetizó la destrucción de Jerusalén. Su propio pueblo lo crucificó, pero ella dice que todos los profetas judíos terminaron mal. Algunos judíos adoran a este Jesús como el hijo encarnado de su dios. Cristianos, así es como se llaman a sí mismos. Es un culto judío.

—Recordarás que Nerón trató de aniquilarlos después del incendio de Roma —dijo Marcus.

—Sí. Una de las cosas que creen es que el mundo se terminará por medio del fuego, y que este Cristo regresará con un ejército y formará su propio imperio en la tierra.

Marcus tenía poco interés en el estudio comparativo de los cultos religiosos del imperio de Claudio.

—Entonces, ¿tengo razón de suponer que no estás acostándote con ella?

Claudio levantó la mirada de sus pergaminos.

—¿Con Julia?

—Con Hadasa.

—¿Hadasa? Pero si no es más que una niña.

—Tiene la misma edad que mi hermana —dijo Marcus con frialdad.

Claudio se sonrojó. Transcurrió un momento largo y penoso antes de que respondiera lentamente y con solemne dignidad:

—Tu hermana es mi esposa, Marcus. Tienes mi promesa de que le seré tan fiel a ella como lo fui con Helena.

Marcus rara vez se avergonzaba, pero sintió una oleada de vergüenza al ver la expresión del rostro de Claudio. No solo lo había lastimado; había abierto una vieja herida.

—Estaba preocupado por mi hermana —dijo, tratando de justificar su grosería imperdonable—. Acepta mis disculpas, si te he insultado.

Pasó otro momento largo y silencioso antes de que Claudio hablara.

—Disculpas aceptadas —dijo.

Marcus terminó su vino y dejó la copa en la mesa.

—Que pases una buena noche, Claudio —le dijo en voz baja, y se fue de la biblioteca.

—¡Se fue a Roma! —dijo Julia, arrojando su chal a un lado y hundiéndose desanimada en el diván.

—¿Su hermano, mi señora? —dijo Hadasa, recogiendo el chal y doblándolo cuidadosamente.

—No. El gladiador que vimos en el camino hace cinco semanas. Averigüé que se llama Atretes. Mató al lanista del ludus y fue vendido a un hombre llamado Bato, que entrena a los gladiadores del emperador. Hace un mes se lo llevaron a Roma. —Miró hacia otro lado, con su bello rostro marcado por la amargura—. Y yo estoy atrapada aquí en Capua. Octavia lo verá pelear antes que yo. Probablemente beberá vino con él en una de las fiestas previas a los juegos. —Se le llenaron los ojos con lágrimas de autocompasión.

Aunque Hadasa controló su expresión para que no demostrara sus sentimientos, se sentía aliviada de que el gladiador se hubiera marchado. Quizás ahora Julia lo apartaría de su mente y buscaría a su esposo. Claudio no la decepcionaría. Era bueno e inteligente, sensible y cariñoso. Conociendo los sentimientos de Julia, Claudio no la presionaría para que cumpliera con sus obligaciones maritales. Si Julia se daba tiempo, podría aprender a amarlo por el hombre que era.

Hadasa oraba incesantemente por los dos.

Ella pasaba largas horas en la biblioteca con Claudio. Hacerlo la entristecía, pues él era un hombre solitario. La búsqueda del conocimiento mantenía ocupada su mente, pero no lo satisfacía. Ella trataba de brindarle el conocimiento de Dios por medio de las Escrituras que su padre le había enseñado. Quería hablarle de Cristo. Pero, ¿cómo podía hacerlo? Si él no creía en el Creador, en la caída del hombre o en la necesidad de la redención, rechazaría al Señor.

Claudio no parecía captar la importancia de ninguna cosa que ella le dijera. Como con Julia, las lecciones sobre la verdad eran solo historias para pasar el rato, algo para escribir en uno de sus pergaminos. El Dios santo estaba apilado entre miríadas de dioses que había en todo el imperio, simplemente un culto adicional u otra religión interesante de Roma.

Eso apenaba a Hadasa. Claudio estaba perdido y ella le estaba fallando al igual que le estaba fallando a Julia. Estaba fallándole al Señor. Su padre habría sabido qué decir para abrirles los ojos y los oídos a Jesús.

Había otra cosa que molestaba a Hadasa tanto como la inutilidad de la búsqueda de Claudio por el conocimiento de este mundo. Julia estaba apartándose de su esposo cada vez más. Y ahora, en lugar de buscar el contacto con su esposa, Claudio seguía buscando a Hadasa. Al principio, solo había sido en la biblioteca durante las horas de la noche, después de que Julia ya no la necesitaba. Y siempre hablaban de la cultura y la religión judía. Pero durante la última semana, Claudio la había convocado dos veces al mediodía, cuando ella estaba sirviendo a Julia y a Marcus. Hoy la había citado en los jardines tan pronto como Marcus y Julia se habían ido de la villa a dar un paseo.

Persis vino a buscarla. Él dirigía a los esclavos domésticos y le era leal a Claudio... y despreciaba cómo Julia trataba a su amo.

—Le has dado a mi amo un nuevo motivo para vivir —le dijo Persis mientras la llevaba hasta Claudio—. Todos creímos que se suicidaría cuando perdió a la señora Helena. Él se casó con Julia porque es parecida a su difunta esposa. Fue una broma cruel de los dioses. —Hizo una pausa y puso su mano en el brazo de ella—. Ofrecerte al amo fue el único acto desinteresado que la señora Julia ha hecho desde que llegó aquí. Has sido buena con Él. —Hizo una señal con su cabeza hacia la puerta abierta—. Él te espera en los jardines.

Hadasa estaba mortificada por la vergüenza. Sabía que los

esclavos de la casa que estaban en contacto con Julia sentían aversión por ella. ¿Esperaban que Claudio rechazara a su esposa a favor de una simple esclava? ¡Que no fuera así! Fue hacia Claudio con renuencia, avergonzada de estar en su presencia al aire libre.

Claudio le habló sobre los gladiadores. Aunque como todos los romanos había asistido a los juegos, presenciar la muerte de un hombre era algo repugnante para él. La fascinación que tenía Julia por eso lo perturbaba.

—¿Iba a menudo a los juegos cuando estaba en Roma?

—No, mi señor. Su hermano la llevó pocas veces.

—¿Décimo lo incentivaba?

Hadasa se ruborizó.

Claudio le sonrió.

—No estás rompiendo una confianza sagrada al contarme algo sobre mi esposa, Hadasa. Esto no irá más allá de mis oídos.

—El amo no lo sabía —dijo ella.

—Creí que no, aunque imagino que lo sospechaba. Es difícil impedirle a Julia que haga lo que le plazca.

Le preguntó si los judíos tenían grandes guerreros. Hadasa le habló de Josué cuando tomó Jericó y puso el temor de Dios en los cananeos. Le contó cómo el hijo del rey Saúl, Jonatán, y el portador de su armadura treparon una colina y derrotaron a una guarnición de filisteos, cambiando, de ese modo, el curso de toda una guerra. Le contó la historia de Sansón.

Claudio se rió con tristeza.

—Este Sansón del que me hablas parece haber tenido una debilidad fatal por las mujeres infieles. Primero, la esposa que lo traicionó; luego, la prostituta de Gaza y, finalmente, la bella pero maliciosa Dalila. —Sacudía su cabeza mientras caminaba por el sendero con ella, con las manos apretadas detrás de su espalda—. Una cara bonita y un cuerpo hermoso enceguecen al hombre más rápido que cualquier atizador en sus ojos —suspiró—. ¿Todos los hombres son esclavos de sus pasiones, Hadasa? ¿Todos los hombres son unos tontos, cuando se trata de mujeres? —Miró fijamente hacia adelante, sus pensamientos estaban lejos—. ¿...como lo fui yo cuando me casé con Julia?

Afligida por sus palabras y su estado de ánimo, Hadasa se detuvo en el sendero y, sin pensar, apoyó su mano sobre el brazo de él. Parecía tan desalentado, tan desesperado. Quiso consolarlo.

—No piense eso, mi señor. No fue un error el casarse con mi señora. —Buscaba frenéticamente la manera de explicarle y justificar los defectos de su ama—. Julia es inexperta. Dele tiempo.

Claudio sonrió con tristeza.

—Sí, es inexperta. Nunca ha sufrido la adversidad. Nunca ha

sufrido hambre ni necesidad alguna. Nunca le arrebataron nada —hablaba sin rencor—. Pero el tiempo no cambiará las cosas.

—Todas las cosas trabajan para bien, mi señor.

—El bien ha llegado como producto de mi matrimonio —le tocó suavemente la mejilla—. Te tengo a ti —sonrió con remordimiento cuando las mejillas de Hadasa se sonrojaron y ella miró hacia abajo—. No te angusties, querida. Después de las primeras semanas de estar casado con Julia, vi que mi vida se desplegaba delante de mí como un páramo. Ahora, mientras te tenga a ti, puedo soportarlo todo.

Claudio le inclinó el mentón y contempló sus ojos llenos de lágrimas un rato largo, mientras la analizaba con ternura.

—La pasión no dura más que un momento; la compasión, toda la vida —dijo suavemente—. El hombre necesita una amiga, Hadasa. Alguien con quien hablar y en quien confiar. —Se inclinó y le besó la frente, como solía hacer su padre. Poniéndose derecho, deslizó sus manos por los brazos de Hadasa y le tomó las manos con firmeza—. Estoy agradecido. —Le besó los nudillos y la soltó y, luego, la dejó a solas en el jardín. Ella se sentó en un banco y lloró.

Ahora, observando la expresión hosca de Julia que miraba fijamente por la ventana hacia el jardín, enojada porque el gladiador se había marchado a Roma, Hadasa volvió a preguntarse qué podía hacer para estimular y renovar el amor de Claudio por su joven esposa. No estaba bien que él recurriera a ella.

—El amo está en su biblioteca, mi señora. Usted podría disfrutar de su compañía —dijo Hadasa con dulzura.

Julia la miró irritada.

—Me muero de aburrimiento con Claudio. Mejor que se ocupe de sus pergaminos que de mí. —Suspiró y volvió a mirar hacia otra parte; parecía más una niña vulnerable que una esposa joven, petulante y egoísta—. Estoy cansada y tengo la garganta seca.

Hadasa le sirvió una copa de vino.

—Tiene los pies llenos de polvo. ¿Quiere que se los lave? —Julia asintió con indiferencia y Hadasa salió a buscar la tinaja.

Marcus entró a la habitación. El estómago de Hadasa se estremeció extrañamente cuando saludó a Julia. Sentía que el pulso se le aceleraba mientras él se acercaba; era como si su sola presencia le produjera un cosquilleo y le calentara la sangre. Se puso de rodillas con los ojos siempre mirando hacia abajo y vertió agua sobre los pies polvorientos de Julia. Colocó aceite aromatizado en la palma de la mano y comenzó a masajear suavemente los pies de Julia mientras ellos conversaban.

—¿Disfrutaste tu visita al ludus, hermanita? ¿O se arruinó

todo por la ausencia de tu germano? —Estaba divertido, no la regañaba.

—Estuvo bien. El combate entre el reciario y el tracio fue entretenido.

—No parezcas tan entusiasmada —dijo él, divertido, observando cómo Hadasa masajeaba los pies de su hermana. Sus manos parecían suaves pero firmes—. Estuve hablando con Claudio. Tiene un gran estudio sobre las religiones del imperio.

—No me interesa en lo más mínimo qué está haciendo Claudio —dijo Julia, enojada ante la mención de su esposo.

—Sería aconsejable que te interese —dijo Marcus terminantemente y Hadasa sintió que la miraba tan fijamente a sus espaldas que era como si estuviera tocándola. Ella se había dado cuenta de su mirada más de una vez durante su visita sombría, absorbente... y acusadora.

—Claudio es libre de hacer lo que le plazca —dijo Julia—. Por los dioses, ojalá yo pudiera ser tan libre como un hombre. —Retiró abruptamente los pies, salpicando agua al rostro de Hadasa—. Sécame los pies —le ordenó enojada—. Voy a caminar por los jardines. —Miró a su hermano hoscamente— Sola.

—Como desee tu corazón, hermanita —dijo Marcus en tono de burla—. Semejante dulce disposición merece estar en soledad.

Cuando Julia salió de la habitación, Hadasa recogió la toalla mojada, el frasquito de aceite aromático y la tinaja de agua sucia. Avanzó para irse, pero Marcus le obstruyó el paso.

—No te apures tanto. Mis pies también están sucios —dijo—. Vacía la tinaja en la maceta de esa planta de allá y vuelve aquí.

Hadasa hizo lo que le había ordenado. Cuando volvió, él se sentó en el sillón. Se arrodilló a sus pies; las manos le temblaban mientras le quitaba las sandalias. Levantó el cántaro a medio llenar y casi lo dejó caer. Aferrando firmemente el asa, vertió agua sobre sus pies y lo dejó a un costado nuevamente. Podía sentir que él tenía toda su atención puesta en ella cuando se puso el aceite en sus manos y se las frotó, antes de empezar a masajearle los pies. Él dejó escapar un sonido desde lo profundo de su garganta que a ella le provocó una explosión de sensaciones extrañas en la boca del estómago.

—¿Qué relación hay entre el marido de mi hermana y tú? —le preguntó en tono amenazante.

Su pregunta la tomó por sorpresa y la confundió.

—Él está interesado en la religión de mis ancestros, mi señor.

—¿Solamente en tu religión? —dijo, escéptico—. ¿Nada más? —De pronto se estiró, la agarró bruscamente del mentón y levantó su cabeza. Al ver sus mejillas con un color rojo intenso, se enojó—. ¡Respóndeme! ¿Te has convertido en su concubina?

—*No*, mi señor —dijo ella, sonrojándose con dolor—. Hablamos de mi pueblo y de mi Dios. Hoy, él habló de los gladiadores y de Julia.

Su mano se suavizó. Ella lo miró con sus oscuros e ingenuos ojos. Inocente.

—¿Alguna vez te tocó? —La soltó y ella volvió a bajar la cabeza.

—No de la manera a la que usted se refiere.

Un calor furioso corrió por su cuerpo.

—¿De qué manera, entonces?

—Hoy apoyó su mano en mi hombro. Me tomó las manos y...

—¿Y?

—Las besó, mi señor. —Lo miró—. Dijo que todo hombre necesita una amistad, pero no está bien que sea yo, mi señor. Se lo ruego. Hable con su hermana, mi señor. Dígale que sea amable con su esposo. Solo amable, si así lo desea. Él es un hombre solitario. No es correcto que tenga que recurrir a una esclava para buscar compañía.

—¿Te atreves a criticar a Julia? —dijo Marcus. Vio que las mejillas de Hadasa se encendían y luego se ponían completamente blancas. Prosiguió—: Según tus palabras, ella no cumple con sus obligaciones matrimoniales y es poco amable con su esposo.

—No fue mi intención criticarla, señor. Que Dios me castigue duramente si le estoy mintiendo. —Lo miró suplicante—. La señora Julia no es feliz. Y su esposo tampoco.

—¿Qué esperas que haga al respecto?

—Ella lo escucha a usted.

—¿Crees que porque hable con Julia algo cambiará? —*Menos de lo que ella podría pensar*—. Termina con mis pies —dijo él secamente y Hadasa lo hizo con manos temblorosas. Secó sus pies con cuidado y ajustó las correas de sus sandalias. Él se puso de pie y se apartó de ella, con sus emociones agitadas.

No necesitaba que Hadasa le remarcara que el matrimonio de su hermana se estaba haciendo pedazos y que Julia no hacía nada en absoluto para detenerlo. Eso lo preocupaba, pero lo que más lo corroía era que Hadasa pasara horas con Claudio en la intimidad de la biblioteca. Ella dijo que Flaccus necesitaba una amistad. ¿Solamente eso necesitaba? Marcus se decía a sí mismo que quería poner las cosas en su lugar en el matrimonio de Julia por la felicidad de su hermana. De pronto, vio la realidad: él lo deseaba no por su hermana, sino para que Claudio dejara en paz a Hadasa, y darse cuenta de eso puso el dedo en la llaga.

Marcus se volvió para mirar a Hadasa, que estaba recogiendo la toalla, el frasquito de aceite y la tinaja. Cada vez que la veía estaba más hermosa, y no porque él viera un gran cambio físico en ella. Todavía estaba demasiado delgada, tenía los ojos muy grandes, la boca muy carnosa y la piel demasiado oscura. El cabello le había crecido hasta los hombros, pero, mirándola de manera crítica, todavía era feúcha. Sin embargo, había algo hermoso en ella.

Se dio cuenta de que ella temblaba considerablemente y sintió una rara punzada de culpa por haberla asustado tanto. Era solo una esclava. A él no tenía por qué importarle lo que sintiera, pero le importaba. Le importaba demasiado. Odiaba la forma en que Claudio la miraba.

Y, entonces, mientras la observaba y se empapaba de la sensación de tenerla cerca, se sacudió al darse cuenta de otra cosa: ¡estaba celoso! Por todos los dioses, qué cómico. Estaba celoso por una *esclava*. Él, un ciudadano romano de nacimiento, estaba parado allí, intrigado por una pequeña judía flacucha de grandes ojos oscuros que temblaba cuando lo veía. ¡Cómo se reiría Arria!

La situación era absurda, pero no era inusual. Antígono tenía amoríos con sus esclavos, hombres y mujeres. Marcus pensó en Bitia, que lo buscaba en el secreto de la oscuridad, caliente y deseosa. No, no era raro usar a una esclava para una cómoda gratificación sexual.

Observó a Hadasa volcar el agua en la maceta de la palmera y luego volver a colocar el cántaro vacío dentro de su tinaja. Lo único que tenía que hacer era darle la orden. El corazón le latió más rápido. Ella se incorporó con la tinaja y el cántaro en las manos y la toalla mojada sobre el brazo. Cruzó la habitación, guardó ambos en un pequeño armario y colocó el frasquito arriba de todo, con otra media docena. Volvió a enderezarse, ahora con la toalla mojada en la mano.

Marcus recorrió su cuerpo delgado con la mirada; llevaba puesto un vestido marrón de lana sujeto por una tela rayada que proclamaba su herencia cultural. Una judía. Los judíos tenían un sentido ridículamente inflexible de la moral. La virginidad hasta el matrimonio, la fidelidad hasta la muerte. Sus restricciones desafiaban la naturaleza del hombre, pero él podía hacerla quebrantar todas sus leyes con una sola palabra. Lo único que tenía que hacer era darle una orden y ella tendría que obedecer. Si no lo hacía, podía castigarla de la manera que él eligiera, incluso con la muerte, si así lo deseaba. Él tenía en sus manos el poder sobre su vida.

Ella lo miró.

—¿Desea alguna otra cosa, mi señor?

Cada mujer con la que había estado, había llegado a él por propia voluntad o buscándolo: Bitia, Arria, Fannia, y muchas otras antes y después de ellas. Si él le daba la orden a Hadasa, ¿se derretiría en sus brazos o lloraría sin parar porque la había deshonrado?

Lo sabía. Ella no era como las demás.

—Vete —le dijo con frialdad.

No se le ocurrió sino hasta que volvió cabalgando a Roma que, por primera vez en su vida, había puesto los sentimientos de otro por encima de los suyos.

12

Atretes no estaba preparado para el esplendor y la magnificencia de Roma. En los densos bosques de Germania había visto a los legionarios bien disciplinados y experimentados, vestidos con sus armaduras y sus faldas de cuero y tachonadas de latón. Había enfrentado la crueldad astuta de los oficiales. Pero nunca se había imaginado la población pululante de Roma misma, la cacofonía de los idiomas, la masa de ciudadanos y extranjeros por igual que invadían la ciudad como hormigas, las columnas y edificios de mármol reluciente, la tremenda diversidad de Roma.

La arteria principal del imperio, la Vía Apia, estaba cargada de viajeros de diversas regiones del imperio y todos clamaban por ingresar. Las carretas congestionaban la calzada, tan cerca una a otra como fuera posible, esperando que se levantara la prohibición al atardecer y se abrieran las puertas. Bato, al servicio del emperador, encabezaba la fila. Los guardias romanos ya habían examinado sus papeles e inspeccionado su cargamento de gladiadores. Cuando las puertas se abrieron, Atretes pudo sentir la ráfaga de adrenalina cuando las carretas, los carros, los bueyes y la humanidad presionaban a sus espaldas para entrar a la ciudad.

El ruido y la presión dentro de las puertas de la ciudad marearon a Atretes. Griegos, etíopes, bárbaros de Gran Bretaña, galos bigotudos, campesinos de España, egipcios, capadocios y partos se abrían paso a empujones por las atestadas vías públicas. Un romano iba reclinado en una litera apenas cubierta por un velo y llevada en alto por cuatro bitinios. Otra, cargada por númidas, pasó al costado. Los árabes ataviados con *kufiyas* rojas y blancas se mezclaban con bárbaros de Dacia y de Tracia. Un griego insultó a un comerciante sirio.

Las calles estaban flanqueadas por tiendas. Las tabernas de vino punteaban las calles a ambos lados, todas atestadas de clientes. Entre ellas, atorados tan cerca unos de otros que parecían tener paredes comunes, estaban los fruteros y los vendedores de libros, los perfumistas y los sombrereros, los tintoreros y los floristas. Algunos voceaban sus mercancías y servicios a los transeúntes. Un soplador de vidrio llamaba la atención hacia su tienda presentando su arte con un estilo dramático, mientras que un talabartero pregonaba sus sandalias desde lo alto de un cajón. Una mujer gorda con una toga azul, seguida por dos niños igual de gordos vestidos de blanco, entraron a una joyería en busca de más de lo que ya adornaba su cabello, su cuello, sus brazos y sus dedos. Al otro lado de la calle se había reunido una muchedumbre para observar a dos legionarios endurecidos discutir con un curtidor. Uno se rió cuando el otro empujó al tendero hacia una pila de productos de cuero.

La cabeza le palpitaba a Atretes que estaba sentado, encadenado a la carreta, asimilando la ciudad. Asombrado, lo único que podía hacer era mirar en silencio. En cualquier dirección que mirara había edificios: pequeñas tiendas y grandes emporios; viviendas sórdidas y casas espléndidas; templos gigantes de mármol con blancas columnas relucientes y *fana*, los templos más pequeños dorados y cubiertos de mosaicos, que albergaban a los devotos.

Roma estaba encendida de color. Se estaban construyendo edificios enormes de granito rojo y gris, alabastro, pórfido púrpura y rojizo de Egipto, mármol negro y amarillo de Numidia, mármol *cipollino* verde de Eubea y rocas blancas de las canteras de Carrara, cerca de Luna. Todos los días se levantaban viviendas construidas de madera, ladrillos y estuco encalado. Hasta las estatuas eran pintadas con colores llamativos, algunas adornadas con telas vistosas.

En medio de la grandiosidad, el hedor de la ciudad imperial hacía que la cabeza de Atretes diera vueltas y el estómago se le retorciera. Anhelaba el aire limpio y fresco de su tierra, el aroma fuerte de los pinos. Sentía el olor dulzón de la carne que se cocinaba, mezclado con el del Tíber contaminado y el del insoportable sistema de cloacas de la ciudad, la *Cloaca Máxima*. Una mujer lanzó desperdicios desde la ventana del segundo piso de un edificio de departamentos, apenas esquivando a una esclava griega que cargaba los bultos de su ama. Otro peatón fue menos afortunado. Empapado por los desperdicios, se puso a gritar insultos a la mujer de arriba, quien dejó a un lado el balde y puso su canasta de ropa en el alféizar de la ventana. Mientras él seguía despotricando, ella lo ignoró y colocó varias túnicas sobre la línea de lavado.

Atretes añoraba la sencillez de su aldea y el consuelo del hogar comunal de troncos y del fuego purificador. Añoraba el silencio. Añoraba la privacidad.

Hombres y mujeres de todas las nacionalidades miraban boquiabiertos a Atretes y a los otros que estaban en la carreta. Avanzaban muy lentamente en medio del tráfico cargado y la gente tenía mucho tiempo para acercarse, hacer comentarios ofensivos y propuestas. Parecían tener un interés particular en él. Un hombre lo tocó de una manera que le erizó los pelos de la nuca. Atretes se abalanzó contra él con el único deseo de partirle el cuello, pero las cadenas se lo impidieron. Bato dio una orden y varios guardias se acercaron a la carreta para mantener alejados a los admiradores. Pero eso no impidió que los siguieran y les gritaran propuestas lascivas.

En Germania, a los hombres que tenían deseos sexuales por otros hombres los ahogaban en una ciénaga; de esa manera ocultaban para siempre su perversidad del resto del mundo. Ah, pero en Roma, confesaban abiertamente su repugnante pasión; la proclamaban desde lo alto de las azoteas, en las esquinas y en las calles, y se pavoneaban orgullosos como pavos reales.

Atretes sentía un desprecio ardiente en su corazón. Roma, supuestamente pura y majestuosa, era una ciénaga apestosa de humanidad vulgar que se ahogaba en la inmundicia de la inmoralidad. Su odio se acentuó y un orgullo aún más violento creció dentro de él. Su pueblo era puro y no se había contaminado con quienes lo habían conquistado. Roma, por otra parte, acogía y absorbía a sus derrotados. Roma toleraba cualquier exceso, aceptaba todas las filosofías, estimulaba todas las aberraciones. Roma se unía con cualquiera que llegaba.

Cuando la carreta entró rodando por las puertas de la Gran Escuela, Atretes se sintió aliviado de estar en un entorno conocido. Fue como si, una vez que atravesó las puertas gruesas y estuvo dentro de las altas paredes de piedra de la escuela de gladiadores, estuviera en casa. Era una sensación perturbadora.

Había poca diferencia entre este ludus y el de Capua. Este poseía un gran edificio rectangular que tenía un patio abierto en el medio, donde los hombres estaban practicando. Alrededor del patio corría un pasillo techado que conectaba pequeñas habitaciones. Había una cocina, un hospital, un depósito de armas, cuarteles para los entrenadores y los guardias, una prisión con grilletes, hierros para marcar y látigos. Así que este ludus también tendría una pequeña celda de confinamiento en la que un hombre no tenía espacio para sentarse ni estirar las piernas. Lo único que faltaba era el gran cementerio. Iba contra la ley enterrar a los muertos dentro de las murallas de Roma.

Aun después de que las puertas se cerraron tras él, seguía escuchando los sonidos de la ciudad. Ahora que el sol se había puesto estaba oscuro y las antorchas iluminaban su camino. Atretes luchó contra la desesperación que lo ahogaba mientras lo llevaban a su cuarto. Aunque lograra escapar de este lugar, tendría que cruzar la ciudad y pasar sus puertas y los guardias. Y aun si lograra salir de Roma, estaba tan lejos de su tierra natal que ni siquiera sabía cómo volver.

Empezó a comprender por qué registraban a cada hombre antes de entrar en su celda y por qué los guardias caminaban en lo alto de un lado al otro durante las horas largas y oscuras de la noche. La muerte comenzaba a parecer un amigo.

La vida volvió a la rutina. En la Gran Escuela, la comida era mejor y más abundante que la que recibía bajo Scorpus Proctor Carpóforo. Atretes se preguntaba si tendría otro lanista igual de arrogante y estúpido que reemplazara a Taraco.

Bato demostró ser una clase de hombre diferente de los que Atretes se había cruzado durante su cautiverio. El etíope era inteligente y astuto. Más duro que Taraco, nunca recurría a la burla, a la humillación o al abuso físico innecesario para lograr lo que quería de sus aprendices. Atretes lo respetaba con reticencia, algo que racionalizaba diciéndose a sí mismo que Bato no era un romano y que, por lo tanto, era aceptable. Escuchando las conversaciones de los demás, se enteró de que tenía algo en común con el hombre negro. Bato había sido líder de su tribu, el hijo mayor de un cacique que había sido asesinado en una batalla por una legión romana.

Bajo el tutelaje de Bato, Atretes aprendió a ser tan hábil con su mano izquierda como lo era con la derecha. Para aumentar su musculatura, Bato lo hacía usar armas que pesaban el doble de las que Atretes usaría en la arena. Bato lo ponía en combates con otros gladiadores que tenían mucha más experiencia que él, varios de los cuales ya habían peleado en la arena. Atretes fue herido dos veces en las luchas de práctica. Bato nunca detenía la pelea a vista de la primera sangre. Esperaba hasta que la vida estuviera en la cuerda floja antes de interceptar un golpe mortal.

Atretes se esforzaba más que los demás. Escuchaba y observaba en silencio, estudiando cuidadosamente a cada hombre, sabiendo que su vida dependía de lo que aprendiera en ese infame lugar.

A veces venían mujeres al ludus: mujeres romanas a las que les parecía divertido seguir los pasos de un gladiador. Bajo la mirada atenta de varios guardias armados, hacían maniobras con los aprendices. Vestidas con túnicas cortas como las de los hombres, exhibían sus piernas. Atretes contemplaba con desdén a dichas mujeres. Eran arrogantes en su insistencia de que eran tan buenas como cualquier hombre, y al mismo tiempo exigían que las consintieran.

La madre de Atretes había sido una mujer fuerte, capaz de entrar en la batalla cuando era necesario. Sin embargo, nunca la escuchó afirmar que ella era mejor, ni igual, que cualquier hombre, ni siquiera al más débil de los hombres de la tribu. Su esposo era Hermun, el jefe de los catos, y no había ninguno que lo igualara.

Su madre era una hechicera y adivina, y nadie entre todos los catos había podido igualarla tampoco. Era considerada una diosa por derecho propio.

Atretes pensó en Ania, su joven esposa. Su dulzura había despertado en él una tierna actitud protectora. Él había querido mantenerla a salvo, pero los dioses de los bosques se la habían quitado, así como a su hijo.

Miró a una joven romana que hacía ejercicios con los hombres. Ninguna mujer de su tribu andaría así, vestida como un hombre y blandiendo una espada, como si la sola mención de que era mujer la enardeciera de rabia y vergüenza. Atretes torció la boca con desprecio. Estas mujeres romanas venían al ludus desdeñando a los hombres y entonces se esforzaban para ser como uno de ellos.

Se dio cuenta de que nunca desafiaban a los que estaban bien entrenados. En cambio, elegían a los novatos más pequeños sobre los cuales probaban sus espadas, y se pavoneaban cuando derramaban sangre. Creían que habían demostrado ser iguales. ¡Qué gracioso! Todos los gladiadores contra los que peleaban estaban limitados por leyes sobreentendidas; pues solo las mujeres romanas libres iban a disputar juegos con los gladiadores y un solo rasguño sobre la piel blanca y bonita de una romana podía costarle la vida a un hombre, a menos que la mujer fuera justa e imparcial y hablara lo suficientemente rápido para que lo perdonaran.

Al ludus también iban otras mujeres, no para pelear, sino para observar desde los confines seguros de los palcos. Bato lo permitía porque había gladiadores que se esforzaban más cuando los miraba una mujer, en particular si era bonita. Los hombres exhibían su fuerza, se pavoneaban y se ponían en evidencia, mientras las mujeres se reían desde los salones con vista al patio. Otros, como Atretes, ignoraban su presencia, entrenando su mente con las lecciones que todavía debían aprender.

Los hombres romanos también iban al ludus para entrenarse, pero a Atretes lo mantenían lejos de ellos. Había estado entrenando durante tres meses, cuando un joven aristócrata romano que se consideraba muy hábil como gladiador lo divisó y le dijo a Bato que quería pelear con él. Bato intentó disuadirlo de la idea, pero el joven romano, seguro de su propia habilidad, insistió.

Bato llamó a Atretes y le hizo una seña para que se acercara.

—Dale una buena pelea, pero no derrames sangre —le dijo.

Atretes le echó un vistazo al joven aristócrata que practicaba blandiendo su gladius y le sonrió a Bato.

—¿Por qué querría yo derramar sangre romana?

Atretes mantuvo una distancia calculada, permitiendo que el

joven avanzara y demostrara su entereza y su habilidad. Atento y cauteloso al principio, el bárbaro analizó a su oponente hasta que reconoció sus debilidades. A los pocos minutos, hasta para el necio joven era evidente quién era el maestro. Atretes jugueteó con él hasta que el sudor cubrió de gotas el rostro y el cuerpo del romano y el miedo brilló vívidamente en sus ojos.

—Retrocede, Atretes —lo llamó Bato.

—¿Esto es lo mejor que tiene Roma para ofrecer? —Sonriendo, Atretes hizo un movimiento veloz e hizo un pequeño corte en el rostro del romano. El hombre tomó aire y se echó hacia atrás, dejando caer su gladius, y Atretes dejó una delgada línea de sangre sobre el pecho del romano. Al ver la sangre, una ráfaga de calor estalló en el cerebro del bárbaro y profirió un grito de guerra mientras levantaba y hacía girar la espada, que resonó contra el acero cuando Bato bloqueó el golpe.

—Otro día —dijo Bato en voz baja, sujetando el brazo de Atretes con una firmeza inquebrantable. Respirando pesadamente, Atretes miró al lanista a los ojos oscuros y vio un entendimiento absoluto.

—Otro día —aceptó entre dientes y soltó su arma.

El romano, que había salvaguardado su orgullo lo suficiente como para sacudirse el polvo, volvió a la arena dando zancadas para recoger su gladius con un aire de dignidad.

—Vas a lamentar haberme cortado —dijo, mirando a Atretes con furia.

—Lo has dicho con valor —Atretes se rió burlonamente. El hombre caminó hacia la puerta—. ¡Vuelve, si logras encontrar tu coraje! —le gritó en griego, el lenguaje común de Roma—. Yo creí que a ustedes, los romanos, les gustaba la sangre. ¡Yo te daré sangre! La tuya, muchachito. En una copa, si lo deseas —se rió nuevamente—. ¡Una libación para tus dioses!

La puerta se cerró de golpe. Atretes sintió el pesado silencio que descendió sobre el patio. Bato estaba serio. Los dos guardias no dijeron nada cuando Atretes fue conducido a su cuarto. Esperaba ser azotado y encerrado en la celda de confinamiento por sus actos. En lugar de eso, Bato le envió una mujer. No era una esclava de cocina cansada, sino una prostituta joven con imaginación y buen sentido del humor.

La puerta se abrió y ella se quedó mirándolo; había un guardia justo detrás de ella. Era joven y hermosa, y estaba vestida con ropas elegantes, adecuadas para un banquete romano.

—Bien, bien —dijo sonriendo y revisándolo de la cabeza a los pies, mientras entraba a su celda—. Bato me dijo que me ibas a gustar —Se rió, mientras él permanecía en su lugar, anonadado por la sorpresa, mirándola, y el sonido fue como una música olvidada hacía mucho tiempo.

El guardia no volvió hasta el amanecer.

—Mi agradecimiento —le dijo Atretes a Bato al día siguiente.

Bato sonrió.

—Pensé que debías recibir algo bueno antes de que mueras.

—Hay cosas peores que la muerte.

La sonrisa de Bato desapareció. Asintió gravemente.

—El sabio y el necio mueren por igual, Atretes. Lo que importa es que uno muera bien.

—Yo sé cómo morir bien.

—Nadie muere bien sobre una cruz. Es una muerte prolongada e infame sin honor, con tu cuerpo al desnudo para que todos lo vean. —Lo miró a los ojos—. No me escuchaste ayer. Un error absurdo y uno que quizás no logres sobrevivir. Superar a un romano en un enfrentamiento justo es una cosa, Atretes. Burlarse de él y humillarlo deliberadamente es otra. El joven que tanto disfrutaste derrotando ayer es el hijo de un senador muy respetado. También es un amigo cercano y personal de Domiciano, el hijo menor del emperador. —Dejó que absorbiera sus palabras.

Atretes sintió que la sangre se le congelaba.

—Entonces, ¿cuándo seré crucificado? —dijo sin expresión, sabiendo que tendría que encontrar una manera de suicidarse.

—Cuando el emperador lo disponga.

Pocos días después, Bato apartó a Atretes.

—Parece que los dioses te han sonreído. El emperador dijo que se ha invertido demasiado tiempo y dinero en ti para que seas desaprovechado en una cruz. Ha ordenado que estés en la programación de los juegos de la próxima semana. —Bato le puso la mano en el hombro a Atretes—. Dos meses antes de finalizar tu entrenamiento, pero al menos morirás con una espada en la mano.

A Atretes lo vistieron con una elaborada armadura dorada. Despreció la capa roja y el yelmo dorado con plumas de avestruz, dejando ambos de lado cuando se los entregaron. Un esclavo los levantó otra vez y se los entregó a Atretes, quien le dijo al hombre en términos bastante firmes dónde podía ponerlos. El rostro de Bato estaba rígido.

—No usarás esas cosas para luchar —le dijo con molestia—. Son para las ceremonias de apertura. Te quitas la capa frente a la multitud. Es parte del espectáculo.

—Que sea otro el que se pavonee con las plumas. Yo no lo haré.

Bato sacudió la cabeza y el esclavo se fue con las galas.

—Entonces, con pieles de oso. Son más adecuadas para un

bárbaro. A menos que prefieras no usar nada. Es una costumbre germana la de luchar desnudos, ¿no? Al populacho le gustará eso mucho más.

Durante los días siguientes, Bato le dedicó más tiempo a enseñarle los trucos y los movimientos que podían salvarle la vida. El lanista lo hacía trabajar hasta que los dos quedaban exhaustos; luego le ordenaba que fuera a los baños y al masajista. No le enviaron más mujeres a su habitación, pero a Atretes no le importaba. Estaba demasiado cansado para disfrutar de alguna. A ese ritmo no le quedarían fuerzas para pelear en la arena, mucho menos para sobrevivir la experiencia.

Dos días antes de los juegos, Bato lo hizo ejercitar pero le permitió descansar mucho. La última noche, llegó a la celda de Atretes.

—Mañana te llevarán a otro alojamiento en la arena. Antes de los juegos, siempre se celebra un banquete. No se parecerá a ninguno que hayas visto antes, Atretes. Sigue mi consejo. Come y bebe moderadamente. Abstente de las mujeres. Concentra tu mente y guarda tu energía para los juegos.

Atretes levantó la cabeza.

—¿Ningún placer antes de que muera? —preguntó con sorna.

—Presta atención a lo que te digo. Si los dioses tienen clemencia, sobrevivirás. Si no, por lo menos harás una buena pelea. No avergonzarás a tu pueblo.

Las palabras de Bato golpearon duramente el corazón de Atretes. Asintió. Bato le tendió la mano y Atretes la estrechó con firmeza. El lanista parecía serio. La boca de Atretes formó una sonrisa de costado.

—Cuando regrese, esperaré mi recompensa.

Bato se rió.

—Si regresas, la tendrás.

Seis hombres de la Gran Escuela iban a pelear en los *Ludi Plebeii*, los juegos que se llevaban a cabo para los plebeyos, comúnmente llamados el populacho romano. Fueron llevados a una antesala, donde deberían esperar hasta que un contingente de guardias llegara y los llevara a los cuarteles debajo de la arena. Los otros cinco gladiadores que estaban en la sala habían combatido antes. A uno le atribuían veintidós matanzas. Atretes era el único novato. También era el único hombre con cadenas en las muñecas y en los tobillos.

El tracio era grande y fuerte. Atretes se había medido contra él una vez y sabía que era mecánico, que sus movimientos eran predecibles. La fuerza bruta era su mayor peligro, pues la usaba como un ariete. El parto era otro asunto. Más flaco y más ágil, golpeaba rápido. Los dos griegos eran buenos luchadores, pero Atretes había peleado contra ambos y sabía cómo vencerlos.

El último hombre era un judío que, de alguna manera, se las había arreglado para sobrevivir a la destrucción de su tierra natal en la victoria de Tito. Se llamaba Caleb y era bien parecido y de complexión fuerte. Con la fama de haber matado a veintidós hombres, él era la mayor amenaza. Atretes lo estudió cuidadosamente y deseó haber tenido la oportunidad de enfrentarse a él en el ludus. Así sabría cómo luchaba el hombre; sabría qué esperar, a qué estar atento y cómo contraatacar para sacar el mayor provecho.

El judío tenía la cabeza inclinada y los ojos cerrados, aparentemente sumido en alguna especie de extraña meditación. Atretes había escuchado que los judíos veneraban a un dios invisible. Quizás su dios fuera como sus propios dioses del bosque: presente, pero escurridizo. Atretes observó que los labios del hombre se movían pronunciando una oración silenciosa. Aunque estaba relajado y profundamente concentrado, Atretes sentía que estaba alerta a su entorno. Pudo confirmarlo cuando el judío levantó la cabeza y lo miró directamente a los ojos tras haber sentido su escrutinio. Atretes también lo miró fijamente, tratando de quitar cualquier bravuconería que pudiera tener. Sin embargo, lo que vio fue valor y fortaleza.

Se miraron fijamente el uno al otro durante un largo rato, evaluándose mutuamente sin hostilidad. El judío era más viejo y mucho más experimentado. Su mirada firme e imperturbable le advirtió a Atretes que sería letal.

—Tu nombre es Atretes —le dijo.

—Y tú eres Caleb. Veintidós muertes a tu favor.

Un destello de emoción ensombreció las facciones del hombre. Su boca se torció sin diversión.

—Escuché que trataste de matar a un visitante del ludus.

—Él se lo buscó.

—Le pido a Dios que no nos enfrenten, joven Atretes. Tenemos un odio en común por Roma. Me apenaría matarte.

Caleb habló con una sinceridad tan profunda y sencilla que a Atretes se le aceleró el pulso. No contestó. Era mejor dejar que Caleb creyera que su juventud e inexperiencia lo convertían en una pieza fácil. El exceso de confianza podía ser la única debilidad del hombre y la única herramienta que Atretes podría usar para sobrevivir un enfrentamiento con él.

Llegaron los legionarios del emperador. Había dos asignados para cada gladiador, uno extra para Atretes. Sonriendo con frialdad, Atretes se puso de pie y los grilletes le dieron un pellizco que causó que lo recorriera una ráfaga de ira. ¿Tendría que arrastrar los pies a lo largo del corredor mientras los otros daban zancadas? Vio a Bato en la puerta abierta.

—Diles a estos perros que no me escaparé de una pelea.

—Ellos ya lo saben. Tienen miedo de que te comas a un invitado romano en el banquete previo al juego.

Atretes se rió.

Bato ordenó que le quitaran los grilletes de los tobillos para que pudiera caminar sin restricción. Flanqueado por los guardias, Atretes siguió a los demás a través de un túnel de varios cientos de metros de largo, iluminado por antorchas. La pesada puerta de tablones se cerró detrás de ellos. Al final del túnel había una cámara iluminada. Cuando entraron en ella, la segunda puerta fue cerrada y asegurada. Otra se abrió hacia un laberinto de cámaras debajo del anfiteatro y la arena.

Los leones rugían en alguna parte en la oscuridad y a Atretes se le erizó el cabello de la nuca. No había vergüenza peor que ser el alimento de las bestias. Los gladiadores y sus guardias caminaron a lo largo de los pasillos de piedra angostos y fríos y subieron por las escaleras a las salas inferiores de un palacio. Atretes escuchó música y un estallido de risas cuando entraron en un salón de mármol. Al final de la sala había unas enormes puertas dobles de madera elaboradamente talladas; dos esclavos vestidos con túnicas blancas ribeteadas en rojo y dorado los esperaban, listos para abrirlas.

—¡Están aquí! —gritó alguien con excitación y Atretes vio que la sala estaba atestada de hombres y mujeres romanos vestidos con togas suntuosas y coloridas. Una mujer joven que llevaba un cinturón con piedras preciosas y poco más dejó de danzar cuando hicieron marchar a Atretes y a los demás hacia el centro del gran salón, el centro de toda la atención. Hombres y mujeres los evaluaban como si fueran carne de caballo, haciendo comentarios acerca de su peso, su anchura y su actitud.

Atretes observó a los otros gladiadores con un interés casual. El tracio, el parto y los griegos parecían disfrutar de la situación. Avanzaron hacia la plataforma que estaba en el extremo del salón, sonriendo y diciéndoles cosas a varias de las jóvenes que los observaban. Solamente Caleb permanecía apartado. Atretes siguió su ejemplo, con la mirada fija en los invitados de honor, a quienes los presentaban ceremoniosamente. Su corazón dio un brinco cuando reconoció al hombre en el centro.

Los guardias los formaron en una fila delante de la plataforma y Atretes quedó cara a cara con Vespasiano, el emperador romano. A su derecha estaba su hijo mayor, Tito, el conquistador de Judea; a su izquierda, Domiciano.

Atretes fijó la mirada en Vespasiano. El emperador tenía una contextura poderosa y el porte de un soldado. Su cabello gris estaba cortado al rape; tenía el rostro curtido y arrugas profundas, propias de los años de campañas. Tito, no menos impactante, estaba sentado cerca, con tres mujeres hermosas acomodadas sobre él. Domiciano parecía menos imponente en comparación, aunque a Atretes le dolió el orgullo reconocer que había sido este adolescente quien había hecho añicos la unión de las tribus germánicas. Calculó la distancia que tendría que saltar para agarrar a alguno de ellos y supo que era imposible. Pero la sola idea de romperle el cuello a alguno hizo que se le desbocara el corazón.

Vespasiano lo estudiaba sin expresión. Atretes le devolvió la mirada fijamente y con frialdad, deseando haber tenido las muñecas sin grilletes y una gladius en su mano. Delante de él, en la plataforma, estaba sentado el tremendo poder de Roma misma. Los guardias bordeaban las paredes del salón y dos estaban parados detrás de Atretes. Un paso más hacia la plataforma habría sido el último de su vida.

No le prestó atención al pomposo anuncio hecho por el centurión ni imitó a los otros cinco gladiadores, quienes levantaron sus puños homenajeando al César con su saludo. Vespasiano seguía mirándolo. Surgió el cuchicheo. Atretes levantó sus muñecas encadenadas y sonrió burlonamente. Por primera vez se alegró de tener cadenas: lo salvaron de la humillación de rendirle honor a un romano. Dirigió su mirada de Vespasiano a Tito y a Domiciano, y volvió a Vespasiano, dejándolos ver toda la fuerza de su odio.

Los dos guardias lo tomaron de los brazos mientras los conducían, a él y a los demás, del gran salón a una sala más pequeña. Fue empujado hacia un sillón.

—Esta noche recibirás honores —dijo uno con frialdad—. Mañana morirás.

Atretes observó que los otros gladiadores eran guiados a sus sillones de honor. Algunos de los invitados del emperador los habían seguido a la sala y los rodearon. Una encantadora joven romana se reía y acariciaba al parto como si fuera su perro mascota.

Varios hombres y mujeres también se acercaron a Atretes, echándole un vistazo y hablando sobre su fuerza y su tamaño. Atretes les lanzaba miradas asesinas, llenas de desdén y asco.

—No creo que le guste que lo estemos analizando —acotó secamente un hombre apuesto y bien formado.

—Dudo que entienda el griego, Marcus. Los germanos tienen fama de ser fuertes, pero estúpidos.

El hombre llamado Marcus se rió.

—Por la mirada que tiene, Antígono, yo diría que te entendió muy bien. Yo apostaré por este. Tiene algo especial.

—Yo apostaré al griego de Arria —dijo el otro mientras se alejaban—. Ella dice que tiene una resistencia tremenda.

—No hay duda de que lo ha probado —dijo Marcus, acercándose al parto para mirarlo más de cerca.

Atretes se preguntaba cuánto tiempo tendría que aguantar estos «honores». Le llevaron bandejas con manjares y las despreció. Nunca antes había visto ni olido una comida como esa y no confiaba en ella. Bebió el vino con moderación; la sangre se le calentó al ver a las esclavas de pocas ropas bailar y contonearse, mecerse y bambolearse en una danza erótica.

—Una lástima, Orestes —dijo un hombre, parado frente a él con otro—. El germano parece preferir a las mujeres.

—Qué lástima, realmente. —Suspiró el otro.

Atretes apretó la mandíbula y su mano empalideció sobre su copa. Sintió su examinación repugnante y juró que si alguno le ponía una mano encima, lo mataría.

Una carcajada llamó su atención. Uno de los griegos había agarrado a una esclava, la tenía sobre su regazo y estaba besándola. Ella gritaba y forcejeaba para soltarse, mientras los romanos que los rodeaban se reían y lo alentaban para que se tomara otras libertades. En el sillón que estaba a pocos metros de distancia, el parto se atiborraba de todos los manjares posibles y bebía tragos de vino sin control. *Es mejor que ese tonto lo disfrute, porque es la última comida que comerá si tengo la buena suerte de enfrentarme a él mañana*, pensó Atretes.

Caleb se reclinó en un sillón, bastante apartado de los demás. No tenía ninguna copa de vino y no había tocado la fuente delante de él. Había una mujer parada detrás de él, hablándole y acariciando su hombro. Él no le prestó atención. Tenía los ojos entrecerrados, su expresión era retraída y sombría. Ella persistió durante un rato y luego, enojada, lo dejó.

Nadie se sentó en los almohadones del sillón de Atretes. Vespasiano había ordenado que le quitaran los grilletes de las muñecas, pero los guardias permanecían alerta y listos por si intentaba alguna cosa, advirtiéndoles a los invitados que se mantuvieran a una distancia prudente. «Los germanos son como los *berserker*», le escuchó decir a alguien. Parecía que la mitad de la concurrencia lo observaba con la esperanza de presenciar un exabrupto sin sentido. Varias mujeres jóvenes vestidas con ropas elegantes seguían mirando cada parte de su cuerpo con avidez. Apretó los dientes. ¿Todas las mujeres romanas eran tan atrevidas? Tratando de ignorarlas, levantó su copa y dio un sorbo. Avanzaron hacia él hasta que estuvieron lo suficientemente cerca para que pudiera escuchar claramente lo que decían sobre él. ¿Creían que era sordo o estúpido?

—Domiciano dijo que se llama Atretes. Es hermoso, ¿no? Me encantan los rubios.

—Es demasiado salvaje para mi gusto. Esos ojos azules me dan escalofríos.

—Ohhh —dijo una, abanicándose de manera dramática—. Me provocan fiebre.

Varias rieron suavemente y una preguntó:

—¿Cuántos hombres piensan que habrá matado? ¿Creen que mañana tendrá alguna oportunidad? Domiciano me dijo que lo enfrentarán al tracio de Fado y él es tan bueno como Caleb.

—Yo apostaré a este. ¿Vieron la mirada que tenía cuando lo trajeron al salón? Y no saludó al César.

—¿Cómo podía hacerlo? Estaba encadenado.

—Dicen que los germanos entran a la batalla desnudos —dijo otra en voz baja—. ¿Creen que Vespasiano lo hará desnudar para los combates de mañana?

Una rió con voz ronca:

—Oh, yo espero que sí, de verdad. —Las risas nerviosas de las demás se sumaron a la suya.

—Se lo sugeriré.

—¡Arria! Pensé que te gustaba el parto.

—Estoy cansada de él.

Atretes estaba harto de ellas. Girando un poco la cabeza, miró directamente a los ojos marrones de la más bonita de las cinco, la que había dicho que sugeriría que luchara desnudo. La masa de trenzas y bucles de su cabello improbablemente rubio parecía demasiado pesada para su cuello delgado, que estaba rodeado por perlas excepcionales. Era hermosa. Al percatarse completamente de que le había llamado la atención, levantó engreída una ceja a sus amigas y le sonrió a Atretes. La mirada atrevida de Atretes ni siquiera hizo que se sonrojara.

—¿Te parece que deberíamos pararnos tan cerca?

—¿Qué piensas que va a hacer? ¿Atraparme? —dijo Arria con un ronroneo, todavía sonriéndole directamente a los ojos como si estuviera desafiándolo a que hiciera exactamente eso.

Atretes siguió mirándola fijamente. Ella tenía puesto un cinturón lleno de piedras preciosas como el que usaba el griego rapaz. La miró un poco más; luego, levantó la copa, bebió lentamente un sorbo de vino y volvió a prestarle atención a la danza de las esclavas, como si ellas fueran mucho más atractivas.

—Creo que acaban de insultarte, Arria.

—Así parece —fue la fría respuesta.

Se alejaron y aliviaron a Atretes de su irritante presencia. Volvió a preguntarse cuánto tiempo tendría que soportar esta velada de «placer». Dejó que volvieran a llenar su copa de vino y trató de cerrar su mente al júbilo que asaltaba su alma.

Finalmente los retiraron del banquete y, uno por uno, los encerraron en las pequeñas celdas de espera que había debajo del anfiteatro. Atretes se extendió en la plataforma de piedra y cerró los ojos, deseando dormir. Soñó con los bosques de su tierra; estar parado en medio de los ancianos mientras su madre profetizaba que él traería paz a su pueblo. La confusión de una batalla lo hizo revolverse y gemir, y uno de los guardias golpeó ruidosamente la puerta, despertándolo. Se volvió a dormir de manera muy irregular y soñó que estaba en la ciénaga. Podía sentir que lo succionaba de los tobillos y, luchando por liberarse, se hundía más; el peso de la tierra húmeda hacía presión a su alrededor y lo arrastraba hacia abajo, abajo, hasta que quedó debajo de ella y no podía respirar. Podía escuchar a su madre y a los otros de su aldea gritando mientras el tañido del acero sonaba fuerte a través del bosque. El aire estaba lleno de los gritos moribundos de su pueblo. No pudo liberarse del peso de la tierra.

Con un grito penetrante, Atretes se sentó, saliendo de la pesadilla con un sobresalto. Pasó un instante antes de que se diera cuenta de dónde estaba. El sudor corrió a chorros por su pecho, a pesar del frío de los muros de piedra. Dejando escapar el aliento, se pasó las manos temblorosas por el cabello y respiró hondo.

Su madre había dicho que él llevaría paz a su pueblo. ¿Qué paz les había dado? ¿Qué paz, sino la muerte? ¿Cuántos catos quedaban vivos y libres en los bosques de Germania? ¿Qué había pasado con su madre? ¿Y con el resto? ¿Ahora eran todos esclavos de Roma, como él?

Lleno de furia, apretó los puños. Tembloroso, se recostó tratando de relajarse, intentando descansar para la batalla que tenía por delante, a pesar de que su mente estaba agitada por imágenes violentas alimentadas por su deseo de venganza.

Mañana. Mañana moriría con una espada en la mano.

13

Los guardias vinieron a buscarlo a media mañana y le trajeron una pesada piel de oso. Lo llevaron a lo largo del corredor iluminado por antorchas, mientras los demás eran conducidos hacia afuera, al caos, a través de la *Porta Pompae*, la puerta central para las procesiones que llegaban al *Circus Máximus*. La luz del sol fue como un golpe físico.

«El emperador ha llegado y han comenzado las ceremonias inaugurales», gritó un guardia, apurando al contingente para que fueran a las cuadrigas que los esperaban para llevarlos a la arena, para que pudieran ser exhibidos ante los miles de espectadores que abarrotaban las gradas de asientos.

Atretes recibió la orden de subir a una cuadriga con Caleb.

—Que Dios esté con nosotros dos —dijo el judío.

—¿Cuál dios? —dijo Atretes entre dientes, mientras se preparaba para el recorrido. La multitud gritó salvajemente cuando aparecieron junto con otra docena de cuadrigas que transportaban gladiadores de otras escuelas. La vista y el sonido de tantos miles de personas que colmaban el Circus Máximus hicieron sudar las manos de Atretes y se le aceleró el corazón. Las trompetas resonaron, los silbatos vibraron y miles de voces se elevaron hasta que la tierra misma pareció temblar.

La pista era de unos sesenta metros de ancho en un lado y se extendía ante él por alrededor de quinientos cincuenta metros de longitud. En el centro de la pista se erigía una enorme plataforma, la *spina*. Hecha de mármol, medía alrededor de setenta metros de largo por seis de ancho. La spina servía como plataforma para las estatuas y las columnas de mármol, para las fuentes que manaban aguas perfumadas y para los altares de una gran cantidad de dioses romanos. Atretes pasó por un pequeño templo de Venus donde los sacerdotes estaban quemando incienso pagado por los aurigas. Al centro de la spina, Atretes observó un obelisco muy alto que había sido traído desde Egipto. Con los ojos entrecerrados por el resplandor del sol, miró hacia arriba a la esfera dorada montada en lo más alto, que brillaba como el sol.

Cerca del final de la spina se levantaban dos columnas, sobre las cuales había montados unos travesaños de mármol.

Colocados sobre los travesaños había siete huevos de bronce, los símbolos sagrados de Cástor y Pólux, los gemelos celestiales y santos patrones de Roma, y siete delfines, consagrados al dios Neptuno.

El conductor giró bruscamente la cuadriga y logró esquivar por poco los *metae*, los postes de viraje con conos que se alzaban como cipreses para proteger la spina de ser dañada durante las carreras. Los conos medían seis metros de altura y tenían escenas de batallas romanas esculpidas en relieve. Atretes asimiló todo esto mientras la cuadriga se dirigía al otro lado de la pista, en fila con otras dos cuadrigas.

Dieron una vuelta más y se detuvieron frente al tribunal donde estaba sentado el emperador con otros funcionarios de los juegos. Caleb se bajó. Atretes también lo hizo, sintiendo el calor que subía desde la arena. El sol caía a plomo y Atretes ansiaba sacarse de encima la piel de oso. Unos toldos de colores vistosos estaban siendo desenrollados a lo largo de los cables de cuerdas para darles sombra a las filas superiores de espectadores. Tenía la boca seca. Ansiaba una de las túnicas de lana fina del ludus.

Caleb caminó por el borde de la arena con los brazos extendidos para aceptar los gritos de sus admiradores. Los otros gladiadores hicieron lo mismo, mostrando sus petos con incrustaciones de plata y oro. Algunos llevaban espadas adornadas con piedras preciosas. Los yelmos relucientes tenían plumas de avestruz y de pavo real en la parte superior. Los brazales y las musleras tenían grabados de escenas bélicas. Deslumbrados, los espectadores gritaban su placer, aclamando a sus favoritos y burlándose de los demás, especialmente de Atretes, que estaba parado en silencio con sus pieles de bárbaro, las piernas separadas y los pies bien plantados. Algunos espectadores lo llamaban y se reían.

La multitud estaba llena de rojos, blancos, verdes y azules por los espectadores que usaban los colores de sus facciones, demostrando a qué equipo de cuadrigas apoyaban. Los que acompañaban al emperador usaban principalmente rojo. El editor, como denominaban al organizador y maestro de ceremonias de los juegos, volvió ante el tribunal del emperador. Cuando el editor se bajó de la cuadriga, los espectadores saltaron y sacudieron sus pancartas. Diocles Proctor Fado: ¡Amigo del Pueblo! Sonriendo y haciendo reverencias, el hombre vestido con una toga púrpura saludó a la gente y dio un breve discurso ante el emperador.

Los gladiadores se presentaron a sí mismos ante el emperador, Atretes entre ellos. Levantó la mano saludando rígidamente con los demás y gritó «¡Saludos, César! Los que van a morir te saludan». Las repugnantes palabras quedaron atrapadas en la garganta de Atretes y su mano se cerró en un puño, que sostuvo en alto un poco más que los otros.

Volviendo a subirse a la cuadriga con Caleb, Atretes se preparó nuevamente para dar la última vuelta a la pista, antes de que la cuadriga se lanzara a través de las puertas.

—Empieza la espera —dijo Caleb mientras se bajaba.

—¿Por cuánto tiempo? —preguntó Atretes, caminando junto a él hacia los cuarteles donde serían retenidos hasta que fueran llamados para sus peleas. Grupos de mujeres empujaban a los guardias que los rodeaban, gritando por Celerus, por Orestes y por Prometeo.

—No hay manera de saberlo. Una hora. Un día. El verdadero espectáculo no son los juegos en absoluto. Son los espectadores. Cuando se corre una carrera, se desgarran la ropa y se lastiman a sí mismos, se desmayan de emoción, danzan como locos y apuestan cada sestercio que tienen en algún equipo. He visto a perdedores venderse a sí mismos a un traficante de esclavos por unas pocas monedas más para apostar. Lo llaman hipomanía. Los romanos están locos por los caballos.

Atretes rió amargamente.

—Así que nosotros solo somos el espectáculo entre las carreras.

—Enójate. Eso te dará más fuerza. Pero no dejes que la furia domine tu pensamiento. A menos que quieras morir. —Miró a Atretes mientras caminaban—. He visto hombres que bajaron la guardia a propósito para poder recibir un golpe letal.

—Yo no bajaré la guardia.

Caleb sonrió sin ganas.

—Te he visto pelear. Estás lleno de ira, ciego por ella. Mira a tu alrededor al populacho, joven Atretes. Estos que conquistaron al mundo son esclavos de sus pasiones y, algún día, sus pasiones los harán caer.

El guardia abrió una de las celdas en el corredor de las antorchas y Caleb entró. Se dio vuelta y miró a Atretes a los ojos.

—Tienes mucho en común con Roma.

La puerta se cerró bloqueándolo de la vista y el cerrojo fue echado.

Atretes no fue llamado sino hasta el comienzo de la tarde. Cuando salió de su celda, le entregaron una espada mandoble y nada de armadura. Los esclavos estaban retirando los restos de dos cuadrigas destrozadas y estaban rastrillando la arena. A la multitud le estaban lanzando perdices rostizadas. La mayoría de los observadores estaban narcotizados por el sol y por el vino y se recostaban para comer el pan que habían traído para pasar el día.

Atretes se quitó la pesada piel de oso y salió a la arena para encontrarse con su oponente, un murmillo equipado como un galo, que tenía la insignia de un pez en el yelmo. La multitud recibió a Atretes con abucheos y pitadas mientras caminaba hacia el frente, y le lanzaron huesos de perdices. Ignorándolos, Atretes se paró junto al galo de cara al emperador, levantando su arma para saludarlo. Luego, dio vuelta para enfrentar a su adversario.

Se movieron uno alrededor del otro, buscando un hueco. El galo era fornido y lanzó el primer ataque. Prefería usar su mano derecha y utilizó su corpulencia para embestir a Atretes cuando el bárbaro germano bloqueó el golpe de la espada. Atretes eludió el movimiento del galo y levantó el puño, golpeando de lado el casco de su contrincante. Aprovechó el breve segundo de ventaja para impulsar su espada contra el costado del galo. Soltó el arma y el hombre cayó de rodillas. Levantando lentamente la cabeza, el hombre herido se desplomó hacia atrás. Se levantó con el codo durante unos segundos antes de morir. Atretes se alejó y la muchedumbre estalló en gritos de escarnio; se sentían timados por la brevedad de la pelea.

Agarrando el arma del galo, Atretes la levantó en el aire y lanzó su grito de guerra a Tiwaz. Bajando sus brazos, dio zancadas de un lado al otro ante el tribunal.

—¡Maté a diez de sus legionarios antes de ser capturado! —les gritó al emperador y a los funcionarios—. Asesiné a cuatro de los que me sujetaron y me pusieron las cadenas. —Levantó su espada a la multitud—. ¡El germano más débil vale una legión de romanos cobardes!

Sorprendentemente, la multitud rugió en aprobación. Aplaudiendo y riendo, aclamaron su osadía. Él escupió en la tierra.

—¡Dale a Celerus! —gritó un tribuno rodeado por los miembros de su regimiento.

Atretes apuntó su gladius directo hacia él.

—*¡Cobarde!* ¡Baja tú mismo! ¿O la sangre romana es agua?

El tribuno empezó a abrirse paso a empujones por el pasillo, pero varias manos lo hicieron retroceder. Atretes se rió con fuerza.

—¡Tus hombres temen por ti! —Se burló.

Otros dos se levantaron.

«*¡Celerus! ¡Celerus!*». Cientos retomaron el sonsonete, pero otro joven oficial saltó hacia la arena y exigió una armadura y un arma.

«¡Por el honor de Roma y de los que murieron en la frontera germana!», gritó, dando largos pasos hacia la arena para enfrentar a Atretes.

Estaban parejos físicamente y la multitud guardaba silencio mientras las espadas chocaban una con otra. Por varios minutos, ninguno dio lugar, bloqueando los golpes y buscando la ventaja. Atretes esquivó un giro y chocó su hombro contra el pecho del romano, lanzándolo hacia atrás. Enseguida golpeó al joven oficial y lo hizo caer de rodillas. El romano se alejó rodando y luchó por ponerse de pie. Atretes brincó hacia atrás cuando vio el destello de la gladius que le abrió un tajo de quince centímetros en el pecho. Resbalándose en el charco de sangre donde había caído el galo, Atretes se desplomó pesadamente.

La multitud se levantó en masa, gritando salvajemente cuando el oficial avanzó y se paró sobre él a horcajadas. Atretes vio que la gladius se elevaba para darle la estocada mortal y levantó su puño entre las piernas del hombre, que se dobló en agonía. Rodando para alejarse, se puso de pie y balanceó la espada con toda su fuerza, atravesando de un corte el gorjal que protegía el cuello de su adversario.

El cuerpo descabezado cayó hacia adelante en el polvo y la multitud se quedó en silencio.

Con el pecho jadeante, Atretes se dio vuelta y levantó su espada sangrante en desafío al regimiento del oficial. La muchedumbre volvió a gritar de excitación, pero los soldados del emperador impidieron que otros dos legionarios saltaran a la arena. Vespasiano hizo una seña y un reciario dio un paso al frente.

Atretes sabía que esperaban que interpretara el papel del secutor, o el «cazador», y que atrapara al hombre de red. También sabía que el reciario tenía la ventaja. Su red tenía pequeñas pesas metálicas en los bordes para que se abriera en un amplio círculo al ser lanzada. Si era atrapado por la red, Atretes tendría pocas posibilidades de defenderse. Ya estaba cansado de los dos primeros combates; por lo tanto, no avanzó.

—No te busco a ti —dijo el reciario en voz alta, recitando el sonsoneo tradicional—. ¡Busco a un pez! —lanzó vacilante su red y la recuperó rápidamente.

Atretes se mantuvo firme, esperando que el reciario fuera hacia él. Arrogante, el hombre de la red se divertía con él, bailando a su alrededor y llamándolo bárbaro cobarde. La multitud le gritaba que peleara. Los legionarios le decían «¡Gallina!». Atretes los ignoraba. No tenía la intención de agotarse persiguiendo al reciario. Observaría y esperaría su oportunidad.

El reciario fanfarroneaba con sus lanzamientos sofisticados. Arrojó la larga red hacia los pies de Atretes, intentando enredarlo, pero Atretes saltó hacia atrás.

—¿Por qué huyes? —Se burló el reciario, balanceando la red de un lado a otro mientras avanzaba. Cuando la lanzó, Atretes la agarró y bloqueó la estocada del tridente; levantando la rodilla, le pegó al reciario en el estómago. Enlazó la red alrededor de la cabeza del hombre, lo hizo poner de rodillas de una patada y enterró la empuñadura de la gladius en la nuca del hombre, dándole muerte.

La multitud volvió a ponerse de pie y lo ovacionó salvajemente. Respirando con dificultad, Atretes se apartó del reciario caído. Los músculos le temblaban por el cansancio y por la sangre que había perdido. Cayendo sobre una rodilla, sacudió la cabeza e intentó aclarar su vista.

Vespasiano asintió con la cabeza y Atretes vio que un tracio salía a la arena. *Celerus*. Sujetando más fuerte su gladius, Atretes se levantó y se aprestó a pelear otra vez, sabiendo que esta vez moriría.

Miles de espectadores se pusieron de pie, haciendo flamear sus pañuelos blancos, una muestra inesperada de favoritismo hacia Atretes. Vespasiano miró de la multitud al bárbaro germano. Tito se inclinó hacia su padre y le habló. El clamor de la multitud creció hasta que el estadio pareció temblar por el ruido. Los pañuelos blancos de tela flameaban en todas las direcciones, dándole un claro mensaje al emperador: perdona al bárbaro; que pelee otro día.

Atretes no quería la misericordia del populacho romano. El odio latía dentro de él, dándole más fuerza. Caminó a trancos hacia el tracio gritando:

—¡Pelea conmigo!

—¡Estás deseoso de morir, germano! —le respondió Celerus, sin avanzar hacia él. Levantó la mirada hacia el emperador, esperando una señal, y no recibió ninguna. Cuando Atretes siguió avanzando, Celerus se dio vuelta para enfrentarlo con la espada preparada. El ruido de la multitud se volvió amenazante; los pañuelos blancos se movían al unísono como un redoble. Vespasiano hizo una señal y el lanista de Celerus le ordenó que se quedara inmóvil. Bato y cuatro guardias de la Gran Escuela salieron a la arena.

«¡Moriré como yo elija!», agarrando su espada con ambas manos, Atretes se puso en una postura de lucha.

Bato chasqueó los dedos y los guardias se dispersaron mientras avanzaban. Dos sacudían sus látigos. Cuando Bato asintió, un látigo giró alrededor de la espada de Atretes y el otro se le enroscó en el tobillo. Con las manos resbaladizas por la sangre, Atretes no pudo sostener la gladius. Cuando la soltó, levantó el codo contra el costado de la cabeza de uno de los guardias y pateó a otro en la espalda. Otro guardia tensó el látigo y le hizo perder el equilibrio lo suficiente como para que los demás pudieran sujetarlo firmemente. Revolcándose, trató de quitárselos de encima. Cuando no pudo hacerlo, profirió su grito de guerra. Bato le metió la manija del látigo entre los dientes para callarlo y se lo llevaron de la arena forcejeando.

—¡Pónganlo en la tabla! —Otras manos ayudaron a los

hombres de Bato y Atretes cayó de un golpe contra una estructura de madera con los brazos y las piernas encadenados. Se arqueó hacia arriba contra las ataduras.

—Detengan la hemorragia de la herida —dijo un hombre que tenía su túnica manchada de sangre, haciéndole un gesto impaciente a otro que se lavaba las manos en una palangana de barro—. Ha perdido mucha sangre —le dijo a Bato y luego le gritó a otro—. Deja a ese. Ya está casi muerto. Dile a Druso que puede tenerlo para disección, si se apura. Una vez que esté muerto, la ley lo prohíbe. Apúrate con eso y después vente aquí. ¡Necesito ayuda con este! —Miró a Bato por encima de Atretes—. ¿Va a pelear otra vez?

—Hoy no —dijo Bato, sombrío.

—Bien. Eso lo hace más fácil. —El doctor levantó una jarra y vertió sangre en una copa; en ella mezcló opio y hierbas—. Esto le dará fuerzas y le calmará la sed de sangre. Sostén su cabeza abajo. Se la beberá o se ahogará con ella.

El cirujano separó las mejillas de Atretes de sus encías y vertió la preparación en su boca.

Atretes se atragantó, pero el cirujano siguió vertiendo. Un hombre gritó detrás de ellos; ni el doctor ni Bato se inmutaron. El lanista se inclinó hacia abajo, pero Atretes apenas pudo ver su rostro a través de las lágrimas de rabia. Al vaciar la copa, el cirujano se alejó. Atretes sollozó profundamente y maldijo en germano. Su cuerpo tembló violentamente. El doctor volvió a inclinarse sobre él, mirándolo a los ojos.

—El opio está haciendo efecto.

—Cóselo —dijo Bato.

El cirujano trabajó con rapidez y luego siguió con otro gladiador que habían traído encima de su escudo. Bato estaba parado junto a la mesa. Su boca tenía una sonrisa triste.

—Mejor la muerte que la misericordia romana. ¿Es así, Atretes? No quieres deberle la vida al populacho romano. Eso es lo que te volvió loco de furia.

Agarrándolo del cabello, Bato tiró la cabeza de Atretes hacia atrás.

—Desperdicias la única oportunidad que tienes de vengarte. La tienes al alcance de la mano —siseó entre dientes, sus ojos oscuros en llamas—. ¡Únicamente en la arena puedes vengarte de Roma! Quieres ser un vencedor. Entonces, ¡sé un vencedor! Toma a sus mujeres. Aprovéchate de su dinero. Deja que Roma se humille a tus pies y te adore. ¡Deja que te hagan uno de sus dioses!

Lo soltó y se incorporó.

—De lo contrario, tú y el resto de los miembros de tu clan habrán muerto por nada.

14

—Todos piensan que es mi culpa —dijo Julia, con las lágrimas corriéndole por las mejillas mientras yacía pálida en su cama—. Veo cómo me miran. Me culpan de la muerte de Claudio. Sé que lo hacen. No es mi culpa, Hadasa. ¿No es así? Yo no quería que viniera tras de mí —los hombros le temblaron cuando volvió a sollozar.

—Sé que usted no lo quiso —dijo Hadasa con suavidad, conteniendo sus propias lágrimas mientras trataba de consolar a su afligida señora. Julia nunca tuvo la intención de hacer daño. Simplemente nunca pensaba en nadie más que en sí misma ni tenía en cuenta cuáles serían las consecuencias de sus actos.

La trágica mañana de la muerte de Claudio comenzó con las quejas de Julia por lo aburrida que estaba. Quería ir a un espectáculo privado en el ludus de los gladiadores y necesitaba que Claudio la acompañara. Acostumbrado a sus quejas, Claudio apenas se molestó por escucharla. Estaba sumido en sus estudios. Julia lo presionó, él se negó y le informó cortésmente que estaba terminando una tesis sobre el judaísmo. Julia salió del estudio en silenciosa furia. Se cambió de ropa y ordenó una cuadriga.

Persis, más preocupado por el prestigio de su amo que por el de su esposa, le informó a Claudio que Julia había salido de la villa sin escolta. Claudio se enojó por ser interrumpido otra vez a causa de Julia. Una copa de vino calmó sus nervios. Supuso que en Roma era permisible que una joven casada fuera de un lugar a otro por la campiña sin chaperón, pero en Campania eso no era correcto. Persis le propuso enviar a alguien tras ella, pero Claudio dijo que no. Era hora de que él y Julia hablaran con claridad. Ordenó que le prepararan una montura de los establos.

Una hora después, su caballo volvió a la casa sin él.

Alarmado, Persis reunió a varios hombres y salió en busca de su amo. Encontraron a Claudio a tres kilómetros del ludus, con el cuello roto por una caída.

Llorando por la muerte de Claudio, Hadasa estaba frenética de preocupación por Julia. La casa era un caos y nadie quería ir a buscarla. Persis la maldijo.

Julia volvió poco después del atardecer, cubierta de polvo y desarreglada. Cuando nadie acudió a ayudarla, dejó la cuadriga desatendida y entró en la casa dando un portazo y llamando a Hadasa a gritos. Hadasa corrió hacia ella, aliviada de que estuviera bien y sin saber cómo hablarle sobre el accidente de Claudio.

—Haz que llenen mi bañera con agua caliente y perfumada y tráeme algo para comer —ordenó Julia fríamente, caminando con pasos largos hacia su habitación—. Estoy cubierta del polvo del camino y muerta de hambre.

Hadasa transmitió rápidamente las instrucciones, casi segura de que no las cumplirían, y luego se apresuró a ir tras su señora.

Julia caminaba de un lado al otro de la habitación como un gato enojado. Tenía el rostro enrojecido y sucio, excepto por las rayitas blancas que habían dejado sus lágrimas. No percibió nada extraño en el rostro ceniciento de Hadasa ni en su nerviosismo.

—Estaba preocupada por usted, mi señora. ¿Dónde ha estado?

Julia se volvió imperiosamente contra ella.

—¡No te atrevas a interrogarme! —gritó con frustración—. ¡No rendiré cuentas de mi comportamiento a una esclava! —Se hundió miserablemente en su sillón—. No le responderé a nadie, ni siquiera a mi *esposo*.

Hadasa le sirvió un poco de vino y le ofreció la copa.

—Te tiembla la mano —dijo Julia y levantó los ojos hacia ella—. ¿Tanto te preocupaste por mí? —dejó la copa a un lado y tomó la mano de Hadasa—. Al menos alguien me quiere —dijo.

Hadasa se sentó junto a ella y tomó sus manos.

—¿Dónde estuvo?

—Estaba camino a Roma, y entonces me di cuenta de que no tenía sentido. Padre solo me enviaría de vuelta. Así que aquí estoy, otra vez prisionera de este deprimente lugar.

—¿Entonces nunca fue al ludus?

—No. No fui —dijo Julia con cansancio. Torció la boca amargamente—. No sería bien visto que llegara sin compañía —dijo burlonamente. Dejó escapar una risa suave, burlándose de sí misma—. Marcus diría que tengo la mentalidad de una plebeya. —Se puso de pie y se apartó.

Hadasa vio que estaba poniéndose tensa nuevamente, que la tormenta se avecinaba. ¿Cómo iba a contarle lo de Claudio? Las emociones de su ama ya eran un desastre. Las de ella misma tampoco estaban bajo control.

Julia se sacó varios sujetadores del cabello y los arrojó sobre el tocador. Rebotaron y cayeron al piso, y Hadasa se inclinó para recogerlos.

—Debería haber ido y visto la pelea —dijo Julia—. Un pequeño escándalo haría despertar a Claudio en sus deberes como esposo.

¿Tengo que quedarme de brazos cruzados por el resto de mi vida, mientras él se hunde en sus estudios aburridos de las religiones del imperio? ¿Quién va a leerlos? Dímelo. No le interesan a nadie —se le llenaron los ojos de lágrimas de enojo y autocompasión—. Lo desprecio.

—Ay, mi señora —dijo Hadasa, mordiéndose el labio, y no pudo retener más sus lágrimas.

—Yo sé que le tienes afecto, pero es tan *soso*. Aun con todo su supuesto intelecto, es el hombre más aburrido que he conocido en mi vida. Y no me importa si él se entera. —Corriendo hacia la puerta, la abrió de golpe y gritó al jardín abierto del peristilo—. ¿Me escuchas, Claudio? ¡Eres un aburrido!

Mortificada por su comportamiento, Hadasa se sintió agobiada. Corrió a la puerta, apartó a Julia y la cerró.

—¿Qué estás haciendo? —chilló Julia.

—Mi señora, ¡cállese! ¡Él ha muerto! ¿Quiere que todos la escuchen?

—¿Qué? —Julia respondió de manera débil e incrédula, y se puso pálida.

—Salió detrás de usted. Lo encontraron camino al ludus. Se cayó de su caballo y se rompió el cuello.

Con los ojos abiertos, Julia retrocedió como si hubiera recibido un golpe.

—¡Por los dioses, qué tonto es!

Con espanto, Hadasa la miró fijamente, con sus emociones agitadas. ¿Pensaba Julia que Claudio era un tonto por haberse caído del caballo o por haber ido tras ella? Por un instante, Hadasa la odió y rápidamente se sintió avergonzada. Había fracasado en su labor. Debió haber impedido que Julia se fuera de la casa. Debió haber ido tras ella.

—No puede estar muerto. ¿Qué voy a hacer? —dijo Julia y estalló en histeria.

La noticia sobre la muerte de Claudio fue enviada a Décimo Valeriano. Hadasa sabía que había que hacer preparativos para el funeral, pero Julia, la única que tenía autoridad, era incapaz de tomar cualquier decisión en su estado actual. El cuerpo de Claudio yacía en sus habitaciones, aseado, envuelto y descomponiéndose.

Persis lloraba la muerte de Claudio como un hijo lamentaría la pérdida de su padre. Hasta las sirvientas lloraban. Los jardineros estaban callados y lúgubres. Los esclavos se reunían y conversaban; nadie hacía ninguna tarea.

Julia estaba en lo cierto. Todos le echaban la culpa. En menor medida, también culpaban a Hadasa, pues ella servía a Julia y le era completamente leal. Se daba por hecho que ella había servido bien a Claudio y había dedicado horas a ayudarlo con sus estudios, pero no era una de ellos.

El dolor de Julia estaba inspirado en la culpa y su histeria se transformó en un temor irracional de que los esclavos la querían ver muerta. No quería salir de sus habitaciones. No comía; no podía dormir.

—Nunca debí haberme casado con él —dijo Julia un día, pálida y desconsolada—. Debería haberme negado, sin importar lo que padre dijera. El matrimonio fue un desastre desde el principio. Claudio no era feliz. Yo no era la mujer que él quería. Él quería alguien como su primera esposa, que estuviera conforme con estudiar manuscritos aburridos. —Volvió a llorar—. No es mi culpa que esté muerto. No quise que me siguiera. —Sus lágrimas se convirtieron en una ira irracional—. Es culpa de padre. Si él no hubiera insistido en que me casara con Claudio, ¡nada de esto habría ocurrido!

Hadasa hacía lo mejor que podía por aliviar los temores de Julia y hacerla entrar en razón, pero Julia no escuchaba. Se negaba a comer, aterrada de que alguna de las esclavas de la cocina la envenenara.

—Me odian. ¿Viste cómo me miró cuando trajo la bandeja? Persis maneja al personal doméstico, y me odia tanto como amaba a Claudio.

Cuando por fin se dormía, se despertaba con pesadillas. Hadasa estaba asustada por las pasiones desenfrenadas de su ama y por cómo daba rienda suelta a su imaginación.

—Nadie quiere lastimarla, mi señora. Están preocupados por usted.

Eso era verdad: los esclavos *estaban* preocupados; habían escuchado algunas de las acusaciones feroces e infundadas de Julia diciendo que tenían la intención de matarla. Si Valeriano la escuchaba y le creía, todos corrían el riesgo de ser ejecutados.

Décimo Valeriano no llegó. Se había embarcado hacia Éfeso por negocios poco antes del accidente de Claudio. No se enteraría de la noticia hasta su regreso. Febe Valeriano llegó con Marcus en la tarde del tercer día. Catia vino corriendo y llamó a la puerta cerrada de la habitación de Julia para anunciar su llegada.

—¡No abras la puerta! —dijo Julia con los ojos enloquecidos por la falta de sueño—. Es una trampa.

—Julia —dijo Febe pocos minutos después—. Julia, déjame entrar, querida.

Cuando Julia escuchó la voz de su madre, voló de la cama hasta la puerta y descorrió el cerrojo.

—¡Mamá! —gritó, arrojándose a los brazos de Febe y sollozando—. Todos quieren matarme. Todos me odian. ¡Desearían que yo estuviera muerta, y no Claudio!

Febe hizo entrar a su hija a la habitación.

—Tonterías, Julia. Ven y siéntate —miró de pasada a Hadasa—. Haz que alguien traiga mi equipaje de inmediato. Tengo algo que puedo darle para calmar sus nervios.

Hadasa vio a Marcus parado en la puerta con el rostro sombrío por la ira y la preocupación. Ni una palabra de las que había dicho Julia era cierta, pero las acusaciones impulsivas bastaban para destruir las vidas de toda una casa de esclavos, si Marcus le creía. Julia lloraba copiosamente y se aferraba a su madre.

Tan pronto como Hadasa volvió con uno de los hombres que traía dos baúles y venía detrás de ella, Febe le dijo que tomara una pequeña ánfora de su caja de cosméticos.

—Mezcla algunas gotas en una copa de vino.

—¡No beberé nada de vino en esta casa! —gritó Julia—. ¡Ellos lo envenenaron!

—Oh, no, mi señora —dijo Hadasa, afligida. Con las manos temblorosas se sirvió un poco en una copa y bebió la mitad. Le ofreció la copa a Julia y miró a Febe con lágrimas suplicantes—. Le juro que nadie tiene la intención de hacerle daño.

Marcus le quitó la copa.

—¿Dónde dijiste que está el ánfora, madre? —La encontró y derramó las gotas en el vino, se lo entregó a su madre y observó a su hermana sollozante mientras lo bebía—. Si no me necesitas, madre, hay arreglos por hacer —dijo con seriedad. Ella asintió comprensiva.

Marcus tomó a Hadasa firmemente del brazo y casi la empujó hacia el pasillo, cerrando la puerta detrás de él.

—Pareces un muerto viviente —dijo, observando su rostro pálido y las ojeras oscuras debajo de sus ojos—. ¿Cuánto tiempo ha estado así Julia?

—Tres días, mi señor. Desde que se enteró de la muerte de Claudio.

Marcus se sorprendió por la manera familiar en la que Hadasa dijo *Claudio*. ¿Había llegado a amarlo?

—Un accidente desafortunado, según el informe que recibimos —dijo.

Los ojos de ella se llenaron de lágrimas que claramente trataba de contener. Las lágrimas se desbordaron y empezaron a caer por sus mejillas.

—Ve y descansa —le dijo secamente—. Hablaré contigo más tarde.

Mientras su madre consolaba a Julia, Marcus asumió el mando. Estaba atónito por el estado en que se encontraba la casa. Parecía que no se había hecho nada durante varios días. Claudio ni siquiera había sido sepultado. Marcus ordenó que lo hicieran de inmediato.

—¿Su esposa está enterrada aquí? —le preguntó a Persis, quien le contestó que sí lo estaba—. Entonces entierra a tu amo al lado de ella. ¡Y rápido!

Todo el mobiliario de las habitaciones fétidas de Claudio fue quemado y la habitación fue restregada y aireada.

Encerrándose en la biblioteca, Marcus revisó los meticulosos registros y los diarios contables relativos a la casa y a la hacienda que la rodeaba. Sonrió con cinismo, bebiendo vino y haciendo cálculos. Julia se consolaría cuando se diera cuenta de que la muerte de Claudio le había dejado una fortuna, aunque poco podría disponer de la distribución.

En ausencia de su padre, Marcus tenía total autoridad para tomar cualquier decisión que considerara necesaria. Julia no había ocultado su antipatía por Capua y Marcus sabía que no iba a querer quedarse allí. Hizo los arreglos para que un notario fuera y revisara la propiedad. El precio que puso Marcus hizo que el hombre se atragantara. Marcus se mantuvo firme.

—Le daré el nombre de dos senadores que desean una finca en Campania —le dijo, y el notario se rindió.

Con su madre en la casa, Julia estaba más calmada. Había vuelto a comer y a dormir. Marcus le contó su decisión de vender la finca y ella se olvidó completamente de su dolor por la alegría de saber que regresaría a Roma.

—¿Y qué pasará con los esclavos? ¿Qué les harás?

—¿Qué querrías que hiciera?

—Quiero que los disperses. Excepto a Persis. Él siempre fue desconsiderado. Debería ser enviado a las galeras. Lo exijo —dijo.

—No te corresponde exigir nada —dijo Marcus con enojo—. Ahora estás nuevamente bajo el cuidado de padre, y yo soy el albacea de la herencia en su ausencia.

Los ojos de Julia destellaron.

—¿No puedo decir nada sobre ningún tema? Yo fui la esposa de Claudio.

—No fuiste una gran esposa, por lo que me has contado.

—¡Tú también me acusas! —dijo Julia, y las lágrimas volvieron rápidamente.

—Tuve que dejar de lado mis propios asuntos para venir y poner en orden los tuyos. ¡Madura ya, Julia! No hagas que las cosas sean más difíciles de lo que son —dijo él; las lágrimas y la autocompasión de su hermana habían acabado con su paciencia.

Cada noche salía a los jardines, vagando sin rumbo fijo y nervioso. Se preguntaba si Hadasa salía a orar en la oscuridad como solía hacer. ¿A qué dios debía orarle para que resolviera este lío? ¿Qué debía hacer en cuanto a los esclavos? Sabía que tenía que tomar una decisión, pero estaba reacio a hacerlo.

Subió una colina y se sentó debajo de un *fanum*, uno de los templos pequeños. Recostándose contra una columna de mármol, se quedó mirando la noche iluminada por las estrellas. Él supo desde el principio que el matrimonio era un error, pero, desde luego, nunca le había deseado ningún mal a Claudio. Julia había contado lo suficiente los últimos días para dejar ver cuán desastrosas habían sido las cosas. Él sabía que la mayor parte de la culpa recaía en ella. Ahora, ella había mencionado otro asunto que él tenía que considerar.

Nadie había ido a buscarla. Después de varios días de observación, empezó a preguntarse si algunas de las acusaciones de Julia eran ciertas. Los esclavos quizás no habían procurado activamente su muerte, pero tampoco habían velado por protegerla.

—¿Mi señor?

Se sentó con sorpresa. Su corazón se aceleró cuando vio a Hadasa parada cerca, entre las sombras.

—Así que no has dejado de salir a orar a tu dios invisible —dijo a la ligera, volviendo a relajarse contra la columna.

—No, mi señor —dijo, y él escuchó una sonrisa en su voz. Ella se acercó—. ¿Puedo hablar con usted libremente? —Él asintió dándole su consentimiento—. No creo que el amo Claudio hubiera deseado que Persis o los demás fueran llevados lejos de este hogar.

Su boca se puso tensa. Había venido hasta arriba para alejarse del problema durante un rato, y ahora estaba aquí la última persona que él esperaba que lo mencionara.

—¿Culpó Persis a Julia por la muerte de Claudio? —preguntó sin rodeos.

El silencio se alargó.

—Mi señor, no podemos culpar a nadie por los actos de otro.

Él se levantó, ahora enojado.

—No respondiste la pregunta, lo cual es suficiente respuesta. Las acusaciones de Julia no son tan inverosímiles, como pensé primero.

—Nadie procuró hacerle daño, ni una vez, mi señor. Que Dios me castigue y más si lo que le digo no es verdad. Persis se apena por la muerte de su amo como alguien haría duelo por un padre amado. Solo pensaba en él. El señor Claudio lo trajo aquí cuando él era un niño. Persis lo sirvió con amor y devoción; el amo Claudio le confiaba todas las cosas y lo trataba con cariño, como a un hijo. Persis nunca tuvo la intención de hacerle daño a su hermana.

—Solo tengo tu palabra sobre lo que dices —le dijo tensamente.

—Como que Dios vive, mi señor, yo no le mentiría a usted.

Marcus le creía, pero eso no alteraba nada. Se sintió cansado.

—Siéntate conmigo y dime qué pasó ese día. —Dio una palmadita sobre el mármol, al lado de él. Ella se sentó lentamente, con las manos entrelazadas sobre su regazo. Él quería tomar su mano y decirle que confiara en él, pero sabía que un acto así lograría justamente lo contrario—. Cuéntame. No debes tener miedo.

Ella le contó los hechos concretos. Julia quiso ir al ludus; Claudio no quiso. Julia se fue sola y Claudio salió para traerla de vuelta. Él se había enterado de todo eso por la misma Julia.

—Cuando encontraron a Claudio y lo trajeron de regreso, ¿quién fue a buscar a Julia? —preguntó explícitamente, sabiendo de antemano que nadie lo había hecho. Él habló antes de que ella pudiera responder—. Ella me dijo que se dirigía a Roma. —Él se había enfurecido cuando Julia le contó eso. Su temperamento siempre nublaba su sentido común—. ¿Sabes qué puede pasarle a una mujer sola en la Vía Apia? Era una presa fácil para los ladrones y algo peor. ¿Quién salió a buscarla, Hadasa?

—La responsabilidad es mía —dijo ella—. Que Dios me perdone, pero yo no busqué a la señora Julia más que los demás. No sabía dónde buscarla ni qué hacer; por eso no hice nada. Vigilé y esperé. Yo soy más culpable que cualquier otro, porque su bien es mi responsabilidad.

Él se enfadó porque ella había ido a abogar por su causa y se había ofrecido en sacrificio por ellos.

—¿Te culpas a ti misma por la inactividad de todo el personal de la casa? Tus pensamientos siempre estuvieron enfocados en ella. No la dejaste sola ni un instante después de que se enteró de la muerte de Claudio. Estabas exhausta de cuidarla cuando yo llegué.

Se puso de pie.

—Tal vez había otra posibilidad que yo dudaba aceptar, pero en la que Julia ha insistido desde mi llegada. ¿Tenías miedo por su vida?

—¡No, mi señor! —dijo, alarmada y asustada por el rumbo que habían tomado sus pensamientos—. Nadie fue una amenaza para ella. Jamás.

—Tampoco fueron una ayuda —dijo él y se alejó de ella.

—Ellos amaban a Claudio. Todavía lo quieren.

—¡Basta! —la interrumpió—. No vengas a suplicarme y defender la causa de ellos.

—Son inocentes de lo que ella los acusa —dijo, mostrando una audacia inusitada para desafiarlo.

Le lanzó una mirada fulminante.

—¿En qué es inocente un esclavo que no se hace responsable de su deber, Hadasa? La petición de Julia de enviar a Persis a las galeras es más misericordiosa de lo que yo considero que se debería hacer. Persis debería morir por no haber velado por la seguridad de su señora.

Hadasa se puso de pie con un suave suspiro.

—Sabía que eso era lo que estaba pensando. —Se acercó a él—. Por favor, Marcus, se lo suplico. No cargue con la sangre de un inocente sobre su cabeza.

Asombrado por sus palabras y por el hecho de que lo llamara por su nombre de pila, la miró fijamente. Ella tenía los ojos llenos de lágrimas y se sorprendió por sus palabras. ¿Había ido a suplicar por Persis o por *él*?

—Dame un motivo sensato por el cual debería perdonarle la vida —dijo él, sabiendo que no había ninguno.

—Persis sabe leer, escribir y hacer cálculos —dijo ella.

—Otros también.

—El señor Claudio le enseñó a administrar todos los asuntos de la hacienda.

Él frunció el ceño.

—¿Por qué haría eso un amo?

—Para poder tener la libertad de dedicarse a sus estudios. Mi señor, la señora Julia me dijo que venderá la residencia a un senador que la convertirá en un lugar ocasional de descanso. ¿No tendría un valor inestimable un esclavo con el conocimiento y las capacidades de Persis para un propietario ausente?

Él se rió en voz baja.

—Qué argumento tan ingenioso, pequeña Hadasa. —Lo pensó unos instantes y luego negó con la cabeza—. Los sentimientos de Julia deben ser tenidos en cuenta.

—Ella necesita ser encaminada, no vengarse de un mal que nunca se cometió en su contra.

Sabía que ella tenía razón, pero ¿por qué tenía que importarle tanto la vida de un esclavo? Cumplir los deseos de Julia con respecto a los esclavos le daría un poco de paz, pero al hacerlo lastimaría a Hadasa, algo que se había dado cuenta que estaba reacio a hacer.

—Toda esta tragedia fue causada por sus actos —dijo, frotándose la nuca. Necesitaba sumergirse un rato largo en los baños y un masaje.

—No debe pensar que ella es la culpable —dijo Hadasa.

Se sorprendió de que Hadasa defendiera a su hermana de inmediato.

—Desafió a su esposo y él fue detrás de ella. Eso la hace culpable a los ojos de algunos.

—Ella no tuvo la culpa del vino que Claudio bebió antes de salir. No tuvo la culpa de que él no fuera un buen jinete y se cayera del caballo. Ni siquiera es culpable de la decisión de él de salir a buscarla. Cada persona responde por sus propios actos y, aun así, es Dios quien decide.

—Así que por el simple capricho de un dios invisible, Claudio está muerto —dijo él con frialdad.

—No por capricho, mi señor.

—¿No? —preguntó con una risa cortante—. Todos los dioses actúan a su antojo. ¿En qué se diferencia el tuyo de los demás?

—Dios no es como los ídolos que inventan los hombres, a los que les atribuyen sus propios actos y pasiones. Dios no piensa ni actúa como los hombres —dio un paso hacia él, como si el estar más cerca lograra que entendiera—. Cada uno de nosotros es como un hilo entretejido en el tapiz que Dios creó. Solamente él ve el cuadro completo, pero ni un gorrión puede caer a tierra sin que él lo sepa.

No hablaba como una esclava, sino como una mujer que creía cada una de las palabras que decía.

—Todas esas horas que pasaste hablando con Claudio en la intimidad de su biblioteca te han aflojado la lengua —comentó él. Ella agachó la cabeza y él la tomó del mentón para levantársela—. ¿Crees que la muerte de Claudio es parte de algún plan divino?

—Se burla de mí.

Él la soltó.

—No. Me asombra este dios tuyo que con tanta libertad aniquila a su pueblo y mata a un hombre cuyo único crimen fue aburrir a su joven esposa. Me asombra que todavía adores a este cruel dios tuyo y que no tengas la sagacidad para elegir otro.

Hadasa cerró los ojos. Falló en cada oportunidad que había tenido para explicarse. Falló incluso en alejar las dudas de sí misma.

¿Por qué te llevaste a Claudio, Señor? ¿Por qué, cuando me sentía tan cerca de él? ¿Por qué ahora, cuando finalmente encontré el valor para hablar de ti? Tenía muchas preguntas y yo traté de explicarle. Pero, Señor, no logré alcanzarlo. No entendió. No llegó a creer del todo. ¿Por qué te lo llevaste? Y ahora tampoco puedo lograr que Marcus Valeriano entienda. Él prefiere la destrucción.

—Dios hace que todas las cosas obren para bien —dijo ella, más para sí que para Marcus.

Él soltó una risa suave y cínica.

—Oh, sí. Ya ha surgido algo bueno de todo esto. La muerte

de Claudio ha liberado a Julia. —Vio que Hadasa se llevaba la mano a la garganta al escuchar sus palabras insensibles. Sintió una punzada y deseó no haberlas dicho, sabiendo que la había lastimado, pues el dolor de ella por la muerte de Claudio Flaccus era sincero—. Una dura realidad —dijo sin emoción.

Ella no dijo nada por un largo rato y entonces habló suavemente.

—La señora Julia tendrá menos libertad en Roma de la que ha tenido aquí, mi señor.

Él analizó su rostro a la luz de la luna, más curioso que nunca por ella.

—Eres muy perceptiva.

Cuando Julia se diera cuenta de que no tendría absolutamente ningún control sobre el dinero que había heredado de Claudio, se opondría. Rápidamente se rebelaría cuando padre también tomara el mando de sus asuntos sociales. Marcus sabía que era de esperar que lo incluyeran en el lío que pronto se armaría. Su madre le rogaría que usara su influencia sobre Julia, mientras que padre le ordenaría que no hiciera nada. En cuanto a Julia, aprovecharía todos los medios posibles para salirse con la suya.

Ser dueño de una finca en Campania tenía cierto encanto.

Marcus suspiró agotado. Al menos una de las cargas se había disipado. Ya sabía qué haría con Persis y el resto. Nada. Absolutamente nada.

—Ya puedes irte a dormir, Hadasa. Lograste lo que querías; puedes descansar de tus temores. Persis y los demás se salvarán.

Ella habló en un tono de voz tan bajo que Marcus supo que no tenía la intención de que la escuchara.

—Era por usted por quien más temía, Marcus.

La observó bajar por el sendero y supo que todas las noches que él había pasado en el jardín había estado esperando por ella y por la paz interior que traería consigo.

15

Décimo tomó la mano de Febe y la enlazó en su brazo mientras caminaban por el sendero empedrado de los jardines contiguos al palacio del emperador. Las estatuas de mármol pintado bordeaban los cuidados terrenos y aguas relajantes burbujeaban en las fuentes. Unos jóvenes sonrientes pasaron corriendo al lado de Décimo y Febe, mientras otras parejas paseaban como ellos, disfrutando el espléndido día.

La estatua de mármol de una doncella desnuda sirviendo agua con una jarra se elevaba en medio de una gran cantidad de flores primaverales. El sonido del agua tranquilizó a Décimo.

—Sentémonos aquí un rato —dijo y se relajó en un banco de piedra bajo la luz del sol.

El viaje a Éfeso había sido duro porque se cansaba fácilmente. Los negocios siempre lo habían obsesionado, pero en estos días estaba distraído por muchos pensamientos raros e interrelacionados. Su enfermedad trajo consigo una crisis espiritual, una enfermedad en su propia alma, si es que tenía una.

¿Por qué había trabajado tanto todos esos años? ¿Con qué propósito? Su vida parecía tan vana; sus logros, vacíos. Su familia estaba asentada, era rica y tenía todas las comodidades aseguradas. Él tenía cierta posición en la sociedad romana. Pero en lugar de disfrutar sus logros, su familia estaba dividida por ideologías opuestas. Ya no había unión: él y su hijo discutían por todo, desde la política hasta cómo criar a los hijos, y su hija se desesperaba por ser independiente. Había trabajado toda la vida para levantar un imperio, para darles a sus hijos todas las cosas que él nunca había tenido, y había triunfado mucho más allá de sus propias expectativas. Pero ¿qué le había dado salvo un triunfo vacío?

Marcus era apuesto, inteligente, culto, astuto. Julia era hermosa, encantadora, llena de vida. Ambos eran bien educados y admirados por sus pares. Sin embargo, Décimo sentía una continua desesperación, una sensación de fracaso como padre.

¿Quién se imaginaría que la propia mente podía ser un campo de batalla? Si no fuera por Febe, se cortaría las venas y le pondría fin a la desesperanza de su alma y al dolor físico que estaba comenzando a consumirlo en todo momento.

Quizás fuera la cercanía de la muerte lo que le había abierto los ojos y le permitía ver con claridad. Oh, si solo pudiera ser ciego a todo esto y evitarse la angustia emocional. Había tenido la esperanza de que la visita a Éfeso, su lugar de nacimiento, le trajera un poco de paz. Pero no pudo encontrarla.

Un esclavo se acercó para taparle el sol, pero lo rechazó con un gesto impaciente de su mano. Necesitaba que la tibieza del sol se llevara el frío de la premonición que crecía dentro de él. Febe le tomó la mano y la presionó contra su mejilla.

—He fracasado —dijo Décimo sin expresión.

—¿En qué, mi amor? —dijo ella suavemente.

—En todo lo importante —apretó su mano como si fuera su cuerda salvavidas.

Febe inclinó la cabeza recordando el último pleito entre Julia y Décimo. Julia había querido ir a los juegos y Décimo le había negado su permiso, recordándole que todavía estaba de luto por Claudio. La escena que vino a continuación había escandalizado a Febe tanto como a Décimo. Julia había gritado que no le importaba Claudio y ¿por qué habría de guardar luto por un tonto que no sabía montar a caballo? Décimo le dio una bofetada y Julia se quedó en un sorprendido silencio por un instante, mirándolo fijamente. Luego, su expresión cambió tan drásticamente que parecía casi irreconocible. Fue como si el haberle frustrado sus deseos hubiera despertado una presencia oscura dentro de ella, y los ojos se le encendieron con tal loca furia que Febe sintió miedo.

—Es *tu* culpa que Claudio esté muerto —le siseó Julia a su padre—. Lloralo tú, pues yo no lo haré. Me alegro de que haya muerto. ¿Me escuchas? Estoy feliz por haberme librado de él. ¡Por los dioses, me gustaría librarme de ti también! —Huyó del peristilo y se quedó en sus habitaciones el resto de la mañana.

Febe miró el rostro arrugado de Décimo.

—Julia no lo dijo en serio, Décimo. Ella te pedirá perdón por ello.

Sí, después le pidió perdón, mucho tiempo después; luego de que Febe hablara con ella y despertara cualquier tipo de conciencia que hubiera quedado en su hija. Décimo pensó en las súplicas llorosas de Julia y las excusas que había dado por su acusación y su abominable comportamiento, pero fue la expresión que había en sus ojos durante el estallido de ira lo que seguía grabado en su mente. Ella lo había odiado lo suficiente para desearle la muerte. Era espantoso darse cuenta de que la niña que había creado y a quien había amado tanto lo despreciara a él y a todo lo que él consideraba sagrado.

—¿Cómo es posible que tú y yo tengamos dos hijos que se oponen tanto a todo lo que creemos, Febe? ¿Qué fue de la virtud, el honor y los ideales? Marcus cree que nada es verdadero y que todo está permitido. Julia piensa que lo único que importa es su propio placer. Trabajé toda mi vida para darles a mis hijos todo lo que yo no tuve a la edad de ellos: lujo, educación, posición. Y ahora los miro y me pregunto si mi vida no es más que simple vanidad. Son egoístas, no les ponen ningún límite a sus apetitos. No tienen la más mínima fibra de carácter moral.

Sus palabras eran hirientes y Febe buscó alguna manera de defender a sus hijos.

—No los juzgues con tanta severidad, Décimo. No es tu culpa ni es mía; tampoco es de ellos. Es el mundo en el que viven.

—¿El mundo hecho por quién, Febe? Ellos quieren tener completo control sobre su vida. Quieren liberarse de los viejos valores. Todo lo que los haga sentir bien está bien. Sea quien sea que interfiera con sus placeres, quieren destruirlo. Exigen que les quiten las cadenas de la moral, sin entender que es el freno moral el que mantiene civilizado al ser humano. —Cerró los ojos—. Por los dioses, Febe, escucho a nuestra hija y me siento avergonzado.

A Febe se le llenaron los ojos de lágrimas y se mordió el labio.

—Es joven y desconsiderada.

—Joven y desconsiderada —repitió inexpresivamente—. ¿Y qué excusa pondremos para Marcus? Tiene veintitrés años, ya no es un niño. Ayer me dijo que Julia debería tener la libertad de hacer lo que desee. Dijo que el luto por Claudio es una farsa. Febe, un hombre murió por el capricho y el egoísmo de nuestra hija, ¡y a ella ni siquiera le importa! ¿Marcus también es demasiado joven para tener un poco de sentido del honor y la decencia por lo que pasó en Campania?

Febe miró hacia otro lado ocultando sus lágrimas, dolida por la dura opinión que tenía su esposo sobre su hija. Décimo le levantó el mentón.

—No te echo la culpa a ti. Has sido la madre más dulce del mundo.

Ella miró su rostro preocupado, tan marcado por el agotamiento.

—Quizás ese sea el problema. —Le tocó la sien. Tenía un nuevo mechón gris en el cabello. ¿No se daban cuenta Marcus y Julia de que su padre estaba enfermo? ¿Era necesario que Marcus discutiera por todo? ¿Era necesario que Julia lo acosara tanto con sus demandas interminables?

Décimo suspiró pesadamente y volvió a tomarle la mano.

—Tengo temor por ellos, Febe. ¿Qué le sucede a una sociedad cuando se eliminan todas las restricciones? Veo que nuestros hijos están obsesionados por ver la sangre que se derrama en la arena.

Los veo a la interminable caza de los placeres sensuales. ¿Adónde lleva todo eso? ¿Cómo pueden ser libres las mentes extremas, cuando son esclavas de sus propias pasiones?

—Tal vez el mundo cambie.

—¿Cuándo? ¿Cómo? Cuanto más tienen nuestros hijos, más quieren, y menos conscientes son de cómo obtenerlo. No somos los únicos que enfrentamos estas crisis. Lo escucho todos los días en los baños. ¡Los mismos problemas fastidian a la mayoría de nuestros amigos! —Impaciente, Décimo se puso de pie—. Caminemos.

Dieron vueltas por el sendero y pasaron junto a una pareja que adoraba a Eros debajo de un árbol en flor. Un poco más adelante, dos hombres se besaban en un banco. El semblante de Décimo se puso rígido por la repulsión. La influencia griega había calado en la sociedad romana alentando la homosexualidad y volviéndola aceptable. Si bien Décimo no condenaba tal comportamiento, tampoco quería que se lo restregaran en la cara.

Roma toleraba cualquier práctica abominable, aceptaba todas las ideas repugnantes en nombre de la libertad y de los derechos del hombre común. Los ciudadanos ya no mantenían en privado su comportamiento aberrante, sino que lo mostraban con orgullo en público. Eran los que tenían valores morales quienes ya no podían salir a caminar libremente en público sin tener que presenciar una exhibición repulsiva.

¿Qué había pasado con los censores públicos que protegían a la mayoría de los ciudadanos de la decadencia moral? ¿Libertad quería decir que se debía abolir la decencia común? ¿La libertad implicaba que cualquiera podía hacer cualquier cosa que quisiera, sin consecuencias?

Décimo pidió la litera. Estaba ansioso por volver a su casa y encerrarse entre las paredes de su pequeña villa, y así dejar afuera al mundo al que sentía que ya no pertenecía.

Julia dejó caer las matatenas en las baldosas de mosaico del piso de su habitación, y entonces rió triunfante. Octavia se quejó.

—Te toca toda la suerte, Julia —dijo y se enderezó—. Me rindo. Vayamos a los mercados a curiosear un poco.

Dejando las matatenas desparramadas por el suelo, Julia se levantó.

—Padre no me dará nada de dinero —dijo con tristeza.

—¿Nada? —dijo Octavia consternada.

—Me gustan las perlas, Octavia, y padre dice que son extravagantes e innecesarias, siendo que ya tengo oro y joyas —dijo Julia, imitando burlonamente a su padre.

—Por los dioses, Julia. Lo único que tienes que hacer es cargar a su cuenta lo que quieras. ¿Qué alternativa le quedará a tu padre, sino la de soltar un poco del dinero de Claudio? Es eso, o mancillar la reputación que tanto le importa.

—No me atrevería a hacer eso —dijo Julia inexpresivamente.

—Es tu dinero por derecho propio, ¿no? Tú estuviste casada con ese viejo estúpido. ¡Te mereces alguna compensación por el tiempo que pasaste en Campania!

—Marcus vendió la finca. Él ha invertido la mayoría de las ganancias para mí.

—¿En qué? —dijo Octavia con un súbito interés. Marcus se destacaba por su visión comercial. Su padre estaría más que agradecido por cualquier información que concerniera al hermano de Julia.

—No le pregunté.

Octavia puso los ojos en blanco.

—¿No deberías estar al tanto de dónde está yéndose tu dinero?

—Yo confío incondicionalmente en el criterio de Marcus.

—¿Acaso te dije que no lo hicieras? Solamente sugiero que es prudente que una mujer esté informada —se sirvió un poco de vino—. Tengo una amiga que deberías conocer. Se llama Calabá. Estuvo casada con Aurio Livio Fontaneus. ¿Te acuerdas de él? Bajo, gordo, desagradable y muy rico. A veces se sentaba con Antígono y con tu hermano en los juegos.

—No, no lo recuerdo —dijo Julia, aburrida.

Octavia hizo un ademán frívolo con la mano.

—No importa, querida. Está muerto. Murió por causas naturales, aunque no sabría decirte cuáles. Te agradaría Calabá —dijo, bebiendo su vino mientras examinaba con sus dedos el joyero de Julia. Tomó un prendedor de oro y lo inspeccionó. Era simple pero exquisito, muy parecido a su dueña. Volvió a dejar el prendedor en el joyero y se dio vuelta—. Calabá va al ludus para hacer ejercicios con los gladiadores.

—¿Las mujeres hacen eso? —dijo Julia, escandalizada.

—Algunas mujeres. Yo no lo haría. Prefiero mucho más asistir al banquete previo a los juegos. Es muy excitante estar con un hombre que podría morir en la arena al día siguiente —hizo girar el vino alrededor de la copa y le hizo una sonrisa gatuna a Julia—. Deberías venir alguna vez.

—Padre nunca me lo permitiría. Él sabe qué sucede en esos banquetes.

—Una diversión exquisita; eso es lo que sucede. ¿Cuándo vas a esforzarte por hacer algo, Julia? Estuviste casada, enviudaste, y todavía agachas la cabeza ante cada orden de tu padre.

—¿Qué quieres que haga? Mi padre no es tan maleable como el tuyo, Octavia. Y yo tengo que vivir bajo su techo.

—Bien. Él salió hoy, ¿verdad? Y nosotras seguimos tumbadas aquí, muertas de aburrimiento, esperando que termine tu luto de doce meses. —Bebió el resto de su vino y dejó la copa—. Ya he tenido suficiente. Me voy.

—¿Adónde?

—De compras. A pasear por el parque. Tal vez visite a Calabá. No sé. Francamente, Julia, cualquier cosa es mejor que sentarme aquí contigo y escuchar que te quejes de tu vida. —Recogió su chal.

—Espera —clamó Julia.

—¿Por qué? —dijo Octavia con un aire altanero—. Desde que te casaste con Claudio, te convertiste en un pequeño ratoncito hogareño aburrido. —Se colocó el chal cuidadosamente sobre el peinado elaborado—. ¿Cuánto tiempo te resta de luto por él? ¿Tres meses? ¿Cuatro? Envíame un mensaje cuando te liberes de tus obligaciones sociales de esta farsa que afirmas que fue un matrimonio feliz.

—No te vayas, Octavia. Pensé que eras mi amiga.

—Soy tu amiga, tontita, ¡pero no voy a quedarme aquí, sentada y muerta de aburrimiento, solo porque no tienes el valor de asumir el control de tu propia vida!

—Muy bien —dijo Julia—. Iré contigo. Iremos de compras y visitaremos a tu amiga Calabá, aunque no puedo imaginarme qué clase de nombre es ese. Tal vez incluso podamos pasar por los apartamentos de Marcus y ver si nos lleva a una fiesta. ¿Cómo lo ves? ¿Te parece que con eso asumo bastante el control sobre mi vida, Octavia?

Octavia se rió burlonamente.

—Ya veremos si tienes el valor para llevar a cabo todo eso.

Julia la miró con furia y palmeó las manos.

—¡Hadasa, de prisa! Trae mi palla lavanda, y los aretes y el collar de amatista —dijo, perfectamente consciente de que Octavia codiciaba sus joyas. Se quitó la túnica blanca de luto, la hizo una bola y la arrojó al piso—. Ah, y no te olvides del chal de lana. Saldré con Octavia y es posible que vuelva tarde a casa. —Se rió con alegría—. Ya me siento mejor.

—¿Cuánto tardarás en estar lista? —dijo Octavia, sonriendo levemente y sintiendo que controlaba completamente la situación, exactamente como le gustaba.

—Solo dame un momento más —dijo Julia y se sentó frente al espejo, aplicándose el maquillaje con rapidez y como una experta. Hizo una pausa y miró a Octavia a través del espejo, con los ojos brillantes—. Olvídate de ir de compras, Octavia. Vamos al ludus y veamos la práctica de los gladiadores. ¿No dijiste que puedes hacerlo cada vez que te dé la gana porque tu padre tiene contactos en la Gran Escuela?

—Padre tiene que notificar previamente al lanista, y ayer se fue a Pompeya. Estará allí por negocios durante varios días.

—Ah —dijo Julia y bajó el pote de rubor. Atretes estaba en el ludus y quería verlo de nuevo.

—No te pongas melancólica conmigo otra vez. Si tienes ganas de ver hombres, podemos ir al Campo de Marte. Los legionarios están ahí.

—Esperaba echarle un vistazo a un gladiador que vi en Campania. Lo vi solo una vez a la distancia cuando corría cerca de la finca de Claudio, pero era muy apuesto. —Se untó ligeramente un poco más de crema en las mejillas y se las frotó—. Pude averiguar que se llama Atretes y que lo vendieron a la Gran Escuela.

—¡Atretes! —se rió Octavia.

—Ya has oído de él.

—¡Todos han oído de él! Apareció en los juegos hace unas semanas y logró que la multitud pasara de reclamar ansiosa su sangre a querer adorarlo.

—¿Qué pasó? Cuéntame todo.

Octavia lo hizo, comenzando por el banquete y el insulto a Arria, y terminando con el desempeño de Atretes en la arena.

—No podrías verlo ni siquiera yendo al ludus. Lo mantienen bien apartado de los visitantes romanos.

—Pero, ¿por qué?

—Por poco mató al hijo de un senador que quiso medirse con él. Aparentemente, Atretes no se dio cuenta de que era solamente una maniobra. Lo único que quería era sangre.

—¡Qué emoción! Pero seguramente Atretes no mataría a una mujer —dijo Julia.

—Parece capaz de cualquier cosa. Tiene los ojos azules más fríos que haya visto en mi vida.

Julia sintió que la envidia la quemaba por dentro y después sintió ira contra su padre por negarle la oportunidad de ir a los banquetes previos a los juegos como hacía Octavia.

—¿Estuviste con él en el banquete?

—Estuve con Caleb la noche que Atretes fue presentado por primera vez. Ya escuchaste acerca de Caleb. Ya ha matado a veintisiete. —Dio un respingo—. Atretes es demasiado bárbaro para mí.

Hadasa sostuvo la palla para Julia y permitió que se deslizara sobre ella mientras las dos jóvenes conversaban. Le ciñó el cinturón de oro y se lo ajustó un poco para que la túnica luciera bien en la delgada silueta de Julia. Luego le sujetó el collar de amatista, mientras Julia se colocaba los aretes.

—¿Quiere que le haga nuevamente el peinado, mi señora? —preguntó Hadasa.

—No ha hecho nada que se lo desordene —dijo Octavia, impaciente.

—Daría cualquier cosa para que Atretes lo peinara con sus dedos. —Rió Julia. Dándose vuelta, se levantó del taburete frente al tocador y tomó a Hadasa de las manos. Su ánimo de pronto se volvió serio—. No le digas nada a padre, aunque te exija una explicación. Dile que fui a adorar al templo de Diana.

Octavia gruñó:

—No Diana, Julia. Hera, la diosa del hogar y del matrimonio.

—Ah, no me importa —dijo Julia, soltando a Hadasa—. Dile el dios que prefieras. —Le arrancó el chal a Hadasa y se fue revoloteando alegremente hacia la puerta, haciendo que la suave tela de lana ondeara a su paso—. Mejor aún, dile que fui al boticario a buscar un veneno de rápida acción para mí misma. Eso le gustaría.

Salieron a toda prisa de la casa y bajaron por la colina hacia la multitud que estaba en los puestos con mercancía.

A Julia le encantaba caminar por las calles atestadas y ver cómo la gente giraba la cabeza cuando pasaba. Sabía que era bonita y llamar la atención le levantaba el ánimo, después de estar tanto tiempo tras los altos muros de la casa de su padre. Él se iba a enfurecer con ella, pero no iba a pensar en eso ahora; solo le arruinaría el resto del día.

Padre estaba decidido a arruinarle la vida entera, si se lo permitía. Estaba demasiado viejo para recordar cómo era ser joven y estar tan lleno de vida que uno sentía que iba a explotar. Él ya no creía en los dioses; no creía en nada, salvo en sus antiguos valores y en su arcaica moralidad.

El mundo se estaba apartando de las viejas ideas y él estaba decidido a estancarse. Peor aún, estaba decidido a que ella se estancara con él. Lo había intentado con Marcus y había fracasado, y ahora la aplastaba bajo sus expectativas. Tenía que ser firme como su hermano y no permitir que padre dictara su vida. Ella no iba a ser como madre, conforme con vivir detrás de las altas paredes y atender a su esposo como si fuera un dios. Ella tenía su propia vida por vivir e iba a hacerlo de la manera que quisiera. Iría a los banquetes previos a los juegos, bebería y se reiría con los gladiadores; la semana siguiente iría a los juegos megalesios y homenajearía a Cibeles con sus amigas. Buscaría alguna manera de conocer a Atretes.

—¿Cuántos amantes has tenido, Octavia? —dijo Julia mientras caminaban, deteniéndose aquí y allá para mirar chucherías de tierras extranjeras.

Octavia se rió:

—Perdí la cuenta.

—Ojalá fuera como tú, libre de hacer lo que quiero con quienquiera que elija.

—¿Por qué no puedes?

—Padre...

—Eres tan gallina, Julia. Tienes que tomar el control de tu vida. Ellos tomaron sus decisiones e hicieron lo que quisieron. ¿Por qué no podrías tú hacer lo mismo?

—La ley dice...

—La ley —la interrumpió Octavia burlonamente—. Te casaste con Claudio porque tu padre así lo deseaba y ahora Claudio ha muerto. Todo lo que él tenía te pertenece. Marcus lo controla, ¿no es así? Bueno, tu hermano te adora. Sácale provecho.

—No estoy segura de poder hacer eso —dijo Julia, afligida por cómo lo había expresado Octavia.

—Lo haces todo el tiempo. —Se rió Octavia—. Solo que lo haces por cosas insignificantes como escaparte una o dos veces para ver los juegos, en vez de apoderarte del dinero que te pertenece legítimamente. ¿Es justo que tu padre y tu hermano puedan usar ese dinero, cuando tú fuiste la que tuvo que dormir con ese viejo deprimente?

Julia se sonrojó y miró hacia otra parte, sabiendo perfectamente que había sido una mala esposa.

—No era tan deprimente. Claudio era bastante brillante.

Octavia rió.

—Tan brillante que te morías de aburrimiento. Tú misma me lo contaste en una carta, ¿o no quieres recordar lo que escribiste acerca de él?

De repente, a Julia le costó respirar. Se estremeció ligeramente, preguntándose cuántas otras cosas horribles había dicho sobre Claudio que aún eran recordadas con tanta intensidad. Octavia sabía que él había salido corriendo tras ella. ¿Por qué lo mencionaba a todas horas, sabiendo que a ella le molestaba tanto?

—No quiero hablar de él, Octavia. Ya lo sabes.

—Está muerto. ¿De qué hay que hablar? Los dioses te sonrieron.

Julia sintió un escalofrío. Para distraerse de sus pensamientos sombríos, se detuvo en un puesto que exhibía colgantes de cristal. El dueño era un egipcio moreno y apuesto. Hablaba griego con fluidez, pero con un acento muy marcado, lo cual le daba un aura de misterio. Julia revisó con interés uno de los dijes. Se sentía frío en su mano y estaba rodeado por una serpiente que servía para sujetar el largo cristal y permitir una presilla para una cadena pesada.

—Mi nombre es Chakras y traigo estos cristales de los confines más remotos del imperio. —El egipcio observó a Julia levantar un colgante—. Es encantador, ¿verdad? —dijo—. El cuarzo rosa reduce los desequilibrios sexuales y ayuda a librarse del enojo, del rencor, de la culpa, del miedo y de los celos.

—Déjame verlo —dijo Octavia y se lo quitó a Julia para verlo más cerca.

—También es conocido por aumentar la fertilidad —dijo Chakras.

Octavia se rió y se lo dio a Julia rápidamente.

—Aquí tienes, agárralo tú.

—¿Algo menos riesgoso, quizás? —dijo Julia riéndose de Octavia. Señaló otro collar—. ¿Qué me dice de este?

—Una buena elección —dijo el hombre, levantándolo con reverencia—. La piedra lunar tiene poderes sanadores para el estómago y alivia la ansiedad y la depresión. Además, ayuda en el trabajo de parto y sirve para los problemas femeninos. —Notando la mueca de Octavia, agregó—: Es un buen obsequio para una mujer que está a punto de casarse.

—Me gusta —dijo Julia, poniéndolo a un costado—. ¿Y ese que está ahí?

Él levantó un hermoso cristal lavanda y lo colocó sobre un pedestal cubierto con una tela.

—Es alejandrita, señora, una variante de crisópalo, famoso por evitar el deterioro externo e interno.

—¿Te ayuda a no envejecer? —dijo Octavia.

—Ciertamente, señora —dijo él, observándola manosearlo. Se apartó, teniendo la precaución de mantener la mirada atenta en Octavia mientras levantaba varios otros colgantes—. La alejandrita también sirve para nivelar las emociones y refleja el potencial más alto del gozo incipiente. —Colocó frente a ellas un cristal turquesa pálido—. Esta aguamarina es una variedad rara de berilo y se sabe que fortalece las vísceras y purifica el cuerpo —dijo—. Mejora la claridad del pensamiento y ayuda a la expresión creativa. La ayudará a estar en equilibrio con los dioses.

—A mi padre le gustaría esta —dijo Julia y separó la aguamarina—. Mamá piensa que está enfermo.

—Oh, señora mía, en ese caso tiene que ver este cristal de cornalina. Es un sanador muy evolucionado que abre el corazón y fomenta la comunión con los espíritus del inframundo, y de ese modo sirve para encontrar muchas formas de escapar de la muerte.

—Qué rojo tan bonito —dijo Julia y lo tomó. Lo hizo girar una y otra vez en su mano—. Este también me gusta —dijo y lo apartó junto con los colgantes de aguamarina, piedra lunar, alejandrita y cuarzo rosa. Octavia se puso pálida, tenía la boca apretada y sus ojos relucían con una encendida envidia.

Chakras sonrió imperceptiblemente.

—Pruébese este, señora —dijo, entregándole una lanza de cristal de ocho centímetros.

—Este es demasiado grande —dijo Julia.

—Este cristal realza y estimula el cuerpo y la mente. Le permite comunicarse con el dios que usted elija. Desde el preciso instante en que se lo ponga, sentirá el poder que tiene el cristal. Despierta los sentidos y aumenta sus encantos.

—Muy bien —dijo Julia, más intrigada por su cautivadora voz que por el cristal.

Él se lo puso en el cuello con reverencia.

—¿Siente el poder que tiene?

Julia levantó la vista y él la miró directamente a los ojos con una intensidad oscura y ardiente. Se sintió inquieta y, después, muy tranquila.

—Sí, siento el poder —dijo con asombro. Tocó el colgante distraídamente, incapaz de apartar la mirada de Chakras—. Es bonito, ¿no, Octavia?

—Es un pedazo de piedra en una cadena.

Chakras no dejaba de mirar a Julia.

—El cristal es el lugar donde residen los antiguos dioses egipcios. Su amiga provoca la ira de los dioses.

Octavia le lanzó una mirada asesina.

—¿Estás lista para irte, Julia? —dijo impacientemente. Observó al egipcio estirar la mano y tomar suavemente el cristal con su mano, rozando a Julia con los nudillos.

—Solamente los que merecen el poder lo tienen —dijo Chakras, sonriendo de una manera que hizo enrojecer el rostro de Julia.

Octavia rió secamente.

—Julia, tú puedes darte el lujo de comprar perlas. No gastes un sestercio en vidrio.

Julia se retiró del contacto con Chakras, y el peso del cristal volvió a caer entre sus pechos.

—¡Pero son hermosos!

Chakras estudió el caro collar de amatista que tenía puesto.

—El colgante de cristal claro vale un áureo —dijo Chakras, sabiendo que ella podía pagar eso y más.

—¿Tanto? —dijo Julia, sorprendida. Un denario equivalía a la paga de un día y veinticinco denarios equivalían a un áureo.

—Es ridículo —dijo Octavia, alegrándose de que valiera más de lo que Julia estaba dispuesta a pagar. Los colgantes eran preciosos, y si ella no podía tener alguno, tampoco quería que Julia lo tuviera—. Vámonos.

—El poder no es algo barato, mi señora —dijo Chakras con su voz melódica y acentuada, que denotaba los misterios del antiguo Egipto—. Estas son gemas excepcionales creadas por los dioses.

Julia miró los colgantes que había elegido.

—No se me permite llevar dinero en el mercado público.

—Puedo anotarlos en mi libro de compras y yo me ocuparé de ello como usted lo disponga, mi señora.

—Soy viuda —dijo tímidamente—, y mi hermano administra mi patrimonio.

—Es una cuestión menor —dijo Chakras y sacó un registro.

—Ella todavía no dijo que quiere comprar esas cosas —dijo Octavia enfadada.

—Pero quiero —dijo Julia y vio que Chakras anotaba cada colgante. Le dio el nombre completo de Marcus y su dirección. Él le preguntó si vivía con su hermano y ella dijo que no—. Vivo con mi padre, Décimo Vindancio Valeriano.

—Verdaderamente, un gran hombre —dijo Chakras y no hizo más preguntas—. Firme aquí, por favor. —Mojó la pluma en la tinta y se la entregó. Mientras ella firmaba, envolvió los cuatro collares con lana blanca y los puso en una bolsa de cuero. Se lo entregó haciendo una reverencia solemne—. Que el cristal transparente que usa le dé todo lo que desea y más, mi señora.

Julia estaba sumamente emocionada por sus compras e insistió en detenerse en varios otros puestos. Compró perfume en un frasco sofisticado, una pequeña ánfora sellada con aceite aromático y una caja de polvos pintada.

—Te juro por Zeus, Julia, que no cargaré otro paquete por ti —dijo Octavia con rabia—. Deberías haber traído a tu pequeña criada judía —puso las cosas en los brazos de Julia y se fue caminando, zigzagueando entre la multitud y deseando no haber tentado a Julia con desafiar a su padre y hacer esta salida.

Riéndose, Julia apuró su paso para seguirla.

—¡Tú eras la que quería ir de compras!

—Para mirar. No para comprar todo lo que hay a la vista.

—¡No compraste ni una sola cosa!

Octavia apretó los dientes por el comentario de Julia, enojada porque su amiga podía permitirse comprar tantas cosas sin la mínima preocupación, mientras que ella no tenía absolutamente nada de dinero. Ignoró las súplicas de Julia de que no caminara tan rápido. Lo único en lo que podía pensar era en los collares que Julia tenía en su pequeña bolsa de cuero. Con todo el dinero que Julia tenía se podría pensar que le compraría un regalo a su amiga. Pero no, ¡solo pensaba en ella misma!

—¡Octavia!

Sofocando su resentimiento, Octavia se detuvo y esperó. Levantó la cabeza pomposamente.

—Aquí todo es ordinario y de mal gusto. No he visto una sola cosa que me guste.

Julia sabía muy bien que Octavia había admirado los collares de cristal, pero ella no se vería obligada a darle uno después de que la había hecho abrirse paso por las atestadas calles para alcanzarla. La miró con toda la frialdad que pudo.

—Qué pena. Estaba pensando regalarte uno de los colgantes —dijo, sabiendo que Octavia había querido, pero no podía, comprarlo. Marcus le había contado que Druso estaba casi al borde de la ruina económica. El suicidio sería la única manera de conservar el escaso honor que le quedaba.

Octavia la miró.

—¿Ibas a hacerlo?

Julia siguió caminando.

—Bueno, ya no. No me gustaría regalarle algo de mal gusto y ordinario a mi mejor amiga. —Miró hacia atrás, satisfecha por la expresión que vio en el rostro de Octavia. Estaba cansada de sus actitudes condescendientes—. Quizás luego encontremos algo que sea de tu gusto.

Las dos estaban cansadas cuando llegaron al Campo de Marte. Julia no quiso sentarse debajo de un árbol frondoso. Quería ubicarse a la vista de los demás, tan cerca del entrenamiento de los soldados como fuera posible. Octavia lamentó haberle sugerido ir a ver a los legionarios. Todos parecían prestarle atención a Julia, vestida con su palla lavanda, y fijarse poco en ella, que vestía de azul. Enojada, Octavia fingió estar aburrida. No le gustaba ser eclipsada por Julia. Ella solía ser a quien la gente miraba cuando estaban juntas. Quizás debería bajar de peso o cambiarse el peinado, o usar más cosméticos. Entonces Julia volvería a pasar a segundo plano. Echó un vistazo a Julia y supo que eso no sucedería. Las diferencias entre ambas eran cada vez más grandes.

La vida no era justa. Julia había sido besada por los dioses. Había nacido en una familia con toda la riqueza, el poder y el prestigio que la fortuna pudiera comprar. Luego se casó con un viejo rico quien, oportunamente, se rompió el cuello antes de que finalizara el primer año de dicha matrimonial, dejando a la pobre pequeña Julia con una fortuna, aunque ella era demasiado tonta para saber cómo adueñarse de ella. Octavia sí que sabría cómo hacerlo.

Viendo que Julia la pasaba tan bien, Octavia sintió un arranque de envidia. La amargura la carcomía. Su padre siempre estaba poniendo excusas ante sus acreedores. Pasaba cada vez más tiempo con sus patrocinadores y buscaba a otros que aportaran a sus arcas empobrecidas. Ella sabía que su viaje a Pompeya era una excusa para escaparse por un tiempo. Él le había gritado el día anterior, acusándola a *ella* de gastar demasiado dinero. Dijo que odiaba «pedir limosna» a sus patrocinadores. ¿Qué imaginaba él que sentía ella cada vez que tenía que mendigarle dinero a su propio padre? Si eran tan pobres, quizás él debería dejar de apostar en los juegos. Nunca había podido elegir a un auriga ganador.

¿Por qué tenía que ser la hija de un tonto? ¿Acaso no merecía todas las cosas que tenía Julia? Lo único que tenía para alardear era su sirvienta personal, la hija del rey de una tribu africana. Recordó la primera vez que la llevó a la casa de Julia y vio a Julia avergonzarse de su pequeña judía fea. Ahora le ponía los nervios de punta saber que hasta ese pequeño triunfo le había salido mal. Su princesa africana era altanera y avasalladora y constantemente era necesario que la moliera a palos para hacerla obedecer, mientras que la humilde judía de Julia la servía como si fuera su deleite exclusivo.

La mirada de Octavia recayó sobre el exquisito collar de amatista que rodeaba el delgado cuello de Julia. Los aretes que hacían juego capturaban la luz del sol. Nuevamente, Octavia sintió que se le retorcía el estómago de envidia y el bello día se volvió un sufrimiento. Casi odiaba a Julia, cuya pequeña bolsa de cuero llena de joyas compradas por tanto dinero unas pocas horas atrás yacía olvidada sobre la hierba.

Un joven centurión pasó montado sobre un padrillo alazán y sonrió pícaramente; no a ella, sino a Julia, quien se sonrojó como una virgen, lo cual la hizo parecer aún más bella. Octavia se sintió aún más enfadada.

—¿Viste cómo me miró? —dijo Julia sin aliento, con los ojos oscuros resplandecientes de excitación—. ¡Era apuesto!

—Y probablemente tan tonto como un buey —dijo Octavia. Resentida por haber sido ignorada por un hombre, se levantó—. Tengo calor, estoy hambrienta y aburrida, Julia. Me voy a la casa de Calabá.

Rápidamente, Julia se puso de pie, consternada por no poder seguir mirando a los soldados, pero ansiosa por hacer lo que Octavia tenía en mente.

—Iré contigo.

—No estoy segura de que te vaya a caer bien. Ella es demasiado sofisticada para ti.

—Pero antes dijiste que...

—Oh, sé lo que dije —Octavia la interrumpió haciendo un ademán con la mano—. Pero estarás fuera de lugar allí, Julia.

Eso era verdad, aunque no era cabalmente el motivo por el que quería despachar a Julia. Desde luego, podía ser divertido dejar que Julia la acompañara. Calabá probablemente se burlaría de su mentalidad pueblerina. Octavia tenía ganas de ver algo así. Quizás Cayo Polonio Urbano también estuviera de visita. La intensidad de sus ojos oscuros y el toque de sus manos frías la estremecían por dentro. Había escuchado rumores sobre él, pero solamente lo hacían más intrigante y peligroso. Estaba segura de que él se interesaba cada vez más por ella.

Julia recogió su bolsa de cuero con los collares y los paquetes de perfume, aceite y polvos. Octavia parecía decidida a excluirla de todo lo emocionante.

—Si me llevas a conocer a Calabá, te regalaré uno de los collares que compré.

Octavia se volvió a ella furiosamente, con las mejillas encendidas.

—¿Qué clase de amiga crees que soy?

—Querías uno, ¿no? —dijo Julia, igual de enojada, pero ocultando sus sentimientos con una sonrisa experta de vulnerabilidad al borde del llanto—. Bueno, te estoy ofreciendo el que tú quieras. —Haciendo malabares con sus compras, le ofreció la bolsa de cuero—. Iba a darte uno antes, pero fuiste muy cruel, hablando de Claudio tantas veces —dijo.

Octavia dudó y luego miró la bolsa.

—¿De verdad ibas a darme uno?

—Por supuesto. —Chakras tenía muchos collares más. Cualquiera fuera el que Octavia eligiera, podía enviar a Hadasa para comprar un remplazo.

—Bien, entonces —dijo Octavia abriendo el morral y sacando el collar—. Quiero la alejandrita. —Había sido el más caro. Lo sacó, lo desenvolvió y se lo puso, deshaciéndose de la tela blanca.

Llevaría a Julia adonde Calabá. Sería divertido ver cómo Calabá se burlaba sutilmente de ella. Frunció el ceño por un instante, volviendo a tener en cuenta lo hermosa que estaba Julia y la forma en que el centurión había reaccionado antes. A Cayo le encantaban las mujeres hermosas y Octavia definitivamente no quería que nada interfiriera con lo que estaba segura era el comienzo de algo entre ella y Cayo. Luego hizo un gesto de desdén... Seguramente Cayo no se interesaría en una niña consentida como Julia.

Se dio vuelta para sonreír a Julia con benevolencia.

—La casa de Calabá no está lejos de aquí. Vive en lo alto de la colina de los baños.

16

Marcus entró a la casa y, afortunadamente, la encontró tranquila y fresca. Enoc tomó su capa roja.

—¿Mi padre y mi madre están descansando?

—No, mi señor. Fueron a caminar al parque.

—¿Y la señora Julia?

—Salió con la señorita Octavia.

Marcus frunció el ceño.

—¿Con el permiso de mi padre?

—No lo sé, mi señor.

Marcus lo miró entrecerrando los ojos.

—No lo sabes —dijo secamente—. Vamos, vamos, Enoc. Tú sabes todo lo que sucede en esta casa. ¿Le pidió permiso a mi padre y, si así fue, dónde fue con Octavia?

—No lo sé, mi señor.

Marcus se impacientaba.

—¿Su esclava salió con ella?

—No, mi señor. Hadasa está sentada en un banco del peristilo.

—Hablaré con ella.

Marcus sonrió un poco cuando vio a Hadasa sentada en silencio en un banco de mármol cerca de la pared. ¿Estaba escuchando el sonido de la fuente y el cantar de los pájaros? Parecía afligida y tenía las manos fuertemente apretadas sobre el regazo. La observó unos pocos segundos y se dio cuenta de que estaba orando otra vez. A causa de sus devociones se sintió renuente a acercarse a ella.

Apretó los labios, enojado consigo mismo. ¿Cuál era su problema? Hadasa era una esclava. ¿Por qué debía importarle si interrumpía sus oraciones o cualquier otro momento? Era su voluntad la que importaba, no la de ella. Se acercó con zancadas resueltas. Ella lo escuchó y se levantó. Cuando lo miró a los ojos, él sintió una sensación rara en el pecho. Molesto, le habló con dureza:

—¿Dónde está mi hermana?

—Salió, mi señor.

—¿Salió adónde? —exigió él y la vio fruncir levemente el ceño. Casi podía leer sus pensamientos. Ella no quería traicionar a Julia. En silencio, Hadasa bajó la cabeza. La lealtad que tenía hacia su hermana lo hizo querer ser más amable con ella—. No estoy enojado contigo. Estoy preocupado por Julia. Se supone que debería guardar luto tres meses más, y dudo que padre le haya dado permiso para salir de la villa con Octavia. ¿Estoy en lo correcto?

Hadasa se mordió el labio, indecisa. No quería mentir ni quería desobedecer a Julia. Dejó escapar un suave suspiro, afligida.

—Dijo que iría al templo de Hera.

Marcus rió con frialdad.

—A Octavia no la sorprenderían ni muerta en el templo de Hera. Ella venera a Diana o a cualquier otra deidad que promueva su promiscuidad —aunque lo dijo, se enfrentó a su propia hipocresía, pues él hacía lo mismo. La ira lo invadió. Era distinto para el hombre que para la mujer. Y era especialmente diferente cuando se trataba de su hermana.

—Dime adónde fueron, Hadasa. Sé que quieres protegerla, pero ¿es protección dejarla hacer algo imprudente y estúpido? Octavia es conocida por las dos cosas. ¡Dime adónde fueron! Encontraré a Julia y la traeré a casa. Lo juro —aun mientras lo decía, se preguntaba por qué le estaba dando explicaciones a una esclava, o incluso haciéndole promesas y juramentos.

Ella lo miró.

—Iban a ir de compras y, luego, al Campo de Marte.

—A mirar a los legionarios —dijo Marcus disgustado—. Exactamente así es Octavia, aunque le gustan más los gladiadores. ¿Dijeron algo más?

—La señorita Octavia dijo que quería visitar a una amiga.

—¿Recuerdas el nombre de esa amiga? —dijo él, pensando que probablemente fuera algún hombre.

—Creo que se llama Calabá.

—¡Por los dioses! —Marcus explotó con furia. Calabá era peor que cualquier hombre de mala fama que Octavia pudiera presentarle a Julia. Caminó de un lado al otro, enojado, frotándose la nuca—. Julia ni siquiera sabe en qué se está metiendo. —Tenía que traerla de vuelta, rápido.

Se paró frente a Hadasa y la tomó de los hombros.

—Escúchame y obedéceme. Cuando mi padre y mi madre vuelvan, evítalos. Escóndete en la cocina. Haz lo que tengas que hacer. Si te llaman y te preguntan dónde está Julia, les dirás que se fue a adorar a Hera, como probablemente te pidió que dijeras. Eso es todo. No menciones a Octavia. No menciones el Campo de Marte ni nada más. ¿Entiendes?

—Sí, mi señor, pero ¿qué pasará con Enoc? —dijo Hadasa, sabiendo que estaría demasiado dispuesto a contarle todo a Décimo Valeriano. Él no le tenía mucho afecto a Julia, como tampoco lo tenían los demás esclavos de la casa—. Se sentirá obligado a decirle a su padre que ella salió de la villa —añadió rápidamente, sin la intención de meter a Enoc en problemas.

Él la soltó.

—Tienes razón —dijo y maldijo por lo bajo—. Mandaré a Enoc a hacer un mandado que le llevará un largo rato. Un encargo importante que requiera su atención personal —la miró y vio su expresión de alivio.

—Mi señor, usted vino en respuesta a mis oraciones.

Él se rió.

—¿Orabas para que yo viniera a ti? —Ella se sonrojó y agachó la cabeza, tartamudeando una respuesta—: ¿Qué dijiste, Hadasa? No pude escucharte.

—Estaba orando por ayuda para Julia, mi señor, no específicamente por usted.

Apretó los labios con ironía.

—Qué lástima. Y yo que pensé que era la respuesta a las plegarias de una doncella —dijo, divertido por la vergüenza que sentía ella. Le levantó el mentón y vio que se puso más colorada aún—. ¿De qué manera soy la respuesta a tus oraciones, Hadasa?

—Usted traerá sana y salva de regreso a mi señora.

—Me complace saber que me tienes tanta confianza. —La tocó suavemente debajo del mentón, como lo hacía con su hermana, y le sonrió con sorna—. A lo mejor entre los dos encontraremos la manera de mantener a Julia al margen de tantos problemas.

Su actitud platónica liberó la tensión y, exhalando suavemente, ella rió.

—Que Dios lo escuche, mi señor —dijo.

Marcus nunca antes la había escuchado reírse. Al mirar su rostro pequeño y feliz y escuchar el dulce sonido, estuvo a punto de tomarle la cara con las manos y besarla. El cambio en ella le provocó una calidez perturbadora. No era lujuria; él conocía muy bien esa emoción. Era otra cosa. Algo más profundo, más misterioso, algo que tenía más que ver con su espíritu que con sus sentidos... o tal vez con su alma, como diría ella. Ella conmovía su corazón.

Se dio cuenta de lo poco que realmente sabía de ella.

—Nunca antes te había escuchado reír —dijo, y se arrepintió inmediatamente de sus palabras cuando su ligero buen humor se disipó.

Ella bajó la cabeza; otra vez era una muchacha esclava.

—Lo siento, mi señor. Yo...

—Deberías reírte más seguido —dijo suavemente. Cuando ella lo miró sorprendida, la miró a los ojos. Cien preguntas vinieron a su mente, seguidas de impaciencia. ¡No tenía tiempo para esto y no necesitaba más complicaciones en su vida! Hadasa no era Bitia. No era simple entenderla, ni fácil descartarla.

—Mantente fuera de la vista de mis padres hasta que vuelva. Si no estás disponible, no podrán hacer preguntas.

Hadasa lo vio irse. ¿Por qué la había mirado de esa manera? Con las manos sobre el pecho palpitante, se hundió en el banco y cerró los ojos. ¿Qué era esto que sentía cada vez que él estaba cerca? Le costaba respirar. Se le humedecían las palmas de las manos y la lengua se le trababa. Lo único que tenía que hacer era mirarla, y ella se estremecía. Y, apenas un momento antes, se había sentido tan aliviada por su gesto, que se le escapó la risa. ¿Qué debía pensar él de ella?

Aunque Marcus Valeriano no la mirara, ella se trastornaba cuando estaba presente. Quería que la mirara y, cuando lo hacía, se ponía torpe y se cohibía. A veces deseaba que él se mantuviera alejado de la casa. Pero cuando lo hacía, anhelaba verlo de nuevo solo para saber que estaba bien.

Su padre le había hablado de la obsesión de una joven por la belleza física. Aun siendo pequeña, le había advertido que mirara al hombre detrás del rostro atractivo, que le prestara atención al alma.

«Un rostro hermoso puede esconder una gran maldad», dijo él.

Marcus era hermoso, como una de las estatuas que había cerca del mercado. A veces, ella lo miraba y se olvidaba completamente del alma que tenía. Marcus no creía que tuviera un alma, ni creía en la vida después de la muerte, como sí creían sus padres. Le había escuchado decirle a su padre que cuando un hombre moría, no había nada más. Había dicho que por ese motivo él quería sacarle a la vida todo el provecho que pudiera.

El único dios que Marcus tenía en su vida era su propio intelecto. Se reía de la fe de Hadasa y se burlaba de su «dios invisible». Él creía que el hombre se hacía a sí mismo al aprovechar cada oportunidad que se le presentara.

Bitia hacía alarde del poder que tenía sobre Marcus, de que con el hechizo y el sacrificio adecuado podía hacer que él la deseara. Hadasa no le creía, pero había visto a Bitia en el jardín temprano por la mañana, parada en medio del humo que emanaba de su incensario. Y Marcus, efectivamente, iba a ella. Con frecuencia.

Hadasa se apretó las mejillas encendidas con las manos. No tenía derecho a sentir nada por Marcus Valeriano. Había orado para que Dios le quitara los sentimientos confusos que tenía por él, y que le abriera los ojos para poder servir mejor. Pero lo único que tenía que hacer Marcus era aparecer para que ella sintiera que el corazón se le salía del pecho.

Bitia decía que Marcus era el mejor amante que había tenido

en su vida. La muchacha egipcia decía muchas cosas que Hadasa no quería escuchar. No quería saber qué estaba pasando entre la esclava y su amo.

Oraba para que Marcus Valeriano se enamorara y se casara con una mujer buena como su madre. No quería verlo caer bajo la magia negra de Bitia. Bitia era como el Egipto de las Escrituras, seductora y encantadora; atraía al hombre para llevarlo a su destrucción. Bitia parecía ser sabia según los criterios del mundo, pero era completamente ignorante de lo que se provocaba a sí misma. Hacer intercambios con los poderes de las tinieblas podría darle momentáneamente lo que deseaba, pero ¿cuál sería el costo final?

Febe Valeriano creía que Bitia tenía poderes sanadores y a menudo llamaba a la muchacha esclava a la alcoba del amo. Pero, aun después de todas estas semanas, Décimo Vindancio Valeriano no mejoraba.

El amo creía en la tolerancia religiosa y, por lo tanto, todos en la casa tenían permiso de adorar a sus dioses a su propia manera. Muchos de los esclavos rendían culto en varios altares y templos. Bitia tenía permiso para ir diariamente al altar de Isis, cerca del Campo de Marte, así como Enoc podía ir a sus oraciones matinales a una pequeña sinagoga cerca del río, donde vivían y trabajaban muchos judíos libres. La regla tácita entre los esclavos de la villa Valeriano era vivir y dejar vivir. Sin embargo, cuando Bitia empezó a utilizar sus hechizos y pócimas sobre el amo, la tolerancia de Enoc se evaporó como la lluvia en el desierto.

—Le ruego a Dios que le golpee la cabeza antes de que pueda hacerle más daño al amo con sus artes negras —le dijo una mañana a Hadasa, mientras la acompañaba al mercado.

—Enoc, ella cree de corazón que lo que está haciendo curará al amo. Ayuna, ora y medita para obtener los poderes que cree que le fueron prometidos.

—¿Y esa es la excusa para lo que está practicando en él?

—No, pero...

—Es una embustera y una bruja.

—Ella es la engañada, Enoc. Cree en dioses falsos y en enseñanzas falsas porque nunca ha escuchado la verdad.

—Eres demasiado joven para entender la maldad que hay en el mundo.

—He visto el mal en medio de Jerusalén, mucho antes de que los romanos siquiera subieran a las murallas.

Enoc achicó los ojos:

—¿Qué estás diciendo?

—Si Bitia conociera al Señor, las cosas serían distintas para el amo y para ella.

Los ojos de Enoc destellaron atónitos.

—¿Qué estás insinuando? ¿Que yo convierta a una ramera egipcia en una prosélita?

—La Escritura dice que Rut era una moabita y, sin embargo, a través de ella vino nuestro rey David, y del linaje de David, el Cristo.

—El corazón de Rut amaba a Dios.

—¿Cómo sabemos que Bitia no lo hace? ¿Cómo habría llegado Rut a conocer a Dios si su esposo y su suegra no le hubieran hablado primero de él?

—No me quedaré aquí discutiendo sobre la Escritura con una niña ignorante, Hadasa. ¿Qué puedes saber tú? Discúlpame si parezco brusco, pero tu corazón tierno no cambiará los modos del mundo, ¡ni de una prostituta como Bitia!

Ella apoyó la mano en su brazo.

—No tengo la intención de discutir, Enoc. —Miró su apreciado rostro, sabiendo que si Dios no lo hubiera enviado a comprarla aquel día en el mercado de esclavos, ella habría perecido mucho tiempo atrás en la arena—. Israel es el elegido por Dios para dar testimonio al mundo. ¿Cómo podemos ser testigos del único Dios verdadero si guardamos la verdad como si fuera de nuestra propiedad? Dios quiere que su verdad se dé a conocer al mundo.

—¿Regalarías lo que es santo aun a los inmundos perros gentiles? —dijo Enoc y sacudió la cabeza, tristemente incrédulo—. Escúchame bien, Hadasa. Mantente lejos de Bitia. Tápate los oídos para no escucharla. Ella es malvada. No olvides que la tolerancia a la maldad es lo que destruyó a nuestra nación. Ten cuidado de que no te destruya a ti también.

Hadasa había sentido ganas de llorar. Ni una sola vez había hablado de Jesús. No había pronunciado ni una palabra acerca de cómo el Señor había resucitado a su propio padre de entre los muertos. Era como si la lengua le pesara mucho en la boca, y ahora el corazón le pesaba aún más por haber guardado silencio. ¿La habría escuchado Enoc? Se dijo a sí misma que no. Pero la pregunta seguía sin respuesta. Bitia no conocía a Dios; Enoc no conocía a su Mesías. ¿Y por qué? Porque su miedo de ser rechazada y perseguida mantenía la verdad encerrada en su corazón. El conocimiento que tenía era un tesoro escondido destinado para ellos dos y ella se aferraba a él, fortaleciéndose de él, pero demasiado temerosa para regalarlo a alguien más.

En ese momento, un pajarillo aleteó dentro del peristilo y se posó sobre la estatua que Marcus había llamado «Pasión desdeñada». Hadasa se presionó los dedos contra las sienes y las frotó suavemente. El patio abierto estaba lleno de vida, de color y de los sonidos relajantes de la fuente; sin embargo, sentía que la oscuridad la rodeaba y la asediaba. Anhelaba la compañía de otros que compartieran sus creencias. Añoraba tener a alguien con quien hablar de Dios como solía hacerlo con su padre.

Se sentía muy sola. Enoc tenía su ley y su tradición; Bitia, sus falsos dioses y sus rituales. Julia tenía sus ansias de vivir; Marcus, su ambición. Décimo no creía en nada, mientras que Febe se postraba ante los ídolos de piedra. En un sentido, todos se parecían; cada uno usaba la religión para que les diera lo que creían que necesitaban: poder, dinero, placer, paz, virtud, una muleta. Ellos obedecían sus leyes individuales, hacían sus sacrificios, realizaban sus rituales, al mismo tiempo que esperaban que sus deseos fueran satisfechos. A veces parecía que tenían éxito, y luego, ella veía la vacía añoranza en sus ojos.

Dios, ¿por qué no puedo gritar la verdad desde las azoteas? ¿Por qué no tengo la valentía para hablar como lo hacía mi padre? Yo amo a estas personas, pero no tengo las palabras para llegar a ellas. Tengo miedo de expresarme y decir que ellos están equivocados y que yo tengo razón. ¿Quién soy, sino una esclava? ¿Cómo les explico que yo soy la que es realmente libre, y que ellos son los cautivos?

Pensó en Claudio y en todas las horas que habían pasado juntos mientras él preguntaba acerca de Dios. Todo lo que ella le había dicho no había sido más que un cosquilleo en sus oídos; ni una palabra había transformado su corazón. ¿Por qué la Palabra penetraba y transformaba a algunos y parecía rebotar en otros? Dios dijo que sembrara la semilla, pero ¿por qué no ablandaba la tierra?

Señor, ¿qué tengo que hacer para que escuchen?

Febe apareció en el peristilo. Se veía tan cansada y tensa que Hadasa se olvidó de la advertencia de Marcus y se acercó a ella.

—¿Puedo traerle algo, mi señora? ¿Vino frío o algo para comer?

—Un poco de vino, tal vez —dijo Febe en un tono distraído. Arrastró sus dedos por el agua.

Hadasa entró rápidamente y le trajo vino. Todavía estaba sentada de la misma manera. Hadasa apoyó la bandeja y le sirvió un poco de vino. Febe tomó la copa y la dejó en la banca sin probarla.

—¿Julia está descansando?

Hadasa se quedó helada. Se mordió el labio, preguntándose qué contestar. Febe levantó la mirada hacia ella y sus ojos dejaron ver que había entendido claramente.

—No te preocupes, Hadasa. ¿Dónde está Bitia?

—Se fue al templo de Isis poco después que usted y el amo salieron.

Febe suspiró.

—Entonces no volverá por horas. —La mano le temblaba

cuando tomó la copa—. Mi esposo necesita distraerse. Su enfermedad... —Volvió a dejar la copa y tomó la mano de Hadasa. Las suyas estaban frías—. La otra noche escuché que le cantabas algo a Julia. Algo en hebreo, me parece. Era hermoso. Tu amo está cansado, pero no puede dormir. Tal vez, si le cantas, podrá descansar.

Hadasa nunca había cantado para nadie de la casa, excepto para Julia, y estaba nerviosa. Febe la llevó adentro, donde le dio un arpa pequeña.

—No tengas miedo —susurró y cruzó el cuarto hacia su esposo.

Décimo Valeriano estaba reclinado en su sillón y parecía más viejo de los cuarenta y ocho años que tenía. Su rostro estaba ojeroso y pálido, a pesar de haber pasado toda la mañana al sol. Apenas notó la presencia de Hadasa cuando obedeció la orden silenciosa de Febe de sentarse cerca de él.

—¿Todo está bien? —dijo en voz baja.

—Todo está bien. Julia no necesita a Hadasa en este momento y pensé que sería agradable escucharla cantar. —Febe asintió con la cabeza a Hadasa.

La madre de Hadasa le había enseñado a tocar. Acarició el instrumento, dejando que surgieran los recuerdos de su familia y le trajeran la melodía de la adoración y la alabanza que habían hecho juntos. Punteando varios acordes simples, fijó las notas y empezó a cantar suavemente: «"El Señor es mi pastor; tengo todo lo que necesito..."». Al principio cantó en hebreo; luego volvió al griego y, finalmente, al arameo, el idioma que había hablado toda su vida. Cuando terminó, inclinó la cabeza y le dio gracias a Dios por la paz que le daba el salmo del rey David.

Cuando levantó los ojos nuevamente, descubrió a Febe observándola.

—Se durmió —susurró. Tocándose los labios con la punta de un dedo, hizo un gesto amable para despedirla. Hadasa dejó el arpa en un taburete y salió de la habitación.

Febe tapó a Décimo con una manta. Luego, fue hasta el taburete y recogió el arpa que Hadasa había tocado. La apretó contra ella y volvió a sentarse cerca de su esposo, con lágrimas cayendo por sus mejillas.

Calabá Shiva Fontaneus era la mujer más fascinante que Julia hubiera conocido en su vida.

«La vida entera no es más que una etapa en nuestra transformación en un nuevo ser —le dijo Calabá a su pequeña reunión de mujeres—. Como mujeres, tenemos el mayor potencial para la divinidad, porque la mujer es la procreadora de la vida».

Julia escuchó cautivada las ideas subversivas de Calabá, quien hablaba elocuentemente, explicando filosofías nuevas y seductoras que estimulaban la imaginación de Julia.

Octavia le había hablado mucho sobre Calabá en el camino desde el Campo de Marte.

—Es rica, tiene varios amantes y maneja todos sus propios asuntos financieros, incluidos varios negocios lucrativos.

—¿Qué clase de negocios?

—No tengo la menor idea, y sería grosero preguntar. Lo que sea que haga, lo hace bien, porque lleva un estilo de vida espléndido.

Julia no estaba segura de qué esperaba encontrar cuando conociera a Calabá, pero todo lo que tenía que ver con ella parecía único. Era alta y tenía un cuerpo atlético. En lugar de usar el cabello recogido con un peinado complicado, como la mayoría de las mujeres romanas, ella llevaba el suyo, que tenía un encantador tono castaño rojizo, peinado en una trenza sencilla. No era hermosa. Sus ojos tenían un matiz verde turbio, tenía la piel muy morena y su mandíbula era demasiado firme, pero su vitalidad y su personalidad la hacían deslumbrante. Parecía llenar cualquier sala con su presencia.

Octavia le dijo que nadie sabía realmente nada acerca de su origen. El rumor era que había conocido a Aurio Livio Fontaneus en una fiesta en la que ella bailaba. Él quedó encantado con sus habilidades acrobáticas; ella, con el dinero de él.

Cualquiera que fuera su historia, a los pocos minutos de conocer a Calabá, Julia la admiraba sobremanera. Frente a ella tenía a una mujer que era todo lo que Julia quería ser: rica, deseada, independiente.

«Toda la vida nace a través de la mujer —les decía Calabá a sus invitadas y, en respuesta, recibía susurrantes afirmaciones—. Cuando un hombre muere, ¿pide a gritos por su padre? ¡No! Llama a su madre. En cada una de nosotras existe la posibilidad no explotada de ser la persona que realmente somos, diosas que hemos olvidado nuestra verdadera identidad en nuestra preexistencia. La mujer es la fuente de la vida y solamente ella tiene las semillas de divinidad que pueden crecer y elevarla a los planos celestiales. Somos las portadoras de la verdad eterna».

Julia podía imaginar lo que diría Marcus de semejantes ideas. Pensar en eso la hizo sonreír ligeramente. Calabá la miró y levantó una ceja oscura en interrogación.

—¿No estás de acuerdo, hermana Julia?

Julia se sintió incómoda bajo la mirada fija y constante de Calabá y le hizo una pregunta para desviarla.

—No lo he decidido, pero me gustaría escuchar más. ¿Cómo alcanzamos esta divinidad de la que hablas?

—No dándole nuestro poder a los hombres —dijo Calabá con sencillez, con una sonrisa paciente en vez de condescendiente. Se levantó y caminó alrededor de los sillones ocupados de la sala—. Debemos alcanzar nuestro pleno potencial en todas las esferas para lograr nuestra divinidad —dijo—. Tenemos que entrenar nuestra mente, ejercitar nuestro cuerpo, comulgar con los dioses mediante la meditación y el sacrificio. —Se detuvo junto a Octavia y le acarició el hombro—. Un poco más de tiempo para marchar y menos para perseguir el placer.

Octavia se sonrojó, mientras las otras se reían. Su mano palideció sobre la copa dorada.

—¿Te burlas de mí, Calabá? Yo no soy una posesión, como otras que conozco —dijo y miró explícitamente a Julia—. Tengo mi propia vida y puedo hacer lo que me plazca. Nadie me dice cuándo tengo que levantarme y cuándo acostarme.

—Todas fuimos una posesión en algún momento, querida Octavia. —Calabá sonrió ligeramente—. ¿Tienes el control de tu propio dinero?

Los ojos de Octavia destellaron cuando levantó la mirada hacia la mujer mayor. Calabá conocía perfectamente su verdadera situación económica. Habían hablado de ella en un momento privado pocos días atrás. ¿Cómo se atrevía Calabá a mencionar el tema delante de Julia y las demás?

—Una pregunta cordial e hiriente —dijo, sintiéndose traicionada.

Calabá le sonrió condescendientemente.

—Es mejor que uses la cabeza y te cases, a que te desperdicies con los comedores de cebada —dijo, refiriéndose explícitamente a los muchos devaneos de Octavia con los gladiadores.

Octavia se sonrojó:

—Creí que eras mi amiga.

—Lo soy. ¿Una amiga no dice la verdad? ¿O prefieres las mentiras y los cumplidos?

Octavia la miró con furia. Había venido con la expectativa de que Calabá estuviera encantada de verla y descuartizara verbalmente a Julia. En lugar de ello, Calabá le había dado la bienvenida a Julia y apuntaba sus palabras mordaces contra la indigna Octavia. El enojo que le provocaba la injusticia de la situación le soltó la lengua:

—Es mejor un gladiador joven y fuerte que un anciano débil.

Las demás dieron un grito ahogado ante el insulto, pero Calabá se rió en voz baja.

—Querida Octavia, todavía estás demasiado susceptible. Los hombres usarán eso como un arma contra ti. Recibe la advertencia, bella hermana. Si sigues viviendo según tus emociones, terminarás sin nada más que el recuerdo del placer en los brazos de un hombre muerto mucho tiempo atrás.

Octavia bebió su vino y no dijo nada más, pero el resentimiento ardía dentro de ella. Estaba perfectamente bien que Calabá dijera que una mujer debía casarse. No era tan simple para Octavia. Su padre no tenía dinero para entregar como dote y ningún hombre daría un paso adelante para pagar por la novia, cuando lo único que ella tenía para ofrecer era un padre tan endeudado que probablemente tendría que suicidarse para salvar su honor.

Miró rápidamente a Julia, quien observaba a Calabá con la fascinación abierta de una niña. Devoraba cada idea que lanzaba Calabá, con los ojos resplandecientes por lo que podría ser, en lugar de por lo que era. Y Calabá parecía estar hablándole solo a ella. Octavia apretó los labios.

La vida era injusta.

—Nuestros dioses y diosas han descendido a la tierra para mostrarnos que podemos elevarnos hasta sus alturas mediante el poder puro de nuestra mente —continuó Calabá—. Es cierto que los hombres son físicamente más fuertes que las mujeres, pero están gobernados por sus pasiones. No es Júpiter quien domina los cielos con su fuerza, sino Hera con su mente.

Julia bebió su vino. Tenía un regusto empalagoso y la hacía sentirse confusa. Una de las otras hizo una pregunta entonces y la conversación viró hacia la política. Momentáneamente distraída, Julia se quedó contemplando la sala y vio que las paredes estaban cubiertas de murales eróticos. El que estaba justo frente a ella era una escena de un hombre y una mujer entrelazados. Detrás de ellos había una criatura alada que tenía rasgos espantosamente grotescos y un cuerpo masculino y femenino por igual. Julia no pudo apartar la mirada de él, hasta que las risas la sobresaltaron. Todas estaban observándola.

—¿Un dios de la fertilidad? —preguntó, tratando de salvar algo de dignidad.

—La representación que hizo mi esposo de Eros —dijo Calabá con una sonrisa sardónica.

Dos damas se levantaron para irse. Una besó a Calabá en la boca y le susurró algo. Calabá negó con la cabeza y las acompañó hacia el patio, donde un esclavo las esperaba para mostrarles la salida.

—Nosotras también deberíamos irnos —dijo Octavia, poniéndose de pie. El día había sido un desastre desde el comienzo. Le zumbaba la cabeza. Lo único que quería era deshacerse de Julia e irse a casa.

Calabá volteó hacia ellas y pareció decepcionada.

—No deberían irse ahora que estamos solas. No he tenido la oportunidad de conocer a tu amiga, Octavia.

—Es tarde y ella no debía haber salido en primer lugar —dijo Octavia irritada.

—Estoy de luto —dijo Julia y se rió incómoda—. O, debería decir, se supone que tengo que estar de luto.

Calabá también rió.

—Es encantadora, Octavia. Qué bueno que me la hayas traído. —Tomó la mano de Julia y la llevó nuevamente al sillón—. Siéntate un rato más y cuéntame todo sobre ti.

—Julia —dijo Octavia, enfadada—. Tenemos que irnos.

Calabá suspiró cansada.

—Vete tú, Octavia. Estoy cansada de tu irritabilidad.

Octavia sentía que le dolían los ojos.

—Me duele la cabeza —se quejó.

—Entonces, por lo que más quieras, vete a casa y descansa. No tienes que preocuparte por Julia. Yo me ocuparé de que vuelva a salvo a su casa. Ahora, vete. Julia y yo tenemos mucho de qué hablar. Y la próxima vez que vengas, Octavia, por favor, ven de mejor humor.

Calabá se disculpó con Julia mientras Octavia salía furiosa de la sala.

—¿Te gustaría un poco más de vino?

—Sí, gracias. Es muy bueno.

—Me alegra que te guste. Le agregué algunas hierbas especiales que abren la mente. —Calabá hizo preguntas y Julia las respondió, y se sentía más relajada a medida que pasaba el tiempo. Era fácil charlar con Calabá y se sorprendió a sí misma confesándole sus frustraciones.

—Enfrentarte a tu padre no te dará lo que quieres. Debes usar la lógica y el razonamiento para ganarte su respeto. —Le aconsejó Calabá—. Negocia con él amablemente. Llévale pequeños obsequios, siéntate con él y escucha sus infortunios. Pasa un poco de tiempo con él. Halágalo. Luego, pídele lo que quieras, que él no te lo negará.

Un esclavo entró en la sala y se quedó de pie y en silencio hasta que Calabá notó su presencia.

—Marcus Luciano Valeriano está aquí, preguntando por su hermana.

—Oh, por los dioses —balbuceó Julia angustiada y se puso de pie—. Oh —dijo y volvió a hundirse en el sillón; la cabeza le daba vueltas—. Creo que bebí demasiado vino.

Calabá se rió y le palmeó la mano.

—No te preocupes por nada, Julia. —Hizo un gesto de asentimiento al esclavo—. Trae a su hermano aquí. —Tomó la mano de Julia y la apretó suavemente—. Tú y yo seremos buenas amigas, Julia. —La soltó y se levantó cuando el esclavo acompañó a Marcus a la sala—. Qué lindo de tu parte que vengas a visitarme, Marcus —dijo Calabá con un tono divertido y lleno de sarcasmo.

—Julia, nos vamos.

—Qué lástima, Julia. Parece que no le caigo bien a tu hermano —dijo Calabá—. Creo que tiene miedo de que yo pueda corromperte con ideas nuevas sobre la condición de la mujer y nuestro rol en la sociedad.

Julia miró de uno a la otra.

—¿Ustedes se conocen? —dijo, arrastrando levemente las palabras.

—Solo por su reputación —dijo Calabá. Su sonrisa estaba llena de veneno—. Conozco a Arria. Conozco a Fannia. Conozco a muchas mujeres excelentes que han conocido a tu hermano.

Marcus la ignoró y se dirigió a su hermana. Mientras ella se ponía de pie, se tambaleó.

—¿Qué te pasa? —le reclamó en voz baja.

—Ha tomado un poquito de más —dijo Calabá casualmente.

Marcus tomó a Julia del brazo.

—¿Puedes caminar, o tengo que cargarte para sacarte de aquí?

Julia se soltó de un tirón, enojada.

—¿Por qué todos tienen que darme órdenes? Estuve pasándola muy bien por primera vez en meses, y tú vienes a entrometerte y lo arruinas.

Calabá hizo un chasquido con la lengua frente al comportamiento de ambos y se acercó a Julia. Apoyó su mano sobre el brazo de Julia y le habló con dulzura.

—Siempre habrá otro día, hermanita. Vete de manera pacífica, o Marcus caerá en una de esas pasiones de las que hablamos antes y te sacará cargada al hombro como un costal de trigo. —Besó a Julia en la mejilla, con los ojos destellantes y risueños al ver la expresión que había en el rostro de Marcus—. Eres bienvenida cuando sea que quieras venir a verme.

Furioso, Marcus tomó a Julia del brazo y firmemente la escoltó fuera de la sala. Para cuando llegaron a la puerta principal, ella iba casi corriendo. Marcus la levantó y la metió en la litera cubierta que los esperaba afuera y se sentó a su lado. El esclavo de Calabá los siguió rápidamente para entregarle a Julia sus paquetes. Cuatro esclavos levantaron las barras de apoyo poniéndolas sobre sus hombros, y emprendieron el viaje a la casa.

—Eres peor que padre —dijo Julia, haciendo pucheros y mirándolo brevemente con ira, antes de mirar hacia afuera a través del fino velo—. ¡Nunca en mi vida me avergonzaron tanto!

—Sobrevivirás —le contestó secamente. Conocía a Julia lo suficientemente bien como para no prohibirle que volviera a ver a Calabá. Eso aseguraría que lo hiciera—. Te recomiendo que empieces a pensar una buena historia para decirle a padre y a madre, a menos que quieras pasar el resto del luto encerrada en tu cuarto con un guardia en la puerta.

Julia lo miró con rebeldía.

—Pensé que estabas de mi lado.

—Estoy de tu lado, pero todo el progreso que he hecho con padre lo borraste con esta tontería de hoy. Cállate y empieza a pensar qué vas a decirles cuando lleguemos a casa.

—¿Cómo supiste dónde encontrarme? —dijo Julia, y entonces sus ojos destellaron—. ¡Hadasa!

—Ella no te traicionó —dijo él severamente, viendo que no era improbable que Julia le echara toda la culpa a la pequeña judía—. No me dijo nada hasta que la obligué y, aun así, solo porque quiere protegerte. Hadasa sabe tan bien como yo lo que te sucedería si se enteraran.

Julia levantó la cabeza.

—Le dije que le dijera a padre y a madre que fui a adorar al templo de Hera.

—Eso es exactamente lo que me dijo. ¡El templo de Hera! —Se rió con sarcasmo—. Yo te pillé, y padre también lo hará si Hadasa le cuenta ese débil invento. Enoc me dijo que Octavia llegó a visitarte, ¡y todo el mundo en Roma sabe que a tu amiga no le interesa postrarse ante la diosa de la cocina, del hogar y del alumbramiento!

—Ya no es mi amiga.

—¿Qué quieres decir?

—Solo eso —dijo Julia dando un respingo—. Estoy harta de que siempre sea condescendiente conmigo y que se dé aires. Además, Calabá es mucho más interesante.

Un músculo se tensó en la mejilla de él.

—Te gustó su idea de que las mujeres sean superiores a los hombres, lo entiendo. Te gustó la idea de, con el tiempo, ser capaz de convertirte en una diosa.

—Me gustó la idea de tener el control sobre mi propia vida.

—Eso no parece que vaya a suceder pronto, querida hermana. A menos que logremos meterte en la casa sin que te vean.

No pudieron. Febe estaba esperándolos.

—Fui a tus habitaciones hace un rato y no estabas ahí. ¿Dónde has estado, Julia?

Julia se lanzó de lleno a su historia sobre la adoración a Hera; luego agregó que fue al mercado después, para buscar un amuleto sanador para padre. Sorprendiendo a Marcus, sacó un colgante de cornalina de una bolsa de cuero.

—El vendedor me aseguró que la piedra es un sanador muy evolucionado. —Se la entregó a su madre—. Quizás, si padre lo usa, se sienta mejor.

Febe sostuvo en su mano el cristal de cornalina y lo miró durante un largo rato. No quiso hacer más preguntas; quería creer que la motivación de Julia para salir de la casa había sido el deseo de adorar y comprar un obsequio para Décimo, pero en su corazón sabía que no era así. El colgante de cornalina salió de una bolsa que estaba llena de otros colgantes que Julia había comprado para sí misma. El «obsequio» era, en realidad, un soborno, o algo que se le había ocurrido a último momento.

Suspiró lentamente y le devolvió el cristal de cornalina a su hija.

—Dale esto a tu padre cuando termine tu luto, Julia. Si se lo das ahora, él querrá saber cuándo y dónde lo compraste.

Julia lo apretó con fuerza en su puño.

—No me crees, ¿verdad? ¡Mi propia madre piensa lo peor de mí! —dijo, llena de una furiosa autocompasión. Volvió a guardar el colgante de cornalina entre sus cosas, esperando que su madre protestara. Cuando no lo hizo, las lágrimas saltaron de los ojos de Julia. Levantó la cabeza y vio la decepción en la mirada de Febe. La culpa la hizo sonrojarse, pero la rebeldía la hizo empecinarse—. Quisiera ir a mi cuarto. ¿O también debo pedirte permiso para eso?

—Tienes permiso para retirarte, Julia —dijo Febe tranquilamente.

Julia se fue enfurecida y se alejó por el vestíbulo. Febe observó a su joven y hermosa hija irse dando zancadas con enojo. Estaba cansada de tratar de hacer que Julia entrara en razón. A veces se preguntaba si alguno de sus hijos tenía conciencia. Nunca parecían comprender las consecuencias de sus actos sobre las personas que los rodeaban, especialmente sobre Décimo. Levantó los ojos hacia Marcus.

—¿Fue al templo a adorar? —dijo, y luego sacudió la cabeza y se alejó—. No importa. No quiero ponerte en la posición de tener que mentir por ella. —Atravesó la sala y se dejó caer en una silla.

El ver a su madre tan abatida preocupó a Marcus.

—Es joven, madre. Este período de luto que padre le ha impuesto es poco razonable.

Febe no dijo nada por un momento. Luchaba con sus propios sentimientos. Ella solía estar de acuerdo con su hijo, porque Décimo podía ser severo en sus órdenes y no tenía en cuenta el fervor de la juventud y las diferencias individuales. Sin embargo, ni Marcus ni Julia entendían en qué radicaba el verdadero problema. Ella levantó la cabeza y lo miró con solemnidad.

—Tu padre es la cabeza de la casa.

—Lo entiendo perfectamente —dijo Marcus. Era uno de los motivos por los que pasaba tan poco tiempo en la casa y había comprado sus propios departamentos.

—Entonces, respétalo y obedécelo.

—¿Aunque esté equivocado?

—Esa es tu opinión personal y Julia es su hija. Tu interferencia solo empeora la situación.

Él apretó el puño.

—¿Me echas la culpa a mí por lo que sucedió hoy? —dijo, enojado—. Nunca la he alentado para que desobedezca a padre.

Febe se levantó.

—En realidad, sí lo haces, aunque estás demasiado ciego para verlo por ti mismo. Cada vez que discutes abiertamente con tu padre y lo acusas de ser poco razonable e injusto, animas a Julia a desafiarlo y a complacerse a sí misma. ¿Y adónde fue ella hoy, Marcus? ¿Qué le da placer a Julia?

—¿Tan poca confianza tienes en la moral de tus hijos?

Febe sonrió afligida.

—¿De qué moral hablas, Marcus? ¿De la antigua moral, que dice que los hijos tienen que obedecer a su padre, o la nueva, que te dice que hagas cualquier cosa que te dé placer?

—Soy lo suficientemente adulto, madre. Julia tiene dieciséis años y es una mujer viuda. No somos niños, a pesar de que tú y padre parecen decididos a vernos así. Julia y yo somos individuos y tenemos derecho a buscar la felicidad a nuestra propia manera.

—¿Sin importar el costo para los demás? ¿Ni siquiera para ustedes mismos? —Se paró delante de él, triste y consternada—. Tú vas despreocupadamente por el camino que elegiste, arrastrando a Julia contigo, y no ves lo que viene adelante. Solo ves el placer del momento, no el sufrimiento que les espera en el futuro.

Marcus torció la boca con una sonrisa débil.

—Te has olvidado cómo es ser joven, madre.

—No lo he olvidado, Marcus. Ah no, no lo he olvidado. La juventud no es una panacea para cualquier generación. Pero el mundo de hoy es mucho más complejo, está lleno de influencias destructivas. Julia se deja influenciar con facilidad. —Le puso la mano en el brazo—. ¿No ves que tu padre no quiere destruir su placer, solo protegerla del dolor?

—¿Qué tiene de malo que una joven salga con su amiga a

comprar chucherías y a ver el entrenamiento de los soldados en el Campo de Marte?

Febe no tenía más palabras para explicar. Agachó la cabeza, sabiendo que no tenía sentido seguir dando argumentos. Ante su gesto de derrota, Marcus se inclinó y la besó en la mejilla.

—Te quiero, madre, y entiendo qué quieres decir, pero me parece que no le das suficiente crédito a Julia.

—Ella es demasiado tenaz.

—¿Tú y padre estarían más felices con una hija sin personalidad? Lo dudo. Hasta ahora, Julia no ha tenido ninguna libertad en absoluto. ¿Cómo puede aprender a manejarla, si nunca la tuvo?

—Demasiada libertad puede quemar la conciencia.

—Muy poca puede marchitar la mente.

—Y si tu padre accediera a acortar el período de luto y le diera más libertad a Julia, ¿qué supones que ella haría con esa libertad?

Marcus pensó en Calabá Shiva Fontaneus.

—Podrías poner condiciones —le dijo—. Algunas personas son aceptables, otras no lo son.

—Esta noche lo hablaré con tu padre —dijo ella. Darle libertad a Julia quizás sería la única manera de lograr un poco de paz en la casa. Sin embargo, mejor aún sería encontrarle otro esposo...

17

Atretes levantó la cabeza de la camilla de masajes y miró escéptico a Bato.

—¿El propietario quiere pagarme veinte áureos para que pase una noche en su posada? ¿Qué quiere que haga mientras estoy ahí?

—Nada, salvo sentarte en su salón comedor y dormir en una de sus camas —dijo Bato—. Recibirás muchas ofertas por el estilo, Atretes. Has llegado al rango de los pocos privilegiados; aquellos cuyas víctimas siguen aumentando. Ahora tienes veintiuno en tu haber, ¿no? Y cuantas más muertes tengas, más aumentará tu fama. La fama trae fortuna.

Atretes volvió a recostar su cabeza y cerró los ojos.

—¿Me dará la libertad? —dijo mientras el masajista golpeteaba sus músculos y los amasaba con habilidad.

—Con el tiempo, quizás. Si los dioses siguen sonriéndote.

Atretes maldijo.

—Los dioses son volubles. ¿Qué debería hacer para ganar mi libertad? ¿Cuánto costaría? ¿Qué tengo que hacer? —Empujó al masajista hacia atrás mientras se incorporaba.

El masajista miró de reojo a Bato, pero el lanista le indicó con la cabeza la salida, despidiéndolo.

—Es posible que nunca puedas ganar tu libertad —dijo Bato con franqueza—. A medida que aumenta tu fama, aumenta también el precio de tu libertad. Lo mejor que puedes esperar es retirarte y lograr un puesto como lanista.

—Entonces me convertiré en un carnicero —dijo Atretes, traduciendo la palabra a su significado literal.

Bato no se ofendió.

—¿Qué diferencia hay entre lo que yo hago y lo que tú hacías en tu país? Yo preparo a los hombres para que peleen y mueran con honor. —Puso una mano en el hombro de Atretes—. Acepta mi consejo y vive bien mientras puedas. Toma todo lo que te ofrezcan. El día que mataste a Celerus te convertiste en el rey de la arena romana. Un puesto envidiable, siempre y cuando puedas mantenerlo.

Atretes se rió sin ganas.

—Comprendo tu amargura, Atretes. La mía por poco me

destruye, hasta que encontré el equilibrio. Te entrenarás constantemente, pero solo pelearás de cuatro a seis veces al año. Esa no es una mala vida. Entre los juegos, tendrás tiempo de sobra para otras ocupaciones.

—¿Tal como ganar dinero? ¿Con qué propósito, si no puede comprar la libertad?

—El dinero puede comprar muchas cosas. Celerus no vivía en las barracas de un ludus. Tenía su propia casa y un equipo de sirvientes.

Atretes lo miró sorprendido.

—Pensé que era un esclavo.

—Un esclavo que era dueño de esclavos. Celerus era mejor luchador que tú —dijo Bato con su habitual franqueza despiadada—. Su propia arrogancia lo hizo fracasar. Él subestimó tu inteligencia y, por primera vez desde que te conozco, tú no perdiste los estribos.

Atretes se quedó pensativo. Tener otro lugar donde vivir que no fuera una celda maloliente de piedra le pareció atractivo. Se levantó del banco y se inclinó sobre un cuenco con agua. Se salpicó la cara. Tal vez Bato tenía razón. Debería conseguir lo que pudiera, mientras pudiera. Dos semanas atrás estuvo a punto de ser destripado por Celerus. Recordó la expresión en los ojos de Celerus cuando le incrustó la espada en el costado. No le había dado una herida mortal, solo una que lo discapacitara. Fue el populacho romano el que asesinó a Celerus. El rugido de las masas gritando *¡Júgula! ¡Júgula!* todavía sonaba en sus oídos.

Con la sangre derramándose de su costado, Celerus cayó de rodillas ante él.

—¡Escúchalos reclamando mi sangre! Hace una hora, estaban locos de amor por mí. —La multitud gritó más fuerte, el ruido que crecía hacía temblar la tierra misma—. También se volverán contra ti. —Celerus levantó la cabeza y Atretes vio sus ojos a través del visor que usaba—. Termina con esto —dijo.

Atretes apoyó su mano sobre el casco de Celerus, tiró un poco su cabeza hacia atrás y con la daga hizo el veloz corte que le abrió la yugular. La multitud enloqueció cuando la sangre de Celerus salpicó el pecho de Atretes. Celerus cayó hacia atrás, apoyándose débilmente en sus codos y murió con una expresión de confusa amargura, mientras la multitud coreaba extasiada: «¡Atretes! ¡Atretes!».

Atretes cerró los ojos y se salpicó más agua sobre la cara y el pecho. Sin importar lo que hiciera, no podía limpiarse la sangre de todos los que había matado. Veintiún hombres muertos por sus manos...

Tomó una toalla del montón y se secó.

—Dormiré en la posada del hombre, pero dile que son treinta áureos o no hay trato.

—Serán treinta. Me quedaré con veinte: cinco para mí por hacer el arreglo y quince para enviar al emperador como ofrenda de buena voluntad.

—¿Ofrenda de buena voluntad? —Atretes lo miró fríamente—. Dile a Vespasiano que él duerma en la posada del hombre, ¡y que los dioses infecten su cama con pulgas!

Bato se rió y después se puso serio nuevamente.

—Sé inteligente para variar, Atretes. El emperador es tu dueño, te guste o no. No puedes cambiar lo que los dioses disponen. El emperador tiene el poder para que vivas o mueras, y tú has hecho todo lo posible para irritarlo. Una sola palabra de Vespasiano y te encontrarás en el foso de los leones o de los perros salvajes. ¿Es así como quieres morir?

Atretes arrojó la toalla a un costado.

—Si le doy más de lo que obtengo, lo honro —dijo.

—Como es debido. Él dirige el imperio que derrotó a Germania. ¿Necesitas que te lo recuerde? No te presentas ante él como un vencedor.

Atretes levantó la cabeza.

—Yo no estoy derrotado.

—¿Todavía diriges tu clan? ¿Aún vives en la tierra silvestre de tu Selva Negra? ¡Tonto! ¿Alguna vez te preguntaste por qué te enfrentas con hombres como Celerus y no con otros prisioneros capturados en la frontera?

Era una práctica común que los propietarios hicieran enfrentar a sus mejores gladiadores con no profesionales, para asegurarse triunfos y para proteger sus inversiones. Sin embargo, Vespasiano había ordenado que Atretes luchara contra los mejores profesionales, los que tuvieran los récords más impresionantes de asesinatos. La intención era obvia. Él lo quería muerto, pero de una manera que le hiciera ganar dinero y dejara satisfecha a la multitud, promoviendo así su propia popularidad política.

—Sé por qué —dijo Atretes.

—Presiona demasiado, y el emperador te usará para alimentar a los leones.

La boca de Atretes se puso tensa. Morir presa de las bestias era una muerte tan vergonzosa como la crucifixión; quizás peor aún.

—Dale a Vespasiano sus quince áureos —dijo haciendo una reverencia despectiva. Mientras se alejaba, añadió en voz baja—. ¡Y que cada uno de ellos le traiga una maldición!

Bato llegó tarde en la noche a buscar a Atretes, quien se levantó adormecido. Bato le arrojó una túnica roja con ribetes dorados y le dio un espléndido cinturón de cuero y metal. Por último, le dio una capa voluminosa.

—Cúbrete el cabello. Será más seguro para todos nosotros si no te reconocen cuando estés afuera.

Los guardias esperaban en el pasillo. Atretes miró interrogativamente a Bato.

—¿Tan peligroso soy, que necesito seis guardias?

Bato se rió.

—Ruega a tus dioses que no los necesitemos.

Los guardias lo rodearon mientras salían hacia la ciudad. Las calles estrechas estaban atestadas de carretas y personas. Los amigos se reunían alrededor de las fuentes a beber vino y a conversar.

—Agacha la cabeza —ordenó Bato cuando un grupo de jóvenes pasó al lado de ellos y se quedó mirando a Atretes—. Corten camino por el callejón. —Se apuraron. Nuevamente en las sombras, bajaron la velocidad—. Ya estamos cerca. Afortunadamente, la posada de Pugnax está cerca del Circus Máximus.

Los soldados empezaron a marchar; el sonido del calzado remachado sobre los adoquines le hizo recordar la legión a la que se había enfrentado en Germania. Bato le llamó la atención y le indicó una pared de piedra que tenía unas palabras pintadas.

—¿Ves lo que dice?

—No sé leer.

—Deberías aprender. La escritura proclama que eres el sueño de una joven. Allá hay un anuncio de los próximos juegos.

Lo leyó en voz alta mientras pasaban.

«Si el clima lo permite, veinte pares de gladiadores facilitados por Ostorio, junto con sustitutos en caso de que alguno sea asesinado demasiado pronto, pelearán el primero, el dos y el tres de mayo en el Circus Máximus. Luchará el famoso Atretes. ¡Hurra por Atretes! A continuación de las peleas habrá una magnífica cacería de bestias salvajes. Hurra por Ostorio».

—Estoy impresionado —dijo Atretes divertido—. ¿Quién es Ostorio?

—Se presenta como candidato para algún cargo político. Escuché que es un comerciante. Vespasiano lo aprueba porque surgió de la clase plebeya, pero Ostorio todavía tiene que conseguir el voto del pueblo. Financiar los juegos es una manera de lograrlo.

—¿Es un buen líder?

—A nadie le importa, mientras que financie los juegos y reparta un poco de pan para evitar que mueran de hambre. Una vez que esté en su puesto, Ostorio puede hacer lo que le plazca.

—Casi llegamos —dijo uno de los guardias—, y creo que tendremos problemas.

Al final de la calle había una posada iluminada con faroles y una juerga. El lugar desbordaba de gente y había más personas afuera reclamando entrar. Bato se detuvo y estudió la situación.

—Parece que nuestro amigo mencionó que venías —dijo en tono grave—. Intentaremos entrar por la puerta de atrás.

Esquivaron a la multitud y entraron por otra calle angosta que pasaba detrás de la posada. En la puerta de atrás había hombres y mujeres haciendo fila y gritando que los dejaran entrar. Una mujer se dio vuelta y vio a los guardias. Abrió más los ojos y jaló al hombre que estaba con ella.

«¡Atretes! ¡Atretes!», gritó y muchas otras empezaron a gritar cuando lo vieron «¡Atretes! *¡Atretes!*».

Atretes rió, con la excitación acelerándole la sangre.

A Bato no le causó gracia.

—¡Será mejor que corramos!

—¿De las mujeres? —dijo Atretes incrédulo y vio que la multitud se apartaba de la puerta y corría hacia él en masa, empujando y arremetiéndose para ser los primeros.

Los guardias se pusieron en posición para bloquearlos, pero la marea barrió con dos de ellos. Una mujer se arrojó sobre Atretes y lo rodeó con sus brazos y piernas. Hundiéndole los dedos en el cabello, lo besó, mientras otras seis mujeres lo agarraban gritando histéricamente. Una oleada de pánico se apoderó de él y se sacó de encima a la mujer y forcejeó para liberarse de las otras. Su capa fue despedazada y las manos cayeron sobre él, agarrándolo con descuidado abandono. Enfurecido, no le importó a quién golpeaba ni con qué dureza.

—¡Sal de aquí o te harán pedazos! —gritó Bato, agarrando del cabello a una mujer para lanzarla hacia atrás. Su rápido movimiento le dio suficiente espacio a Atretes para escapar.

Atretes huyó y siguió corriendo hasta que los sonidos de los gritos histéricos y de los pasos que lo perseguían se perdieron tras él. Pronto Bato logró alcanzarlo.

—Escóndete aquí. —Le ordenó, y se metieron a presión en una entrada para recuperar la respiración. Bato se asomó y miró hacia atrás por la calle—. No viene nadie. Creo que los perdimos —dijo. Le echó un vistazo a Atretes—. Bueno, ¿cómo se siente ser objeto de tanto afecto? —le preguntó riendo.

Atretes lo miró disgustado e inclinó su cabeza hacia atrás; todavía tenía el corazón acelerado.

—¿Alguna herida grave? —inquirió Bato, sonriendo.

Atretes se frotó la cabeza.

—Me arrancaron un poco de pelo y sentí como si estuvieran tratando de hacerme pedazos para poder llevarse un trozo cada una. Pero creo que todavía estoy intacto.

—Bien —dijo Bato—. Esperemos poder mantenerte así. —Salió a la calle—. Conozco un lugar no muy lejos de aquí adonde podemos ir. Cuanto antes lleguemos allí, mejor. Con tu altura, tu físico y ese pelo rubio, eres fácilmente reconocible. Y es probable que esas mujeres estén dispersas por las calles queriendo cazarte.

—Todo esto fue tu idea, ¿recuerdas? ¡Treinta áureos! —insultó duramente—. No me advertiste qué pasaría. ¿Están locos todos los romanos?

—Cuando tienen a su ídolo tan cerca, se emocionan un poco. Relájate. Te llevaré sin peligro de regreso al ludus. Y Pugnax le sacó el mayor provecho a su dinero. Tú recibirás tus diez áureos y algo más. Yo me ocuparé de eso.

Entraron en un callejón angosto que los llevó a un gran patio rodeado de edificios de departamentos.

—Yo solía pasar mucho tiempo aquí —dijo Bato; se detuvo frente a una puerta y llamó con un golpe. Cuando nadie respondió, la golpeó más fuerte. Una voz apagada preguntó quién estaba ahí. Bato se identificó y la puerta se abrió. Atretes entró en la habitación oscura detrás de él. La puerta se cerró tras ellos y la traba cayó en su lugar.

Una negra alta y delgada apareció en la puerta trasera. Tenía en la mano una pequeña lámpara de terracota.

—¿Bato? —dijo con la voz entrecortada.

Bato le habló en su lengua nativa. Ella no dijo nada y él atravesó la sala hacia ella, le quitó la lámpara de la mano y la puso sobre una mesa. Tomándole el rostro con su mano grande, volvió a hablarle con una voz tierna y vacilante. Ella respondió dulcemente y Bato miró rápidamente hacia atrás, a Atretes.

Bato se volteó ligeramente.

—Ella es Chiymado —le dijo a Atretes—. Una vieja amiga. Aceptó dejar que nos quedemos aquí hasta la mañana. Hay una pequeña habitación en la parte de atrás —dijo—. Puedes dormir ahí. Uno de los sirvientes te traerá algo para comer. Volveremos al ludus en la mañana, cuando gran parte de la ciudad esté durmiendo.

Atretes asintió y siguió al sirviente hasta la habitación. Le llevaron una bandeja. Sentado en un camastro de paja, se recostó contra la pared y bebió el vino. A pesar de que tenía hambre, dejó el pan duro. La habitación no era más grande que su celda y era igual de fría. Se preguntó si la posada que tenía su nombre pintado sobre la puerta era mejor. Al no haber entrado, no lo sabría. Entre más pensaba en eso, más se enojaba.

Finalmente, Bato fue y se apoyó contra el marco de la puerta.

—Ya es casi de mañana. Nos iremos pronto.

—Antes de que volvamos al ludus, quiero hacerle una visita a Pugnax —Atretes golpeó el suelo con la botella de vino vacía y se puso de pie—. Todas esas arpías romanas ya deben haber volado de ahí.

Era casi el amanecer y las calles estaban vacías; todos los juerguistas nocturnos habían vuelto a sus casas y dormían en sus camas. Bato llevó a Atretes por el laberinto de calles y callejones hasta que llegaron a la posada. No había nadie afuera. Las cortinas estaban recogidas y los postigos, cerrados. En la calle había desechos desparramados. Bato llamó a la puerta con golpes fuertes.

—¡Váyanse! —gritó un hombre desde el interior. Los insultó duramente—. Ya se los dije antes. ¡Atretes no está aquí! ¡Váyanse a su casa!

Con el ánimo enardecido, Atretes dio un paso al frente para romper la puerta. Bato lo empujó hacia atrás y volvió a golpear la puerta.

—Soy Bato, idiota. ¡Abre la puerta o los dos le prenderemos fuego a la posada contigo adentro!

Apenas Atretes escuchó que quitaban la barreta y levantaban el pasador, golpeó la puerta para entrar en la posada.

—¡Me debes treinta áureos por usar mi nombre sobre tu puerta!

—Guarda tu pasión para el momento adecuado —replicó Pugnax sin acobardarse—. Recibirás lo que prometí.

Era un hombre macizo de la altura de Bato y su torso y sus brazos eran enormes. Tenía el cabello canoso muy corto y alrededor del cuello usaba un pedazo rectangular de marfil que proclamaba que era un gladiador libre. Sonrió al ver la sorpresa de Atretes y los huecos de su boca mostraron que tenía varios dientes rotos o arrancados por completo.

—Deberían haber traído algunos guardias más para acompañarlos —dijo Pugnax y miró a Bato—. Menos mal que este muchacho bonito puede correr tan rápido, ¿verdad, viejo amigo?

Bato rió.

—Nunca lo había visto correr tan rápido.

—Siéntense —dijo Pugnax y sonó más como una orden que una invitación. Empujó a Atretes hacia el centro de la sala.

—Deberías haber esperado para colgar tu cartel —Atretes se sentó cerca del brasero para entrar en calor. Se señaló la túnica hecha jirones—. Me debes un juego nuevo de ropas.

—¿Alguna cosa más, su señoría? —dijo Pugnax secamente.

—Una comida decente y una cama mejorarían su humor —dijo Bato—. Y una mujer, si hay alguna disponible.

—Las mandé a todas a sus casas. —Pugnax hizo un gesto hacia

una mesa larga donde se estaban poniendo duros los restos de un banquete considerable—. En cuanto a la comida, estaba dispuesta en su honor —dijo. Tomó un durazno y se lo arrojó a Atretes—. Cómelo en buena salud. Te prometo algo mejor la próxima vez que vengas.

—¿Qué te hace pensar que volveré a esta madriguera?

—¿Te gusta más tu celda? —Pugnax se burló de él y le sonrió a Bato—. Me parece que tiene miedo de unas pocas mujeres. —Se rió cuando Atretes se levantó de la silla, rojo de furia.

—Siéntate —ordenó Bato—. Pugnax estaba peleando contra otros hombres mejor que tú antes de que nacieras.

Pugnax se rió con ganas.

—Cuando lo vi correr, me acordé de mis propios días de gloria. ¿Te acuerdas del Ludi Apollinare, Bato? Las mujeres andaban detrás de mí ese día. —Su sonrisa se ensombreció—. Todos sabían mi nombre en esa época. —Extendió los brazos—. Ahora, mira lo que tengo.

—La libertad y una propiedad —dijo Bato.

—¡Ja! Impuestos y deudas. Vivía mejor cuando era esclavo.

Sirvió vino en tres copas; le dio la primera a Bato, la segunda a Atretes y sostuvo la tercera.

—Por los juegos —dijo, y bebió hasta el fondo.

Pugnax y Bato hablaron sobre los años de su juventud. Revivieron sus hazañas en la arena y hablaron de las tácticas de gladiadores que habían muerto mucho tiempo atrás. Pugnax relató varias de sus propias batallas y mostró las cicatrices que había ganado.

—El emperador Nerón me entregó la espada de madera —dijo—. Creí que era el día más importante de mi vida. No fue sino hasta después que descubrí que mi vida realmente se había terminado. ¿Qué le queda a un gladiador que se retira?

—Cuando yo recupere mi libertad, volveré a Germania —dijo Atretes—. Entonces mi vida empezará de nuevo.

Pugnax sonrió sombríamente.

—Aún no lo entiendes, pero en algún momento lo entenderás. Nunca estarás tan vivo como en este momento, Atretes, cuando cada día te enfrentas a la muerte.

Bato se levantó de su taburete y dijo que debían regresar antes de que hubiera luz. Pugnax le entregó a Bato la bolsa con los áureos. Le dio a Atretes otra túnica y una capa para que se las pusiera y lo palmeó en la espalda mientras caminaban hacia la puerta.

—La próxima vez haré que las señoras formen una fila como debe ser —dijo, sonriéndole con la dentadura llena de huecos—. No más de dos o tres mujeres a la vez sobre ti.

Con las puertas de la ciudad cerradas a las carretas y los carros, las calles estaban silenciosas. Mientras la población dormía, los comerciantes estaban ocupados guardando los productos entregados durante la noche y acomodando la mercadería para vender durante el día.

—Pugnax es un tonto —dijo Atretes—. Es libre. ¿Por qué no vuelve a su país natal?

—Lo intentó, pero ya no pertenecía a Galia. Su esposa había muerto, sus hijos habían sido adoptados y criados por otros. Su pueblo lo recibió durante un tiempo, pero después empezaron a evitarlo. Pugnax fue llevado de Galia siendo un simple pastor. Cuando volvió, era un guerrero.

—Yo no era un pastor.

—¿Qué tiene Germania para ti? ¿Una esposa joven que te espera enamorada? ¿Crees que te esperará diez, quizás veinte años hasta que regreses a ella?

—No tengo esposa.

—¿Una aldea, entonces? ¿Qué queda de ella? ¿Escombros y cenizas? ¿Tu gente? ¿Muertos? ¿Cautivos como esclavos? ¿Dispersos? No queda nada para ti en Germania.

Atretes no contestó. Se llenó de la vieja ira inútil al recordar que todo estaba perdido. Bato se detuvo en el puesto de un panadero y compró pan. Partió un trozo y se lo ofreció a Atretes.

—No queda nada para ninguno de nosotros, Atretes —dijo sombríamente—. Yo era un príncipe. Ahora soy un esclavo. Pero a veces, un esclavo de Roma vive mejor que el príncipe de un país derrotado.

Volvieron al ludus en silencio.

Cayo Polonio Urbano era el hombre más guapo que Julia hubiera conocido. La primera vez que lo vio, no había hecho más que sonreírle y tomarle la mano, pero ella casi se había desmayado por la ráfaga de excitación que había corrido por su sangre.

Ahora lo miraba desde el otro lado de la sala; y después a Calabá, que les hablaba a las mujeres reunidas. Esto era lo que ella quería, el lugar donde quería estar. Era cierto, su padre había flexibilizado las restricciones que le había impuesto, pero no era suficiente para Julia; en especial, cuando una de las condiciones de la lenidad de su padre era que no debía visitar a Calabá. Lejos de darse por vencida, las visitas de Julia a Calabá habían aumentado. Simplemente mentía acerca de adónde iba y a quién visitaba, al mismo tiempo que tenía la precaución de dar toda la apariencia de cumplir los deseos de su padre. De esa manera evitaba el conflicto (y el sermón) que recibiría si su padre se enterara de que continuaba la amistad con Calabá.

Marcus tampoco aprobaba a Calabá. De hecho, la despreciaba. Afortunadamente, estaba de viaje de negocios por el norte de Italia y estaría fuera durante varios meses. Con él lejos, padre ocupado con los negocios y madre ajena a la vida que había más allá de las paredes de la casa, Julia podía hacer lo que deseara. Ser considerada amiga de Calabá era un gran honor y algo que le daba a Julia un elevado sentido de importancia. Calabá dejaba en claro a todos los que la visitaban que su favorita era Julia. Sin embargo, a Julia las reuniones de Calabá no le resultaban ni por asomo tan divertidas como Cayo Polonio Urbano.

Cayo iba con frecuencia a la residencia de Calabá y Julia estaba impresionada por su presencia poderosa y viril. Lo único que tenía que hacer era mirarla, y la mente se le llenaba de pensamientos prohibidos. Octavia le había dicho que era el amante de Calabá, pero esa gota de información inoportuna solo aumentaba su carisma. ¿Qué clase de hombre podía satisfacer a una mujer como Calabá? Seguramente, uno que fuera mucho más macho que cualquier otro. Y si le pertenecía a Calabá, ¿por qué la miraba fijamente? Después estaba el dato de que Octavia estaba obviamente enamorada del hombre, algo que había estimulado el interés de Julia en Cayo.

Incluso ahora, sus ojos oscuros la provocaban y la acariciaban de una manera que Julia deseaba escapar de las sensaciones tumultuosas que él despertaba en ella. Se abanicaba y trataba de concentrarse en el discurso de Calabá, pero su mente seguía distrayéndose con pensamientos más sensuales. Cayo se levantó de su sillón. Mientras se acercaba a ella, se sintió sofocada por un cosquilleo caliente. El corazón le latía tan rápido y fuerte que tenía miedo de que él pudiera escucharlo.

Cayo esbozó una sonrisa al sentarse en el sillón de ella. Se dio cuenta de que estaba nerviosa y un poco asustada; su inocencia lo atraía y lo excitaba.

—¿Estás de acuerdo con todo lo que dice Calabá?

—Es brillante.

—Con razón le agradas.

—¿No te parece que es brillante?

—En efecto, está muy adelantada a su época —dijo él.

Mientras hablaban de las ideas de Calabá, Cayo se dio cuenta de lo poco que Julia la conocía. Sabía que la joven amiga de Calabá tenía una percepción limitada de quienes no formaban parte de su mundo y, desde luego, Calabá solo revelaba lo que ella quería que las personas vieran. Era astuta. Cayo no tenía dudas de que Calabá tenía planes para la joven Valeriano, pero no sabía qué implicaban. Lo que sí sabía era que Calabá nunca preparaba a nadie sin un propósito, y estaba metiendo a Julia en su círculo íntimo, tratándola con una afabilidad que ponía celosas a otras personas que la conocían desde hacía más tiempo.

—Creía que Octavia era más de tu agrado, Calabá —le había dicho la otra noche, consciente de que había comenzado a buscar a Octavia por diversión—. Es maleable.

Pero Calabá no se dejaba sonsacar. Se limitaba a sonreír herméticamente y a señalar los aspectos prácticos por los que él debía considerar andar atrás de Julia.

—Su familia tiene dinero y una posición acomodada, Cayo. Realmente no tienen contactos políticos, excepto a través del amigo de Marcus, Antígono. Recordarás que él consiguió un cargo en la curia hace un año. Una relación con ella podría venirte bien.

—Si Marcus Valeriano te desaprueba a ti, dudo que aprobará a uno de los amantes que has desechado.

Ella se rió ante su humor sardónico.

—Yo no te deseché, Cayo. Te dejé libre. Sabes muy bien que te estabas poniendo inquieto. ¿Te diste cuenta de cómo te mira Julia?

Su boca se transformó en una sonrisa rapaz.

—¿Cómo podría no darme cuenta? Es muy apetecible. —Dejar de prestarle atención a Octavia por Julia Valeriano no sería una tarea difícil.

—La familia de Julia podría ser de mucho provecho para ti.

—¿Estás tratando de deshacerte de mí, Calabá? ¿Te asusté la otra noche con mi pasión?

—Nunca le he tenido miedo a nada, Cayo; menos a un hombre. Pero lo que te excita a ti no me excita a mí. Estoy tratando de ser generosa y pensar qué es lo mejor para un muy querido amigo. No soy la mujer para ti, Cayo. Creo que Julia Valeriano lo es.

Cayo sabía que Calabá nunca hacía nada sin un motivo oculto, y ahora quería entender por qué estaba tan dispuesta a entregarle a una de sus seguidoras, joven y encantadora, como si fuera una ofrenda sobre un altar. Estaba intrigado.

—¿Qué sabes sobre ella?

—Obsérvala en los juegos. Tiene una pasión sumamente intensa que nadie sospecha. Ni siquiera Julia misma. Para ti, es un territorio indómito que espera ser cultivado. Está ávida por vivir. Siembra en ella las semillas que desees, Cayo, y mira cómo crecen.

Calabá nunca se equivocaba con las personas. Observó a Julia con un nuevo interés. Era joven y hermosa. Iba a las reuniones de Calabá en secreto, lo cual significaba que lo hacía desobedeciendo a sus padres y a su hermano. Además, la aburría el intelectualismo tedioso y se moría por lo emocionante, una combinación estimulante cuando Cayo podía darle más emoción de la que ella podía imaginar. Había sentido que la deseaba más mientras la miraba, sabiendo que ella percibía su examen. Lo miró y él sonrió. Los labios de Julia se separaron dulcemente, y él casi pudo sentir el calor de su reacción a través del salón.

Se sentía atraída a él, pero no lo abordaba como Octavia, no rumiaba como Glafira ni fingía indiferencia como Olivia. Julia Valeriano lo miraba con una curiosidad evidente. Cuando él le devolvía la mirada, ella esperaba expectante, en lugar de jugar a la inocente, como las demás.

Cayo quería ver si Calabá tenía razón sobre ella. Quería ver hasta dónde llegaría.

—Camina conmigo en el jardín —dijo él.

—¿Lo aprobaría Calabá? —dijo ella sonrojándose, aunque la oscuridad de sus ojos era prometedora.

—¿Necesitas el permiso de Calabá para hacer lo que deseas? Tal vez deberíamos poner a prueba la sinceridad de su perspectiva filosófica. ¿Acaso no dice que la mujer tiene que tomar sus propias decisiones, aceptar su felicidad de donde provenga, crear su propio destino?

—Soy su invitada.

—No su esclava. Calabá admira a la mujer que tiene criterio propio, la que toma lo que quiere. —Él le pasó la mano por el brazo con suavidad. La piel de ella estaba caliente bajo el tejido delicado de su palla amarilla. La escuchó aspirar el aire suavemente y sintió la tensión expresiva de su cuerpo. Miró sus ojos marrones de gacela y le sonrió—. Oh, y tú, dulce Julia, quieres tomar al toro por los cuernos, ¿verdad? Salgamos al jardín y veamos la magia que haremos juntos.

Las mejillas volvieron a ponérsele coloradas.

—No puedo —susurró ella.

—¿Por qué no? —murmuró en broma. Vio que se sentía demasiado avergonzada para hablar y respondió por ella—. Calabá podría ponerse celosa y entonces no volverías a ser bienvenida por aquí.

—Sí —dijo ella.

—Descuida. Yo soy solo una de las muchas diversiones de Calabá. Tenemos un acuerdo.

Julia frunció un poco el ceño.

—¿No estás enamorado de ella?

—No —dijo él simplemente y se inclinó hasta que sus labios casi rozaron su oreja, y entonces susurró—. Ven al jardín conmigo para que podamos estar solos y hablar.

La oscuridad de sus ojos contenía una pasión aterradora, pero aun así quería ir con él. Disfrutaba el calor turbulento que la abrumaba y el torrente de sangre por sus venas. El contacto con él la hizo olvidarse de dónde estaba, a pesar de que su mente le advertía que había algo oscuro y oculto en él. No le importó. La sensación de peligro solo hizo crecer más aún su excitación. Sin embargo, se preocupó por Calabá. No quería ofenderla y convertirla en una enemiga poderosa.

La miró y vio que Calabá se había dado cuenta de la deserción de Cayo. Por un instante muy breve, Julia sintió que una oleada de una emoción poderosa inundaba el cuerpo de Calabá, y luego desapareció. Sonreía como si estuviera animándolos. Julia no vio ninguna señal de celos ni de enojo que oscureciera esos ojos misteriosos ni que endureciera sus rasgos serenos. Julia la miró entre suplicante e interrogativa.

—Julia necesita respirar un poco de aire fresco, Cayo. ¿La acompañarías al jardín? —dijo, y Julia sintió una ráfaga de alivio en su interior que fue reemplazada por una oleada de calor cuando Cayo le tomó la mano y dijo que sería un placer.

—Así que recibiste su bendición —dijo él mientras salían—. Ven aquí, debajo de esta pérgola.

Cuando Cayo la tomó en sus brazos, Julia se puso tensa instintivamente. Entonces la besó y el torrente de placer ahogó toda resistencia. Sus manos eran fuertes y ella se derritió contra él. Cuando él se echó ligeramente hacia atrás, ella estaba débil y temblaba.

—Conmigo sentirás cosas que nunca soñaste que podías sentir —dijo Cayo con voz ronca y se puso más atrevido. Un pequeño grito de su conciencia surgió en ella por las libertades que él se estaba tomando.

—No. —Jadeó ella en voz baja—. No debes tocarme así.

Cayo solo se rió suavemente y la acercó otra vez. La besó de nuevo, silenciando su protesta e inflamando su pasión.

Julia desplegó sus manos contra el fino algodón de su toga y sintió la firme rugosidad de sus músculos debajo. El roce de su aliento con aroma a especias le ponía la piel de gallina en la curva de la nuca. Gimió suavemente, con impotencia, mientras él la besaba otra vez.

Él estaba lastimándola, pero a Julia no le importaba.

—¿Claudio Flaccus hacía que te latiera así el corazón? —le preguntó Cayo. Julia pensó que iba a desmayarse por la intensidad de lo que estaba sintiendo—. Si estuviera vivo, te arrebataría de sus manos, aun si eso implicara tener que matarlo —dijo con voz áspera. El tono de su voz la excitó y la aterró por igual.

Cuando miró sus ojos oscuros y encendidos y sintió la fiebre en la sangre, Julia supo que tenía que estar con él, al costo que fuera.

—Oh, Cayo, te amo. Haré cualquier cosa que quieras, cualquier cosa...

Con eso, Cayo recibió la respuesta de cuán lejos llegaría Julia. Desde luego, no la presionaría ahora. Para eso habría tiempo suficiente cuando estuviera bajo su poder absoluto y le fuera imposible retirarse.

Sonrió. Calabá tenía razón acerca de Julia Valeriano. Esta era la chica para él.

18

Hadasa sentía un presagio a medida que se acercaba el día de la boda de Julia. Desde el momento en que Décimo Valeriano aceptó un matrimonio por *coemptio*, Julia se veía más decidida y feliz. Mientras que Hadasa se preguntaba por qué el amo había sugerido la compra de la novia en lugar del contrato confarreatio, Julia se paró delante de los amigos reunidos y pronunció la frase tradicional: *«Ubu tu gaius, ego gaia»*. «Donde tú seas señor, yo seré señora». Después de su declaración, Cayo Polonio Urbano la besó y selló el compromiso con un anillo de hierro.

Hadasa podía entender por qué Julia estaba enamorada de él. Urbano era un hombre apuesto, con una presencia vivaz y modales encantadores. Tanto Décimo como Febe lo habían aprobado. Sin embargo, y aunque Hadasa no tenía información ni fundamentos para lo que sentía, estaba convencida de que debajo de la fachada tranquila del hombre yacía algo oscuro y siniestro. Cada vez que Cayo la miraba, sentía que su mirada oscura e imperturbable la helaba.

No tenía nadie a quien confiarle sus sentimientos. Marcus se había ido lejos por negocios y no se esperaba que volviera a casa por un mes más. Si estuviera aquí, tal vez ella podría reunir el valor para hablar con él sobre el tema. Pero para cuando regresara, sería demasiado tarde. Ya habían consultado a los sacerdotes y se había fijado el día de suerte para la boda. Julia se casaría antes de que su hermano volviera a casa.

—Seguramente quiere que su hermano esté para su boda —dijo Hadasa.

—Por supuesto que me gustaría que estuviera en mi boda —dijo ella—. Pero los sacerdotes dijeron que el segundo miércoles de abril es nuestro día de suerte. Demorar la boda sería desafiar a los dioses y arriesgarnos a un desastre. Además, no puedo esperar otra semana, mucho menos un mes. Marcus podría tardar. O podría cambiar de planes. —Se sumergió en el agua tibia de su baño aromatizado y sonrió—. Además, Marcus ya me vio casarme una vez. Se aburrió en mi último casamiento. No creo que este le resulte más interesante.

Todos parecían tan contentos con los preparativos que Hadasa empezó a preguntarse si estaba juzgando equivocadamente a Urbano. Él se pasaba horas con Décimo hablando de comercio exterior y de política. Parecían coincidir casi en todo. En cuanto a Febe, estaba encantada con su futuro yerno. Hasta los esclavos de la casa pensaban que los dioses le habían sonreído a Julia al hacer que Urbano se enamorara de ella.

Sin embargo, era como si el alma de Hadasa captara un destello de algo maligno y peligroso oculto detrás de los modales refinados y la buena apariencia.

La mañana de la boda, Julia estaba nerviosa por la excitación y decidida a verse más hermosa que nunca. Hadasa pasó varias horas arreglándole el cabello en un estilo elaborado de bucles y trenzas entretejidos con una hebra de perlas poco comunes y muy costosas. La palla nupcial de Julia era de la más fina franela blanca y, rodeando su pequeña cintura, tenía una banda de lana ceñida con un nudo hercúleo para la buena suerte. Hadasa deslizó los pequeños pies de su ama en sus zapatos anaranjados.

—Estás muy bella —dijo Febe y los ojos se le humedecieron con lágrimas de orgullo. Tomó la mano de su hija y se sentó con ella en la cama—. ¿Estás asustada?

—No, madre —dijo ella, divertida por la preocupación que vio en los ojos de su madre. Estaba deseosa por Cayo, tan ansiosa que casi no podía soportarlo. No era su negativa la que la había mantenido alejada de la cama de él, sino el propio sentido de honor de Cayo.

Con cuidado y ternura, Febe acomodó el velo naranja sobre la cabeza de Julia para que solo se viera el costado izquierdo de su rostro. Le entregó tres monedas de cobre.

—Una para tu esposo y dos para los dioses de tu hogar —le dijo y la besó en la mejilla—. Que los dioses te bendigan con hijos.

—Oh, madre, *por favor*. Que los dioses esperen para darme esa bendición. —Julia rió feliz—. Soy demasiado joven para quedar atada por los hijos.

Hadasa permaneció de pie en la parte trasera del templo durante la reunión, mientras las manos de Cayo y de Julia se unían. Pudo escuchar el chillido agudo del cerdo aterrado mientras era arrastrado hacia el altar. Se revolcó violentamente mientras le cortaban el cuello y su sangre fue vertida en el altar como un sacrificio por la novia y el novio.

Sintiendo que se desmayaba por las náuseas, Hadasa huyó afuera. Temblando, se sentó en el escalón alto cerca de la puerta, donde podía escuchar la lectura del contrato matrimonial, pero no ver ni oler la sangre. Apoyó su cabeza en sus rodillas levantadas y escuchó el sonsonete de la voz del sacerdote mientras leía los documentos que tenían más que ver con las obligaciones de la dote que con un compromiso para toda la vida de amarse el uno al otro. Hadasa estaba apesadumbrada. Apretando las manos, oró fervientemente por su ama.

Mientras pasaba la procesión de invitados, se levantó para seguirlos. La mayoría de los que asistían a la boda estaban ahí puramente por una obligación social con Décimo Valeriano, su patrón. Pocos de los que conocían a Julia tenían algún cariño por ella.

Los invitados acompañaron a los novios a la casa de Cayo en el otro extremo del Palatino, donde sus esclavos habían preparado el banquete. Julia frotó aceite en las jambas de las puertas y colgó una guirnalda de lana. Le entregó a Cayo una de las monedas de cobre. Él le dio a ella una ofrenda de fuego y agua, cediéndole de esa manera el control de su casa a su nueva esposa.

Hadasa ayudó a servir el elaborado banquete que vino a continuación, sorprendida de lo distinta que era la atmósfera de la comida de celebración de la primera boda de Julia. Los amigos de Cayo hacían comentarios vulgares y había mucha risa. Julia estaba radiante; se sonrojaba y se reía cada vez que su nuevo esposo se inclinaba hacia ella y le susurraba algo al oído. Tal vez todo estaría bien. Quizás se había equivocado acerca de Urbano.

Convocada a la cocina, le entregaron a Hadasa una bandeja de plata que contenía un hígado de ganso moldeado con la forma de una bestia espantosa con unos genitales descomunales. Mortificada por la obscena ofrenda, volvió a apoyar la bandeja, que hizo un ruido metálico al chocar contra la mesa, y retrocedió asqueada.

—¿Qué problema tienes? Si le hiciste algún daño a mi obra, haré que te azoten el pellejo. El amo pidió expresamente ese plato. Ahora, llévatelo y sírvelo a tu señora.

—¡No! —dijo ella sin pensar, horrorizada ante la sola idea de ofrecerle algo tan grotesco a Julia. El golpe que le dio el cocinero la arrojó contra el armario.

—Tómala tú —le ordenó a otra, que obedeció con celeridad. Se dio vuelta hacia ella nuevamente y Hadasa retrocedió jadeando de miedo y con un dolor punzante en el rostro—. Toma la bandeja que está allá y ve a servir a los invitados, *ahora*.

Se fue temblando, aliviada al ver que solo era una fuente con una docena de perdices doradas y relucientes con un glaseado de miel y especias. La cabeza todavía le retumbaba cuando entró en el gran salón de banquetes. Los invitados se reían y alentaban a Julia, mientras Cayo metía sus dedos en el dragón y se lo ofrecía a su novia. Julia rió contenta y le lamió los dedos. Asqueada, Hadasa se volvió hacia los invitados que estaban más lejos de la escena y les ofreció las perdices.

Varios hombres clamaron que la novia y el novio fueran enviados a la cama. Cayo atrapó a Julia en sus brazos y la cargó fuera del salón.

Cuando Cayo y Julia se marcharon, algunos de los invitados comenzaron a irse. Druso ayudó a la pálida y llorosa Octavia a levantarse de su sillón. Estaba ebria y apenas podía caminar. Décimo se levantó de uno de los sillones de honor y ayudó a Febe a ponerse de pie. Ella llamó a Hadasa con una seña.

—Volverás a la casa con nosotros. Cayo nos dijo que ya contrató sirvientes para Julia y te ha liberado de tus funciones con ella. —Le tocó el brazo—. No tienes por qué verte angustiada, Hadasa. Si Julia te necesita, sabes que mandará a buscarte. Mientras tanto, tengo tareas en mente para ti.

Hadasa se acomodó rápidamente a sus nuevas labores y servía a Febe con mucho gusto. Disfrutaban pasando horas en los jardines, trabajando en los canteros o en el cuarto de tejido con los telares. Lo que más le gustaba a Hadasa era trabajar en los jardines, porque disfrutaba de los senderos y los emparrados que brotaban con la llegada de la primavera. Le encantaba sentir la tierra debajo de sus manos y el aroma de las flores que se dejaba llevar por el aire fresco. Los pájaros iban de un árbol al otro y picoteaban las semillas que Febe les ponía en los comederos.

Décimo las acompañaba de vez en cuando, sentado en un banco de mármol y sonriendo con poca energía mientras hablaba con Febe y contemplaba su trabajo. Parecía que había mejorado un poco, por lo cual Bitia reclamaba el mérito. Sin embargo, no recobraba su fuerza. Febe sentía que había mejorado porque no estaba bajo tanta presión, ahora que Julia se había asentado felizmente con un esposo. Pero no estaba curado de lo que fuera que lo aquejaba. Febe perdió la fe en las artes sanadoras de la muchacha egipcia y dejó de llamarla para que sirviera a Décimo. En su lugar, llamaba a Hadasa.

—Canta para nosotros, Hadasa.

Hadasa acariciaba la pequeña arpa y cantaba salmos que su padre le había enseñado en Galilea. Cerraba los ojos y hacía como que estaba de vuelta allá, con el aroma del mar y los sonidos de los pescadores llamándose unos a otros a gritos. Por un breve rato, podía olvidarse del horror de las cosas que habían pasado desde ese último viaje a Jerusalén.

A veces entonaba canciones de cuna que su madre solía cantarles a ella y a su hermanita Lea. Dulce Lea, cómo la extrañaba. En otras ocasiones, cuando la noche era oscura y silenciosa, pensaba en cómo Lea había cerrado sus ojos y su mente a los terrores de este mundo cruel y se había ido en paz a estar con Dios. Los dulces recuerdos de sus carreras por los lirios del campo con su hermanita le llegaban de manera penetrante y también recordaba cómo se reía de Lea cuando saltaba en medio de los pastos altos como un conejo.

Hadasa se encontraba a gusto sirviendo a los Valeriano, especialmente a Febe, quien le recordaba un poco a su propia madre porque se ocupaba de las necesidades de su casa con sencilla eficiencia. De la misma manera que su propia madre pasaba una hora en sus devociones a Jesús apenas se levantaba, Febe entraba en su lararium y adoraba a sus dioses hogareños. Colocaba hostias frescas en los altares, volvía a llenar los incensarios y encendía los hornillos para enviarles un aroma agradable a sus muchos dioses de piedra. Sus oraciones no eran menos sinceras; sin embargo, su fe estaba puesta en el lugar equivocado.

Marcus entró en Roma con la poderosa sensación de haber vuelto al hogar. Estaba muy satisfecho con los resultados de sus semanas de viaje, porque había hecho contratos con varios de los comerciantes con quienes su padre había negociado en el pasado. Antes de ir a su casa se dirigió a los baños, deseoso de limpiarse el polvo del camino y recibir un masaje que le aliviara el dolor de semanas de viaje.

Antígono estaba en el tepidarium, relajándose en el agua tibia con un séquito de aduladores. Marcus los ignoró mientras una esclava lo enjuagaba con agua caliente. Volvió a sumergirse en el agua y se apoyó hacia atrás contra el borde, cerrando los ojos y dejando que el agua lo calmara.

Antígono despidió con un ademán a sus amigos y se reunió con Marcus.

—Te fuiste por un largo tiempo, Marcus. ¿Fue un viaje productivo?

Hablaron unos momentos sobre el comercio y la demanda de Roma de más productos.

—La otra noche vi a Julia con su nuevo esposo —dijo Antígono.

Los ojos de Marcus se abrieron de golpe.

—¿Su qué?

—Por los dioses, no lo sabes —dijo—. Imagino que todavía no has visto a tu familia. Bueno, déjame explicarte los acontecimientos que sucedieron mientras estabas fuera. Tu adorable hermana se casó con Cayo Polonio Urbano hace varias semanas. A mí no me invitaron porque no conozco al caballero. ¿Tú lo conoces? ¿No? Qué pena. Todos están intrigados por Urbano, pero nadie sabe demasiado sobre él, salvo que parece tener un montón de dinero.

Cómo lo hizo es un gran misterio. Se pasa la mayor parte del tiempo en los juegos. Se dice que era el amante de Calabá Shiva Fontaneus.

—Discúlpame, Antígono. —Marcus salió apresuradamente de la piscina.

Fue directamente a su casa y encontró a su padre en el triclinium con su madre. Con una suave exhalación de alegría, su madre se acercó y lo abrazó. Marcus quedó impactado por el nuevo gris en las sienes de su padre y por lo delgado que estaba.

—Hice una parada en los baños y vi a Antígono —dijo, ocupando un sillón y aceptando una copa de vino que le sirvió Enoc.

—Y él te contó que Julia se casó —dijo Décimo, viendo el destello de enojo en la mirada de su hijo—. Es lamentable que no hayas venido primero a casa y que no te hayas enterado por nosotros.

—¿Cuándo sucedió todo esto?

—Hace varias semanas —dijo Febe, y acomodó la bandeja con tajadas de carne de res para que las mejores porciones quedaran más cerca de él—. Come algo, Marcus. Te ves más flaco que la última vez que te vimos.

—¿Qué saben sobre este hombre? —dijo Marcus, sin interés por la comida.

—Comercia con mercaderías extranjeras y hace negocios con las fronteras del norte —dijo Décimo. Se sirvió un poco más de vino—. Aparte de eso, mis agentes averiguaron muy poco sobre él.

—¿Y permitiste que Julia se casara con él sabiendo tan poco?

—Indagamos acerca de Cayo y averiguamos lo que pudimos. Lo invitamos aquí numerosas veces y nos pareció inteligente, encantador y educado. Tu hermana está enamorada de él y, por lo que parece, él también está enamorado de ella.

—O de su dinero.

Décimo levantó una ceja.

—¿Es eso lo que realmente te molesta de todo esto? ¿No haberte perdido el casamiento de Julia, sino que tendrás que renunciar a controlar la herencia de Claudio?

Indignado, Marcus dejó la copa de un golpe.

—Si haces memoria —dijo con la voz tensa—, yo me hice responsable de eso porque estabas en Éfeso. Cuando volviste, tú me dijiste que siguiera administrando la herencia. No he tomado un denario como ganancia de nada de lo que hice por ella.

Décimo suspiró.

—Me disculpo. Tu preocupación siempre ha sido notable. Te dejé a cargo porque tus decisiones eran sensatas. La herencia de Julia estaba a salvo en tus manos. Pero ahora quedas libre de la responsabilidad de esa carga.

—No te apures tanto, padre. No cederé el control hasta que esté seguro de que el marido de Julia no es un vago.

—No tienes ningún derecho legal a retener el control de su herencia —dijo Décimo con firmeza—. Cuando Cayo Polonio Urbano tomó a tu hermana por esposa, tomó posesión de todo lo de ella, y eso incluye la herencia de Claudio.

Marcus pensó en Hadasa y tuvo una sensación incómoda en el estómago. Hadasa era una de las posesiones de Julia. ¿Quién era este Urbano y qué sentiría por la sirvienta judía de su nueva esposa? Incómodo por sus sentimientos por una esclava, se escondió detrás de su preocupación por Julia.

—¿Y si ella quiere dejar los arreglos económicos como están?

—Julia ya no tiene el derecho de tomar esa decisión.

Febe se levantó y fue hacia Marcus.

—Una vez que veas lo feliz que está con Cayo, te sentirás más tranquilo de que tu padre haya aprobado su matrimonio.

Marcus fue a visitar a Julia al mediodía siguiente. Todavía estaba en cama cuando él llegó a la villa de Urbano, pero cuando le dijeron que su hermano estaba ahí, no perdió tiempo para reunirse con él.

—¡Marcus! —gritó, arrojándose a sus brazos—. ¡Oh, qué contenta estoy de verte!

Él se sorprendió al verla tan desarreglada. El cabello largo hasta la cintura estaba despeinado y tenía el rostro sin maquillaje. Se veía cansada y temblorosa, como si sufriera las secuelas de haber bebido mucho. En el cuello tenía una pequeña marca redonda, una evidencia inquietante de pasión.

Él la miró preocupado.

—Imagina mi sorpresa cuando regresé y me dieron la noticia de que te casaste.

Julia rió contenta.

—Lo siento, pero no pude esperarte. Hacía dos meses que te habías ido y no mandabas ni una palabra de cuánto tiempo más tardarías en llegar. Te agradará Cayo. Ustedes tienen mucho en común. Él adora los juegos.

—¿Cómo lo conociste?

Su sonrisa se volvió traviesa.

—Calabá nos presentó.

La boca de Marcus se puso tensa al escucharla reconocer que los había desafiado a él y a padre.

—Eso difícilmente puede ser una referencia.

Julia lo soltó y se apartó de él.

—Lamento que no la apruebes, Marcus, pero para mí no hace ninguna diferencia. —Se dio vuelta y lo enfrentó, enojada y a la defensiva—. Ahora puedo hacer lo que yo desee. Ya no necesito el permiso de padre ni el tuyo para elegir a mis amistades.

Marcus podía notar la influencia de Calabá.

—No vine a discutir contigo. Vine a ver si eres feliz.

Su mentón se levantó de golpe.

—Te aseguro que lo soy. Soy más feliz ahora de lo que he sido en toda mi vida.

—No me digas. Me alegro de escucharlo —dijo él, claramente molesto—. Te felicito por escapar de nuestras garras y te pido disculpas por entrometerme en tu libertad recién adquirida.

La resistencia de Julia desapareció al ver su enojo y corrió a detenerlo para que no se fuera.

—¡Ay, Marcus, no seas tan imposible! Acabas de venir a verme. No te vayas ofendido. No podría soportarlo. —Lo abrazó como lo hacía siempre, desde que era una niñita que lo idolatraba. Él se ablandó por un momento. Ella continuó, retirándose un poco—. Solamente desapruebas a Calabá porque no la conoces como yo. —Tomó sus manos en las de ella—. Yo no soy como madre; lo sabes. No me conformo con hilar y velar por las necesidades de todos los demás por encima de las mías. Quiero emocionarme de la manera que lo haces tú, Marcus. Los dioses nos juntaron a Cayo y a mí.

Escudriñó el rostro de su hermana, buscando el esplendor de una joven recién casada y vio, además, el agotamiento de un estilo de vida libertino. Le acarició la mejilla.

—¿Realmente eres feliz?

—Oh, lo soy. Cayo es muy apuesto y excitante. Cuando no está aquí, lo único en lo que puedo pensar es en él y cuándo regresará. —Se sonrojó—. No me mires de esa manera —dijo riendo—. Ven y siéntate conmigo en el peristilo. Todavía no he comido y me muero de hambre. —Chasqueó los dedos y le ordenó a una de las sirvientas que le hiciera traer la comida.

Julia habló de las fiestas a las que ella y Cayo habían ido, como las que siempre le habían gustado a Arria.

—Vi a Arria la otra noche —dijo Julia, como si leyera sus pensamientos—. Estaba acompañada por un gladiador. Tenía cicatrices en todo el cuerpo y era muy desagradable.

Se quejó de lo que le había traído la sirvienta y le dijo que volviera con frutas frescas y pan.

—Extraño a Hadasa —dijo, molesta—. Ella siempre sabía lo que yo quería. Estas sirvientas son estúpidas y lentas.

—¿Qué hiciste con ella? —le preguntó Marcus con la mayor prudencia que pudo. El corazón le latía con rapidez y tenía el cuerpo bañado de sudor frío.

—A Cayo no le gustan los judíos porque son demasiado mojigatos. Además, ella no le caía bien porque era feúcha.

Urbano llegó antes de que Marcus pudiera hacer alguna pregunta. Julia se levantó rápidamente y corrió hacia él. La besó brevemente, le echó un vistazo con una sonrisa burlona y le dijo algo al oído. Julia se encogió y se dio media vuelta.

—Marcus, él es Cayo. Los dejaré solos y me pondré más presentable. —Salió a toda prisa, dejando a Marcus a solas con su nuevo esposo.

—Debes preguntarte qué clase de vida llevamos, que tu hermana te saluda recién levantada de nuestra cama —dijo Cayo, acercándose a él.

A Marcus le pareció obvio por qué Julia se había enamorado de Urbano. Era la clase de hombre por el que muchas mujeres se volvían locas: morocho, fornido, y emanaba sexualidad. Su sonrisa enigmática era un desafío. Marcus le devolvió una sonrisa, sofocando la urgencia de reclamarle qué había hecho con Hadasa.

—Julia habla de ti a menudo —dijo Urbano—. Se podría pensar que eres descendiente de los dioses. —Se recostó contra una de las columnas de mármol y lo contempló con tranquilidad.

—Las hermanas menores suelen idolatrar a sus hermanos mayores.

—Hay una diferencia considerable de edad entre ustedes.

—Perdimos a dos hermanos por la fiebre.

—Ella no los menciona.

—No los conoció. ¿Tienes alguna familia, Cayo?

Cayo se incorporó y caminó por el borde del estanque. Durante un largo momento, el único sonido fue el del rocío del agua.

—No —dijo sencillamente—. No hasta que me casé con Julia. —Sonrió y Marcus dudó de que le gustara lo que vio en el rostro de Cayo—. Tu madre y tu padre me recibieron con los brazos abiertos —prosiguió, mirando a Marcus sin vacilar.

—Me reservaré mi bienvenida hasta conocerte mejor.

Cayo rió.

—Un hombre sincero —dijo—. Qué gusto.

Un sirviente entró en el peristilo y le ofreció vino a Urbano. Después de que asintió con la cabeza, se dio vuelta hacia Marcus, quien lo rechazó. Urbano bebió su vino durante un momento, analizando a Marcus por encima del borde de su copa de plata.

—Entiendo que has estado administrando la herencia de Julia.

—¿Quieres la contabilidad?

—Cuando te venga bien. —Cayo bajó su copa—. Por todo lo que escuché sobre ti, pensé que no ibas a estar tan dispuesto a hacerlo.

—Eres el marido de mi hermana. La carga de su herencia te corresponde a ti ahora.

—Ciertamente. Es mucho dinero —sus ojos oscuros se iluminaron divertidos.

Marcus se preguntaba cómo sabía Cayo qué implicaba. Ni siquiera Julia lo sabía. Quizás padre había expuesto los detalles, pero Marcus lo dudaba. Padre se lo habría dejado a él.

—Quizás podríamos hacer arreglos entre nosotros —dijo Cayo tomándose su tiempo—. Tú podrías seguir manejando la herencia y pagarnos cada mes una porción establecida.

Qué prolijo, pensó Marcus cínicamente.

—Suelo cobrar una tarifa por mis servicios —dijo secamente, sin ninguna intención de convertirse en el lacayo de Urbano.

—¿Aun a tu propia familia? —dijo Cayo en tono burlón.

—Un porcentaje de las ganancias —contestó Marcus sin cambiar de tono—. Un porcentaje cuantioso.

Cayo se rió suavemente.

—Solo tenía curiosidad por saber qué dirías. Soy completamente capaz de encargarme yo mismo de las cosas. Sabes, Marcus, tú y yo tenemos mucho en común.

—Eso dijo Julia hace un momento. —Escucharlo de Urbano le gustó aún menos.

Marcus se quedó solamente el tiempo indispensable que la cortesía requería. Julia volvió al peristilo vestida con una costosa y refinada palla de lana. Llevaba perlas alrededor del cuello y entretejidas en los bucles que usaba en un peinado alto.

—¿No son hermosas? —dijo, acariciando las perlas con sus dedos y mostrándoselas. Eran las chucherías más caras que podía usar una mujer—. Cayo me las regaló la noche de nuestra boda.

Las ojeras oscuras que tenía debajo de los ojos fueron hábilmente tapadas con maquillaje y había aplicado rubor rosado a sus mejillas pálidas y a su boca. Si no la hubiera visto una hora antes, no se habría enterado de que estaba cansada y con resaca de la fiesta a la que Urbano la había llevado la noche anterior. Su charla animada era irritante y las burlas de Urbano estaban llenas de insinuaciones que la hacían reír. Incapaz de seguir soportándolo, Marcus se excusó y se fue.

Al volver a casa, se sintió deprimido. Cuando entró, le entregó su manto a Enoc. Escuchó la voz de su padre en la sala común, donde se encontraba con sus clientes todas las mañanas, y fue a reunirse con él.

—¡Hadasa! —dijo al verla parada delante de su padre y de su madre. En cuanto lo dijo, se sintió avergonzado—. ¿Qué está pasando?

Décimo levantó la mirada hacia su hijo y descubrió en su rostro una expresión que nunca antes había visto.

—Bitia ha acusado a Hadasa de robo. —Décimo no le había encontrado sentido a la acusación hasta ese momento. Su interés aumentó cuando se dio cuenta de que Marcus apenas había notado a la esclava egipcia; de hecho, solo parecía tener ojos para Hadasa.

—¿De robo? —dijo Marcus, apartando la mirada de Hadasa mientras entraba en la sala. Su corazón se desmoralizó. Miró a Bitia y vio que sus ojos oscuros brillaban de la emoción. Había visto esa mirada en los ojos de Arria lo suficiente como para reconocerla. Ardía de celos por algún motivo—. ¿Bitia tiene alguna prueba? —dijo fríamente.

—Recién comenzamos a tratar el asunto —dijo Décimo.

Pálida y consternada, Febe estaba sentada en el asiento al lado de él. Hadasa estaba parada en silencio frente a él con la cabeza gacha. No había protestado defendiéndose. A decir verdad, hasta el momento no había dicho ni una sola palabra.

—¿Qué prueba tienes contra Hadasa? —le reclamó a la muchacha egipcia.

—La vi con mis propios ojos —dijo Bitia insistentemente y nombró a otros dos esclavos de la casa que podían corroborar su historia. Décimo los llamó y dijeron que sí, que habían visto a Hadasa dándole una moneda a una mujer en el mercado.

Marcus no podía creer lo que estaba escuchando. Bitia se veía engreída y desagradable cuando los otros testimonios coincidieron con el de ella. Sintió un ataque de profunda aversión por ella y se preguntó qué le había visto de deseable en primer lugar.

—Hadasa —dijo Décimo en tono grave. Ella levantó los ojos, asustada y pálida—. ¿Eso es verdad? ¿Le diste monedas a alguien en el mercado?

—Sí, mi señor.

Décimo deseó que le hubiera mentido. Suspiró pesadamente. Iba a tener que azotarla y dudaba si su cuerpo delgado podría soportar el castigo. No le gustaba la expresión que había en el rostro de Bitia. Sospechaba que la egipcia estaba resentida porque Hadasa era llamada a servirlos en lugar de ella.

—Déjanos, Bitia.

Si se veía forzado a castigar a Hadasa, no iba a hacerlo delante de la esclava presumida. También hizo salir a los otros.

—Sabes que el castigo por robar es el azote —dijo Décimo.

Hadasa pareció encogerse, aunque no se defendió. Febe estaba cada vez más afligida.

—Décimo, no puedo creer que ella nos haya robado. Siempre nos ha rendido todas las cuentas...

Él levantó su mano imperiosamente y ella se calló. Estaba furioso por haber sido puesto en esta posición y se dirigió a Hadasa.

—Le advertimos a cada esclavo que llega a nuestra casa cuál es el castigo por robar. ¿Cómo se te ocurrió dar dinero que tu ama te había confiado?

—Solamente le di la moneda que usted me dio, mi señor.

—¿La moneda que yo te di? —dijo él, frunciendo el ceño.

—El peculio, mi señor.

Décimo parpadeó. Cada mañana se sentaba en su silla curul y repartía monedas a sus docenas de clientes. También les daba un *cuadrante* a cada uno de los esclavos menores, más a Enoc y al cocinero. Apenas si podía creer que una esclava entregara su peculio.

Febe volvió a acercarse a él y puso su mano sobre su brazo.

—Hadasa siempre ha rendido cuentas por cada moneda que le he dado.

Frunciendo el ceño, estudió atentamente a Hadasa.

—¿Alguna vez has dado el dinero que te dio tu señora?

—No, mi señor. Solo lo que usted me dio como peculio.

—Pero ¿por qué entregarías tu peculio?

—Yo no lo necesito, mi señor, y la mujer sí lo necesitaba.

—¿Quién era esa mujer?

—Una mujer que estaba en la calle.

Marcus se acercó, asombrado por lo que estaba diciendo.

—Eres una esclava que no tiene nada. El peculio es el único dinero que tendrás en tu vida. ¿Por qué no lo guardaste para ti misma?

Ella mantuvo baja la mirada, como correspondía.

—Tengo comida para comer, mi señor, un lugar abrigado donde dormir y ropa para vestirme. La mujer no tenía nada de eso. Su esposo murió hace unos meses y su hijo es un legionario que está en la frontera de Germania.

Décimo la miró fijamente.

—¿Tú, una judía, le diste dinero a una *romana*?

Ella levantó la mirada con los ojos llenos de lágrimas. Temblaba de miedo ante él, pero quería que entendiera.

—Ella tenía hambre, mi señor. Los cuadrantes que usted me dio fueron suficientes para que comprara pan.

Décimo se echó hacia atrás, maravillado. Que una esclava que tenía unas pocas monedas le entregara todo a un enemigo de su pueblo era inconcebible para él.

—Puedes irte, Hadasa. El peculio es tuyo para que hagas lo que quieras con él. Dáselo a quien te parezca.

—Gracias, mi señor.

Décimo la observó mientras se iba de la sala; luego miró a Febe y vio que sus ojos estaban llenos de lágrimas. Le tomó la mano.

Ella lo miró a su vez.

—Si Bitia sigue acusándola, Décimo, me gustaría tener tu permiso para venderla.

—Véndela ahora, si quieres —dijo, y luego le echó un vistazo a Marcus—. A menos que tú quieras llevarla para que te caliente la cama en tu villa.

Marcus no se había dado cuenta de que su padre estuviera tan al tanto de sus asuntos privados, ni de que estuviera dispuesto a hablar libremente de ellos delante de madre.

—Gracias, pero no. No quiero tener nada más que ver con ella.

—Haz lo que desees —le dijo a Febe. Ella se levantó y salió de la sala.

Padre e hijo se miraron el uno al otro. La boca de Marcus se puso tensa.

—Bitia vino a mi cuarto por su propia voluntad la primera vez.

—Estoy seguro de que lo hizo, pero dudo que Hadasa se comporte alguna vez de la misma forma.

Marcus se puso rígido y sus ojos destellaron.

—¿Qué quieres decir?

—Sabes muy bien qué quiero decir —dijo él. Volvió a suspirar—. Julia nos la devolvió...

—Porque a Urbano no le agradan las judías pudorosas —lo interrumpió Marcus con sarcasmo.

Las cejas de Décimo mostraron su sorpresa, pero no hizo ningún comentario ante esa revelación. Se había preguntado por qué Hadasa había sido enviada de vuelta a la casa.

—Me parece recordar que tú tenías las mismas reservas cuando tu madre la compró. Dijiste que podía tener resentimiento contra todos los romanos. También dijiste que era fea, según recuerdo. —Era evidente que a Marcus no le gustaba que se lo recordaran. Décimo sonrió fríamente—. El hecho es que Julia nos la devolvió y ahora Hadasa está bajo mi protección.

Marcus se rió ante la increíble declaración.

—Y quieres que yo mantenga mis manos lejos de ella —le dijo, intentando hablar con humor, pero no logró ocultar el filo de su voz.

Décimo no dijo nada por un instante; con la mirada fija, lo evaluó tranquilamente.

—Tus emociones están exaltadas por ella —dijo, y vio que las palabras que había elegido incomodaron aún más a Marcus—. No creo que hayas usado a Hadasa. —Levantó una ceja, medio preguntando.

—No —dijo Marcus firmemente—. No la he *usado*, padre.

—Las palabras que había elegido eran perturbadoras—. Nunca he obligado a una mujer a que haga mi voluntad.

—Hay otros medios para obligar a alguien más allá de lo físico, como bien sabes. Tú eres el amo; ella es la esclava. Tu madre nunca aprobó tu devaneo con Bitia ni con las otras que tuviste antes. Y, francamente, nunca pensé demasiado en eso hasta el día de hoy. Eres joven y enérgico, Marcus. Las mujeres siempre se han sentido atraídas por ti. Parecía muy natural que lo disfrutaras.

Se levantó de su silla curul y bajó del estrado para pararse delante de su hijo.

—Pero esta muchacha es distinta. —Sacudió la cabeza, todavía asombrado y perplejo—. Después de todo lo que ha sufrido Hadasa, le da todo lo que tiene a una mujer romana, a la madre de un legionario. —Volvió a sacudir la cabeza y dejó escapar un suspiro suave.

Miró a Marcus.

—Hadasa no es como las demás, Marcus. Es diferente a cualquier otra que nos haya pertenecido antes.

Ella era diferente a cualquier otra que él hubiera conocido.

Estirando la mano, Décimo agarró a Marcus del brazo, ordenando y apelando a la vez.

—Complácete con las otras, pero deja en paz a esta muchacha.

Después de que su padre se fue de la sala, Marcus se sentó en el borde del estrado y se pasó las manos por el cabello. No había hecho ninguna promesa.

¿Cómo podía hacerla, cuando Hadasa era lo único en lo que él pensaba?

19

Julia temblaba mientras hablaba con Calabá. Calabá siempre entendía. Siempre escuchaba y le daba recomendaciones que podía probar. Estaba de acuerdo con ella y le mostraba compasión. Julia confiaba lo suficiente en ella para contarle todo lo que sucedía en su matrimonio. No había nadie más con quien pudiera hablar sobre Cayo y sus exigencias cada vez más crueles y extrañas.

—Anoche me abofeteó de nuevo. —Apoyó sus dedos contra el lugar sensible que había en su pómulo. Inclinó levemente su mentón para mostrar la inflamación—. ¿Lo ves? Aquí. Me he vuelto muy hábil con el maquillaje en los últimos meses. —Le temblaba la boca—. Calabá, lo único que le dije fue: '¿Tuviste suerte en las carreras?' y me gritó las obscenidades más horribles y me echó la culpa por haber perdido. Dijo que le doy suerte cuando lo acompaño y que fue porque me quedé en casa que perdió. Me sentía enferma. No fue mi culpa. Me dio miedo y quise irme de la habitación, pero me agarró, me dio vuelta y me golpeó. Dijo que nadie le da la espalda a Cayo Polonio Urbano.

Calabá le tomó la mano y le dio una palmadita.

—Tienes derecho a saber qué está haciendo con el dinero de la herencia, Julia.

—No, según él. Y mi padre lo apoyaría. —Los ojos se le llenaron de lágrimas y habló con amargura—. Al fin y al cabo, yo solo soy una mujer, una posesión para ser usada. —Se mordió el labio, apartó la mirada y pudo volver a controlar un poco sus emociones—. A veces tiemblo cuando me mira, porque todavía lo amo demasiado. Me hace sentir cosas tan divinas, Calabá, la manera en que me toca y me besa. Después, otras veces, tengo miedo, tanto miedo que quiero huir de él. —Miró a Calabá con los ojos oscuros dilatados y preocupados—. Cayo siempre se pone muy loco después de los juegos. Me lastima, Calabá, y parece disfrutarlo. Me hace hacer cosas que no quiero —bajó la cabeza, avergonzada y llorosa.

Calabá le levantó el mentón.

—Puedes contarme lo que sea. —Sonrió con ternura—. Yo no me impresiono fácilmente, Julia. He visto y he hecho demasiadas cosas en mi propia vida para sorprenderme por algo de la tuya.

—Frunció el ceño mientras dibujaba suavemente la hinchazón en la mejilla de Julia—. Un poco de juego está bien, pero es una bestia al lastimarte de esta manera. —Se levantó del sillón—. Te traeré un poco de vino.

Julia se relajó un poco. Calabá siempre era muy comprensiva. Julia no podía recurrir a nadie más. No podía contarle nada a Marcus sobre Cayo porque ambos ya se tenían mutua antipatía. Marcus se enfurecería si se enteraba de que Cayo la había golpeado alguna vez. Un enfrentamiento seguramente empeoraría las cosas. Tampoco podía hablar con su madre. No *quería* hablar con ella. Madre se horrorizaría de saber la dirección oscura de los gustos de Cayo, aun si llegara a creerle. Era demasiado inocente. Julia tampoco esperaba que su padre la ayudara. Cualquier cosa que Cayo hiciera, padre consideraría que era culpa de ella. Diría algo como: «¿Qué hiciste para causarte esto a ti misma?».

Las lágrimas le brotaron nuevamente y se derramaron por sus mejillas. A Calabá no le gustaría verla tan débil. Se limpió la cara rápidamente cuando la vio volver.

—No sé qué haría sin ti, Calabá. No tengo a nadie más con quien hablar.

—Nunca tendrás que pasar por esto sin mí y sabes que siempre eres bienvenida en mi casa. —Calabá sonrió y le dio una copa de plata—. Puse unas hierbas dentro del vino para calmarte los nervios. —Su expresión se iluminó con una triste diversión—. No tienes que mostrarte tan insegura, Julia. No es nada que vaya a hacerte daño. Bébelo. —Puso su dedo debajo de la copa y la inclinó un poco—. Bebe y te sentirás mejor.

Julia bebió hasta el fondo, queriendo estar en paz. El vino narcotizado hizo efecto rápidamente y suspiró; la tensión la abandonaba.

—Así está mejor, ¿no? —dijo Calabá, volviendo a sentarse al lado de ella—. Ahora, cuéntame todo lo que te hizo Cayo. Cada detalle. Quizás pueda darte algún consejo.

Julia le contó todo. Las palabras salieron de su boca como si se hubiera sajado un forúnculo. Le contó a Calabá cada acto desagradable y cruel, y se sintió satisfecha de ver que la ira ardía en los ojos de su amiga. La boca del estómago también empezó a quemarle con enojo. Cayo no tenía derecho a tratarla de esa manera. Ella se había dado cuenta muy pronto que sus muestras de riqueza eran un acto y que era su herencia lo que había cambiado sus circunstancias. Vivían de la riqueza que ella había recibido de Claudio. ¡Cayo debería estar agradecido! Debería tratarla con respeto.

—Todas las mañanas cuando me levanto me siento enferma de solo pensar qué podría hacerme.

—¿Y dices que todavía lo amas? —dijo Calabá.

Julia cerró los ojos y bajó la cabeza, avergonzada.

—Sí —reconoció en voz baja—. Por eso todo es tan terrible. Lo amo mucho. Cuando entra en la habitación, mi corazón, oh, mi corazón....

—¿Aunque te trate así?

—No siempre es cruel. A veces es como era al principio. Oh, Calabá, puede hacerme sentir como si volara por el aire —dijo. Ella quería que su amiga la entendiera.

Calabá la entendía. Conocía muy bien a Cayo. Y conocía aún más a Julia. Ambos eran egoístas y apasionados. En ese momento, el entusiasmo de su relación los mantenía juntos, pero no pasaría mucho tiempo hasta que la insatisfacción que sentían mutuamente los llevara a buscar la excitación en otra parte.

Cayo ya estaba desviándose, aunque Julia no lo sabía. A seis meses de haberse casado, había pasado varias horas calmando sus pasiones más oscuras con una prostituta desafortunada de un prostíbulo exclusivo. Calabá lo había escuchado de los propios labios de Cayo. Le había descrito con lujo de detalles lo que había hecho, esperando excitarla y entretenerla. A decir verdad, ella estaba disgustada, aunque no lo demostraba. Él dijo que había usado a una ramera porque no quería lastimar a su esposa, que *amaba* a Julia y que no quería que su otra naturaleza se le fuera de las manos. Calabá incentivaba sus visitas clandestinas y lo incitaba a hablar por una razón: Julia.

Si le hablara a Julia sobre la infidelidad de Cayo en este momento, haría añicos la confianza de Julia. Calabá no quería que eso sucediera. Era mejor dejar su relación en paz y que las cosas se desarrollaran de modo natural, y mejor que Cayo destruyera su amor. A la larga, Cayo se volvería menos discreto en sus amoríos. A la larga, se jactaría de sus proezas lujuriosas.

Quizás antes de que llegara ese momento, ella dejaría algunas pistas para que las escuchara alguna amiga bien intencionada como Octavia. Octavia era mezquina y envidiosa. Ella se regodearía en la infidelidad de Cayo y, sin duda, disfrutaría contándole a Julia que Cayo estaba buscando la compañía de otras mujeres. Julia la odiaría por eso, pero se despabilaría más rápido.

Pero, hasta que Julia fuera plenamente consciente de la naturaleza infame de Cayo, Calabá quería protegerla de un daño grave.

—No debes contradecir a Cayo ni provocar su temperamento vil, Julia —dijo—. No es prudente que hagas preguntas. Ya has aprendido que eso lo enfurece. Nunca lo confrontes. Busca otros medios de enterarte de lo que necesitas saber sobre lo que está haciendo con su tiempo y con tu dinero.

—¿Quieres decir, con espías?

—Espías —dijo Calabá con tono burlón—. Suena espantoso como lo dices. Prefiero pensar en ellos como amigos que, por algunos sestercios, están dispuestos a ocuparse de tus intereses.

—No sé —dijo Julia frunciendo el ceño.

—Es solo una idea —dijo Calabá y cambió de tema.

La semilla estaba plantada y echaría raíz a su tiempo. El aberrante comportamiento de Cayo se ocuparía de eso. La desconfianza era un terreno fértil que necesitaba ser labrado antes de que otras cosas pudieran ser plantadas y tuvieran tiempo para crecer. La cosecha bien valdría su paciencia. Palmeó maternalmente el muslo de Julia.

—Toma lo que necesites de mí, Julia, y olvídate de todo el resto. Yo te quiero como eres y no te cambiaría por nada del mundo. Reconozco que no todas mis sugerencias son apropiadas para tu situación, pero me duele saber que estás sufriendo tanto.

Julia se relajó con las declaraciones de Calabá y terminó su vino. Se sentía deliciosamente contenta, aunque a veces estaba un poco incómoda bajo la mirada imperturbable de Calabá.

—Estoy cansada —dijo—. Últimamente, estoy cansada todo el tiempo.

—Pobrecita. Recuéstate y descansa.

—Debería irme a casa —dijo Julia como si estuviera soñando—. Esta noche vamos a salir.

Calabá pasó sus dedos por la frente pálida y suave de Julia.

—¿Tú quieres salir?

—Me da igual —dijo Julia, mientras sus ojos se entrecerraban—. Lo único que quiero es dormir...

—Entonces, hazlo, dulce niña. Haz lo quieras.

Julia soñó que Hadasa le acariciaba la frente y le cantaba canciones sobre su dios extraño. Nadie la atendía tan bien como la pequeña judía. Extrañaba su presencia serena y su cuidado cariñoso. Extrañaba sus historias y sus canciones. Hadasa siempre se había anticipado a sus necesidades, mientras que a las esclavas de Cayo había que darles órdenes. Aun en sus sueños, sus esclavas seguían mirándola con ojos fríos e inmutables de serpiente, ojos que le resultaban conocidos y perturbadores. Ojos como los de Calabá.

Calabá la despertó bien avanzada la tarde.

—Tengo una silla de mano para llevarte a tu casa —le dijo—. No debes llegar tarde.

Pero ya era demasiado tarde.

Cuando Julia llegó, Cayo estaba esperándola, enojado y suspicaz; su mente había inventado todo tipo de situaciones para estimular sus celos.

—¿Dónde estabas? —Su corazón latía a toda velocidad y podía sentir que la ira crecía dentro de él, aunque no sabía si era por Julia o por sí mismo. ¿Por qué había dejado que su mal genio lo hiciera perder control la noche anterior? No podía sacarse de la cabeza la mirada que había visto en sus ojos después de que la abofeteó. ¿Qué pasaría si lo dejaba?—. ¿Con quién estuviste toda la tarde?

—Estuve visitando a Calabá —dijo Julia y se alejó de él—. ¡Me estás lastimando!

Cayo la soltó inmediatamente.

—Calabá —dijo, preguntándose qué le habría dicho a Julia. Sus ojos se entrecerraron.

—Tomamos un poco de vino y dormí un rato. —Se encogió cuando él quiso tocarla nuevamente, pero cuando la tocó esta vez, fue amable.

—Tuve miedo de que me hubieras dejado —dijo él. Le levantó el rostro y lo movió a un lado. Cayo sabía que había estado llorando. Tenía los ojos ligeramente hinchados y se le había quitado el maquillaje con las lágrimas. Aun así, era hermosa. Miró la marca que tenía en el pómulo e hizo una mueca. Nunca había tenido la intención de lastimarla. A veces, era como si una bestia dentro de él tomara el control y lo hiciera agredir aquello que más apreciaba—. Lamento lo de anoche. —Los ojos castaños de Julia se llenaron de lágrimas y él se sintió peor aún—. Te amo, Julia. Lo juro por todos los dioses. Si no me perdonas, me volveré loco...

La besó y sintió su resistencia. Se desesperó.

—Te amo. Te amo tanto —susurró y volvió a besarla como a ella le gustaba. Después de un largo rato, ella comenzó a aflojarse en sus brazos, mientras la sensación de poder volvía a él con una oleada de placer. Mientras pudiera despertar sus pasiones, seguiría siendo suya. Eros siempre reinaba dentro de Julia, como lo hacía en él. Eran muy parecidos. La atrapó en sus brazos, con la sangre palpitante—. Te compensaré.

Ella amaba a Cayo cuando era así, cuando su pasión se concentraba en complacerla. Era cuando terminaban de hacer el amor que le sobrevenía esa sensación de vacío, empujándola a un pozo de depresión. Si solo fueran duraderas las sensaciones de placer.

Sin embargo, ahora, parado del otro lado de la habitación, Cayo estaba contento. Sabía cuánto lo necesitaba, cómo lo observaba. Sabía que le encantaba mirarlo; otra confirmación del poder que él tenía sobre ella.

Una sonrisa burlona se dibujó en su boca y avanzó para besarla.

—Me encanta cuando me miras así, como si fuera un dios —dijo, contemplándola como si ella fuera una posesión preciada.

Julia ocultó cuánto la irritaba su engreimiento.

—¿Tenemos que salir esta noche? Antígono puede ser muy aburrido.

Cayo se puso la túnica.

—Es cierto, pero es útil.

—Marcus piensa que es un tonto.

—Creí que eran amigos.

—Lo son, pero eso no significa que Marcus no sea consciente de los muchos defectos que tiene Antígono. De lo único que habla es de política o de su falta de dinero.

—Pasa la noche con Arria. Ella te agrada.

—Se la pasa haciéndome preguntas sobre Marcus. Se ha vuelto tediosa y patética.

—Arria es una mujer de talentos extraordinarios. Me sorprende que Marcus haya perdido el interés en ella. —Se dio vuelta y vio la expresión de Julia. Se rió de ella—. No tienes que mirarme así. Hablo por lo que escuché de otros, no lo descubrí por mí mismo.

—¿Pero quieres hacerlo?

Se acercó y se inclinó para molestarla.

—No, mientras sigas complaciéndome —dijo y notó el moretón que tenía en la mejilla. Se incorporó y frunció ligeramente el ceño. Marcus no iba a ir esa noche, pero si Antígono se daba cuenta de la marca que tenía Julia, se lo contaría. Marcus podía causar toda clase de problemas si quería, y ya había suficientes problemas—. Pareces cansada —dijo—. Quédate en casa y descansa.

Julia se animó por su preocupación atenta, pero sus comentarios acerca de Arria todavía estaban frescos en su mente.

—Estoy cansada, pero quizás debería ir.

Él la besó nuevamente, a la ligera esta vez.

—No. Toleraré la noche sin tu compañía y le diré a Antígono que estás visitando a tus padres.

Julia se sentó y echó su largo cabello enredado hacia atrás sobre sus hombros.

—Han pasado semanas desde la última vez que los vi. Quizás vaya mañana.

—Descansa un par de días y luego ve —le dijo—. Te ves agotada. No me gustaría que se hicieran una idea equivocada del tipo de vida que vivimos. —Ni que vieran el moretón que le había hecho.

Él estaba de tan buen humor, que Julia decidió arriesgarse un poco más.

—Quiero traer a Hadasa de vuelta conmigo después de ir a verlos.

—¿Hadasa? —dijo él sin comprender—. ¿Quién es Hadasa?

—La esclava que madre me dio.

—¿Qué problema hay con las esclavas que tienes?

Si le decía que no le servían bien, probablemente él las traería y las golpearía delante de ella, y no quería eso.

—Hadasa siempre se anticipaba a mis necesidades. Nunca he tenido una sirvienta que hiciera eso, excepto ella.

Su rostro se ensombreció.

—Hablas de la pequeña judía, ¿no? Sabes que no me gustan los judíos. Son remilgados. Le dan demasiada importancia a la castidad.

—Su religión nunca interfirió en su servicio. Y, en cuanto a la castidad, yo solía enviársela a Claudio.

Cayo la miró sorprendido.

—¿La deseaba? Según la recuerdo, es fea.

—Bueno —dijo ella, viendo que su mentira no sería convincente—, Claudio no estaba interesado en ella de esa manera. Él quería conversar.

Cayo se rió.

—Eso es lo que pasa cuando te casas con un viejo impotente.

Su risa la crispó y Julia se arrepintió de haber mencionado a Claudio. Su primer matrimonio divertía a Cayo. En uno de los primeros banquetes a los que habían ido juntos, él les había contado a todos sus amigos su historia personal completa de manera graciosa, como si fuera un cuento para entretenerlos: ella, la Bella Juvenil, obligada a casarse con el Viejo Tonto. Cayo les describió a sus amigos una fábula divertida de un viejo impotente que perseguía por el campo a una doncella a punto de caramelo y que nunca la alcanzaba, hasta que finalmente se rompió el cuello en el intento.

Al principio, la fábula de Cayo le había quitado la culpa y había logrado que el matrimonio pareciera tan ridículo como una de las farsas que veían en el teatro. Sin embargo, después de un tiempo, la diversión se fue desvaneciendo cada vez que volvía a contarla. Ahora, siempre que él se burlaba de Claudio, Julia se sentía avergonzada. Claudio no era tan viejo ni había sido un tonto. Había sido lo suficientemente hábil para incrementar la fortuna de su familia, mientras que Cayo solo parecía perder dinero en las carreras.

—Traeré a Hadasa de vuelta conmigo —dijo ella.

—¿Por qué la quieres tanto?

—Las sirvientas que me diste se arrastran para hacer sus tareas como animales descerebrados. Cuando no estás aquí, me muero de aburrimiento, sin nada que hacer. Hadasa siempre me contaba historias y me cantaba canciones. Siempre sabía lo que yo quería, antes de que se lo pidiera.

Él levantó una ceja y consideró su petición.

—Muy bien —dijo—. Puedes tenerla.

Tan pronto como él se marchó, Julia decidió ir inmediatamente a su casa, ver a madre y padre y llevarse a Hadasa con ella. Hizo a un lado las mantas arrugadas, llamó a sus criadas y les ordenó que le prepararan un baño.

—Me pondré la palla lavanda —le dijo a una— y las amatistas y las perlas —le dijo a otra.

Bañada y perfumada, se maquilló cuidadosamente. Sería mejor si sus padres creían que todo era perfecto. Esperaba que Marcus no estuviera en casa. Él la conocía demasiado bien para dejarse engañar.

Su madre estaba encantada de verla; la abrazó y le hizo todo tipo de preguntas mientras la acompañaba a la presencia de su padre. Julia se sintió igual de complacida de ver una sonrisa de bienvenida en el rostro de él, quien también la abrazó y la besó suavemente en la mejilla que ella le ofreció. Estaba flaco y demacrado. Julia se preguntó si estaría gravemente enfermo, pero enseguida alejó ese pensamiento.

—Los extrañé tanto a los dos —dijo Julia, dándose cuenta de que realmente los había extrañado. Lo raro es que no lo hubiera notado hasta que estuvo nuevamente con ellos. Los quería tanto; la emoción la embargaba. Y ellos la amaban, después de todo.

Excitada y feliz, habló de las fiestas y los banquetes a los que había ido con Cayo. Habló de los juegos y de los gladiadores que había visto. Habló de los regalos caros que Cayo le traía, mostrándoles sus nuevas perlas. Ni una sola vez se dio cuenta de la preocupación de ellos ni vio las miradas que intercambiaban ni la consternación cada vez mayor por lo que ella estaba revelando sobre su nueva vida y su esposo.

Les preguntó qué había sucedido en la casa, pero tan pronto como mencionaban cualquier cosa, eso le recordaba algo más que tenía que contarles.

—Enoc, tráeme un poco de vino. Estoy muerta de sed —dijo y bebió media copa cuando él se lo trajo—. Mmmm, no es tan bueno como el que Cayo compra para nosotros, pero es refrescante —dijo, y terminó el resto. Vio la expresión de su madre y soltó una risita—. Ya no soy una niña, madre. Una copa de vino no me embriaga.

Décimo hacía preguntas cuidadosas sobre Cayo.

Febe ordenó que sirvieran la cena.

—Recuéstate, Julia —le dijo, palmeando el sillón al lado del de ellos.

Julia mordisqueó apenas la comida simple de tajadas de res,

frutas y pan, y les habló de los festines de manjares que había comido.

—A veces como hasta que me parece que voy a explotar. —Se rió—. Más vino, Enoc.

—Te ves tan delgada como siempre —dijo Febe.

—Gracias —dijo Julia, sonriendo feliz.

No les dijo que Calabá le había enseñado a devolver la comida para no engordar. Al principio había sido desagradable, pero ahora lo hacía fácilmente cuando tenía unos minutos de privacidad. No comería tanto de esta comida como para tener que molestarse en hacerlo. Devolvió una tajada delgada de la carne de res a la bandeja y, a cambio, tomó una uva.

Hadasa entró con dos cuencos pequeños con agua caliente y una toalla colocada sobre cada antebrazo. Sonrió alegremente cuando vio a Julia, pero fue a servir a Décimo y a Febe en vez de a ella. Julia se enojó cuando Bitia le llevó el cuenco para que pudiera lavarse. Hadasa era *su* esclava, no de ellos. Solamente se las había prestado.

Se lavó y se secó las manos y le arrojó la toalla húmeda a Bitia para despedirla.

—Hadasa, recoge lo que tengas. Volverás conmigo. —Sintió el silencio en la sala tan pronto como dijo esas palabras—. ¿Hay algún problema? —preguntó desafiante.

—Déjanos solos, Hadasa —dijo Décimo en voz baja.

—Haz lo que dije, Hadasa —le llamó Julia y luego miró a su padre.

—Según mi conocimiento, tienes sirvientes más que suficientes y ya no la necesitabas —dijo él.

—Julia —dijo Febe con más cuidado—, ¿qué necesidad tienes de Hadasa, habiendo tantas otras?

—Las otras no me sirven como a mí me gusta.

—Entonces, enséñales —dijo Décimo secamente, molesto. Había visto el destello de emoción en los ojos de Hadasa. Ella era feliz aquí. Los servía mejor que cualquier otra esclava que la hubiera precedido. Él no tenía ningún deseo de devolvérsela a su hija egoísta y obstinada, no cuando Julia ya tenía más esclavas de las que necesitaba.

—Les enseñaría, si tuvieran algo de inteligencia —dijo Julia furiosamente—. A Cayo solo le importa que sean hermosas. La mayoría son como la etíope de Octavia. Absolutamente inútiles. A una tuve que hacerla azotar dos veces y sigue siendo demasiado lenta. Cayo no quería que Hadasa me sirviera porque es fea y es judía.

—Sigue siendo judía —dijo Décimo secamente.

—Nunca ha sido fea —dijo Febe, defendiéndola.

Julia la miró de reojo.

—Te has encariñado mucho con ella, madre.

—¿Por qué le desagradan los judíos a Cayo? —preguntó Décimo, y Julia se dio cuenta de que había hablado demasiado. Difícilmente podía decirles a sus padres por qué se había opuesto Cayo.

—Varios de sus amigos fueron asesinados cuando Jerusalén fue sitiada —respondió rápidamente con evasivas.

—En ese caso, me parece mejor que Hadasa se quede aquí —dijo Febe.

Julia dejó caer su mandíbula, sorprendida.

—¿Cómo puedes decir eso? Ella es mía. Tú me la diste.

—Tú se la devolviste a tu madre —dijo Décimo.

Julia se incorporó en su sillón.

—¡No lo hice! Solamente se la presté. Jamás dije que podías quedártela, madre.

—Nos ha servido muy bien en los últimos seis meses —dijo Febe sin fuerzas—. No me parece justo para ella que la pasemos de un lado al otro.

Julia se quedó mirándola sin poder creerlo.

—¿Justo? ¡Justo! ¡Es una esclava! ¿Y qué hay de mí? ¿*Yo* no les importo?

Marcus entró en el salón y sonrió burlonamente a su hermana.

—Me pareció escuchar el sonido de los viejos tiempos. Bienvenida a casa, Julia. —Se acercó a ella y se inclinó para besarla—. ¿De qué se trata todo este escándalo, hermanita?

—Ellos quieren retener a Hadasa —dijo ella mirando con furia a su padre—. Ella es mía y madre habla de lo que es justo. Les importa más una esclava que su propia hija.

—¡Julia! —dijo Febe consternada.

—¡Es cierto! —dijo Julia a punto de llorar, sintiendo que el corazón le latía frenéticamente. Ella necesitaba a Hadasa; necesitaba tenerla cerca—. ¿Acaso padre me preguntó una vez si todo estaba bien? ¿Sabe todo lo que tengo que soportar?

Décimo frunció el ceño, preguntándose por la intensidad de sus emociones.

—¿Qué tienes que soportar? —preguntó sardónicamente. Febe le puso una mano sobre la suya y lo miró suplicándole que se callara.

Marcus estudió su rostro.

—¿Qué te ha pasado?

—Nada —dijo Julia, temblando—. *¡Nada!* —Miró a su madre—. Tú me la diste.

—Sí, así fue —dijo Febe, levantándose y yendo hacia su hija—. Y, por supuesto, puedes tenerla de nuevo. —Pasó su brazo por la cintura de Julia y notó un cambio importante en ella. De pronto, creyó saber cuál era la razón para que Julia estuviera tan sensible—. Oh, querida mía, no teníamos idea de que la necesitabas tanto. Puedes llevártela contigo. —Sintió que Julia se relajaba—. Ella nos ha servido muy bien, pero tenemos otras. —Besó a Julia en la sien—. Yo hablaré con Hadasa.

—No —dijo Julia, agarrándola de la mano.

No quería quedarse a solas con su padre y sentía la mirada perspicaz de su hermano perforándola, lleno de preguntas, con una sospecha latente

—Que vaya Marcus —dijo—. Él puede decirle que se prepare. Me quedan pocos minutos más antes de volver a casa y quiero pasarlos contigo... y con padre.

Marcus encontró a Hadasa sentada en un banco del peristilo. Su pulso se aceleró mientras se acercaba a ella. Hadasa se puso de pie y su postura denotó obediencia. Pensó cuántas veces había querido hablar con ella. A veces se levantaba temprano para verla salir al amanecer a orar a su dios. En esas ocasiones, la tentación de salir a buscarla había sido casi demasiado grande. Pero él sabía que su padre tenía razón. Ella era diferente a todas las demás. Tomarla como había tomado a otras la arruinaría. Era raro que le importara, pero así era, y había cumplido su palabra de dejarla tranquila.

—Madre dice que tienes que ir a buscar tus cosas. Te irás con Julia.

—Sí, mi señor —dijo Hadasa y empezó a alejarse.

—Espera —dijo él con voz ronca—. Hadasa, mírame. —Cuando lo miró a los ojos, él vio su tristeza y quiso acercarse a ella y abrazarla—. Tú no quieres ir, ¿verdad? —Sonó como una acusación y ella se asustó. Había pasado mucho tiempo desde que había visto esa mirada en sus ojos y, lleno de remordimiento, tomó impulsivamente el rostro de ella entre sus manos—. No quise acusarte. Nos has servido bien. Puedes decirme la verdad. —Su piel era muy suave, él quería delinear todas sus facciones y pasar sus dedos a través de su cabello. Sus manos se pusieron tensas. ¿Cuánto tiempo pasaría hasta que volviera a verla? No quería dejarla ir.

Hadasa se retiró suavemente, perturbada por el contacto físico. Si tuviera opción, se quedaría aquí con Febe y con Décimo. Se quedaría cerca de Marcus. Estaba tan preocupado. La vida era una guerra para él, cada logro era una batalla por ganar. Lo mejor era que la enviaran lejos. Su amor por él era imposible y, sin embargo, cada día era más grande. Además, estaba su promesa a Febe de cuidar a Julia. Y, desde luego, estaba Julia para tener en cuenta. Algo estaba mal. Lo supo desde el momento que la vio: la vida con Urbano no era tan maravillosa como Julia la pintaba.

—La señora Julia me necesita, mi señor.

Marcus sintió que ella se replegaba y la soltó. Se apartó, frustrado.

—No más de lo que te necesita mi padre —*O yo*, pensó, dándose cuenta de cuánto bien le había hecho su presencia.

Hadasa bajó la cabeza.

—Su madre está siempre aquí para él, mi señor.

Él volvió a mirarla bruscamente.

—Julia tiene a Urbano y a media docena de esclavos para cuidarla.

—Entonces, ¿por qué ha venido a buscarme? —dijo Hadasa en voz baja.

Marcus se dio vuelta completamente.

—Tú no confías en Urbano más que yo.

—No puedo juzgar, mi señor —dijo ella cautelosamente.

—Pero percibes algo, ¿no? ¿Le tienes miedo?

—Él no me presta atención.

—Él te prestó atención y lo sabes. Se negó a que sirvieras a Julia —dijo. De pronto, se sintió más intranquilo por eso que antes—. ¿Qué pasaría si Julia te envía a él como te enviaba a Claudio? Urbano no querrá hablar.

Hadasa sintió el calor de la vergüenza por la obvia insinuación.

—Ella no amaba a Claudio, mi señor. Pero sí ama a este hombre.

Marcus soltó un suspiro. Ella tenía razón, desde luego, y se sintió un poco aliviado al recordar la falta de cariño de Julia por su primer esposo. A decir verdad, Julia había aborrecido a Claudio. Por el contrario, estaba loca por Cayo. Era improbable que enviara a una esclava a reemplazarla. Y, aun si en un ataque de rabia o en una discusión se enardecía y lo hacía, era igualmente improbable que Urbano aceptara una sustituta cuando había llamado a su esposa. Marcus tenía dudas de que Cayo fuera tan comprensible como lo había sido Claudio, o tan débil y maleable.

Además, Cayo estaba tan obsesionado por Julia como ella por él. Eso había sido más que obvio en las pocas ocasiones que él había estado en el mismo evento que ellos y había tenido la oportunidad de observarlos. De hecho, la profundidad de su obsesión lo incomodaba. No se parecía al amor que su padre y su madre se tenían. Era algo oscuro y poderoso.

Y ahora Hadasa estaría en el medio de eso.

Hadasa levantó la vista hacia él y vio su preocupación. Sabía cuánto quería Marcus a su hermana. Era un hermano leal y dedicado. Tomó su mano en medio de las suyas.

—Por favor, mi señor, trate de confiar en mí. Yo también la quiero. Cuidaré a su hermana lo mejor que pueda.

—¿Y quién cuidará de ti?

Ella lo miró sorprendida y sus mejillas se sonrojaron. Ella soltó su mano.

Enfadado por haber revelado tanto, él se alejó y volvió a la casa. Julia estaba bebiendo otra copa de vino y levantó la vista cuando él entró.

—¿Dónde está Hadasa? —demandó Julia con un tono imperativo que irritó sus nervios ya exasperados.

—No me hables con ese tono. Yo no soy tu lacayo.

Julia abrió muy grandes los ojos.

—Veo que nunca debería haber venido a la casa —dijo, y apoyó tan fuerte la copa, que el vino se derramó de costado. Algunas gotitas salpicaron su palla lavanda y profirió un gemido de consternación—. Mira lo que pasó ahora. —Trató de limpiar las gotas de vino de la tela, pero ya había sido absorbido por el delicado tejido—. ¡Cayo acaba de dármela hace unos pocos días!

Marcus ya había visto berrinches de Julia anteriormente, pero este despliegue emocional era otra cosa. Su enojo se esfumó.

—Son nada más que unas gotas de vino, Julia.

—Se arruinó. ¡Se *arruinó*!

Hadasa entró en el salón con un pequeño bulto atado: una muda de ropa. Al ver el estado de Julia, lo dejó caer y fue hacia su ama. Inclinándose, apartó las manos de Julia para que dejara de frotarse frenéticamente.

—Está bien, mi señora. Sé qué hacer para quitar la mancha. Quedará como nueva. —Julia la miró y Hadasa vio el moretón que había tapado con tanto esmero para ocultarlo. Miró a los ojos a su joven ama y también descubrió otras cosas allí—. Me alegra de que haya venido a buscarme, señora Julia —dijo suavemente—. Me complacerá servirla nuevamente.

Julia sujetó fuertemente las manos de Hadasa.

—Te extrañé tanto —susurró con los ojos llenos de lágrimas—. Te necesito. —Parpadeó y las despejó porque sus padres y su hermano estaban mirándola. Soltó las manos de Hadasa y se levantó regiamente del sillón, volviendo a sonreír radiante.

No fue sino hasta después de que Julia y Hadasa se habían ido que Marcus notó el pequeño bulto junto a la puerta.

—Hadasa olvidó sus cosas. Se las llevaré mañana.

Décimo lo miró.

—¿Te parece prudente?

—Quizás no —concedió Marcus—, pero me gustaría saber qué está pasando en esa casa que llevó a Julia a tal estado. ¿Tú no lo harías?

—¿Y crees que Hadasa lo sabrá después de una noche?

—No, pero quizás Julia se sienta más libre para hablar conmigo si estamos solos.

Décimo asintió con la cabeza.

—Tal vez tengas razón.

—Sería mejor que esperes para hablar con ella, Marcus —dijo Febe. Se arrellanó en su sillón, sonriendo animadamente—. Creo que ambos se están preocupando por nada. No me parece que esté pasando nada malo con Julia que dentro de unos meses no se arregle.

Décimo frunció el ceño ante su falta de preocupación.

—¿Qué provocó semejante estallido emocional, entonces? ¿Una riña con Cayo?

—No —con ojos resplandecientes, Febe tomó su mano—. Creo que nuestra hija espera un hijo.

Él se rió brevemente.

—Estoy seguro de que ella hubiera dicho algo si fuera así.

—Todavía es muy inocente, Décimo. Quizás aún ni ella misma lo sabe y yo solo estoy suponiendo. Iré a verla mañana. Tengo que hacerle algunas preguntas para estar segura.

Décimo miró sorprendido a su esposa. ¡Ella hablaba en serio!

—Un hijo —dijo sorprendido. Por los dioses, eso era algo por lo que valía la pena vivir.

Marcus esperaba que su madre estuviera equivocada. A pesar de que la noticia de un bebé hizo sonreír a sus padres, él dudaba seriamente que su hermana fuera a estar contenta con semejante novedad.

A decir verdad, estaba seguro de que lo odiaría.

20

Julia lloraba con amargura.

—Cayo no me ha tocado desde que le conté acerca del bebé. Se niega a llevarme a los juegos o a cualquier fiesta o banquete al que nos hayan invitado. Actúa como si fuera completamente mi culpa que yo esté embarazada, ¡como si él no tuviera nada que ver!

Calabá la calmó con palabras suaves.

—Le parezco repulsiva —dijo Julia con lágrimas en los ojos.

—¿Él te dijo eso? —preguntó Calabá, sabiendo que Cayo era perfectamente capaz de semejante crueldad.

—No tuvo que decírmelo, Calabá. Lo siento cada vez que me mira. —Apretó sus manos—. Sé que ha estado con otras mujeres —dijo y se puso de pie. Se dio vuelta para que Calabá no pudiera verle la cara y se envolvió con sus propios brazos como si eso pudiera frenar el dolor—. Octavia vino a visitarme ayer.

Calabá se reclinó ligeramente hacia atrás, sonriendo sardónicamente.

—La querida y dulce Octavia. ¿Y qué tenía para contar?

—Tuvo el gran placer de contarme que vio a Cayo coqueteando con la hija del senador Eusebio. Dijo que desaparecieron casi una hora, pero que ella se imaginaba que estaban hablando de política. —Su tono estaba lleno de amargura y sarcasmo—. ¿Puedes creer que haya venido a contarme una historia como esa? La odio, Calabá. Te digo que la odio. Por los dioses, espero que alguna maldición desgraciada le caiga encima. Tendrías que haber visto su rostro mientras se regodeaba.

»No solo eso —continuó Julia enojada—, sino que también estuvo presumiendo de que irá al ludus otra vez a ver a Atretes. —Se dio vuelta, olvidándose de Cayo—. Yo lo vi primero. ¿Sabías eso? Lo vi en un camino cerca de Capua antes de que él fuera famoso, pero ahora es *ella* la que lo ve casi todos los días, mientras que yo estoy encerrada en esta casa como una prisionera. Ella dijo...

—Ella dijo, ella dijo, ella dijo... —Calabá se levantó de su asiento con ganas de sacudir a Julia. Había visto al gladiador que Julia mencionaba. Muy bronceado, bello y lleno de pasión. Completamente bárbaro. ¿Cómo podía sentirse atraída por *él*? No era digno de ella. Era impensable—. ¿Qué te importa lo que diga

Octavia, Julia? ¿O a quién vea? No es más que una ramera estúpida y superficial que te tiene envidia. ¿Todavía no te diste cuenta de eso? Estaba enamorada de Cayo y él nunca la miró ni dos veces. Desde el instante que pasaste por la puerta, él quedó cautivado.

—Ya no —dijo Julia, llena de enojo y autocompasión.

—No todo está perdido, Julia, y deja de caminar de un lado al otro como una loca. Me estás mareando. Ven, siéntate y discutamos esto con inteligencia. —Julia volvió obedientemente y Calabá la tomó de la mano y se la apretó suavemente—. ¿Quieres tener a este hijo?

Julia jaló su mano y se paró nuevamente.

—¿Si lo quiero? Lo odio. Me arruinó la vida. En la mañana tengo náuseas. Tengo ojeras debajo de los ojos porque no puedo dormir, preocupada por lo que Cayo está haciendo cuando no está conmigo. Y estoy poniéndome asquerosamente gorda.

—No estás gorda —dijo Calabá, contenta de que se hubiera olvidado tan rápido de Atretes. Alisó la lana delicada de su toga adornada de rojo y observó secretamente a Julia. Era tan encantadora, tan agraciada en sus movimientos; era como una obra de arte. Podía sentarse y contemplarla todo el día. La idea de que un bebé la deformara era repugnante—. ¿De cuánto estás?

—No sé. No puedo recordarlo. Nunca me detuve a pensar en esto cuando dejé de tener mi flujo. Tres meses, creo, tal vez, cuatro. ¿Realmente no te parece que esté gorda? —dijo, mirándose las manos extendidas sobre su abdomen— ¿No lo dices simplemente para hacerme sentir mejor?

Calabá la analizó críticamente.

—Sí te ves un poco cansada y demacrada, pero nadie adivinaría que estás esperando un bebé. No aún.

—No aún —dijo Julia en tono grave—. ¿Por qué tuvo que pasarme esto justo cuando era feliz? Mamá dice que los dioses están sonriéndome. ¡Sonriéndome! ¡Se están riendo de mí! Casi puedo escucharlos.

—Entonces, termínalo —dijo Calabá con su tono más razonable y una sonrisa beatífica dibujada en sus labios.

—¿Terminar qué? —dijo Julia sin comprender. Volvió a secarse los ojos y a soplarse delicadamente la nariz—. ¿Mi vida? Quizás lo haga, también. Si ya está acabada...

—Tonterías. Me refiero a terminar el embarazo. No tienes que tener este hijo si te hace tan infeliz.

Julia levantó la cabeza, sorprendida.

—Pero, ¿cómo?

—De verdad eres ridículamente inocente, Julia. No sé por qué pierdo el tiempo contigo. ¿Nunca escuchaste hablar del aborto?

Julia se puso pálida y la miró fijamente y con alarma.

—¿Estás diciendo que debería matar a mi propio bebé?

Calabá dejó escapar un grito ahogado y se puso de pie, insultada y enojada.

—¿Tan bajo concepto tienes de mí? Por supuesto que nunca te sugeriría algo así. En este momento, en esta etapa temprana de tu embarazo, lo que tienes adentro no es más que un símbolo de la vida humana, no una vida real. No posee absolutamente ninguna condición humana y no la tendrá por varios meses más.

Julia estaba insegura.

—Mi madre y mi padre se pusieron muy felices con la noticia. Para ellos, lo que llevo ahora es un hijo.

—Por supuesto. Es una manera sutil de presionarte a hacer lo que ellos quieren. Quieren tener nietos para ellos.

Apartó la mirada de los ojos oscuros y convincentes de Calabá.

—Ninguno de los dos aprobaría un aborto.

—¿Qué tiene que ver esto con ellos? —dijo Calabá. Se puso de pie regiamente y se acercó a Julia—. Esta es la clase de mentalidad que me exaspera. ¿No te das cuenta de la trampa, Julia? ¿No entiendes? Al negarte el derecho a elegir, te niegan el derecho a proteger tu propia salud física, mental y emocional. Te arrebatan toda tu humanidad por el bien de un mero símbolo.

Pasó su brazo alrededor de ella.

—Julia, tú me importas. Ya lo sabes. Es tu vida de lo que estamos hablando, no de la de tu madre. Y definitivamente, no de la de tu padre. Tu madre tomó sus decisiones y fueron buenas para ella. —La soltó—. Ahora es tiempo de que tomes las tuyas. ¿Quién eres *tú*? ¿Qué quieres *tú*? Julia, mírame. Mírame, querida. Te sientes muy miserable con este embarazo. Cayo no quiere un hijo. Lo ha dejado en evidencia. Si él no quiere un hijo y tú tampoco lo quieres, ¿por qué vas a pasar por todo esto?

—Porque no pensé que podía hacer algo al respecto —dijo Julia, temblando bajo la mirada de Calabá.

—Es tu cuerpo, Julia. Es tu decisión si tienes a tu hijo o no. No tiene que ver con nadie más.

—Sí, pero mi padre nunca me perdonaría...

—Incluso, ¿por qué tendría que enterarse tu padre? No es su problema, ¿no? Si te cuestionan, si tienes que decirles algo, diles que tuviste un aborto espontáneo.

Julia suspiró cansada.

—No sé, Calabá. No sé qué hacer. —Miró hacia afuera, al jardín, y vio a Hadasa cortando flores. ¿Cómo era posible que alguien pareciera tan tranquila con todo lo que estaba sucediendo en esta casa? Sintió ganas de salir al sol y sentarse con ella, escuchar sus canciones y olvidarse de todo lo demás. Deseaba poder olvidarse de la mirada en los ojos de Cayo cuando le dijo que estaba esperando un bebé.

«*¡Cómo pudiste ser tan estúpida!*», sus palabras todavía resonaban en sus oídos, junto con las novedades que Octavia le había traído regodeándose: «*No tengo la certeza de que hayan hecho el amor, pero se fueron un largo rato*».

Cayo estaba teniendo amoríos. Julia estaba segura de eso. Él no había visitado su cama durante varias semanas, y su naturaleza sensual lo habría llevado a liberarse en otra parte. No le sería difícil encontrar compañeras dispuestas. Así como hacían con Marcus, las mujeres se apiñaban alrededor del marido de Julia.

Julia se mordió el labio para no llorar de nuevo. No quería estar embarazada y que su vida se pusiera de cabeza. No quería engordar y ponerse fea y perder a Cayo. Lo único que quería era salir de la situación, que el problema desapareciera y que su vida volviera a ser la de antes. No podía soportar la idea de que Cayo le hiciera el amor a alguien más, aunque no creía poder tolerar que él volviera a tocarla, ahora que sabía que la había traicionado. Lo único que sabía es que quería que él la mirara como lo hacía antes, como si ella fuera la mujer más hermosa del mundo y él quisiera devorarla.

Julia se quedó mirando a Hadasa. ¿Qué diría ella de todo esto? Julia ansiaba hablar con ella.

Calabá se movió, tapando la vista del jardín y volviendo a llamar la atención de Julia.

—Niña adorable, ¿tan pocas semanas te llevó olvidarte de todo lo que te enseñé? Tú, y solamente tú, eres la dueña de tu destino. Nadie más.

Julia se estremeció levemente como si un viento helado hubiera soplado sobre ella. Calabá tenía razón. Era el único camino. Sin embargo, dudaba; una voz interior clamaba que no lo hiciera.

—¿El aborto sería muy doloroso? —dijo en voz baja.

—No tanto como tener un bebé —dijo Calabá.

El miedo reemplazó a la incertidumbre.

—Hablas como si supieras.

—Una no necesita sufrir la muerte para saber que es algo para evitar. —Sonrió—. Siempre fui muy cuidadosa de no quedar embarazada. Nunca quise engordar tanto como para no poder verme los pies y no tener nada que esperar, salvo mi propio dolor. He presenciado partos, Julia, y te aseguro que son horrorosos, poco dignos y sangrientos. Llevan horas. Algunas mujeres mueren pariendo a sus hijos. Las que no, quedan esclavizadas por el resto de su vida. ¿Sabes qué tremenda responsabilidad es la de criar un hijo? Los hombres no ayudan. No tienen que hacerlo. Cayo indudablemente no lo hará. El cuidado y la educación de tu hijo dependerá solamente de ti.

Julia se hundió en un sillón y cerró los ojos para bloquear la imagen que Calabá había creado. Un dolor terrible, seguido por una vida de trabajo arduo.

—Mi madre nunca me dijo que había maneras de evitar quedar embarazada.

—No lo haría —dijo Calabá con un tono lleno de lástima—. Está fuera del espectro de su mentalidad, Julia. Tu madre sigue atrapada en las antiguas tradiciones que le impusieron las generaciones irreflexivas que la antecedieron. Los hijos son el único motivo de su existencia. —Se sentó y agarró la mano de Julia—. ¿Aún no lo ves? Las tradiciones han mantenido prisioneras a las mujeres durante siglos. Es hora de que seamos libres, Julia. ¡Rompe tus cadenas! Esta es una nueva era.

Julia suspiró.

—Me hace falta tu sabiduría, Calabá, y tu confianza.

Calabá sonrió y le besó la mejilla.

—¿Alguna vez entenderás las grandes verdades que te he enseñado en los últimos meses?

—Dime qué debo hacer —suplicó Julia.

—Debes tomar tus propias decisiones, querida mía —Calabá se puso de pie y fue a la ventana para mirar hacia el jardín. Parecía tan majestuosa y bella, pero había cierta sombra a su alrededor, pese al aura de luz solar que la rodeaba—. Julia, debes planificar tu vida como quieres que sea. Debes visualizarla. Haz una imagen en tu mente, cada acontecimiento como quieras que ocurra. —Volvió a mirarla—. La felicidad brota de tu interior, de tu propio poder interior.

Julia escuchaba; la seguridad y la cadencia de las palabras de Calabá le daban esperanza.

—Sé que tienes razón. —Suspiró y apartó la mirada, pensativa y perturbada—. El aborto es la única salida. —Apretó sus manos—. ¿Es difícil encontrar a alguien que pueda hacerlo?

—Para nada. Es una práctica común. Conozco por lo menos media docena de doctores que los realizan todos los días.

—Pero ¿será doloroso?

—Sentirás una molestia, pero no será un gran problema y no durará mucho tiempo. Todo se terminará en pocas horas y tendrás tu vida de vuelta, tal como quieres que sea. —Se acercó a Julia y se sentó a su lado, colocando su mano sobre las de ella—. ¿Cuándo desearías hacerlo?

Julia la miró, pálida.

—Quizás en una o dos semanas.

—Muy bien —dijo Calabá con un suave suspiro, retirando su mano—. Pero tienes que entender, Julia: Cuanto más esperes, más riesgo corres.

Julia sintió que el temor la recorría.

—Entonces, ¿debería hacerlo ahora?

—Sería aconsejable hacerlo lo antes posible. Mañana por la mañana, si es posible.

—¿Adónde debo ir?

—A ninguna parte. Conozco un médico que es muy discreto y vendrá a verte.

Calabá se levantó y Julia apretó su mano aún más fuerte, mirándola con los ojos muy abiertos y asustados.

—¿Te quedarás conmigo hasta que se termine?

Calabá tocó con ternura su mejilla.

—Haré todo lo que quieras, Julia.

—Quiero que me acompañes. Me sentiré mejor sobre esto si estás conmigo.

Calabá se inclinó y la besó suavemente en los labios.

—No te traicionaré como los demás. No soy tu padre ni Cayo. —Se enderezó y le sonrió—. Has tomado una decisión sensata. Después de que el aborto haya terminado, podrás olvidar que esto sucedió alguna vez y empezar de nuevo. Yo te enseñaré qué tienes que hacer para no quedar embarazada otra vez.

Julia la vio salir de la habitación. Tan pronto como se quedó sola, ocultó su rostro entre sus manos y lloró.

Hadasa sabía que tenía que dejar sola a Julia cuando tenía invitados. Encontró otras cosas para hacer mientras esperaba ser llamada. Hoy había trabajado en el jardín con Sergio, un esclavo de Britania. Cuando Julia salió, Sergio buscó otra tarea mucho más arriba en el sendero y bien alejado de ella, completamente fuera del alcance de su temperamento irascible.

Con consternación, Hadasa vio que Julia había estado llorando otra vez. Desde que Octavia la había visitado, su señora había estado perturbada y sensible, dada a los ataques de llanto y de rabia. Al parecer, la visita de Calabá no había mejorado las cosas. Julia se sentó a la luz del sol y se quejó de que tenía frío. Hadasa le trajo un chal, pero vio que seguía tiritando.

—¿Se siente bien, mi señora? ¿Es el bebé?

Julia se puso rígida. El *bebé*. Todavía no era un bebé. Calabá se lo había dicho. Calabá sabía.

—Canta para mí —le ordenó secamente, indicándole con la cabeza la pequeña arpa junto a ella. Tenía una correa de cuero, de manera que Hadasa podía llevarla con ella en todo momento, y solo la dejaba a un lado cuando trabajaba o dormía. Julia observó mientras Hadasa la tomaba y empezaba a rasguearla con gentileza. La melodía suave tranquilizó sus nervios crispados.

Hadasa cantó, pero se dio cuenta de que Julia apenas la escuchaba. Estaba distraída, afligida. Hadasa vio que sus manos plisaron el tejido de su palla y después apretó los puños hasta que sus nudillos se pusieron blancos. Dejando el arpa, Hadasa se le acercó. Se arrodilló y le tomó las manos.

—¿Qué la angustia tanto?

—Este... este embarazo.

—¿Está asustada? Por favor, no lo esté, mi señora —dijo—. Es lo más natural del mundo. El Señor le ha sonreído. Tener un hijo es la mayor bendición que Dios puede darle a una mujer.

—¿Una bendición? —dijo Julia amargamente.

—Usted está generando una nueva vida...

Julia retiró sus manos.

—¿Qué sabes tú de eso? —Se puso de pie y se alejó de ella. Presionándose los dedos contra las sienes, trató de volver a dominar sus emociones turbulentas. Era hora de dejar de reaccionar todo el tiempo como una niña. Calabá tenía razón. Debía tomar el control de su vida.

Volvió a mirar a Hadasa, todavía arrodillada junto al banco de mármol; sus ojos marrones estaban llenos de compasión y preocupación. Julia puso una mano encima de su corazón y sintió un remordimiento indecible. Hadasa la amaba. Por eso ella la necesitaba tanto. Era por eso que la había traído de vuelta de la casa de sus padres. Su boca se torció amargamente. Qué lamentable ironía que fuera una esclava quien la amaba incondicionalmente. Debían ser sus padres. Debía ser Cayo.

—No puedes entender lo que estoy sufriendo, Hadasa. No sabes cómo es estar enferma, sentirse cansada todo el tiempo, que tu marido te descarte. ¿Qué sabes de amar a un hombre como yo amo a Cayo?

Hadasa se levantó lentamente. Buscó su rostro, asombrada por la desesperación que vio.

—Usted lleva a su hijo.

—Un hijo que él no quiere, un hijo que nos está separando. No me digas que esto es una bendición de los dioses —dijo Julia furiosamente.

—Dese un poco de tiempo, mi señora. —¿Por qué Julia no tenía ojos para ver y oídos para escuchar al Señor y darse cuenta de que era bendecida?

—El tiempo no cambiará nada —dijo Julia—. Salvo hacer las cosas más difíciles.

Calabá tenía razón. Debía tomar el control. Debía volver a poner las cosas en su lugar. Pero tenía miedo de la decisión que había tomado. La duda la atacaba. El hecho de que fuera una práctica habitual, ¿la hacía correcta? Si era correcta, ¿por qué la acometían las dudas?

¿Existía tal cosa como el bien y el mal? ¿Acaso no dependía todo de las circunstancias? ¿No era la felicidad lo primordial por lograr en la vida?

Quería que Hadasa entendiera lo que ella estaba sufriendo. Quería que le dijera que todo iba a estar bien, que su decisión de hacerse un aborto era racional. Quería que le dijera que lo que estaba a punto de hacer era lo único que podía hacer para que las cosas volvieran a ser como habían sido entre ella y Cayo. Pero cuando miró los ojos de la pequeña judía, no pudo decir ni una palabra. No pudo decirle nada. Lo que Calabá consideraba solo como un símbolo, sabía que Hadasa lo veía como una vida.

¿Qué importaba lo que pensara una esclava? Ella no sabía nada. No era nada. Era una esclava, desposeída por su propio dios invisible.

—Dices que es una bendición porque alguien te dijo que era una bendición —dijo Julia, defendiéndose enojada—. Solo repites lo que escuchaste. Todo lo que cantas, todo lo que dices no es más que la repetición de las palabras y las ideas de otra persona. ¿No es lo que siempre hacías con Claudio? ¿Recitar tus Escrituras, contarle tus historias? No tienes ni una idea propia. ¿Cómo podrías entender lo que yo tengo que soportar, las decisiones que tengo que tomar?

Hablarle duramente a Hadasa no le trajo ningún alivio. De hecho, se sintió peor.

—Estoy cansada. Me voy adentro a descansar.

—Le llevaré un poco de vino tibio con especias, mi señora.

La amabilidad de Hadasa era como la sal en una herida en carne viva y Julia reaccionó con un dolor ciego.

—No me traigas nada. Ni de casualidad te acerques a mí. ¡Solo déjame en paz!

Cayo llegó tarde esa noche. Estaba furioso y Julia supo que había vuelto a perder en las carreras. Su resentimiento fue en aumento, hasta que no pudo resistir burlarse un poco de él.

—La suerte siempre te acompañaba cuando yo iba contigo —le dijo.

Cayo giró un poco y la miró con ojos violentos y oscuros.

—Es algo bueno que seas rica, mi querida, o nunca te habría mirado dos veces.

Sus crueles palabras fueron como un golpe físico. Apenas podía respirar cuando pasó la constricción del dolor por sus palabras. ¿Era verdad? No podía serlo. Estaba borracho. Por eso hablaba con tanta saña. Siempre era cruel cuando estaba borracho. Quería desquitarse, sacarle sangre, pero no se le ocurría nada tan fuerte como para lograrlo. Él le sonrió, una sonrisa fría y burlona que la laceró. Él era impenetrable y lo sabía.

Cayo se sirvió una copa llena de vino y se la tomó toda de un sorbo. Su temperamento hizo erupción y lanzó la copa vacía a través de la habitación. Hizo un estrépito contra un mural de doncellas y sátiros que retozaban e hizo que Julia se encogiera.

—Será bueno que esperes que mi suerte en las carreras mejore —dijo enigmáticamente y la dejó.

Calabá llegó temprano la mañana siguiente. La acompañaba una mujer romana pequeña con una toga blanca y prístina con ribetes dorados. Un esclavo que venía con ella cargaba una ominosa caja tallada debajo del brazo.

—No tienes que estar tan asustada, Julia —dijo Calabá, abrazándola—. Aselina es muy buena en esto. Lo ha hecho muchas, muchas veces antes. —La condujo a lo largo del pasillo de baldosas de mármol hacia las habitaciones—. Su reputación es impecable y es muy respetada entre sus pares. El año pasado escribió sobre técnicas abortivas para la comunidad médica y su obra sobre el tema es sumamente divulgada. No tienes que preocuparte por nada.

Aselina le ordenó a una de las esclavas de Cayo que volviera a llenar el brasero y que lo mantuviera bien cargado para mantener cálida la habitación. Su esclavo dejó la caja tallada. Aselina la abrió y sacó un ánfora. Después de servir una parte del contenido en una copa, le añadió vino y se la llevó a Julia.

—Bebe esto.

El vino dulce tenía un regusto tan amargo como la bilis.

—Todo —dijo Aselina, devolviéndole la copa—. Cada gota. —Se quedó mirándola y luego tomó la copa vacía de las manos temblorosas de Julia y se la entregó a su esclavo—. Quítate la ropa y recuéstate.

Una oleada de pánico se apoderó de Julia. Calabá se acercó a ella y la ayudó.

—Todo estará bien —susurró, ayudándola—. Confía en mí. Trata de relajarte. Eso lo hará más fácil.

Aselina la examinó cuidadosamente, le insertó algo adentro y lo dejó. Se incorporó y se lavó las manos en un recipiente con agua que su esclavo le sostenía.

—El embarazo está más avanzado de lo que dijiste.

—Ella no estaba segura —le dijo Calabá en voz baja.

Aselina tomó una toalla y se acercó para pararse junto a Julia. Le sonrió. Entregándole la toalla al esclavo, puso su mano sobre la frente de Julia.

—Pronto sentirás un tirón, querida. La molestia durará hasta que tu cuerpo expulse la masa de tejido. Unas horas, nada más. —Se retiró levemente hacia atrás y miró brevemente a Calabá—. Necesito un momento de tu tiempo...

Hablaron en voz muy baja cerca de la puerta. Calabá sonaba enojada.

—Tus honorarios han aumentado —escuchó Julia que decía.

—Mis habilidades tienen mayores demandas y tú insististe que esto se hiciera rápidamente. Tuve que reprogramar mis compromisos para venir aquí.

Calabá regresó y se inclinó sobre Julia.

—Discúlpame, Julia, pero tengo que preguntarte. ¿Tienes algo de dinero disponible?

—No. Cayo maneja todo.

—Tienes que cambiar eso —dijo Calabá, enojada—. Bueno, no hay nada que hacer ahora al respecto. Tendré que darle tus perlas hasta que podamos conseguir efectivo.

—¿Mis perlas? —dijo Julia.

—Solo hasta que pueda hablar con Cayo y conseguir lo que le debes a Aselina por sus servicios. No me mires así. No tienes que preocuparte porque tendrás tus perlas nuevamente. Las tendrás mañana por la tarde. Lo prometo. ¿Dónde están?

Aselina se fue de la villa con las perlas en su poder.

Las contracciones de Julia comenzaron una hora después y, cuando lo hicieron, llegaron rápido y fuerte, una tras otra. Se retorcía de dolor y pronto tuvo el cuerpo empapado de sudor.

—Dijiste que no me iba a doler —gimió, enterrando sus dedos en las mantas y retorciéndolas.

—Lo estás combatiendo, Julia. Tienes que relajarte y no te dolerá tanto. Deja de pujar. Es demasiado pronto.

Julia jadeó con gemidos cuando la contracción terminó.

—Quiero a mi madre. —Giró la cabeza de un lado al otro en las almohadas y gimió cuando vino otra—. Hadasa. Que venga Hadasa.

Hadasa vino inmediatamente al ser convocada. Tan pronto como entró en las habitaciones de Julia, supo que algo terrible estaba pasando.

—Tu sirvienta está aquí, Julia. Ahora, trata de calmarte —dijo Calabá.

—Mi señora —dijo Hadasa, inclinándose sobre ella asustada—. ¿Es el bebé?

—Cállate, tonta —siseó Calabá, sus ojos estaban negros cuando la apartó—. Trae una tinaja de agua caliente y una toalla. —Volvió a inclinarse sobre Julia, con un tono reconfortante y dulce otra vez. Puso la mano sobre su abdomen blanco y sonrió—. Ya casi termina, Julia. Durará solo un poquito más.

—Oh, Juno, ten piedad... —gimió Julia con los dientes apretados, levantando los hombros de la cama mientras pujaba.

—¿Mando a llamar a un médico? —dijo Hadasa, derramando agua en la tinaja.

—Ya vino un médico —dijo Calabá.

Julia gimió cuando otro dolor la desgarró.

—No lo hubiera hecho si hubiera sabido que sería así. Oh, *Juno*, misericordia, misericordia...

—¿Crees que llevar al niño a término y tenerlo es más fácil? Es mejor que te deshagas de él ahora.

El rostro de Hadasa se puso pálido. Profirió un gemido suave, y la tinaja se le resbaló de las manos y se hizo añicos contra el piso. Calabá la miró con dureza y Hadasa se quedó viéndola, horrorizada.

La mujer mayor se puso de pie y vino hacia ella raudamente y le dio una bofetada.

—No te quedes parada allí mientras ella sufre. Haz lo que te digo. Dame esa otra tinaja que está allá y ve a buscar agua caliente.

Hadasa huyó ansiosamente de la habitación. Se apoyó contra la fría pared de mármol de afuera y se tapó el rostro. Escuchó el grito de Julia a través de la puerta cerrada y el sonido de su agonía la hizo ponerse en acción nuevamente. Hadasa corrió y llenó un gran jarrón con agua caliente del chorro del baño y volvió.

—Todo terminó, Julia —decía Calabá cuando Hadasa entró—. Estabas más avanzada de lo que pensabas. Es por eso que fue tan difícil. Calla, no llores más ahora. Ya está. Nunca tendrás que volver a sufrir así.

Vio a Hadasa parada en la puerta.

—No te quedes parada ahí, niña. Trae el agua aquí. Pon el jarrón junto a la cama. Levanta lo que está en el piso y deséchalo.

Sin poder mirar a Julia, Hadasa se arrodilló y levantó con cuidado del piso el pequeño bulto ensangrentado. Se paró y salió en silencio de la habitación. Calabá la siguió a la puerta y la cerró firmemente.

Hadasa se quedó afuera, en el pasillo. *Deséchalo*. Se le cerró la garganta mientras apretaba el bulto diminuto contra su corazón.

«Oh, Dios...», suspiró con palabras entrecortadas. Cegada por las lágrimas, salió trastabillando hacia el jardín.

Conocía bien los senderos y caminó por uno hasta el ciruelo florecido. Arrodillándose, abrazó el bulto contra su cuerpo y se meció hacia adelante y hacia atrás, llorando. Cavó un hoyo en la tierra floja con sus manos y colocó al niño desechado en él. Lo cubrió y palmeó la tierra suavemente.

«Que el Señor te levante en el cielo para cantar con los ángeles...».

No volvió a la casa.

Marcus fue a la villa de Julia a visitarla. El silencio en la casa era tenso y cuando fue conducido a la habitación de Julia, la encontró en cama todavía. Le sonrió, pero no había alegría en ella. Sus ojos estaban apagados de tristeza.

—¿Qué pasa, hermanita? —dijo él y atravesó el cuarto. Quizás había escuchado los rumores sobre las infidelidades de Cayo o se había enterado sobre sus pérdidas más recientes en las carreras. Estaba pálida y parecía deprimida—. ¿Estás enferma? —Una criada estaba de pie cerca de la cama, esperando para servirla, pero no era Hadasa.

—Perdí al bebé esta mañana —dijo ella, evitando mirarlo, mientras alisaba la manta sobre su abdomen. Ya no tenía más dolor, solo esta languidez que parecía aplastarla. No podía librarse de la terrible sensación de vacío y pérdida, como si le hubieran sacado más que tejido. Era como si una parte de ella hubiera sido llevada, también, y ahora se daba cuenta de que nunca la recuperaría.

Marcus le levantó el mentón e inspeccionó su rostro.

—Pediste un aborto, ¿no es así?

Sus ojos relucían con las lágrimas.

—Cayo no quería un hijo, Marcus.

—¿Él te dijo que hicieras esto?

—No, pero ¿qué más podía hacer?

Él tocó su mejilla suavemente.

—¿Estás bien?

Ella asintió débilmente y se recostó.

—Calabá dijo que me sentiré mejor en pocos días. Dijo que es normal sentirse deprimida después. Ya pasará.

Calabá. Debería haberlo sabido. Le peinó el cabello apartándoselo de la sien y la besó suavemente. Se alejó frotándose la nuca. Si decía algo en contra de Calabá solo lograría que Julia se acercara y se involucrara más con ella. Julia era muy parecida a él en algunos sentidos. Ella no quería que le dijeran cómo tenía que vivir.

—Está bien, ¿no es así, Marcus? Lo que hice no tiene nada de malo, ¿verdad?

Sabía que ella quería que él dijera que estaba de acuerdo con su decisión de abortar al bebé, pero no pudo. Siempre había evitado el tema cuando se presentaba porque lo hacía sentirse incómodo. Pero Julia necesitaba consuelo. Volvió y se sentó con ella.

—Silencio, pequeña. No hiciste nada que otros cientos de mujeres no hayan hecho antes que tú.

—Cayo volverá a quererme ahora. Sé que lo hará.

La boca de Marcus se puso tensa. Había venido a hablar con ella sobre Cayo, pero hoy no era el día para sumarle problemas. Ella no necesitaba saber que las pérdidas por las apuestas de su esposo estaban creciendo a un ritmo alarmante. Y aunque lo supiera, ¿qué podía hacer, si no podía influir en él?

—Les diré a madre y a padre que perdiste el bebé y que necesitas tiempo para descansar y recuperarte.

Ahora estaba demasiado vulnerable y transparente para enfrentarlos. Con solo mirarle la cara, padre se daría cuenta de que estaba llena de culpa por algo. Eso daría comienzo al cuestionamiento, lo cual llevaría a una confesión histérica. Los distanciamientos familiares ya eran suficientemente amplios como para sumarles esto.

Marcus tomó la mano de Julia y la sostuvo con fuerza.

—Todo estará bien. —Culpó a Cayo por hacerla pensar que tenía que abortar a su hijo para recuperar su amor. Le secó una lágrima de la mejilla y la frotó entre sus dedos. Quería vengarse de Cayo, pero cualquier cosa que hiciera no haría más que lastimar a Julia. Se sentía impotente—. Duerme un poco, Julia. —Le besó la mano—. Mañana te visitaré de nuevo.

Ella se aferró con ambas manos a las de él mientras se levantaba.

—¿Marcus? Por favor, ve si puedes encontrar a Hadasa. Calabá la hizo salir de la habitación para que... —dejó de hablar, con los ojos ensombrecidos—. No ha vuelto y quiero que me cante.

—La buscaré y te la enviaré.

Salió al peristilo. Varios esclavos estaban parados y susurraban entre ellos cerca de la fuente. Apenas uno de ellos lo notó, se dispersaron a hacer sus tareas.

—¿Has visto a la esclava Hadasa? —le dijo a uno que lavaba los mosaicos de la piscina.

—Se fue a los jardines, mi señor. No ha regresado.

Marcus salió bajo los arcos a buscarla. Cuando la encontró, ella estaba sentada con las rodillas recogidas y apoyadas contra su pecho, con el rostro oculto.

—Julia te necesita —dijo. Ella no levantó la cabeza—. ¿Me escuchaste? Julia te necesita.

Entonces ella dijo algo, pero sus palabras quedaron ahogadas por sus rodillas. Se puso las manos encima de la cabeza y él vio que sus dedos estaban enlodados. Cerró los ojos.

—Ya me enteré —dijo, dándose cuenta de qué le habían ordenado hacer—. Se terminó ahora. Trata de olvidarlo. Ella estará bien en un par de días, y Cayo no estará enojado con ella. Ninguno de los dos quería un hijo.

Entonces, ella lo miró. Las lágrimas habían hecho surcos sobre las manchas de tierra que le habían ensuciado las mejillas cenicientas. Su mirada estaba llena de aflicción y horror. Se puso de pie y él hizo una mueca al ver su túnica manchada de sangre. Ella extendió sus manos delante de sí, mirándolas fijamente, con el cuerpo tembloroso.

—'Deséchalo', dijo. Una criaturita hecha un ovillo en una toalla y desechada en el piso como basura. Un niño...

—Sácalo de tu mente. No pienses más en eso. Además, Julia no estaba de tantos meses para preocuparse. No era realmente un bebé...

—Oh, Dios... —Sus dedos se clavaron en su túnica manchada—. No era un bebé —repitió sus palabras como un lamento y luego lo miró con una desesperación feroz—. 'Tú creaste las delicadas partes internas de mi cuerpo y me entretejiste en el vientre de mi madre... Tú me observabas mientras iba cobrando forma en secreto, mientras se entretejían mis partes en la oscuridad de la matriz. Me viste antes de que naciera. Cada día de mi vida estaba registrado en tu libro. Cada momento fue diseñado antes de que un solo día pasara...'.

El pelo de la nuca de Marcus se erizó. Hablaba como uno de los oráculos del templo y la mirada que tenía en los ojos lo perforó.

—¡Para de hablar así!

Solo siguió sollozando, hablando en arameo ahora, con la cabeza echada hacia atrás. «*Yeshúa, Yeshúa, saloch hem kiy mah casu lo yaden* —dijo en tono angustiado—. Jesús, Jesús, perdónalos porque no saben lo que hacen».

Marcus la agarró de los hombros.

—¡Basta, te digo! —Quería hacerla salir de su trance a sacudidas, pero ella lo miró con los ojos lúcidos.

—¿Ustedes los romanos son tan necios que no tienen temor? Dios sabe cuándo un gorrión cae a la tierra. ¿Creen que Dios no sabe lo que hacen? ¿Les importan tanto sus placeres triviales que matarían a sus propios hijos para tenerlos?

Marcus la soltó y retrocedió. Ella dio un paso al frente y le agarró la túnica blanca con sus manos manchadas de sangre y tierra:

—¿No tienes temor?

Él la tomó de las muñecas y se liberó.

—¿Por qué tendría que tener temor? —A él no le interesaba nada de su dios, pero su acusación lo lastimó y lo enojó—. Pero tú deberías. Dices cosas muy temerarias para ser una esclava. ¿Tan pronto te has olvidado de Jerusalén? ¡Nunca escuché que una mujer romana matara a su bebé de pecho para poder asarlo para la cena!

Ella no retrocedió ante su enojo.

—¡No es menos abominable ante Dios, Marcus! ¿Pero una mujer que se volvió loca por el hambre es lo mismo que lo que se hizo aquí? ¿Qué excusa tiene Julia, rodeada de comodidades? Está cuerda. Lo pensó de antemano. Tomó la *decisión*.

—¿Qué más podía hacer? Ella no quería tener un hijo y Cayo tampoco. Su matrimonio se está haciendo pedazos.

—¿Y matar a su hijo la ayudará a arreglar las cosas? ¿Piensas que porque no quieres algo tienes derecho a destruirlo? ¿Es la vida humana tan barata para ti? ¿Crees que Julia no será juzgada?

—¿Quién la juzgará? ¿Tú?

—No —dijo Hadasa. Su rostro se contrajo y volvió a llorar—. *¡No!* —Negó con la cabeza y los ojos cerrados—. No soy yo quien puede condenar a alguien, sin importar lo que haga, pero temo por ella. Dios lo sabe. —Se tapó la cara con las manos.

Otra vez su dios y sus leyes infernales, pensó Marcus, compadeciéndose de ella.

—Hadasa, no debes sentir miedo por ella. Esto no es Judea. No la sacarán para apedrearla. Roma es civilizada. Ninguna ley castiga a una mujer que se haga un aborto, si ella lo decide.

Sus ojos destellaron como nunca los había visto.

—¡Civilizada! ¿Qué hay de la ley de Dios? ¿Crees que Él no la juzgará?

—Te preocupas demasiado de lo que pueda pensar ese dios tuyo. Dudo que le importe.

—Piensas que porque no crees, Él no existe. Ustedes adoran dioses que crearon con sus propias manos y su imaginación, y niegan al Dios Altísimo, quien los creó desde el polvo y les dio vida. Al final, no importará si creíste o no, Marcus. Existe una ley superior a la del hombre, y ni el emperador ni todas sus legiones ni el conocimiento mundano pueden luchar contra...

Marcus puso la palma de su mano contra la boca de Hadasa antes de que la escucharan.

—¡Guarda silencio! —Ella forcejeó y él la empujó hacia atrás para que no la vieran desde la casa—. ¿Eres tan tonta, Hadasa? ¡No hables más de ese maldito dios tuyo! —le ordenó, mientras su corazón palpitaba fuertemente. Lo que ella decía era una traición flagrante y podían ejecutarla por eso.

Mantuvo su mano firmemente apretada contra sus labios y la zarandeó una vez para hacer que dejara de forcejear contra él.

—¡Entra en razón! ¿Qué poder existe sino el de Roma, Hadasa?

¿Qué otro poder hay en la tierra que pueda comparársele? ¿Crees que ese bendito dios tuyo es tan poderoso? ¿Dónde estaba cuando lo necesitaste? Él vio cómo Judea era destruida por la guerra: su ciudad y su templo se convirtieron en escombros, su pueblo fue esclavizado. ¿Es ese un dios con poder? No. ¿Es ese un dios que te ama? ¡No! ¿Es ese un dios al que yo debería temer? *¡Nunca!*

Ella se calmó y lo miró con una expresión curiosamente compasiva. Él se moderó, deseando que ella entrara en razón. Tenía la mano húmeda con sus lágrimas. Habló con suavidad.

—No hay poder en la tierra como el del emperador y de Roma. Es el imperio que mantiene la paz. La Pax Romana, Hadasa. Se logra a un alto costo. Creer que hay otra cosa es el sueño de libertad del esclavo, y es una invitación a la muerte. Jerusalén ha desaparecido. No queda nada de ella. Tu pueblo ha sido dispersado por la tierra como la paja. No te aferres a un dios que no existe; o que, si existe, claramente quiere destruir a su pueblo elegido.

Le quitó lentamente la mano de encima y vio las marcas que le habían dejado sus dedos en la piel.

—No quise lastimarte —dijo.

Ella estaba muy pálida e inmóvil.

—Oh, Marcus —dijo ella tiernamente, mirándolo directo a los ojos como si le suplicara algo.

Su nombre nunca había sonado tan dulce en los labios de una mujer.

—Renuncia a la fe que tienes en un dios invisible. Él no existe.

—¿Puedes ver el aire que respiras? ¿Puedes ver la fuerza que mueve las mareas o que cambia las estaciones o que envía a los pájaros a su refugio invernal? —Se le inundaron los ojos—. ¿Puede Roma, con todo su conocimiento, ser tan insensata? Oh, Marcus, no puedes tallar a Dios en una piedra. No puedes confinarlo en un templo. No puedes recluirlo en la cima de una montaña. El cielo es su trono; la tierra, el estrado de sus pies. Todo lo que ves le pertenece. Los imperios se levantarán y caerán. Solo Dios prevalece.

Marcus la miró fijamente, cautivado por lo que decía y mudo de frustración porque ella hablaba con tal convicción. Nada de lo que le dijo le había llegado. Un temor repentino y rápido por ella lo recorrió como una ola y entonces sintió una ira feroz ante su fe tenaz en ese dios invisible.

—Julia me mandó a buscarte —dijo con la voz tensa—. La servirás como siempre lo hiciste, ¿o tengo que buscar otra que te reemplace?

Su conducta cambió. Fue como si hubiese corrido un velo sobre su rostro. Bajó la cabeza y cruzó las manos adelante. Todos los sentimientos y las creencias que abrazaba con tanta pasión ahora habían quedado cuidadosamente escondidos en su interior. Mejor que se quedaran allí.

—Iré adonde ella, mi señor —dijo en voz baja.

Mi señor. Él volvía a ser el amo; ella, la esclava. Marcus sintió el abismo entre ellos como una herida abierta. Se enderezó y la miró fríamente.

—Lávate y deshazte de esa túnica antes de ir a verla. No necesita recordatorios de lo que hizo. —Se dio vuelta y la dejó.

Hadasa lo vio irse, con los ojos ardientes por las lágrimas. Una brisa suave sopló en el jardín. «Yeshúa, Yeshúa —susurró, cerrando los ojos—. Ten misericordia de mí. Ten misericordia de Julia. Oh, Señor, ten misericordia de todos ellos».

21

Atretes se pasó la mano por el cabello. Se había acostumbrado tanto al sonido del calzado remachado del guardia que apenas oyó que pasaba por las barras de hierro sobre su cabeza. A menos que hubiera tenido el sueño. Entonces oyó las pisadas fuertes y vio la sombra del guardia. Inquieto, se incorporó en la oscuridad de su celda, preguntándose cuánto faltaba para el amanecer. Mejor estar en el patio sometido a los rigurosos ejercicios. Mejor tener una espada en la mano. El sueño le dejaba un recuerdo tan nítido de las selvas negras de su tierra natal que pensaba que se volvería loco en el confinamiento de su celda.

Tomó el ídolo de piedra de la esquina de su cuarto. Pasó los dedos suavemente sobre la docena de senos colgantes que le cubrían el pecho y el vientre. Tiwaz lo había abandonado en Germania, y necesitaba tener un dios al que adorar. Tal vez esta funcionaría. Artemisa apelaba a la sensualidad de Atretes. Bato había dicho que por una ofrenda de dinero, las sacerdotisas del templo asistían a los seguidores devotos en la «adoración». Atretes había visitado el templo de Isis y había salido satisfecho, aunque vagamente intranquilo, de su visita. Las mujeres también adoraban y por un pago tenían sacerdotes a su disposición. Roma tenía sus placeres.

La luz de la antorcha parpadeó sobre su cabeza y oyó que los guardias hablaban. Colocó el ídolo nuevamente en su lugar y se sentó en su banco de piedra. Apoyándose en la piedra fría, cerró los ojos y soñó una vez más con su madre, profetizando frente a una pira encendida: «*Una mujer de ojos y cabello oscuro...*». No había tenido ese sueño en meses, desde la noche anterior a cuando mató a Taraco y vio a las dos mujeres jóvenes en el huerto junto al camino a Capua. Pero esta anoche el sueño había sido tan poderoso y tan real que persistía como un eco en las tinieblas. La mujer de la que había hablado su madre estaba cerca.

Roma estaba repleta de mujeres de ojos y cabello oscuro. Muchas de las que asistían a las fiestas previas a los juegos eran increíblemente bellas. Algunas se le ofrecían. A modo de insulto, las ignoraba. Poner a prueba la paciencia del emperador era solo cuestión de satisfacción. Atretes ya no temía ser crucificado o arrojado a los animales: el populacho romano jamás lo permitiría. Con ochenta y nueve muertes a su favor, miles de romanos inundaban el Circus Máximus solo para verlo luchar. El emperador no era tonto. No desperdiciaría una mercancía tan valiosa por un asunto tan insignificante como el orgullo.

Pero Atretes no obtenía ningún placer de su fama. De hecho, había descubierto que servía para esclavizarlo más. Se le habían asignado más guardias, no para impedir que se escapara, cosa que ahora sabía imposible, sino para impedir que el populacho devoto lo despedazara.

Su nombre estaba en grandes titulares en las paredes de toda la ciudad. Le arrojaban flores y monedas antes y después de cada lucha, y todos los días llovían regalos de sus amoratae al ludus. No podía aparecer en ninguna parte fuera del ludus sin una docena de guardias entrenados a su alrededor. Las visitas a la posada de Pugnax ya no estaban permitidas por los disturbios que generaban. Su simple presencia en una fiesta con frecuencia hacía que algunas mujeres se desmayaran. Cuando estaba en la arena, miles de personas gritaban su nombre hasta que sonaba como la profunda pulsación de una bestia primitiva.

Solamente en sus sueños tenía el vago recuerdo de lo que era ser un hombre libre en los bosques, sentir la ternura de su mujer, oír la risa libre de los niños. Su humanidad le estaba siendo arrancada lentamente cada vez que enfrentaba a un oponente y ganaba.

Atretes se miró las manos. Eran fuertes y estaban encallecidas por las horas de práctica con una espada pesada... y más pesada todavía por la sangre que las teñía. Recordó el rostro de Caleb mientras esperaba sin temor el golpe fatal que pedía la turba enloquecida de sangre gritando «¡*Júgula*!». El sudor de la frente le había inundado los ojos a Atretes. ¿O habían sido lágrimas?

—Libérame, amigo mío —había dicho Caleb, tambaleándose por la pérdida de sangre. Había puesto las manos sobre los muslos de Atretes y echado la cabeza hacia atrás. Cuando Atretes dio el golpe final, la turba se puso de pie con alaridos exultantes.

Atretes abrió los ojos tratando de borrar el recuerdo, pero seguía allí, como un cáncer que le carcomía el alma.

Ahora el guardia corrió el cerrojo de su puerta y Atretes salió al patio para los ejercicios. La actividad le daba cierto alivio, al concentrarse en el riguroso entrenamiento físico.

Bato estaba de pie en el balcón con los invitados del ludus. No era raro que hubiera visitantes observando a los gladiadores durante las sesiones de entrenamiento. Algunos venían a comprar, otros sencillamente a mirar. Atretes no les prestó atención hasta que dos mujeres jóvenes aparecieron junto a Bato. Reconoció inmediatamente a Octavia, porque asistía con frecuencia a las fiestas previas a los juegos y se le conocía por su pasión por cualquier gladiador que le diera una segunda mirada. Pero fue la otra joven la que le llamó la atención. Estaba vestida con una palla azul con ribetes dorados y rojos. Era joven y muy bella, de piel clara, y cabello y ojos oscuros.

Intentó enfocar toda su atención en el entrenamiento, pero podía sentir que la muchacha lo miraba con tal intensidad que se le erizó el cabello en la nuca. *Una mujer de cabello y ojos oscuros...* Las palabras de su madre en el sueño. Le echó otra mirada. Octavia le estaba susurrando algo, pero la muchacha tenía la atención tan enfocada en él que parecía no estar escuchando. Era romana, y la profecía de su madre lo golpeó con fuerza.

¿Qué mujer decente vendría a un ludus? ¿Acaso estaba ella, como Octavia, inflamada de lujuria por hombres que derramaban sangre ajena? Su mente hervía de furia contra ella, aunque al mismo tiempo se sentía atraído por ella.

Allá arriba parecía una diosa, indiferente e intocable. El deseo y la ira lo invadieron. Detuvo su práctica. Volviéndose, la miró a la cara audazmente y sus ojos se encontraron. Levantando una ceja le sostuvo la mirada, y luego, burlonamente, le tendió una mano. El sentido era claro, pero en lugar de reír y alentarlo, como hizo Octavia, la muchacha de azul se puso una mano en el corazón y retrocedió incómoda. Bato les dijo algo a las muchachas y ambas se volvieron y entraron al edificio principal.

Bato se reunió con Atretes en los baños.

—Octavia estaba encantada porque la miraste hoy —dijo, inclinándose contra un pilar de piedra con una toalla enrollada en la cintura y otra sobre los hombros poderosos.

—El gesto no era para ella —dijo Atretes, saliendo del agua y tomando una toalla del estante.

—La señora Julia es tan bella que puede hacer que un hombre se olvide de sí mismo y de su odio por Roma —dijo Bato con humor irónico.

Los músculos de la cara de Atretes se tensaron, pero no hizo ningún comentario.

—Está casada con Cayo Polonio Urbano, un hombre que ronda la periferia de los círculos altos. He oído que él tiene un linaje cuestionable y un carácter más cuestionable todavía. La fortuna que tiene proviene de ella. Su primer marido era viejo y murió a los pocos meses de su matrimonio. Su padre renunció a los derechos sobre su herencia y le entregó la administración a su hijo Marcus, un inversionista astuto, pero ahora se dice que Urbano está donando la fortuna a las carreras de cuadrigas.

Atretes se puso una túnica limpia metiéndosela por la cabeza y lo miró con el ceño fruncido mientras se ataba un cinturón.

—¿Por qué me entretienes con la vida privada de la señora?

—Porque es la primera vez que veo que una mujer te hace volver la cabeza. Una mujer romana. —Bato se enderezó y sonrió sarcásticamente—. No te desalientes, Atretes. Su padre es un efesio que compró su ciudadanía con oro e influencias.

Esa noche volvió a soñar con su madre y, en su profecía, era la señora Julia de azul quien se acercaba a él a través de la niebla de la Selva Negra.

Hadasa volvió al mercado buscando un puesto en particular que había visitado ayer con su ama. El propietario romano vendía fruta, y Julia había comprado uvas para comer durante el paseo al templo de Hera. Hadasa había observado una pequeña figura tallada en el mostrador. Había pasado el dedo por la figura del pez y luego había levantado la vista. El propietario la había mirado directamente a los ojos y afirmado con la cabeza mientras continuaba negociando con Julia. Hadasa había sentido que la invadía una oleada de gozosa esperanza.

Ansiosa por volver al puesto, se abrió camino entre la muchedumbre. Cuando lo encontró, se quedó a un lado mientras el propietario vendía manzanas a un sirviente griego.

—Tendré ciruelas para ti mañana, Calixto.

—Espero que a mejor precio que la semana pasada, Trófimo.

Trófimo lo despidió de buena manera y le sonrió a Hadasa.

—¿Has regresado por más uvas para tu ama?

Hadasa vaciló, levantando las cejas. ¿Habría entendido mal ayer? El hombre esperó sin presionarla. Miró al mostrador y no vio la figura. Pero luego, moviendo una canasta de higos a un lado, la encontró. Levantó hacia él la vista y trazó con la mano la pequeña figura del pez. Con el corazón acelerado susurró:

—Jesucristo, el Hijo de Dios, Salvador.

La expresión de Trófimo desbordó calidez.

—Jesús es Señor —dijo poniendo su mano sobre las de Hadasa—. Al momento que llegaste ayer supe que eras del cuerpo.

Hadasa soltó el aire contenido y la invadió una ráfaga de alivio tan grande que casi la abrumó. Los ojos se le llenaron de lágrimas.

—Alabado sea Dios. Hace tanto tiempo...

Trófimo echó una mirada alrededor y luego se inclinó hacia ella. Le indicó el lugar y la hora en que se reunían los creyentes todas las noches.

—Golpea una vez la puerta, espera, y luego golpea tres veces. Te abrirán la puerta. ¿Cómo te llamas?

—Hadasa. Soy esclava de Julia Valeriano, esposa de Cayo Polonio Urbano.

—Hadasa, les diré a los hermanos y hermanas que te esperen.

Llena de alegría y expectativas, Hadasa regresó a la casa con el ánimo renovado. Julia siempre salía por las noches, dejándola libre para orar en el jardín. Hoy, adoraría entre amigos.

Al final de la tarde, Cayo entró en la habitación de Julia mientras Hadasa la ayudaba a prepararse para salir. Comenzaron a discutir acaloradamente.

—¡Si tienes tiempo para dedicarle a Octavia, puedes dedicarme a mí algunas horas de tu precioso tiempo esta noche! —dijo Cayo—. Aniceto se ofenderá si no asistes a la celebración de su cumpleaños.

Julia estaba sentada frente a su espejo observando cómo Hadasa le arreglaba el cabello, simulando indiferencia por el enojo de su esposo. Solo la tensión de su espalda daba cuenta de sus exigencias.

—No me importa que Aniceto se ofenda —dijo Julia—. Pon cualquier excusa que se te ocurra, Cayo. Calabá me ha invitado a asistir a una obra de teatro.

—¡Al Hades con Calabá! —dijo furioso—. ¡Te he pedido muy poco últimamente! Esta noche te *necesito*.

Julia captó su mirada en el espejo.

—¿Me necesitas? Qué exquisito —inflamada por datos que sus agentes le habían proporcionado esa misma tarde, Julia se volvió lentamente, con las manos cruzadas ligeramente sobre sus piernas. Que suplique—. ¿Por qué esta noche, Cayo? —dijo, desafiándolo a decir la verdad. Sabía por qué la necesitaba en la fiesta. Se preguntaba si él tendría la audacia de admitírselo.

—Aniceto te admira —dijo, evitando sus ojos—. Es uno de mis socios. No te hará daño ofrecerle una sonrisa o un coqueteo inofensivo ocasional. —Se sirvió un poco de vino.

Julia sonrió lánguidamente, disfrutando su tormento. No era su culpa que fuera tan necio. Que se cocinara en su propio jugo.

—No voy a permitir que ese cretino me manosee porque le debes dinero.

Cayo se volvió y la miró.

—Me has estado espiando —dijo, mientras apretaba la copa con fuerza—. ¿Una sugerencia de Calabá, tesoro? —dijo secamente.

—Tengo una mente propia, Cayo. No fue tan difícil saber en qué andas —dijo Julia riéndose burlonamente—. Tu mala suerte en las carreras ya es famosa. Parece que todos en Roma conocen tus pérdidas. Es decir, todos menos yo —dijo levantando la voz—. ¡Has acabado con doscientos mil sestercios *míos* en menos de un año!

Cayo dejó la copa a un lado lentamente.

—Déjanos —ordenó a Hadasa en un tono cargado de veneno. Cuando Hadasa comenzó a retirarse, habló Julia:

—¿Y si yo no quiero que se vaya?

—Entonces déjala quedarse y mira lo que le hago.

Julia le hizo un gesto para que se retirara.

—Espera en el corredor. Te llamaré en unos minutos.

—Sí, mi señora.

Hadasa cerró suavemente la puerta tras de sí, agradecida de que Julia no hubiera seguido poniendo a prueba la paciencia de Cayo. Dudaba que su ama supiera el nivel de brutalidad de Urbano. Sus voces airadas se seguían oyendo desde el corredor.

—Viendo que estás tan bien informada, Julia, ¡entenderás por qué es primordial que asistas esta noche!

—Aniceto te costará un ojo de la cara, Cayo. Tal vez el tuyo alcance.

—Asistirás esta noche lo quieras o no. ¡Ahora prepárate!

—¡No lo haré! —tronó Julia—. Lleva a una de tus *otras* mujeres si tienes tantas ganas de llevar alguien a la fiesta de Aniceto. O incluso a otro *hombre,* si prefieres. ¡No me importa lo que hagas! Pero no iré contigo a ninguna parte, ¡esta noche ni ninguna otra!

Se oyó el ruido de vidrios rotos y Julia gritó con rabia.

—¿Cómo te atreves a romper mis cosas?

El siguiente grito de Julia denotó dolor. Cayo volvió a hablar, en un tono que derramaba burla, mofándose de ella. Julia respondió desafiante y volvió a gritar.

Mordiéndose el labio, Hadasa se apretó las manos, sintiéndose impotente, queriendo huir de esa locura.

Urbano volvió a hablar, esta vez en forma lenta y fría. Más vidrios rotos, y luego la puerta se abrió de golpe y Cayo la atravesó con la cara lívida de furia. Sujetó a Hadasa y la empujó hacia la puerta.

—Haz que tu ama se prepare para partir en una hora o haré que te azoten hasta arrancarte la piel de la espalda.

Hadasa entró de prisa a la habitación, temerosa de lo que Cayo pudiera haberle hecho a Julia.

—Mi señora...

Julia estaba sentada con asombrosa calma en el extremo de la enorme cama que había compartido con Cayo durante los primeros meses de su matrimonio. Un hilo de sangre le bajaba de un lado de la boca.

—¿Está bien, mi señora? Su boca... está sangrando.

Julia levantó una temblorosa mano hasta sus labios y se tocó la sangre. La miró fijamente.

—Lo odio —dijo con escalofriante intensidad—. ¡Quisiera que estuviera muerto! —Apretó el puño, mirando sombríamente a la nada—. Que los dioses maldigan su negro corazón.

Hadasa se sintió horrorizada por esas palabras, tan horrorizada como se sintió al mirar los ojos de Julia.

—Le traeré agua, mi señora.

—¡No me traigas nada! —gritó Julia salvajemente, poniéndose de pie—. ¡Cállate y déjame pensar! —Comenzó a caminar de un lado a otro, con la cara lívida y tensa—. No se va a salir con la suya por tratarme así. —Agitó la mano con impaciencia—. Ve a llevar un mensaje a Calabá de que no voy a poder asistir a la obra esta noche. La visitaré mañana y se lo explicaré todo.

Cuando Hadasa regresó, Julia estaba de pie frente a su tocador, pasando la mano por los frascos de vidrio de colores. Más de la mitad estaban hechos trizas en el suelo, lo mismo que algunas ánforas de costosos aceites perfumados. Julia miraba la destrucción en silencio, y los ojos le ardían con una furia salvaje. Miró lo que quedaba y levantó una pieza.

—Aniceto me encuentra atractiva —dijo, apretando los nudillos contra la pequeña vasija—. Cayo solía ponerse celoso por la forma que me miraba. Decía que si Aniceto me tocaba siquiera la mano, le cortaría la garganta. —Pasó la punta del dedo por el borde de la vasija, curvando la boca en una leve sonrisa—. Tráeme la palla roja con ribetes dorados y enjoyados. Cayo dice que parezco una diosa cuando me la pongo. Me veré como una diosa esta noche. Tráeme el broche de oro que me dio como regalo de casamiento.

—¿Qué está pensado hacer, mi señora? —dijo Hadasa, temiendo por Julia.

Mojó el dedo en el frasco rojo.

—Cayo quiere que esté encantadora y bella esta noche —dijo, y se pasó el color espeso y sensual por el labio inferior. Apretó los labios y se miró en el espejo—. Le voy a dar lo que pidió...y más aún.

Para cuando Cayo regresó, Julia estaba más deslumbrante de lo que Hadasa jamás la había visto. Cuando Cayo la vio, su ánimo cambió. La observó con indisimulada admiración.

—Así que has decidido ayudarme como debe hacerlo una esposa —dijo, deslizando la mano por el brazo de Julia.

Julia se volvió hacia él con coquetería.

—¿Crees que Aniceto me aprobará?

—Estará jadeante a tus pies. —La sujetó y la besó—. Si tuviéramos tiempo, te retendría aquí conmigo toda la noche...

—Como solías hacerlo —ronroneó Julia y luego volvió la cara cuando intentó volver a besarla—. Estropearás mi maquillaje.

—Más tarde. Nos presentaremos, sacaremos a Aniceto de su mal humor, y volveremos a casa.

Ella lo besó ligeramente en la garganta. La marca que le dejaron sus labios era como un tajo de sangre. Apartándose de sus brazos, se quedó de pie para que Hadasa reacomodara los pliegues de su velo y ciñera adecuadamente el broche de oro. Hadasa la miró a los ojos y volvió a sentir esa oleada de temor por ella. Seguramente sabría que cualquier venganza que hubiera planificado contra Urbano repercutiría en ella.

Orando en voz baja, Hadasa los observó mientras bajaban las escaleras. Volvió a la habitación de Julia. Barrió y descartó las ánforas rotas. Abriendo las puertas hacia el peristilo, ventiló el cuarto mientras limpiaba los aceites perfumados del piso de mármol. Cuando hubo terminado, se cubrió el cabello con su chal y salió a la noche para buscar la casa donde se reunían los creyentes.

Las calles de Roma eran como un laberinto, y resultaban más confusas aún en la oscuridad. Conocía bien muchas de las calles porque sus visitas al mercado con encargos de Julia eran frecuentes. Encontró la casa sin mucha dificultad. Irónicamente, no estaba muy lejos del templo de Marte, el dios romano de la guerra.

Golpeó una vez, esperó, y luego golpeó tres veces. La puerta se abrió.

—Por favor, dime tu nombre.

—Hadasa, esclava de Julia Valeriano, esposa de Cayo Polonio Urbano.

La mujer sonrió y abrió la puerta dándole paso.

—Eres bienvenida. Trófimo está aquí con su familia. Dijo que vendrías. Entra.

La condujo a una sala llena de gente de todas las edades y estratos sociales. Hadasa vio al comerciante entre ellos. Trófimo se le acercó sonriendo, la tomó firmemente por los hombros y la saludó besándola en ambas mejillas.

—Siéntate junto a mi esposa y a mí, hermanita —dijo, y tomándola del brazo la condujo hasta su familia, ante la curiosidad de los otros invitados.

—Eunice, ella es la muchacha de la que te hablé. —Eunice sonrió y la saludó con un beso—. Hermanos y hermanas —dijo Trófimo a los que estaban reunidos—. Ella es Hadasa, de quien les hablé.

Otros la saludaron. Geta, Basemat, Fulvia, Calixto, Asíncrito, Lidia, Flegón, Ahicam... los nombres se le confundieron. Hadasa se sintió acogida por su amor.

Asíncrito tomó el control de la reunión.

—Silencio, por favor, hermanos y hermanas. Nuestro tiempo juntos es breve. Comencemos cantando alabanzas a nuestro Señor.

Hadasa cerró los ojos, permitiendo que la inundara y la renovara la música y la letra de un himno que nunca había oído. Hablaba de las pruebas y de la fe, de que Dios nos libera del mal. Se sintió revitalizada y alejada de los problemas de la vida de Décimo y Febe, de Marcus y Julia. Atrapados en el lodo de dioses y diosas, en busca de la felicidad y de saciar sus propias ambiciones, estaban muriendo. Aquí, en esta modesta y pequeña habitación, entre esta gente, Hadasa sentía la presencia de la paz de Dios.

Hadasa vio personas libres mezcladas con esclavos, ricos sentados junto con pobres, ancianos con niños pequeños en las rodillas, todos alzando sus voces en armonía. Sonrió y sintió deseos de reír de alegría. Tenía el corazón tan henchido de gozo y la fuerte sensación de haber llegado al hogar que solo podía regocijarse.

Uno de los himnos entre los muchos que cantaron le era familiar, un querido salmo de David que les había cantado muchas veces a Febe y a Décimo durante el breve tiempo que fue su sirvienta. Con los ojos cerrados, las manos abiertas con las palmas hacia arriba en ofrenda a Dios, cantó de todo corazón, sin darse cuenta que los demás habían dejado de cantar para escucharla. Recién al terminar se dio cuenta. Ruborizándose, inclinó la cabeza, incómoda por haber llamado la atención.

—Dios nos ha bendecido con una hermana que canta bien —anunció Trófimo de buen humor, y otros se rieron. Eunice le tomó la mano y la apretó cariñosamente.

Asíncrito extendió las manos.

—'¡Aclamen con alegría al Señor, habitantes de toda la tierra!'—dijo, con mucho regocijo, y los demás se unieron—. 'Adoren al Señor con gozo. Vengan ante Él cantando con alegría. ¡Reconozcan que el Señor es Dios! Él nos hizo, y le pertenecemos; somos Su pueblo, ovejas de Su prado...'.

Hadasa levantó la cabeza y habló las bien recordadas palabras del salmo de David:

—'Entren por Sus puertas con acción de gracias; vayan a Sus atrios con alabanza. Denle gracias y alaben Su nombre. Pues el Señor es bueno. Su amor inagotable permanece para siempre, y Su fidelidad continúa de generación en generación'.

Un anciano abrió un pergamino desgastado.

«Continuaremos con la lectura de las memorias de Mateo esta noche».

Hadasa nunca antes había escuchado las memorias de los apóstoles porque se había criado con las Escrituras judías y los recuerdos de su padre sobre las enseñanzas de Jesús. Escuchar las palabras escritas por el apóstol Mateo, que había andado durante tres años con el Señor, la hizo temblar. Absorbió la Palabra y se alimentó de ella.

Después de la lectura, el pergamino fue enrollado nuevamente y lo pusieron cuidadosamente en manos de otro anciano. Se hizo circular pan sin levadura y vino entre los reunidos. Las palabras de Cristo se susurraron una y otra vez a medida que cada uno participaba y pasaba el banquete de comunión de mano en mano. «Este es mi cuerpo... Esta es mi sangre... Tomen y coman en memoria de mí...». Cuando todos habían sido servidos, cantaron un himno solemne sobre el amor redentor de Cristo, el libertador.

«¿Hay nuevos creyentes entre nosotros que quieran compartir su testimonio?».

Hadasa sintió que la gente la miraba y se ruborizó nuevamente, agachando la cabeza, y el corazón comenzó a latirle rápido y fuerte. Trófimo se inclinó y le dio unas paternales palmaditas alentadoras en sus manos cruzadas.

—Está bien, está bien —dijo en tono de broma—. No esperamos una oratoria refinada. Solo unas palabras de ánimo de una hermanita que es nueva entre nosotros.

—Déjala, Trófimo —dijo Eunice saliendo en su defensa—. Somos nuevos para ella. Tú no dijiste nada durante todo un año.

—A mí siempre me faltan las palabras.

—Quiero hablar —dijo Hadasa, y se incorporó. Miró tímidamente a quienes la rodeaban—. Perdónenme si tropiezo. Hace mucho tiempo que no puedo hablar libremente entre gente que conoce a Dios. —Se le cerró la garganta y tragó saliva pidiendo a Dios que le diera palabras y coraje.

—No soy nueva en la fe. Desde que nací, mi padre me habló de Jesús. Conocía las Escrituras y me enseñó todo lo que recordaba de la Torá y el cumplimiento de las profecías de Dios en Jesús. Cuando era muy pequeña, mi padre me llevó al río Jordán y me bautizó en el mismo lugar donde Juan vio la paloma que descendía sobre Jesús y oyó la voz de Dios que decía: 'Este es mi Hijo muy amado, quien me da gran gozo'.

—Alabado sea el Señor —dijo alguien.

Asíncrito se sentó lentamente.

—¿Tu padre conoció al Señor cuando anduvo en esta tierra?

¿Le creerían si les dijera toda la verdad? Hadasa miró a su alrededor nuevamente, y en cada cara vio una expresión franca y expectante. ¿Cómo podía no decirlo cuando tenían tanta sed de alguna palabra de su Señor resucitado?

—Mi padre era el único hijo sobreviviente de una viuda que vivía en Jerusalén. Cuando era joven, tuvo una fuerte fiebre y murió. El Señor oyó a su madre llorar y se acercó a consolarla. Tocó a mi padre y lo levantó del Seol.

—Alabado sea el Señor —murmuraron varios, extasiados. Un entusiasmado murmullo se extendió por la sala y un hombre cerca del fondo se incorporó emocionado.

—¿Cómo se llamaba tu padre? —preguntó.

—Ananías Bar Jonás, de la tribu de Benjamín.

—¡Oí hablar de él! —dijo el hombre a quienes lo rodeaban. Volvió a mirar a Hadasa—. Tenía una pequeña tienda de alfarería en Galilea.

Hadasa asintió con la cabeza, incapaz de hablar.

—El hombre que me llevó al Señor lo había conocido años atrás —dijo otra persona.

—¿Dónde está tu padre ahora?

—Está con el Señor.

Hubo un silencio respetuoso y Hadasa les contó el resto.

—Siempre íbamos a Jerusalén durante la Pascua para encontrarnos con otros creyentes del Camino. Cada año, nos reuníamos en un aposento alto y mi padre contaba cómo Jesús cumplió cada uno de los elementos de la Pascua. Pero la última vez que fuimos, se había iniciado una revuelta y la ciudad era un caos. Muchos de nuestros amigos abandonaron la ciudad por la persecución. Mi padre no quiso irse. Y luego los zelotes cerraron las puertas y miles quedaron atrapados. Padre salió para acompañar a su pueblo. Nunca regresó.

—¿Y tu familia, hermanita? —preguntó Eunice, tomando la mano de Hadasa entre las suyas—. ¿Qué fue de ellos?

La voz le tembló a Hadasa mientras hablaba. Bajó la cabeza, casi avergonzada de estar entre ellos, la única sobreviviente de toda una familia, la que menos merecía la vida.

—No sé por qué me salvó el Señor.

—Tal vez para este momento, hermanita —dijo Asíncrito con solemnidad—. Tus palabras me han animado en un tiempo de dudas. —Tenía los ojos llenos de lágrimas—. En todas las cosas, Dios responde a nuestras necesidades.

Hadasa volvió a sentarse, y otros hablaron sobre oraciones respondidas y vidas cambiadas. Se expresaron necesidades y se hicieron provisiones. Se plantearon pedidos de oración y se nombraron a los hermanos y hermanas que estaban presos o bajo amenaza.

Hadasa volvió a ponerse de pie.

—¿Puedo pedir algo? —La animaron a que lo hiciera—. Por favor oren por mis amos, Décimo Vindacio Valeriano; su esposa, Febe; su hijo, Marcus Luciano. Están perdidos en la oscuridad. Sobre todo les ruego que oren por mi señora, Julia. Va camino a la destrucción.

22

Hadasa volvió a la villa espiritualmente fortalecida, sin saber que la esperaba el desastre.

Oyó a Julia gritando cuando entró al peristilo. Corriendo escaleras arriba hacia el triclinium, lo atravesó hasta el corredor abierto que llevaba a las habitaciones de su señora. Una sirvienta lloraba histéricamente afuera de la puerta de Julia.

—La va a matar a golpes. ¿Qué vamos a hacer?

Los gritos de Julia impulsaron a Hadasa a actuar sin medir las consecuencias. Cuando tomó la manija de la puerta, la otra sirvienta también entró en acción e intentó impedirle la entrada.

—¡No puedes entrar! ¡Te matará!

Hadasa se libró de ella, determinada a llegar hasta su señora aun mientras la otra muchacha huía de la escena. Cuando entró a la habitación, Julia estaba en el suelo tratando de escapar de los azotes de Cayo. Gritaba de dolor mientras el látigo le desgarraba la tela roja de la palla y le enrojecía la piel.

—¡Deténgase, mi señor! —exclamó Hadasa, pero Cayo, enfurecido, fue nuevamente tras Julia. Hadasa intentó bloquearle el paso, pero él la sacó de un golpe. Hadasa se arrastró para cortarle nuevamente el camino, y Julia intentó escabullirse. Cayo dio a Hadasa un golpe impresionante, derribándola.

—¡Fuera de aquí! —vociferó, pateándola con fuerza en el costado, antes de volverse nuevamente hacia Julia—. ¡Te voy a matar, bruja repugnante! ¡Lo juro por todos los dioses!

Arrinconó a Julia y ella se encogió de miedo, tapándose la cabeza con los brazos y gritando con cada azote que le pegaba en la espalda.

Hadasa se incorporó temblando, con la visión nublada. La violencia de Urbano era como una presencia malévola en la habitación, y sintió en carne propia los alaridos de terror y dolor de Julia. Trastabillando, Hadasa cruzó la habitación y se echó sobre Julia para protegerla. La mordida del látigo le cortó el aire y la hizo encogerse de dolor. Sollozando histéricamente, Julia se acurrucó formando un tembloroso bulto bajo Hadasa.

Enfurecido, Urbano descargó toda su rabia sobre Hadasa. Cuando no fue suficiente azotarla, tumbó el tocador de Julia, derribó su estatua preferida, y despedazó el espejo.

—No he terminado contigo, Julia —dijo, y se marchó.

El corazón de Julia comenzó a desacelerarse.

—Se ha ido. Déjame salir —dijo, pero Hadasa no se movió—. ¡Déjame salir antes de que regrese! —Julia forcejeó y Hadasa rodó hacia un lado. Julia le vio la cara, pálida y rígida—. ¡Hadasa! —Asustada, Julia acercó el oído a los labios partidos de Hadasa. Apenas respiraba. Levantando a su sirvienta en sus brazos, Julia rompió a llorar—. ¡Me salvaste de él! —susurró, meciéndola. Quitó el cabello de la cara blanca de su esclava y le besó la frente—. Estarás bien. *Lo estarás.* —La apretó contra ella y la meció, mientras la ira crecía en su interior.

Basta. ¡Basta de esto, Urbano!

La puerta se abrió lentamente y una criada se asomó con cautela. Julia la miró furiosa.

—¿Dónde está mi esposo? —dijo con voz fría. La muchacha esclava se quedó parada en la entrada de la habitación, con otras dos detrás de ella.

—El amo Cayo salió de la casa —dijo la primera.

—Entonces ahora vienen en mi ayuda —dijo con amargura—. Cobardes. ¡Son todas unas cobardes! —Vio que le temían. Mejor así. Todas las esclavas de esta casa irían a la arena por dejarla a merced de Cayo. Sostuvo a Hadasa más cerca, quitándole el cabello de la cara cenicienta. Todas, menos esta, que la había protegido. Podía sentir la sangre tibia de Hadasa empapándole la manga del vestido.

Levantando la cabeza, miró con ira a las esclavas paradas en la puerta esperando instrucciones. ¡Cobardes! ¡Idiotas! Merecían la muerte. Las odiaba a todas.

—Vengan y ocúpense de ella —ordenó, y dos de ellas entraron corriendo y se inclinaron sobre Hadasa—. Pongan sal en sus heridas, y vendas, y ocúltenla de mi esposo. —Hundió las uñas en el brazo de una de ellas—. Si ella muere, haré que les arranquen la piel de la espalda. ¿Entendido?

—Sí, mi señora —dijo rápidamente la muchacha, aterrada.

—¡Rápido! —Julia sabía que debía abandonar la casa antes de que Cayo regresara. Sabía que su vida estaba en peligro mientras Cayo no descargara toda su furia y entrara en razón. Si no podía encontrarla, tendría tiempo de pensar y recuperar el control de sí mismo. Sin detenerse para cambiarse su ropa hecha jirones, Julia se cubrió con una capa voluminosa y salió a la noche.

Corrió todo el camino hasta donde Calabá y golpeó la puerta. Un apuesto esclavo griego la hizo pasar.

—Dile a Calabá que estoy aquí —ordenó, cruzando la puerta. El esclavo no mostró ninguna intención de obedecerla, de modo que Julia lo empujó a un lado y entró al salón donde Calabá llevaba a cabo sus reuniones—. Dile a Calabá que estoy aquí —repitió, con ojos encendidos.

—La señora Calabá está ocupada.

—Es un asunto de suma importancia —dijo Julia volviéndose y mirándolo airadamente.

—La señora dijo que no debía ser molestada.

—¡Comprenderá! —dijo, exasperada—. ¡Deja de estar ahí plantado mirándome y haz lo que te dije!

El esclavo abandonó la sala y Julia se paseó agitada. Se ciñó sobre el cuerpo la pesada capa, pero no pudo evitar el frío que la calaba hasta los huesos. El griego regresó luego de un largo momento.

—La señora Calabá la verá en sus habitaciones dentro de unos minutos, mi señora.

—¡Tengo que verla *ahora*! —dijo Julia y pasó rozando al esclavo con impaciencia. Llegó a un corredor con una puerta abierta y vio a una sirvienta sosteniendo una bata liviana y a Calabá desnuda junto a la cama.

—¡Ah! —dijo Julia y se ruborizó.

Calabá la miró con expresión enigmática. Parecía impasible, parada con los brazos levemente extendidos esperando que la sirvienta la vistiera.

—¿Otra emergencia, Julia? —dijo con pena y un toque de fastidio.

Julia se sintió desconcertada por tan frío recibimiento. No había pensado que Calabá pudiera molestarse con ella por haber cancelado su invitación.

—Lamento no haber ido a la obra de teatro, Calabá. Cayo me obligó a ir con él. No podía hacer nada...

—Tonterías —dijo Calabá—. Me estoy cansando de tu teatralidad, Julia —dijo con la paciencia agotada—. ¿Qué cosa tan importante te ocurrió ahora para que te sientas impulsada a interrumpir mi velada?

Julia entró a la habitación y dejó caer la pesada capa, volviéndose para que Calabá pudiera ver los jirones de su palla y las marcas en su espalda. Se sintió satisfecha al escuchar que Calabá dio un grito ahogado.

—¿Cayo te hizo esto?

—Sí —dijo Julia—. Esta noche enloqueció, Calabá. Me habría matado de no ser porque Hadasa intervino.

—¿Tu criada?

—Se arrojó sobre mí y recibió el resto de la golpiza —Julia comenzó a llorar—. Creo que la mató. Ella...

—No te preocupes por tu esclava. Siéntate un momento para

que recuperes el control —interrumpió Calabá y la condujo hasta la cama. Puso las manos sobre los hombros temblorosos de Julia y la obligó a sentarse—. Haré que traigan salvia para tu espalda —habló con una de sus esclavas. Cerrando la puerta, se volvió a Julia—. Ahora dime qué pasó para hacer que Cayo perdiera el control tan completamente.

Julia se puso de pie, tensa.

—Nereo me dijo ayer cuántos miles de sestercios le debe Cayo a Aniceto. Dijo que Cayo estuvo tratando de vender algunas de las inversiones que Marcus hizo por mí, pero no pudo.

—¿No pudo?

—Aparentemente, Marcus arregló las cosas para que se le informe inmediatamente si ciertas propiedades aparecen en el mercado —dijo Julia caminando inquieta—. Cayo sabía que Marcus me informaría si pasaba algo. Eso lo dejó en la posición de tener que ganar tiempo para reunir el dinero que le debe a Aniceto.

Miró a Calabá.

—Aniceto celebraba su cumpleaños esta noche, y Cayo *insistió* en que yo fuera. —Se detuvo y se estremeció—. Tengo frío, Calabá.

Calabá recogió la capa y se la puso sobre los hombros. Julia se sintió desgraciada.

—Aniceto me encuentra hermosa —dijo—. Ha puesto muy en evidencia que me desea. Cayo siempre estuvo celoso de él, y me decía que me sentara lo más lejos posible para no darle cabida. Pero esta noche, Cayo quería que yo *sonriera* y *coqueteara* con ese despreciable cretino. Dijo que Aniceto se sentiría ofendido si yo no asistía a su cumpleaños. Por supuesto, después que Nereo me dijo la verdad, yo sabía el motivo de la insistencia de Cayo. Quería que Aniceto estuviera de buen humor cuando le rogara por más tiempo para pagar la deuda.

Julia se sentó nuevamente en la cama, con la cara rígida.

—Bueno, su deuda ha quedado cancelada.

—Cancelada —dijo Calabá lentamente y miró a otro lado. Suspiró fuerte—. ¿Y cómo lo lograste?

—Lo negocié con Aniceto.

—¿Qué clase de negocio, Julia?

—Pasé una hora entreteniéndolo en sus habitaciones —dijo, e inmediatamente se rebeló contra la vergüenza que le causaba admitirlo. Se puso de pie—. ¡Cayo me ha sido sobradamente infiel! —dijo a la defensiva—. Era hora de que supiera lo que se siente.

Calabá se mostró extrañamente apenada.

—¿Lo disfrutaste?

—Disfruté la mirada de Cayo mientras yo sonreía y coqueteaba con Aniceto como él mismo me había pedido. Disfruté la mirada en su rostro cuando abandoné la fiesta sin él. Disfruté pensando en lo que Cayo estaba sintiendo durante todo el tiempo que me ausenté. Oh, sí, disfruté cada minuto de eso.

—¿Y nunca se te ocurrió que Cayo se vengaría?

—¡No me importaba! —dijo Julia mirando a otro lado con los ojos llenos de lágrimas—. Pero jamás lo había visto tan furioso, Calabá. Parecía un demente.

—Lo humillaste frente a sus pares.

Julia la miró enojada.

—¿Lo estás defendiendo? ¿Después de todo lo que me ha hecho sufrir?

—No se me ocurriría defenderlo. Lo desprecio por las cosas que te ha hecho para su propio placer. ¡Pero piensa, Julia! Conoces a Cayo. Conoces su orgullo. Conoces su mal carácter. Te matará por esto.

Julia se puso pálida.

—¡Entonces no volveré con él!

—Tendrás que volver o perderás todo. —Calabá se sentó a su lado y le tomó la mano. Dejó salir el aire lentamente y apretó la mano de Julia—. Vas a tener que protegerte.

—Pero ¿cómo? —preguntó Julia, los ojos bañados en lágrimas de temor.

Calabá sostuvo el mentón de Julia y la miró intensamente a los ojos.

—Te diré algo que jamás le he contado a nadie. ¿Puedo confiar en que guardarás el secreto?

Julia parpadeó al mirar en la profundidad de los ojos oscuros de Calabá. Se veían insondables y misteriosos, llenos de secretos.

—Sí —dijo temblando levemente.

Calabá se inclinó hacia ella y la besó suavemente en los labios.

—Sé que lo harás. —Puso la palma de la mano levemente sobre la mejilla de Julia, con una expresión misteriosa y cautivadora en los ojos—. Supe desde el comienzo que tú y yo seríamos muy buenas amigas. —Su mano permaneció allí unos momentos más y luego la retiró lentamente, dejando a Julia con una extraña sensación de desasosiego.

Calabá se incorporó y se alejó con gracia.

—Todo el mundo cree que mi esposo Áureo murió de apoplejía. —Se volteó y miró a Julia, queriendo evaluar su reacción cuando le dijera la verdad—. En realidad, lo envenené. —Observó los ojos de Julia abrirse sorprendidos, pero no con desaprobación. Más bien se le veía curiosa, esperando explicaciones, y Calabá continuó.

—El matrimonio con él se había vuelto intolerable. Cuando me casé con él era viejo y repulsivo, pero fui una esposa fiel. Manejaba sus asuntos financieros, sus citas, sus propiedades. Le daba buenos consejos políticos. Reconstruí su fortuna que venía decayendo. Luego, a raíz de una sola pequeña indiscreción de mi parte, Áureo amenazó con divorciarse.

Calabá sonrió con cinismo.

—Vivimos en un mundo de hombres, Julia. Nuestros esposos pueden cometer adulterio cada vez que lo deseen, pero una ofensa de parte de la mujer le puede costar la vida. No es que Áureo hubiera tenido el valor de amenazarme con la muerte. No, me detestaba, pero también tenía miedo. Solía decir que era mi inteligencia lo que lo había llevado a enamorarse de mí, eso y mi sensualidad. Después se sintió amenazado por ambas. —Se rió suavemente con frialdad—. Lo único que decía era que quería volver a ser libre. Si lo hubiera sido, habría destruido todo lo que construí. Me habría dejado sin nada después de todo mi esfuerzo. Y la ley romana le habría otorgado el derecho de hacerlo.

Miró a Julia.

—Su muerte fue rápida y piadosa. Yo no quería que sufriera. Planeé una fiesta con entretenimientos. Los que estuvieron presentes el día que Áureo murió estaban convencidos de que había sufrido un ataque cerebral. —Su boca se curvó—. Hice arreglos para que un médico confirmara esa suposición, en caso de que más tarde surgieran dudas. No las hubo.

Calabá volvió a sentarse junto a Julia.

—Por supuesto, tu situación es diferente. Cayo es joven. Tendrías que usar algo que actúe más lento para que su muerte parezca natural. Hay venenos poco conocidos que producen fiebres elevadas muy similares a las que son comunes en Roma durante la estación de las inundaciones. —Tomó la mano de Julia; estaba fría y húmeda—. Tienes miedo. Te comprendo. Créeme, yo también lo tenía, pero después de todo lo que te ha hecho pasar, y por la forma que te amenaza, ¿qué opción tienes? Conozco una anciana que sirvió a la esposa de César Augusto, Livia. Ella tiene mucho conocimiento y nos puede ayudar.

—Pero, ¿tengo que *asesinarlo*? —preguntó Julia, retirando la mano de la de Calabá e incorporándose. Quería huir.

—¿Es asesinato defenderte? ¿Sabes lo que ocurre con una mujer que no tiene familia ni conexiones? Queda destituida y a la merced de un mundo muy cruel. Áureo blandió una espada sobre mi cabeza, y yo elegí contraatacar.

Julia se sintió débil y mareada.

—¿No hay otra manera? —dijo temblando y se tocó la frente, sintiendo que le brotaban gotas de sudor.

Calabá dejó que el silencio llenara la habitación por unos

momentos antes de volver a hablar. Conocía todas las debilidades de Julia, y este era el momento de aprovecharlas.

—Podrías acudir a tu madre y a tu padre y contarles lo que ha sucedido.

—No, no podría hacer eso —dijo rápidamente Julia.

—Tu padre tiene poder e influencias. Cuéntale cómo te ha golpeado Cayo y deja que él se encargue de aplastarlo.

—No comprendes, Calabá. Mi padre querrá saber por qué me castigó Cayo. Padre piensa que tengo la culpa de la muerte de Claudio. Si se enterara de lo de Aniceto, no estaría de mi lado.

Satisfecha, Calabá pasó al siguiente aliado de Julia.

—¿Y tu madre?

—No —dijo Julia, sacudiendo la cabeza—. No quiero que ella sepa nada de esto. No quiero que piense mal de mí.

Calabá sonrió débilmente. El orgullo de Julia era tan grande como el de Cayo.

—¿Y qué hay de Marcus? —dijo, pasando a eliminar la última posibilidad.

—Marcus daría a Cayo un poco de su propia medicina, y luego, además, lo amenazaría —dijo Julia, sintiendo cierto consuelo en esa potencial solución.

—Todo lo cual solo te pondría en peor peligro —dijo Calabá con fría lógica—. Pero hay otra posibilidad que podrías considerar. Anima a Marcus a que destruya económicamente a Cayo. Cuando se haya gastado todo tu dinero, Cayo indudablemente aceptará un divorcio —dijo con suavidad, observando con íntima diversión la esperada respuesta de Julia.

—¿Y dónde me dejaría eso? No, esa no es una solución, Calabá. Me quedaría sin un áureo propio, otra vez en la casa de mi padre, con él dictando cada uno de mis movimientos. Juré que jamás volvería a pasar por eso.

Calabá guardó silencio, sabiendo bien que Julia a fin de cuentas se pondría de acuerdo con ella sobre todo lo que debía hacerse. Había sabido desde el comienzo mismo, cuando alentó la lujuria en la relación de Julia y Cayo, que terminaría así.

Julia caminaba de un lado a otro buscando justificaciones y racionalizaciones. Las encontró, junto con una oleada de emociones violentas y confusas.

—Me ha utilizado de formas abominables. Ha sido infiel. Ha malgastado mi dinero en apuestas y con otras mujeres. Luego intenta usar el deseo de Aniceto por mí para sus propios fines. Lo salvo de su deuda y ¿me agradece cuando la cancelo? ¡No! Me golpea y jura matarme. —Se sentó en la cama temblando violentamente y escondió la cara entre las manos—. ¡*Merece morir*!

Calabá le rodeó los hombros con el brazo.

—Tranquilízate ahora, Julia. Cayo ha provocado todo esto —dijo, absolviéndola así de toda culpa.

—Pero, ¿cómo puedo lograrlo? Tendría que seguir viviendo con él, y me aterra la idea de volver.

—Todavía tengo algo de influencia sobre Cayo. Hablaré con él en los próximos días y le haré entender que abusar de ti le traería un desastre seguro sobre su cabeza. Cayo no es totalmente necio, Julia. Tratará de controlarse para protegerse de tu hermano y de tu padre, pero solo por un tiempo. Ambas conocemos a Cayo. Estará buscando maneras de lastimarte, y el tiempo agotará el poco control que tiene sobre su carácter. No estés tan asustada. Confía en mí. Unas pocas dosis durante una semana y su salud comenzará a desmejorar. Durante las siguientes semanas, Cayo no será una verdadera amenaza para ti.

El corazón de Julia latía como el de un pajarillo acorralado por una serpiente.

—¿Y si sospecha?

—Julia, querida, perdóname por decir esto, pero Cayo no te creería capaz de semejante astucia. Siempre te ha considerado intelectualmente ordinaria. No te aprecia como lo hago yo. Fue su lujuria lo que lo puso a tus pies. No tienes que preocuparte de que sospeche algo. Jamás se le ocurriría que serías capaz de salvarte de él. —Calabá le apretó suavemente la mano—. Pero debes actuar con sensatez.

—¿Qué quieres decir? —tartamudeó Julia.

—Atiéndelo con esmero. Llora por él. Ofrece sacrificios a los dioses en su nombre. Consulta varios médicos. Te daré una lista de aquellos en los que puedes confiar. Sobre todo, Julia, no importa lo que diga, qué acusaciones te haga, *no* respondas de la misma manera. Jamás pierdas el control con él o todo estará perdido. ¿Comprendes? Permite que los que te rodean vean que te comportas como una esposa amorosa y dedicada. Y finalmente, Julia, *llora* su muerte cuando llegue el momento.

Julia asintió lentamente, con el rostro pálido. Levantó la cabeza, sus lágrimas le surcaban las mejillas.

—No te pongas tan mal, mi dulce amiguita. No hay cosa tal como el bien y el mal en este mundo, no existe blanco y negro. La vida está llena de grises, y el principal instinto de todos es la supervivencia. Los fuertes son los que sobreviven. No necesariamente los fuertes físicamente, sino los de mente fuerte. Sobrevivirás a esto.

La sirvienta llegó con la salvia.

—Yo me ocuparé de ella —dijo Calabá a la muchacha y cerró la puerta tras ella—. Quítate la palla, Julia, y recuéstate boca abajo en mi cama —ordenó Calabá—. Lo haré lo más suave posible.

Julia contuvo la respiración al primer contacto. Ardía como fuego. Pero luego la sensación mejoró, y se relajó y permitió que Calabá le atendiera las heridas.

—¿Qué haría sin ti, Calabá?

—¿Acaso no te lo dije desde el comienzo? Siempre estoy aquí. Nunca tendrás que arreglártelas sin mí. —Los ojos oscuros de Calabá resplandecían de fuego negro—. Cuando se termine todo este desagradable asunto, debes disponerte mentalmente a dejarlo atrás y olvidar que alguna vez sucedió. Recién entonces podrás tener verdadera felicidad. Te mostraré el camino. —Pasó suavemente la mano por la espalda de Julia—. Tienes tanto que aprender todavía. La vida es como una obra de teatro, Julia, y nosotros somos quienes la creamos. Piensa en esto simplemente como un primer acto... un acto breve al que le seguirán muchos más...

23

Hadasa despertó cuando alguien le tocó la frente.

—Está transpirando —dijo Julia.

—Tiene fiebre, mi señora. No es severa. La estamos vigilando de cerca —dijo tímidamente Eliseba.

Hadasa abrió los ojos y descubrió que yacía boca abajo sobre un camastro. El piso era de piedras oscuras como el de los pequeños cuartos que se abrían a los sinuosos corredores debajo de la villa, donde se almacenaban las provisiones. Alguien le había quitado las mantas y ahora se las estaba volviendo a poner suavemente para taparla hasta los hombros.

—Las heridas parecen estar en carne viva —dijo Julia.

—Las llenamos de sal para evitar que se infecten, mi señora —dijo Lavinia en un tono tan sumiso y temeroso que Hadasa comprendió que algo estaba mal. Se movió y aspiró jadeante cuando el dolor abrasador la hizo querer volver al estado inconsciente.

—Intenta no moverte, Hadasa —susurró Julia, poniendo una mano firme en el hombro tembloroso de la muchacha—. Aumentarás el dolor y te abrirás nuevamente las heridas. Solo he venido a asegurarme que te estén atendiendo bien —agregó.

Hadasa oyó el matiz en la voz de Julia y sintió que estaba hablando más para Lavinia, la sirvienta que había intentado evitar que entrara a la habitación de Julia para frenar a Urbano, más que para ella. Sería porque Lavinia la estaba cuidando ahora. Eliseba lloraba y Julia le dijo fríamente que se callara.

Hadasa oyó el leve ruido de movimiento cuando Julia se incorporó. Dio una orden seca a las sirvientas para que trajeran comida y vino y lo hicieran con rapidez. Luchando con el dolor, Hadasa se acomodó como para sentarse. Estaba muy débil, y la espalda tiesa y llena de costras le daba punzadas y le pulsaba en protesta por ese leve esfuerzo. El rostro de Julia tenía demasiada sombra para verlo con claridad. ¿Le habría dejado marcas Urbano? Cuando Julia se volvió, Hadasa vio que no era así y soltó un suspiro de alivio.

—Usted está bien —dijo aliviada.

El rostro de Julia se suavizó. Se inclinó y tomó la mano de Hadasa.

—Unos moretones, nada más. Cayo me habría matado si no fuera por ti. —Apoyó la mano de Hadasa contra su pálida mejilla, y tenía los ojos húmedos cuando se encontró con los de Hadasa—. ¿Qué haré sin ti?

—Entonces me van a echar —dijo Hadasa sombríamente. Urbano podía ordenar su muerte por desobedecer una orden, incluso si su orden podría haber significado la muerte de su ama.

Julia evitó mirarla a los ojos. No quería que Hadasa estuviera en la villa cuando ella regresara. Sería difícil cumplir las instrucciones de Calabá con la presencia de Hadasa.

—No estás a salvo aquí —dijo, lo cual era bastante cierto—. Cayo podría matarte si te encuentra. Así que te estoy enviando de regreso a mi madre. Cuando las circunstancias cambien, te mandaré a buscar.

¿Qué circunstancias podrían cambiar? se preguntó Hadasa. Urbano siempre la había despreciado. Era extraño, considerando el rechazo instintivo que ella también había sentido por él desde el comienzo. Tal vez la despreciaba justamente por eso. Le quedó la duda.

—¿Qué pasará con usted, mi señora? —preguntó Hadasa, temiendo por Julia. Urbano era un hombre violento, carente de principios, con pasiones oscuras—. Dijo que la mataría. —Y Hadasa no tenía ninguna duda que lo haría la próxima vez que su furia estallara en semejante locura.

Los ojos de Julia destellaron, pero se mantuvo firme en su convicción.

—Estoy fuera de su alcance. Me estoy quedando en casa de Calabá por ahora. Ella tiene influencia sobre Cayo, y lo hará arrepentirse de lo que me ha hecho. Para cuando termine de explicarle los riesgos que corre, me estará rogando que lo perdone y que regrese con él.

Hadasa estudió el rostro de su ama y no vio ninguna señal de compasión ni de esperanza. Pero había un cierto brillo en sus ojos cuya intensidad la asustaba. Quería venganza.

—Mi señora... —dijo Hadasa, tendiendo la mano para tocarle la mejilla.

Julia soltó la mano de Hadasa y se puso de pie abruptamente. En ocasiones Hadasa la ponía muy incómoda. Era como si la esclava pudiera escudriñar su corazón y leer sus pensamientos.

—Todo saldrá bien —dijo Julia forzando una sonrisa.

No quería que Hadasa sospechara lo que tenía pensado hacer, porque de ser así, intentaría disuadirla, y Julia no sabía si era lo suficientemente fuerte como para repeler sus razonamientos. Pensó en Calabá y se sintió más determinada aún. Cayo era una amenaza para su vida y debía morir. Ella no había hecho nada para merecer ese trato tan bajo y brutal a manos de su esposo.

Lavinia entró a la habitación con una bandeja cargada de pan, fruta, tajadas de carne y una jarra de vino. La esclava temblaba con violencia cuando depositó la bandeja frente a Hadasa. Dio a Hadasa una mirada suplicante.

—Vete —dijo Julia despectivamente, y Lavinia salió de prisa de la habitación.

El ánimo de Julia volvió a cambiar cuando estuvieron nuevamente a solas. Se acercó y se arrodilló frente a Hadasa con una expresión llena de incertidumbre.

—No le digas a padre, a madre o a Marcus nada de lo que ocurrió. Solo dificultaría las cosas con Cayo. Tengo que tratar de arreglar las cosas con él y volver a la villa. Temo lo que haría Marcus en respuesta, si se entera de lo que pasó.

Las posibilidades eran demasiado funestas para pensar en ellas.

—Comprendo, mi señora.

Julia se mordió el labio dando la impresión de querer decir algo más, pero cuando lo hizo, no reveló nada.

—Tengo suficientes problemas como para que Marcus los aumente —dijo, más afligida de lo que jamás la había visto Hadasa—. Tengo que irme. —Sus ojos se llenaron de lágrimas—. Te voy a extrañar —susurró con voz ronca y se inclinó para besar a Hadasa en la mejilla—. Te extrañaré más de lo que puedas imaginar.

Hadasa le tomó una mano entre las suyas, preocupada por ella y ansiando permanecer cerca.

—¡Por favor, no me envíe lejos de usted!

Por un breve momento, Julia pareció dispuesta a cumplir su pedido. Pero luego entrecerró los ojos con una determinación aún más férrea.

—Si quieres facilitarme las cosas, debes irte, y lo antes posible.

Hadasa se ruborizó, avergonzada. Urbano jamás había ocultado su desagrado por ella. Tal vez su presencia durante los últimos meses solo había servido para aumentar la tensión de una relación de por sí volátil.

—Entonces oraré por usted, mi señora. Oraré para que Dios la proteja.

—Puedo protegerme por mí misma —dijo Julia, poniéndose de pie y retirando con fuerza su mano de las de Hadasa. Se detuvo en la puerta—. He dado órdenes para que te sirvan lo que quieras.

Mientras Hadasa se reponía, se enteró por Eliseba y Lavinia lo que ocurría en la casa. Después de encontrarse con Calabá, el amo volvió a la casa y ordenó que le sirvieran vino. Bebió toda la jarra, mirando al vacío, con un semblante tan sombrío que las sirvientas estaban aterradas. Marcus vino a visitar a su hermana y se le dijo que estaba visitando a unas amigas.

—Pidió hablar contigo después. Pero le dijimos que habías salido de la casa por unos mandados de la señora.

La sola mención del nombre de Marcus le tensó el estómago de una manera extraña.

—¿Se veía bien? —preguntó Hadasa.

—En verdad sí —dijo Lavinia con una sonrisa soñadora—. Si yo tuviera la suerte de ser esclava de un hombre así, lo serviría en cualquier cosa que me pidiera.

Julia regresó con Calabá a la villa de Cayo al final de la semana, y los tres hablaron largo tiempo en la biblioteca. Eliseba les llevó vino y fue despedida. Las dos mujeres se fueron juntas una hora después. Eliseba relató la visita a Hadasa.

—La señora Calabá dijo 'Volveremos mañana por la tarde cuando hayas tenido tiempo de pensar cuidadosamente las cosas, Cayo. Esperemos que para entonces hayas entrado en razón'.

—Esta mañana se sentía enfermo —dijo Lavinia.

—No es de extrañar, estuvo ebrio toda la semana.

Eliseba trajo una nueva túnica para Hadasa, pero incluso la lana suave era una tortura para su espalda.

—Deberías quedarte unos días más —opinó Lavinia.

—La señora Julia quería que me fuera lo antes posible —dijo Hadasa. Si Julia volvía a la casa por la mañana, entonces su presencia bien podía poner en peligro a su señora si Urbano descubría que seguía allí. Lentamente se ciñó la faja hebrea en la cintura, asegurándola con el mayor cuidado posible.

Tuvo que detenerse varias veces en el camino a la casa de los Valeriano. La casa de Urbano estaba construida en el sector pudiente de la ciudad, mientras que la de los Valeriano estaba en el sector antiguo, al otro lado del Palatino. Se tomó su tiempo, deteniéndose para comprarse algo para comer en el camino. Débil y cansada, se sentó cerca de una fuente a descansar. El ruido del agua era tranquilizador y sintió ganas de dormirse en la luz del sol. Comió la fruta y el pan que había comprado y se sintió fortalecida.

Enoc se sorprendió al verla.

—El amo está en su oficina del Tíber. Pero la señora Febe está en los jardines. Te llevaré con ella.

No preguntó por qué Julia la había enviado a la villa. Solo parecía contento de que estuviera allí.

—Mi señora —dijo cuando llegaron junto a Febe, que estaba sentada en una banca bajo la pérgola—. Hadasa ha vuelto.

Febe levantó la vista y su rostro silencioso y calmo se iluminó con una sonrisa. Se incorporó y Hadasa vio que estaba por abrazarla. Antes de que hiciera algo tan inapropiado frente a Enoc, Hadasa se inclinó rápidamente hasta tocar los pies de Febe en un acto de humilde obediencia.

—Mi señora Julia me ha devuelto a su servicio.

—Levántate, niña. —Rodeó el mentón de Hadasa con las manos mientras la miraba con sincero afecto—. Benditos sean los dioses. Tu amo y yo hemos extrañado muchísimo tu música y tus historias estos últimos meses. —Tomó la mano de Hadasa y comenzó a caminar por el sendero—. ¡Pero cuéntame de mi hija! No hemos tenido noticias de ella últimamente.

Hadasa respondió sus preguntas con la mayor vaguedad posible, al mismo tiempo que trataba de tranquilizarla. Febe pareció quedar satisfecha y no insistió, dejando a Hadasa agradecida de que no la hubiera puesto en la posición de tener que mentir.

—Estarás libre de tareas esta noche, Hadasa —dijo—. El señor Décimo y yo cenaremos con sus socios.

Marcus entró a la villa al atardecer. Estaba cansado y deprimido. Enoc le informó que sus padres cenarían afuera, de modo que se le sumó la carga de la soledad. Cuando le preguntaron si quería algo para comer, lo rechazó. Tampoco aceptó vino. Le habían dado información preocupante hoy y no estaba seguro de cuál sería la mejor manera de lidiar con el asunto.

Salió a los jardines para tratar de despejarse y aclarar la mente, pero sus pensamientos preocupantes le quitaban la paz que esperaba encontrar entre los árboles y las flores de su madre. Su corazón latió fuertemente cuando vio que había alguien sentado en un banco al final del sendero.

—¿Hadasa?

Hadasa se levantó con lentitud, extrañamente tiesa, y lo enfrentó.

—Mi señor.

La oleada de emoción que sintió cuando la vio lo puso a la defensiva.

—¿Qué haces aquí?

—La señora Julia me envió de regreso.

—¿Por qué motivo?

Pareció dolida por la pregunta cortante.

—Su esposo prefiere que alguien más atienda las necesidades de su esposa, mi señor.

Marcus se apoyó contra la columna de mármol. Tratar de mostrarse calmado después de haber recibido la información esa tarde le había embotado la mente, y ahora la inesperada presencia de Hadasa hizo que se le agitara el pulso.

—¿Y cuáles son las necesidades de mi hermana estos días? —Se esforzó por ver la cara de Hadasa a la luz de las estrellas, pero ella mantuvo la cabeza gacha—. Corren muchos rumores —dijo luego de un largo momento—. Lo último que oí es que mi hermana pasó una hora con Aniceto en sus habitaciones privadas, y que volvió con papeles firmados que cancelaban las deudas de su esposo.

Hadasa no respondió.

—Conozco media docena de hombres que le deben dinero a Aniceto. Todos temen terminar cabeza abajo en el Tíber si no pueden pagarle en el tiempo acordado. Ahora, dime Hadasa, ¿cómo *persuadió* mi hermana a Aniceto para que *cancelara* las deudas de Cayo?

Hadasa seguía sin hablar, pero Marcus percibió su tensión.

Marcus se despegó de la columna y se acercó a Hadasa.

—¡Quiero saber la verdad y quiero saberla ahora!

—No sé de qué está hablando, mi señor.

—No sabes —dijo, y la agarró del brazo mientras ella intentaba retroceder—. O no quieres decir. —Marcus le dio un tirón para acercarla y Hadasa dio un grito ahogado de dolor, y luego se desvaneció. Sorprendido, Marcus la alzó en brazos antes de que se golpeara en el sendero de adoquines—. ¡Hadasa! —dijo estupefacto. Hadasa estaba sin fuerzas en sus brazos.

La llevó rápidamente a la casa, alarmado porque se había desmayado, enojado consigo mismo por haber descargado sus frustraciones con ella. Enoc lo observó con sorpresa.

—Tráeme algo de vino, Enoc. Se ha desmayado.

El sirviente se apresuró a cumplir el encargo mientras Marcus la recostaba sobre un sofá. Hadasa gimió cuando Marcus extrajo el brazo de debajo de ella. Eso lo hizo fruncir el ceño. Un hilo de sangre comenzó a teñir la tela de la túnica. Volviéndola de costado, corrió la túnica. Al ver una marca roja en su hombro, maldijo.

—No se veía bien cuando regresó esta tarde —dijo Enoc al entrar en la sala con una bandeja—. Me ocuparé de ella, mi señor.

—Deja el vino y vete —dijo Marcus secamente—. Y cierra la puerta cuando salgas.

—Sí, mi señor —dijo Enoc sorprendido.

Marcus rasgó la espalda de la túnica, desde el cuello hasta la cintura. Cuando vio la espalda de Hadasa, comenzó a temblar. ¿Cómo había podido soportar semejante golpiza una muchacha tan pequeña y aparentemente frágil? ¿Y qué podría haber hecho para merecerlo? Miró fijamente las marcas donde el látigo le había cortado y magullado la carne. Por lo menos una docena de latigazos, y con una mano fuerte. Incluso con el peor humor, Julia era incapaz de cometer tal violencia. Tenía que haber sido Urbano.

Hadasa se despertó. Desorientada, se incorporó y su túnica se deslizó de sus hombros. Abriendo ojos enormes, apretó la túnica contra su pecho y miró a Marcus. Sus pálidas mejillas cobraron color.

—¿Fue Cayo quien te hizo eso? —Marcus jamás había sentido tal oleada de odio hacia un hombre, nunca una sed tan ardiente de venganza.

Hadasa empalideció nuevamente y pareció a punto de desmayarse otra vez.

—Fue mi culpa.

—¿Tu culpa? —dijo Marcus, enojado porque lo defendía—. ¿Y qué cosa tan terrible hiciste para merecer tal golpiza?

Hadasa estrujó la lana de su túnica hecha harapos e inclinó la cabeza nuevamente.

—Lo desobedecí.

Marcus sabía de hombres que azotaban a sus esclavas por infracciones menores, como moverse con demasiada lentitud o ser torpes. La desobediencia era otra cosa. Si lo que Hadasa decía era cierto, Urbano tenía el derecho hasta de matarla. Pero Marcus sabía que Hadasa no haría nada sin un motivo.

—¿Qué parte tuvo Julia en esto?

Hadasa lo miró desolada.

—Habría detenido los golpes si hubiera podido, mi señor. Después se ocupó de que me atendieran y me envió aquí para mi seguridad.

No era propio de Julia mostrar esa amabilidad sin un motivo personal. Además, la respuesta de Hadasa había sido demasiado rápida, como si hubiera sabido que tendría que enfrentar la pregunta y hubiera preparado una respuesta de antemano. Había más en esto de lo que Hadasa admitía, y Julia estaba involucrada. Marcus no presionó a Hadasa, sabiendo que su lealtad la mantendría en silencio.

Cuando fue a la casa de Julia al día siguiente, casi esperaba que volvieran a decirle que estaba visitando amigas. Pero estaba allí, más bella de lo que nunca la había visto.

—El azul te favorece.

—Así me han dicho —dijo Julia, complacida por su cumplido—. Me encantan los colores, muchos colores. Yo misma diseñé esta palla —dijo, girando para que Marcus pudiera admirar la fina tela azul y los ribetes de brillantes rojos y amarillos. Una rosa entre flores silvestres. El amplio cinturón de cuero y bronce le recordó algo que usaba Arria. Ese pensamiento lo hizo sentirse inquieto.

—Cayo no está bien —dijo Julia—. Caminemos por el jardín

para no molestarlo. —Julia pasó el brazo por el de su hermano—. Te he extrañado mucho, Marcus. Cuéntame qué has estado haciendo últimamente. Cuéntame todo. Han pasado semanas desde la última vez que te vi.

—No es que no lo haya intentado, hermanita. Cada vez que paso, estás visitando amigas.

Julia rió en un tono exageradamente alegre, pero hubo poco cambio en su expresión. Ella le contó de las obras de teatro a las que había asistido con una amiga, y de las fiestas a las que había asistido. No mencionó a Aniceto y habló muy poco de Cayo. Marcus se cansó del juego.

—Hay un rumor por ahí sobre ti y Aniceto —dijo Marcus y vio que las mejillas de Julia enrojecieron.

—¿Qué tipo de rumor? —dijo con cautela, evitando sus ojos.

—Que permitiste que te usara para cancelar las deudas de Cayo —dijo sin rodeos.

Los ojos de Julia relampaguearon.

—Yo diría que fue a la inversa —dijo desafiante—. Él no me usó a *mí*. Yo lo usé a *él*.

—¿Por unos cuantos sestercios?

—Por cincuenta mil sestercios —dijo, levantando el mentón.

—El precio difícilmente importa, hermanita. Sea un áureo o un talento de oro sólido; el hecho es que te vendiste. ¿Permitirá Cayo que manejes sus otras deudas de la misma manera?

—¿Quién eres tú para cuestionar mi conducta? No sabes nada de mi vida. ¡No sabes nada de lo que ha ocurrido!

—¡Entonces dime qué te ha llevado hasta ese punto!

Julia le dio la espalda, tensa de furia.

—No es de tu incumbencia lo que haga con mi vida. Estoy harta de que la gente me imponga su voluntad.

Marcus le dio un tirón, volteándola para que lo mirara.

—Quiero saber qué ocurrió con Hadasa —exigió, incapaz de impedir el tono duro de su voz.

Julia entrecerró los ojos cautelosamente.

—De modo que tu preocupación no es por mí, sino por una esclava.

—Lo que le ocurrió a ella tiene que ver contigo —dijo Marcus con creciente ira.

—¿Qué te dijo ella?

—Nada.

—¿Cómo sabes entonces que la azotaron?

—Vi su espalda.

Julia esbozó una sonrisa, burlándose de él.

—¿La usas como a Bitia?

Marcus la soltó. La miró con furia, sintiendo un repentino e incómodo desagrado por aquello en lo que se había convertido su hermana. Ella captó su mirada por un momento, tensa y rebelde, pero luego su cara se disolvió en una trémula sonrisa, y Marcus volvió a ver a su querida hermanita.

—No quise decir eso. Lo siento. Hadasa no es como Bitia —dijo, poniéndose una mano en la sien. Alzó la vista hacia Marcus suplicante—. Tuve que mandarla de regreso, Marcus. Si permanecía aquí, Cayo iba a matarla. Y ella significa para mí más de lo que puedo explicar. No sé por qué...

Marcus creyó comprender. Tal vez Hadasa afectaba a todos de la misma manera que lo afectaba a él. Su serena presencia se convertía en esencial de alguna manera.

—¿Qué ocurrió? —preguntó de manera más amable.

Julia suspiró.

—Cayo no aprobó mi método para manejar su deuda con Aniceto más de lo que tú lo apruebas. Perdió el control. Hadasa intervino y recibió el castigo destinado a mí.

Marcus experimentó una explosión de calor tan intenso que sintió que ardía por dentro.

—¿Alguna vez ha usado el látigo contigo?

—¿Doy la impresión de que lo haya hecho? —Cuando Marcus se volvió hacia la casa, Julia puso una mano sobre su brazo—. No se te ocurra pensar en vengarte, Marcus. Júrame que no harás nada. No interfieras de ninguna manera. Créeme, harías las cosas cien veces más difíciles. —Julia dejó caer la mano al costado—. De todos modos ya pasó. Cayo ya no es una amenaza para mí estando enfermo.

—No esperes que sienta lástima de él.

Julia lo miró con una expresión que Marcus no pudo desentrañar: satisfacción, dolor, incertidumbre, resignación... todo parecía estar en la profundidad de esos ojos. Julia volvió a mirar hacia otra parte.

—Quisiera poder contarte todo —comenzó a caminar otra vez por el sendero. Se detuvo y cortó una flor.

—¿Todavía lo amas?

—No puedo evitarlo —dijo, y lo miró con una sonrisa triste—. Tal vez soy como Arria. Ella nunca ha dejado de amarte, ¿sabes?

Marcus sonrió irónicamente.

—¿Eso dice?

Julia arrancó un pétalo blanco de la flor y lo dejó caer lentamente al suelo.

—¿Nunca has pensado en su promiscuidad como una señal de desesperación? ¿O desesperanza?

¿Estaba hablando de Arria o de ella misma? La observó mientras arrancaba pétalo tras pétalo hasta destruir completamente la flor.

—Yo tenía tantas esperanzas, Marcus. La vida es muy injusta.

—La vida es lo que uno hace de ella.

Lo miró con una sonrisa triste.

—Supongo que tienes razón. Hasta ahora, he permitido que otros manejen mi vida. Padre, Claudio, Cayo. Ya basta. Haré lo necesario para ser feliz. —Se miró el polen en las manos y luego se lo sacudió ligeramente—. Debo ir a ver a Cayo. —Enlazó su brazo en el de Marcus mientras volvían a la casa—. Tal vez un poco de vino le caiga bien.

24

Las celebraciones de mayo trajeron alborozo en Roma. Los sacerdotes llamados *pontífices*, o constructores de puentes, arrojaban al río Tíber bultos de juncos que semejaban hombres atados de manos y pies. Abundaban los festivales de primavera, uno tras otro en una orgía de desenfreno. Durante las *Lupercalia*, jóvenes aristocráticos corrían desnudos a lo largo de la Vía Sacra, azotando a las transeúntes con tiras de piel de cabra en un rito a favor de la fertilidad. Las *Liberalia*, en honor a Liber, el dios de la vitivinicultura, se festejaban junto con las celebraciones a Dionisio, o Baco, como se conocía más comúnmente al dios en Roma, culminando en una celebración ebria. Baco, representado por un joven apuesto y afeminado, desfilaba junto con un Sileno libertino en una carreta tirada por leopardos, mientras los jóvenes de dieciséis años de toda Roma vestían la *toga virilis* y asumían la autoridad de hombres libres de la autoridad paternal.

Se realizaban juegos. Los Ludi Megalenses empezaban con trompetas en honor de Cibeles, la diosa frigia de la naturaleza y consorte de Atis, el dios de la fertilidad, seguidos rápidamente por los Ludi Cereales, que se abrían con una ceremonia en honor de Ceres, diosa de la agricultura. Atretes obtuvo su matanza número cien en los Ludi Florales, mientras cientos de entusiastas gritaban su nombre y le arrojaban guirnaldas de flores.

En el ludus, Bato sirvió vino en una copa de plata. Atretes siempre estaba fuertemente deprimido después de la intensa excitación de la arena. El fuego en su sangre se volvía frío como el hielo. En el silencio del ludus, con la mente liberada de la sed de sangre, se volvía taciturno y amargado. A diferencia de Celerus, que disfrutaba de su fama y su posición, Atretes se sentía asqueado. Algunos hombres nunca se adaptaban a la esclavitud, sin importar cuán dorada fuera su celda. Atretes era así.

—Sertes está en Roma para verte luchar —dijo Bato, y le tendió la copa a Atretes.

Atretes se recostó en el sofá, en una posición aparentemente relajada que no ocultaba su tensión. El cuarto prácticamente crujía por ella.

—¿Quién es ese tal Sertes, para que deba estar impresionado? —preguntó secamente, bebiéndose el vino, con sus ojos azules encendidos. Tenía los nudillos blancos.

—Un efesio extremadamente rico y poderoso que trafica gladiadores. Ha venido especialmente a verte, y en un momento en que la paciencia del emperador ha llegado a su límite. Si sobrevives a los juegos esta semana, puede ser que te venda a Sertes y te haga embarcar con él para entretener a los turcos.

—¿Acaso es mejor ser esclavo en Éfeso que serlo en Roma? —preguntó sarcásticamente Atretes.

Bato se sirvió una copa de vino. Admiraba a Atretes. Aunque era elegante y tenía el lustre de un gladiador romano profesional, todavía latía fuertemente en él el corazón de un bárbaro.

—Depende de lo que quieres —respondió Bato—. Fama o libertad. —Vio que tenía toda la atención de Atretes—. El año pasado, durante los *Ludi Plebeii*, Sertes organizó un torneo eliminatorio. Comenzó con doce pares y finalmente enfrentó a los tres últimos unos contra otros. —Bebió su vino, con los ojos de Atretes fijos en él—. El sobreviviente recibió la libertad.

Atretes se sentó lentamente.

—Todo dependerá de lo que hagas durante los próximos juegos. Vespasiano se los ha pasado a Domiciano.

Atretes conocía la amenaza que implicaba esa información.

—¿Con cuántos tendré que luchar?

—Con uno. Un cautivo.

Sorprendido, Atretes frunció el ceño.

—¿Un cautivo? ¿Por qué una matanza tan fácil? ¿Para que no haga un papel suficientemente bueno para lograr el interés de Sertes?

Bato sacudió la cabeza.

—Subestimas a tu adversario —dijo tristemente, conociendo más detalles de los que podía revelarle a Atretes. Domiciano era astuto. Y también cruel.

—¿Por qué me enfrentaría Domiciano con un cautivo, sabiendo que yo tendría la ventaja?

A pesar de todo su tiempo en Roma, Atretes todavía no conocía la sutileza de una mente romana.

—No siempre es el entrenamiento o la fortaleza del cuerpo, ni siquiera el arma que tenga en la mano, lo que da a un hombre la ventaja. Es la forma en que piensa. Cada hombre tiene su talón de Aquiles, Atretes.

—¿Y cuál es el mío?

Bato lo miró sobre el borde de la copa, pero no respondió. No podía hacerlo sin arriesgar su vida. Domiciano sabría si había preparado a Atretes con antelación.

Atretes frunció fuertemente el ceño, pensando tácticamente, preguntándose dónde residía su debilidad.

—¿Recuerdas al joven aristócrata romano al que prácticamente destripaste en las primeras semanas que estuviste aquí? —dijo finalmente Bato, arriesgándose todo lo que podía—. No ha olvidado su humillación a manos tuyas, ni ha perdido la atención de Domiciano. Entre ambos creen que han encontrado una forma divertida de destruirte.

—¿Divertida?

Aunque la amistad no era posible entre ellos, habían desarrollado un respeto mutuo. Atretes sabía que Bato le había revelado todo lo que podía de los próximos juegos e intentó captar lo que no se había dicho.

—No olvides que el principal logro de Domiciano fue una campaña exitosa en la frontera germana —dijo Bato.

Atretes se rió con ironía.

—No importa lo que él elija pensar, no estamos derrotados. La rebelión vivirá mientras haya un solo germano que respire.

—Un solo germano no puede hacer nada, y la unificación que hubo entre tus tribus duró poco —dijo Bato enfáticamente.

—Somos hermanos contra un enemigo común, y volveremos a levantarnos pronto. Mi madre profetizó que un viento del norte traerá la destrucción de Roma.

—Un viento que tal vez no llegue a soplar en tu vida —dijo Bato. Dejó a un lado su copa y puso ambas manos sobre la mesa en el espacio entre ellos—. Dedica estos tres días a orar a cualquiera que sea el dios en el que crees. Pide que venza la sabiduría. Domiciano te tiene bien estudiado, Atretes. La libertad puede llegar a un precio más elevado del que estás dispuesto a pagar. —Lo despidió.

Décimo se relajó en el sofá y tomó la mano de Febe. Escuchaba a Hadasa tocar su pequeña arpa y cantar sobre ganado en mil montañas, sobre un pastor cuidando a sus ovejas, sobre el mar y el cielo y una voz en el viento. Toda la tensión que sentía se fue aliviando y se encontró a la deriva. Estaba cansado, cansado de las luchas de la vida, cansado del dolor, cansado de su enfermedad. En pocos meses, él y Febe volverían definitivamente a Éfeso, donde sus ahorros los mantendrían a ambos por el resto de sus vidas. Todos los activos que tenía en Roma se los pasaría a Marcus. Le preocupaba Julia, pero no había nada que pudiera hacer. Tenía un esposo para que la cuidara; tenía su propia vida por vivir. Ya estaba fuera de su alcance.

Febe percibió su ánimo y quería aliviarlo de su depresión. La dulce melodía solo parecía profundizar sus meditaciones esta noche.

—Cuéntanos alguna historia, Hadasa —dijo.

Hadasa puso el arpa sobre sus rodillas.

—¿Qué clase de historia querría escuchar, mi señora? —A Julia le gustaban las historias de batallas y de amor, como David y sus valientes, Sansón y Dalila, Ester y el rey Asuero.

—Cuéntanos una historia sobre tu dios —respondió Febe.

Hadasa inclinó la cabeza. Podía contarles sobre la Creación. Podía contarles sobre Moisés y cómo Dios lo había usado para darle la ley a su pueblo y sacarlos de Egipto hacia la Tierra Prometida.

Podía hablarles de Josué y Caleb, y la destrucción de Jericó. Levantó los ojos y miró a Décimo. La invadió una oleada de compasión al observar las profundas arrugas en su rostro, su ánimo afligido, y su espíritu desconsolado.

Las palabras le vinieron tan claras como si su padre mismo las hablara, como lo había hecho tantas veces en su pequeño taller en Galilea, con arcilla sobre su torno de alfarero, repitiendo una parábola que había dicho el Señor. *Señor, habla a través de mí para que puedan oír tu voz*, oró en silencio.

—Había un hombre que tenía dos hijos —comenzó—. El menor de ellos dijo a su padre: 'Padre, dame la parte de la herencia que me corresponde'. Y el padre dividió su riqueza entre ellos. No muchos días después, el hijo menor reunió todo y se fue de viaje a un país lejano. Allí malgastó su fortuna viviendo en forma desenfrenada.

Febe se movió incómoda, pensando en Marcus. Echó una mirada a Décimo, pero él estaba escuchando con mucha atención.

—Ahora bien, cuando había gastado todo, hubo una severa hambruna en ese país, y se vio en necesidad. De manera que se acercó a uno de los ciudadanos de ese país, quien lo mandó a su campo para alimentar a los cerdos. El joven ansiaba llenarse el estómago con las algarrobas que comían los cerdos, porque nadie le daba comida. Entonces entró en razón y se dijo: "Cuántos de los obreros de mi padre tienen sobrado pan, ¡en cambio yo estoy aquí muriéndome de hambre! Me levantaré e iré a mi padre y le diré: 'Padre, he pecado contra el cielo y contra ti, ya no soy digno de ser llamado tu hijo. ¡Hazme como uno de tus jornaleros!'". Y se levantó y fue a su padre.

Hadasa hizo una pausa y cruzó las manos, y siguió:

—Mientras el joven aún estaba lejos, su padre lo vio y sintió compasión de él. Corrió a recibirlo, y lo abrazó y lo besó. Y el hijo dijo: "Padre, he pecado contra el cielo y contra ti; ya no soy digno de ser llamado tu hijo".

Hadasa sabía que era contrario a toda ley tácita sobre la

esclavitud mirar a la cara de sus amos, pero no lo pudo evitar. Levantó los ojos y miró directamente a Décimo Vindacio Valeriano. Vio su dolor y lo sintió en carne propia.

—Pero el padre dijo a sus esclavos: "¡Rápido! Traigan la mejor capa y vístanlo, y pongan un anillo en su dedo y sandalias en sus pies, y traigan al becerro engordado, mátenlo, y comamos y festejemos, porque este hijo mío estaba muerto y ha vuelto a la vida, estaba perdido y ha sido encontrado...".

El silencio llenó la habitación. Hadasa volvió a agachar la cabeza.

Febe miró a Décimo y se sintió conmovida por la expresión de su rostro. Tenía los ojos húmedos con lágrimas. En todos los años de su matrimonio, jamás lo había visto llorar.

—Puedes irte, Hadasa —dijo, deseando no haberle pedido una historia. Esta le había atravesado el corazón y la había llenado de un enorme e inexplicable anhelo. La muchacha se puso de pie con gracia.

—No, espera —dijo Décimo lentamente, haciendo un gesto para que se sentara nuevamente—. Ese padre es tu dios —dijo.

—Sí, mi señor.

—Tu país está destruido, y tu pueblo esclavizado.

Hadasa sintió que su cariño por su amo aumentaba; era tan parecido a su hijo. Recordó a Marcus diciendo las mismas palabras en el jardín muchos meses atrás. Si solo fuera más sabia. Si solo conociera las Escrituras como su padre.

—Las calamidades son una bendición cuando nos llevan a Dios.

Enoc entró a la habitación con una bandeja de vino y frutas. La depositó frente a los Valeriano y comenzó a servir el vino.

—¿Qué pasó con el hijo mayor que permaneció con su padre? —preguntó Febe.

Hadasa miró tímidamente a Enoc.

—Estaba trabajando en el campo, y cuando regresó, oyó música y baile. Llamó a uno de los sirvientes y le preguntó qué había ocurrido. El sirviente dijo: "Su hermano ha regresado a casa, y su padre ha matado al becerro engordado, porque llegó sano y salvo". El hijo mayor se enojó mucho y no quiso entrar, de manera que su padre salió y comenzó a suplicarle que entrara. Pero el joven respondió a su padre: "¡Mira! Durante tantos años te he servido bien y jamás he descuidado una orden tuya, y sin embargo nunca me has dado un cabrito para divertirme con mis amigos, pero cuando este hijo tuyo regresó después de despilfarrar tu dinero con prostitutas, mataste al becerro engordado para él". Pero el padre le dijo, "Hijo mío, tú siempre has estado conmigo, y todo lo mío es tuyo. Pero debemos alegrarnos y regocijarnos, porque este hermano tuyo estaba muerto y ha vuelto a vivir, estaba perdido y ha sido encontrado".

Enoc le alcanzó una copa a Febe y sirvió otra. Décimo miró su rostro rígido cuando la tomó.

—¿Cuál de los hijos eres tú, Enoc? —preguntó.

—No estoy familiarizado con esa historia, mi señor —respondió Enoc algo tieso—. ¿Desea que le traiga alguna otra cosa, mi señor?

Décimo lo despidió y sonrió débilmente mientras lo observaba abandonar la habitación.

—Supongo que el hijo mayor es un judío religioso de los que obedecen la ley.

—Entonces el hermano menor es un judío que ha dejado su religión —dijo Febe. Miró a Hadasa esperando su confirmación.

—La *humanidad* fue creada a imagen de Dios, mi señora. No solamente los judíos. —Hadasa miró a Décimo—. Todos somos hijos de Dios. Nos ama por igual, seamos judíos o gentiles, esclavos o libres. No podemos ganar su amor, solamente podemos aceptarlo como un regalo, un regalo que quiere darnos a cada uno de nosotros.

Décimo estaba asombrado por sus palabras, más asombrado aún de que las hubiera dicho en voz alta. Se había caído el telón y frente a él estaba la verdadera faz de la religión de Hadasa. Se preguntó si Hadasa entendía siquiera las implicancias de lo que les había ofrecido, o la amenaza que era su ideología para la estructura misma del Imperio romano.

—Puedes retirarte —dijo, observándola ponerse de pie con gracia y abandonar la habitación.

A los judíos se les despreciaba por su moral, su separatismo, su rígido apego a sus leyes, su obstinada creencia en un único dios. Incluso como esclavo, Enoc tenía cierta arrogancia, creyéndose miembro de una raza elegida. Lo que Hadasa decía sobre su Dios iba aún más allá de eso. Sus palabras rompían las murallas del linaje y la tradición. *Todo* hombre un hijo de Dios, *todos* iguales ante sus ojos. Ningún judío religioso estaría de acuerdo con —ni ningún emperador romano toleraría— una afirmación así, porque rompía con el orgullo de uno y con el poder del otro.

Pero había otra cosa que inquietaba a Décimo. Había oído palabras como las de Hadasa antes, expresadas con una voz fuerte a una multitud que se había reunido cerca del obelisco egipcio. El hombre que las había dicho había sido crucificado cabeza abajo. Un hombre llamado Pedro.

—Parece que nuestra pequeña Hadasa no es una judía después de todo, Febe —dijo con aire solemne—, sino una cristiana.

La desesperación de Atretes creció junto con su odio cuando estuvo en la arena y vio la venganza que Domiciano había planeado. Frente a él había un joven de constitución fuerte con barba y largo cabello rubio suelto. Vestía una piel de oso y en la mano tenía una frámea. Un *cautivo* había dicho Bato, advirtiéndole lo mejor que podía. Un cautivo *germano*, y por sus características uno de su propia tribu, aunque Atretes no lo reconocía.

«¡Atretes! ¡Atretes!», gritaba el populacho, pero su estribillo fue bajando de tono gradualmente cuando Atretes no daba ninguna señal de ataque. Algunos del populacho comenzaron a gritar insultos burlones. Con qué facilidad cambiaba la marea en el estadio. Otra ola comenzó entre la multitud que momentos antes lo amaba. «¡Azótenlos! ¡Quémenlos!». Atretes vio que uno de los entrenadores salía con un hierro caliente y supo que iba a espolear al joven cautivo para que luchara. De su lado apareció Bato cerca de la pared, con gesto ceñudo. Miró enfáticamente al palco de Domiciano. Volteando la cabeza, Atretes levantó la vista. ¡Domiciano y su amigo se reían!

Cuando el guerrero germano soltó un gemido de dolor, Atretes descargó su furia sobre el entrenador romano. Se escuchó el grito ahogado de la multitud cuando cortó al hombre con un azote de su gladius. Estupefacto, el público quedó en silencio.

Atretes enfrentó al guerrero y adoptó una postura defensiva.

—Mátame si puedes —ordenó en lengua germana.

—¡Eres un cato! —dijo el hombre asombrado.

—¡*Lucha*!

El hombre bajó su frámea.

—No lucharé contra un hermano. ¡No para el placer de la turba romana! —Recorrió la masa de gente con la vista y escupió en la arena.

Atretes se vio a sí mismo cinco años atrás. Apretó la gladius hasta que los nudillos le quedaron blancos. Tenía que hacerlo luchar o ambos morirían de forma innoble. De manera que Atretes comenzó a burlarse del joven guerrero como se habían burlado de él: se mofó de su orgullo, le restregó en la cara la derrota que lo había llevado como cautivo a la arena romana. Sabía dónde estaba el fuego de un corazón germano y alimentó la llama hasta que la punta de la frámea se alzó nuevamente y los ojos del joven estuvieron encendidos de odio.

—Pareces romano, hiedes a romano... ¡eres un romano! —dijo el guerrero, produciendo en Atretes heridas más profundas de las que jamás podría imaginar.

El cautivo luchó bien, pero no lo suficiente. Atretes trató de prolongar la lucha, pero el populacho no se dejó engañar y comenzó a gritar airado. Atretes aprovechó la siguiente brecha y cuando liberó su espada, el guerrero cayó de rodillas, sujetándose el vientre. La sangre rezumaba entre sus dedos mientras se esforzaba por levantar la cabeza.

—Jamás pensé morir a manos de un hermano —dijo con voz espesa, con el desprecio dibujado claramente en el rostro.

—Mejor conmigo que ser arrojado a los animales salvajes o clavado en una cruz romana —respondió Atretes. Se inclinó y recogió la frámea, armándose de valor para lo que debía hacer. Se la entregó al guerrero—. Que vean cómo puede morir un germano. —Cuando el hombre solo lo miró, le gritó—: ¡Levántate!

El joven utilizó su arma para incorporarse. No bien estuvo de pie, Atretes atravesó el esternón del guerrero con su gladius, perforándole el corazón. Lo sostuvo de pie y le habló a la cara:

—Te envío de regreso a Tiwaz. —Soltó su espada y dejó caer al hombre de espaldas, con los brazos abiertos, mientras el populacho aullaba su aprobación.

Respirando pesadamente, Atretes no recuperó la gladius romana. En su lugar, se inclinó y recogió la frámea. Con los ojos nublados de lágrimas, se volvió y enfrentó a Domiciano. Incluso en la victoria, Atretes sabía que había sido derrotado. Levantando la frámea en alto, maldijo a todos en lengua germana.

Bato hizo que le llevaran a Atretes antes de que fuera devuelto a su cuarto para pasar la noche.

—Vespasiano te vendió a Sertes. Te embarcarás para Éfeso en dos días —le dijo.

Un músculo se tensó en la mejilla de Atretes, pero no dijo nada.

—Pagaste un precio alto por esta oportunidad. No la desperdicies —dijo Bato.

Atretes volteó la cabeza por un momento y lo miró. Bato jamás había visto unos ojos tan fríos en toda su vida.

—Que los dioses te sigan sonriendo y te den la libertad que mereces con toda justicia —dijo Bato, moviendo la cabeza en una orden muda a los guardias para que se lo llevaran.

En la oscuridad de su celda, Atretes hundió la cara entre las manos y lloró.

25

Hadasa se sentó en el suelo con los demás creyentes y escuchó a Asíncrito hablar de los problemas que todos enfrentaban.

«La nuestra es una lucha por vivir una vida santa en un mundo carnal. Debemos recordar que no somos llamados por Dios para hacer de la sociedad un mejor lugar para vivir. No somos llamados a obtener influencia política, ni a preservar la forma de vida romana. Dios nos ha llamado para una misión más elevada, la de llevar a toda la humanidad la Buena Noticia de que nuestro Redentor ha venido...».

Inclinando la cabeza, Hadasa cerró los ojos y oró pidiendo el perdón del Señor. Se sentía avergonzada. No había llevado la Buena Noticia a nadie. Cuando se le presentaban las oportunidades, las evitaba por miedo. Su amo y su señora le pedían que les hablara de Dios, y ella escondía la verdad en una parábola. Debería haberles hablado de Jesús, de su muerte en la cruz, de su resurrección, de sus promesas a todos los que creían en él.

Asíncrito continuó hablando, recordando lo que Pedro y Pablo le habían enseñado antes de ser martirizados. Volvió a leer de las memorias de los apóstoles, y Hadasa luchaba con sus lágrimas.

¿Cómo podía ocultar la verdad de aquellos que amaba tanto? Oraba incesantemente por ellos. Pero ¿era eso todo lo que se le pedía hacer? ¿Cómo podrían acercarse a Dios alguna vez si solamente los entretenía con historias y no con hechos? ¿Cómo podrían entender alguna vez el significado más profundo detrás de las historias si no conocían a Dios? Se apretó el puño contra el pecho una y otra vez, procurando aliviar el dolor que sentía. Dios la había puesto en ese hogar con un propósito, y ella no lo estaba cumpliendo.

¿Por qué estaban los Valeriano tan obsesionados con cosas sin importancia? No pasaba una semana sin que oyera a Marcus y a Décimo discutiendo asuntos de política y de negocios. «El presupuesto nacional debe ser equilibrado ¡y hay que reducir la deuda pública!», insistía Décimo; mientras Marcus sostenía que las autoridades ya tenían demasiado control y había que ponerles un límite. Décimo culpaba el desequilibrio del comercio exterior como la fuente de los problemas de Roma, diciendo que el pueblo romano había olvidado cómo trabajar y se había acostumbrado a vivir de la asistencia pública.

«Has estado importando bienes durante los últimos treinta años, enriqueciéndote con tal propuesta —señaló rápidamente Marcus—. Ahora que tienes la protección de la ciudadanía romana, quieres negar a otros la misma oportunidad. —Se rió—. No es que no esté de acuerdo en parte. Cuanto menos competencia, ¡más elevados los precios!».

Ambos estaban de acuerdo en un solo punto: la nación se encaminaba a la bancarrota.

Después de muchas de esas discusiones, Febe le pedía a Hadasa que tocara su arpa para calmar sus espíritus afligidos. El corazón de la misma Hadasa estaba lleno de tristeza. ¿Qué importancia tenía que Roma cayera? ¿Qué importaba cualquier nación cuando se medía con la eternidad de una sola alma humana? Pero, ¿cómo podía ella, una simple esclava, abrir los ojos de esos romanos a quienes había llegado a amar a lo que era realmente importante?

Buscaba las respuestas en las reuniones con otros cristianos. A veces las respuestas estaban allí. Otras veces no.

Oh, Dios, ayúdame, oraba Hadasa fervientemente, apretando los puños contra su dolorido corazón. *Dame valor. Dame Tu Palabra. Grábala con fuego en mi mente, imprímela en mi corazón, ¡muéstrame el camino para llegar a ellos!*

¿Cómo podía comenzar a explicarles a los Valeriano sobre un Salvador cuando ninguno de ellos sentía necesidad de uno? ¿Cómo podía explicarles que le pertenecían a Dios, quien los había creado, cuando creían en esos ridículos ídolos de piedra y no en el Creador todopoderoso? ¿Cómo podía comenzar a decirles quién era Dios o demostrarles que Dios existía, si no era por medio de su propia fe, la pobre fe de una esclava? Y ¿qué *era* la fe sino la seguridad de las cosas que se esperan, la convicción de las cosas que no se ven?

Oh, Yeshúa, Yeshúa, te amo. Por favor ayúdalos.

Ni siquiera conocía las palabras adecuadas para pedir lo que necesitaba. ¿Por qué otro motivo la había puesto Dios en la casa de los Valeriano si no era para llevarles la Buena Noticia de Cristo? Percibía el hambre en ellos, y sabía que tenía el Pan que los saciaría por toda la eternidad. Jamás tendrían que pasar hambre otra vez... pero ¿cómo podía conseguir que lo probaran?

La serenidad que encontraba reuniéndose con otros creyentes se mantenía durante todo el camino por las calles de Roma. Podía derramar su amor por Dios y ser comprendida por los otros. Podía regocijarse en los cantos y las oraciones comunitarias. Podía participar de la Comunión y sentirse cerca de Dios. Si solo pudiera aferrarse a esa sensación de renovación durante toda la noche y el día siguiente.

Se deslizó silenciosamente por la puerta lateral de los jardines de la casa y corrió nuevamente el cerrojo. Se apresuró por el sendero y entró por la parte trasera de la casa. Cerró silenciosamente la puerta, y después dio un grito ahogado cuando una mano fuerte la sujetó del brazo y la hizo girar.

—¿Dónde has estado? —dijo Marcus. Sus dedos apretaron el brazo de Hadasa, exigiendo una respuesta, pero Hadasa estaba demasiado asustada para hablar—. Tenemos que hablar —dijo, empujándola por el corredor hasta una habitación alumbrada por una lámpara. Liberándola, cerró la puerta y se volvió hacia ella.

—Los judíos no se reúnen de noche ni en secreto —dijo. Los ojos le brillaban de enojo.

Hadasa retrocedió por la intensidad de sus emociones.

—¡Te repetiré la pregunta! ¿Dónde has estado?

—Adorando a Dios con otros creyentes —respondió con voz temblorosa.

—Por *creyentes* te refieres a otros *cristianos*, ¿verdad? —El rostro de Hadasa se puso terriblemente pálido por su acusación—. ¿Es que no vas a negarlo? —exigió Marcus bruscamente.

Hadasa bajó la cabeza.

—No, mi señor —dijo con voz muy baja.

Marcus le levantó el mentón de un tirón.

—¿Sabes lo que podría hacerte por pertenecer a una religión que predica la anarquía? Podría hacerte matar. —Marcus vio el temor en sus ojos. *Debería* tener temor. Debería estar aterrorizada. Retiró su mano.

—No predicamos la anarquía, mi señor.

—¿No? ¿Cómo lo llamarías cuando tu religión les exige obedecer a su dios por encima del emperador? —Marcus estaba furioso—. Por los dioses, ¡una cristiana en la casa de mi padre! —Se preguntó por qué no lo había adivinado antes. Su padre no había hecho más que un comentario al pasar sugiriendo la posibilidad, y todas las piezas del rompecabezas habían caído en su lugar—. Me escucharás y me obedecerás. Esto se termina aquí, Hadasa. Mientras estés con nosotros, no saldrás de la casa salvo por *orden* nuestra. Bajo ninguna circunstancia te reunirás con esos cristianos, ni hablarás siquiera con alguno de ellos en la calle o en un encuentro casual. ¿Me entiendes? —Entrecerró los ojos mirando el rostro pálido y conmocionado de Hadasa. Ella bajó la cabeza—. ¡Mírame!

Hadasa levantó la cabeza y lo miró. Tenía los ojos repletos de lágrimas. Viendo cuánto la había herido, Marcus se sintió más enojado.

—¡Respóndeme!

—Comprendo —dijo con voz muy suave.

Marcus sintió una punzada de remordimiento por su dureza y se le tensaron los músculos de la mandíbula.

—No comprendes. No comprendes en absoluto. —Marcus veía que Hadasa no sabía el riesgo que corría—. Esa gente tiene que andar escondida en la oscuridad. Tienen que esconder sus ceremonias. Ni siquiera pueden poner una imagen de su dios en un templo para adorar como personas normales. No entiendo cómo te has enredado con esa gente, pero tu compromiso con ellos se termina, y se termina *ahora*.

—¿Es que Roma teme tanto a la verdad que prefiere destruirla?

Marcus le dio un golpe en la cara, un golpe que la sacudió y le arrancó un gemido de dolor de los labios. Hadasa levantó una mano temblorosa a su mejilla.

—¡Olvidas con quién estás hablando! —dijo Marcus con aspereza. Jamás había golpeado a una mujer bajo ninguna circunstancia, y el hecho de haberla golpeado justamente a ella hizo que el corazón se retorciera en su interior. Pero lo volvería a hacer si con eso lograra que lo escuchara y obedeciera su advertencia y sus órdenes.

Hadasa se recuperó rápidamente e inclinó la cabeza servilmente.

—Me disculpo, mi señor.

Le ardía la palma de la mano, pero no era nada en comparación con el ardor en su conciencia. Hadasa jamás había hecho otra cosa que servir a cada miembro de la familia con entusiasta devoción y amor. Pensó en las marcas de látigo en su espalda y sabía que las había recibido en lugar de Julia. Recordó la ocasión en que debatió con él en el jardín de la casa de Claudio, convenciéndolo de perdonar a los esclavos, porque temía que su dios lo castigara.

La creencia en ese dios era la causa de todo.

¡La creencia en ese dios le acarrearía la muerte!

Tenía que hacerla entender.

Marcus le levantó el mentón y vio las marcas rosadas de sus dedos en su pálida mejilla. Los ojos de Hadasa no se encontraron con los suyos, pero pudo ver que estaban cuidadosamente inexpresivos. Sintió como si alguien lo hubiera golpeado en el estómago.

—Hadasa —susurró—. No quiero lastimarte. Quiero protegerte. —Apoyó la mano sobre las marcas, queriendo taparlas y hacerlas desaparecer.

Los ojos de Hadasa parpadearon mirando los suyos y Marcus vio en ellos una infinita tristeza y compasión. Hadasa puso suavemente su mano sobre la de él como para consolarlo a *él*. Marcus le tomó la cara entre las manos y la acercó a él, llenándose los pulmones con su aroma.

—Hadasa... ay, Hadasa... —se inclinó y la besó. Al escuchar su suave jadeo, se le aceleró el corazón y hundió los dedos en su cabello, volviendo a besarla. Hadasa puso las palmas de sus manos contra el pecho de Marcus, pero él la envolvió totalmente entre sus brazos y sesgó su boca sobre la de ella. Hadasa se tensó, pero luego, por un breve y embriagador momento, se rindió a él; su boca se aflojó bajo la de Marcus y sus manos se aferraron en lugar de resistir. Pero luego, como si repentinamente hubiera comprendido lo que estaba ocurriendo, comenzó a luchar con pánico.

Marcus la liberó y Hadasa se soltó bruscamente de él con los ojos oscuros y muy abiertos. Respiraba con suaves jadeos que le hacían latir alocadamente el corazón. Ella se alejó.

—Te deseo —dijo Marcus suavemente—. Te he deseado durante mucho tiempo.

Ella sacudió la cabeza y se alejó aún más.

—No me mires así, Hadasa. No te estoy amenazando con una paliza. Quiero amarte.

—Soy una esclava.

—No necesito que me lo recuerdes. Sé quién y qué eres.

Hadasa cerró con fuerza los ojos. No, no lo sabía. En realidad no sabía nada de ella. Nada que fuera importante.

—Debo retirarme, mi señor. Por favor.

—¿Retirarte adónde?

—A mis cuarteles.

—Quiero ir contigo.

Ella volvió a mirarlo, apretando la lana de su túnica con la mano.

—¿Tengo elección?

Marcus sabía lo que Hadasa diría si le diera a elegir. Contra todos los instintos humanos naturales, su maldito dios exigía la pureza de sus seguidores.

—¿Qué pasaría si te dijera que no?

—Le suplicaría que no me violara.

Le ardió el rostro.

—¿*Violarte*? —La sola palabra lo hirió y alimentó su ira—. Le *perteneces* a mi familia. No es violación tomar lo que quiero de algo que me pertenece. Es una señal del respeto que te tengo que hasta ahora no...

Se detuvo, oyéndose a sí mismo. Por primera vez en su vida lo invadió una vergüenza indecible. Mientras la miraba, solo por un momento se vio a sí mismo como ella debía verlo, y se estremeció. *Algo*, la había llamado. ¡*Algo*! ¿Era eso lo que pensaba realmente de ella? ¿Una posesión para ser utilizada sin consideración por sus sentimientos?

Marcus la miró desolado y vio lo vulnerable que era. Estaba blanca y tensa, y el pulso le latía en la garganta. Ansió abrazarla, consolarla.

—No quise decir eso. —Marcus se le aproximó y vio que se ponía aún más rígida, pero por obligación tenía que permanecer allí. Pasando el reverso de sus nudillos por la suave mejilla de Hadasa, buscó alguna manera de reparar el daño—. No te violaré —dijo. Le levantó el mentón—. Quiero amarte. Tú también me deseas Hadasa. Tal vez eres demasiado inocente para comprenderlo, pero yo lo sé. —Corrió el dedo por su mejilla—. Pequeña y dulce Hadasa. Déjame mostrarte lo que es el amor. Di que sí.

Hadasa temblaba, a la vez que su cuerpo respondía al tacto de la mano de Marcus, el suave ronquido de su voz, la percepción de su creciente deseo, y del suyo también. Apenas podía respirar por lo cerca que estaba...

Pero lo que Marcus decía estaba mal. Lo que le estaba pidiendo no agradaría a Dios.

—Di que sí —repitió en un susurro—. Una sola palabra me haría tan feliz...

Hadasa sacudió la cabeza, incapaz de hablar.

—Di que sí —dijo Marcus con la voz pesada.

Hadasa cerró los ojos. *Dios ¡ayúdame!* suplicó en su corazón. Hacía mucho que amaba a Marcus. Los sentimientos que le despertaba la estaban derritiendo por dentro, arrasando su razón, haciéndola olvidar todo, salvo el tacto de sus manos. Marcus la besó nuevamente, abriendo sus labios. Hadasa volteó la cabeza hacia un lado. *Yeshúa ¡ayúdame a resistir estos sentimientos!* La mano de Marcus la acarició suavemente, y el impacto de la sensación la hizo retroceder.

Marcus cerró los ojos con una extraña sensación de pérdida frente a la retirada de ella.

—¿Por qué tú, de todas las mujeres que he deseado, tienes que adorar a un dios que exige pureza? —Se acercó nuevamente y le sostuvo la cara entre sus manos—. Renuncia a ese dios tuyo. Lo único que hace es negarte los pocos placeres que la vida puede ofrecerte.

—No —dijo Hadasa con una voz suave pero intensa.

—Me deseas, lo veo en tus ojos.

Hadasa los cerró, dejándolo afuera.

Marcus soltó una risa áspera de frustración.

—Veamos si puedes decir no una vez más. —La rodeó con sus brazos y capturó su boca nuevamente, liberando toda la pasión que había estado conteniendo dentro de sí por semanas. Hadasa sabía a ambrosía y Marcus bebió hasta que su deseo fue casi demasiado pesado para soportar. Finalmente la soltó.

Ambos temblaban. Hadasa tenía los ojos llenos de lágrimas y la cara blanca y tensa.

Marcus la miró y comprendió que había conseguido lo que ansiaba. Ella lo deseaba. Pero el fuerte impulso de su cuerpo no se comparaba con el agudo dolor de su corazón. Había conseguido que ella lo deseara para ganar su voluntad. Pero en lugar de eso había levantado una pared más alta entre ellos. ¿Volvería a confiar en él alguna vez?

—Muy bien —dijo Marcus con un gesto de burla en los labios—. Ve a dormir en tu frío camastro y que el dios invisible te dé calor. —Hizo un gesto despectivo con la mano y se volteó. Cerrando los ojos, se quedó escuchando los pasos suaves y apurados de ella mientras se alejaba.

Maldiciendo, dejó escapar un áspero suspiro, sintiendo las consecuencias físicas de su disparate. Cruzó la habitación y se sirvió vino. El cuerpo le temblaba violentamente. Sabía que era la reacción. No había estado con una mujer en semanas. Sin invitación, Arria se coló en sus pensamientos y Marcus hizo una mueca. Pensar en ella después de lo que sentía por Hadasa lo descomponía.

Hadasa.

¡Una *cristiana*!

Le volvió el recuerdo de una docena de hombres y mujeres atados a postes, con el cuerpo untado de alquitrán, gritando mientras se encendía el fuego, haciendo de antorchas para el circo de Nerón. Estremeciéndose, vació su copa.

Seis guardaespaldas escoltaron a Atretes hasta el barco donde lo esperaba Sertes. El traficante de gladiadores lo miró directamente a la cara.

—Las cadenas no serán necesarias —dijo, dirigiéndose a los guardias.

—Pero mi señor. Este hombre es...

—Quítenselas.

Atretes se quedó inmóvil mientras le quitaban los grilletes de las muñecas. Una multitud de amoratae lo había seguido desde el ludus a través de las calles de la ciudad y ahora estaban reunidos en el muelle. Algunos gritaban su nombre. Otros lloraban abiertamente, lamentando su partida.

Atretes observó que Sertes tenía sus propios guardias a bordo. El traficante de gladiadores sonrió con sagacidad.

—Para tu protección —dijo tranquilamente—. Por si se te ocurre tirarte por la borda y ahogarte.

—No tengo ninguna intención de suicidarme.

—Bien —dijo Sertes—. He invertido una fortuna en ti. No me gustaría verla malgastada. —Hizo un gesto con la mano—. Por aquí.

Entró a cabinas debajo de la cubierta que eran más pequeña que su cubículo en el ludus. Olía a madera y al aceite de la lámpara en lugar de a piedra y paja. Atretes entró y se quitó la capa.

—En unas horas estaremos navegando —dijo Sertes—. Descansa. Enviaré a uno de los guardias para que puedas echar un último vistazo a Roma y a los que te aman.

Atretes lo miró con frialdad.

—He visto de Roma más de lo que hubiera querido ver en toda mi vida.

Sertes sonrió.

—Verás que Éfeso es una ciudad de insuperable belleza.

Atretes se sentó en el estrecho catre cuando Sertes se fue. Echó la cabeza hacia atrás e intentó ver mentalmente su tierra natal.

No pudo.

Lo único que podía ver era el rostro de un joven guerrero germano.

Febe llamó a Hadasa al peristilo.

—Siéntate a mi lado —dijo y dio unas palmadas a un espacio al lado de ella en la banca de mármol. Arrugó un pequeño trozo de pergamino mientras Hadasa se sentaba—. Cayo ha muerto. Murió temprano esta mañana. Décimo ha ido para ayudar a Julia con los preparativos para el entierro. —La miró con tristeza—. Ella te necesitará pronto.

El primer pensamiento de Hadasa fue que estaría lejos de Marcus. El corazón le dio un vuelco. Debía ser la voluntad de Dios. No podía permanecer allí si quería salir indemne. Lo que Marcus quería, jamás debía dárselo a ningún hombre salvo a aquel con quien se casara algún día, si era la voluntad de Dios que ella se casara. Tal vez era la forma de Dios de protegerla de sí misma; no podía negar que desde el momento en que Marcus la había tocado, la había invadido la debilidad. Se había olvidado de Dios... había olvidado todo menos las sensaciones desenfrenadas que la llenaban.

—Iré con ella cuando usted diga, mi señora.

Febe asintió. Pero en lugar de sentirse complacida, se sintió afligida.

—La tragedia parece perseguir a Julia. Primero Claudio, luego perdió al bebé, y ahora a su joven esposo.

Hadasa bajó la cabeza, pensando en el bebé de Julia, desechado en el jardín.

—Tendría que sentir más pena por Julia de la que siento —dijo Febe y se puso de pie. Atravesó el corredor hasta el jardín. Hadasa la siguió. Febe se detuvo en un cantero de flores y pasó la mano por las floraciones. Levantó la mirada sonriendo—. He disfrutado tu compañía, Hadasa. Compartimos el amor por las flores, ¿verdad?

La sonrisa desapareció mientras se enderezaba y se sentaba en una banca cercana.

—La enfermedad de tu amo está empeorando. Se ha esforzado por ocultármelo, pero lo sé. En algunos momentos, el dolor que veo en sus ojos es muy grande... —Apartó la mirada, tratando de contener sus lágrimas—. Ha estado obsesionado con sus negocios durante tantos años. Yo solía estar celosa por la manera en que consumían su tiempo y sus pensamientos. Parecía que eso le importaba mucho más que yo o los niños.

Miró a Hadasa, indicándole con un gesto que se sentara a su lado.

—Pero su enfermedad lo ha cambiado. Se ha puesto tan intranquilo. El otro día me dijo que nada de lo que ha hecho en la vida tiene sentido ni permanecerá. Que todo ha sido en vano. El único momento en que parece sentir algo de paz es cuando le cantas.

—Tal vez no es tanto la música como el mensaje, mi señora.

Febe la miró.

—¿El mensaje?

—Que Dios lo ama y quiere que se vuelva a él para recibir consuelo.

—¿Por qué un dios judío tendría interés en un romano?

—Dios se preocupa por todos. Todos los hombres son su creación, pero los que eligen creer pasan a ser sus hijos y comparten la herencia con su Hijo.

Febe se inclinó pero luego se sobresaltó al escuchar el sonido de otra voz en el jardín. Marcus estaba en casa.

—¡Madre! —Entró al jardín dando zancadas—. Acabo de enterarme lo de Cayo —dijo, echando un breve vistazo a Hadasa.

Febe puso la mano sobre la de Hadasa.

—Puedes retirarte —dijo. Volvió a poner la atención en Marcus y lo vio observando a Hadasa mientras se retiraba de prisa por el sendero. Lo vio tensar la mandíbula. Febe frunció levemente el ceño—. Tu padre ha ido con Julia no bien lo supimos —dijo.

Marcus se sentó a su lado en la banca.

—No vuelvas a enviar a Hadasa adonde Julia.

Sorprendida, le estudió los ojos.

—No quiero mandarla otra vez, Marcus. Pero no tengo opción. —Observó detenidamente su expresión—. Hadasa le pertenece a tu hermana.

Marcus sintió el intenso escrutinio de su madre y miró a otro lado, dudando si decirle que Hadasa había recibido una golpiza en lugar de Julia y casi había muerto por ello. Si lo hacía, su madre seguramente cambiaría de idea, pero Julia jamás se lo perdonaría. No quería herir a su hermana, pero quería que Hadasa permaneciera allí, cerca de él. Conocía el círculo de amigos que Julia había formado desde su matrimonio con Cayo. También sabía lo que pensaban de los cristianos.

—Julia tiene más sirvientes personales de los que necesita, madre. Si pide a Hadasa, envíale a Bitia en su lugar.

—Algo que se me ocurrió a mí también —admitió Febe—. Pero no es mi decisión, Marcus. —Estiró la mano para tocarlo—. Habla con tu padre.

Décimo regresó a la casa al final de la tarde. Se habían hecho todos los arreglos para que Cayo fuera enterrado en las catacumbas afuera de las murallas de la ciudad. La ley romana prohibía los entierros al interior de las murallas, incluso si había suficiente tierra en una villa privada. Febe fue a pasar la noche con Julia; Marcus ya la había visitado temprano por la tarde. Décimo encontró a su hija sorprendentemente calmada bajo las trágicas circunstancias. Cayo había sido joven y enérgico. La fiebre había hecho estragos en él en las últimas semanas.

Ahora, mientras descansaba, Enoc le trajo vino. La habitación estaba fría y Décimo le pidió a Enoc que repusiera la leña en el brasero. Marcus se le unió.

—Julia está tomando bastante bien la muerte de Cayo, ¿verdad? —dijo Marcus recostándose en el sofá, observando sin mucho interés mientras los esclavos servían la cena.

—Creo que está en estado de choque —observó Décimo, probando la carne con poco apetito.

Marcus tensó la boca. Su hermana estaba en estado de choque o aliviada, pensó, pero guardó para sí sus pensamientos. Su padre y su madre no sabían nada de los ataques de celos de Cayo, ni de su brutalidad. Julia lo había mantenido en secreto, y él mismo jamás lo habría sabido a no ser porque vio marcas de látigo en la espalda de Hadasa e interrogó a su hermana por eso. No lamentaba la muerte de ese malvado; por una vez, los dioses habían mostrado bondad.

Marcus buscaba una oportunidad para discutir sobre Hadasa y su permanencia en la casa, pero su padre estaba tan preocupado que no la encontró. Décimo llamó a Hadasa y, mientras entraba silenciosamente en la habitación con su pequeña arpa bajo el brazo, los sentidos de Marcus se agitaron. Deseaba que ella lo mirara, pero no levantó los ojos ni una sola vez mientras se ubicaba en el taburete. Con desesperación quería hablar con ella a solas.

—Canta para nosotros, Hadasa —dijo su padre.

Marcus intentó no mirarla, pero cada fibra de su ser parecía enfocado en ella. Aparentando desinterés, observó la gracia de los movimientos de sus manos en las cuerdas y escuchó la dulzura de su voz. Luego recordó la suavidad de su boca y tuvo que mirar a otra parte. Al hacerlo, se encontró con la mirada de su padre.

—Es suficiente —dijo Décimo, levantando la mano levemente. Mientras Hadasa se ponía de pie, volvió a hablar—. Hadasa, ¿te has enterado de la pérdida de la señora Julia?

—Sí, mi señor.

—Cuando la vi hoy, me pidió que te enviara de vuelta. Empaca tus cosas y alístate para salir al amanecer. Enoc te llevará. —Décimo sintió la reacción de su hijo.

—Sí, mi señor —respondió Hadasa, sin ninguna inflexión en la voz que pudiera denotar su conmoción interior.

—Nos has servido bien estas últimas semanas —dijo Décimo—. Voy a extrañar tu música y tus historias. Puedes retirarte.

Agachando la cabeza, Hadasa susurró un trémulo gracias y se marchó.

Marcus miró a su padre consternado.

—¡Julia no tiene derecho sobre ella!

—¿Lo tienes tú?

Marcus se levantó de un salto de su sillón.

—¡No sabes todo lo que ha ocurrido en esa casa!

—¡Sé suficiente de lo que ocurre en esta! Si no hubiera ocurrido esta lamentable tragedia, habría enviado a Hadasa nuevamente con Julia mañana mismo. Tus sentimientos por ella son inapropiados.

—¿Por qué? ¿Porque es una esclava o porque es cristiana?

Décimo se sorprendió de que Marcus no negara su encaprichamiento.

—Ambos motivos son suficientes, pero ninguno me preocupa. Lo que sí importa es que Hadasa le pertenece a tu hermana. Dudo que Julia aprecie la ironía de que te hayas enamorado de su esclava. ¿Y qué ocurriría si tuvieras éxito en seducir a Hadasa y le dieras un niño?

Viendo la expresión de su hijo, Décimo frunció el ceño.

—Cuando compramos a Hadasa, tu madre se la regaló a tu hermana. Julia es mi hija, y la amo. No voy a poner en peligro la poca influencia que todavía tengo en ella por una esclava de la que Julia tiene una extraña dependencia. Fuera de ti, ¿en quién confía Julia? En Hadasa. Esta pequeña judía sirve a tu hermana con una atenta devoción que es muy escasa. Hadasa ama a tu hermana sin importar cuáles sean sus defectos. Una esclava como ella vale su peso en oro.

—Ese amor y esa devoción casi le quitan la vida hace unas semanas.

—Sé que Cayo la golpeó —dijo Décimo.

—¿Sabes que la golpiza estaba destinada a Julia?

—Sí. Tu hermana y tu madre estaban enceguecidas por el encanto de Cayo. Pero yo no.

—Entonces ¿por qué no evitaste el matrimonio?

—¡Porque no quería perder completamente a mi hija! La forcé a un matrimonio que ella no quería, y terminó en un desastre. No podía interferir con uno que ella misma eligió. —Hizo un gesto de dolor mientras se levantaba del sofá. Pasó un momento hasta que el dolor cedió y pudo volver a hablar.

—A veces, no importa cuánto quieras proteger a tus hijos, tienes que dejarlos cometer sus propios errores. Lo único que puedes hacer es aferrarte a la esperanza de que volverán a ti cuando te necesiten. —Pensó en la historia de Hadasa del hijo pródigo e hizo una mueca.

—Muchos de los problemas de Julia fueron el resultado de sus propias acciones.

—¡Lo sé! Siempre ha sido así, Marcus. Pero ¿te has detenido a pensar? Si no fuera por Hadasa, tu hermana podría estar muerta.

Marcus se heló. Desgarrado por su amor por Hadasa y su preocupación por su hermana, miró sombríamente a su padre.

Décimo se veía viejo y demacrado, pero miró fijamente a su hijo como pidiéndole silencio. Algunas cosas convenía no hablarlas. Aunque nunca hablaría de ello, sabía mucho de lo que había ocurrido en la villa de Urbano. Cerrando los ojos, volvió a ver a Julia de niña, hermosa, inocente, encantadora, corriendo por el jardín y riendo alegremente. Luego la recordó como la había visto este día, pálida e introvertida, sufriendo tanto que le era casi insoportable verla.

Julia había tomado la mano de su padre, mirándolo con ojos sombríos.

—Justo antes de morir, me miró y me pidió que lo perdonara... —dijo, aparentemente sufriendo un gran tormento—. Lo amaba, padre. Juro que realmente lo amaba.

Tenía los nervios tensos al máximo. Por momentos temblaba y lloraba, pero luego, repentinamente, se quedaba inmóvil, con las lágrimas rodando por sus pálidas mejillas y ensimismada en sus pensamientos. Calabá Shiva Fontaneus había pasado a visitarla al enterarse de la muerte de Cayo, pero Julia no había querido verla.

—¡Hagan que se vaya! Por favor. ¡No quiero verla! ¡No quiero ver a nadie! —Fue lo más cerca que estuvo de perder el control completamente.

Décimo esperaba que Febe pudiera darle a su hija el consuelo que necesitaba, pero por alguna razón ahora lo dudaba. Algo oculto y profundo roía a Julia por dentro. No estaba seguro de querer saber qué era. Sabía demasiado de lo que Julia ya había hecho. El aborto de su nieto, el pago de las deudas de las apuestas de su esposo prostituyéndose. No quería saber qué otra cosa había hecho. Lo que ya sabía lo hería más que la enfermedad que lo estaba carcomiendo por dentro.

—No interfieras en esto Marcus. Te estoy pidiendo que lo dejes así. Hadasa tiene una bondad en su interior que la esclavitud no ha arruinado. Sirve de corazón. Julia la *necesita*, Marcus. Lo que tú quieres de Hadasa lo puedes encontrar en cualquier calle de Roma. Por favor, por una vez en tu vida, no tomes de otros para servirte a ti mismo.

El rostro de Marcus se encendió por un momento mientras miraba fijamente a su padre, y luego lo invadió una ola de frío. Bajando los ojos, asintió en silencio, sintiendo que al hacerlo estaba sentenciando a muerte a Hadasa.

Sin palabras, no queriendo que su padre fuera testigo del temblor que lo invadía, se volteó y abandonó la habitación.

26

Por cuarta vez esa semana, Julia le ordenó a Hadasa que hiciera los preparativos para ir a la tumba de Cayo afuera de las murallas de la ciudad. El viaje llevaba varias horas, y Hadasa se aseguró de que hubiera provisiones para una comida, mantas en caso de que el día se pusiera fresco, y vino para tranquilizar los nervios de su señora de regreso a la villa. Julia había tenido continuas pesadillas desde la muerte de Cayo. Hacía ofrendas a los dioses de la familia, lo mismo que a Hera, pero nada la ayudaba. No podía dejar de ver el rostro de su esposo con el aspecto que tenía minutos antes de su muerte. Había abierto los ojos, la había mirado, y Julia estaba segura que *sabía*.

Tenía miedo de ir a su tumba sola, por lo que esta vez había invitado a Octavia. Su madre pensaba que no era saludable que fuera tan seguido. Marcus había ido con ella una vez, pero estaba tan distraído que no la ayudaba en nada. Necesitaba a alguien que pudiera alejarla de sus pensamientos. Octavia siempre tenía habladurías para compartir.

Cuatro esclavos levantaron la litera con cortinas. Julia se asomó a mirar mientras las llevaban a ella y a Octavia hacia las puertas a través de las ajetreadas calles de la ciudad. Hadasa se había adelantado con algunos otros esclavos para que todo estuviera preparado para cuando llegaran. Julia percibía que Octavia la estudiaba, pero no dijo nada. Estaba nerviosa y le traspiraban las manos. Se sentía descompuesta y con frío.

Octavia echó un vistazo a Julia. Vestida con una estola blanca, el rostro ceniciento y los ojos sombríos y sin vida, con el cabello en un peinado simple, parecía trágica y vulnerable. Octavia ya no estaba celosa de ella. Había oído rumores sobre las apuestas y las aventuras amorosas de Cayo. Sonrió con aire de suficiencia. Julia merecía todo lo que le había hecho. Si Cayo se hubiera alejado de Julia y se hubiera casado con *ella*, las cosas habrían sido diferentes. Octavia echó otra mirada al rostro de Julia. Aparentemente, todavía lo amaba. Octavia disfrutó sus sentimientos de pena.

—Has perdido peso desde que te vi algunas semanas atrás —dijo—. Y te has alejado de la mayoría de tus amigas. Calabá está muy preocupada por ti.

Calabá. Los ojos de Julia parpadearon. Deseaba no haber conocido jamás a Calabá. Si no hubiera sido por ella, nunca habría asesinado a Cayo. Julia miró inquieta a Octavia. ¿Cuánto sabía sobre la enfermedad de Cayo? ¿Cuánto le había dicho Calabá?

—¿La ves con frecuencia? —preguntó.

—Todos los días. Asisto a sus reuniones como siempre. Te extraña.

—¿Qué dice de mí?

—¿De ti? ¿Qué tendría para decir? —Octavia frunció el ceño ante el tono de Julia—. Calabá no es de las que andan con habladurías, si eso es lo que quieres decir. Deberías saberlo, ya que has estado más cerca de ella de lo que yo jamás estuve.

Julia percibió la punzada de envidia en la voz de Octavia y volvió la cara a otro lado.

—Sencillamente no he sentido deseos de verla últimamente. En este momento no puedo pensar en otra cosa que en Cayo. —Corrió levemente la cortina para poder darle un vistazo al campo cubierto de hierba y tachonado de árboles a lo largo de la Vía Apia—. No sé lo que Calabá espera de mí. —Vio a un pájaro volar hacia el cielo azul despejado y deseó ser como él. Deseó poder volar lejos, muy lejos... tan lejos que jamás tuviera que volver a ver o saber de Calabá. El solo pensar en ella la atemorizaba. Calabá sabía *todo*—. Pensará que soy una tonta porque la muerte de Cayo me afecta tanto. Solo dile que estoy bien —dijo Julia sin ganas.

—Deberías decírselo tú misma. Le debes por lo menos eso.

Julia le lanzó una mirada algo atemorizada a Octavia.

—¿Qué quieres decir? ¿Por qué habría de deberle algo a Calabá?

—Bueno, ¿no deberías estarle agradecida? Ella te presentó a Cayo.

Ahí estaba otra vez, ese matiz de enojo detrás de la sonrisa de Octavia. ¿Todavía la odiaba por haberle robado el amor de Cayo, aunque Cayo jamás había estado interesado en lo más mínimo en Octavia? Seguramente lo sabía. Era obvio para todos. Pero Julia no soportaba resultarle desagradable a nadie en ese momento.

—Si nunca hubiera conocido a Cayo, no estaría pasando por todo este sufrimiento ahora, ¿verdad, Octavia? ¡Y me dio mucho sufrimiento antes de morir también!

—Lo sé. Oí rumores.

Julia le dirigió una frágil sonrisa y otra vez miró hacia afuera por la cortina. Deseaba no haber invitado a Octavia.

Cerrando los ojos, intentó pensar en otra cosa, pero seguía recordando a Cayo como había estado el día antes de su muerte, diciéndole cuánto la amaba, cómo la había deseado desde el momento en que la había visto, cuánto lamentaba su abuso, sus aventuras y su suerte infame. La había hecho sentir tan culpable que casi había dejado de darle el veneno, pero ya estaba tan enfermo que no habría hecho diferencia. Seguir dándoselo terminó su sufrimiento más pronto.

Cayo la había aterrado la noche que intentó matarla. Había pensado que su muerte sería el fin de su temor. Era más como el comienzo. Tenía más temor ahora que nunca antes. Era como si cargara una oscura presencia a todas partes, como si no pudiera alejarse de él.

Cayo había sido tan vital y saludable. La gente hacía preguntas sobre su enfermedad, y Julia se preguntaba si sospechaban algo. ¿Qué le pasaría si era así? Recordaba haber visto cómo una mujer, que había sido condenada por asesinar a su esposo, había sido despedazada por los perros salvajes en la arena. Comenzó a latirle aceleradamente el corazón. Nadie sabía salvo Calabá. *Calabá*. Ella le había dado el veneno y le había explicado cómo usarlo. Había admitido haber asesinado a su propio esposo cuando él amenazó con divorciarse de ella. Seguro que Calabá no diría nada. Julia apretó las manos sobre su regazo.

Pero Calabá no le había advertido lo horrible que sería ver a Cayo decaer semana tras semana, hora tras hora. No le había dicho que sería doloroso.

Julia cerró los ojos con fuerza, tratando de bloquear la figura de Cayo, pálido y consumido. Sus ojos una vez cautivadores estaban vidriosos, como mármol opaco. Hacia el final no se veía en ellos más que oscuridad y muerte. Tal vez, si hubiera sabido lo horrible que sería verlo morir poco a poco, no lo habría hecho. Lo habría abandonado y habría regresado a su casa con madre y padre y Marcus. Habría encontrado alguna otra forma.

Sin embargo, todas las razones de Calabá para matarlo seguían siendo válidas. Él la había traicionado con otras mujeres. La había atormentado emocionalmente y la había golpeado físicamente. Y habría terminado gastando todo su dinero. ¿Qué otra opción tenía que no fuera matarlo?

Las racionalizaciones y las autojustificaciones inquietaban su mente, y la culpa hacía trizas todas sus razones.

—¿Estás enojada con Calabá por algún motivo? —preguntó Octavia, analizándola.

¿Cómo podía explicarle que ver a Calabá solo le recordaba lo que había hecho? No quería que se lo recordaran.

—No —dijo con desolación—. Sencillamente no me siento como para ver a demasiadas personas por ahora.

—Me halaga que me pidieras que te acompañara hoy.

—Hemos sido amigas desde que éramos niñas. —Un repentino torrente de lágrimas llenó los ojos de Julia—. Lamento si te he herido en algunas ocasiones, Octavia. Sé que puedo ser espantosa. —Sabía que Octavia había estado enamorada de Cayo. Quitárselo le había dado a Julia gran placer, pero ahora deseaba no haberlo hecho. Por todos los dioses, deseaba que Octavia lo hubiera ganado.

Octavia se inclinó y le besó la mejilla.

—Olvidémonos del pasado —dijo y secó las lágrimas de la cara de Julia con el borde de su chal—. De todos modos, yo lo he olvidado.

Julia forzó una sonrisa. Octavia no había olvidado nada. Lo podía percibir en el frío tacto de su mano. Había venido hoy para ver su sufrimiento y disfrutarlo.

—¿Qué has estado haciendo estos días? ¿Sigues visitando el ludus?

—No tan seguido ahora que Atretes se ha ido —dijo, encogiéndose de hombros.

El corazón de Julia dio un vuelco de instantánea desilusión.

—¿Lo mataron?

—Oh no... Creo que es invencible. Pero también ha sido una espina en el costado del emperador, así es que lo vendieron a un efesio que promueve torneos de lucha en Jonia. Lo vi luchar durante los Ludi Florales. Lo pusieron contra otro germano. Lamentablemente, no fue una lucha muy emocionante. Terminó en pocos minutos y ni siquiera miró para ver si Domiciano levantaba o bajaba el pulgar. Puso de pie a su oponente y lo despachó así. —Chasqueó los dedos.

—Me habría gustado conocerlo —dijo Julia, recordando cómo se había ruborizado de emoción el día que la miró. Recordó su gesto y sintió la primera señal de calor en semanas.

—¿Has observado que algunas de las nuevas estatuas de Marte y de Apolo se le parecen? —dijo Octavia—. Era el gladiador más bello que jamás haya visto. El solo verlo salir a la arena me enardecía. Sabes, todavía venden estatuillas de él afuera del estadio, aunque ya no está en Roma. —Ella había comprado una, pero habría preferido morir antes que admitirlo a Julia.

Poco después bajaron la litera con cortinas de los hombros de los esclavos y las ayudaron a salir. Hadasa y otra criada ya habían preparado la comida, pero Julia no mostró interés en ella. Se quedó mirando la tumba de Cayo.

—No es muy grande, ¿verdad? —dijo.

Octavia estaba muerta de hambre, pero no quería apurarla. No quería parecer insensible ante el ánimo de Julia.

—Es lo suficientemente grande —dijo.

Julia se preguntaba si levantar un monumento más grande para Cayo la habría hecho sentir mejor. Padre había sugerido que pusiera las cenizas de Cayo en el panteón familiar, donde estaban enterrados sus dos hermanos, pero la idea la había horrorizado. Cuando le llegara la hora de morir, ella no quería que la pusieran junto a un esposo al que había asesinado. Se estremeció.

—¿Tiene frío, mi señora? —dijo Hadasa.

—No —dijo en forma monótona.

—Estoy muerta de hambre —dijo Octavia con impaciencia, caminando hacia las tajadas de carne, fruta, pan y vino. Julia se le unió, pero apenas probó la comida. Octavia comió vorazmente—. Los viajes me abren el apetito —dijo, sirviéndose más pan—. Y todo sabe muy bien. —Echó una mirada a Hadasa—. ¿Por qué no haces que tu pequeña judía te cante?

—Cayo la odiaba —dijo Julia, poniéndose de pie. Volvió a pararse junto a la tumba, rodeándose con los brazos como para quitarse el frío a pesar del calor del día de verano.

Hadasa se le acercó.

—Intente comer algo, mi señora.

—Me gustaría saber si está en paz o no —susurró Julia.

Hadasa inclinó la cabeza. Urbano había sido un hombre malo con apetitos oscuros y crueles. Quienes rechazaban la gracia de Dios y eran crueles con su prójimo estaban destinados a pasar la eternidad en un lugar de sufrimiento donde había mucho llanto y crujir de dientes. No podía decirle eso a su ama. ¿Qué podía decir que la consolara cuando parecía haberlo amado tanto?

—Déjame sola con él unos momentos —dijo Julia, y Hadasa obedeció.

El corazón de Julia latía sin ganas mientras miraba la tumba de mármol. *Cayo Polonio Urbano* estaba grabado en la piedra blanca prístina, y abajo decía *amado esposo*. Alrededor había esculturas de viñas florecidas, y arriba dos querubines rollizos y alados. Se arrodilló lentamente y se inclinó hacia adelante para pasar los dedos sobre las letras, una por una. «Amado esposo», dijo, torciendo la boca en una sonrisa atormentada. «No lamento haberlo hecho. No lo lamento», pero los ojos se le llenaron de lágrimas que rodaron por sus pálidas mejillas.

—¿Te quedarás en la casa de Cayo? —preguntó Octavia cuando Julia regresó y se sentó nuevamente con ella.

Otros pensamientos funestos pasaron por la mente de Julia y la deprimieron aún más. Con la muerte de Cayo se encontró nuevamente bajo el control de su padre. Marcus fue reasignado como supervisor de sus propiedades. Eso no le molestaba, porque

Marcus le daría todo lo que quisiera, pero sí le molestaba que la volvieran a tratar como a una niña y tener que pedir permiso y dinero para hacer lo que quisiera. Por otra parte, ¿qué otra opción tenía que no fuera casarse otra vez? Después de dos experiencias matrimoniales, no estaba ansiosa por otra.

—No, no puedo quedarme allí —dijo—. Padre insiste en que debo volver a la casa.

—Ay, qué espantoso —dijo Octavia con su primer sentimiento real de compasión. Julia tendría poca libertad cuando estuviera nuevamente bajo el techo de Décimo Valeriano.

Julia le devolvió una sonrisa triste.

—A veces anhelo volver a los días cuando era niña y correteaba por el jardín de mi madre. Todo era maravilloso y puro entonces, y el mundo entero se abría frente a mí. Ahora todo parece tan... oscuro. —Sacudió la cabeza, luchando contra las lágrimas de desilusión.

—Debes darte tiempo, Julia —dijo Octavia—. En unas semanas te llevaré otra vez a los juegos. Te ayudarán a olvidar tus problemas. —Se inclinó más cerca—. ¿Es verdad que enviaste a la arena a dos de tus esclavas? —susurró Octavia, echando una mirada a Hadasa y las otras.

Julia le dio una mirada de advertencia a Octavia. Hadasa se había entristecido mucho cuando se enteró. Julia jamás imaginó que castigar a las dos muchachas esclavas heriría a su pequeña amiga, pero así fue. Por otra parte, Julia ni siquiera se había preocupado por tener en cuenta los sentimientos de Hadasa. Lo único que quería en ese momento era vengarse.

—La desobediencia no se puede tolerar —dijo en voz alta para que Hadasa oyera—. La lealtad de esas esclavas era toda para Cayo, y cuando murió, no se podía confiar en ellas.

—Bueno, supongo que tu decisión mantendrá a raya al resto de tus esclavos —dijo Octavia con una leve risa. Vio que el rostro de la pequeña judía estaba blanco.

—Apreciaría que no lo vuelvas a mencionar —dijo Julia. No le había producido el placer que esperaba. Se puso de pie—. Se está poniendo fresco. —Ordenó a Hadasa y los demás que prepararan el regreso. Octavia le había crispado los nervios con su conversación interminable y sus preguntas agudas y entrometidas. Julia miró una vez más hacia la tumba de Cayo y sintió una aguda punzada de arrepentimiento. Si las cosas hubieran sido diferentes, no habría tenido que hacerlo.

Durante el viaje de regreso a Roma, Julia decidió que no volvería jamás a la tumba de Cayo. No encontraba paz allí. De hecho, se sentía peor cada vez que se paraba frente a ella. Cayo estaba muerto, y eso significaba el fin de la infelicidad que él le había causado.

Solo ansiaba saber qué hacer con su vida ahora. Se sentía muy vacía y sola. Había esperado que las canciones y los relatos de Hadasa fueran tan placenteros como antes, pero ahora la perturbaban, dejándola con una inquietud que no podía disipar. Lo mismo le producía la esclava. Su pureza y sus prístinas creencias eran un permanente agravio para Julia. Más irritante todavía era la sensación de contentamiento que Hadasa parecía tener, algo que Julia jamás había experimentado en su vida. ¿Cómo podía una esclava, que no tenía nada, estar contenta cuando ella, que lo tenía todo, no lo estaba?

A veces estaba sentada escuchando la voz dulce de Hadasa, y la invadía una oleada de violento odio por la muchacha. Pero, casi inmediatamente después de eso venía una profunda sensación de vergüenza y anhelo que la dejaba confusa y ansiando algo que no podía definir.

Le palpitaban las sienes. Presionándolas con la punta de los dedos, cerró los ojos y se las frotó, pero el dolor persistía. También lo hacía la expresión de Cayo justo antes de morir, y las últimas palabras que había dicho jadeando.

—No creas que se ha acabado...

Cayo lo *sabía*.

—Todo está firmado y listo para ser entregado a mis representantes —dijo Décimo, señalando una pila de pergaminos enrollados sobre su escritorio en la biblioteca.

—No puedo creer que realmente lo hiciste —dijo Marcus.

—He estado pensando en trasladar mi oficina principal por un tiempo. Todos mis activos financieros serán transferidos oficialmente a banqueros en Éfeso —dijo Décimo dogmáticamente—. Éfeso es el puerto marítimo más poderoso de todo el imperio y está más cerca de las caravanas orientales donde he hecho buen dinero a través de los años. Con base en Éfeso, Importaciones Valeriano seguirá proveyendo a Roma los bienes extranjeros que exige.

—¿Cómo pudiste hacer esto, padre? ¿Acaso no sientes gratitud por la ciudad que te dio prosperidad en primer lugar?

Décimo no dijo nada por un largo momento. Roma le había quitado más de lo que le había dado. La grande y respetable república de Roma ya hacía tiempo que había muerto. Aun con toda la belleza y magnificencia que quedaba, sentía que vivía sobre un cadáver en descomposición. Ya no podía soportar el hedor ni quedarse ahí mirando cómo la corrupción y la caída del imperio afectaban a su propio hijo e hija. Tal vez partiendo él, podría atraerlos también.

—Me duele que nunca hemos visto las cosas de la misma

manera, Marcus. Tal vez es así como debe ser entre un padre y su hijo. Yo tampoco estaba de acuerdo con mi padre. Si lo hubiera hecho, hoy sería un tendero cerca de los muelles de Éfeso.

Marcus se levantó.

—¿Cómo puedo hacerte entrar en razón? Las emociones no son suficientes para reubicar un negocio floreciente o desarraigar a una familia nacida y criada en Roma. Todos los caminos llevan a Roma. ¡Somos el centro de la civilización!

—Si es así, que los dioses nos protejan —dijo Décimo con tono funesto.

Marcus vio que no lograba nada así. Su padre había hablado tanto de volver a Éfeso que Marcus prácticamente se había vuelto sordo al tema, descartándolo como el sueño de un hombre viejo y desilusionado. Cuando su madre planteó la pregunta sobre volver a Éfeso, Marcus le había dicho que abandonar Roma era impensable desde un punto de vista comercial y personal. Ella se había mostrado inexplicablemente consternada por su vehemencia, y ahora comprendía por qué. La decisión ya había sido tomada, y él no había tenido parte en ella. No lograría disuadir a su padre valiéndose de su madre. Ella querría cualquier cosa que hiciera feliz a su padre, y si su padre pensaba que volver a su tierra natal lo haría, su madre iría sin el mínimo desacuerdo.

—¿Y Julia? —dijo, sabiendo que tendría un aliado en ella—. ¿Qué opina ella de este plan tuyo? ¿Te has molestado en hablar con ella?

—Viene con nosotros.

Marcus soltó una risa sarcástica.

—¿Realmente crees eso? Tendrás que arrastrarla al barco. ¡Ya lucha lo suficiente con tener que estar otra vez bajo tu techo!

—Hablé con tu hermana esta mañana sobre mis planes. Se mostró prácticamente aliviada de abandonar Roma. Supongo que por el dolor de la pérdida de Cayo. Quiere alejarse de todo lo que le recuerde a él. —O tal vez fuera el resultado de la visita de la señora Fontaneus que había dejado a Julia pálida y esquiva, y ansiosa por abandonar Roma.

Marcus lo miró estupefacto.

—Habla con ella si no me crees —agregó Décimo.

Marcus frunció el ceño, preguntándose por la rendición de Julia. ¿Sentía tanto dolor, o era que había más de lo que se veía a simple vista en su consentimiento? Pero más que los problemas de Julia le preocupaban sus propios sentimientos respecto a la decisión de su padre.

—¿Y si *yo* te dijera que no tengo ningún deseo de abandonar Roma? ¿Pospondría eso la decisión que has tomado sin consultarme?

—¿Es que un padre tiene que consultar a su hijo por algo? —dijo Décimo, con una expresión rígida—. Haré lo que debo hacer sin esperar tu aprobación. Puedes tomar tus propias decisiones. Quédate en Roma si te place.

Marcus sintió el golpe del abandono. Miró a los ojos de su padre y vio la determinación y la férrea voluntad que habían construido su imperio comercial.

—Tal vez lo haga —dijo—. Soy un romano, padre. De nacimiento. Pertenezco a Roma.

—La mitad de la sangre que corre por tus venas es efesia, estés o no orgulloso de eso.

¿Era eso lo que pensaba que lo detenía?

—Estoy orgulloso de ser tu hijo, y nunca me he avergonzado de mi herencia.

Décimo sintió una profunda tristeza de que las relaciones entre él y su hijo se hubieran vuelto tan tirantes que no se había sentido capaz de confiarle su decisión de trasladarse.

—Tengo la esperanza de que decidas venir con nosotros, pero, repito, la decisión es tuya. —Tomó un rollo del montón—. Sabía que sería una decisión difícil para ti. —Se lo ofreció a su hijo.

Marcus lo tomó.

—¿Qué es esto? —dijo mientras rompía el sello y lo abría.

—Tu herencia —dijo sencillamente Décimo, y en su expresión había una tristeza insondable.

Marcus pasó la vista de su padre al documento que tenía enfrente. Leyó algunas líneas y palideció. A un hijo jamás se le entregaba un documento así en vida de su padre... no a menos que el hijo fuera expulsado de la familia. En la mente de Marcus solo podía haber dos motivos por los que su padre le había dado algo así: o bien Décimo había renunciado a su hijo, o había renunciado a sí mismo. Marcus no podía aceptar ninguna opción. Miró a su padre, dolido y molesto.

—*¿Por qué?*

—Porque no sé de qué otra forma decirte que no deseo forzarte a hacer nada en contra de tu voluntad. Hace mucho tiempo demostraste que eres un hombre —suspiró cansado—. Tal vez si vienes con nosotros extrañarás Roma como yo he extrañado Éfeso. No lo sé, Marcus. Debes decidir por ti mismo adónde perteneces en este mundo.

Lleno de fuertes emociones en conflicto, Marcus se quedó en silencio con el documento apretado en la mano.

Décimo miró a su hijo con tristeza.

—A pesar de mi ciudadanía romana, y de la prosperidad que me ha dado esta ciudad, soy un efesio. —Abrió su mano palma abajo sobre el escritorio—. Quiero ser enterrado en mi propia tierra.

Está muriendo. La repentina comprensión golpeó a Marcus, dejándolo sin aire. Anonadado, se sentó con el rollo abierto en la mano. Debería haberlo comprendido antes. Tal vez lo había hecho, pero se había negado a enfrentarlo hasta ahora, cuando ya no tenía elección. Después de todo, su padre era mortal. Lo miró y lo vio como realmente estaba: viejo, canoso y muy humano. Eso le dolió.

—Entonces esta enfermedad que te aqueja no pasará —dijo.

—No.

—¿Desde cuándo lo sabes?

—Hace un año, tal vez dos.

—¿Por qué no me lo dijiste antes?

—Siempre me has visto como una fuerza poderosa en tu vida, algo con qué competir. Tal vez fue el orgullo —dijo inexpresivamente—. A un hombre no le gusta ser menoscabado a los ojos de su único hijo. —Retiró la mano del escritorio—. Pero todos debemos morir, Marcus. Es nuestro destino. —Vio la expresión en los ojos de Marcus—. No te lo dije ahora para hacerte sentir culpable ni obligado de ninguna manera.

—¿No?

—No —dijo Décimo con firmeza—. Pero tienes que tomar una decisión. Es mejor que tengas todos los hechos enfrente al hacerlo.

Marcus comprendió que si no iba con su familia a Éfeso, no volvería a ver a su padre con vida. Se quedó de pie, enrolló el documento y se lo tendió. Su padre no lo recibió.

—Cualquiera que sea tu decisión, todo lo que está enumerado en ese documento es tuyo desde ahora. Toma el timón o divídelo y véndelo pieza por pieza. Haz con ello lo que te plazca. Con buen manejo, Julia tiene más que suficiente para tener una vida cómoda por el resto de su vida, y he arreglado las cosas para tu madre también.

Marcus lo miró con furia. ¿Es que su padre sencillamente se había dado por vencido? ¿Acaso ni siquiera lucharía? Que Décimo Vindacio Valeriano simplemente *cediera* ante la muerte era impensable. Y, sin embargo, ahí estaba, mirando a Marcus de frente, junto con el hecho de que incluso rindiéndose ante la muerte, su padre tenía un férreo control.

—Ah, sí, padre. Como siempre, has pensado en todos. Las propiedades de Julia en mis manos, la vida de madre organizada hasta su muerte, e incluso *mi vida* ¡todo prolijamente organizado! —Levantó el rollo en alto—. En una sola exhalación me dices que estás muriendo y luego me arrancas la libertad al entregarme todo lo que construiste y por lo que trabajaste; me entregas *tu vida*, en un documento. —Lo estrujó entre sus dedos—. ¡Y luego tienes el absoluto descaro de decirme que puedo elegir lo que quiero hacer! —arrojó el arrugado rollo sobre los demás en el escritorio.

—¿Qué elección? —dijo y se fue.

Trófimo sonrió cuando Hadasa entró a su tienda con la canasta.

—Te hemos echado de menos, hermanita.

—Estoy nuevamente en la casa de los Valeriano —dijo en voz baja, con una sombra en los ojos. Cuando la enviaron con Julia, había vuelto a las reuniones de la noche. No bien Julia se mudó nuevamente con sus padres, obedeció la orden de Marcus de no salir de la casa a menos que se lo ordenaran.

Trófimo comprendió. Hadasa había presentado su dilema ante los otros, y habían tratado de ayudarla a decidir qué quería Dios que hiciera. Para adorar a Dios con los demás, tendría que desafiar las órdenes de sus amos. Como esclava, Hadasa debía servirlos y obedecerlos. Marcus no había dicho que no podía adorar a Dios, solo que no podía hacerlo con los otros. Había decidido que debía obedecerlo, y orar y adorar como lo hacía antes de conocer a Trófimo.

—¿Tienes algún importante mandado hoy? —dijo Trófimo, preguntándose si tal vez había cambiado de parecer y necesitaba estar con otros que compartían su fe.

—Mi señora tiene un repentino antojo de damascos.

El vendedor podía ver que estaba afligida, pero no la presionó.

—Un antojo que tendrá que aguantar, me temo. Ninguno de los proveedores de frutas ha traído damascos por semanas. Hay una plaga en la cosecha de Armenia.

—Ah... —dijo, demasiado afligida.

—¿Es que tu ama siempre tiene antojo de lo que no está disponible? —Hadasa lo miró y Trófimo frunció el ceño y le dio una palmadita en la mano—. Así es el espíritu inquieto, hermanita. En lugar de eso le mandaremos higos, deliciosos higos selectos africanos. —Eligió los mejores y se los puso en la canasta—. Y acabo de recibir cerezas del Craso póntico. Ten, prueba algunas. Te daré un buen precio.

—Siempre das un buen precio —dijo Hadasa, intentando ponerse a tono con su buen humor. Probó una de las cerezas—. Creo que le gustarán a la señora Julia. Están muy dulces.

Trófimo eligió solamente las mejores cerezas. Pero no pudo seguir conteniendo su curiosidad.

—¿Qué te aflige, hermanita?

—Mi amo se está muriendo —dijo suavemente—. Piensa que volver a su tierra natal le traerá paz. —Miró a Trófimo, con sus oscuros ojos muy abiertos de preocupación—. Nació en Éfeso.

Trófimo vaciló. A sus labios vinieron palabras de preocupación y advertencia. Pero Hadasa necesitaba consuelo, no historias oscuras de una ciudad aún más sombría.

—He oído que Éfeso es la ciudad portuaria más bella de todo el imperio. Las calles son de mármol blanco, flanqueadas por columnas y templos.

—Adoran a Artemisa —dijo Hadasa.

—No todos —dijo Trófimo—. Hay cristianos en Éfeso. Y está el apóstol Juan.

Los ojos de Hadasa se iluminaron. ¡El apóstol Juan! Desde que tenía memoria, Juan había sido parte de su vida. Para otros, era uno de los enaltecidos, uno de los bendecidos que había sido elegido por el Señor para seguirlo durante sus tres últimos años en la tierra, y por lo tanto, los creyentes lo trataban con respeto, incluso con asombro. Juan estaba entre los primeros elegidos por el Señor. Había estado presente en la boda en Caná donde Jesús transformó el agua en vino. Había visto a Jesús resucitar a la hija de Jairo. Había estado en la montaña cuando Jesús fue transfigurado y Elías y Moisés aparecieron para hablar con él. Juan había estado cerca de Jesús durante su agonía en el huerto. Fue él quien ocupó un lugar de intimidad con el Señor en la última cena. Juan oyó el juicio. Estuvo al pie de la cruz con María. Corrió a la tumba y vio las mortajas vacías, y fue uno de los primeros en *creer*.

Y Juan era su último enlace con su padre, porque había estado con Jesús el día que lo tocó y lo levantó de la muerte.

Amaba a Juan casi tanto como había amado a su padre. Recordaba estar sentada en el regazo de su padre en un aposento alto en Jerusalén durante la celebración de la Última Cena en la Pascua de la ciudad. Se había quedado dormida en brazos de su padre, escuchando a Juan y a su padre y a los demás hablar sobre el Señor, de lo que había hecho, de lo que había dicho. Juan había sido amigo de su padre. Si pudiera ponerse en contacto con él... pero Éfeso era una ciudad muy grande. Las probabilidades de encontrarlo eran casi insignificantes. La pequeña llama de esperanza que Hadasa había sentido chisporroteó y se apagó.

Trófimo continuó.

—Oí una vez que la madre de Jesús, María, fue con él a Éfeso. Qué bendición habrá sido conocer a la mujer que dio a luz a nuestro Señor. —Miró a Hadasa con una sonrisa, y luego observó que temblaba. Sus ojos se llenaron de preocupación, y le cubrió la mano con la suya, más grande. —¿A qué le temes realmente, hermanita?

Hadasa aspiró el aire con un estremecimiento.

—A todo. Le temo a lo que este mundo valora. Tengo miedo de sufrir. A veces le temo a Julia. Hace cosas terribles sin pensar en las consecuencias. Trófimo, pierdo el valor en cada oportunidad que Dios me da. A veces hasta me pregunto si soy una creyente verdadera. Si lo fuera, ¿no debería estar dispuesta a arriesgar mi vida por decir la verdad? ¿Sufrir una muerte dolorosa importaría? —Se le llenaron los ojos de lágrimas. Más que a nada, le temía a los sentimientos que Marcus despertaba en ella. Se hacían cada vez más poderosos.

—¿Fue valiente Elías frente a la amenaza de Jezabel? —dijo Trófimo—. No. Acababa de destruir a doscientos sacerdotes de Baal, pero huyó de una mujer y se ocultó en una cueva. ¿Fue valiente Pedro cuando los guardias se llevaron al Señor? El temor lo hizo negar tres veces que conocía al Señor. Hadasa, Jesús mismo sudó sangre en el huerto y oró para no tener que beber esa copa. —Trófimo le sonrió amablemente—. Dios te dará el valor cuando lo necesites.

Hadasa le tomó la mano y se la besó.

—¿Qué haré sin todos ustedes para alentarme?

—Tienes al Señor. Él sostiene el alma.

—Te extrañaré a ti y a los demás. Aun cuando no podía estar con ustedes, al menos podía pararme en el jardín y adorar con ustedes. Éfeso está tan lejos.

—Somos parte del mismo cuerpo, hermanita. Nada puede separarnos del Señor, y en Él todos somos uno.

Hadasa asintió, tomando fuerzas de lo que Trófimo decía, aunque no le quitó la tristeza.

—Por favor no dejen de orar por los Valeriano, especialmente por Julia.

Trófimo asintió con la cabeza.

—Y todos oraremos por ti. —Trófimo le puso las manos sobre los hombros y se los apretó suavemente—. Volveremos a vernos cuando estemos con el Señor.

Observó a Hadasa mientras desaparecía entre la multitud. La extrañaría. Extrañaría su voz dulce y la expresión de sus ojos cuando cantaba salmos. Su espíritu humilde los había conmovido profundamente a su esposa, a él y a los otros, más de lo que ella misma jamás podría imaginar.

Dios, protégela. Pon ángeles a su alrededor. Tendrá que luchar contra todos los poderes del mal en esa ciudad. Protégela del maligno. Cúbrela y empodérala con Tu Espíritu. Haz que sea una luz sobre la cima de una colina.

El resto del día, Trófimo estuvo orando por ella mientras trabajaba. También les pediría a los otros que oraran por ella.

Si Roma era corrupta y peligrosa, Éfeso era el mismo trono de Satanás.

Éfeso

27

Hadasa se quedó en la cubierta del *corbita* romano, llenándose los pulmones con el aire salado del mar. El alto arco de la proa se hundía y resurgía, salpicando el aire con un fresco rocío. Corría un viento fuerte que hinchaba las velas cuadradas. Los marineros manipulaban las sogas. Todo le recordaba el mar de Galilea y los sonidos de los pescadores cuando regresaban con sus redes llenas al final del día. Ella y su padre habían caminado muchas veces por la costa cerca de los muelles y habían oído cómo los hombres se gritaban unos a otros.

Hadasa echó una mirada a los marineros que trabajaban a su alrededor y recordó las palabras de su padre: «Pedro era igual que ellos. Y Santiago y Juan, a quienes el Señor llamó "hijos del trueno". A veces eran groseros y a menudo eran muy orgullosos».

Dios elige hombres así; eso le dio esperanzas a Hadasa. Jesús no había elegido los hombres que el mundo hubiera elegido. Había llamado a hombres comunes, con fallas evidentes, y los había convertido en algo extraordinario por medio del Espíritu Santo que moraba en ellos.

Señor, soy muy débil. A veces te siento tan cerca que quiero llorar, y otras veces no puedo sentir Tu presencia en absoluto. Y Marcus, Señor... ¿por qué me atrae tanto Marcus?

El viento le acarició la cara cuando se volvió para observar los reflejos de luz en el azul profundo del agua. Todo era tan hermoso: los paisajes, el aroma, la sensación de libertad mientras el barco se movía por la amplia extensión de agua. Alejando de su mente los pensamientos y anhelos perturbadores, cerró los ojos y dio gracias por su vida, por la belleza que Dios había creado y por Dios mismo.

Estás aquí, Señor. Estás aquí y en todo a mi alrededor. Quisiera poder sentir siempre tan profundamente Tu presencia. Oh Señor, que un día pueda arrodillarme y adorarte para siempre.

Marcus subió a la cubierta y la vio en la proa. No la había visto por cuatro días, y sus sentidos se despertaron. Al acercarse a Hadasa, contempló las delgadas curvas de su cuerpo y la forma en que mechones de su cabello oscuro revoloteaban en el aire alrededor de su cabeza. Se paró justo a su lado, absorbiendo la dulzura de su perfil sereno. Hadasa no lo notó, porque tenía los ojos cerrados y sus labios se movían. Marcus la observaba embelesado. Parecía llena del placer más puro, como si lo estuviera respirando profundamente.

—¿Otra vez orando? —dijo, y la vio sobresaltarse. Hadasa no lo miró, pero Marcus se arrepintió de haber sacudido su serenidad—. Me parece que oras sin parar.

Hadasa se ruborizó y bajó la cabeza, todavía sin decir nada. ¿Qué podía decir si Marcus la había descubierto en el acto mismo de adorar a Dios cuando le había ordenado no hacerlo?

Marcus deseó no haber hablado y en lugar de eso haberse quedado de pie a su lado, bebiendo la paz de su contentamiento, especialmente porque parecía que él no podía tener ninguno propio. Marcus suspiró.

—No estoy enojado contigo —dijo—. Ora todo lo que quieras.

Recién entonces Hadasa lo miró, inundándolo con la tierna dulzura de su expresión. Marcus recordó lo que había sentido al besarla. Levantó la mano y le acomodó detrás de la oreja un caprichoso mechón de cabello. La expresión de Hadasa se alteró ligeramente y Marcus bajó la mano.

—Madre dijo que Julia se había puesto muy difícil —dijo con la mayor indiferencia posible, con la esperanza de que se relajara con él—. ¿Supongo que ha mejorado?

—Sí, mi señor.

Su respuesta tranquila y sometida hizo que Marcus apretara los dientes irritado. Dejó de mirarla y puso los ojos en el mar, como ella.

—Nunca me había fijado cómo una actitud propiamente respetuosa de parte de una esclava podía poner tanta distancia entre dos seres humanos. —La miró nuevamente, en forma directa e imperativa—. ¿Por qué levantas paredes entre nosotros? —Marcus quería romper sus defensas y tomarla en sus brazos. Hadasa no respondió, pero Marcus vio su lucha interior—. ¿Siempre me dirás *mi señor*, Hadasa?

—Como debe ser.

—¿Y si yo quisiera que fuera diferente?

Sintiéndose desconcertada por sus palabras, Hadasa se sujetó de la baranda. Marcus puso su mano sobre la de ella y el calor de su tacto la conmocionó. Intentó retirar la mano, pero Marcus la sujetó y la retuvo así, cautiva.

—Mi señor —dijo Hadasa suplicante.

—¿Has permanecido bajo cubierta porque Julia te necesitaba o por huir de mí? —preguntó bruscamente.

—Por favor —dijo Hadasa, queriendo que le soltara la mano, asustada por la marea de sensaciones que su tacto le provocaba.

—Un favor para *mí*. Llámame "Marcus" como lo hiciste en el jardín de Claudio hace mucho tiempo. ¿Recuerdas? *Marcus* dijiste, como si yo significara algo para ti. —No había tenido la intención de hablar con tanto atrevimiento ni revelar tanto sus sentimientos por ella. Pero era como si ya no pudiera mantener las palabras enterradas en su interior. Hadasa se quedó muy quieta, mirándolo con esos hermosos ojos marrones. Y Marcus la deseó—. Una vez me dijiste que orabas por mí.

—Siempre oro por usted. —Se ruborizó vívidamente al admitirlo y volvió a bajar la cabeza—. También oro por Julia, y su madre y su padre.

Con la esperanza recuperada, Marcus deslizó el pulgar por la suave piel de la muñeca de Hadasa, sintiendo su pulso desbocado.

—Lo que sientes por mí es diferente de lo que sientes por ellos. —Le levantó la muñeca y apretó sus labios contra el lugar donde latía el pulso. Cuando sintió que Hadasa tensaba los músculos, la liberó. Hadasa dio un paso atrás, alejándose de él.

—¿Por qué hace esto, mi señor? —dijo ella, recuperando el aire suavemente.

—Porque te deseo —dijo Marcus y ella miró hacia otro lado, incómoda—. No tengo ninguna intención de herirte.

—Podría herirme sin siquiera saber que lo hace.

Sus palabras lo desconcertaron.

—Te trataría bien. —Le volvió la cara para que lo mirara—. ¿A qué le temes más, Hadasa? ¿A mí o a ese dios tuyo inexistente?

—Le temo a mi propia debilidad.

Su respuesta lo desconcertó y le provocó una oleada de calor por el cuerpo.

—Hadasa —dijo en un susurro ronco, apoyando la mano en la sedosa suavidad de la piel de su mejilla. Ella cerró los ojos y sintió su anhelo tan intensamente como el suyo propio. Pero levantó su mano y apartó la de él, abriendo los ojos para mirarlo en una súplica muda.

—Cuando un hombre y una mujer se juntan con la bendición de Dios, es un pacto sagrado —dijo Hadasa, mirando al mar que los rodeaba—. Ese no sería nuestro caso, mi señor.

La boca de Marcus tensó.

—¿Por qué no?

—Dios no bendice la fornicación.

Asombrado, sintió que el calor le inundaba la cara. No recordaba la última vez que se había ruborizado, y le molestó que una expresión tan ridícula de parte de una ingenua esclava le produjera tanta incomodidad. No se había avergonzado por nada en años.

—¿Es que tu dios desaprueba el amor?

—Dios *es* amor —dijo suavemente Hadasa.

Marcus se rió ligeramente.

—Palabras de una virgen que no sabe de lo que habla. El amor es placer, Hadasa, el mayor placer. ¿Cómo puede ser amor ese dios tuyo cuando pone leyes contra el instinto y el acto más puro y natural entre un hombre y una mujer? ¿Qué es el amor si no es eso?

El viento cambió de dirección y los marineros se gritaron el uno al otro. Marcus soltó una suave risa sarcástica y miró hacia el agua donde se formaban pequeñas ondas, reflejando tenues destellos de luz y color, sin esperar jamás que ella respondiera.

Pero a Hadasa le vinieron las palabras, palabras que Asíncrito había leído muchas veces en las reuniones de los creyentes, palabras escritas por el apóstol Pablo, inspiradas por Dios y enviadas a los corintios. Una copia de esa preciosa carta había llegado a Roma. Hadasa podía oír las palabras ahora tan claramente como si Dios mismo las hubiera grabado en su mente, y eran palabras que se aplicaban a este hombre, en este momento.

—El amor es paciente, Marcus —dijo suavemente—. El amor es bondadoso. El amor no actúa de manera ofensiva ni exige que las cosas se hagan a su manera. El amor no se irrita ni lleva un registro de las ofensas recibidas. No se alegra de la injusticia sino que se alegra cuando la verdad triunfa. El amor nunca se da por vencido, jamás pierde la fe, siempre tiene esperanzas y se mantiene firme en toda circunstancia. El amor durará para siempre...

Marcus le mostró una sonrisa burlona.

—Tal amor es imposible.

—Para Dios nada es imposible —dijo ella con tanta seguridad y dulce convicción que frunció el ceño.

—Marcus —la voz templada de Décimo surgió detrás de ellos, y Marcus se tensó. Se volteó y encontró a su padre de pie a pocos metros, mirándolos a los dos. Marcus se enderezó y sonrió ligeramente. Era evidente que su padre se preguntaba qué habían estado discutiendo él y Hadasa con tanta intensidad.

—¿Está mejor Julia hoy? —dijo Décimo, dirigiéndose a Hadasa.

—Está durmiendo bien, mi señor.

—¿Ha comido algo?

—Esta mañana un cuenco de sopa y algo de pan sin levadura. Ha mejorado mucho.

—¿Te dejó salir?

Hadasa parpadeó.

—Ella...

—Es la primera vez en tres días que Hadasa sale de esas fétidas cabinas —interrumpió Marcus—. ¿Es que una esclava ni siquiera puede tomar algo de aire fresco y tener un momento de descanso?

—Como tu hermana está todavía en esas cabinas, corresponde que Hadasa esté allí con ella, ocupándose de lo que ella necesite.

Los ojos de Hadasa se llenaron de lágrimas de vergüenza.

—Le suplico que me perdone, mi señor —dijo, dando un paso. Julia la había enviado desde su camarote con ropa y platos sucios y había pensado detenerse unos momentos en el aire fresco del mar. Debería haber regresado inmediatamente en lugar de pasarla bien egoístamente.

Marcus la sujetó de la muñeca.

—No has hecho nada malo —dijo. Observando su aflicción y sabiendo que tenía parte en ella, la soltó. Esperó hasta que estuvo bajo cubierta para hablar.

—No ha dejado a Julia desde que nos embarcamos hace una semana —dijo, mirando a su padre—. ¿Tenías que reprenderla por estar parada bajo el sol respirando aire fresco por un breve momento?

Décimo se sorprendió por la vehemencia de Marcus. *Reprender* era una palabra fuerte para el amable recordatorio que había hecho a Hadasa. Pero era cierto que la había herido. Lo había percibido tanto como Marcus cuando Hadasa se volteó para irse. Se preguntó hasta dónde llegaban los sentimientos de Hadasa por su hijo.

—Hablaré con ella.

—¿Con qué propósito?

—Con cualquier propósito que considere apropiado —dijo Décimo con tono de advertencia. Su hijo pasó a su lado—. Marcus —dijo, pero Marcus cruzó la cubierta y bajó.

Una tormenta empujó al barco fuera de curso y Julia volvió a tener mareos. Se quejaba cada vez que la nave se sacudía, y maldecía cada vez que su estómago se revolvía y la hacía vomitar. Su sueño era irregular en el mejor de los casos, y siempre con pesadillas. Lánguida y pálida, se quejaba todo el tiempo cuando estaba despierta.

La pequeña cabina era fría y húmeda. Hadasa procuraba mantener a Julia abrigada cubriéndola con pesadas mantas de lana. Aunque ella misma temblaba, intentaba calmar a su ama.

—Los dioses me están castigando —dijo Julia—. Voy a morir. Sé que voy a morir.

—No morirá, mi señora. —Hadasa corrió un mechón de cabello flácido de la frente pálida de Julia—. La tormenta pasará. Intente dormir.

—¿Cómo puedo dormir? No quiero dormir. No quiero soñar. Cántame una canción. Hazme olvidar. —Cuando Hadasa obedeció, Julia gritó—: ¡Esa no! Esa me hace daño. ¡No quiero escuchar canciones sobre tu estúpido dios y sobre cómo ve y sabe todo! Canta otra cosa. ¡Algo que me divierta! Algo sobre las aventuras de dioses y diosas. Baladas. Cualquier otra cosa.

—No conozco ninguna de esas canciones —dijo Hadasa.

Julia se puso a llorar amargamente.

—¡Entonces vete y déjame sola!

—Mi señora... —dijo Hadasa, tratando de consolarla.

—¡Dije que te fueras! —gritó Julia—. ¡Fuera! ¡Fuera!

Hadasa salió rápidamente. Se sentó en el estrecho y oscuro corredor, por donde se filtraba el frío viento de arriba. Poniendo las rodillas contra el pecho, intentó mantenerse abrigada. Oró. Largo tiempo después, se adormeció con el vaivén de la nave. Soñó con los esclavos de las galeras que se movían al unísono, hacia delante y hacia atrás al ritmo del tambor. Abajo, sonido del agua en movimiento, arriba, abajo, sonido del agua en movimiento, arriba. *Pom, pom, pom.*

Marcus casi tropezó con ella al bajar de la cubierta donde había estado ayudando a los marineros. Se acuclilló y le tocó la cara. Tenía la piel helada. Maldijo por lo bajo y corrió los bucles de cabello oscuro que le caían en la frente. ¿Cuánto tiempo habría estado en ese corredor expuesta a las ráfagas de viento que bajaban de la cubierta? Hadasa no se despertó cuando la levantó en brazos y la llevó a su cabina.

La acostó suavemente sobre su litera y la cubrió con mantas de piel de Germania. Le apartó el cabello mojado de la cara pálida. «¿Es así como tu dios de amor cuida de los suyos?».

Se sentó al borde de la litera y la observó mientras dormía, y lo invadió una dolorosa ternura hasta ahogarlo. Quería sostenerla y protegerla, pero no le gustaban esos sentimientos. Mejor la feroz pasión que había sentido por Arria, una pasión que quemaba pero luego se enfriaba... mejor que estos sentimientos nuevos y perturbadores que tenía por Hadasa. Habían aparecido gradualmente, aumentando de a poco, desplegándose como una viña que se abría paso en la argamasa de su vida. Hadasa se estaba convirtiendo en parte de él; consumía sus pensamientos.

Su mente volvía continuamente sobre todas las cosas que ella había dicho sobre su dios. No le encontraba sentido a nada de eso. Había dicho que su dios era un dios de amor, pero ese dios permitía que su pueblo fuera destruido, y su templo convertido en escombros. Hadasa creía que el Nazareno era el hijo de su dios, un Mesías para su pueblo, pero ese mismo hombre-dios, o lo que fuera, había padecido la muerte de un malhechor en la cruz.

Su religión estaba llena de paradojas. Su fe desafiaba toda

lógica. Sin embargo, ella se aferraba con una serena obstinación que superaba la devoción de cualquier sacerdotisa del templo.

Marcus había crecido oyendo historias de dioses y diosas. Su madre adoraba a media docena de ellos. Desde que recordaba, la había visto depositar finas obleas de ofrendas junto a sus ídolos cada mañana y visitarlos en el templo una vez por semana.

La devoción no se limitaba a su madre. Estaba Enoc, el judío que había comprado su padre al llegar a Roma. El bueno, fiel y viejo Enoc. Más de una vez Marcus lo había visto alejarse sacudiendo la cabeza cuando su madre entraba al lararium para llevar ofrendas a sus ídolos. Enoc despreciaba a los ídolos romanos, pero no había compartido con los Valeriano sus propias creencias. El silencio de Enoc, ¿era por respeto y tolerancia con la práctica religiosa de otros, o era una marca de posesividad y orgullo? Había oído decir que los judíos se consideraban la raza elegida. ¿Elegida para qué y por quién?

Miró a Hadasa que dormía pacíficamente y supo que si se lo preguntaba, ella se abriría a él. En lugar de permanecer como una vasija hermética, ella se esforzaba por derramarse hacia los demás. Todo lo que hacía era un reflejo de su fe. Era como si cada hora que estuviera despierta de cada día, estuviera dedicada a agradar a su dios por medio del servicio a los otros. Ese dios al que adoraba la consumía. No pedía una breve visita al templo, ni una simple ofrenda votiva de alimentos o monedas, ni unas pocas oraciones de tanto en tanto. Ese dios quería todo de ella.

¿Y qué obtenía ella de él? ¿Qué recompensa recibía por su devoción? Era una esclava. No tenía pertenencias, ni derechos, ni protección salvo la que sus amos le dieran. Ni siquiera podía casarse sin la autorización de sus amos. Su vida dependía de la benevolencia de sus dueños, porque hasta podían quitarle la vida con o sin motivo. Recibía una pequeña moneda diaria de su padre, y ella generalmente se la daba a otros.

Recordó la paz en su rostro cuando estaba parada de cara al viento. Paz... y *gozo*. Era una esclava y sin embargo parecía poseer una libertad que él jamás había experimentado. ¿Era eso lo que lo atraía?

La tormenta estaba aflojando. Sacudiendo la cabeza, Marcus comprendió que debía alejarse de ella para pensar con más claridad. Abandonó su cabina.

De pie en la proa donde había estado hablando con Hadasa dos días atrás, Marcus miró hacia el oscuro mar que tenía por delante. El reino de Neptuno. Pero el dios que necesitaba ahora no era Neptuno. Con una sonrisa irónica, pronunció una oración a

Venus para que enviara un Cupido alado que tocara el corazón de Hadasa y despertara su amor por él.

—Venus, diosa de eros, haz que arda por mí como yo por ella.

Un viento suave ondeó en las velas. *El amor es bondadoso. El amor no exige que las cosas se hagan a su manera.*

Marcus hizo una mueca, irritado de que las palabras de Hadasa hubieran vuelto a su mente en ese momento, tras su propia apelación a Venus, como un suave susurro en el viento. Miró a la vasta extensión del mar y sintió una soledad dolorosa. Una extensa oscuridad, densa y opresiva, lo rodeó presionándolo desde todos lados.

—La tendré —dijo a la quietud, y se volteó para ir abajo.

Julia estaba de pie en el corredor.

—Le dije a Hadasa que se quedara aquí hasta que yo la llamara, ¡y se ha ido! Probablemente esté con madre y padre, cantándoles a *ellos*.

Marcus la tomó del brazo.

—Está en mi cabina.

Julia se soltó de su mano, mirándolo como si la hubiera traicionado.

—Es *mi* esclava, no la tuya.

Marcus contuvo su temperamento.

—Soy perfectamente consciente de eso, y no está acostada en mi litera por los motivos que imaginas. Deberías tener más cuidado de lo que te pertenece, hermanita. —Intentó recordar que Julia venía sufriendo continuos mareos y no se podía esperar que se comportara—. Tropecé con Hadasa frente a tu puerta. Estaba mojada hasta los huesos y casi congelada. Una esclava enferma no te serviría de mucho.

—Entonces ¿quién se ocupará de mis necesidades?

La arrogancia de su egoísmo lo golpeó en carne viva.

—¿Qué necesitas? —preguntó con amargura.

—Necesito sentirme mejor. ¡Necesito salir de este barco!

—Te sentirás mejor apenas pises tierra firme —dijo, conteniendo su impaciencia, dirigiéndola nuevamente hacia su cabina.

—¿Y cuándo será eso?

—En dos o tres días —dijo, ayudándola a volver a recostarse en su desarreglada litera. La cubrió con una manta.

—¡Jamás debería haber aceptado este viaje! ¡Quisiera haberme quedado en Roma!

—¿Y por qué lo aceptaste?

Los ojos de Julia se llenaron de lágrimas.

—No quería estar rodeada por recuerdos de lo que ocurrió en los últimos dos años. Quería alejarme de todo eso.

Marcus sintió una repentina pena por ella. Era su única hermana y la amaba, a pesar de su irritabilidad y su mal estado de ánimo. La había mimado y consentido desde su nacimiento. No dejaría de hacerlo ahora. Sentándose en el borde de su litera, le tomó la mano. La tenía fría.

—El tiempo borrará los malos recuerdos, y vendrán otras cosas que te ocuparán la mente. Se sabe que Éfeso es una ciudad emocionante, hermanita. Estoy seguro que encontrarás algo de interés allá.

—Atretes está en Éfeso.

Marcus levantó las cejas.

—Así que esa es la estrella que te guía. Está bien comerse con los ojos a los gladiadores, Julia, pero ni se te ocurra involucrarte con uno. Son una casta diferente de hombres.

—Octavia dijo que los gladiadores son los mejores amantes.

Marcus torció cínicamente la boca.

—Octavia, la que irradia gran sabiduría.

—Sé que nunca te agradó.

—Descansa —dijo Marcus y se puso de pie.

Julia le sujetó la mano.

—¿Marcus...? ¿Qué estrella te guió a ti?

Marcus vio una frialdad en su expresión, muy ajena a la hermana que amaba.

—Tú —dijo—, padre, madre.

—¿Nada más?

—¿Qué otra razón puede haber?

—Hadasa. —Julia lo miró, frunciendo levemente el ceño y estudiándolo con intensidad—. ¿Me amas, Marcus?

—Te adoro —dijo sinceramente.

—¿Seguirías amándome aunque hiciera algo horrible?

Inclinándose hacia ella, le tomó la barbilla y la besó levemente en la boca. La obligó a mirarlo a los ojos.

—Julia, nunca podrías hacer algo tan terrible que me hiciera dejar de amarte. Lo juro. Ahora descansa.

Julia analizó su expresión y luego se recostó, todavía intranquila.

—Quiero que venga Hadasa.

—Te la enviaré cuando despierte.

La cara de Julia se tensó.

—Me pertenece a mí. Despiértala ahora.

Marcus sintió que le subía el enojo al recordar a Hadasa tendida en el húmedo y frío corredor.

—Aquí estoy, mi señora —dijo Hadasa desde la puerta, y Marcus se volvió para mirarla. Todavía estaba muy pálida y demacrada por el cansancio. Estaba a punto de decirle que se volviera a recostar cuando vio la expresión de Julia.

—Tuve otra pesadilla —dijo Julia, olvidando que Marcus seguía allí—. Me desperté y no estabas aquí, luego recordé que estabas afuera, pero no te encontré.

Marcus nunca había visto esa mirada en los ojos de su hermana. Al momento de ver a Hadasa, pareció invadirla una ola de alivio que barrió el enojo, el temor y la desesperación que la hacían temblar.

—Está contigo ahora —dijo Marcus en voz baja y con ternura.

Julia tendió sus manos hacia la esclava, quien las tomó, arrodillándose junto a la litera y apoyando la frente en las manos de su ama.

—Deberías haber estado aquí cuando te llamé —dijo Julia altanera.

—No le llames la atención por algo que Hadasa no tenía control ni conciencia —dijo Marcus.

Julia lo miró con una pregunta en los ojos, una pregunta que lo quemó. Con una sonrisa irónica, Marcus salió, cerrando la puerta tras de sí. Apoyándose contra la puerta, inclinó hacia atrás la cabeza y cerró los ojos.

28

Dos guardias subieron a Atretes a la cubierta y a la proa, donde lo esperaba Sertes. El comerciante sonrió al saludarlo e hizo un gesto amplio, solo para atraer la atención de Atretes a un reluciente templo en la cabecera del puerto.

—El templo de Artemisa, Atretes. Ella nació en el bosque cerca de la desembocadura del Caístro y la hemos adorado aquí por más de mil años. Tu diosa, Atretes, la diosa cuya imagen tienes en tu celda.

—El ídolo estaba en mi celda en Capua cuando llegué.

—Deshacerse de un ídolo de piedra, lo adorara uno o no, traía mala suerte.

—Como sea que te encontraste con ella, cuando vi su altar en tu cámara en el ludus, supe que ella te había elegido para venir a Éfeso. —Sertes se volvió, extendiendo la mano con gran orgullo—. Lo que tienes frente a los ojos es el templo más grande jamás construido para un dios. En su interior hay una roca sagrada que nos fue arrojada desde el cielo, una señal de que Artemisa había elegido nuestra ciudad como su *neocoros*.

—¿Neocoros? —preguntó Atretes, ante la palabra desconocida.

—'Cuidador del templo' —dijo Sertes—. El término se refería antes al más bajo de los obreros dedicado al cuidado del templo. Un término de humildad que se ha convertido en un título de honor. —Sertes extrajo una moneda de la petaca que tenía en la cintura y se la extendió a Atretes—. Neocoros —dijo, pasando el pulgar por la inscripción en ella—. De esta manera se exalta a nuestra ciudad.

Atretes levantó la cabeza mirando a Sertes con ojos fríos.

—El ídolo estaba en mi celda cuando llegué a Capua.

La sonrisa de Sertes se volvió sarcástica.

—¿Y tú crees que eso fue por casualidad? Nada es casualidad, bárbaro. No importa cómo te hayas encontrado con su imagen. Los dioses de tus padres te abandonaron en los bosques de Germania, pero Artemisa te mantuvo con vida. Ríndele homenaje como se lo merece y ella seguirá protegiéndote. Despréciala, y se volverá contra ti y dejará que te destruyan.

Volvió a extender el brazo.

—Artemisa no es la diosa cazadora virgen, Diana, como piensan los romanos. Artemisa es la hermana de Apolo, hija de Zeus y Leto. Es una diosa madre de la tierra que bendice a los hombres, a las bestias y a la tierra con fertilidad. El ciervo, el jabalí, la liebre, el lobo y el oso son todos sagrados para ella. A diferencia de Diana, que es una diosa de la castidad, Artemisa es sensual y orgiástica, no remilgada y puramente atlética.

Atretes miró más allá del puerto al gran templo. Todas las bestias que Sertes había mencionado abundaban en las selvas negras de su tierra natal. El templo, que tenía una estructura magnífica, más extraordinaria aún que los templos más gloriosos de Roma, resplandecía bajo el sol. Atretes casi sentía que lo estaba llamando.

—El mármol vino del monte Prion —le informó Sertes—. Todas las ciudades griegas de Asia enviaron ofrendas para ayudar a construir el templo en honor a nuestra diosa. Tiene 127 columnas, cada una de 18 metros de altura, cada una el regalo de un rey. —Los oscuros ojos de Sertes brillaban de orgullo—. Los más grandes artistas de nuestro tiempo la están embelleciendo continuamente. ¿Qué otra diosa puede decir lo mismo?

Atretes se preguntaba si Artemisa estaría relacionada con Tiwaz, porque compartía algunos de sus atributos.

—¿Se me permitirá adorarla? —inquirió, preguntándose en qué consistiría homenajear a esa diosa.

Sertes asintió, complacido.

—Por supuesto. Como corresponde —dijo magnánimamente—. Baja. Te llevarán agua y una túnica limpia. Prepárate. Yo mismo te llevaré al templo para que hagas una reverencia frente a la imagen sagrada antes de que te lleven al ludus.

No bien atracó el barco, Sertes envió a dos guardias a buscar a Atretes. Otros dos esperaban en la cubierta. La columnata que conducía al Artemision, como se conocía al templo, estaba revestida de mármol e intercalada con pórticos sombreados. La gente se detenía a mirar y hablaba en voz baja mientras Atretes pasaba. Sertes era obviamente bien conocido, y su presencia, junto con la de cuatro guardias armados, dejaba bien claro que el gigante rubio era un gladiador importante. Atretes ignoró las miradas asombradas que recibía mientras deseaba que Sertes no hubiera elegido marchar con él por la vía pública principal de la ciudad a la hora más ajetreada del día. Obviamente, el comerciante lo había hecho para generar revuelo entre la población.

El número de tiendas que vendían altares de madera, plata y oro aumentaba a medida que se acercaban al Artemision. Por todas partes se veían pequeñas réplicas del templo, y parecía que cada visitante quería comprar una estatuilla de Artemisa y una réplica de su templo para llevarse a casa como recuerdo de su peregrinaje. Atretes observó que prácticamente todo el mundo llevaba en la mano ídolos en miniatura.

Levantó la vista hacia el edificio que tenía delante de él, asombrado por su inmensidad y magnificencia. Columnas de jaspe verde y mármol blanco se levantaban hasta las entabladuras horizontales, que estaban talladas intrincadamente con todo tipo de escenas. Muchas de las columnas estaban pintadas con vívidos colores e imágenes, algunas explícitamente eróticas.

Las enormes puertas plegadizas de ciprés estaban abiertas, y mientras Atretes pasaba por ellas para entrar al santuario, vio que algunas secciones del techo de cedro estaban abiertas hacia el cielo. El gladiador miró a su alrededor lentamente; sus ojos entrenados no dejaban pasar nada.

—Veo que has observado a los guardias —dijo Sertes—. El templo también aloja el tesoro, la gran parte de la riqueza de toda Asia occidental está guardada aquí y en los edificios que lo rodean.

La parte interior del templo era un enjambre de sacerdotes y sacerdotisas, todos zumbando como abejas obreras en torno a su reina. Sertes inclinó la cabeza en dirección a ellos.

—Los *megabuzoi* son los sacerdotes que conducen las ceremonias en el interior del templo. Son todos eunucos y están sometidos al sumo sacerdote.

—¿Y qué de las mujeres? —preguntó Atretes, con la boca abierta a la vista de tantas jóvenes hermosas.

—Vírgenes, todas ellas. Las *melissai* son sacerdotisas consagradas al servicio de la diosa. Se dividen en tres clases, todas sujetas a una sacerdotisa principal. También hay prostitutas del templo que esperan tu futuro placer... pero primero, la altísima diosa.

Entraron a la cámara llena de humo que contenía la imagen sagrada de Artemisa. Estaba en una niebla de incienso, con las manos extendidas hacia afuera, una imagen sorprendentemente tosca y rígida, de oro y ébano. La parte superior de su cuerpo estaba festoneada de senos caídos con pezones protuberantes; sus caderas y piernas estaban cubiertas de relieves tallados de bestias sagradas y abejas. La base era de piedra negra sin forma, probablemente aquella que según Sertes había caído del cielo.

Mientras Atretes estudiaba la imagen de la diosa, vio los símbolos grabados en su tocado, en la faja y en la base. Repentinamente contuvo la respiración: ¡el símbolo que coronaba el tocado de Artemisa era la runa de Tiwaz! Con un grito ronco, Atretes se postró en el suelo frente a la imagen de Artemisa y le agradeció su protección durante los cuatro años de sangrientos juegos.

Los conjuros de los megabuzoi y el melodioso canto de las melissai lo rodeaban y lo oprimían. El aroma del incienso se había vuelto tan sofocante que Atretes se sintió enfermo. Soportando arcadas, se puso de pie y salió tropezando de la cámara cerrada. Apoyándose pesadamente en una de las enormes columnas, aspiró profundamente el aire; el corazón le latía al ritmo del tambor y los címbalos a sus espaldas.

Después de unos momentos se le aclaró la cabeza, pero le quedó la oscura y sofocante pesadez en su espíritu.

—La diosa te llamó —dijo Sertes con los ojos resplandecientes de satisfacción.

—Lleva la runa de Tiwaz —dijo Atretes desconcertado.

—Las 'Letras efesias' —dijo Sertes—. Expresadas en voz alta serán un amuleto para ti. Las Letras tienen mucho poder y, si se les usa como amuleto, mantendrán alejados a los malos espíritus. El edificio que ves allá tiene un archivo de libros sobre las Letras. Los hombres que los escriben son las mentes más brillantes del imperio. ¿Qué Letra tiene un significado especial para ti?

Atretes se lo dijo.

—Puedes comprar un amuleto cuando terminemos nuestras devociones —dijo Sertes y señaló en dirección a varias jóvenes hermosas, ricamente ataviadas, que deambulaban en las frescas sombras del corredor de columnas—. Elige una —le dijo Sertes—. Las mujeres son bellas y habilidosas, los jóvenes son fuertes y vigorosos. No hay manera más rápida ni mejor para establecer una conexión con Artemisa que disfrutando de los muchos placeres eróticos que nos brinda.

Cuatro años de brutalidad y de ser tratado como un animal consentido habían aplastado el lado gentil de Atretes. Sin timidez, miró entre las solicitantes y fijó la vista en una muchacha voluptuosa vestida con velos rojos, negros y dorados.

—Tomaré esa —dijo Atretes, y Sertes le hizo un gesto.

La muchacha caminó hacia ellos, cada paso una provocación. Tenía la voz baja y grave.

—Dos denarios —dijo.

Atretes le entregó las monedas y ella lo llevó escaleras abajo, cruzando el patio de mármol blanco hacia las sombras frescas de un burdel.

Atretes había encontrado a su diosa. Sin embargo, mucho después de haber vuelto a la luz del sol, la oscuridad le pesaba fuertemente en el alma.

Hadasa pensaba que el nuevo hogar de los Valeriano era más hermoso todavía que la villa en Roma. Estaba construido en una ladera que enfrentaba a la calle Kuretes, la sección más privilegiada cerca del corazón de Éfeso en los declives del monte Bulbul. Cada casa servía de terraza cubierta para la siguiente, y ofrecía una vista de la bella ciudad.

La villa tenía tres pisos, y cada uno se abría a un peristilo central con columnas que permitía la entrada de la luz del sol y de la luna en las habitaciones interiores. En el centro del peristilo había un pozo, pavimentado a su alrededor con mármol blanco y decorado con mosaicos. Las habitaciones interiores también tenían pisos de mosaicos, y paredes cubiertas de frescos espantosamente eróticos.

El espíritu de Julia se animó al momento que los vio. Riendo, extendió los brazos y dio la vuelta en su habitación.

—¡Eros con corona! —dijo complacida.

En la esquina occidental había una estatua de un hombre, desnudo salvo por una corona de hojas de laurel en la cabeza. En una mano sostenía un racimo de uvas, en la otra una copa. Julia se acercó y pasó la mano por toda la estatua.

—Tal vez los dioses sean amables conmigo después de todo —dijo riendo mientras Hadasa volvía la cabeza hacia otra parte con incomodidad—. Los judíos son tan remilgados que me pregunto cómo engendran tantos hijos —dijo Julia, disfrutando de hacerle bromas.

La familia se reunió en el triclinium. Hadasa sirvió la comida, demasiado consciente de los licenciosos frescos que cubrían las tres paredes: dioses y diosas griegos en diversas aventuras amorosas.

Durante las primeras semanas en Éfeso, la salud de Décimo parecía haber mejorado mucho. Incluso llevó a Febe y a Julia de paseo en carroza por las laderas occidentales del monte Panayir. Marcus fue a las oficinas de los Valeriano cerca del puerto para asegurarse de que todas las transferencias de dinero acordadas se habían realizado de acuerdo a sus especificaciones.

Hadasa se quedaba en la casa con los otros esclavos, desempacando y acomodando las posesiones de Julia. Cuando completaba su tarea, salía a explorar la ciudad una hora a la vez; Julia quería saber dónde vendían joyas y ropa. Cuando Hadasa caminaba por las calles pavimentadas de mármol, pasaba un fanum tras otro, todos dedicados a algún dios. Vio baños, edificios públicos, una escuela de medicina, una biblioteca. Al doblar una esquina, sobre una calle donde se alineaban comercios de ídolos, vio que más adelante se asomaba el Artemision. A pesar de su imponente belleza, Hadasa sintió que su espíritu se revolvía.

No obstante, se acercó curiosa y se sentó en el sombreado pórtico para mirar a la gente que paseaba por el templo. Muchos de los que pasaban frente a ella llevaban pequeños ídolos y altares que habían comprado. Hadasa sacudió la cabeza incrédula. Cientos de personas subían y bajaban por las escalinatas para adorar a un ídolo de piedra que carecía de vida y de poder.

La joven judía sintió una dolorosa tristeza y soledad. Contempló la belleza y la inmensidad del Artemision y se sintió comparativamente pequeña e impotente. Miró a los cientos de adoradores y sintió miedo. Roma ya le había resultado bastante temible, pero algo acerca de Éfeso oprimía su espíritu.

Cerrando los ojos, oró: *Dios, ¿estás aquí en este lugar que está repleto de adoradores paganos? Necesito sentir Tu presencia, pero no la siento. Me siento muy sola. Ayúdame a encontrar amigos como Asíncrito y Trófimo, y los otros.*

Abrió nuevamente los ojos, mirando a las multitudes sin realmente verlas. Sabía que debía volver a la villa, pero la suave voz de su interior la invitó a quedarse unos minutos más. De modo que obedeció y se quedó. Sus ojos observaban con indiferencia a la gente que deambulaba... y luego frunció el ceño. Había visto a alguien entre un grupo de hombres, alguien que le resultaba familiar, y el corazón le latió con fuerza. Se puso en puntillas, mirando con intensidad. ¡No se había equivocado! Llena de alegría, Hadasa corrió, abriéndose paso entre la multitud con una osadía que nunca antes había sentido. Cuando pasó entre los últimos seguidores, lo llamó por su nombre y el hombre se volvió, y su rostro se llenó de sorpresa y alegría.

—¡Hadasa! —exclamó Juan, el apóstol, y abrió los brazos.

Hadasa cayó en ellos llorando.

—¡Alabado sea Dios! —dijo, aferrándose a él y sintiendo que estaba en casa por primera vez desde que había salido de Galilea cinco años atrás.

Marcus regresó temprano de la reunión con los comerciantes y los abogados. La casa estaba fresca y silenciosa. Pensativo, se quedó parado afuera de su dormitorio del segundo piso y se recostó contra una columna, mirando hacia abajo, al peristilo. Una mucama estaba fregando los azulejos de un mosaico que exhibía a un sátiro que perseguía a una doncella desnuda. La muchacha miró hacia arriba y le sonrió. Era nueva en la casa, una de las compras que había hecho su padre al llegar. Marcus sospechaba que su padre la había traído con la esperanza de que su morena belleza y sus curvas generosas lo distrajeran de su obsesión por Hadasa.

Su padre habría hecho bien en ahorrarse el dinero.

Enderezándose, Marcus entró a su habitación para servirse algo de vino. Bebiendo un sorbo, salió a la terraza, mirando hacia abajo a la gente que atestaba la calle. Con un asombroso sentido de rápido reconocimiento, Marcus vio a Hadasa abriéndose paso por la calle Kuretes. Tenía la cabeza cubierta con el chal rayado que usaba habitualmente, y llevaba en la cadera una canasta de duraznos y uvas: fruta para satisfacer los caprichos de Julia, pensó Marcus, mientras sus propios deseos seguían insatisfechos. Hadasa levantó levemente la cabeza, pero si lo vio observándola, no mostró ninguna señal externa.

Marcus frunció el ceño. Hadasa parecía diferente en los últimos días. Exultante. Llena de alegría. Unas noches atrás, él había llegado tarde y la había oído cantándoles a su padre y su madre, y su voz dulce era tan pura y rica que le había estrujado el corazón. Cuando entró a sentarse con ellos, la había encontrado más bella que nunca.

Apoyado en la pared, Marcus observó a Hadasa subir por la calle hacia la casa. Ella miró hacia arriba una vez y no volvió a hacerlo. Desapareció de su vista al llegar a la entrada.

Con el ánimo ensombrecido, Marcus volvió a entrar a la casa y se quedó de pie en la frescura del corredor del segundo piso, esperando que se abriera la puerta. Voces suaves murmuraban algo en el vestíbulo inferior, luego una de las sirvientas de la cocina cruzó el peristilo con una canasta de frutas. Marcus esperó.

Hadasa entró a la franja de luz de sol de abajo. Se quitó el chal que le cubría el cabello, dejándolo caer suavemente sobre sus hombros. Hundiendo lentamente las manos en la palangana de agua, se enjuagó la cara. Era sorprendente que una acción tan común pudiera mostrar toda su gracia y sencilla dignidad.

La casa estaba tan silenciosa que Marcus la oyó suspirar.

—Hadasa —dijo, y ella se quedó inmóvil. La mano de Marcus apretó la baranda de hierro—. Quiero hablarte —dijo rígidamente—. Sube a mi habitación. Ahora.

La esperó a la entrada de su habitación, percibiendo su renuencia a entrar. Cuando lo hizo, cerró firmemente la puerta tras ella. Hadasa se quedó parada servilmente, dándole la espalda, esperando que hablara. A pesar de su aparente calma, Marcus percibió la tensión de ella como el corte de un cuchillo. Le hería el orgullo haber tenido que ordenarle que viniera a su presencia. Pasó caminando a su lado y se paró entre las columnas que daban a su terraza. Quería decir algo, pero no encontraba las palabras.

Volviéndose levemente, Marcus la miró. Su propio anhelo se reproducía en los ojos de ella, combinado con confusión y miedo.

—Hadasa —dijo suspirando, y todo lo que sentía por ella se expresaba en ese nombre—. He esperado...

—No —dijo ella con un suave gemido y se movió como para huir.

Marcus la sujetó antes de que pudiera abrir la puerta. Obligándola a volverse, la apretó contra la puerta.

—¿Por qué luchas contra tus sentimientos? Me amas —le tomó el rostro entre las manos.

—¡Marcus, no! —exclamó angustiada.

—¡Admítelo! —dijo y bajó su boca a la de ella. Cuando Hadasa volvió la cara, Marcus apretó los labios contra la cálida curva de su garganta. Ella ahogó un grito y trató de liberarse.

—¡Me amas! —dijo Marcus ferozmente y esta vez le sujetó la barbilla y la obligó a levantar la cara. Le cubrió la boca con la suya, besándola con toda la intensa pasión que había ido creciendo en él durante meses. Bebió de ella como un hombre que estuviera muriendo de sed. El cuerpo de Hadasa se rindió lentamente y Marcus supo que ya no podía esperar más. Levantándola en sus brazos, la llevó hasta su sofá.

—¡No! —clamó Hadasa y comenzó a luchar nuevamente por liberarse.

—Deja de pelear —dijo Marcus con voz ronca. Vio los ojos oscuros de Hadasa y el rubor de su piel—. Deja de luchar contigo misma. —La tomó de las muñecas—. Abandoné Roma para estar contigo. Te he esperado más de lo que he esperado a ninguna otra mujer.

—Marcus, no cargue con este pecado.

—'Pecado...' —dijo en tono de burla y volvió a tomar su boca. Ella lo agarró de la túnica, medio empujándolo, medio aferrándose a ella. Continuó suplicándole que se detuviera, y sus ruegos solo aumentaron la determinación de Marcus de demostrar que el deseo de ella no era menor que el suyo. Ella temblaba bajo su tacto, y él podía sentir el calor de su piel... pero también saboreó la sal de sus lágrimas.

—¡Dios, ayúdame! —imploró Hadasa.

—*Dios* —dijo Marcus, repentinamente furioso. Toda amabilidad quedó a un lado en una explosión de frustración—. Sí, rézale a un dios. Reza a Venus. ¡Reza a Eros para que te comportes como una mujer normal! —Marcus sintió que el cuello de la túnica de Hadasa se rasgaba bajo su mano y escuchó el llanto suave y asustado de ella.

Repentinamente se echó hacia atrás maldiciendo. Respirando pesadamente, contempló el daño que había hecho, la túnica rasgada todavía en su mano. Un sudor frío lo recorrió y la soltó.

—Hadasa —dijo con un gemido, despreciándose a sí mismo—, no quise...

Se le apagó la voz, y se quedó en silencio aturdido ante la vista del rostro pálido y mudo de Hadasa. Tenía los ojos cerrados y no se movía. Marcus se quedó sin aire mientras contemplaba su silueta inmóvil.

—¡Hadasa! —Meciéndola entre sus brazos, le apartó el cabello de la cara y puso su mano sobre su corazón, aterrado de que su dios la hubiera fulminado para salvar su pureza. Pero el corazón latía fuerte contra su palma, y lo invadió el alivio... hasta que cayó en la cuenta de golpe y con horror que había estado a punto de violarla.

Hadasa comenzó a reanimarse. Incapaz de enfrentarla, Marcus la recostó nuevamente en el sofá y se puso de pie. Fue hasta el decantador y se sirvió vino que tomó de un trago. Le supo a bilis. Temblando violentamente se volteó y la vio incorporarse. Tenía el rostro ceniciento. Marcus sirvió más vino y se lo acercó a Hadasa.

—Bebe esto —dijo, forzando la copa en su mano. Hadasa la tomó con manos temblorosas—. Parece que tu Dios quiere que sigas virgen —dijo, avergonzándose interiormente por la insensibilidad de sus palabras. ¿En qué se estaba convirtiendo si era capaz de violar a la mujer que amaba?— Bébelo todo —dijo con desolación y sintió el temblor de sus dedos cuando rozaron los suyos. Lleno de remordimiento, le rodeó las manos con las suyas y se arrodilló frente a ella.

—Perdí el control... —dijo con la voz entrecortada de pena, sabiendo que no lo justificaba. Ella no lo miraba, pero le corrían lágrimas por las pálidas mejillas, formando un río silencioso, lo que le estrujó el corazón a Marcus—. No llores, Hadasa, no llores. Por favor. —Se sentó a su lado deseando rodearla con sus brazos, pero sin atreverse a hacerlo—. Lo siento mucho —dijo, tocándole el cabello—. No pasó nada. No debes llorar. —La copa cayó al piso, salpicando el vino rojo como sangre sobre los mosaicos de mármol. Hadasa se cubrió el rostro; le temblaban los hombros.

Marcus se puso de pie y se alejó de ella, maldiciéndose.

—Mi amor no es paciente ni amable —dijo autocondenándose—. Nunca quise lastimarte. ¡Lo juro! No sé lo que ocurrió... Nunca antes había perdido el control así.

—Usted se detuvo —dijo Hadasa.

La miró, sorprendido de que le hubiera hablado siquiera. Tenía la mirada firme, a pesar de su cuerpo tembloroso.

—Se detuvo, y el Señor lo bendecirá.

Las palabras de Hadasa le despertaron nuevamente el enojo.

—¡No me hables de tu dios! ¡Que una maldición caiga sobre él! —dijo amargamente.

—No diga eso —susurró Hadasa con el corazón lleno de temor por él.

Marcus regresó y la obligó a mirarlo.

—¿Acaso este amor que tengo por ti es lo que llamarías una bendición? —Vio que la forma en que la sujetaba la estaba lastimando y la soltó. Se alejó unos pasos, luchando con sus emociones—. ¿Qué bendición es esa de desearte como te deseo y no poder tenerte por causa de alguna ridícula ley? Es antinatural luchar contra nuestros instintos básicos. Tu dios se complace en infligir dolor.

—Dios hiere para luego sanar.

—No lo niegas entonces —dijo con una risa molesta—. Juega con la gente como cualquier otro dios.

—No son juegos, Marcus. No hay otro Dios fuera del Dios todopoderoso, y todo lo que hace, lo hace según su buen propósito.

Cerró los ojos: *Marcus*. Ella bendecía su nombre cada vez que lo pronunciaba, y su furia se evaporó, pero no su frustración.

—¿Qué buen propósito puede haber en mi amor por ti? —preguntó desesperanzado, mirándola. Los ojos de Hadasa brillaban con lágrimas. Marcus pensó que se ahogaría en la mirada de esperanza en sus ojos.

—Puede ser la manera de Dios de destrabar su corazón para él.

Marcus se tensó.

—¿Para él? —se rió molesto—. Preferiría estar muerto a arrodillarme ante tu dios.

Marcus nunca había visto una mirada tan afectada por el dolor y la tristeza en la cara de Hadasa, y se arrepintió de lo que había dicho. Vio cómo había desgarrado la costura del vestido de esclava de Hadasa con sus propias manos y comprendió que también había lastimado su corazón con sus palabras airadas. Al mirarla a los ojos, comprendió que al hacerlo, él mismo se había desgarrado.

—Quiero saber qué hay en ti que te hace aferrarte a ese dios tuyo invisible. Dímelo.

Hadasa levantó la vista y lo miró y supo que lo amaba como nunca amaría a otro. *¿Por qué, Dios? ¿Por qué este hombre que no comprende? ¿Por qué este hombre que te rechaza obstinadamente? ¿Eres cruel, como dice Marcus?*

—No lo sé, Marcus —dijo, profundamente afectada. Todavía temblaba con un extraño y pesado anhelo de él, y tuvo miedo de lo fácil que sería abandonarse a las sensaciones que Marcus despertaba en ella. Dios nunca la había hecho sentirse así.

Oh, Dios, dame fuerzas. No tengo fuerza propia. La forma en que me mira me derrite por dentro. Me debilita.

—Hazme entender —dijo Marcus, y ella supo que esperaría hasta que ella le respondiera.

—Mi padre decía que el Señor eligió a sus hijos desde antes

de la fundación del mundo, de acuerdo al buen propósito de su voluntad.

—¿*Buen* propósito de su voluntad? ¿Es bueno impedirte disfrutar lo que es natural? Tú me *amas*, Hadasa. Lo vi en tus ojos cuando me miraste. Lo sentí cuando te toqué. Tu piel estaba tan cálida. Temblabas, y no era de temor. ¿Es bueno que tu dios nos haga sufrir así?

Cuando la miraba de esa manera, ella no podía pensar. Bajó los ojos.

Marcus se acercó a Hadasa y le levantó la barbilla.

—No tienes respuesta, ¿verdad? Piensas que ese dios tuyo es todo. Que con él tienes suficiente. Yo te digo que no lo es. ¿Puede abrazarte, Hadasa? ¿Puede tocarte? ¿Puede besarte? —Abrió su mano suavemente encima de su mejilla, y cuando vio cómo cerraba Hadasa los ojos, el ritmo de su pulso se elevó—. Tienes la piel cálida y tu corazón late tan fuerte como el mío —dijo, mirándola a los ojos, suplicante—. ¿Acaso tu dios te hace sentir como yo lo hago?

—No me haga esto —susurró Hadasa y tomó su mano entre las suyas—. Por favor, no me haga esto.

Comprendió que la había herido nuevamente, pero no sabía por qué. No entendía nada y eso lo llenaba de pesar y frustración. ¿Cómo podía alguien tan frágil, tan amable, ser tan inflexible?

—Este dios ni siquiera puede hablarte —dijo Marcus con voz entrecortada.

—Sí me habla —respondió Hadasa suavemente.

Marcus retiró su mano de las de ella. Mirándola a los ojos, vio que decía la verdad. Otros habían hecho la misma afirmación: los dioses dicen esto, los dioses dicen aquello. Cualquier cosa que dijeran los dioses, era para su propio beneficio. Pero ahora, al mirar los ojos de Hadasa, no tuvo dudas, y repentinamente y sin explicación, sintió miedo.

—¿Cómo? ¿Cuándo?

—¿Recuerda la historia que le relaté una vez sobre Elías y los profetas de Baal?

Marcus frunció levemente el ceño.

—¿El hombre que hizo bajar fuego del cielo para quemar su ofrenda y luego asesinó a doscientos sacerdotes? —Lo recordó. Le había asombrado que Hadasa pudiera relatar una historia tan sangrienta. Se enderezó y puso distancia entre ellos—. ¿Qué hay con eso?

—Después de que Elías destruyó a los sacerdotes, la reina Jezabel dijo que haría lo mismo con él, y Elías huyó porque tuvo miedo.

—¿Miedo a una *mujer*?

—No cualquier mujer, Marcus. Ella era muy malvada y muy poderosa. Elías huyó al desierto para esconderse de Jezabel. Pidió a Dios que lo hiciera morir, pero Dios, en cambio, envió un ángel para asistirlo. La comida que le dio el ángel del Señor permitió que Elías viajara cuarenta días hasta llegar a Horeb, la montaña de Dios. Allí Elías encontró una cueva y vivió en ella. Fue allí donde el Señor le habló. Vino un fuerte viento que quebró las rocas, pero Dios no estaba en la tormenta. Luego hubo un terremoto y después un incendio, pero el Señor no estaba en ellos tampoco. Entonces, cuando Elías se protegía en una grieta de una roca, oyó la voz de Dios.

Miró a Marcus, y su mirada era suave y radiante; tenía la cara extrañamente luminosa

—Dios le habló en un suave susurro, Marcus. Una voz tranquila y suave. Una voz en el viento...

Marcus sintió una extraña sensación de hormigueo que le recorrió la espalda. Su boca se torció, a la defensiva.

—Un viento.

—Sí —dijo ella suavemente.

—Hay algo de brisa hoy. Si me paro afuera en la terraza, ¿escucharé la voz de ese dios tuyo?

Hadasa agachó la cabeza.

—Si le abriera su corazón. *Si su corazón no estuviera tan endurecido* —sintió deseos de llorar otra vez.

—¿Le hablaría incluso a un romano? —dijo Marcus burlonamente—. Es más probable que este dios tuyo quiera mi corazón sobre su altar —dijo secamente—. Especialmente después de lo que estaba a punto de hacerle a una de sus más devotas seguidoras. —Se detuvo en el umbral abierto que iba a la terraza, de espaldas a Hadasa—. ¿Entonces debo culpar a tu dios por este deseo que tengo de ti? ¿Es obra suya? —Se volvió nuevamente hacia ella.

»Sombras de Apolo y Dafne —dijo amargamente—. ¿Sabes algo de ellos, Hadasa? Apolo quería a Dafne, pero ella era virgen y no se sometía. La persiguió enloquecido mientras ella huía de él, clamando a los dioses para que la salvaran. —Rió con dureza—. Y lo hicieron. ¿Sabes cómo? La convirtieron en un arbusto con flores perfumadas. Es por eso que ves estatuas de Apolo con una corona de flores de Dafne sobre la cabeza.

Marcus torció la boca irónicamente.

—Este dios tuyo ¿te convertirá en un arbusto o en un árbol para proteger tu virginidad de mí?

—No.

Una larga quietud se instaló entre ellos. El único sonido en los oídos de Marcus era su propio latido.

—Estabas luchando contra ti misma más de lo que luchabas contra mí.

Hadasa se ruborizó y bajó nuevamente los ojos, pero no lo negó.

—Es cierto que usted me hace sentir cosas que nunca antes he sentido —dijo en un tono bajo y volvió a mirarlo—. Pero Dios me dio una voluntad libre y advirtió sobre las consecuencias de la inmoralidad...

—¿*Inmoralidad*? —dijo Marcus entre dientes, la palabra le sonaba como una cachetada en la cara—. ¿Es inmoral que dos personas que se aman tengan placer estando juntas?

—¿Como usted amaba a Bitia?

La pregunta formulada suavemente fue como un balde de agua fría y aumentó la ira de Marcus.

—¡Bitia no tiene nada que ver con lo que siento por ti! Jamás amé a Bitia.

—Pero hizo el amor con ella —dijo con suavidad, incómoda por hablar tan explícitamente.

Marcus la miró a los ojos y su ira se evaporó. Experimentó una sensación de vergüenza y no podía entender por qué. No había nada malo en lo que había hecho con Bitia. ¿Cierto? Ella había venido libremente a él. Después de las primeras veces, Bitia había venido por la noche incluso cuando no la había llamado.

—A ti te lo tendría que ordenar, ¿verdad? —dijo Marcus con una sonrisa triste—. Y si te obligara a someterte, te sentirías impulsada a arrojarte desde la terraza.

—Usted no me lo ordenaría.

—¿Qué te hace estar tan segura?

—Es un hombre honorable.

—Honorable —dijo con una risa amarga—. Con qué facilidad una simple palabra puede borrar el ardor de un hombre. Y la esperanza. Lo cual, no dudo, fue tu intención. —La miró—. Soy un romano, Hadasa. Por encima de todo, soy eso. No cuentes demasiado con mi control.

El silencio pendió entre ellos. Marcus sabía que nada podría destruir su amor por ella, y sintió un momento de desesperación. Si no fuera por esa creencia que sostenía tan férreamente, podría reclamarla para sí. Si no fuera por ese dios de ella...

Hadasa se puso de pie.

—¿Puedo retirarme, mi señor? —dijo muy suavemente, volviendo a ser la sierva.

—Sí —dijo Marcus sin entonación y la observó caminar hasta la puerta y abrirla—. Hadasa —dijo, con el amor que sentía por ella partiéndole el corazón. La única manera de poseerla era destrozando esa fe obstinada de ella. Al hacerlo, ¿la destruiría a ella también?—. ¿Qué ha hecho realmente tu dios por ti?

Hadasa se quedó muy quieta por un largo momento, dándole la espalda.

—Todo —dijo suavemente y se fue, cerrando con cuidado la puerta detrás de ella.

Esa noche Marcus habló con su padre sobre su intención de comprar un lugar propio.

—Nuestra repentina mudanza a Éfeso ha despertado ciertas especulaciones en relación con la seguridad de nuestros activos —dijo—. Un desembolso de talentos de oro para una segunda villa y unas fiestas lujosas para importantes oficiales romanos disiparán las especulaciones rápidamente.

Décimo lo miró, muy consciente de que las verdaderas razones de Marcus para irse no tenían nada que ver con la «especulación externa».

—Comprendo, Marcus. —Y, efectivamente, era así.

29

—¡Hadasa! —llamó Julia al entrar en la casa. Levantando el borde de su palla, subió a toda prisa las escaleras—. ¡Hadasa!

—Sí, mi señora —dijo Hadasa, acercándose rápidamente.

—Ven, ven, ¡ven pronto! —dijo Julia cerrando la puerta de su habitación detrás de ella. Se reía y daba vueltas alegremente mientras se arrancaba el velo fino que le cubría el cabello—. Esta mañana madre y yo fuimos al Artemision, y prácticamente me desmayé cuando él entró.

—¿Quién, mi señora?

—¡Atretes! Es más bello todavía de lo que recuerdo. Como un dios bajado del Olimpo. Todo el mundo lo miraba. Estaba a pocos metros de mí. Había dos guardias que lo vigilaban mientras adoraba. Creí que me moriría, el corazón me latía muy fuerte. —Se puso la mano sobre el pecho como para tranquilizarse por un momento y luego comenzó a rebuscar entre sus cosas—. Madre dijo que debíamos dejarlo en privado para adorar —agregó con desilusión.

—¿Qué está buscando, mi señora? Permítame que la ayude.

—La cornalina roja. ¿La recuerdas? No la simple, sino esa grande que tiene una garra pesada de oro. Búscala. ¡Pronto! Chakras dijo que aumenta la imaginación. Y voy a necesitar toda mi imaginación si quiero encontrar una manera de ver a Atretes.

Hadasa encontró el pendiente y se lo alcanzó. A pesar de toda la belleza pura y natural de la cornalina misma, la horrible garra la convertía en una joya desagradable, un talismán destinado a realizar magia.

—No ponga la fe en una piedra, mi señora —dijo Hadasa, mientras obedientemente entregaba la piedra a su ama.

Julia se rió de ella y se colocó el pendiente. Apretó la cornalina.

—¿Por qué no? Si a otros les funciona, ¿por qué no a mí? —Sostuvo la cornalina con fuerza en ambas manos entre los senos y cerró los ojos—. Debo concentrar mis pensamientos y meditar. Déjame sola hasta que te llame.

La cornalina pareció funcionar para Julia. Antes de una hora, ya sabía exactamente cómo se encontraría con Atretes. No era una idea que pudiera compartir con Hadasa, ni con nadie en la casa.

Incluso Marcus objetaría sus métodos, pero no le importaba. Los ojos le brillaban de emoción. No, no le importaba lo que pensaran los demás. Además, nadie necesitaba saberlo... sería un secreto solo para ella... y Atretes.

Hadasa había dicho que no pusiera su esperanza en una piedra, pero ¡la cornalina había funcionado! Julia sabía que jamás hubiera podido imaginar una idea tan extraordinaria y excitante sin ella. Mañana haría todos los preparativos necesarios.

Y al día siguiente, se encontraría con Atretes en el templo de Artemisa.

Atretes recordó la profecía de su madre al momento que vio a Julia Valeriano entre la perfumada niebla de humo del incienso, en el santuario interior del Artemision. Había estado esperando que ella apareciera nuevamente en su vida, y ahora estaba frente a él como una visión conjurada, más bella de lo que la recordaba. Avanzaba hacia él vestida con una palla traslúcida roja que estaba ribeteada de bordados de oro y que flotaba en torno a su delgado cuerpo. Atretes oyó el suave tintineo de campanas y vio las pulseras de tobillo que portaba.

Frunció ligeramente el ceño mientras ella lo miraba. ¿Cómo era que la tímida muchacha que se había ruborizado en el ludus había llegado a ser una prostituta del templo en Éfeso? Con seguridad era obra de la diosa, preparando el camino para llevarla a él. Pero entonces, ¿qué sabía de Julia Valeriano salvo lo que le habían dicho sobre ella? La había visto una sola vez sobre el balcón en el ludus. Ahora estaba de pie tan cerca de él que podía percibir el suave rubor de su piel que entraba en calor bajo su mirada. Y vio sus ojos, oscuros y hambrientos.

La muchacha carecía de la frialdad del fingido ardor de una prostituta. Su deseo de él era real, tan real que Atretes la deseó más de lo que jamás había deseado a una mujer. Pero algo en su interior lo hizo esperar y guardar silencio.

De pie bajo su enigmática mirada, Julia se sintió nerviosa e insegura. Se mojó los labios e intentó desesperadamente recordar las palabras que había ensayado.

Lo había estado esperando en el templo durante horas, repeliendo las proposiciones de docenas de otros hombres, preguntándose si realmente vendría. Finalmente había aparecido. Fuertemente vigilado, había puesto su ofrenda en las manos del sacerdote y se había arrodillado frente a la imagen de Artemisa. Cuando se puso de pie, ella se movió a la línea de su visión, sintiendo una oleada de calor cuando él se volteó y la miró.

Ahora inclinaba la cabeza levemente, y en la boca tenía un

gesto de burlona diversión, desafiándola. Julia dijo las palabras con prisa nerviosa.

—Únete a mí en la celebración, para complacer a nuestra altísima diosa. —Sabía que hablaba sin aliento, y se ruborizó.

—¿A qué precio? —dijo Atretes con voz profunda y fuerte acento.

—Al precio que estés dispuesto a pagar.

Atretes le pasó la vista desde la cabeza hasta los pies con sandalias. Su belleza lo dejaba sin aliento, pero sintió una vaga inquietud. ¿Era esta la mujer sobre la que su madre había profetizado? ¿Una mujer que se vestía y se vendía como una ramera? El deseo lo hizo dejar de lado sus recelos. Asintió.

Ella lo condujo a una posada destinada a visitantes pudientes en lugar de a uno de los burdeles próximos al templo. Una vez adentro, ella se arrojó ansiosamente a sus brazos.

Cuando hubo terminado, Atretes sintió una inquietante repugnancia por lo que había pasado entre ambos. Se puso de pie y se alejó unos pasos. Desconcertada por el abandono, Julia lo miró parpadeando. Las apuestas líneas de su rostro de dios estaban duras y frías. ¿Qué estaba pensando mientras la miraba así? Julia intentó evaluar su expresión pero no pudo.

—¿A qué estás jugando, Julia Valeriano?

Los ojos se le abrieron enormes, y las mejillas le ardían.

—¿Cómo sabes mi nombre?

—Fuiste una vez al ludus romano. Con esa ramera romana, Octavia. Pregunté por ti. Bato me dijo que estabas casada.

—Mi esposo murió —dijo, incómoda.

Atretes levantó la ceja burlonamente.

—¿Cómo es que la hija de uno de los más ricos comerciantes del Imperio romano se ha convertido en una prostituta del templo?

Julia se levantó temblando, sintiéndose mejor de pie para enfrentar su expresión sardónica.

—No soy una prostituta.

Atretes sonrío fríamente y extendió el brazo para tocarle el cabello.

—¿No?

—No —dijo temblando—. Era la única forma que se me ocurrió para poder conocerte.

Atretes se sintió sacudido por el deseo que reapareció en él al tocarla.

—¿Toda esta treta para estar con un gladiador? —dijo fríamente.

—No —respondió ella sin aliento, poniendo las manos sobre el pecho de Atretes como en adoración—. No. Solo quería estar contigo. Solo contigo, Atretes. Quise estar contigo desde el primer día que te vi corriendo en el camino cerca de Capua.

—Lo recuerdo. Tenías una muchacha judía contigo.

—¿Lo recuerdas? No pensé que me hubieras notado —dijo, observando su rostro con ojos hambrientos—. Entonces es el destino... —Con sorprendente fuerza, ella lo obligó a inclinar la cabeza.

Atretes alimentó su hambre. La saboreó, con la esperanza de estirarla y hacerla durar. Julia Valeriano no era una esclava enviada a su celda en el ludus como recompensa, ni tampoco era una prostituta a quien hubiera pagado en las escaleras del templo. Había venido a él por su propia voluntad, la hija de un poderoso ciudadano romano, una cautiva de sus propias pasiones.

Y Atretes la usó como bálsamo para las cicatrices infligidas en su alma. Al menos eso creyó.

Finalmente, satisfecho, Atretes se vistió para partir, de espaldas a ella. Parte de él quería salir por la puerta y olvidar lo que había pasado entre ellos.

—¿Cuándo puedo volver a verte? —dijo Julia de modo conmovedor, y Atretes se volvió para mirarla. Era hermosa, tan hermosa que lo dejaba sin respiración. La carne de Atretes era débil, y los ojos hambrientos de Julia alimentaban una profunda hambre que él tenía.

Atretes sonrió fríamente.

—Cuando sea que encuentres alguna forma. —Extrajo el dinero de la petaca que tenía en el cinto y se lo arrojó a la falda, luego partió dejándola sentada en el suelo.

Marcus tenía invitados con frecuencia en su nueva villa, ampliando el círculo de sus amigos recién establecidos en Éfeso. También cultivaba la amistad con el procónsul y otros oficiales romanos, varios de los cuales había conocido antes en Roma. Su padre accedió fácilmente cuando Marcus sugirió que Julia hiciera de anfitriona en las fiestas y reuniones formales. Con ese arreglo, Marcus lograba dos objetivos en una sola vez: daba a su hermana algunas libertades que había perdido con la muerte de Cayo, y veía a Hadasa.

Esta noche, como en tantas otras, la casa de Marcus estaba llena de invitados y actividad. Marcus miró a Julia, que estaba extendida en el sofá rodeada de almohadones mirando a las bailarinas africanas con un interés apenas tibio. Sus ojos se encontraron y ella sonrió.

—La hija del procónsul estuvo haciendo toda clase de preguntas sobre ti, Marcus —dijo Julia, inclinándose hacia él—. Creo que está enamorada de ti.

—Eunice es una muchacha dulce.

—Esa muchacha dulce a la que tú descartas tan fácilmente tiene comprado a su padre, y su padre tiene comprado al emperador.

Marcus sonrió con condescendencia.

—Si alguna vez me caso, Julia, será por otras razones que para obtener influencia política.

—¿Quién habló de matrimonio? —dijo Julia con una sonrisa traviesa.

—Estás sugiriendo que corrompa a la hija del procónsul de Roma —dijo Marcus, eligiendo una exquisitez de la bandeja que le acercaron.

—¿Corromper? —dijo Julia levantando levemente las cejas—. Una expresión curiosa para un epicúreo. Siempre pensé que tomabas los placeres que se te presentaban. —Julia eligió una ciruela madura—. Eunice está madura para la cosecha. —Sus ojos oscuros chispearon divertidos mientras daba un mordisco a la suculenta fruta púrpura. Se levantó del sofá—. ¿No fue ese el motivo por el que dejaste la casa de padre, divertirte y obtener influencia entre la élite? Pues, consíguela de donde viene —diciendo eso se perdió entre la gente.

Marcus se quedó mirando a Julia pensativamente. El año vivido con Cayo la había cambiado. *Dominaba* la sala, hablando con diversos hombres, riendo, rozándolos suavemente, alejándose con miradas provocativas por encima del hombro. Lo inquietaba. Siempre había pensado en ella como su inocente y hermosa hermanita, a quien consentía y adoraba.

Recordó a Arria al observar a su hermana capturar la atención de muchos, dejando una estela de corazones rotos. Estaba de caza, pero nadie en la sala parecía ser la estirpe de animal que quería.

Julia le hizo señas a Hadasa y salieron solas a la terraza. Marcus frunció levemente el ceño. Cualquiera que fuera la orden que Julia le había dado, Hadasa había tenido algo que decir al respecto. Julia estaba agitada y volvió a hablar con énfasis. Se quitó la pulsera de oro de la muñeca y se la entregó a Hadasa antes de volver a entrar. Ante una seca indicación de Julia, Hadasa abandonó el salón de fiesta.

Marcus se levantó para seguirla y averiguar lo que pasaba. Eunice lo interceptó con gracia, tropezando contra él levemente en un coqueto intento de llamar su atención.

—Oh, ¡perdóname, Marcus! No estaba mirando por dónde iba —dijo, mirándolo con tanta adoración que Marcus se encogió.

—Fue mi culpa —dijo Marcus, consciente de que la expresión de ella se había convertido en desilusión cuando pasó de largo. Para cuando llegó al corredor, Hadasa había desaparecido.

La luz de la luna se reflejaba sobre las calles y las fanas de mármol blanco mientras Hadasa se dirigía al ludus. Golpeó en la pesada puerta principal y esperó. Cuando un guardia la abrió, pidió hablar con Sertes. La llevaron al otro lado del patio y luego por un oscuro corredor a la oficina de Sertes. La estaba esperando. Cuando él tendió la mano, ella le dio la pulsera de oro. Sertes la pesó en su mano críticamente y evaluó la obra, luego asintió, poniéndola en una caja fuerte dentro de su escritorio.

—Por aquí —dijo, y condujo a Hadasa por las escaleras de piedra a un corredor frío de granito, alumbrado por antorchas.

Deteniéndose ante una pesada puerta, buscó la llave correcta. Mientras abría la puerta, Hadasa alcanzó a ver a un hombre sentado en un banco de piedra. Lo reconoció de la única vez que lo había visto en el camino a Capua, porque tenía una contextura extraordinariamente fuerte y su hermosura quitaba el aliento. Cuando se levantó y los miró, Hadasa pensó en la estatua en posesión de su ama. El escultor había captado la arrogancia y el esplendor físico del gladiador, pero no la desolación de sus ojos, la desesperación escondida bajo una máscara de fría fuerza contenida.

—Tu dama ha enviado a su criada por ti —dijo Sertes—. Debes presentarte en la puerta de los proveedores al amanecer. —Y los dejó.

La boca de Atretes se tensó, y sus ojos se enfocaron, estrechándose, en la pequeña y delgada esclava que lo observaba. Vestía una delicada túnica de color crema que le llegaba hasta los tobillos y llevaba un cinturón de tela rayada que hacía juego con el chal que le cubría el cabello y los hombros. La miró directamente a los ojos, esperando ver lo que generalmente veía: adoración o temor. En lugar de eso vio una serena calma.

—Te mostraré el camino —dijo ella. Su voz era baja y gentil. Atretes se puso la capa sobre los hombros, cubriendo su cabello rubio. El único sonido que oía era el de los ligeros pasos de las sandalias mientras seguía a la muchacha. El guardia les abrió la puerta sin decir una palabra y la miró pasar, casi sin prestarle atención a Atretes. La pesada puerta del ludus se cerró de un golpe detrás de él, y Atretes respiró con mayor facilidad.

—Eres judía —dijo, acercándose para caminar al lado de la muchacha.

—Nací en Judea.

—¿Cuánto tiempo llevas de esclava?

—Desde la destrucción de Jerusalén.

—Una vez conocí a un judío. Caleb, de la tribu de Judá. Se le adjudicaban treinta y siete muertes. —Hadasa no dijo nada—. ¿Lo conocías?

—No, no lo conocía —dijo Hadasa, aunque había oído a Julia y a Octavia hablar de él—. Los hombres más fuertes y apuestos de Jerusalén fueron llevados a Alejandría con Tito y transportados a Roma para los juegos. Yo estaba entre los últimos cautivos que marcharon al norte.

—Él murió bien.

Algo en la total ausencia de emoción de su voz hizo que Hadasa levantara la cabeza para mirarlo. Su hermoso rostro era duro, pero Hadasa percibió algo profundo, algo enterrado bajo esa cara fría e implacable de alguien entrenado para matar: por debajo de todo se agazapaba un dolor que lo torturaba.

La esclava se detuvo. Lo sorprendió cuando tomó una de sus manos entre las suyas.

—Que Dios vuelva su rostro a ti y te dé paz —dijo ella con tal compasión que Atretes no pudo hacer otra cosa que quedarse mirándola.

Hadasa siguió andando, y Atretes no volvió a hablar. Redujo el ritmo de sus pasos para adaptarse a los de ella, siguiendo el curso que ella tomaba.

Comprendió que estaba en el sector más pudiente de Éfeso. Al fin, la extraña pequeña esclava de Julia dobló hacia una escalera de mármol. Al final de la misma había una puerta que se abría hacia un pasadizo, probablemente utilizado por proveedores. Cuando llegaron al final del mismo, la muchacha abrió otra puerta que daba a una despensa.

—Por favor, espera aquí —dijo la muchacha y lo dejó.

Atretes se apoyó contra un barril y miró alrededor con creciente disgusto. Julia indudablemente había untado las manos de Sertes con oro para que lo condujeran a ella. Llevado como una ramera para servir las pasiones de una muchacha rica.

Su orgullosa ira se evaporó al momento que la puerta se abrió y la vio.

—Oh, pensé que nunca llegarías —dijo Julia sin aliento, y Atretes comprendió que había venido corriendo. Julia se arrojó en sus brazos, hundiendo sus dedos en su cabello mientras se ponía en puntas de pie.

Con Julia Valeriano en sus brazos, Atretes no podía pensar en otra cosa que en el sabor, el tacto y el aroma de su cuerpo. Recién más tarde recordó su orgullo, y el precio demoledor de una ilusoria sensación de libertad.

Hadasa buscó a Juan en la primera oportunidad que tuvo. Un hombre que ya había pasado la flor de la edad, un hecho que no disminuyó el impacto de sus cautivadores ojos, atendió su llamado. La saludó amablemente y se presentó como uno de los seguidores de Juan. Luego la condujo a una habitación silenciosa, alumbrada por lámparas, donde el apóstol estaba escribiendo una carta a una de las iglesias del imperio que estaba pasando dificultades. Levantó la vista y le sonrió cálidamente. Dejando a un lado su pluma, se puso de pie para tomarle las manos y besarle la mejilla. Cuando él dio un paso atrás, Hadasa no lo soltó.

—Ay, Juan —dijo, aferrándose a sus manos como si fueran su único salvavidas.

—Siéntate, Hadasa, y dime qué está pesando tanto en tu corazón.

Hadasa siguió aferrada a sus manos, deseando no tener que soltarlas nunca. Jesús había sido crucificado años antes de su nacimiento, pero en Juan, como en su padre, ella veía al Señor. En el querido rostro de Juan encontraba compasión infinita, amor, el resplandor de una firme convicción, la fuerza de una fe verdadera. Fuerza como la de su padre. La fuerza de la que ella carecía.

—¿Qué te hace sufrir tanto? —dijo Juan.

—Todo, Juan. Todo en esta vida —dijo Hadasa, sintiéndose desgraciada—. Mi fe es muy débil. Mi padre salía a las calles cuando los zelotes asesinaban gente, y daba su testimonio. Pero yo tengo miedo hasta de pronunciar el nombre de Jesús en voz alta. —Lloró, avergonzada—. Enoc me compró para el amo porque pensaba que yo era una de su pueblo. Una judía. Todos todavía piensan que lo soy. Salvo Marcus. Él descubrió que me estaba reuniendo con otros cristianos en Roma y me prohibió volver a verlos. Dijo que los cristianos son subversivos y que traman la destrucción del imperio. Dijo que era peligroso que yo me reuniera con ellos. En ocasiones me pregunta por qué creo, pero cuando intento explicarle, nunca entiende. Solo se enoja.

Las palabras salían como un torrente.

—Y Julia. Ay, Juan, Julia está tan perdida. Ha hecho cosas tan terribles, y puedo ver que está muriendo por dentro, poco a poco. Le he contado cada una de las historias que padre me relató a mí, historias que edificaron mi fe. Pero ella realmente no escucha. Solo le interesa divertirse. Quiere olvidar. Una vez, una sola vez creí que su padre comenzaba a entender... —Sacudió la cabeza. Soltó las manos de Juan y se cubrió el rostro.

—Conozco el temor, Hadasa. El temor es un viejo enemigo. Yo sucumbí al miedo la noche que Jesús estaba en el jardín y llegó Judas con los sacerdotes y los guardias romanos.

—Pero fuiste a su juicio.

—Solo me acerqué lo suficiente como para escuchar. Me sentía seguro entre la multitud. Mi familia era muy conocida en

Jerusalén. Mi padre conocía a miembros de la corte. Pero te diré una cosa, Hadasa: nunca conocí el verdadero temor hasta que vi morir a Jesús. Nunca me he sentido tan solo como entonces, y eso no cambió hasta que vi los lienzos de lino abandonados en la tumba vacía y supe que había resucitado.

Juan le tomó la mano.

—Hadasa, Jesús nos dijo todo, y aun así no entendimos quién era ni lo que había venido a hacer. Santiago y yo éramos celosos, orgullosos, ambiciosos, intolerantes. Jesús nos llamó Hijos del Trueno porque queríamos hacer caer la ira de Dios sobre los hombres que estaban sanando en su nombre sin ser sus seguidores. Queríamos que ese poder fuera solo para nosotros. Éramos unos necios ciegos y orgullosos. Sabíamos que Jesús era el Mesías, pero esperábamos que se convirtiera en un rey guerrero como David y después reinar a su lado. Era imposible para nosotros creer que ese hombre que era Dios el Hijo había venido para ser el Cordero de Pascua para toda la humanidad.

Juan sonrió tristemente y le dio una palmadita en la mano.

—Fue a María de Magdala, no a Santiago, ni a mí, a quien Jesús eligió para ser el primer testigo del Cristo resucitado.

Hadasa no podía ver a través de sus lágrimas.

—¿Cómo puedo tener tu fortaleza?

Juan sonrió tiernamente.

—Tienes toda la fuerza que Dios te ha dado, y será suficiente para cumplir con su buen propósito. Confía en él.

30

Febe encontró desconcertante y perturbadora la visita que Julia tenía. La mujer hablaba un latín puro, lo que denotaba su clase, y aunque parecía joven, tenía una elegante desenvoltura que correspondía a una experiencia de mundo mucho mayor que los años de la propia Febe. Y la visitante era deslumbrante no por la perfección de sus rasgos, porque estaban lejos de ser perfectos, sino por la naturaleza llamativa de sus ojos oscuros. Su intensidad era casi inquietante.

Febe sabía que alguna vez Julia había considerado a esa mujer como su amiga íntima. Parecía extraño, porque eran muy diferentes. Julia era apasionada con todo; esta mujer era fría y controlada.

Hablándole en voz baja a una de las sirvientas, Febe le dijo a la muchacha que se asomara a la puerta en el instante que Julia regresara. Mientras aguardaban, Febe sirvió refrescos y mantuvo una conversación cortés. Cuando la sirvienta apareció e hizo una leve señal de afirmación, Febe se excusó y fue a hablar con su hija. Tal vez Julia no deseara ver a esa mujer.

—Julia, tienes una visita esperándote en el peristilo.

—¿Quién es? —Julia removió el velo liviano de su cabello y se lo arrojó a Hadasa, despidiéndola con un gesto elegante.

—Calabá Fontaneus. Llegó hace una hora y hemos tenido una conversación muy interesante. ¿Julia? —Febe jamás había visto tal expresión en el rostro de su hija. La tocó con suavidad—. ¿Estás bien?

Julia la miró con ojos atormentados.

—¿Qué dijo?

—En realidad nada, Julia. —La conversación había girado en torno a la belleza de Éfeso, el largo viaje desde Roma, instalarse en una nueva casa—. ¿Qué pasa? Estás pálida...

Julia sacudió la cabeza.

—Pensé que nunca la volvería a ver.

—¿No deseas verla?

Julia dudó, preguntándose si podía inventar alguna excusa: le dolía la cabeza por haber estado demasiado al sol, estaba muy cansada por las compras, tenía que prepararse para asistir a la fiesta de Marcus por la noche... Se apretó las sienes con la punta de los dedos. Efectivamente *le dolía* la cabeza. Pero no podía poner excusas hoy. Sacudió la cabeza.

—La veré, madre. Es que no puedo ver a Calabá sin pensar en Cayo.

—No sabía que todavía te sentías afligida por él. En los últimos meses te he visto más como tú misma. —La besó ligeramente en la frente—. Sé que lo amabas mucho.

—Lo amaba con locura. —Julia se mordió el labio y miró hacia la puerta que se abría al corredor y luego al peristilo—. La veré a solas, si no te molesta.

—Por supuesto —dijo Febe aliviada. Calabá la ponía incómoda. Se preguntaba qué tenía su hija en común con una mujer tan mundana.

Calabá estaba sentada en las sombras de un rincón, esperando. Su sola presencia parecía llenar todo el peristilo. Incluso la luz del sol se escondía tras una capa de nubes, dejando el patio en tenues sombras. Julia reunió valor y caminó calmadamente hacia ella, forzando los labios a una sonrisa de saludo.

—Qué placer volver a verte, Calabá. ¿Qué te trae a Éfeso?

Calabá esbozó una débil sonrisa.

—Me cansé de Roma.

Julia se sentó con ella.

—¿Cuándo llegaste? —dijo, tratando desesperadamente de no mostrar cómo temblaba por dentro.

—Hace unas semanas. He usado el tiempo para volver a familiarizarme con la ciudad.

—¿Volver a familiarizarte? No sabía que ya habías visitado Éfeso.

—Es una de las muchas ciudades que visité antes de casarme. Me siento más en casa aquí que en cualquier otra parte.

—¿Te quedarás entonces? Qué maravilloso.

Los oscuros ojos la sondearon.

—Has aprendido a disimular desde la última vez que te vi. La sonrisa que pones casi parece sincera.

Desconcertada, Julia no sabía qué decir.

—Te fuiste sin decir ni una palabra, Julia. Eso fue cruel.

—Fue mi padre quien decidió volver a Éfeso.

—Ah —dijo Calabá, asintiendo—. Ahora veo. No tuviste tiempo para decirles adiós a tus amigos. —Volvió a torcer la boca, esta vez burlándose ligeramente de Julia.

Julia se ruborizó y miró hacia otra parte.

—Te despediste de Octavia —dijo Calabá, con un tono de voz que no revelaba nada.

Julia la miró suplicante.

—No podía verte después de que murió Cayo.

—Eso lo comprendí —dijo Calabá con amabilidad.

Estremeciéndose, Julia admitió:

—Tenía miedo.

—Porque yo sabía —dijo Calabá—. ¿Nunca te detuviste a pensar? Querida, yo lo sabía *todo*. Compartiste tu tormento conmigo. Sabía lo que te hacía Cayo para su placer. Me mostraste las marcas en tu cuerpo. Y ambas sabíamos lo que hubiera hecho Cayo por enojo. Julia, ¿quién más que yo podía entender lo que estabas pasando y la difícil decisión que Cayo te obligó a tomar? Deberías haber confiado en mí.

Julia se sintió débil frente a esos ojos oscuros e insondables. Calabá le cubrió la mano con la suya.

—La nuestra es una verdadera amistad, Julia. Te conozco como no te conoce nadie. Sé lo que has hecho. Sé quién eres. Sé lo que eres capaz de hacer. Eres muy especial para mí. Estamos unidas.

Como arrastrada por una fuerza superior a su voluntad, Julia se inclinó hacia el abrazo de Calabá.

—Discúlpame por haberme negado a verte en Roma. —Calabá la acarició suavemente, susurrando algo alentador—. Sentí que tenías algún control sobre mí. Eso me atemorizaba. Ahora entiendo mejor. Eres la única verdadera amiga que tengo. —Se separó de ella ligeramente—. Me parece que Cayo sabía lo que yo estaba haciendo hacia el final.

La boca de Calabá se torció.

—Todos deben sufrir las consecuencias de sus fallas.

Julia se estremeció.

—No quiero volver a pensar en eso. Nunca más.

Calabá pasó unos dedos fríos sobre la frente de Julia.

—Entonces no lo hagas —dijo para tranquilizarla—. Recuerda lo que te enseñé, Julia. Cayo fue simplemente un episodio. Tienes mucho para experimentar hasta llegar a ser la persona que sé que serás. Todo se te revelará a su tiempo.

Julia olvidó todos los motivos por los que había evitado a Calabá y habló con ella tan libremente como lo había hecho en Roma. La voz de Calabá era melodiosa y tranquilizante.

—¿Qué te parece tu vida en Éfeso?

—La disfrutaría más si tuviera mi libertad. Padre le ha encargado todo el manejo a Marcus. Tengo que rogarle cada centavo.

—Es lamentable que las mujeres dejen su suerte al antojo de los hombres. Especialmente cuando no es necesario.

—No tenía otra opción.

—Siempre hay alguna opción. ¿O es que disfrutas de tu dependencia?

Con orgullo, Julia levantó su mentón.

—Hago lo que me place.

Calabá se mostró fría y divertida.

—¿Y qué es lo que te place? ¿Una aventura amorosa con un gladiador? Te degradas como Octavia.

Julia entreabrió los labios.

—¿Cómo sabes de Atretes? ¿Quién te lo dijo? —dijo en voz baja.

—Sertes. Es un viejo amigo. —Calabá volvió a apoyar su mano sobre la de Julia—. Pero debo decirte que en Éfeso ya corre el rumor de que la hija de uno de los comerciantes más ricos del imperio ha tomado a Atretes como amante. No pasará mucho tiempo antes de que toda la ciudad sepa tu nombre.

Furiosa, Julia se envolvió en altivez.

—¡No me importa lo que diga la gente!

—¿No?

La expresión de Julia se relajó.

—Lo amo. Lo amo tanto que moriría si no pudiera estar con él. Me casaría con él si fuera libre.

—¿Lo harías? ¿Realmente lo harías? ¿Es amor, Julia, o es su belleza, su brutalidad? Atretes fue capturado en Germania. Es un bárbaro. Odia a Roma con una pasión que supera tu comprensión. Y tú, querida, eres romana hasta la médula.

—Él no me odia. Me ama. Sé que me ama.

—Cayo también te amaba. Y eso no le impidió usarte para sus propios propósitos.

Julia parpadeó.

Satisfecha, Calabá se puso de pie.

—Debo irme. Estoy muy aliviada y complacida porque somos amigas nuevamente. —Sonrió. Su visita le había resultado sumamente gratificante—. Primus me invitó a acompañarlo a la celebración que hace tu hermano por el cumpleaños del procónsul esta noche —dijo, y pasó ligeramente el reverso de sus dedos por la mejilla de Julia—. No quería perturbarte apareciendo inesperadamente.

Julia estaba distraída.

—Conocí a Primus. Es uno de los consejeros del procónsul, ¿verdad?

—Está muy versado en modales y costumbres extranjeras.

—Es apuesto y divertido.

Calabá rió suavemente, sus oscuros ojos velados.

—Primus es muchas, muchas cosas.

Julia la acompañó hasta la puerta. Cuando la cerró, Febe habló desde las escaleras.

—¿Está todo bien, Julia?

—Todo está bien, madre, muy bien —dijo, tratando desesperadamente de creerlo.

31

Décimo estaba perdiendo la batalla. Inmediatamente después de su regreso a Éfeso, había rendido homenaje en el templo de Asclepio, el dios de la curación. Después de consultar a los sacerdotes, había pasado horas en una piscina rodeada de columnas, entre las víboras. El miedo y la repulsión que sentía cuando esos reptiles se retorcían y reptaban sobre su cuerpo deberían haber espantado a cualquier espíritu maligno que le estuviera causando la enfermedad, pero eso no había pasado.

Cuando fallaron las víboras, Décimo consultó a los médicos, quienes afirmaron que una limpieza interior sería curativa. Se sometió a purgas, vomitivos y sangrías hasta que la debilidad casi lo llevó a la muerte. Aun así, la enfermedad progresaba. Abatido, Décimo cayó en un estado de letargo y desesperanza.

Febe sufría con él. Verlo ceniciento por los tratamientos y padecer tanto dolor era una agonía para ella. Compraba drogas para aliviar su dolor, pero la amapola y la mandrágora lo dejaban semiconsciente. A veces se negaba a tomarlas porque quería estar consciente de lo que ocurría a su alrededor.

Cuando corrió la voz de la enfermedad debilitante de Décimo, expertos en medicina se presentaron ante Febe con tratamientos y teorías, todos asegurando que le devolverían la salud. Todos querían ayudarlo a mejorar. Todo el mundo tenía consejos, teorías y sugerencias de mejores médicos, herbolarios o curanderos.

Columbela, una espiritista, convenció a Febe de que no debía confiar en los médicos; afirmaba que utilizaban a los enfermos que no podían curar para experimentar nuevos métodos y tratamientos. Columbela decía que los métodos no científicos restaurarían la vitalidad de Décimo y recomendaba sus propias pociones e infusiones de hierbas, que habían ido pasando de siglo en siglo. La salud, insistía Columbela, era cuestión de un equilibrio con la naturaleza.

Décimo bebió sus espantosos brebajes y comió las extrañas hierbas amargas que ella recetó, pero no armonizaron ni equilibraron las energías en su cuerpo como Columbela había afirmado que harían. No lo dañaron, pero tampoco lo sanaron.

Marcus lo llevó a los baños termales para que se sumergiera

en las aguas purificadoras y lo presentó a Orontes, un masajista que tenía fama de tener mano sanadora. Orontes afirmaba que los masajes podían sanar. Cuando eso también fracasó, Julia se acercó a Décimo y le dijo que Calabá había opinado que él podía lograr su propia sanación si accedía a los recursos de su imaginación y su mente. Julia le tomó la mano y le pidió que se concentrara y se visualizara en perfecta salud, y sería así. Décimo casi lloró ante su inconsciente crueldad, porque con esas palabras lo estaba culpando de su enfermedad y de ser demasiado débil como para superarla, cuando había luchado contra la misma con cada gramo de su voluntad.

En cada visita, veía en su hija desilusión y una sutil acusación, y sabía que ella consideraba que carecía de la «fe» que hacía falta para sanarse.

«Intenta esto —dijo un día y le colgó del cuello un cristal de cornalina—. Es algo muy especial para mí. Vibra en armonía con los patrones de energía de los dioses, y si puedes ponerte en sintonía con esas vibraciones, recibirás sanidad —lo dijo con voz tranquila, pero luego sus ojos se llenaron de lágrimas y se recostó sobre su pecho gimiendo—. Oh, papá...».

Sus visitas se hicieron menos frecuentes y más breves después de eso.

Décimo no la culpaba. Un hombre que estaba muriendo era una compañía deprimente para una bella joven tan llena de vida. Tal vez se había convertido en un nefasto recordatorio de su propia mortalidad.

¿Por qué no podía morir y terminar con todo esto? Una docena de veces había pensado en el suicidio para terminar con su sufrimiento. Sabía que su familia sufría con él, especialmente Febe. Pero cuando trataba de llevar a cabo la decisión de quitarse la vida, descubría que en lugar de eso se aferraba a ella. Cada momento, sin importar lo dolorido que estuviera, le resultaba precioso. Amaba a su esposa. Amaba a su hija y a su hijo. Egoístamente, tal vez, porque por amor debería liberarlos, pero descubría que no podía. Y sabía por qué.

Tenía miedo.

Hacía mucho tiempo que había perdido la fe en los dioses. No eran una ayuda; tampoco una amenaza. Pero lo que veía hacia adelante era penumbra, oscuridad, una eternidad de la nada, y eso lo aterraba. No tenía ningún apuro por entrar en el olvido, y sin embargo, este lo estaba arrastrando. Cada día que pasaba, sentía que la vida se le escapaba un poco más.

Febe se daba cuenta y también tenía miedo.

Como lo cuidaba constantemente, Febe percibía su lucha interior y sufría con él. Había buscado a cada experto y método que había y ahora tenía que quedarse impotente y verlo luchar contra el dolor incesante, luchar por la vida misma. Mezclando sus bebidas con fuertes dosis de amapola y mandrágora, intentaba darle todo el alivio que podía. Luego se sentaba y le sostenía la mano hasta que se dormía. A veces iba a sentarse en uno de los rincones donde nadie la vería y lloraba hasta que no le quedaban lágrimas.

¿Qué había hecho mal? ¿Qué podía hacer para mejorar las cosas? Le rezaba a cada dios que conocía; daba ofrendas generosas, ayunaba, meditaba. Imploraba respuestas desde lo profundo de su ser y no obstante tenía que ver morir lentamente y en agonía al hombre que amaba desde el momento que lo vio, siendo una muchacha muy joven, el hombre que le había dado hijos y amor y una vida maravillosa.

A veces, en la quietud de la noche, cuando el silencio era tan intenso que le resonaba en los oídos, se recostaba lo más cerca que podía de Décimo, sosteniéndolo. Y oraba desesperadamente, no a sus propios dioses, sino al dios invisible de una joven esclava.

Atretes se levantó de su banco de piedra cuando se abrió su celda y vio a Hadasa parada en el corredor iluminado por antorchas. Dejaron el ludus juntos, ambos en silencio. Atretes comenzó a sentir que la ira crecía en su interior. ¿Dónde había arreglado Julia el encuentro esta vez? ¿En una posada? ¿En la despensa de la villa de su hermano? ¿En una fiesta, donde podrían escaparse por unos minutos a una habitación privada? Su boca se tensó.

Cada vez que ella lo llamaba de esta manera le arrancaba otra porción de su orgullo. Solo cuando la tenía entre sus brazos, y ella le suplicaba que la amara, recuperaba algo de su orgullo. Pero después, en la celda, cuando no tenía nada que hacer con su tiempo salvo pensar, se odiaba a sí mismo.

Sertes le había dicho el día anterior que los juegos en celebración de Liberalia serían en dos semanas. Se había planeado una contienda por eliminación. Comenzarían doce pares; al que sobreviviera se le daría la libertad. Atretes sabía que el tiempo se le estaba agotando, y que esa oportunidad tal vez podría ser la única y última esperanza que tendría.

Atretes había decidido que si sobrevivía a la contienda y ganaba su libertad, jamás volvería a permitir que lo llevaran con Julia. ¡Julia tendría que ir a él! Compraría una casa en la calle Kuretes y mandaría un sirviente a buscarla, tal como ella hacía ahora por medio de Hadasa.

Durante los últimos tres años había amasado suficiente dinero como para vivir bien en Éfeso o comprar un pasaje de vuelta a

Germania y tomar una vez más el lugar que le correspondía como jefe de los catos. Seis meses atrás, no habría tenido ninguna duda sobre qué hacer. Ni siquiera se le habría ocurrido pensar en quedarse en Éfeso. Pero ahora estaba Julia.

Atretes pensó en las toscas casas comunales de su gente y las comparó con los lujosos salones de mármol donde se había criado Julia, y se preguntaba qué hacer. Como su mujer, ella tendría una posición de respeto en la comunidad, pero ¿podría adaptarse a la vida como él la había conocido?

¿Estaría dispuesta a adaptarse?

Hadasa lo llevó por una calle desconocida. Caminaba con más lentitud que otras veces, y tenía una expresión preocupada. Se detuvo frente a una escalera de caracol de mármol que subía a una casa enclavada en la ladera.

—Lo espera allá arriba —dijo, y después de indicarle el lugar, comenzó a retirarse.

—Obviamente esto no es otra posada. ¿Es acaso una de las casas de su hermano?

—No, señor. La casa le pertenece a Calabá Fontaneus. Mi señora la considera su mejor amiga.

Había algo sobreentendido en la forma que lo había explicado. Atretes la miró con curiosidad.

—Se entra por la puerta de abajo —dijo Hadasa antes de que a Atretes se le ocurriera otra pregunta.

Ansioso por estar con Julia, Atretes desestimó su inquietud. Subió por la escalera.

La puerta estaba abierta. Y al entrar se encontró en un corredor de servicio, con despensas a ambos lados y una escalera de piedra al final. Le recordó otro encuentro con Julia; ella lo había estado esperando en ese entonces.

Esta vez, otra mujer lo esperaba en las sombras de la escalera. Atretes avanzó hacia ella, sintiendo su evaluación crítica con cada paso que daba. Ella estaba tres escalones arriba de la base, de manera que estaba al nivel de sus ojos cuando se detuvo frente a ella. Los ojos de la mujer lo recorrieron y bajó un escalón. Tomó el amuleto que llevaba Atretes. Sosteniéndolo en la palma de la mano, lo miró y luego miró a Atretes, torciendo la boca en una sonrisa sardónica.

—Ah —dijo, y Atretes se encontró con los ojos más fríos que jamás hubiera visto.

Atretes le apartó la mano y preguntó:

—¿Dónde está Julia?

—Esperando su placer —dijo la mujer, riendo suavemente. El sonido le resultó irritante—. Por aquí —dijo, y le dio la espalda.

Con los ojos entrecerrados, Atretes la siguió hasta el segundo piso.

—Espera aquí —dijo la mujer, y abrió una puerta.

Atretes apretó los dientes con ira cuando la oyó decir «Julia, ha llegado tu gladiador» en un tono tan lleno de desprecio que la sangre le hirvió en la cara. Julia dijo algo que no alcanzó a escuchar, pero el tono era de agitación más que de emoción y expectación.

Calabá volvió a salir.

—No está preparada para ti. Espera aquí y te llamará cuando lo esté. —Levantó una ceja—. Asegúrate de servirla bien —dijo, y salió por el corredor.

Atretes la miró con furia negra, y luego explotó y actuó. Abrió la puerta de golpe y encontró a Julia sentada frente a un tocador cubierto de recipientes con maquillajes y perfumes. Dos sirvientas se ocupaban de su cabello, y ambas se congelaron ante su presencia.

—Fuera —les dijo, señalando la puerta.

Salieron huyendo como ratones a sus escondites.

Julia se quedó mirándolo consternada.

—Quería estar absolutamente perfecta antes de...

Atretes la puso de pie con un tirón y la arrastró a sus brazos. Cuando ella intentó abrir la boca para protestar, él se la tapó con la suya. El cabello se le soltó entre los dedos de Atretes, y los alfileres con perlas se cayeron y desparramaron por el piso.

Julia luchó.

—Me estás arruinando el cabello —dijo con un jadeo cuando él le permitió un instante para que recuperara el aire.

—¿Piensas que me importa tu cabello? —dijo con violencia—. Salvo para hacer esto. —Hundió sus dedos en el cabello, sujetándolo con los puños cerrados mientras volvía a besarla.

Julia lo empujó.

—Me estás lastimando. ¡Basta! —Cuando Atretes la soltó abruptamente, Julia se alejó enojada, tocándose el cabello y mirándolo airada—. ¿Sabes cuánto tiempo tuve que estar ahí sentada mientras me peinaban solo para estar bella para ti?

—Entonces úsalo suelto —dijo Atretes entre dientes—. Como las mujeres que me envían a la celda.

Los ojos de Julia destellaron con ira.

—¿Me estás comparando con una prostituta común?

—¿Has olvidado cómo nos conocimos? —dijo, todavía furioso porque ella le había ordenado esperar en el vestíbulo. ¿Quién creía que era él? ¿*Qué* creía que era?

El mal genio de Julia también se avivó.

—¡Tal vez deberíamos esperar hasta que estés de mejor humor! —dijo, dándole la espalda. Hizo un gesto con la mano como para echarlo de su presencia.

En un arranque de furia, Atretes la hizo girar.

—¡No! —dijo entre dientes—. Todavía no.

Después de unos minutos, ella estaba dócil y temblorosa, aferrándose a él.

—Tal vez tengas razón —dijo con una sonrisa burlona soltándola de repente, por lo que ella trastabilló hacia atrás—. En otro momento.

—¡Atretes! ¿Adónde vas? —gritó, sintiéndose despojada y abandonada.

—De vuelta al ludus.

Julia lo alcanzó antes de que abriera la puerta.

—¿Qué te pasa esta noche? ¿Por qué actúas así? ¿Por qué eres tan cruel conmigo? —Le atrapó la mano antes de que accionara el pestillo—. No me dejes. —Lo rodeó con sus brazos y se aferró a él.

Atretes le sujetó los brazos y se liberó.

—¡Le pagas a Sertes y me haces venir como a una ramera!

Ella lo miró sorprendida.

—¡No es esa mi intención y tú lo sabes! Es la única forma que pude encontrar para estar contigo de nuevo. He entregado a Sertes la mitad de mis joyas para estar contigo. Se lo daría todo si fuera necesario. Te amo, Atretes. ¿No lo sabes? Te amo. —Julia lo obligó a bajar la cabeza y lo besó—. Y tú me amas también. Lo sé.

El deseo de Atretes reapareció con rapidez, a tono con el de ella.

—No me hagas esperar otra vez —dijo, aflojando las riendas de su pasión.

Durante una hora, Atretes pudo olvidar todo salvo lo que sentía al estar con Julia Valeriano. Pero en el silencio que siguió, se sintió vacío.

Tenía que alejarse de ella. Tenía que pensar.

—¿Adónde vas? —preguntó Julia.

—Voy de regreso al ludus —dijo secamente, a la defensiva, porque nunca la había visto tan bella como en ese momento. Seguía cautivado por ella, pero de alguna manera, tal vez incluso sin saberlo, ella solo aumentaba su hambre interior, en lugar de saciarla.

—Pero ¿por qué? Puedes quedarte conmigo casi hasta el amanecer. Está todo arreglado.

—No conmigo —dijo Atretes fríamente. Miró a su alrededor la lujosa alcoba y pensó en la mujer repugnante y arrogante que era la propietaria de la casa—. No vendré aquí otra vez.

Julia se incorporó.

—Pero, ¿por qué? Calabá dijo que podía usar su casa siempre que quisiera. ¡Es el lugar perfecto para encontrarnos! —Julia reconoció la ira contenida en sus ojos y la obstinada rigidez de su mandíbula. Temió que se pusiera irracional—. ¿Dónde sugieres que nos encontremos, Atretes? ¿Pretendes que vaya a tu vil y minúscula celda?

Atretes le lanzó una mirada sarcástica.

—¿Por qué no? Podría ser una experiencia nueva e interesante para ti.

—Todo el mundo en Éfeso lo sabría por la mañana.

Atretes apretó los músculos de la mandíbula.

—Así que es por eso. —Recogió su cinturón y se lo puso.

Julia comprendió que se había sentido insultado.

—¡No, no es eso! Lo sabes. Mi familia no aprobaría nuestra relación. Mi padre y mi hermano tienen posiciones muy importantes en esta comunidad. Si alguno de ellos descubriera que tengo por amante a un gladiador, me pondrían bajo custodia para alejarte de mí. ¿No lo entiendes? Atretes, me casarían con un hombre mayor y rico del otro extremo del imperio. ¡Ya lo hicieron antes!

—¿Y si yo fuera libre?

Julia parpadeó. La posibilidad había sido tan remota, que había intentado no pensar jamás en ella.

—No lo sé —tartamudeó—. Todo cambiaría. —Frunció levemente el ceño.

Atretes entrecerró los ojos. Podía ver que Julia estaba calculando las posibilidades. Torció la boca en una sonrisa cínica y amarga.

—Atretes —dijo Julia como hablándole a un niño—, pasarán años antes de que ganes tu libertad y lo sabes. No podemos contar con esa esperanza. Tenemos que disfrutar cada minuto que tengamos para estar juntos.

Atretes se calzó las sandalias. El martilleo en su cabeza era como el tambor que solía escuchar en el bosque.

—No te vayas —dijo Julia, sintiendo que algo estaba muy mal entre ellos. Cuando Atretes se enderezó, ella le tendió las manos—. Quédate conmigo. ¿Por qué eres tan obstinado? Sabes que quieres quedarte.

—Oh, ¿sí?

Julia dejó caer los brazos y juntó las manos, herida porque Atretes se mostraba muy arrogante. Cubriéndose de orgullo, Julia levantó la barbilla.

—¿Contacto a Sertes en unos días o prefieres que te deje en paz?

Su boca se curvó en un gesto sardónico mientras abría la puerta.

—Siempre me abstengo de mujeres antes de luchar en los juegos —dijo.

El temor se apoderó de Julia ante sus palabras desconsideradas.

—¿Qué juegos? —dijo, entrando en pánico ante la idea de que podía perderlo. Atretes cruzó la puerta—. ¡Atretes!

Atretes caminó por el corredor iluminado con lámparas y bajó las escaleras de a tres escalones por vez.

—Fuera de mi camino —le dijo a un fornido guardia que estaba en el recibidor principal, y salió directamente por la puerta del frente. La oyó llamándolo. Cuando llegó al final de las escaleras y salió a la calle, se detuvo a respirar aire limpio. Mirando hacia atrás, vio que Julia no se había preocupado lo suficiente como para seguirlo hasta la calle, donde podía ser vista.

Miró a su alrededor, sin saber muy bien dónde estaba, y maldijo violentamente. Al venir, solo había pensado en estar con Julia. Debería haber prestado más atención al camino.

Unos pasos suaves lo hicieron volverse instintivamente, listo para contraatacar. La muchacha esclava estaba cerca del portón, mirándolo.

—Te mostraré el camino —dijo.

—No antes de que pueda caminar un poco.

Atretes sabía que ella lo seguía, pero no aminoró el paso. Había otros en la oscuridad que también lo vigilaban, otros enviados por Sertes para proteger su inversión. Podría haberlos llamado para que le indicaran el camino. Un pensamiento mortificante. Llévame de regreso a la prisión. Ponme otra vez las cadenas.

Vio el templo de Artemisa, pero una mano parecía hacerlo alejarse de allí. En lugar de eso, se encontró siguiendo un camino que lo llevaba al estadio. Cuando llegó, se quedó un largo tiempo mirándolo, escuchando el eco de los gritos, oliendo la sangre. Cerrando los ojos, se preguntaba por qué, con las pocas horas de soledad y libertad que tenía, terminaba yendo allí.

Vagó entre las casetas vacías bajo las gradas de los espectadores, donde se vendía toda clase de desenfreno durante los juegos. Encontró una entrada y subió las escaleras. La luz de la luna llenaba el estadio, y encontró fácilmente el camino que conducía a los palcos donde se sentaban los más altos oficiales romanos. Sobre él ondeaba la lona. Uno de los toldos se había soltado; los demás habían sido enrollados y atados, dejando la plataforma abierta al cielo.

Atretes miró hacia abajo, a la arena. Pronto Julia estaría sentada allí donde él estaba ahora, mirándolo luchar por su vida. Mirándolo acabar con la vida de otros. Y ella lo disfrutaría.

La pequeña judía se paró junto a él.

—Ambos servimos a Julia, ¿verdad? —dijo Atretes, pero ella no respondió. La miró y vio que observaba el estadio a su alrededor como si nunca antes hubiera estado allí. Temblaba visiblemente, sacudida por estar en ese lugar de muerte.

—Estaré allí luchando dentro de pocos días —dijo Atretes—.

Sertes me anotó en los juegos eliminatorios. ¿Sabes lo que es? —La muchacha sacudió la cabeza sin mirarlo, y Atretes se lo explicó—. Pareciera que Artemisa me ha sonreído —dijo secamente, mirando a otra parte—. La próxima semana a esta hora estaré muerto o libre.

Atretes volvió a mirar la arena. Parecía un mar blanco iluminado por la luna. Limpio. Pero no olvidaba las manchas de sangre de cada hombre que había matado.

—Tal vez la muerte es la única libertad.

Hadasa le tomó la mano.

—No —dijo suavemente.

Sorprendido, Atretes la miró, asombrado de que lo hubiera tocado. Le sostenía la mano como si uno de ellos fuera un niño.

—No —dijo la muchacha nuevamente y, volviéndose para mirarlo de frente, le sostuvo firmemente la mano entre las suyas—. No es la única libertad, Atretes.

—¿Qué otra libertad hay para un hombre como yo?

—La libertad que Dios da.

Él soltó su mano.

—Si tu dios no pudo salvar a Caleb, no me protegerá a mí. Es mejor que ponga mi confianza en Artemisa.

—Artemisa no es otra cosa que piedra muerta.

—Tiene el símbolo de Tiwaz, el dios espíritu de las selvas negras de mi tierra natal. —Levantó el amuleto que llevaba alrededor de su cuello. Su talismán.

Hadasa lo miró tristemente.

—Se utiliza una cabra para conducir a los borregos a la matanza.

Atretes cerró el puño alrededor del talismán.

—Entonces ¿debo hacerme judío? —comentó sardónicamente.

—Soy cristiana.

Atretes respiró con fuerza, mirándola como si fuera una paloma a la que, de repente, le habían salido cuernos. Los cristianos eran carne de cañón en la arena. Nunca había entendido exactamente por qué... ¿Qué amenaza significaba para Roma gente que ni siquiera luchaba? Tal vez era eso. Los romanos premiaban la valentía, incluso en sus víctimas. La cobardía los volvía locos. A los cristianos se les entregaba como alimento a los leones porque era algo vergonzoso, reservado para los peores criminales y los más bajos cobardes. La única muerte más humillante que esa era ser colgado en una cruz.

¿Por qué le había dicho que era cristiana? ¿Por qué se había arriesgado así? Atretes podía decírselo a Sertes, que siempre andaba a la búsqueda de víctimas para servir a la turba hambrienta; podía decírselo a Julia, que hablaba con libertad de su desprecio por los cristianos.

Atretes frunció el ceño, consciente de que Julia posiblemente no sabía que su criada personal era de ese aberrante culto.

—Será mejor que no se lo digas a nadie —dijo.

—Lo he hecho —dijo Hadasa—. Lo he guardado en secreto demasiado tiempo. Esta puede ser la última oportunidad que tengo de hablar contigo, Atretes, y temo por tu alma. Debo decirte...

—No tengo alma —dijo, cortándole la frase. No sabía lo que era el alma. No estaba seguro de querer saberlo.

—La tienes. Todos la tenemos. Por favor escucha —le rogó—. Dios vive, Atretes. Vuélvete a él. Clama a él y él te responderá. Pide a Jesús que entre en tu corazón.

—¿Jesús? ¿Quién es Jesús?

La muchacha abrió la boca para responder.

—Silencio —dijo Atretes de repente, secamente, y ella también oyó a los guardias que se acercaban. Un temor paralizante la recorrió al levantar la mirada y ver a los soldados romanos a pocas gradas encima de ellos, mirándolos como aves de rapiña. Recordó los gritos de los que morían en Jerusalén, el bosque de cruces fuera de las murallas destruidas, los sobrevivientes que sufrían. Se le secó la boca.

—Es hora de regresar, Atretes —dijo uno—. Está amaneciendo.

Los demás los rodearon, listos para actuar si se negaba a obedecer.

Atretes asintió. Sus ojos parpadearon al encontrarse con los de Hadasa y frunció ligeramente el ceño.

—Fuiste tonta al decírmelo —dijo de manera que solo ella pudo oírlo.

La muchacha intentó no llorar.

—Fui tonta al no decírtelo todo antes.

—No hables más —le ordenó y vio los ojos de Hadasa llenos de lágrimas.

Hadasa puso la mano sobre el brazo de Atretes.

—Oraré por ti —dijo, y apretó la mano como para retenerlo y hacerlo escuchar—. Oraré para que Dios me perdone por mi temor y nos dé otra oportunidad para hablar.

Atretes frunció el ceño, perplejo y extrañamente conmovido. Se volteó y subió las escaleras; los guardias lo rodearon, cercándolo. Cuando llegó al pórtico del corredor que daba a las escaleras hacia afuera, miró hacia atrás. Hadasa seguía parada allí.

Atretes nunca había visto ojos así: ojos tan llenos de compasión que atravesaron la corteza de su corazón.

—Dijo que participará en los juegos otra vez —dijo Julia, molesta porque Calabá le había impedido seguir a Atretes.

—Claro que va a participar en los juegos. Es un gladiador.

—¿Acaso no lo comprendes? ¡Podría morir! Los únicos juegos programados son en celebración de Liberalia, y Sertes planea unos juegos eliminatorios. Me lo dijo Marcus ayer. Atretes no luchará solo contra uno o dos hombres. —Apretó los puños contra sus sienes—. Fui tan necia, tan necia. Ni siquiera pensé en lo que significaba. ¿Y si lo pierdo? No podría soportarlo, Calabá. No podría.

—¿Y si vive? —dijo Calabá, en un tono extraño que hizo que Julia la mirara.

—Sertes tendría que darle la libertad.

—¿Qué pasaría entonces? ¿Qué esperaría él de ti?

—No lo sé. Me casaría con él si me lo pidiera.

—¿Serías tan tonta? —dijo Calabá despectivamente—. Es peor que Cayo, Julia.

—No lo es. No tiene nada que ver con Cayo. Estaba enojado conmigo porque lo dejé esperando en el pasillo.

—No estoy hablando de su violencia, aunque también hay que considerarla. Estoy hablando de la forma en que te *controla*. Su orgullo sufre una leve raspadura y se va. ¿Y qué haces tú? ¿Te tomas tu tiempo y esperas que entre en razón y se disculpe? Deberías haberte visto, Julia, corriendo tras él. Fue incómodo ver cómo te comportabas tan mal.

Julia se ruborizó.

—Quería que se quedara.

—Cualquiera en Éfeso podría haber visto cuánto querías que se quedara —dijo Calabá—. ¿Exactamente quién controla la relación?

Julia miró a otra parte, recordando la cortante afirmación de Atretes de que se abstenía de mujeres antes de los juegos. ¿Tenía otras mujeres cuando no estaba con ella? Julia esperaba ser la única mujer en su vida, pero ¿y si ella fuera solo una entre muchas?

Calabá le levantó la barbilla y la miró a los ojos.

—Este gladiador te debe respeto. ¿Quién se cree que es? ¿El procónsul de Éfeso? ¿Por qué le permites que te trate como a una concubina? —Retiró su mano y sacudió la cabeza—. Me desilusionas, Julia.

Humillada y avergonzada, Julia se puso a la defensiva.

—Atretes es el gladiador más famoso del imperio. Tiene más de cien matanzas en su haber. Hacen estatuas en su honor.

—¿Y esas cosas lo hacen digno de ti? Eres una ciudadana romana, hija de uno de los hombres más ricos del imperio, una mujer acaudalada. Ese Atretes no es otra cosa que un animal bruto capaz de pelear en la arena, un bárbaro que carece del menor refinamiento. Debería sentirse honrado porque lo elegiste como amante, y estar agradecido por cada momento que le otorgas.

Julia parpadeó, mirando los ojos oscuros de Calabá.

—No lo había pensado de esa manera.

Calabá puso su mano sobre la de Julia, apretándola levemente.

—Lo sé. Tienes una baja opinión de ti misma. Has permitido que te convierta en su esclava.

Julia volvió a mirar a la distancia, más avergonzada. ¿Era su esclava? Recordó cómo le había rogado a Atretes que se quedara y cómo había corrido detrás de él. Eso no lo había detenido. Ella se había humillado, y él le había dado la espalda.

—Tienes que ponerlo en el lugar que le corresponde, Julia. Él es el esclavo. No tú.

—Pero podría ganar su libertad.

—Entiendo por qué piensas así, pero piensa un poco más. ¿Sabes que los bárbaros matan a sus esposas si tienen otro amante? Las ahogan en un pantano. ¿Y si este gladiador gana su libertad y te casas con él? Tal vez estarías contenta por un breve tiempo, pero ¿y si te cansas de él? Si te atreves siquiera a mirar a otro hombre, te mataría. En Roma, un esposo tiene derecho a matar a una esposa infiel, aunque pocos son tan hipócritas como para hacerlo. Este hombre no lo pensaría dos veces antes de matarte con sus propias manos.

Julia sacudió la cabeza.

—No soy como tú. Lo amo. No puedo evitarlo. No puedo renunciar a él por miedo a lo que pueda ocurrir.

—No tienes que renunciar a él —dijo Calabá, levantándose del sofá.

—¿Qué quieres decir?

Calabá se quedó pensativa durante un largo momento.

—Podrías casarte con otro hombre, un hombre en quien pudieras confiar implícitamente. Un hombre que te diera completa libertad para hacer lo que te plazca. Bajo esas circunstancias, Atretes podría seguir siendo tu amante mientras quisieras. Si te cansaras de él, no sería un problema. Le das un regalo simbólico para salvar su orgullo y lo envías de regreso a Germania o adonde sea que quiera ir.

Julia sacudió la cabeza.

—He estado casada antes y lo odio. Claudio era peor que mi padre. Y Cayo. Ya sabes lo que era Cayo.

—Tendrías que elegir al hombre con mucho cuidado.

—El único hombre en quien he confiado es Marcus.

—Difícilmente puedes casarte con tu hermano, Julia —dijo secamente Calabá.

—No quise decir eso —dijo Julia, con la cabeza agitada por los pensamientos que le iba lanzando Calabá. Se apretó los dedos contra las sienes que le latían.

—¿Todavía confías tanto en tu hermano?

—Por supuesto. ¿Por qué no lo haría?

—Me pregunto por qué vienes a mí en busca de ayuda con lo de Atretes en lugar de recurrir a él. Ya que confías en él, supongo que sabe de tu aventura amorosa y la aprueba. —Inclinando levemente la cabeza, estudió la cara esquiva de Julia—. ¿No lo sabe? ¿Qué haría si lo supiera? —Su pregunta dulce tenía un rasgo de burla—. Tu padre ha estado muy enfermo últimamente. ¿Marcus ha aflojado las riendas o las ha ajustado?

Julia apretó los labios. No podía negar que Marcus se estaba poniendo más difícil. En realidad se estaba volviendo demasiado parecido a su padre. En la última fiesta en la que ella había participado, Marcus prácticamente la había arrastrado fuera del salón por el brazo. La había metido en una habitación privada donde la acusó de ser *excesiva*. Cuando ella quiso saber qué significaba, dijo que su conducta entre sus invitados le recordaba a Arria. Obviamente no lo había dicho como un cumplido.

El solo pensar en eso le producía enojo nuevamente. ¿Qué tenía de malo hacer que todos los hombres de la fiesta la desearan? Además, ¿no era por eso que Marcus la quería como su anfitriona en primer lugar?

—Primero tu padre, luego Claudio y Cayo —dijo Calabá—. Y ahora permites que te gobiernen tu hermano así como un gladiador, un hombre que no es más que un esclavo de Roma. Ay, Julia —dijo cansada—. ¿Cuándo aprenderás que tienes un poder interior para controlar tu destino?

Julia se sentó, derrotada por el razonamiento de Calabá y sus propios deseos turbulentos y fuera de control.

—Incluso si conociera a un hombre lo suficientemente confiable como para casarme, necesitaría tener el consentimiento de Marcus.

—No, no es así. Has oído hablar de matrimonio por *usus*, ¿verdad?

—¿Sencillamente irme a vivir con un hombre?

—Se puede hacer un acuerdo entre tú y el hombre que elijas, si así lo deseas, aunque no sería necesario. El matrimonio por usus es muy simple y legalmente vinculante solo en la medida que uno desea. Pero suficientemente vinculante como para recuperar el control de tu propio dinero.

Julia la miró.

—Muchas mujeres lo hacen para proteger sus propiedades —dijo Calabá—. Tomemos un ejemplo. Si este gladiador fuera libre y quisiera casarse contigo, ¿crees que te permitiría controlar el dinero que aportarías al matrimonio? ¿Crees que podrías hacer con él lo que quisieras? Lo he visto una sola vez, pero fue suficiente para darme cuenta que elegirá dominar. Pero si estuvieras casada con alguien más por usus, él no podría ejercer ese tipo de control. Tendrías tu dinero y tu libertad a tu alcance, y no habría forma en que pudiera arrebatarte ninguno de los dos. Por otro lado, si te casas con él, todo cuanto tienes se vuelve suyo.

—¿Y si el hombre con quien me casara por usus quisiera ejercer el control?

—Sencillamente te vas. Así de simple. Como te dije, Julia, ese tipo de matrimonio es legalmente vinculante en la medida que *tú* quieras que lo sea.

La idea atraía a Julia, pero había un problema.

—No conozco a nadie con quien quisiera vivir.

Después de un largo y pesado silencio, Calabá dijo tranquilamente:

—Está Primus.

—¿Primus? —Julia recordó al joven apuesto que Marcus invitaba con frecuencia a sus celebraciones. Primus estaba políticamente bien relacionado. Era bien parecido, encantador, y a menudo divertido. Pero había algo en él que repelía a Julia—. No lo encuentro atractivo.

Calabá se rió suavemente.

—También es muy poco probable que tú le atraigas, querida. Primus está enamorado de su catamito.

Julia palideció.

—Sugieres que me case con un *homosexual*?

Calabá se veía impaciente.

—Como de costumbre, piensas como una niña, o como una persona tan atrapada en el pensamiento tradicional que no ves el beneficio de ninguna otra cosa. Sencillamente te estoy presentando un aceptable estilo de vida alternativo. Estás enamorada de ese gladiador tuyo, pero sabes que si te casaras con él, tendrías menos libertad de la que tienes ahora. Con Primus, podrías hacer lo que quisieras. Atretes podría seguir siendo tu amante, y tú tendrías tu dinero y tu libertad. Primus es el esposo perfecto para ti. Es maravillosamente apuesto, inteligente, entretenido. Es amigo íntimo del procónsul. Con las conexiones de Primus disfrutarías de relacionarte con los más altos niveles de la sociedad romana y efesia. Y lo mejor de todo, Primus es muy fácil de manejar.

Volvió a sentarse junto a Julia y puso sus manos sobre las de ella.

—Sugerí a Primus porque cualquier otro hombre esperaría ciertos favores predecibles de tu parte, favores que tal vez no quieras otorgarle a otro que no sea este gladiador. Primus no te exigiría nada.

—Con seguridad esperará algo a cambio.

—Apoyo financiero —dijo Calabá.

Julia se puso de pie.

—No necesito otro hombre como Cayo que merme todo lo que tengo.

Calabá la observó, sintiéndose satisfecha. Julia estaba siguiendo los pasos que había planeado para ella mucho tiempo atrás en Roma. La emoción le hormigueaba los nervios por el poder que tenía, un poder que Julia ni siquiera reconocía. Todavía no. Pero pronto lo haría.

—No necesitas preocuparte por eso, Julia —dijo con suavidad, con su melodiosa voz casi hipnótica—. Primus no juega, ni gasta dinero en amantes. Es fiel a su compañero, que lo adora. Primus lleva una vida sencilla, pero le gustaría vivir bien. Alquila una casa pequeña no lejos de aquí. Podrías mudarte con él allí hasta que recuperes el control de tu dinero. Tiene una alcoba extra. Una vez que establezcas el derecho legal sobre tus propiedades, podrías comprar una villa más grande en una zona mejor de la ciudad. Más cerca del templo, tal vez —su boca se curvó burlonamente—, o más cerca del ludus, si lo prefieres.

Julia se quedó en silencio largo rato; las emociones se reflejaban en su hermoso rostro, alternándose rápidamente.

—Lo voy a pensar —dijo.

Calabá sonrió, sabiendo que ya se había decidido.

32

Hadasa se encontraba sacando agua del pozo en el peristilo cuando una de las muchachas esclavas vino a decirle que el amo quería verla en sus habitaciones. Febe estaba detrás del sofá donde Décimo yacía reclinado; su mano descansaba sobre el hombro de su esposo. Décimo tenía las mejillas pálidas y hundidas, y en sus ojos había una mirada enigmática y atenta. Febe posó los ojos en la pequeña arpa de Hadasa.

—No te llamamos para que nos toques música —dijo Febe solemnemente—. Queremos preguntarte algo. Por favor siéntate. —Indicó un banco cerca del sofá.

Hadasa sintió que un escalofrío de miedo recorría su sangre mientras se sentaba frente a ellos. Con la espalda erguida y las manos sobre la falda, esperó.

Fue Décimo quien habló, con la voz enronquecida por el dolor.

—¿Eres cristiana?

El corazón de Hadasa entró en revuelo como un frágil pajarillo en su interior. Un simple sí podía significar su muerte. Se le cerró la garganta.

—No tienes nada que temer de nosotros, Hadasa —dijo Febe con amabilidad—. Lo que nos cuentes no saldrá de esta habitación. Tienes nuestra palabra. Por favor. Solamente queremos saber de ese dios tuyo.

Todavía atemorizada, asintió con la cabeza.

—Sí, soy cristiana.

—Y todo este tiempo pensé que eras judía —dijo Febe, sorprendida de que Décimo hubiera estado en lo cierto respecto a la muchacha.

—Mi padre y mi madre eran de la tribu de Benjamín, mi señora. Los cristianos adoran al Dios de Israel, pero muchos judíos no reconocieron al Mesías cuando vino.

Décimo vio a su hijo entrar por el estudio contiguo. Marcus se detuvo cuando vio a Hadasa, y su mandíbula se tensó.

—¿Mesías? —dijo Febe, sin advertir la presencia de Marcus—. ¿Qué significa la palabra *Mesías*?

—*Mesías* significa "el ungido", mi señora. Dios descendió en forma de hombre y vivió entre nosotros. —Hadasa contuvo el aire y luego dijo—: Su nombre es Jesús.

—*Era* —dijo Marcus, entrando a la habitación. Hadasa se puso tensa cuando lo oyó. Marcus vio que sus mejillas se ruborizaban, pero Hadasa no se movió ni lo miró. Marcus observó la suave curva de su cuello y las delicadas hebras de cabello oscuro y ondulado sobre la nuca—. En las últimas semanas he averiguado algo sobre esa secta judía —dijo Marcus con brusquedad.

Le había pagado a unos hombres para que investigaran el culto, y le habían dado el nombre de un centurión romano retirado que vivía a las afueras de Éfeso. Marcus había ido a hablar con él. Debería haber estado satisfecho con lo que aprendió, porque podría destrozar la fe que tenía Hadasa. En lugar de ello, había estado deprimido durante días, evitando el momento de hablar con ella de nuevo.

Y ahora ella estaba difundiendo esa cancerosa historia a su propio padre y madre.

—Ese Jesús al que los cristianos consideran su Mesías fue un rebelde que crucificaron en Judea. La fe de Hadasa se basa en emociones más que en hechos, en una desesperación por tener respuestas a preguntas sin respuesta —dijo, dirigiendo sus afirmaciones a sus padres.

Luego miró a Hadasa.

—Jesús no fue un dios, Hadasa. Fue un hombre que cometió el error de desafiar a los poderes de Jerusalén y pagó el precio por eso. Desafió la autoridad del Sanedrín tanto como la del Imperio romano. Su solo nombre era suficiente para generar insurrección. ¡Y sigue siéndolo!

—Pero ¿qué pasaría si fuera verdad, Marcus? —preguntó su madre—. ¿Y si fuera un dios?

—No lo fue. Según Epeneto, un hombre que conocí que vio lo que ocurrió allá, era un mago de cierta fama que realizaba maravillas y señales en Judea. Los judíos estaban hambrientos de un salvador y fueron convencidos con facilidad de que era su tan esperado mesías. Esperaban que expulsara a los romanos de Judea, y cuando no lo hizo, sus seguidores se volvieron en su contra. Uno de sus propios discípulos lo traicionó ante la suprema corte. Este Jesús fue enviado ante Poncio Pilato. Pilato intentó liberarlo, pero los mismos judíos exigieron que fuera crucificado porque era lo que consideraban un 'blasfemo'. Murió en una cruz, lo bajaron y lo enterraron en una tumba, y ese fue el fin.

—No —dijo Hadasa suavemente—. Resucitó.

Los ojos de Febe se abrieron grandes.

—¿Volvió a la vida?

Marcus maldijo en frustración.

—No lo hizo, madre. Hadasa, escúchame. —Se agachó y le volvió la cara bruscamente para que lo mirara—. Fueron sus discípulos quienes dijeron que había resucitado, pero fue todo un engaño tramado para extender este culto.

Hadasa cerró los ojos y sacudió la cabeza.

Marcus la sacudió ligeramente.

—*Sí*. Epeneto estaba en Judea cuando todo eso ocurrió. Ahora es un hombre mayor y vive a las afueras de la ciudad. Te llevaré con él si no me crees. Podrás oír la verdad por ti misma. Era uno de los centuriones que estuvieron cuidando la tumba. ¡Dijo que el cuerpo fue robado para hacer que la gente creyera en una resurrección!

—¿Lo vio? —inquirió Décimo, preguntándose por qué su hijo estaba tan determinado en destruir la preciosa fe de la joven esclava.

Marcus no vio ningún cambio en los ojos de Hadasa. La soltó y se puso de pie.

—Epeneto dijo que no vio que tomaran el cuerpo de la tumba, pero que esa era la única explicación lógica.

—¿Bajo las mismas narices de los guardias romanos?

—¿Quieres creer esa ridícula historia? —dijo Marcus enojado.

—¡Quiero saber la verdad! —dijo Décimo—. ¿Cómo sigue vivo ese tal Epeneto si fue un guardia de dicha tumba? Hay pena de muerte por descuidar sus deberes. ¿Por qué no fue ejecutado por fallar en ellos?

Marcus se había hecho la misma pregunta.

—Dijo que Pilato estaba harto de ser utilizado por las facciones judías. Su esposa había estado atormentada por sus sueños antes de que trajeran a Jesús ante Pilato, pero el Sanedrín y la turba judía lo obligaron a entregarles ese mesías suyo para ser crucificado. Pilato se lavó las manos de todo el asunto. No quería tener nada que ver con esos fanáticos religiosos, ¡y no estaba dispuesto a sacrificar a buenos soldados por un cuerpo desaparecido de un muerto judío sin importancia!

—A mí me parece que tendría que haber sido importante para todos los implicados asegurarse que el cuerpo permaneciera *en* la tumba —dijo Décimo.

—Resucitó —repitió Hadasa, tranquila frente a la arenga de Marcus—. El Señor se le apareció a María de Magdala y a sus discípulos.

—Los que probablemente mintieron para seguir manteniendo el cuento de este mesías —replicó Marcus.

—El Señor también apareció ante más de quinientos otros en cierta ocasión —continuó Hadasa.

Marcus vio la desesperada ansia de su madre de creer en cualquier cosa que ayudara a su padre. Había puesto la fe en dioses y diosas, en médicos y sacerdotes, en espiritistas y curanderos, y lo único que habían hecho era minar las fuerzas de su padre.

—Madre, no te sometas a esto. Es una mentira perpetrada por hombres ventajistas.

Hadasa se volvió levemente en su banco y lo miró. Su padre, ¿un ventajista? ¿Y Juan y todos los demás? Pensó en su padre, que salía a las calles de Jerusalén para hablar la verdad. *¿Por qué?* Le había preguntado ella. *¿Por qué?* Y ahora al mirar a Décimo, a Febe y a Marcus, y ver el sufrimiento, la desesperación y la desilusión, comprendió cuán equivocado estaba Marcus en todo.

—¿Qué motivo tendrían para mentir? —dijo con amabilidad.

—Dinero, poder y la estima de los hombres —dijo Marcus, pensado que finalmente la haría entender y abriría los ojos—. Esos son motivos por los que muchos hombres mentirían.

—¿Piensa que yo le mentiría a usted?

Marcus se ablandó. Quería agacharse y tomarle las manos y decirle que lamentaba haberla herido. Quería protegerla. La quería para él. Pero su fe en ese dios inexistente se interponía entre ellos.

—No —dijo sombríamente—. No creo que me mintieras. No creo que seas capaz de mentirle a nadie. Pienso que crees cada palabra de esta insensata historia porque te criaron para creerla. Te la metieron en la cabeza desde el día que naciste. Pero no es verdad.

Hadasa negó con la cabeza.

—Ay, Marcus —dijo con tristeza—. Está tan equivocado. ¡Es verdad! Jesús resucitó. ¡Vive! —Apretó sus manos unidas contra su pecho—. Está aquí.

—¡Está muerto! —dijo Marcus frustrado—. ¿Por qué no prestas atención a los hechos?

—¿Qué hechos? ¿La palabra de un guardia que no vio nada? ¿Qué ganaron los hombres que siguieron a Jesús? Nada de dinero, ni poder ni estima de los demás. Fueron denigrados como lo fue su Señor. Santiago fue decapitado por el rey Herodes Agripa. Andrés fue apedreado en Escitia. Bartolomé fue desollado vivo y decapitado en Armenia. Mateo fue crucificado en Alejandría, Felipe en Hierápolis, Pedro en Roma. Santiago el Menor fue decapitado por orden de Herodes Antipas. Simón el zelote fue cortado por la mitad en Persia. Y ninguno de ellos se retractó. Incluso ante la muerte, seguían proclamando a Jesús el Mesías. ¿Habrían todos ellos muerto así para preservar una mentira? Mi padre me dijo que todos tuvieron miedo cuando crucificaron a Jesús. Huyeron y se escondieron. Después que Jesús se levantó y vino a ellos, eran hombres diferentes. Transformados. No desde afuera, sino desde adentro, Marcus. Difundieron la Buena Noticia porque sabían que era verdad.

—¿Y cuál es la buena noticia? —preguntó Febe, temblando.

—Que el Señor vino, no para condenar al mundo, sino para salvarlo, señora. Él es la resurrección y la vida. Todo el que cree en Él vivirá aunque muera.

—En el monte Olimpo, con todas las otras deidades, supongo —dijo Marcus con mordacidad.

—Marcus —dijo Febe, avergonzada por su burla.

Marcus miró a su padre.

—Hadasa tiene razón en una cosa. Hablar de este mesías trae sufrimiento y muerte. La suya propia si persiste. Ese Jesús predicó que el hombre es responsable únicamente ante dios, no ante el César. Si ella ayuda a difundir esta religión, terminará en la arena.

Hadasa estaba mortalmente pálida.

—Jesús dijo que demos al César lo que es del César, y a Dios lo que es de Dios.

—Y según tus propias palabras, ¡todo lo que eres, todo lo que haces, es en servicio a ese dios tuyo! ¿No es así? ¡Le *perteneces* a él!

—Marcus —dijo Febe, perturbada por la intensidad de su hijo—. ¿Por qué la atacas de esa manera? Ella no vino para hablarnos de su dios. Nosotros la llamamos para preguntarle.

—Entonces deja las cosas como están, madre. Deja que su dios siga invisible y olvidado —dijo—. Su fe se basa en un dios que no existe y en un hecho que nunca ocurrió.

Todos quedaron en silencio. Hadasa lo rompió, como un eco en los cañones de sus mentes, un parpadeo de luz en la oscuridad.

—Jesús levantó a mi padre de los muertos.

—¿Qué has dicho? —susurró Febe.

Hadasa levantó los ojos.

—Jesús levantó a mi padre de los muertos —repitió, esta vez sin que le temblara la voz.

—Pero ¿cómo?

—No lo sé, mi señora.

Décimo se incorporó un poco.

—¿Lo viste con tus propios ojos?

—Sucedió antes de que yo naciera, en Jerusalén.

—Hadasa —dijo Marcus, intentando contener su frustración—. Solo tienes la palabra de otros para creer que eso sucedió.

Hadasa alzó la vista, revelando todo el amor que sentía por él.

—Nada de lo que yo diga lo convencerá jamás, Marcus. Solo lo puede hacer el Espíritu Santo. Pero yo *sé* que Jesús resucitó. Siento Su presencia ahora, aquí, conmigo. Veo la evidencia de Su Palabra todos los días. Desde la creación en adelante, todo el mundo es un testimonio del plan de Dios revelado por medio de Su Hijo. Desde el comienzo nos preparó. En el paso de las estaciones; en la forma en que las flores se abren, se marchitan y sueltan las semillas para que la vida se reinicie; en la salida y la puesta del sol. El sacrificio de Jesús se recrea todos los días de nuestra vida si tenemos los ojos para verlo.

—Pero ¿acaso no lo ves *tú*? Ese es sencillamente el orden natural de las cosas.

—No, Marcus. Es Dios hablándole a la humanidad. Y volverá.

—¡Tu fe es ciega!

Hadasa miró a Décimo.

—Si uno mira al sol y luego a otra parte, ve el sol, mi señor. Si mira a la muerte, ve muerte. ¿Dónde queda la esperanza?

Décimo parpadeó. Se recostó lentamente.

—No tengo esperanza.

Marcus se volteó. Vio la opacidad en los ojos de su padre, el dolor dibujado en su rostro. Marcus se sintió repentinamente lleno de una profunda vergüenza. Tal vez se había equivocado. Tal vez era mejor tener falsa esperanza que ninguna en absoluto.

—Puedes retirarte, Hadasa —dijo Febe, acariciando el hombro de Décimo en un inútil intento de consolarlo.

Por primera vez, Hadasa no obedeció una orden. Se arrodilló junto al sofá y rompió todas las leyes tácitas al tomar la mano de su amo entre las suyas. Luego hizo lo imperdonable al mirar a los ojos de Décimo, y hablarle como a un igual.

—Mi señor, aceptar la gracia de Dios es vivir *con* esperanza. Si confiesa sus pecados y cree, el Señor lo perdonará. Pídaselo, y él vendrá a morar en su corazón y usted tendrá la paz que tanto ansía. Solamente tiene que creer.

Décimo vio amor en los ojos de Hadasa, el tipo de amor que siempre había anhelado tener de parte de su hija. Sus sencillas facciones y sus ojos oscuros estaban iluminados por una calidez que provenía de su interior, y por un momento vio la belleza que su hijo quería poseer. Ella creía lo increíble. Ella creía lo imposible. No con obstinación y orgullo, sino con una inocencia pura como la de un niño que el mundo no había podido dañar. Y sin pensar en el riesgo que ella misma corría, le ofrecía su propia esperanza si él podía aceptarla.

Tal vez no creía todo lo que ella había dicho, tal vez no podía creer en ese dios invisible de ella, pero creía en ella.

Sonriendo tristemente, puso su otra mano sobre la mejilla de Hadasa.

—Si no fuera por Julia, te dejaría en libertad.

Hadasa le apretó tiernamente la mano.

—Soy libre, mi señor —susurró—. Usted también puede ser libre. —Se puso de pie con gracia y dejó la habitación, cerrando silenciosamente la puerta tras ella.

Atretes subió a la cuadriga y se preparó para la *pompa*, o ceremonia de apertura. Su armadura y su casco de oro y plata eran pesados y estaban calientes, a pesar de que era temprano en la mañana. Echó hacia atrás la capa roja sobre sus hombros y se volteó para poder ver a los otros gladiadores preparándose para la presentación. Había veinticuatro en total; tendría que matar a cinco para ganar su libertad.

Esta vez, Sertes había organizado una amplia combinación de luchadores. Las cuadrigas alineadas portaban *dimachaeri*, hombres armados con dagas; samnitas con gladius y escudos; *vélites*, gladiadores que luchaban con jabalinas, y *sagitarii*, gladiadores cuyas armas eran arcos y flechas. Había cuatro *essedarii*, luchadores que combatían desde sus decoradas cuadrigas de dos caballos; seguidos de otros tres *andabatae*, que montaban caballos de guerra fuertes y entrenados y usaban cascos con visera cerrada, lo que significaba que prácticamente luchaban a ciegas. En la cuadriga justo detrás de Atretes estaba un reciario africano, con su tridente y su red desplegada. El populacho estaría encantado con la colección tan diversa.

—Están saliendo los sacerdotes —dijo el conductor de la cuadriga de Atretes, enrollando las riendas hábilmente entre sus dedos.

Atretes había visto a los sacerdotes, vestidos con túnicas blancas y togas rojas, que conducían a un toro blanco y dos carneros con adornos dorados para el sacrificio. Leyeron las entrañas para asegurarse de que era un buen día para los juegos. La boca de Atretes se curvó con cinismo, sabiendo que cualquier día era un buen día para los juegos. Ningún sacerdote se atrevería a suspenderlos, sin importar qué mal augurio leyera en las sangrientas vísceras.

Retumbaron las trompetas y se abrieron las puertas.

—Aquí vamos —dijo el conductor mientras se posicionaba en la hilera detrás de los oficiales romanos y los promotores, que financiaban los juegos. Sertes iba justo delante de Atretes.

El populacho gritó salvajemente. Atretes oyó que gritaban su nombre una y otra vez, lo mismo que los nombres de media docena de otros. Su nombre no era tan significativo en Éfeso como lo había sido en Roma, pero no le preocupaba. Se concentró completamente en lo que tenía por delante, contando a los demás gladiadores y evaluando su valor mientras los conducían alrededor de la arena para que los vieran los espectadores. Una sola vez desvió su atención. Al pasar por el palco donde estaba el procónsul, miró hacia arriba y vio a los invitados con el funcionario. Julia estaba entre ellos. Vestía la palla roja que se había puesto para ir al templo de Artemisa. El corazón se le aceleró ante su vista y luego miró hacia otra parte. No la volvería a mirar hasta que terminaran los juegos.

Las cuadrigas dieron varias vueltas más y luego se ubicaron en hilera frente al procónsul. Los gladiadores se bajaron y desfilaron, algunos quitándose sus capas y otros, para satisfacción del público, se quitaron todo. Atretes no hizo ningún gesto. Se mantuvo de pie, con los pies ligeramente separados, su mano en su espada, y esperó. Cuando los demás terminaron de mostrarse al populacho y volvieron a la fila, Atretes tomó su gladius y la levantó en alto junto con ellos.

—¡Salve César! ¡Los que van a morir te saludan!

El procónsul inició un breve discurso. Atretes se abstuvo de mirar a Julia, buscando en cambio a la extraña y pequeña esclava. Estaba entre la concurrencia. El populacho rugió en aprobación cuando el procónsul abrió oficialmente los juegos. Atretes y los demás subieron nuevamente a las cuadrigas, y los aurigas agitaron sus látigos hasta que las cuadrigas dieron una última vuelta alrededor de la arena y luego salieron velozmente por el portón ante los gritos enloquecidos de los espectadores.

El salón de espera de los gladiadores estaba sombreado y fresco, y el olor del aceite de las lámparas era intenso. En las paredes de piedra había ventanas con gruesas rejas de hierro cerca del techo. Nadie hablaba. Atretes se quitó la armadura adornada y se vistió con una sencilla túnica marrón. Pasarían horas antes de que cualquiera de ellos luchara.

En la fiesta de la noche anterior, Sertes les había leído el *libellus*, el programa que enumeraba los eventos del torneo. La pompa terminaría cuando el procónsul le dedicara los juegos al emperador. A continuación habría un gran desfile de apertura y discursos; luego actuarían los acróbatas y jinetes realizadores de trucos, seguidos por las carreras de perros. Luego serían crucificados dos ladrones, y unos sabuesos de Molossus los arrancarían de las cruces a dentelladas. Luego los cazadores, o *bestiarii*, cazarían osos Nandi de los montes Aberdare de Kenia, y a continuación se entregarían presos como alimento a una jauría de leones europeos.

En algún momento a mitad del día, se daría un respiro de una hora a la carnicería, durante la cual se despejaría la arena y se le agregaría arena nueva. Se distribuirían alimentos, se venderían boletos de lotería, y habría un espectáculo teatral de farsa de alcoba. Pero esos entretenimientos rápidamente perdían el interés de un populacho hambriento de violencia y sangre.

El gran torneo estaba programado para el final de la tarde.

El temor revolvía el estómago de Atretes. Doce pares de gladiadores... el máximo que había enfrentado en un mismo día eran tres. Hoy tendría que matar a cinco, uno tras otro, si quería sobrevivir.

Pero ninguno de los hombres que debía enfrentar le preocupaba tanto como la larga espera. Esa era su peor enemigo, porque durante esas horas previas a la lucha, todos los temores y todas las esperanzas se agolpaban en su mente hasta que sentía que iba a enloquecer.

A Julia le transpiraban las manos y le costaba concentrarse en lo que decía el procónsul. No le interesaban la política ni la economía; en lo único que podía pensar era en Atretes y el hecho de que podía morir hoy. No lo había visto desde su discusión la semana anterior. Había querido enviar a Hadasa a buscarlo, pero temía que siguiera enfadado y se negara. De manera que había esperado, con la ilusión de que él le enviara algún mensaje. Cuando no lo hizo, se tragó su orgullo y fue al templo, esperando verlo. No había aparecido.

Al verlo entrar a la arena para la pompa, se le aceleró el corazón. Cuando los gladiadores se pararon frente al procónsul y bajaron de las cuadrigas, esperó que Atretes la mirara. Había dedicado horas a prepararse y sabía que estaba más bella que nunca. Pero ni una sola vez lo vio girar la cabeza en su dirección. Había estado quieto, con la cabeza en alto, mientras los demás se pavoneaban frente al populacho.

—Fíjate cómo te ignora —dijo Calabá desdeñosa—. Con tanta gente gritando por él, ¿por qué le va a importar haberte roto el corazón?

—¡Atretes! ¡Atretes! —clamaban hombres y mujeres, arrojándole flores y monedas.

El recuerdo le atizaba la herida y los celos, y Julia apretó los labios, con los pensamientos envenenados por la burla de Calabá. Primus estaba apoltronado cerca de ellas, evaluando a los gladiadores con la habilidad de un conocedor.

—Apuesto por el germano —dijo, y se metió una tentadora uva morada en la boca.

—Quinientos sestercios por el africano —dijo otro hombre, señalando un vélite alto y de aspecto poderoso.

—¡Tonterías! ¡Ninguno tendrá suerte contra un *essedarius*! ¿De qué sirve una espada frente a una cuadriga? —respondió otro.

—Espero que no enfrenten a un essedarius contra un samnita —dijo Julia con alarma.

—No de entrada, pero no te olvides que este es un torneo eliminatorio —dijo Primus—. Armarán parejas con lo que quede. *Laquearius* contra samnita, andabata contra reciario, tracio contra murmillo. Ya viste que tienen algunos de cada tipo para los juegos. El mejor de cada clase. Eso es lo que lo hace emocionante. Los entrenados para enfrentar una espada pueden ser obligados a enfrentar una jabalina. De esa manera el ganador es menos predecible.

Con el corazón acelerado, Julia sintió un repentino temor por Atretes. En silencio les suplicó a los dioses que le conservaran la vida. Ejerciendo su fuerza de voluntad, intentó relajarse y disfrutar de los refrescos y la conversación. Primus era muy entretenido y parecía esforzarse por divertirla.

Se enfadó al observar a los ladrones en las cruces.

—¿Por qué no sueltan a los sabuesos de Molossus y terminan con ellos de una vez? Se están tardando demasiado.

—Tanta sed de sangre —dijo Primus, divertido—. Ven, Julia, te llevaré a los tenderetes para ver qué te llama la atención.

Inquieta y tensa por la espera, Julia aceptó rápidamente. Subió las escaleras con su mano sobre el brazo de Primus. Vendedores ambulantes pasaban a su lado con cestas colmadas de fruta, salchichas, pan y vejigas de vino.

—¡Duraznos de Persia, maduros y suculentos! —Sus rítmicas proclamas se mezclaban con el sonido atronador de la turba—. Salchichas sabrosas. ¡Tres por un sestercio!

Otros espectadores, aburridos también de ver hombres colgados de cruces, vagaban por debajo de los estrados, buscando diversión. Junto a Primus, Julia paseó por los tenderetes de astrólogos, adivinos, vendedores de recuerdos y comida. Pronto pasaron a los puestos donde los entretenimientos eran más raros y lascivos. Niños varones pintados y con túnicas arremangadas por arriba de las nalgas paseaban entre los clientes que deambulaban. Primus los miraba con tristeza.

—Prometeo era como estos hasta que lo rescaté.

Incómoda por la mención del catamito de Primus, Julia mantuvo silencio. Se detuvo para mirar a las bailarinas moriscas contorneándose con el ritmo primitivo de los tambores y címbalos.

—Calabá te ha hablado de mi oferta —dijo Primus, con cierto matiz interrogatorio.

—Sí —respondió sombríamente Julia—. Lo he pensado mucho.

—¿Has tomado alguna decisión?

—Te lo diré cuando finalicen los juegos.

—Ya es hora —dijo Sertes, y Atretes sintió una oleada de calor en su sangre, acelerándole el pulso y encendiéndole la piel. Se puso la *manica*, un guante de escamas de cuero y metal, sobre la mano derecha—. Habría preferido que fueras de mi propiedad algunos años más en lugar de desperdiciarte de esta manera —dijo Sertes con tristeza.

—Tal vez la diosa me sonría hoy y pueda ganar mi libertad —dijo Atretes, colocándose la greba, otra pieza protectora, sobre la pierna izquierda.

—Para un gladiador, *libertad* es sinónimo de *oscuridad* —Sertes le alcanzó su *scutum*, un escudo sencillo.

Atretes pasó la mano izquierda por las abrazaderas metálicas de la parte de atrás del scutum y se quedó con los brazos extendidos hacia afuera y las piernas separadas. Un esclavo le frotó las partes descubiertas del cuerpo con aceite de oliva.

—La oscuridad es preferible a la esclavitud —dijo Atretes, mirando fríamente a los ojos de Sertes.

—Ah —dijo Sertes—. Pero no a la muerte. —Extendió la gladius.

Atretes la tomó y la sostuvo delante de su cara en un saludo de respeto.

—De cualquier manera, Sertes, hoy salgo victorioso de la arena.

Un laquearius, a pie y armado con su cuerda, enfrentó a un essedarius en su cuadriga. El essedarius condujo su cuadriga cerca del laquearius varias veces. Aunque no pudo derribar a su oponente, sí esquivó su lazo. No obstante, en la octava vuelta, el laquearius logró enlazar con su cuerda al essedarius; plantó los pies y arrancó al hombre directamente de la parte de atrás de la veloz cuadriga. El essedarius golpeó la tierra y se rompió el cuello, arrancando un gruñido de desilusión de la multitud. Sin su auriga, los animales continuaron corriendo y la cuadriga dio vueltas y vueltas por la arena.

Varios esclavos fueron enviados para capturar y calmar a los padrillos, mientras que un hombre vestido con una túnica ceñida y botas altas de cuero salía danzando a la arena. Representaba a Caronte, el barquero que transportaba las almas de los muertos a través del río Estigia al Hades. Mientras se acercaba a la víctima, daba vueltas y brincos sobre la arena, empuñando en alto un mazo. La máscara picuda que portaba se asemejaba a un ave de rapiña. Otro hombre disfrazado de Hermes, otro guía para las almas de los muertos, blandía un caduceo al rojo vivo con el que espoleaba al essedarius caído. Cuando el cuerpo se retorció, Caronte se aproximó de un salto y golpeó la cabeza del hombre con el mazo de guerra, salpicando la arena de manchas rojas, y asegurando al Hades su presa. Los *libitinarii*, como se llamaba a los dos guías, llevaron rápidamente el cadáver por la Puerta de la Muerte.

Un oscuro sonido cruzó como una ola entre los miles de espectadores. Protestaban porque la lucha había terminado demasiado pronto. Se sentían timados. Algunos abucheaban al vencedor. Otros le arrojaban frutas mientras sostenía el brazo levantado en saludo al procónsul. Recibió la señal de retirada, pero no salió lo suficientemente rápido, porque los espectadores comenzaron a exigir a gritos que enfrentara al alto vélite africano.

«¡Veamos qué puede hacer un laquearius contra un hombre con jabalina!».

Atento al capricho del populacho, el procónsul levantó la mano levemente al editor de los juegos, y el africano entró a la arena antes de que el laquearius pudiera salir. Se rodearon uno al otro durante varios minutos, durante los cuales el laquearius arrojó varias veces su lazo y falló. El vélite lo punzó con la jabalina, pero mantuvo una distancia prudente. El populacho aullaba airado; las cosas iban demasiado lentas. Oyendo el descontento del público y reconociéndolo como una amenaza, el laquearius arrojó otra vez su cuerda y le dio al africano en el pecho. Rápidamente, el africano sujetó la soga, la envolvió en el brazo y lanzó su jabalina directamente al abdomen de su oponente. El laquearius cayó de rodillas, doblándose sobre la lanza. Arrojando a un lado la cuerda, el africano se le acercó para terminar con él cuando tuviera la orden de *pollice verso*, el pulgar hacia abajo.

El procónsul miró a su alrededor y vio pulgares hacia abajo en todas partes. Extendió la mano y también bajó el pulgar. El vélite arrancó la jabalina del abdomen del laquearius y se la clavó en el corazón.

—No están obteniendo lo que desean —dijo Sertes a Atretes desde el lugar donde observaban—. Escúchalos. Si la cosa sigue así, ¡van a pedir que arrojen al procónsul a los perros!

El vélite venció al hombre pez o murmillo, pero cayó ante el arco y las flechas del sagitario. El sagitario luchó bien contra un andabata que montaba a caballo, pero perdió pie cuando hirió al jinete y cayó bajo los fuertes cascos del caballo de guerra. Caronte acabó con ambos, y el populacho rugió su aprobación.

—¡Que los traigan a todos a la vez! —gritó alguien al procónsul, y otros se sumaron al clamor hasta que se convirtió en un estribillo—. ¡Todos a la vez! ¡Todos a la vez!

Respondiendo a ese capricho, los dieciocho gladiadores restantes fueron puestos en pares y enviados a la arena. Se dispersaron y levantaron sus armas frente al procónsul. Los espectadores enloquecieron, gritando los nombres de sus preferidos.

Atretes fue puesto contra un tracio moreno de ojos negros, armado con una cimitarra. Sonriendo con arrogancia, el tracio revoleó su arma en un juego de espada teatral. Hizo girar la espada de un lado a otro de su cuerpo y sobre su cabeza y luego se detuvo, con los pies separados.

De pie en una pose engañosamente relajada, Atretes escupió en la arena.

El populacho rió. Enfurecido, el tracio cargó contra él. Atretes se agachó ante el vuelo mortal de la cimitarra, embistió a su oponente con el scutum, golpeó la cabeza del tracio con la empuñadura de su gladius y luego la hundió en la coraza del tracio. Liberando la gladius, dejó caer hacia atrás al hombre ya muerto.

Volteándose, vio a un reciario usando su tridente para arponear a un secutor caído, cuyo casco con cresta como de pez le ofrecía poca protección. Atretes se dirigió con determinación hacia el vencedor, consciente del creciente clamor de sus seguidores. El reciario liberó su tridente e intentó retirar su enredada red antes de que Atretes lo alcanzara.

Atretes cargó contra él, pero el reciario logró bloquear su primer y segundo golpes. Pero sin red, el oponente de Atretes solo tenía el tridente para defenderse, y los años de experiencia del germano con su frámea le dieron la ventaja. Con fuerza bruta, Atretes golpeó al reciario con su scutum y su gladius hasta que encontró una apertura. Y la aprovechó.

La multitud aullaba salvajemente, y su nombre sonaba como un golpe de tambor. Pero en la mente de Atretes, el grito sonaba a «Libertad... Libertad... *¡Libertad!*».

Antes de que cayera el reciario, un dolor abrasador corrió por el costado de Atretes cuando la daga de un *dimachaerus* rozó su tórax. Se tambaleó hacia atrás, bloqueando un ataque frontal con su scutum. Recuperando el equilibrio, dejó escapar un grito de dolor y furia. ¡Ningún repugnante enano traidor lo privaría de esta oportunidad! Blandió su gladius con toda su fuerza y dobló por el medio el escudo del dimachaerus, haciéndolo caer de rodillas. Soltando el ahora inútil scutum, el hombre se puso de pie y corrió, sabiendo que su daga no podría contra una gladius. Para regocijo del populacho, Atretes corrió tras él. Al hacerlo, se agachó y recogió el tridente del reciario caído, dio un salto y lo lanzó con la habilidad adquirida en el uso de la frámea.

El populacho enloqueció cuando el tridente dio en el blanco. Los hombres se pusieron de pie y dieron palmadas en las espaldas de quienes tenían enfrente; las mujeres gritaron desenfrenadas. Algunas se desvanecieron, abrumadas por la emoción, mientras que otras se arrancaban la ropa y el cabello y daban saltos en su lugar. La tierra bajo el estadio temblaba.

«¡Atretes! ¡Atretes! Atretes!».

Atretes captó su sed de sangre y le dio rienda suelta. Atravesó a un murmillo con su espada y atacó a un samnita. Desató su furia contra Roma, permitiendo que el odio bombeara en sus venas, dándole las fuerzas que necesitaba su cuerpo herido. Arrancando de un golpe el scutum del brazo de su oponente, le abrió las entrañas como a un pez.

Volteándose, buscó a cualquiera que se interpusiera entre él y su libertad. Miles de espectadores estaban de pie, agitando banderolas blancas y cantando. Pasó un momento antes de que se le despejara la mente y comprendiera lo que el populacho gritaba con tanta fuerza: «*¡Atretes! ¡Atretes! ¡Atretes!*».

Era el último hombre en pie.

Julia temblaba violentamente mientas Atretes caminaba hacia una puerta que se abría a las escaleras que subían a la plataforma donde el procónsul esperaba para premiar al vencedor. Julia estaba dividida entre el júbilo y el temor. Lo amaba y estaba orgullosa de su triunfo, pero sabía que su recién obtenida libertad pondría en peligro la suya.

Mientras Atretes caminaba hacia las escaleras, tropezó y cayó sobre una rodilla. La multitud dio un grito ahogado y guardó silencio, pero usó su gladius para ponerse nuevamente en pie. La muchedumbre vitoreaba salvajemente para cuando llegó a la puerta de la plataforma del vencedor, donde un soldado la abrió y se hizo a un lado en respeto mientras subía las escaleras de piedra. El procónsul esperaba con una corona de laureles, un pendiente de marfil y una espada de madera en sus brazos.

Julia apenas oyó lo que el procónsul decía mientras colocaba la corona de laureles sobre la cabeza de Atretes. Luego, la hija del funcionario colgó del cuello de Atretes el pequeño pendiente rectangular de marfil que proclamaba su libertad. Los celos invadieron a Julia como una oleada caliente cuando la muchacha inclinó la cabeza de Atretes para besarlo plenamente en la boca. Las mujeres gritaban en éxtasis a su alrededor, y Julia quería taparse los oídos con las manos y salir de allí. Sertes entregó a Atretes la espada de madera, proclamando su triunfal retiro de la arena, y dos soldados depositaron un arca con sestercios a los pies de Atretes.

El procónsul levantó la mano ante las masas que vitoreaban. En un instante, el estadio guardó silencio. Miles se inclinaron para escuchar cuál sería la siguiente recompensa para el vencedor.

—Tenemos un último honor para entregar a nuestro querido Atretes por su victoria hoy —exclamó el procónsul. Se volteó teatralmente y tomó un rollo de las manos de Sertes—. Entrego esto por orden del emperador Vespasiano —proclamó y extendió el rollo a Atretes, quien lo aceptó mecánicamente. El procónsul puso la mano sobre el hombro de Atretes y lo hizo girar para que enfrentara a los miles de espectadores, diciendo—: Por la presente, Atretes es hecho ciudadano y defensor de Roma.

Atretes se tensó brevemente, palideciendo y conteniendo sus violentas emociones. Julia vio que cerraba el puño ante el anuncio.

—Fíjate cuánto odia a Roma —dijo Calabá, inclinándose hacia Julia mientras el populacho vitoreaba en adoración—. Arrojaría a la basura esa proclama si no le diera todo lo que desea. —Las palabras de Calabá se mezclaron con las aclamaciones de la gente que comenzó a gritar su nombre una y otra vez—. Ahora está en pie de igualdad con tu padre y tu hermano.

Atretes giró la cabeza, buscando a Julia entre los invitados del procónsul. La miró directamente a los ojos, los suyos iluminados de una promesa, lo que aceleró el corazón de Julia. Por un aterrador momento, Julia pensó que la reclamaría allí mismo. Pero en lugar de eso, Sertes y algunos guardias romanos lo escoltaron escaleras abajo, al otro lado de la arena, y por la Puerta de la Vida, donde le atenderían las heridas.

Primus ayudó a Julia a ponerse de pie.

—Estás temblando —dijo con una sonrisa experta—. Pero creo que cada mujer del estadio está temblando con solo verlo. Es magnífico.

—Sí, lo es —dijo Julia, recordando la mirada de sus ojos. Ahora que Atretes tenía su libertad, ¿qué podría impedirle que intentara hacerla su esclava? Se le secó la boca.

Primus la levantó con facilidad y la puso en la litera con baldaquín para que fuera transportada en alto por seis de sus esclavos. Antes de cerrar las cortinas, Primus inclinó la cabeza, y le dio una débil pero encantadora sonrisa—. Y bien ¿qué has decidido?

El estómago se le puso tan tenso a Julia que le produjo dolor. Cuando habló, su voz era inexpresiva.

—Firmaré el acuerdo esta noche y haré llevar mis cosas a tu casa mañana por la mañana.

—Muy sabio de tu parte, Julia —exclamó Calabá asomándose por detrás de Primus, con ojos chispeantes. Primus tomó la mano de Julia y se la besó.

Cuando Primus cerró las cortinas, Julia se recostó y cerró los ojos, preguntándose por qué de pronto se sentía tan desolada.

33

El anuncio de Julia de que abandonaba el hogar y se mudaba con Primus estalló con la fuerza de un volcán en la casa de los Valeriano. Marcus estaba furioso, Febe destrozada.

—¡No puedes hacer esto, Julia! —exclamó su madre, luchando para mantener el control de sus emociones—. ¿Qué le diré a tu padre?

—No le digas nada si temes que se moleste —dijo Julia, cerrando sus oídos a la petición de su madre y sucumbiendo a sus propias emociones.

—¡Molestarle! —dijo Marcus con una risa sardónica—. ¿Por qué le molestaría saber que su hija se va a vivir con un homosexual?

Julia se volteó enojada hacia su hermano.

—Es mi vida y haré lo que me plazca. Me voy a vivir con Primus ¡y no hay nada que puedas hacer al respecto! Si Primus es tan abominable, ¿por qué lo invitas a tus fiestas?

—Porque es políticamente expediente.

—En otras palabras, aunque lo desprecias, lo usas —dijo Julia.

—Tanto como él te usará a ti si entras en esta ridícula farsa que afirmas será un matrimonio.

—El matrimonio será mutuamente beneficioso, te lo aseguro —dijo altivamente—. Para este fin de semana quiero una cuenta completa de todo lo que me pertenece, Marcus, y desde ese momento en adelante, yo manejaré mis propios asuntos financieros. ¡Y no me mires así! Mi dinero seguirá siendo mío. Primus no puede tocarlo. —Miró brevemente el rostro pasmado de su madre—. Si no te gusta esto, madre, lo lamento mucho, pero tengo que hacer lo que me haga feliz.

Se retiró a su dormitorio, y Marcus la siguió pisándole los talones.

—Acabarás con todo lo que tienes en menos de un año —dijo—. ¿Quién te metió esta necedad en la cabeza? ¿Calabá?

Julia lo miró furiosa.

—Calabá no piensa por mí. Yo pienso por mí misma. No soy la tonta que crees que soy. —Ordenó a uno de los sirvientes que acercara una carreta mientras los otros sacaban sus baúles para cargarlos.

—Jamás te consideré una tonta, Julia. No hasta ahora.

Julia dio un respingo, sus ojos oscuros centelleaban.

—Hadasa, mi cofre de joyas —dijo temblando de furia—. Nos vamos ahora.

—Oh, no —dijo Marcus, perdiendo más los estribos—. Hadasa no se va de aquí a menos que yo lo autorice.

—¿Exactamente *qué* es Hadasa para ti? —preguntó con una suavidad escalofriante—. Es mi esclava, aunque parece que la quieres para ti.

—No seas ridícula —dijo Febe desde la puerta.

—¿Estoy siendo ridícula, madre? —Los ojos oscuros de Julia quemaban mientras iban de su hermano a Hadasa—. Lleva el cofre abajo, Hadasa, *ahora mismo*. Y espérame junto a la litera.

—Sí, señora —dijo Hadasa suavemente, y obedeció.

Marcus sujetó a Julia y la obligó a volverse y enfrentarlo.

—Has cambiado.

—Sí —estuvo de acuerdo Julia—. He cambiado. He madurado y tengo una mente propia ahora. Se me abrieron los ojos, Marcus, muy abiertos. ¿Acaso no es así como siempre me animaste a ser? ¿No fuiste tú el que me presentó las mejores cosas que este mundo ofrece? ¿No fuiste tú el que me dijo que tuviera cuidado con las personas que me traicionarían? Bueno, querido hermano, he aprendido bien las lecciones. ¡Ahora quítame las manos de encima!

Frunciendo el ceño, Marcus la dejó ir y la vio salir de la habitación.

—Julia, por favor —dijo Febe, siguiéndola—. Piensa en lo que estás haciendo. Si entras en un matrimonio así, te vas a manchar.

—¿Mancharme? —dijo Julia y se rió—. Madre, has estado encerrada detrás de las paredes de padre por tanto tiempo, que no sabes nada del mundo. A mí se me considerará una mujer de medios independientes, una mujer acaudalada. ¿Sabes por qué? Porque no tendré que arrastrarme ante mi padre o mi hermano para suplicar por mi propio dinero. No tendré que rendirle cuentas a nadie por lo que elija hacer.

—¿Tanto me desprecias? —preguntó Febe suavemente.

—No te desprecio, madre. Sencillamente no quiero ser como tú.

—Pero, Julia, tú no amas a ese hombre.

—Tampoco amaba a Claudio, ¿verdad? Pero eso no impidió que padre y tú me obligaran a casarme con él —dijo con amargura—. No tienes manera de entenderlo, madre. ¡Tú has hecho exactamente lo que se esperaba de ti toda la vida!

—Explícamelo, entonces. Ayúdame a entender.

—Es muy simple. No quiero ser una sierva atada a ningún hombre, ya sea padre, hermano o esposo. Primus no dictará mi vida como padre lo ha hecho siempre con la tuya. Solo me responderé a mí misma —Julia besó la mejilla pálida de su madre—. Adiós, madre. —Con eso dejó a Febe parada en el corredor.

Primus recibió a Julia con un casto beso en la mejilla.

—¿Solamente una pequeña esclava y un cofre de joyas? —dijo—. Fue difícil, ¿verdad? He descubierto que Marcus es intolerante con algunas cosas. Jamás ha permitido que lleve a Prometeo a una de sus fiestas. Supongo que intentó impedirte que te vinieras a vivir conmigo.

—Pensé que entendería.

—Querida Julia, tu hermano no es el hombre que aparenta ser. Bajo esa máscara epicúrea que lleva, late el corazón de un tradicionalista. —Primus le acarició la mano para tranquilizarla—. Dales tiempo a tu padre y a tu madre, y aceptarán las cosas —dijo, sonriendo ligeramente—. ¿Qué otra cosa pueden hacer si quieren volver a ver a su bella hija?

Justo en ese momento entró a la habitación un joven de no más de catorce años.

—Ah —dijo Primus, tendiéndole la mano. El joven la tomó y dejó que Primus lo acercara a Julia para presentarlo.

—Este es mi querido Prometeo —dijo Primus, observando orgulloso mientras el joven se inclinaba respetuosamente ante Julia—. En seguida estaré contigo —dijo Primus, sonriéndole al joven, quien volvió a inclinarse y se fue.

Julia sintió una sensación desagradable en la boca del estómago.

—Es bastante encantador —señaló cortésmente.

—Así es, ¿verdad? —dijo Primus complacido.

Julia forzó una sonrisa.

—Si no te molesta, me gustaría que me mostraras mis habitaciones. Mis cosas llegarán dentro de poco —dijo.

—Por supuesto. Te enseñaré el camino. —La condujo por la arcada hasta el peristilo lleno de sol y luego subieron las escalinatas de mármol al segundo piso. La habitación de Julia estaba junto a la suya.

No bien Primus se retiró, Julia se arrojó con cansancio sobre el sofá.

—Pon el cofre de mis joyas aquí —le dijo a Hadasa, indicando la mesita junto al sofá. Hadasa lo depositó con cuidado. Julia lo abrió y hundió los dedos entre los adornos y collares—. Lo primero que voy a hacer cuando tenga mi dinero es reemplazar las cosas que tuve que darle a Sertes. —Cerró el cofre con un golpe.

Se puso de pie y deambuló por la habitación.

—Prometeo se ve como esos jóvenes afeminados que seguían a

Baco. —Pasando la mano por los tapices de la pared, recordó las salvajes celebraciones en Roma, cuando un hombre ebrio recorría las calles de la ciudad en una carreta llena de flores, tirada por un leopardo.

—Mi señora, ¿está segura que desea quedarse aquí?

Julia soltó el tapiz babilónico y se volteó para enfrentar a Hadasa.

—Entonces, tú también lo desapruebas —dijo con peligrosa suavidad.

Hadasa se le acercó. Arrodillándose, le tomó la mano.

—Mi señora, usted está enamorada de Atretes.

Julia arrancó su mano y se puso de pie.

—Sí, amo a Atretes. Venirme a vivir con Primus no cambia eso. Primus tiene libertad para vivir como le plazca, y yo también.

Hadasa permaneció con la mirada baja.

—Sí, mi señora —dijo con suavidad.

Julia se deshizo de sus dudas, enfocando la mente en las cosas materiales.

—La habitación es hermosa, pero demasiado pequeña. Y no me gustan los murales con todos esos jovencitos. No bien Marcus me entregue el dinero, compraré otra casa, más grande que esta, una lo suficientemente grande para mí y Atretes. Primus podrá tener su propio piso.

Salió a una terraza angosta y miró hacia el centro de la ciudad. Quería llenarse los pulmones de aire puro. Podía ver el templo a la distancia y se preguntó si Atretes estaría haciéndole ofrendas a la diosa por su triunfo en la arena. Le ardieron los ojos. Si tan solo todo hubiera seguido como estaba. Si Sertes no hubiera puesto a Atretes en los juegos eliminatorios...

Los sirvientes llegaron con sus cosas y Hadasa se encargó de desempacar.

—Deja eso para Cybil —ordenó Julia—. Quiero hablar contigo. —Hadasa salió a la terraza con ella—. Quiero que busques a Atretes y le digas que he arreglado una residencia permanente donde podemos estar juntos cada vez que nos plazca. No le digas nada de Primus. ¿Me oyes? Tal vez no lo entienda. No todavía. Atretes todavía es demasiado incivilizado. Será mejor que se lo explique todo cuando lo vea. Simplemente dile que *tiene* que venir ahora. Que lo necesito.

Hadasa sentía un peso en el corazón.

—¿Estará todavía en el ludus, mi señora?

—No lo sé, pero ve primero allí. Si no está, Sertes sabrá decirte dónde está. —Entraron nuevamente a la habitación, y Julia abrió su cofre de joyas. Frunciendo el ceño, pasó ligeramente la mano por un collar de perlas. Luego pasó a un broche de oro con incrustaciones de rubíes. Al pesar las piezas con la mano, apretó los labios. Le gustaba el broche. ¿Por qué debía quedarse sin él? Atretes era libre ahora. No necesitaba pagar para que se lo trajeran. Una orden suya sería suficiente para que viniera por propia voluntad.

Dejó caer el broche nuevamente en el cofre y cerró con fuerza la tapa.

—Dile a Sertes que te he enviado con un mensaje para Atretes. Más vale te diga dónde encontrar a Atretes o se arrepentirá. —Acompañó a Hadasa hasta la puerta, hablando en voz baja para que las demás sirvientas no pudieran oírla—. Entrega el mensaje exactamente como te lo di. Ni una palabra de Primus. ¿Entiendes? Hablaré con Atretes sobre Primus más adelante.

Cuando Hadasa se volteó para cumplir con las órdenes de su señora, se preguntó cómo era posible que Julia, que había pasado tanto tiempo con Atretes, no lo conociera en absoluto.

Incluso mientras Atretes estaba acostado sobre la mesa donde lo estaban cosiendo y echando sal a sus heridas, ya recibía invitaciones de altos funcionarios romanos que querían que se hospedara en sus villas.

—Sácalos de aquí —le gruñó Atretes a Sertes.

—Cómo tú digas —dijo Sertes.

No había sido decisión suya poner a Atretes entre los gladiadores de la lucha eliminatoria. El procónsul se lo había exigido después de recibir órdenes del emperador de que el bárbaro fuera incluido. Sertes no se había podido negar, y aunque el procónsul le había pagado lo suficiente como para reintegrarle el precio de la compra de Atretes, y su alojamiento y mantenimiento, Sertes vio que las futuras ganancias se iban por las alcantarillas. De todas maneras, muerto o libre, Atretes estaba fuera de su control.

Pero Sertes no era ningún tonto. Había otras maneras de hacer dinero con Atretes si la diosa por lo menos le sonriera.

Atretes volvió al ludus, donde pensaba quedarse hasta decidir qué hacer con su libertad. Sertes le ofreció una habitación grande conectada con la suya y astutamente lo trataba con el respeto que se le daba a un invitado de honor.

Como esperaba Sertes, a la mañana siguiente se reunió una multitud afuera de la puerta principal del ludus. La mayoría eran amoratae esperando ver de cerca a Atretes, pero muchos otros eran hombres de negocios que venían para ofrecerle aventuras productivas a Atretes. Sertes hizo pasar a estos últimos a un salón grande, y luego informó a Atretes que tenía unos invitados prestigiosos. Los hombres se agolparon alrededor del germano cuando entró, hablando cada vez más fuerte, tratando de hacer oír sus propuestas sobre las demás. Sertes se quedó a un lado y observó.

Un hombre quería pintar la figura de Atretes en vasijas, bandejas y camafeos. Varios querían venderle villas. Otro quería que fuera mitad dueño de una posada. Uno más quería que Atretes promocionara sus cuadrigas. Sertes dejó crecer la confusión.

—¡Te daré la cuadriga más elaborada que fabrico, y una pareja de caballos de Arabia para tirarla! —ofreció el fabricante de cuadrigas.

Atretes tenía la mirada de un león acorralado a punto de saltar. Miró a Sertes como rogándole silenciosamente que hiciera algo. Sertes hizo para sus adentros el voto de darle una gran ofrenda a Artemisa, y luego se abrió paso entre la multitud. Se ubicó al lado de Atretes.

—Tu oferta es absurda —le dijo al fabricante de cuadrigas—. Sabes cuánto provecho obtendrías con el nombre de Atretes, ¿y sin embargo haces una oferta tan insignificante?

—Agregaré mil sestercios a mi oferta —dijo rápidamente el hombre.

—Diez mil y tal vez considere la oferta —dijo Sertes despectivamente—. Discúlpennos.

Llevó a Atretes a un lado y se inclinó hacia él, hablándole en voz baja.

—Puedo manejar estas negociaciones en tu lugar, si quieres. No hace falta que estés presente. Tengo experiencia en asuntos de negocios y sé cómo hacerles elevar sus ofertas. Mi pago será apenas un treinta y cinco por ciento de lo que saques. Te presentaré todo antes de la decisión final, por supuesto. Te haré un hombre muy rico.

Atretes sujetó con fuerza el brazo de Sertes.

—Quiero una villa propia.

Sertes asintió.

—Solo tienes que decirme lo que quieres. Yo haré los arreglos —le sacaría el jugo lo más posible a la fama de Atretes mientras durara.

Entró un sirviente y se acercó a Sertes.

—Está aquí la pequeña judía, mi señor. Dice que tiene un mensaje para Atretes.

—Llévame con ella —ordenó Atretes, ignorando las protestas de los hombres que habían esperado horas para verlo.

Sertes levantó las manos.

—¡Basta! Atretes tiene asuntos más importantes entre manos. Preparen sus propuestas y háganme a mí sus ofertas. Las discutiré con Atretes a su conveniencia y les notificaré su decisión. ¡Eso es todo!

Le hizo señas a uno de los fornidos guardias.

—Sácalos de aquí. Tengo que ocuparme del ludus.

Atretes vio a Hadasa esperando junto a las puertas cerradas del ludus.

—Déjame —dijo al sirviente y cruzó el recinto de arena hacia ella.

El rostro de Hadasa se llenó de afecto cuando lo vio. Sonrió y se inclinó frente a él.

—Alabado sea Dios por su abundante misericordia —dijo—. ¡Estás sano y salvo!

Atretes le sonrió a Hadasa, recordando la noche en el estadio y su promesa de orar por él. Su bondad lo llenó de una calidez que no había sentido en años. ¿Habrían sido las oraciones a su dios las que lo mantuvieron con vida?

—Sí, estoy sano y salvo. También soy libre —dijo—. ¿Me has traído noticias de Julia?

La expresión de Hadasa cambió sutilmente. Bajó los ojos inmediatamente y entregó el mensaje. Atretes escuchó, pero cada palabra le quemaba el orgullo. Un músculo de la mandíbula se le tensó.

—¿*Tengo* que ir? —dijo fríamente—. Dile a tu señora que no será como antes. *Yo* la mandaré a buscar a *ella*, cuando *yo* quiera. —Se volteó y se encaminó hacia las barracas.

—Atretes —dijo Hadasa, apurando el paso tras él—. Por favor, no la dejes ahora.

Atretes la miró.

—Recuérdale a tu señora que ya no soy un esclavo a quien puede llamar según su capricho y para su propio placer.

Hadasa lo miró suplicante.

—Ella lo ama, mi señor. No quiso ofenderlo.

—Ah, ¡pero es la manera de los romanos de ofender! Y ella es romana ¿verdad? Nacida y criada en el orgullo y la arrogancia.

Hadasa puso la mano amablemente sobre el brazo de Atretes y sonrió tristemente.

—El orgullo y la arrogancia no se limitan a los romanos, Atretes.

Asombrosamente, su feroz enojo desapareció. Se suavizó la dureza de su expresión convirtiéndose en una ligera sonrisa y rió sombríamente.

—Tal vez no —dijo con remordimiento. Hadasa era una extraña mujercita con ojos insondables tan bondadosos que tenían el efecto de un mar sereno.

—Háblale amablemente, Atretes, y hará lo que le pidas.

Hadasa sabía que eso era verdad. Una palabra amable y

amorosa de Atretes, y Julia hasta podría alejarse del terrible camino que ahora seguía.

—Prometí no volver a obedecer sus llamados —dijo sin emoción—. Y me atengo a esa promesa. —Señaló las altas paredes del ludus y dijo—: No la deshonraría convocándola aquí. —Mirando a Hadasa, agregó—: Dile a tu señora que enviaré por ella cuando tenga una casa y pueda llevarla allí como mi esposa —diciendo eso, se alejó.

Hadasa regresó triste, percibiendo solo sufrimiento en el futuro para ambos.

—¿Dónde está? —preguntó Julia cuando Hadasa regresó sola a la casa de Primus—. ¿Acaso no le dijiste que quería verlo? No lo hiciste, ¿verdad? ¿Qué le dijiste?

—Le di su mensaje, mi señora, exactamente como me lo dio.

Julia le dio una cachetada.

—Judía mentirosa. Le dijiste lo de Primus, ¿verdad? —Volvió a darle una cachetada, más fuerte esta vez.

Hadasa se alejó de ella, atemorizada. Se puso una temblorosa mano en la adolorida mejilla.

—No lo hice, mi señora.

—Si no le hubieras dicho nada sobre Primus, ¡estaría aquí!

—Dijo que enviaría por usted cuando él tuviera una casa y pudiera llevarla allí como su esposa.

Julia enmudeció, empalideciendo. Miró a Hadasa, y luego se arrojó en el sofá, repentinamente incapaz de estar de pie. Cerró los ojos. Había sabido lo que podía esperar, pero de alguna manera, escuchar tan directamente las palabras que él había dicho, la debilitó por dentro, en una mezcla de confusión y anhelo.

Hadasa se arrodilló junto a ella.

—Por favor, señora Julia. Vuelva a la casa de su padre y su madre y permanezca allí hasta que Atretes la llame.

Julia sintió un momento de incertidumbre... pero luego las advertencias de Calabá resurgieron en su mente, claras y lógicas. Si se casaba con Atretes, la llevaría a su casa y nunca la dejaría salir. Sería peor que Claudio y Cayo juntos.

—No.

—Por favor —suplicó Hadasa suavemente—. No se quede aquí.

La confusión momentánea del rostro de Julia se aclaró.

—Si vuelvo ahora, quedaré como una tonta. Y nada cambiará. Marcus no aprobará mi relación con Atretes más de lo que aprueba esta con Primus. —Se rió débilmente—. Atretes puede haber sido proclamado ciudadano romano, pero su corazón sigue siendo bárbaro. Marcus ni siquiera me permitiría verlo.

—Marcus quiere que esté segura y feliz.

Julia alzó las cejas por la forma familiar con la que Hadasa pronunció el nombre de su hermano. La miró durante un largo y silencioso momento mientras la profunda semilla de los celos, plantada por el propio Marcus, comenzó a crecer.

—Tú solo quieres estar cerca de mi hermano ¿verdad? —dijo fríamente—. Eres igual que Bitia y todas las demás. —Se puso de pie, alejándose—. No, no te escucharé. Me quedaré aquí. Una vez que haya hablado con Atretes, lo entenderá. Haré que lo entienda.

Le recordaría cuánto había odiado su esclavitud y le preguntaría si eso era lo que él esperaba de ella ahora. Una esposa era una esclava, alguien a merced de su esposo. De esta otra manera, ambos serían libres. Nada tendría que cambiar entre ellos. Continuarían siendo amantes tal como antes. Y sería mejor todavía. No tendría que pagarle a Sertes. Atretes podría venir cada vez que ella le enviara un mensaje. Pero incluso si todo su razonamiento no funcionaba, sabía algo que lo haría escucharla.

Le contaría del niño que llevaba en el vientre.

Hadasa fue a ver a Juan y lloró por Julia.

El apóstol la escuchó y luego tomó las manos de Hadasa entre las suyas.

—Tal vez Dios ha dejado a Julia a merced de la lujuria de su corazón para que reciba en su propia persona el castigo por sus errores.

Hadasa lo miró con las mejillas surcadas de lágrimas.

—He pasado horas cantándole salmos y relatándole historias de David y Gedeón, Jonás y Elías. Muchas historias, pero nunca le he contado la más importante de todas. Cuando estoy con Julia, el nombre de Jesús se congela en mi garganta. —Retiró sus manos de las de Juan y se cubrió la cara.

Juan comprendió.

—Todos conocemos el temor en algún momento, Hadasa.

—Pero tú ya no tienes miedo. Y mi padre nunca lo tuvo.

Recordó cuando Benaías cargó a su padre al aposento alto, con su amado rostro tan apaleado que prácticamente estaba irreconocible. Y aun así había seguido saliendo una y otra, y otra vez, hasta el último día de su vida. *Están tirando cuerpos sobre el muro al valle de Hinnom*, había dicho su hermano Mateo el día que lo mataron, y en la mente de Hadasa, era como si viera a su padre tirado entre los miles de cuerpos arrojados por encima del muro del templo y abandonado para pudrirse bajo el sol de Judea.

—Como te dije una vez, he conocido de cerca el temor —dijo

Juan—. Cuando vinieron a llevarse a Jesús en el huerto de Getsemaní, un soldado romano intentó atraparme y yo huí. Lo dejé sujetando un manto de lino en las manos, que era lo único que cubría mi cuerpo, mientras huía desnudo. —Sus bondadosos ojos se ensombrecieron con el recuerdo de su vergüenza—. Pero el temor no es del Señor, Hadasa.

—Lo sé mentalmente, pero mi corazón sigue temblando.

—Deja tu carga ante Jesús.

—Pero, ¿y si la carga no es solamente el temor, sino también el amor? Amo a Julia como si fuera mi propia hermana.

Los ojos de Juan se llenaron de compasión.

—Sembramos con lágrimas para poder cosechar con alegría. Sé obediente a la voluntad del Señor. Sigue amando a Julia a pesar de lo que haga, para que por medio de ti pueda llegar a conocer la incomparable gracia y misericordia de Cristo. Sé fiel, para que ella y los demás sean santificados.

—Pero, ¿podrán ser santificados si se niegan a creer? ¿Y qué hago acerca de Calabá?

—Nada.

—Pero, Juan, ejerce cada vez más control sobre Julia. Es como si Julia estuviera siendo transformada a semejanza suya. Debo hacer algo.

Juan sacudió la cabeza.

—No, Hadasa. Nuestra lucha no es contra la carne ni la sangre, sino contra los poderes de la oscuridad.

—No puedo luchar contra Satanás, Juan. Mi fe no es lo suficientemente fuerte.

—No luches contra él. *Resiste* el mal y sé fuerte en el Señor, Hadasa, y en la fuerza del poder de *Dios*. Dios te ha dado una armadura para la batalla. La verdad, Su justicia, el evangelio de paz. La fe es tu escudo, la Palabra tu espada. Ora con perseverancia en el Espíritu del Señor. Luego mantente firme, que el Señor irá delante de ti.

—Lo intentaré —dijo suavemente.

Juan le tomó las manos y las sostuvo con firmeza, rodeándola con su afecto y su fuerza.

—Dios no falla en su buen propósito. Confía en él, y a su tiempo abrirá tu boca y te dará las palabras que debes hablar. —Sonrió—. ¡No estás sola!

Recostada sobre uno de los sofás del triclinium, Julia eligió un bocadillo preparado por su nuevo cocinero. Primus le estaba relatando una de sus historias procaces, esta vez sobre un oficial romano y su esposa infiel. Julia había descubierto muy pronto que tenía un apetito insaciable por sus relatos, un apetito que Primus estaba muy dispuesto a satisfacer.

—Sé de quién estás hablando, Primus —dijo Julia—. De Vitelio, ¿verdad?

Primus levantó su copa en celebración de su sagacidad, y sonrió a Prometeo que estaba recostado contra él.

—Sabes que nunca traiciono una confidencia —dijo en tono jocoso.

—Puedes ponerle el nombre que quieras, pero imitas tan bien su ceceo que no me cabe ninguna duda. Es Vitelio. El gordo, pomposo, ceceante Vitelio.

—No volverá a confiarme ningún secreto —dijo Primus con remordimiento, y luego frunció el ceño molesto cuando Hadasa entró al triclinium con otra bandeja. Prometeo se tensó ligeramente y se alejó de Primus, que dio un suspiro, irritado.

—Pon allí la bandeja y déjanos —le ordenó a Hadasa secamente, echando una mirada a Julia—. Díselo, Julia. —Julia asintió y Hadasa salió en silencio de la habitación—. No me gusta —dijo Primus, mirando airadamente hacia la puerta.

—¿Por qué no? —dijo Julia, escogiendo una lengua de colibrí acaramelada de la bandeja.

—Porque cada vez que entra a la habitación, Prometeo se inquieta. ¿Por qué no la vendes?

—Porque a mí me agrada —dijo Julia y se sirvió más vino—. Canta y relata historias.

—He oído algunas y no me gustan tampoco. Por si no lo has observado, Calabá también siente mucho desagrado por tu esclava.

—Me lo dijo. —Julia le lanzó una mirada impaciente y sorbió un trago de vino. Sabía que se estaba poniendo ebria, pero no le importaba. Era mejor que estar deprimida. No tenía noticias de Atretes, ni de Marcus ni de su madre. Todos la habían abandonado. Vio los ojos de Prometeo parpadeando nerviosamente en dirección a la puerta y sintió una maliciosa satisfacción.

Entró un sirviente.

—Mi señora, su hermano ha venido a verla.

Julia se incorporó, derramando vino sobre su nueva palla verde. Dejó de inmediato la copa de plata y se puso la mano en la cabeza que le flotaba.

—Tráelo acá —dijo, poniéndose las manos frías sobre la cara caliente—. ¿Me veo bien? —le preguntó a Primus.

—Tan hermosa como una ninfa de mar saliendo de la espuma.

Marcus entró a la habitación y pareció llenarla con su presencia. Era tan apuesto que Julia se llenó de orgullo al verlo.

—Marcus —dijo, tendiéndole las manos.

Marcus le tomó las manos y la besó en la mejilla.

—Hermanita —dijo con afecto.

Luego se enderezó y miró a Primus.

—Quisiera hablar con mi hermana a solas.

Primus elevó las cejas con burla.

—Olvidas dónde estás, Marcus. Esta es mi casa, no la tuya.

—Vete, Primus —dijo Julia con irritación—. No he visto a mi hermano en semanas.

—Y sabemos por qué ¿verdad? —dijo Primus, observando la cara de Marcus mientras tomaba a Prometeo de la mano.

—Ven, Prometeo. Dejaremos a estos dos para que hablen de sus diferencias.

Marcus le lanzó una mirada furiosa.

—No entiendo cómo puedes quedarte ahí mirando cómo trata a ese niño, Julia.

Poniéndose a la defensiva, Julia contraatacó.

—Tal vez soy más tolerante con los demás. Y ¿quién eres tú para juzgar a Primus? Te vi más de una vez con Bitia.

—Hay una gran diferencia.

—Efectivamente, la hay. Primus le es más fiel a Prometeo de lo que jamás fuiste con Arria, o Fannia o una docena de otras que podría mencionar. Además —dijo con ligereza, sentándose otra vez—, veo que Primus es sumamente sensible. Fue torpe contigo porque heriste sus sentimientos. —Estiró la mano nuevamente hacia el vino, sintiendo que lo necesitaba.

—No cabe duda de que te da gusto en todo. Estás pagando todas las cuentas, ¿verdad?

—¿Y qué pasa si lo hago? Es mi dinero y puedo usarlo como quiera. Yo elegí esta villa, por cierto. Es hermosa, ¿verdad? Y en el sector más acaudalado de la ciudad. Yo elegí el mobiliario también. Es más de lo que he podido hacer en toda mi vida.

Marcus comprendió que debía controlar su temperamento.

—¿Eres feliz viviendo así?

—Sí. ¡Soy feliz! Más feliz de lo que era con un viejo repulsivo obsesionado por sus estudios o con un joven apuesto que era cruel hasta lo indecible. Cayo habría terminado con todo mi dinero con sus juegos si no hubiera muerto. —Se le quebró la voz y bebió rápidamente más vino. Le temblaba la mano, y tomó aire para calmarse—. Primus pide muy poco, Marcus —dijo algo más tranquila—. No es ninguna amenaza para mí. Escucha mis problemas y me anima a hacer todo lo que me hace feliz. Además, me hace reír.

—Deberías tener cuidado con lo que le dices, hermanita. Primus tiene un humor mordaz, y colecciona rumores como un perro junta pulgas. No cuesta mucho lograr que se rasque y desparrame todo. Su afición por los chismes es lo que le ha venido dando dinero por años. La gente le paga para que *no* hable.

Julia se estiró en el sofá nuevamente.

—Siéntate y come algo, Marcus. —Señaló con mano elegante las bandejas cargadas—. Tal vez mejore tu humor.

Marcus observó que tenía puestos varios anillos nuevos, y las bandejas de comida delataban una muestra costosa de delicadezas. No hizo comentarios. ¿Qué sentido tenía? Tal vez era esa comida apetitosa la explicación de su cintura engrosada, pero lo dudaba. Estaba bastante seguro que estaba embarazada, y sabía de quién.

—Primus no está en una posición donde pueda herirme, ¿verdad? —dijo Julia sonriendo cínicamente—. Pero si estás preocupado, le pediré que pase por alto tu deplorable conducta.

—¡No le pidas que pase nada por alto!

—¿Para qué viniste? —preguntó cansada, y su máscara de arrogante desdén se corrió lo suficiente para que Marcus pudiera percibir bajo ella a su vulnerable hermanita.

Marcus suspiró profundamente y se acercó a ella.

—Julia —dijo amablemente y le quitó la copa de vino de la mano, dejándola a un lado—. No vine a discutir contigo.

—Es padre —dijo Julia, parpadeando con temor—. Ha muerto, ¿es así?

—No.

Julia se relajó.

—¿Le dijo madre por qué me fui?

—Le dijo que estabas visitando amigas. Parece contento con las cartas que ella le lee.

—¿Qué cartas?

Marcus la miró sorprendido por un momento, luego dejó salir un suave suspiro de comprensión. Pobre madre.

—Las que aparentemente escribe en tu nombre.

Julia se puso de pie y se alejó de él, procurando escapar de la culpa.

—Tuvimos una visita esta mañana —dijo Marcus—. Un guardia que tenía instrucciones de llevarte a salvo con Atretes.

Julia se volvió instantáneamente y lo miró.

—¿Atretes mandó a buscarme? —Volvió a acercarse a Marcus y le tomó las manos—. Oh, Marcus, ¿dónde está? No lo echaste, ¿verdad? Si lo hiciste, me mataré. Lo juro. —Tenía los ojos inundados de lágrimas.

Marcus podía sentir que temblaba.

—Le dije que estabas de viaje y le pregunté dónde podías ubicar a su amo a tu regreso.

Julia lo soltó y comenzó a caminar nerviosamente.

—No sabía qué le había pasado ni adónde había ido. No te imaginas lo desdichada que me sentía. Lo quiero mucho, Marcus, pero cuando lo mandé llamar, se negó a venir.

—¿Desde cuándo estás involucrada con ese gladiador?

Julia se detuvo y levantó el mentón.

—No me gusta la forma en que dices *gladiador*. Atretes es un hombre libre ahora, y un ciudadano romano.

—¿Desde cuándo, Julia?

—Seis meses —dijo finalmente y observó la mirada de Marcus recorrer su cuerpo.

—Entonces, es su hijo el que esperas.

Julia se ruborizó y se cubrió el vientre a la defensiva.

—Sí.

—¿Lo sabe él?

Julia negó con la cabeza.

—No he tenido oportunidad de decírselo.

—Obviamente tampoco sabe de tu matrimonio con Primus, de lo contrario no habría enviado a su guardia a buscarte a mi casa.

—Planeaba decírselo hace semanas, ¡pero no sabía dónde estaba!

—Con muy poco esfuerzo lo podrías haber averiguado. ¿Cómo le explicarás lo de Primus? Julia, hablé con su guardia. Atretes compró una propiedad a pocos kilómetros de Éfeso. Espera casarse contigo.

Julia mantuvo la cara apartada, pero Marcus se puso de pie y se le acercó. La volteó para mirarla de frente y la encontró llorando.

—No se traiciona a alguien como Atretes —dijo Marcus suavemente.

—¡No lo he traicionado! —exclamó liberándose—. No pensarás que duermo con Primus ¿verdad? ¡No lo hago! No duermo con nadie.

—Espero que Atretes tenga la paciencia para escuchar tus explicaciones. No se juega con un hombre así, Julia.

—Me mudé con Primus antes de que Atretes fuera libre —dijo, tratando de evitar sus ojos.

—Eso es mentira, y ambos lo sabemos. Te mudaste con Primus *después* de los juegos efesios.

—Bueno, ¡Atretes no necesita saberlo! Es solo un día de diferencia.

—Un día. —Marcus entrecerró los ojos—. ¿Sabías que estabas embarazada cuando te mudaste con Primus? —Supo que lo sabía cuando ella apartó la vista—. Por todos los dioses, ¿por qué te mudaste con Primus si estabas enamorada de Atretes?

—Si te hubiera hablado de él, no me habrías permitido volver a verlo, y lo sabes.

—Es posible —concedió Marcus—. Pero en ese caso no me habrías permitido opinar más de lo que me permitiste con Primus. Escúchame —dijo, luchando por controlarse—, en este momento, aprobaría cualquier cosa que no fuera este arreglo antinatural en el que estás. Yo mismo te llevaré con Atretes, ahora mismo, si aceptas.

—No. Me vine a vivir con Primus por todos los motivos que te di.

—Entonces no amas a Atretes.

—Lo amo, pero jamás podría casarme con él. Piénsalo, Marcus. Atretes no piensa como romano. En realidad, detesta Roma, la odia completamente. ¿Qué pasaría si nos cansáramos el uno del otro, y yo me enamorara de otro hombre? ¿Me permitiría ser feliz? No. Es un bárbaro. Los bárbaros ahogan a las esposas infieles en un pantano. ¿Y si quisiera volver a Germania? —Se rió con aspereza—. ¿Me imaginas viviendo en una mugrosa cabaña comunitaria, o lo que sea donde viven los bárbaros? Pero él podría obligarme a ir, ¿verdad? ¡Solo por ser su esposa!

Marcus la escuchaba incrédulo.

—¿Realmente crees que Atretes vendrá ahora y será tu amante cuando estás implicada con otro hombre?

—¿Acaso no es lo mismo que Arria?

Marcus frunció el ceño.

—¿De qué estás hablando?

—Sabías de sus aventuras con varios gladiadores. Ella misma solía contarte de eso, ¿lo recuerdas? Te pregunté por qué le permitías ser infiel contigo, y me dijiste que Arria tenía libertad para hacer lo que quisiera. Y tú eras libre de hacer lo mismo.

—¡Nunca pensé que tendrías a Arria por modelo para tu vida!

—No lo hice. Te tomé a ti por modelo.

Marcus la miró, estupefacto. Julia le besó la mejilla.

—No estés tan sorprendido. ¿Qué esperarías de una hermana que te adora? Ahora dime dónde está Atretes. —Cuando se lo dijo, Julia se sentó—. Estoy cansada —dijo, somnolienta por el vino que había bebido. Se recostó sobre los almohadones y cerró los ojos—. Puedes decirle a madre lo del bebé si quieres. —Torció la boca divertida—. Tal vez piense un poco mejor de Primus.

Marcus se inclinó para besarle la frente.

—Lo dudo.

Julia le sujetó la mano.

—¿Volverás?

—Sí. Tal vez pueda deshacer lo que he hecho.

Ella le besó la mano.

—No lo creo. —Julia sonrió, pensando que le estaba gastando una broma como siempre lo hacía, sin escuchar el tono severo de su voz.

Al salir de la habitación, Marcus vio a Hadasa sentada en un banco, con las manos sobre su regazo. ¿Estaba orando? Hadasa levantó la cabeza y lo vio. Se puso de pie con gracia, bajando la vista por respeto. Marcus cruzó la habitación y se detuvo frente a ella. Pasó un momento antes de que pudiera hablar.

—Madre y padre te extrañan.

—Yo también los extraño, mi señor. ¿Cómo está su padre?

—Ha desmejorado.

—Lo siento mucho —dijo suavemente.

Marcus supo que era así, y su sinceridad lo llenó de un dolor inexplicable. Extendió la mano y la deslizó por su brazo.

—Encontraré la manera de llevarte a casa —dijo con voz ronca.

Hadasa se apartó de su mano.

—La señora Julia me necesita, mi señor.

Marcus dejó caer el brazo. Hadasa se puso de pie y pasó por su costado.

—Yo también te necesito —le dijo suavemente y la oyó detenerse detrás de él. Marcus volvió la cabeza y la vio mirarlo con lágrimas en los ojos. Hadasa siguió adelante y entró al triclinium. Dirigiéndose a Julia.

Ante el ruido de ligeras sandalias sobre su cabeza, Marcus miró hacia arriba.

—Te veremos de nuevo pronto, ¿verdad, Marcus? —dijo Primus, sonriéndole desde arriba. Hizo un puchero con los labios como para mandar un beso y luego sonrió—. Oh, sí, seguro que sí.

Mientras la suave risa burlona de Primus bajaba flotando al peristilo, Marcus se volteó y caminó enojado hacia la puerta.

Atretes sujetó las muñecas de Julia y se liberó de los brazos que le rodeaban el cuello. Temblando con furia asesina la empujó para alejarla de él.

—¡Si no fuera porque estás embarazada, te mataría! —dijo a través de dientes apretados y salió de la habitación.

Julia corrió tras él.

—¡Es tu hijo! ¡Lo juro! No te he traicionado. ¡Primus no significa nada para mí! ¡Atretes! ¡No me dejes! ¡Escúchame! ¡Escucha! —suplicó llorando—. ¡*Atretes*!

Subiendo de un salto a su cuadriga, Atretes tomó las riendas y gritó. La pareja de padrillos blancos se lanzó a la calle. Gritando otra vez, Atretes agitó el látigo y los condujo cada vez más rápido hasta que corrían con todas sus fuerzas. La gente salía del camino echando maldiciones a sus espaldas.

Llegó al extremo de la ciudad y siguió corriendo. El viento que le daba en la cara no enfriaba su furia. La villa que había comprado se levantaba frente a él sobre la ladera de una verde colina. Un guardia lo vio venir y abrió el portón. Pasó corriendo y giró la cuadriga, salpicando la entrada con una lluvia de piedrecillas. Arrojando las riendas a un lado, bajó de un salto y dejó a los agitados animales trotando nerviosamente mientras subía corriendo las escalinatas de mármol de la casa.

—¡Fuera de mi vista! —gritó a los esclavos que estaban preparando la llegada de su nueva señora.

Con un grito salvaje, barrió con un brazo la fiesta de la larga mesa. Bandejas de plata y oro se estrellaron en el suelo; las copas golpearon la pared, arrancando astillas del mural que estaba pintado allí. Volcó la mesa de una patada, aplastó los objetos de cristal de Murano, y arrojó las vasijas de bronce corintio. Arrancando los tapices babilónicos de la pared, los rasgó en dos. Volteó los sofás y destrozó los almohadones de seda oriental.

Cruzando a trancos la arcada, entró a la habitación preparada para Julia. Pateando los braceros ornamentados, desparramó las brasas calientes bajo la gran cama y sobre el suave baldaquín de tul que la envolvía. Se encendió enseguida. Cuando la cama comenzó a arder, Atretes arrastró una caja tallada bellamente a mano que estaba sobre una mesa y desparramó perlas y joyas sobre el piso de mosaicos de mármol.

Mientras salía de la habitación, varias jóvenes que había comprado para asistir a Julia lo miraron con los ojos horrorizados.

«Quedan en libertad —dijo, y cuando apenas se movieron unos pasos mirándolo como si se hubiera vuelto loco, les gritó—: ¡Fuera de aquí!». Huyeron de él.

Entró al patio interior y se inclinó sobre el pozo. Recogiendo un poco de agua, se mojó la cara. Respiró pesadamente y se inclinó procurando poner toda la cabeza en el agua, cuando vio un ondulante reflejo de sí mismo.

Parecía un romano. Tenía el cabello recortado, y llevaba adornos de oro en el cuello. Sujetando por el frente su túnica bordada de oro, se la arrancó. Se quitó la medalla de gladiador en pose de saludo y la lanzó a través del patio, luego inclinó hacia atrás la cabeza y clamó con una furia salvaje que fue creciendo hasta que lo oyeron los pastores de las montañas.

34

Febe mandó a buscar a Marcus y a Julia para que acudieran inmediatamente, porque su padre se estaba muriendo. A la sierva que fue a buscar a Julia le dijo: «Asegúrate de que traiga a Hadasa con ella».

Marcus llegó primero y fue a ver a su padre. Cuando llegó Julia, Febe se sintió aliviada de ver a Hadasa con ella. Julia entró, pero se detuvo al acercarse a la cama. Había pasado semanas sin ver a su padre y la devastación de su enfermedad la impresionó y la repeló. Con un grito atragantado, huyó de la habitación. Febe la alcanzó rápidamente.

—¡Julia!

Julia se detuvo y habló mientras caminaba hacia atrás.

—No quiero verlo así, madre. Quiero recordarlo como era.

—Él pidió verte.

—¿Para qué? ¿Para decirme que lo he desilusionado? ¿Para maldecirme antes de morir?

—Sabes que no haría eso. Siempre te ha amado, Julia.

Julia se puso las manos sobre el vientre, abultado por el embarazo.

—Siento que el bebé se mueve. No me hará bien estar ahí adentro. ¡No debo agitarme! Esperaré en el peristilo. Me quedaré allí hasta que todo pase.

Marcus salió y vio a su hermana al borde de la histeria. Puso la mano sobre el hombro de su madre:

—Yo hablaré con ella.

Febe se volteó y al ver a Hadasa le tendió la mano.

—Ven conmigo —dijo suavemente, y entraron juntas a ver a Décimo.

Hadasa sintió una abrumadora compasión por su amo. Una manta hábilmente tejida en lana blanca le cubría el macilento cuerpo. Los brazos le colgaban sin fuerzas a los costados, con venas azules que sobresalían en la blancura de sus delgadas manos. La habitación olía a muerte, pero fue la mirada en sus ojos lo que la hizo sentir deseos de llorar.

Marcus trajo a Julia. Había logrado recuperar el control, pero en el momento que vio a su padre otra vez, comenzó a llorar.

Cuando Décimo volvió sus hundidos ojos a ella, lloró más intensamente. Décimo levantó débilmente la mano. Cuando Julia dudó, Marcus le apretó los hombros y la empujó suavemente hacia adelante, haciéndola ocupar la silla junto a la cama, donde Julia se cubrió la cara con las manos y se inclinó hacia adelante, llorando profusamente. Décimo le puso la mano sobre la cabeza, pero ella se retrajo.

—Julia —le dijo con voz ronca e intentó nuevamente alcanzarla.

—No puedo —exclamó Julia—. No puedo soportar esto. —Intentó pasar más allá de Marcus.

—Déjala ir —dijo débilmente Décimo, dejando caer el brazo sin fuerzas a su costado. Cerró los ojos cuando Julia salió de prisa de la habitación. Todos podían oír que lloraba mientras corría por el pasillo—. Es joven —dijo Décimo con voz ronca—. Ya ha visto demasiadas muertes. —Respiraba trabajosamente—. ¿Está Hadasa aquí?

—Ha ido con Julia —dijo Febe.

—Tráela aquí.

Marcus la encontró en un pequeño rincón del peristilo, consolando a su hermana.

—Hadasa, padre quiere verte.

Hadasa apartó los brazos de Julia y se puso de pie rápidamente. Julia levantó la cabeza.

—¿Por qué quiere verla a *ella*?

—Ve —dijo Marcus a Hadasa y se volteó hacia Julia—. Tal vez necesita más consuelo que tú, y sabe que puede obtenerlo de Hadasa —dijo, incapaz de evitar un matiz en su voz.

—Nadie me entiende —dijo Julia amargamente—. Ni siquiera tú. —Comenzó a llorar nuevamente. Marcus se volteó y empezó a seguir a Hadasa—. ¡Nadie sabe lo que tengo que soportar! —le gritó Julia en forma estridente.

Hadasa entró y se ubicó al pie de la cama donde Décimo pudiera verla.

—Aquí estoy, mi señor.

—Siéntate a mi lado un momento —dijo Décimo con voz ronca. Hadasa rodeó la cama y se arrodilló a su lado. Cuando Décimo levantó la mano sin fuerzas, Hadasa la tomó suavemente entre las suyas. Décimo suspiró—. Tengo tantas preguntas. No me queda tiempo.

—Hay tiempo suficiente para lo que es importante —susurró Hadasa. Le apretó ligeramente la mano—. ¿Quiere pertenecerle al Señor, amo?

—Tengo que ser bautizado...

El espíritu de Hadasa se aligeró, pero había visto suficientes muertes en Jerusalén como para saber que no había tiempo para llevarlo a sus propios baños. *Oh, Dios, por favor dame Tu sabiduría y perdona mi falta de ella.* Sintió que la invadía calor y seguridad en respuesta.

—El Señor Jesús fue crucificado entre dos ladrones. Uno de ellos se burló de él. El otro confesó su pecado y dijo: 'Jesús, acuérdate de mí cuando vengas en tu reino' y el Señor le respondió: 'Te aseguro que hoy estarás conmigo en el paraíso'.

—He pecado mucho, Hadasa.

—Si solo cree y acepta su gracia, estará con el Señor en el paraíso.

La mirada angustiada de Décimo desapareció. Su temblorosa mano tomó la de Hadasa y la apoyó sobre su pecho. Hadasa abrió su mano sobre el corazón de Décimo.

—Marcus... —la respiración de Décimo traqueteaba en su pecho. Marcus se inclinó hacia él desde el otro lado de la cama.

—Aquí estoy, padre —Marcus tomó la otra mano de su padre. Sin fuerzas, Décimo puso la mano de Marcus sobre la de Hadasa. Luego puso sus propias manos sobre las de ellos y miró a su hijo.

—Comprendo, padre.

Hadasa miró a Marcus cuando él cerró firmemente su mano alrededor de la de ella.

Décimo lanzó un largo y lento suspiro. Su rostro, tan tenso y estropeado por los años de sufrimiento, se relajó suavemente. La lucha terminó.

Marcus aflojó los dedos y Hadasa liberó rápidamente su mano. Cuando su madre se acercó, Marcus levantó su cabeza y la miró directamente a los ojos. Con el corazón acelerado, Febe apretó su mano contra su pecho y dio un paso atrás de la cama.

—Se ha ido —dijo Febe. Cerró suavemente los ojos de su esposo. Inclinándose, lo besó en los labios—. Tu sufrimiento ha terminado, mi amor —susurró y sus lágrimas mojaron el pacífico rostro de su esposo. Febe se recostó a su lado y lo rodeó con sus brazos. Descansando la cabeza sobre el pecho de Décimo, Febe dio rienda suelta a su dolor.

—Claro que fue demasiado para ti —dijo Primus, sirviéndole a Julia más vino—. Fue cruel de su parte pretender que te sentaras a ver morir a tu padre.

—Fui a un pequeño rincón del peristilo y esperé allí.

Calabá tomó la mano de Julia y la besó tiernamente.

—No había nada que pudieras hacer, Julia.

Vagamente incómoda por el beso de Calabá, Julia liberó su mano de un tirón y se puso de pie.

—Tal vez mi presencia podría haberlo consolado.

—¿Habría cambiado algo tu presencia? —dijo Calabá con suavidad—. ¿Estaba siquiera consciente tu padre al final?

—No lo sé. Yo no estuve ahí —dijo Julia, luchando con las lágrimas, sabiendo que Calabá las consideraba una señal de debilidad.

Calabá suspiró.

—Y ahora les has permitido hacerte sentir culpable. ¿No es así? ¿Cuándo aprenderás, Julia? La culpa es autodestructiva. Debes usar el poder de tu voluntad para superarla. Enfoca tu mente en algo que te agrade.

—Nada me agrada —dijo Julia, sintiéndose desdichada.

Calabá curvó la boca hacia abajo.

—Es el embarazo lo que te ha puesto tan emocionalmente frágil. Es una pena que no te hicieras un aborto al principio.

Julia cerró el puño con fuerza.

—No voy a hacerme un aborto. Ya te lo he dicho, Calabá. ¿Por qué sigues sugiriéndolo? —La miró fijamente, con la mano descansando sobre su vientre abultado como en un gesto de protección—. Es el hijo de Atretes.

Los ojos de Calabá se abrieron en burlona sorpresa.

—Supongo que no sigues esperando que vuelva contigo, ¿o sí?

—Me ama. Una vez que haya pensado las cosas, estoy segura que volverá.

—Ha tenido varios meses para pensar las cosas, Julia, y no has tenido noticias de él.

Julia miró hacia otro lado.

—He mandado a Hadasa. Ella le hará ver que el niño es de él.

—¿Y crees que eso hará alguna diferencia?

—Me sorprende que confíes en esa muchacha judía y traicionera —intervino Primus lleno de odio por la esclava.

—Hadasa no es traicionera —contestó Julia enojada—. Ella sabe que no he estado con ningún otro hombre después que estuve con Atretes. Ella se lo dirá. Entonces él volverá y me rogará que lo perdone.

—Hadasa probablemente intentará robártelo de la misma forma que está tratando de robarme a mi Prometeo.

—¡Hadasa no tiene el más mínimo interés en tu catamito! —dijo Julia con desagrado.

—¿No lo crees? La vi sentada en ese mismo rincón con Prometeo, ¡y estaba sujetando su mano! ¡Ahora dime que es inocente!

Calabá sonrió débilmente, sus ojos oscuros resplandecían con placer salvaje.

—Tal vez el muchacho se esté cansando de ti, Primus —dijo, atizando las llamas de sus celos—. Lo encontraste cuando era casi un niño, antes de que hubiera probado todo lo que tiene el mundo para ofrecerle.

Primus palideció.

—La sugerencia es ridícula —opinó altivamente Julia—. Hadasa es virgen y seguirá así hasta la muerte.

—No si tu hermano tiene voz y voto —intervino Primus.

Julia se puso rígida.

—¿Cómo te atreves?

Impávido frente a su enojo, Primus se recostó, plenamente satisfecho por el impacto de sus palabras.

—Abre los ojos, mi querida Julia. ¿Crees que Marcus viene a verte a ti? Viene a ver a tu esclava.

—¡Eso es una mentira!

—¿Lo crees? El primer día, cuando vino a decirte que Atretes te había mandado a buscar, ¿recuerdas? Tal vez no, porque habías bebido demasiado vino. Mientras dormitabas sin mucha consciencia, vi salir a Marcus. Tu judía estaba justo ahí, esperándolo bajo la arcada. Él le tomó la mano y, te lo aseguro, ¡la mirada en su cara era digna de verse!

—¿Acaso no dijiste que tu padre pidió verla? —preguntó Calabá con calculada curiosidad. Julia la miró con los labios entreabiertos.

Calabá le echó una mirada a Primus y sacudió la cabeza.

—Y la criatura sigue confiando en ella —dijo. Miró a Julia nuevamente con sus oscuros ojos llenos de pena.

—Has enviado a una víbora a tu amante —dijo Primus con malicia—. ¿Sabes lo que hará? Hará exactamente lo mismo que ha hecho con mi Prometeo. Le clavará los colmillos y lo llenará de mentiras envenenadas.

Julia temblaba violentamente.

—No te escucharé más. Hablas como una *mujer* maliciosa —dijo, dándoles la espalda.

—Díselo tú, Calabá —dijo Primus frustrado—. A ti te escuchará.

—No necesito decírselo —dijo Calabá con calma—. Ya lo sabe por sí misma. Sencillamente todavía no ha reunido el valor para hacer algo al respecto.

Hadasa estaba parada frente a las ruinas de la villa quemada que Atretes había comprado para Julia.

—No está aquí —le dijo un hombre que estaba parado cerca—. Está en alguna parte allá en las montañas, completamente loco.

—¿Cómo puedo encontrarlo?

—Si eres prudente, lo dejarás solo —dijo el hombre y la dejó allí en los escombros.

Hadasa le pidió a Dios que la ayudara a encontrar a Atretes. Deambuló por las colinas durante lo que le parecieron horas antes de verlo sentado en una ladera, mirándola fijamente. Su cabello parecía una melena y vestía un taparrabos y una capa de piel de oso. Tenía en la mano una lanza de aspecto mortal. Sus ojos azules la miraban fríamente mientras se le aproximaba.

—Vete —le dijo con voz helada y vacía.

Hadasa se sentó a su lado y no dijo nada. Atretes la miró larga y severamente, y luego apartó la vista de ella y se quedó mirando el valle, hacia la gran ciudad. Durante horas estuvo sentado así, sin hablar, tan frío y duro como una piedra. Hadasa estaba sentada junto a él en silencio.

Bajó el sol y el valle cayó en la oscuridad. Atretes se puso de pie, y Hadasa lo vio caminar por un sendero que conducía a una cueva. Lo siguió. Entrando, Hadasa vio que estaba poniendo leña para un fuego. Se sentó contra la pared.

Recogiendo su frámea, Atretes la apuntó hacia Hadasa.

—¡Lárgate de aquí o te mataré! —Hadasa pasó la vista de la frámea a los ojos de Atretes—. ¡*Vete*! ¡Vuelve con esa ramera a la que sirves!

Hadasa no se movió, ni parecía asustada. Sencillamente lo miraba con esos hermosos ojos marrones llenos de compasión.

Atretes retrocedió lentamente y bajó la frámea. Lanzándole una mirada airada, se volteó dándole la espalda y se acomodó frente al fuego decidido a ignorarla.

Hadasa bajó la cabeza y oró en silencio pidiendo ayuda.

—Ella espera que yo vuelva, ¿verdad? Cree que todavía tiene control sobre mí.

Hadasa levantó la cabeza. Atretes le daba la espalda y estaba doblado sobre las llamas parpadeantes. Sentía un gran dolor por él.

—Sí —respondió honestamente.

Atretes se puso de pie con el cuerpo tenso por la fuerza de su furia.

—Vuelve y dile que para mí está muerta. Dile que juré por Tiwaz y por Artemisa que jamás volvería a mirarle el rostro. —Se acercó a la entrada de la cueva y se quedó mirando la oscuridad.

Hadasa se puso en pie. Se paró junto a él y contempló la noche estrellada. Guardó silencio por largo rato y luego dijo con mucha suavidad: «Los cielos proclaman la gloria de Dios y el firmamento despliega la destreza de sus manos...».

Atretes entró a la cueva nuevamente y se sentó. Se pasó los

dedos por el cabello dorado y se sujetó la cabeza. Después de unos momentos, bajó las manos y se las miró.

—¿Tienes idea de a cuántos hombres he matado? Ciento cuarenta y siete. *¡Registrados!* —Se rió bruscamente—. Probablemente maté a otros cincuenta hombres antes de eso, legionarios romanos que marchaban sobre Germania pensando que podían reclamar nuestras tierras y esclavizarnos sin resistencia. Los maté con placer, para proteger a mi familia, para proteger a mi pueblo.

Volteó las manos y estudió sus palmas.

—Luego maté para el placer de Roma —dijo amargamente, apretando los puños—. Maté para seguir vivo. —Volvió a pasarse las manos por el cabello—. Puedo recordar los rostros de cada uno de ellos, Hadasa. A algunos los maté sin el menor remordimiento, pero hubo otros... —Cerró los ojos con fuerza y recordó a Caleb, arrodillado, levantando la cabeza para recibir el golpe mortal. Y a su compatriota germano. Atretes recordaba haber hundido la frámea en el corazón de ese joven compañero de tribu.

Volvió a abrir los ojos, queriendo borrar todos los rostros de su mente, sabiendo que jamás lo lograría.

—Los maté porque tenía que hacerlo. Los maté porque quería ganar mi libertad. —Apretó los dientes y los músculos se destacaron en la línea de la mandíbula.

—¡*Libertad*! Ahora la tengo por escrito en un documento oficial. La tengo colgada alrededor de mi cuello. —Empuñando el pendiente de marfil, rompió la cadena de oro y le tendió a Hadasa la prueba de su libertad—. Puedo andar por donde desee. Puedo hacer lo que quiera. Pusieron ofrendas a mis pies como si fuera uno de sus dioses ¡y me dieron riquezas como para vivir en una casa junto al procónsul de Roma! ¡Soy *libre*!

Soltó una risotada estridente y triste y arrojó el pendiente de marfil y la cadena de oro contra la pared de piedra de la cueva.

—No soy libre de nada. Su yugo sigue alrededor de mi cuello, asfixiándome. Jamás seré libre de lo que me ha hecho Roma. Ella me usó para su placer. Me adoraba porque le hacía arder la sangre. Satisfice su lujuria. No tenía más que dar la orden, y yo actuaba. —Miró a Hadasa que seguía de pie en la entrada de la cueva con su rostro tan amable, y sonrió amargamente—. Roma. Julia. Una y la misma.

Hadasa vio la agonía interior grabada en el rostro apuesto y duro de Atretes.

—'Desde lo profundo de mi desesperación, oh Señor, clamo por tu ayuda. Escucha mi clamor, oh Señor. Presta atención a mi oración. Señor, si llevaras un registro de nuestros pecados, ¿quién, oh Señor, podría sobrevivir? Pero Tu ofreces perdón'.

Hadasa vio cómo Atretes fruncía el ceño y entró a la cueva. Se arrodilló junto a él.

—La vida es un viaje, Atretes, no nuestro destino final. Tú estás cautivo de tu amargura, pero puedes recibir libertad.

Atretes miró desesperanzado al fuego.

—¿Cómo?

Hadasa se lo dijo.

Atretes sacudió la cabeza.

—No —dijo con firmeza y se puso en pie—. Solamente un dios débil perdonaría a quienes clavaron a su hijo en una cruz. Un dios con poder destruiría a sus enemigos. Los haría desaparecer de la faz de la tierra. —Volvió a la entrada de la cueva.

—Es el odio lo que te mantiene esclavo, Atretes. Elige el perdón y el amor.

—Amor —dijo despectivamente, dándole la espalda—. ¿Como amé a Julia? No, el amor no nos hace libres. Te atrapa y te debilita. Y cuando estás más vulnerable, cuando sientes esperanza, te traiciona.

—El Señor no te traicionará Atretes.

La miró nuevamente.

—Quédate con tu dios debilucho. No le sirvió de nada a Caleb. Tiwaz es mi dios. ¡Un dios de poder!

—¿Lo es? —dijo ella suavemente y se incorporó. Se dirigió a la entrada de la cueva y lo miró a los ojos, que todavía ardían de odio—. ¿Es lo suficientemente poderoso como para darte la paz mental que necesitas? —Puso la mano ligeramente sobre su brazo—. El niño es tuyo, Atretes.

Atretes arrancó su brazo del contacto de Hadasa.

—Aunque Julia lo dejara a mis pies, me iría sin jamás mirar atrás.

Hadasa comprendió que lo decía en serio. Se le llenaron los ojos de lágrimas.

—Que Dios tenga misericordia de ti —susurró, y salió a la noche.

Atretes la observó seguir el angosto sendero colina abajo. Su mirada nunca la abandonó, ni siquiera cuando llegó al camino que la llevaría de regreso a Éfeso.

Julia se volteó al llamado de Marcus y lo miró con extrañeza.

—¿Quieres ver a Hadasa?

—Sí. Es por un asunto de importancia.

—¿Qué asunto? —dijo, aparentando solo curiosidad.

—Un asunto personal —dijo, molesto por ser cuestionado—. Responderé tus preguntas después de hablar con ella. ¿Está aquí o la has enviado con algún mandado?

—Acaba de regresar de uno —dijo de manera extraña y golpeó

las manos. El sonido pareció violento en el pacífico silencio del peristilo—. Envíanos a Hadasa —dijo a uno de los sirvientes de Primus. Volvió a mirar a su hermano y sonrió. Preguntó sobre su madre, pero se mostró poco interesada cuando le dijo que parecía estar soportando su dolor con asombrosa serenidad.

Al sonido de pasos que se acercaban, Marcus se volteó y vio a Hadasa. Entró por una arcada a la luz del sol y caminó hacia ellos con una gracia humilde que lo lastimó. Ella no lo miró.

—¿Me llamó, mi señora? —dijo con la cabeza gacha.

—No, es mi hermano el que te quiere —dijo Julia fríamente.

Marcus miró con severidad a su hermana.

—Irás al dormitorio del segundo piso y lo esperarás allí...

—Julia... —interrumpió Marcus, cada vez más molesto, pero Julia lo ignoró.

—Espera hasta que Marcus vaya, y luego harás todo lo que te pida que hagas. ¿Entendido?

Marcus vio que el rostro de Hadasa se llenaba de miedo y confusión, y sintió deseos de golpear a su hermana.

—Déjanos, Hadasa.

Hadasa dio unos pasos atrás, mirando de uno a otro como si ambos se hubieran vuelto locos.

—¡Ramera confabuladora! —gritó repentinamente Julia, acercándose a Hadasa con la mano preparada para golpearla. Marcus sujetó la muñeca de su hermana y la obligó a mirarlo.

—Déjanos *ahora* —ordenó Marcus a Hadasa con dureza. Cuando hubo partido, sacudió a Julia—. ¿Qué pasa contigo? ¿Es que el embarazo te ha vuelto loca?

—¡Lo que me dijo Primus es verdad! —gritó Julia, luchando por soltarse.

—¿Qué te dijo Primus? —preguntó Marcus, con un hueco en el estómago.

—Dijo que venías por Hadasa y no por mí. ¡Yo le dije que era ridículo! Mi hermano ¿enamorado de mi esclava? ¡Absurdo! Le dije que venías a verme a mí... ¡a *mí*! Y él me dijo que debería abrir mis ojos y ver lo que ha estado pasando a mi alrededor.

—No ha pasado nada. Has estado bebiendo el veneno de Primus —dijo Marcus con la voz tensa—. No lo escuches más.

—Si no es verdad, ¿por qué entonces preguntas por Hadasa?

—Por asuntos personales que nada tienen que ver contigo o Primus o cualquier otro.

Julia hizo una sonrisa desagradable.

—'Asuntos personales' —dijo con desdén—. No responderás, ¿verdad? ¡No puedes hacerlo sin admitir que ella te importa más que *yo*!

—Tus celos están fuera de lugar. ¡Eres mi *hermana*!

—Sí. Soy tu hermana y merezco tu lealtad, pero ¿acaso la tengo?

—Sabes que la tienes. Sabes que siempre la tuviste. —Reconociendo su frágil estado emocional, Marcus le tomó las manos—. Julia, mírame. Por todos los dioses —dijo, y la sacudió nuevamente—. Dije que me miraras. Lo que siento por Hadasa no tiene nada que ver con mi amor por ti. Te adoro como siempre lo he hecho.

—Pero la amas.

Marcus dudó y soltó el aliento.

—Sí —dijo en voz baja—. La amo.

—¡Me está robando a todos!

Marcus la soltó.

—¿De qué estás hablando?

—Me robó a Claudio.

Marcus frunció el ceño, preguntándose qué estaba pasando por la mente de Julia. ¿Qué verdades peligrosas habían convertido Primus y Calabá en espantosas mentiras, aprovechando la naturaleza celosa de Julia?

—No querías a Claudio —le recordó sin rodeos—. Le mandaste a Hadasa con la esperanza de que lo distrajera de ti.

—Y lo hizo, ¿no es así? Distrajo su interés completamente. ¿Sabías que ni una sola vez preguntó por mí desde que le envié a Hadasa? —Julia nunca lo había pensado hasta que Calabá se lo preguntó y entonces comprendió la verdad—. Pasó horas con él, horas que debería haber estado sirviéndome.

—*Estaba* sirviéndote. Hizo lo que le exigiste que hiciera. Querías que distrajera a Claudio, y lo hizo. Él le preguntaba a Hadasa sobre su religión.

Julia lo miró con frialdad.

—¿Cómo lo sabrías a menos que se lo preguntaras?

—¡Claro que se lo pregunté! Recuerda que estaba furioso contigo por mandarla en tu lugar.

—Lo recuerdo —dijo con ojos encendidos—. Estabas enojado porque se la había dado. Yo pensé que estabas preocupado por mí, por mi matrimonio. Pero ese no era el motivo, ¿verdad? —Julia tenía la voz cargada de amargura; sacudió la cabeza y le dio la espalda.

—¡He estado tan ciega! —dijo con una risa desalentadora—. Miro hacia atrás ahora y lo veo todo con claridad. Todas esas veces que yo pensaba que venías porque yo te necesitaba. —Se volteó hacia Marcus—. No era así en absoluto, ¿verdad, Marcus? No venías a Capua por mí. No volviste a la villa de Roma ni viniste a Éfeso por mí. Lo hiciste por *ella*.

Marcus la giró para que le diera la cara.

—Todas esas veces, sí lo hice por ti. No permitas que nadie te haga pensar otra cosa —no había sido hasta más adelante, mucho más adelante, que se dio cuenta de que Hadasa le importaba de una manera que ninguna otra mujer lo había hecho. Julia había sido su primera preocupación. Hasta ahora.

Julia se volteó para evitar su ira.

—Me pregunto qué le dijo a Atretes todas las veces que la mandé a buscarlo al ludus, cosas que lo habrán envenenado contra mí.

—Lo que ocurrió con Atretes no tiene nada que ver con Hadasa —dijo Marcus enojado—. No puedes culparla por tus propias acciones insensatas. Tú lo alejaste, Julia, no Hadasa.

—Si le hubiera dicho que el niño es suyo como se lo ordené, Atretes habría venido. ¡Y no lo ha hecho! Probablemente fue con él y le cantó salmos y le urdió historias en lugar de eso. —Rompió en llanto—. Si Hadasa hizo lo que yo le ordené, ¿por qué no ha venido? ¿Por qué este detestable silencio?

—Porque pensabas que podías tenerlo bajo tus propias condiciones —dijo Marcus—. Y no puedes. —Lleno de compasión por ella, Marcus suspiró y rodeó a Julia con los brazos—. Eso se terminó, Julia. Hay cosas que no se pueden arreglar.

Julia se apoyó en él y dio rienda suelta a las lágrimas. Cuando finalmente recuperó la compostura, se alejó y se arrojó en un frío banco de mármol en el pequeño rincón. Marcus se sentó con ella. Julia lo miró con tristeza.

—¿Por qué será que el amor arde tanto que uno piensa que lo va a consumir y luego, cuando pasa, no queda nada más que el sabor de las cenizas en la boca?

—No lo sé, Julia. Yo solía hacerme la misma pregunta.

—¿Con Arria?

—Con Arria y con otras —respondió.

Julia frunció ligeramente el ceño de su pálida cara.

—Pero no con Hadasa. ¿Por qué?

—Ella es diferente de cualquier otra mujer que haya conocido —dijo con suavidad, y tomó las manos de su hermana—. ¿Cuántas esclavas darían su vida por proteger la de su ama? Cayo te habría matado si no hubiera sido por Hadasa. Te ha servido fielmente, no por un sentido del deber como Enoc y Bitia y los demás, sino por amor. Hadasa es algo raro y hermoso.

—'Algo raro y hermoso' —repitió Julia sombríamente—. Pero sigue siendo una esclava.

—No si la liberas.

Julia levantó la mirada hacia Marcus.

—La necesito —dijo rápidamente, experimentando un

repentino e inexplicable sentido de pánico—. La necesito ahora más que nunca.

Marcus bajó la vista a su abultado vientre y asintió.

—Entonces esperaré —dijo con suavidad—, hasta después de que nazca el bebé.

Julia no respondió. Se quedó mirando el piso, y Marcus sintió que lo invadía un extraño frío ante el vacío que percibió en los ojos de su hermana.

35

Después de un largo y difícil trabajo de parto, Julia dio a luz al hijo de Atretes. La partera le entregó a Hadasa un bebé lanugo que lloraba a gritos. El niño era bello y perfecto, y Hadasa sintió que un dulce placer la invadía mientras lo lavaba cuidadosamente y lo frotaba con sal. Lo envolvió con ropas cálidas y lo acercó a su madre.

—Su hijo, mi señora —murmuró sonriendo mientras se inclinaba para entregarle el bebé.

Julia volvió la cara.

—Llévalo a las escalinatas del templo y déjalo allí —dijo con voz ronca—. No lo quiero.

Hadasa sintió como si Julia la hubiera abofeteado.

—¡Mi señora! ¡Por favor no diga esas cosas! —susurró suplicante—. No lo dice en serio. Es su hijo.

—Es el hijo de Atretes —dijo con amargura—. Que crezca en el templo como prostituto, o como un esclavo como su padre. —Miró con furia a Hadasa—. Mejor aún, déjalo sobre las rocas para que muera. No debió haber nacido.

—¿Qué dijo? —preguntó la partera haciendo una pausa mientras lavaba lienzos con sangre en agua fría. Hadasa se alejó de Julia, afligida.

—Dijo que lo dejaran sobre las rocas —habló una voz desde la oscuridad.

Hadasa apretó instintivamente al niño contra ella.

La partera protestó.

—Pero no hay ningún defecto en ese niño. Es perfecto.

—¿Y quién eres tú para opinar? Es la madre quien decide lo que pasa con el niño, no tú. —Calabá surgió de las sombras de la habitación, donde había estado esperando que terminara el parto—. Si la señora Julia no quiere a la progenie de un hombre, así será. Es su derecho descartarlo o retenerlo si lo desea.

La partera se retrajo ante su avance. Calabá volvió sus ojos fríos y desalmados sobre Hadasa.

Hadasa se inclinó desesperadamente hacia Julia.

—Por favor, mi señora, ¡no haga esto! Es su hijo. Mírelo. Por favor. Es hermoso.

—¡No quiero mirarlo! —exclamó Julia, cubriéndose la cara con las manos blancas.

—No tienes por qué hacerlo, Julia —dijo Calabá dulcemente, con la mirada todavía fija y ardiente sobre Hadasa.

—Mi señora, se arrepentirá...

—Si Atretes no lo quiere, ¡yo tampoco! ¿Qué significa él para mí para que tenga que sentirme desdichada cada vez que lo mire? No es mi culpa haber quedado embarazada. ¿Debo sufrir para siempre por un error? ¡Deshazte de él!

El niño lloraba patéticamente, agitando sus pequeños brazos, su pequeña boca abierta y temblorosa.

—¡Llévatelo de aquí! —gritó Julia histérica.

Hadasa sintió que los fríos dedos de Calabá la empujaban hacia la puerta.

—Haz lo que te ordenó —dijo Calabá.

Asustada por lo que veía en los ojos de la mujer, Hadasa se alejó.

Se quedó afuera de la puerta, con el corazón acelerado, descompuesta y horrorizada, mientras el niño lloraba entre sus brazos. Recordó al otro bebé, enterrado en un huerto romano, sin una lápida en memoria de su breve existencia.

—¿Qué hago, pequeñín? —susurró, apretando al niño—. No te puedo tener aquí. No puedo llevarte adonde tu padre. Oh Dios, ¿qué hago?

Cerró los ojos con fuerza, buscando en su mente las palabras que la guiarían, y la Palabra vino. «*Esclavos, obedezcan a sus amos terrenales con profundo respeto y temor. Sírvanlos con sinceridad, tal como servirían a Cristo. Traten de agradarlos todo el tiempo, no solo cuando ellos los observan. Como esclavos de Cristo, hagan la voluntad de Dios con todo el corazón...*».

¿Significaba eso que debía obedecer a Julia? ¿Acaso debía abandonar al hijo de Atretes en las rocas?

Hagan la voluntad de Dios con todo el corazón. Su mente se aferró firmemente a ese hito de luz. La voluntad de Dios, no la de Julia. No la oscura voluntad de Calabá Shiva Fontaneus. Ni siquiera su propia voluntad. Que se hiciera la voluntad de Dios.

Hadasa llevó rápidamente al bebé a su esterilla y lo envolvió para que estuviera seguro y caliente en su chal. Luego lo levantó en sus brazos y salió de la casa.

El aire de la noche era frío y el bebé lloraba lastimosamente. Hadasa lo abrazó más de cerca y le habló con suavidad para consolarlo. Su destino estaba algo distante, pero, incluso en la oscuridad, no dudó de su camino. Cuando llegó a la casa, golpeó y le abrieron la puerta.

—Cleofas —dijo, reconociendo al hombre de las reuniones a las que había asistido—. Tengo que ver a Juan.

Hadasa sabía que si alguien se enteraba que le había traído al niño, Juan estaría en peligro. Lo mismo cualquier otro que la ayudara a desobedecer a su ama. Los romanos creían que tenían el derecho a decidir sobre la vida o la muerte de sus hijos. Pero Hadasa le rendía cuentas a Dios, no a Roma.

Cleofas sonrió; sus ojos brillaban con un entusiasmo que Hadasa no comprendía.

—Juan dijo que vendrías. Hemos estado orando desde la mañana y el Señor respondió. Ven. Juan está con Rizpa.

Hadasa conocía a la joven mujer cuyo esposo y bebé habían sucumbido a una de las muchas pestes que azotaban el imperio y ya estaban con el Señor. Hadasa siguió a Cleofas hasta las escaleras mientras la conducía al aposento alto de la casa. Juan estaba sentado con Rizpa, ambos con la cabeza inclinada, tomados de la mano mientras oraban juntos. Cuando entró Hadasa, Juan le habló con voz suave a Rizpa, le soltó las manos, y se puso de pie.

—Lamento interrumpir, mi señor —susurró Hadasa con grave respeto—. Mi señora quería que lo abandonara a la muerte en las rocas. No pude hacerlo, Juan. No es la voluntad de Dios que un niño sea abandonado a la muerte, pero no sabía dónde más llevarlo.

—Viniste donde Dios te guió —dijo Juan y tomó al niño de sus brazos. Rizpa se levantó lentamente y se acercó. Posó sus ojos con ternura sobre el bebé—. Una madre sin su hijo, y un hijo sin su madre —dijo Juan.

Rizpa tendió los brazos y Juan depositó al hijo de Atretes en ellos. Rizpa lo acurrucó en el hueco de su brazo y le tocó la cara. La pequeña manita del bebé se agitó, buscando. Ella pasó la mano por los delicados dedos que se aferraron a uno de los suyos. Dejó de llorar. Rizpa rió con gozo.

—¡Alabado sea Dios! Dios ha tenido misericordia de mí. Mi corazón alaba al Señor, ¡porque me ha dado un hijo para criarlo para su gloria!

Marcus recibió de Primus la noticia de que Julia había dado a luz. Esperó varios días para darle tiempo de descansar y luego fue a verla.

—No sé si te has enterado —dijo Primus—, pero el niño ha muerto.

—¿Cómo fue? —preguntó Marcus, angustiado.

—La voluntad de los dioses. Si la amas, no le preguntes nada.

Está muy deprimida y lo último que necesita es discutir lo que pasó. Déjala que olvide.

Marcus se preguntó si había prejuzgado a Primus. Tal vez su relación con Julia no fuera puramente egoísta.

—Tendré mucho cuidado con ella. —Estuvo de acuerdo Marcus y entró a la habitación de Julia.

Hadasa estaba retirando una bandeja. Lo miró una vez, se inclinó respetuosamente, y salió de prisa de la habitación. Un músculo en la mandíbula de Marcus se tensó cuando la vio salir; luego se acercó a la cama. Aunque estaba pálida, Julia le sonrió y le tendió las manos.

—Ayúdame a incorporarme —dijo, y Marcus colocó almohadones detrás de ella para que estuviera más cómoda—. Tengo tanto para contarte —dijo, y durante una hora le repitió las historias hermoseadas y entretenidas de Primus sobre personajes bien conocidos del imperio. Sostenía con firmeza la mano de Marcus. Se reía.

No hizo la más mínima mención de su hijo.

Pero, a pesar de toda su farsa de normalidad, Marcus vio que algo había desaparecido de ella... una chispa, alguna parte de su vida... tal vez una parte de la vida misma. No lo sabía. Lo único que sabía era que parte de la luz se había ido de sus ojos, y en su lugar había dureza.

—¿Por qué me miras así? —preguntó Julia a la defensiva—. Y no has dicho ni una palabra.

Marcus puso la mano cariñosamente sobre su mejilla.

—Solo quiero saber que mi hermanita está bien.

Ella le estudió la cara y se relajó.

—Sí, estoy bien —dijo cansada y se inclinó, poniendo su mano sobre la de su hermano—. ¿Qué haría sin ti? Siempre has sido el único que me entiende.

Pero ¿la había entendido?, se preguntó Marcus. ¿La entendía?

Julia se retrajo levemente.

—Ni siquiera Hadasa me entiende ya.

—¿Por qué lo dices?

—No lo sé. Simplemente me hace sentir incómoda. —Sacudió la cabeza—. No importa. Ya pasará, y todo volverá a ser como antes.

Cuando se iba, vio a Hadasa sentada en el banco de mármol. Ella no levantó la vista ni lo miró, y Marcus no se atrevió a acercársele y darle a Primus más combustible para su molino de rumores. Una o dos semanas más, y Julia estaría en condiciones de liberarla. Entonces se la llevaría con él y se casaría con ella.

En la segunda visita de Marcus, Julia estaba en el triclinium con Primus, reclinada cómodamente en uno de los sofás y riéndose de una de sus bromas lascivas.

—Marcus, siéntate con nosotros —dijo, encantada de verlo—. Sírvete algo de comer. —Extendió la mano hacia una bandeja de costosas delicadezas—. Primus, cuéntale la historia que acabas de contarme. Lo hará reír. Y Marcus necesita reírse. Ha estado muy serio últimamente.

—¿Y bien, Marcus? Solían gustarte mis historias —dijo Primus y se sirvió más vino— pero ya no te divierten. ¿A qué se debe?

—Tal vez porque ahora las veo como lo que son —dijo con franqueza—. Verdades a medias entretejidas con mentiras despiadadas.

—Nunca he mentido sobre ti.

Marcus lo ignoró y dirigió su atención a su hermana.

—¿Cómo te sientes, Julia?

—Estoy bien —dijo perezosamente. Desde que Calabá le había recomendado que comiera loto, había dejado de tener pesadillas y andaba a la deriva en un calmado mar de sensaciones nebulosas. Soltó una risita ante el ceño fruncido de su hermano.

—Pobre Marcus. Solías ser tan divertido. ¿Qué te ha ocurrido? ¿Es porque has estado preocupado por mí? Ya no te preocupes. Me siento mejor que nunca antes.

—Palabras para deleitar sus oídos y los míos —dijo Primus, levantando su copa. Torció la boca—. Otórgale lo que quiere, Julia. Entrégale a tu pequeña judía.

—Hadasa —dijo Julia suspirando—. La dulce y pura pequeña Hadasa.

Julia sabía que su vacilación afectaba menos a Marcus que a Primus, quien afirmaba que la presencia de Hadasa perturbaba toda la casa. Decía que era como si dejara un aroma por dondequiera que iba; para algunos era dulce, pero para él era un hedor en sus fosas nasales. Decía que si ella se iba, Prometeo volvería a ser el de antes.

—No sé si puedo desprenderme de ella —dijo Julia y vio que el rostro de Primus se tensaba.

—Julia —dijo Marcus, con voz endurecida por el disgusto. No tenía que recordarle que ya había acordado cederle a Hadasa, ni que se negaba a ser parte de su doble juego con Primus.

—Muy bien, solo prométeme que la enviarás de vuelta cuando te canses de ella.

Marcus salió de la habitación en busca de Hadasa.

—Esta hambriento de ella, ¿verdad? —dijo Primus burlonamente—. No puede esperar para deleitarse de su castidad. Me pregunto si saldrá ileso.

Julia se levantó repentinamente del sofá y habló con una voz llena de furia, y de amenaza.

—Si hablas una palabra acerca de mi hermano, lo lamentarás. ¿Comprendes? Nadie se ríe de Marcus. ¡*Nadie*! —y salió de la habitación.

Maldiciéndola por lo bajo, Primus vació su copa.

Hadasa ya sabía que Marcus vendría por ella. Lo supo desde el momento en que Décimo le tomó la mano y la unió a la de su hijo, desde el momento en que Marcus la miró. Cada vez que él estaba cerca ella temblaba, indecisa entre su amor por él y su conocimiento de que no podían estar juntos, no mientras las cosas siguieran como estaban. Noche tras noche se ponía de rodillas y le rogaba a Dios que ablandara el corazón de Marcus, que lo ayudara a llegar a la verdad. «Y si no viene a ti, Señor, aléjalo de mí», oraba, temerosa de no tener las fuerzas para alejarse ella misma.

Pero cuando Marcus entró en la habitación de Julia, Hadasa supo que tendría que pasar por el fuego. La miró y el propósito de su presencia ardía en sus ojos, abrasándola con su propio deseo por él. Vino a ella y le rodeó la cara con manos temblorosas. La besó suavemente, y su tacto le despertó un dulce anhelo en todo el cuerpo.

—Eres mía ahora —dijo, con una voz contenida por la emoción—. Julia te ha dado la libertad. En cuanto podamos redactar los documentos, serás libre, y podré casarme contigo.

Hadasa dejó escapar un tenue suspiro mientras su corazón clamaba a Dios.

—Te amo —dijo Marcus con voz ronca—. Te amo mucho. —Hundió sus dedos en el cabello de Hadasa y la besó otra vez.

Hadasa se derritió contra él. Como una inundación, la pasión de Marcus se derramó sobre ella y la arrastró con su vertiginosa y cálida marea. Olvidó que Marcus no creía en Dios. Olvidó que ella sí. Todos sus sentidos se enfocaron en Marcus, el sonido de su respiración, el contacto con su corazón acelerado palpitando bajo las palmas de sus manos, la fuerza de sus brazos rodeando su cuerpo. Ahogándose en sus sensaciones, Hadasa olvidó todo lo que había conocido y se aferró a Marcus.

Conmovido, Marcus se echó hacia atrás y la miró, con la mano sosteniéndole la cabeza.

—Te deseo —dijo con voz ronca—, te deseo demasiado. —La mirada en los ojos de Hadasa lo llenó de júbilo—. Oh, Hadasa —dijo, intentando recuperar el aliento—. Pensé que sabía lo que era el amor. Pensé que sabía todo sobre el amor. —Le pasó la mano por los rasgos de la cara, amándolos, dibujándolos con sus dedos, intentado recuperar el control de sus intensas emociones.

—Te deseo —repitió Marcus con voz ronca, alejándola de

sí—. Tanto que duele. Pero recuerdo la última vez que me permití perder el control contigo, y no permitiré que eso ocurra de nuevo. No así.

Ante esas palabras, Hadasa dio un grito pequeño y entrecortado; la niebla de la pasión se despejó ante la claridad de lo que enfrentaba. Temblando, volvió a sus brazos.

Marcus entendió mal.

—Si hiciéramos el amor ahora, yo nunca lo lamentaría —dijo, alejándola ligeramente—. Pero tú si lo harías. Ser castos hasta el matrimonio. ¿Acaso no es una de las leyes de tu dios? La religión no significa nada para mí. Nunca lo ha hecho. Pero significa mucho para ti, y por eso, esperaré. Lo único que me importa es que te amo. No quiero remordimientos entre nosotros.

Hadasa cerró los ojos. Marcus había dicho *tu* dios. Y Hadasa supo que Dios no había respondido a sus oraciones.

—Ay, Marcus —susurró, con el corazón roto—. Ay, Marcus... —Los ojos se le nublaron por las lágrimas—. No puedo casarme contigo.

Marcus frunció ligeramente el ceño.

—Sí puedes. Ya te dije que Julia ha consentido que seas mía. Padre nos dio su bendición. Madre también. Nos casaremos en cuanto pueda arreglar las cosas.

—No comprendes. —Se apartó de él y se cubrió la cara con las manos—. Oh, Dios, ¿por qué tengo que elegir?

Marcus vio su tormento, pero no lo comprendía. La sujetó de los hombros.

—Julia te ha liberado. Ya no te necesita.

—¡No puedo casarme contigo, Marcus! ¡No puedo! —Hadasa le dio la espalda por miedo a mirarlo, temerosa de debilitarse y rendirse a Marcus en lugar de obedecer a Dios.

Marcus la volteó bruscamente.

—¿Qué quiere decir que *no puedes*? ¿Qué te detiene? ¿Quién te lo impide? Tú me amas, Hadasa. Lo siento cuando te toco. Lo veo en tus ojos.

—Sí, te amo —dijo ella—. Tal vez es eso. Tal vez te amo demasiado.

—¿Demasiado? ¿Cómo puede una mujer amar demasiado a un hombre? —Y entonces Marcus creyó entender—. Temes que mis pares digan que me he casado con una esclava. ¿Es eso? —Para Hadasa, la preocupación por otros siempre había estado antes que sus propias necesidades—. No me importa eso, Hadasa. Que digan lo que quieran.

Marcus recordaba que había sido despectivo con un hombre que había liberado a su esclava para casarse con ella, pero entonces no sabía cómo el amor podía romper las barreras entre amo y esclava. Entonces no sabía cuánto podía significar una mujer para un hombre.

Hadasa negó con la cabeza.

—No, Marcus. No es por eso. No puedo casarme contigo porque no crees en el Señor.

Marcus dejó escapar un suspiro de alivio.

—¿Eso es todo lo que te preocupa? —Acomodó un mechón de cabello detrás del oído de Hadasa y sonrió ligeramente—. ¿Qué diferencia hace? No es tan importante. Lo que yo crea o no crea no cambia lo mucho que nos amamos. No hace una diferencia.

—Hace una gran diferencia.

—No es así. —Le acarició tiernamente la cara, disfrutando el tacto de su piel y la forma en que sus ojos se ablandaban—. Es cuestión de tolerancia y comprensión, Hadasa. Es cuestión de amarnos el uno al otro y permitir la libertad en la relación. Mi padre nunca se preocupó de que mi madre adorara dioses y diosas en los que él no creía. Sabía que ella encontraba consuelo en eso, tal como yo sé que tú lo encuentras en tu dios. Así será. Adora a tu dios invisible. No te lo impediré. Tendrás la privacidad protegida de nuestro hogar para hacer como te parezca.

—¿Y qué de ti, Marcus? ¿A quién adorarás?

Marcus le levantó la cara y la besó.

—A ti, mi amada. Solo a ti.

—¡No! —exclamó ella, luchando para soltarse. Se apartó de él con lágrimas que le corrían por las mejillas.

Marcus le puso las manos sobre los hombros y besó la curva de su cuello. Sintió su pulso acelerado bajo sus labios.

—¿Qué puedo decirte para asegurarte que todo estará bien? Te amo lo suficiente como para tolerar tu religión.

—Tolerar. No creer. —Hadasa giró y lo miró—. ¿Cómo puedo hacer para que comprendas? —dijo desolada—. Cuando dos bueyes tienen el mismo yugo, deben tirar en la misma dirección, Marcus. Si uno tira hacia la derecha, y el otro hacia la izquierda, ¿qué ocurre?

—Gana el más fuerte —dijo Marcus sencillamente.

—Así pasaría entre nosotros. Tú ganarías.

—No somos bueyes, Hadasa. Somos personas.

Hadasa luchaba internamente. Quería estar con él, sentir que sus brazos la rodeaban, tener sus hijos y madurar con él, pero había oído la advertencia del Señor, y debía obedecerla.

—Si me uniera a ti en matrimonio, si me convirtiera en carne de tu carne, agradarte se convertiría en lo más importante de mi vida.

—¿Y no es así como debería ser? El esposo guía y la esposa lo sigue.

—Me alejarías del Señor —dijo Hadasa.

El Señor, pensó Marcus, mientras surgía su ira contra ese dios invisible. *El Señor, el Señor.*

—Acabo de decir que podrás adorar a cualquier dios que quieras.

Hadasa vio su ira, y eso solo confirmó su temor.

—Al comienzo lo permitirás. Y luego cambiará. No te darás cuenta cuándo o cómo. Ni yo. Ocurrirá de maneras mínimas que no parecerán importantes, y poco a poco, día a día, me irás alejando hasta que esté siguiendo tu ritmo en lugar de seguir al Señor.

—¿Estaría eso tan mal? ¿Acaso no debe una esposa poner a su esposo por encima de todo?

—No por encima de Dios, nunca por encima de Dios. Significaría la muerte para ambos.

El enojo de Marcus creció.

—No, no lo haría. Amarme a mí en lugar de a ese dios tuyo significaría *vida*, vida como nunca la has experimentado. Estarías libre, sin yugo. —Cuando Hadasa cerró los ojos, Marcus expresó una maldición—. ¿Por qué siempre volvemos a este dios tuyo?

—Porque *es* Dios, Marcus. ¡Él es *Dios*!

Marcus le sujetó la cara con fuerza.

—No mires hacia otra parte, ¡mírame! —Cuando lo obedeció, Marcus comprendió que la estaba perdiendo, y no sabía cómo retenerla—. Me amas. Me dijiste que me amabas. ¿Qué es lo que tienes con él? Un yugo de esclavitud. Nada de esposo. Nada de hijos. Nada de hogar al que puedas llamar tuyo. Y un futuro interminable de nada más que lo mismo. —Aflojó las manos—. ¿Qué te daría yo? Libertad, mi amor, mis hijos, *mi pasión*. Anhelas esas cosas, ¿no es así? Dime que no, Hadasa.

Volvieron las lágrimas, deslizándose por sus pálidas mejillas mientras Hadasa luchaba desesperadamente por mantenerse firme.

—Sí quiero esas cosas, pero no si significa poner en compromiso mi fe, no si significa alejarme de Dios. Y eso es lo que significará. ¿No lo ves, Marcus? Si yo me comprometo con esta vida y me alejo del Señor, sería sabia por un momento, pero me perdería para siempre. —Puso sus manos tiernamente sobre las de él—. Y tú también.

Marcus la soltó.

Hadasa vio la mirada en su rostro: la esperanza perdida, el orgullo herido, otra vez la ira defensiva. Quería llegar a él.

—Ay, Marcus —susurró con voz quebrada, adolorida y temerosa por él. ¿Qué pasaría si se casaran? ¿Acaso su propia fe podría justificarlo también a él? Su decisión se debilitó—. Ay, Marcus —repitió.

—Es una pena, Hadasa —dijo él sardónicamente, luchando con las emociones que lo ahogaban: amor por ella, odio por su dios—. Nunca sabrás lo que tiraste a la basura, ¿verdad? —Se volteó y salió de la habitación.

Ciego a todo lo que lo rodeaba, Marcus salió por el corredor, bajando las escaleras de dos en dos.

Julia lo vio partir desde donde estaba parada en la puerta. Su mano se comprimió en un puño. Había oído cómo lo rechazaba Hadasa. ¡Una esclava había osado rechazar a su hermano! Sintió su humillación. Sintió su ira. Tembló por ello.

Mirando hacia adentro de la habitación, Julia vio a Hadasa arrodillada en el piso, doblada, llorando. La observó con frialdad. Nunca había odiado tanto a nadie en su vida. Ni a su padre, ni a Claudio, ni a Cayo. A nadie.

Había estado ciega a lo que era Hadasa. Calabá lo había visto: «Es sal en tus heridas». Primus lo había notado: «Es una espina en tu costado». Solamente ella se había dejado engañar.

Volvió al triclinium.

—¿Marcus se fue? —preguntó Primus, claramente en camino a emborracharse.

—Sí, pero Hadasa se quedará aquí un tiempo más —dijo Julia, tratando de mantener la voz firme y no dar lugar a sus sentimientos. Primus era demasiado astuto, y no quería que anduviera desparramando historias mortificadoras que avergonzaran a su hermano—. Le dije que todavía no estaba preparada para desprenderme de Hadasa —mintió.

Primus maldijo a los dioses.

—¿Cuándo estarás preparada?

—Pronto —dijo—. Muy pronto —se quedó de pie en la arcada y miró hacia arriba. Hadasa salió de la habitación, llevando un cuenco con agua, haciendo sus tareas como si nada hubiera pasado—. ¿No nos invitó Vitelio a festejar el cumpleaños del emperador Vespasiano? —dijo Julia.

—Sí —dijo Primus—, pero desistí por ti. —Torció la boca burlonamente—. Le dije que perdiste a nuestro bebé y que estabas desolada por eso.

La mención del niño le produjo un dolor sordo por dentro. No le permitiría ver que sus palabras habían dado en el blanco.

—Envíale un mensaje diciéndole que iré.

—Creía que detestabas a Vitelio.

Julia se volteó y le sonrió desdeñosamente.

—Efectivamente, pero creo que me va a ser de utilidad.

—¿Y cuál sería esa utilidad, querida Julia?

—Ya verás, Primus. Y creo que disfrutarás el desarrollo de la obra.

Febe oyó regresar a Marcus. Salió ansiosa de su habitación y lo vio subir las escalinatas de mármol. Su corazón dio un vuelco cuando le vio la cara. Percibiendo su presencia, Marcus levantó la vista.

—Hadasa seguirá con Julia —dijo, y entró en su habitación.

Preocupada por su expresión, lo siguió.

—¿Qué ocurrió, Marcus?

—Nada que no debía haber esperado —dijo amargamente y se sirvió vino. Levantó la copa para brindar—. Al dios invisible de Hadasa. ¡Que él disfrute de su fidelidad!

Febe vio a su hijo vaciar la copa y luego quedarse mirándola sombríamente.

—¿Qué sucedió? —Volvió a preguntar en voz baja.

Marcus dejó la copa de un golpe en la bandeja.

—Renuncié a mi orgullo, y ella me lo arrojó en la cara —dijo con desprecio por sí mismo—. Eso es lo que ocurrió, madre. —Salió a la terraza, y Febe lo siguió. Marcus se aferró a la baranda. Febe deslizó su mano suavemente sobre la de él.

—Ella te ama, Marcus.

Marcus retiró la mano de un tirón.

—Le ofrecí casarme con ella. ¿Te gustaría saber su respuesta? Dijo que no quería estar unida a un no creyente. No se puede razonar con una fe como la de ella. No hay concesiones. ¡Un dios! ¡Un dios por encima de todo lo demás! Que así sea. Se la cedo a su dios.

Se volteó, apretando sus manos sobre la baranda hasta que sus nudillos se pusieron blancos.

—Se acabó, madre —dijo con tristeza, decidido a dejar atrás a Hadasa. Una noche en los baños lo ayudaría a olvidar. Y si no era así, en Roma había placeres muchos más excitantes para ayudar a un hombre a olvidar sus frustraciones.

36

Las bailarinas etíopes se movían con creciente violencia al ritmo de los tambores mientras los invitados de Vitelio cenaban avestruz y faisán. El corazón de Julia latía al tiempo de los tambores, cada vez más rápido, hasta que pensó que se iba a desmayar. Luego, *pom*, terminó el baile, se detuvieron los tambores, y las bailarinas semidesnudas adornadas con plumas de colores salieron de la sala como aves exóticas asustadas.

Había llegado el momento. Con la respiración todavía agitada, Julia levantó la mano levemente, llamando a Hadasa. Nadie se había fijado en la menuda judía; era una más entre las docenas de sirvientas que asistían a sus amos y amas. Julia hundió los dedos en el cuenco de agua tibia que Hadasa le alcanzó, y se preguntó cuánto tiempo pasaría antes de que Vitelio notara la faja alrededor de la delgada cintura de su sirvienta.

Hadasa sabía que algo estaba mal. Se había alegrado de la orden de Julia de que la acompañara a la fiesta de Vitelio. Primus siempre había insistido en que una de las otras sirvientas asistiera a Julia en esas ocasiones. Pero esta noche, él no había objetado la decisión de Julia... y ahora Hadasa percibía que Julia tenía otro propósito oscuro para haber insistido en que estuviera presente. Mientras estaba parada, sosteniendo el cuenco con agua, la gente comenzó a mirarla y a susurrar. Hadasa sintió un cosquilleo de advertencia en la nuca.

Julia tomó la toalla del brazo de Hadasa y se frotó delicadamente las manos.

Primus se inclinó más cerca de ella.

—¿Sabes lo que estás haciendo, Julia? —Forzó una sonrisa, fingiendo una despreocupación que estaba lejos de sentir—. Vitelio nos está mirando como si hubiéramos introducido una plaga en su casa. Envía a Hadasa afuera. Envíala afuera ahora.

—No —dijo Julia y levantó la cabeza levemente, mirando directamente a los ojos de Hadasa. Una sonrisa fría le curvó los labios—. No, se quedará aquí mismo.

—Prepárate entonces. Vitelio se está acercando y se ve muy ofendido. Si me disculpas, querida —dijo Primus, poniéndose de pie—. Compartiré una historia con Camunus y te dejaré para que le des tus explicaciones a nuestro anfitrión.

Los invitados fueron quedándose en silencio mientras Vitelio se acercaba a Julia.

—Deja el cuenco a un lado, Hadasa, y sírveme un poco de vino —dijo Julia.

Hadasa sintió la presencia de Vitelio sin levantar la cabeza; su odio era como una presencia tangible que la rodeaba. Se le secó la garganta; el corazón le latía como el de un pájaro atrapado. Miró a Julia suplicante, pero su ama estaba saludando al anfitrión con una sonrisa.

—Vitelio —dijo—, preparaste una mesa muy impresionante.

Vitelio ignoró su adulación y miró con odio la faja rayada de la cintura de Hadasa.

—¿De qué raza es tu esclava?

Los ojos de Julia se abrieron muy grandes.

—De Judea, mi señor —dijo, y los que estaban cerca enmudecieron. Frunciendo el ceño, miró a su alrededor aparentando inocencia—. ¿Hay algún problema?

—Los judíos asesinaron a mi único hijo. Sitiaron la Torre Antonia y entraron para asesinar a mi hijo y a sus hombres.

—Oh, mi señor, lo siento mucho. No lo sabía.

—Qué lástima que no lo supieras —dijo, con su oscura mirada todavía clavada en Hadasa—. Perros locos, todos ellos. Engendro de escorpiones. Tito debería haberlos exterminado de la faz de la tierra.

Julia se puso de pie y posó su mano sobre el brazo de Vitelio.

—Hadasa no es como esos que se llevaron la vida de tu hijo. Es leal a mí y a Roma.

—¿Eso crees? Tal vez eres demasiado ingenua para entender la traición de su raza. ¿La has puesto a prueba?

—¿Puesto a prueba?

—¿Adora tu esclava en el templo de Artemisa?

—No —dijo Julia lentamente, como si la admisión la estuviera haciendo pensar.

—¿Ha quemado incienso en honor al emperador?

—No públicamente —dijo Julia, y el corazón de Hadasa se hundió ante esas palabras. Como percibiendo su silenciosa súplica, Julia la miró, y fue entonces que Hadasa comprendió. Julia la había llevado deliberadamente allí.

—Pruébala como desees, Vitelio —dijo tranquilamente, y en sus ojos brilló un oscuro triunfo.

—¿Y si se niega a proclamar a Vespasiano como dios?

—Entonces haz con ella como te plazca.

Vitelio chasqueó los dedos y dos guardias vinieron a apostarse a cada lado de Hadasa.

—Pónganla allá donde todos la puedan ver —ordenó, y la llevaron de los brazos.

Ella fue sin ofrecer resistencia. La instalaron en el centro del escenario de mármol donde las bailarinas etíopes acababan de bailar, y la pusieron de cara a Vitelio.

—Coloquen los emblemas frente a ella.

Los invitados se acercaron más, curiosos y ansiosos por ver lo que haría. Cuchicheaban entre ellos. Algunos se reían por lo bajo. Trajeron los emblemas y los pusieron frente a Hadasa. Sabía que no tenía más que proclamar dios a Vespasiano, encender el delgado junco y colocarlo en el incienso como ofrenda, y su vida estaría a salvo.

—¿Ven cómo vacila? —dijo Vitelio, y la atemorizadora amenaza que traslucía su tono la hizo temblar.

Señor, tú sabes lo que hay en mi corazón. Sabes que te amo. Ayúdame.

—Toma la llama, Hadasa —ordenó Julia.

Hadasa se acercó lentamente, con la mano que le temblaba violentamente. Tomó una vara de junco y la acercó a la llama.

Oh Dios, ayúdame.

Y la Palabra vino a ella, inundándola: «*Yo soy el Señor; no hay otro Dios*». Retiró su mano del junco y observó cómo se retorcía y ennegrecía en la llama. Los invitados comenzaron a murmurar.

Una voz suave le susurraba a ella en su mente: «*Toma tu cruz y sígueme*». Hadasa puso su mano sobre su corazón y cerró los ojos. «Dios, perdóname —susurró, avergonzada porque casi había cedido al temor—. No me abandones».

«*Estoy con ustedes siempre, hasta el fin de los tiempos*».

—¡Recoge la llama!

Hadasa levantó la cabeza y miró a Julia.

—El Señor, Él es Dios, y no hay otro — dijo simple y claramente.

Desconcertados y molestos, todos comenzaron a hablar a la vez.

—Golpéenla —dijo Vitelio, y uno de los guardias la golpeó con fuerza en la cara.

—Vespasiano, él es dios —dijo Julia—. ¡Dilo!

Hadasa permaneció en silencio.

—¿Acaso no te lo dije? —dijo Vitelio con frialdad.

—Lo va a decir. Yo la haré decirlo —Julia se le acercó y le dio una cachetada—. Di las palabras. ¡Dilas o muere!

—Yo creo que Jesús es el Cristo, el Hijo del Dios Viviente.

—¡Una cristiana! —susurró alguien.

Julia volvió a golpearla.

—El emperador es dios.

Hadasa miró a Julia con los ojos nublados por las lágrimas, el rostro surcado de dolor, el corazón destrozado.

—Ay, Julia, Julia —dijo suavemente, preguntándose si así se había sentido Jesús cuando Judas lo besó.

El deseo de vengar el orgullo roto de su hermano había puesto a Julia en ese camino, pero fueron sus propios celos los que hicieron estallar su violencia. Soltando un feroz grito de furia, Julia atacó a Hadasa. Los guardias se hicieron a un lado mientras golpeaba a la muchacha con los puños.

Hadasa recibió los golpes con suaves gemidos de dolor, pero no hizo ningún esfuerzo por defenderse. Julia se detuvo cuando Hadasa estaba en el suelo, inconsciente.

—Ahí la tienes, Vitelio —dijo, pateándola en un costado.

—Levántenla y llévenla a Elimas —ordenó Vitelio, y los guardias obedecieron—. Él paga cinco sestercios por víctima para sus leones.

Atretes se despertó con un grito profundo y gutural, y se incorporó. Tenía el cuerpo empapado de sudor, y el corazón le galopaba. Jadeando, se pasó la mano por el cabello y se puso de pie. Caminó hasta la entrada de la cueva y miró hacia Éfeso. Allí estaba el Artemision, resplandeciente como un faro a la luz de la luna. No estaba en llamas.

Se secó las gotas de sudor de la cara y volvió a entrar a la cueva. Se arrodilló y se cubrió la cabeza.

El sueño había sido tan real que todavía podía sentir su poder. Quería liberarse de él, pero retornaba, noche tras noche, partes y piezas cada vez más claras hasta que supo que nunca sería libre hasta que comprendiera su significado.

Y sabía que la única que podía decirle el significado era la persona que había venido a él la noche anterior a que comenzaran los sueños.

Hadasa.

El guardia del calabozo inferior corrió el cerrojo.

—¿Qué posibilidades tiene Capito de sobrevivir contra Secundus, Atretes? —preguntó, buscando claves para apostar en los juegos. Atretes no respondió. Y después de una mirada al duro rostro del germano, el guardia no hizo más preguntas.

El sonido de las sandalias remachadas romanas llevó a Atretes una vez más a Capua. Mientras seguía al guardia, el olor de la piedra fría y el temor humano hizo aflorar el sudor en su piel. Alguien clamó detrás de una puerta cerrada con llave. Otros gemían con desesperación. Luego, mientras seguían caminando, Atretes oyó algo que venía del otro extremo de esas húmedas y frías inmediaciones: un sonido tan dulce que lo atrajo. En algún lugar de la oscuridad, una mujer cantaba.

El guardia aminoró el paso, inclinando ligeramente la cabeza.

—¿Alguna vez has oído una voz como esa en toda tu vida? —dijo. El canto se detuvo y el guardia aceleró el paso—. Es una lástima que vaya a morir con el resto de ellos mañana —dijo, deteniéndose frente a una pesada puerta. Corrió el cerrojo.

Un hedor que descomponía golpeó a Atretes cuando se abrió la puerta. La celda estaba en el segundo nivel, y la única ventilación que recibía venía de otra celda superior y no desde el exterior. El aire era tan denso que Atretes se preguntó cómo podía alguien sobrevivir allí. El espantoso olor era tan abrumador que le provocó arcadas y dio un paso atrás.

—Malo, ¿verdad? —dijo el guardia—. Después de cinco o seis días, comienzan a morir como moscas. No es de extrañar que algunos prisioneros corran a la arena. Ansían respirar aire puro una vez más antes de morir. —Le entregó la antorcha a Atretes.

Respirando por la boca, Atretes se quedó en el umbral, mirando rostro tras rostro. Una única antorcha alumbraba desde la pared del costado, pero los que estaban atrás quedaban en las sombras. La mayoría de los prisioneros eran mujeres y niños. Había menos de media docena de hombres mayores con barba. Eso no sorprendió a Atretes. A los jóvenes se los reservaba para luchar, enfrentándolos con hombres como Capito y Secundus... hombres como él mismo.

Alguien dijo su nombre y vio a una mujer delgada en harapos que surgía de entre la masa de mugrosos cautivos.

Hadasa.

—¿Es ella? —preguntó el guardia.

—Sí.

—La que canta —dijo—. ¡Tú, ven! ¡Sal de ahí!

Atretes la observó mientras escogía su camino por la celda. Los demás estiraban la mano para tocarla. Algunos le tomaban la mano, y ella sonreía y susurraba alguna palabra de ánimo antes de seguir. Cuando llegó al umbral de la puerta abierta, miró a Atretes con ojos luminosos.

—¿Qué haces aquí, Atretes?

No queriendo hablar frente al guardia romano, Atretes la tomó del brazo y la sacó al corredor. El guardia cerró la puerta y corrió el cerrojo. Abrió otra puerta al otro lado del corredor y encendió la antorcha.

—Déjanos —dijo Atretes cuando el guardia permaneció en la puerta.

—Tengo mis órdenes, Atretes. Ningún prisionero deja este nivel sin autorización del mismo procónsul.

Atretes hizo una mueca de burla.

—¿Crees que podrías detenerme?

Hadasa le puso la mano en el brazo y se volteó para mirar al guardia.

—Tienes mi palabra que no me iré.

El guardia pasó la vista de la ira asesina de Atretes a los ojos bondadosos de Hadasa. Frunció ligeramente el ceño. Asintió con la cabeza y los dejó solos.

Atretes escuchó el sonido de las sandalias remachadas sobre la piedra y apretó el puño. Había jurado jamás volver a entrar en un lugar así, y ahí estaba, por propia voluntad.

Hadasa vio su turbación.

—¿Te envió Julia?

—Julia me envió el mensaje de que estabas muerta.

—Ah... —dijo en voz baja— . Tenía la esperanza...

—¿Esperanza de qué? ¿De qué me hubieran enviado a liberarte?

—No, esperaba que Julia hubiera tenido un cambio de corazón. —Sonrió con tristeza y luego lo miró frunciendo imperceptiblemente el ceño—. Pero, ¿por qué entonces te mandó un mensaje sobre mí?

—Porque yo pregunté por ti. Después del primer mensaje, vino un niño a mí. Dijo que se llamaba Prometeo y que eras su amiga. Me dijo que Julia te había vendido a Elimas. Fui a Sertes y él hizo las averiguaciones y supo que te tenían encerrada aquí.

Hadasa se acercó y le puso la mano amablemente sobre el brazo.

—¿Qué te aflige tanto que te has tomado todo ese trabajo para encontrar a una simple esclava?

—Muchas cosas —dijo sin vacilar ni preguntarse por qué le resultaba tan fácil confiar en ella—. Y la peor es que no puedo sacarte de aquí.

—Eso no importa, Atretes.

Miró hacia otro lado, lleno de ira.

—Julia debería estar en este lugar —dijo con dureza, mirando a su alrededor a las frías paredes de piedra de la húmeda celda—. Ella es la que debería sufrir. —¿Cuántos cientos habrían esperado entre esas paredes antes de morir? ¿Y para qué? Para el placer del populacho romano. Al llegar a las puertas de ese lugar, casi se había echado atrás, huyendo de los oscuros recuerdos—. Ella debería ser la que estuviera esperando la muerte. No tú.

Él odiaba tanto a Julia que podía sentir la hiel de su odio en la boca del estómago, sentir que le quemaba la sangre. Disfrutaría matarla con sus propias manos si no fuera porque eso haría que terminara nuevamente entre esas mismas paredes, esperando pelear otra vez en la arena. Y se quitaría la vida antes de que eso ocurriera.

Hadasa le tocó el brazo, sacándolo de sus pensamientos asesinos.

—No odies a Julia por lo que ha hecho, Atretes. Está perdida. Busca frenéticamente la felicidad, pero se está ahogando. En lugar de aferrarse a lo único que la salvaría, se aferra a los restos del naufragio. Estoy orando para que Dios tenga misericordia de ella.

—¿Misericordia? —dijo Atretes, mirándola pasmado por la sorpresa—. ¿Cómo puedes pedir misericordia por la persona que te mandó aquí a morir?

—Porque lo que hizo Julia me ha dado el gozo más dulce de todos.

Atretes buscó su rostro. ¿Acaso el encierro la había vuelto loca? Siempre había tenido una extraña mirada de paz, pero ahora había algo más. Algo que lo sorprendió. En ese oscuro lugar, enfrentando una muerte horrible, parecía transformada. Tenía los ojos limpios y luminosos, y estaba llena de gozo.

—Soy libre —dijo Hadasa—. Por medio de Julia, el Señor me ha liberado.

—¿*Libre*? —dijo él con amargura y señaló deliberadamente las paredes de piedra.

—Sí —dijo ella—. El temor era mi constante compañía, desde que tengo memoria. Había tenido miedo toda mi vida, Atretes, desde que era una niña que visitaba Jerusalén, hasta hace pocos días. Nunca quería dejar la seguridad de la pequeña casa donde crecí en Galilea o los amigos que conocía. Tenía miedo de todo. Tenía miedo de perder a mis seres queridos. Tenía miedo de la persecución y el sufrimiento. Tenía miedo de morir.

Sus ojos brillaban con lágrimas.

—Sobre todo, tenía miedo de que cuando llegara el momento y fuera probada, no tendría el valor de decir la verdad. Y que entonces el Señor me abandonaría.

Extendió las manos.

—Y luego ocurrió, lo que más temía... Me pusieron frente a personas que me odiaban, personas que se niegan a creer, y se me dio a elegir: retractarme o morir. Y la exclamación vino de dentro de mi alma, una exclamación que el Señor me dio por medio de Su gracia. Yo elegí a Dios.

Le corrían las lágrimas por las mejillas, pero sus ojos estaban brillando.

—Y en ese momento me sucedió la cosa más asombrosa y milagrosa, Atretes. Aun mientras estaba diciendo las palabras, proclamando que Jesús es el Cristo, perdí el temor. Todo ese peso se fue como si nunca lo hubiera tenido.

—¿Nunca antes habías dicho esas palabras?

—Sí, entre personas que creían, frente a las personas que me amaban. Donde no corría riesgo, las decía voluntariamente. Pero en ese momento, frente a Julia, frente a todos los demás, me entregué completamente. Él es Dios y no hay otro. Habría sido imposible para mí no decirles la verdad.

—Y ahora morirás por eso —dijo Atretes con seriedad.

—A menos que tengamos algo por lo que valga la pena morir, Atretes, no tenemos nada por qué vivir.

Atretes sintió una punzante tristeza de que esa bondadosa joven tuviera que pasar por una muerte tan horrible y degradante.

—Hiciste algo insensato, Hadasa. Tendrías que haber hecho lo que era conveniente y salvado tu vida. —Así como lo había hecho él y muchos otros antes que él.

—Renuncié a lo que no puedo retener, por algo que nunca puedo perder.

Mirándola, Atretes sintió un ansia profunda de una fe como la de ella, una fe que le diera paz.

Hadasa vio su sufrimiento.

—Debes odiar este lugar —dijo con suavidad —. ¿Qué te trajo aquí?

—Tuve un sueño. No entiendo lo que significa.

Hadasa frunció levemente el ceño.

—No soy vidente. No tengo habilidades proféticas.

—Tiene que ver contigo. Comenzó la noche que viniste a verme en las montañas y desde entonces no se ha detenido. *Tienes* que saber.

Ella sintió su desesperación y oró para que Dios le diera las respuestas que necesitaba.

—Siéntate conmigo y cuéntame —dijo, debilitada por el encierro y los días sin comer—. Tal vez yo no sepa la respuesta, pero Dios sí.

—Estoy caminando en las tinieblas, unas tinieblas tan densas que puedo sentir cómo me presionan el cuerpo. No puedo ver otra cosa que mis manos. Camino durante un rato largo, sin sentir nada, y luego veo el Artemision a la distancia. Conforme me voy acercando, su belleza me asombra, igual que la primera vez que lo vi... pero esta vez, los grabados están vivos. Se retuercen y se desenroscan. Las caras de piedra me miran cuando entro al patio interior. Veo a Artemisa, y el símbolo que tiene sobre la corona brilla de rojo.

—¿Qué símbolo?

—El símbolo de Tiwaz, el dios de los bosques. La cabeza de una cabra. —Atretes se arrodilló frente a ella—. Y luego la figura de Artemisa comienza a arder. El calor es tan intenso que me alejo. Las paredes comienzan a derrumbarse y el templo se cae sobre sí mismo hasta que no quedan más que unas pocas piedras.

Hadasa le tocó la mano.

—Continúa.

—Todo vuelve a ser negro. Sigo caminado, buscando durante lo que parece una eternidad, y entonces veo a un escultor. Y frente a él está su obra, una estatua de mí. Es como esas que venden en las tiendas alrededor del anfiteatro, solo que esta es tan real que parece respirar. El hombre toma un martillo y yo sé lo que va a hacer. Le suplico que no lo haga, pero él golpea la imagen una vez y esta se deshace en mil pedazos.

Atretes se puso de pie temblando.

—Siento dolor, un dolor que nunca antes había sentido. No puedo moverme. A mi alrededor veo el bosque de mi tierra natal y estoy hundiéndome en el pantano. Todos están de pie a mi alrededor: mi padre, mi madre, mi esposa, amigos que murieron hace mucho. Clamo pidiendo ayuda, pero todos simplemente miran mientras me va tragando el lodo. El pantano me oprime igual que las tinieblas. Y entonces veo a un hombre que me extiende ambas manos. Sus palmas están sangrando.

Hadasa vio que Atretes se dejaba caer cansado contra la pared de piedra del otro lado de la celda.

—¿Te aferras a sus manos? —preguntó ella.

—No lo sé —dijo Atretes sombríamente—. No lo puedo recordar.

—¿Te despiertas?

—No. —Atretes aspiró lentamente, luchando por mantener la voz firme—. Todavía no. —Cerró los ojos y tragó saliva con dificultad—. Oigo a un bebé que llora. Está acostado desnudo sobre las rocas a la orilla del mar. Veo que viene una ola desde el mar y sé que se lo va a llevar. Intento llegar a él, pero la ola lo cubre. Ahí me despierto.

Hadasa cerró los ojos.

Atretes inclinó la cabeza hacia atrás.

—Así que, dime. ¿Qué significa todo eso?

Hadasa oró para que el Señor le diera sabiduría. Se sentó por largo rato con la cabeza inclinada. Luego, levantó nuevamente la cabeza.

—No soy vidente —repitió—. Solamente Dios puede interpretar los sueños. Pero sí sé que hay algunas cosas ciertas, Atretes.

—¿Qué cosas?

—Artemisa es un ídolo de piedra y nada más. No tiene otro poder sobre ti que el que tú le das. Tu alma lo sabe. Tal vez por eso es que su imagen se quema y el templo se derrumba. —Frunció el ceño ligeramente—. Tal vez significa algo más, pero no lo sé.

—¿Y el hombre?

—Eso lo veo muy claro. El hombre es Jesús. Te conté cómo

murió, clavado en una cruz, y cómo resucitó. Te extiende sus manos. Tómalas y aférrate a ellas. Tu salvación está a la mano. —Hadasa vaciló—. Y el niño...

—Sé lo del niño —el rostro de Atretes se tensó apenas controlando su emoción—. Es mi hijo. Me quedé pensando lo que me dijiste la noche que me fuiste a ver en las montañas. Mandé un mensaje diciendo que lo quería cuando naciera.

Viendo la mirada desconcertada de Hadasa, Atretes se puso de pie abruptamente y comenzó a caminar inquieto.

—Al comienzo, quitarle al niño era para herir a Julia. Luego lo quise realmente. Decidí tomar al niño y llevarlo a Germania. Esperé y luego me llegó la noticia. El niño nació muerto.

Atretes se rió en forma entrecortada y con mucha amargura.

—Pero Julia mintió. El niño no había nacido muerto. Ella ordenó que lo dejaran morir sobre las rocas. —Las lágrimas le apagaron la voz y se pasó la mano por el cabello—. Te había dicho que aunque Julia lo pusiera a mis pies, lo dejaría allí y me marcharía sin mirarlo. Y eso fue exactamente lo que ella hizo, ¿verdad? Lo dejó sobre las rocas y se marchó. La odié. Me odié a mí mismo. Que Dios tenga misericordia de mí, dijiste. Que Dios tenga misericordia.

Hadasa se puso de pie y se acercó a Atretes.

—Tu hijo está vivo.

Atretes se tensó y la miró.

Hadasa le puso la mano en el brazo.

—Yo no sabía que habías mandado a decir que lo querías, Atretes. Si lo hubiera sabido, te lo hubiera traído directamente a ti. Por favor perdóname por el dolor que te he causado. —Su mano cayó sin fuerzas a su costado.

Atretes le sujetó el brazo.

—¿Dices que está vivo? ¿Dónde está?

Hadasa oró para que Dios arreglara lo que ella había hecho.

—Llevé a tu hijo al apóstol Juan y él lo puso en brazos de Rizpa, una viuda joven que había perdido a su hijo. Ella lo amó desde el momento en que vio su carita.

Atretes la soltó y se alejó de ella.

—Mi hijo está vivo —dijo maravillado, y la carga de dolor y culpa lo abandonó. Cerró los ojos aliviado—. Mi hijo está vivo. —Apoyó su espalda contra la pared y se deslizó, porque sus rodillas se le habían aflojado ante la noticia—. Mi hijo está vivo —dijo con voz ahogada.

—Dios es misericordioso —dijo Hadasa con suavidad y le tocó ligeramente el cabello.

Esa leve caricia le recordó a Atretes a su madre. Tomó la mano de Hadasa y la apoyó en su mejilla. Mirándola desde abajo, volvió a ver los moretones que marcaban su bondadoso rostro, la delgadez de su cuerpo bajo la andrajosa y sucia túnica. Ella había salvado la vida de su hijo. ¿Cómo podía marcharse y dejarla morir?

Se puso de pie, lleno de propósito.

—Iré a Sertes —dijo.

—No —dijo Hadasa.

—Sí —la contradijo con determinación. Aunque nunca había luchado contra leones y sabía que tenía pocas probabilidades de sobrevivir, tenía que intentarlo—. Una palabra en el oído adecuado y estaré en la arena como tu campeón.

—Ya tengo un campeón, Atretes. La batalla ha *terminado*. Ya está ganada. —Sujetó la mano de Atretes firmemente entre las suyas. —¿No lo ves? Si vuelves a la arena ahora, morirías sin haber conocido realmente al Señor.

—Pero ¿y tú? —Mañana enfrentaría los leones.

—La mano de Dios está en esto, Atretes. Que se haga su voluntad.

—Morirás.

—"Dios podría matarme, pero es mi única esperanza" —dijo. Le sonrió—. Cualquier cosa que ocurra es para su buen propósito y para su gloria. No tengo miedo.

Atretes la miró con atención por un largo momento, y luego asintió, luchando contra las emociones que lo atravesaban.

—Será como tú dices.

—Será como el Señor diga.

—Nunca te olvidaré.

—Ni yo a ti —dijo Hadasa. Le explicó dónde encontrar al apóstol Juan, luego, puso la mano sobre su brazo y lo miró con ojos llenos de paz—. Ahora vete de este lugar de muerte, y no mires atrás.

Ella salió al pasillo oscuro y llamó al guardia.

Atretes permaneció con la antorcha mientras el guardia se acercaba y abría la puerta de la celda. Mientras lo hacía, Hadasa se volteó y miró a Atretes, y sus ojos brillaban con calidez.

—Que el Señor te bendiga y te proteja. Que el Señor sonría sobre ti y sea compasivo contigo. Que el Señor te muestre su favor y te dé su paz —dijo con una amable sonrisa.

Volteándose, entró a la celda. Un suave murmullo de voces le dio la bienvenida, y la puerta se cerró con un duro golpe de irrevocabilidad.

37

Hadasa eligió su camino cuidadosamente entre los demás prisioneros y volvió a sentarse junto a la niña y su madre. Levantando las rodillas, apoyó sobre ellas su frente. Pensó en Atretes, prisionero de la amargura y el odio, y oró por él. Oró para que Julia se alejara del camino de destrucción que había elegido. Agradeció a Dios por Décimo, por su entrada en el reino de Dios, y oró por Febe para que también encontrara el camino al Señor. Oró para que Dios procurara una vía de escape para Prometeo. Y para que Dios tuviera misericordia de Primus y Calabá. Oró durante el resto de la noche.

Y, finalmente, Hadasa se permitió pensar en Marcus. Su corazón gemía de dolor y sus ojos derramaban lágrimas calientes. «Oh, Señor, tú conoces los deseos de mi corazón. Sabes lo que quiero para él. Te pido humildemente, Señor, que le abras los ojos. Abre sus ojos para que pueda ver la verdad. Llámalo por su nombre, Señor, para que también esté inscrito en el Libro de la Vida».

La antorcha chisporroteó, y alguien gritó.

—Tengo miedo —dijo una mujer, y un hombre respondió:

—El Señor nos ha abandonado.

—No —dijo Hadasa amablemente—. El Señor no nos ha abandonado. Nunca dudemos en la oscuridad de lo que Dios nos ha dado en la luz. El Señor está con nosotros. Está aquí ahora. Nunca nos dejará.

Comenzó a cantar suavemente y otros se le unieron. Después de un tiempo, volvió a inclinar la cabeza, usando el poco tiempo que le quedaba para orar por los que amaba. Marcus. Febe. Y Julia.

Cuando llegó la mañana, se abrió la puerta y entró el joven guardia que había venido con Atretes.

—Escúchenme —ordenó, mirando directamente a Hadasa—. Hoy morirán. Escuchen lo que les digo para que sea rápido. Los leones que han pasado hambre no son necesariamente despiadados. Están débiles y se les asusta con facilidad, especialmente cuando el populacho comienza a gritar. Ustedes son presas extrañas para ellos. Ahora, hagan lo siguiente. Permanezcan callados. Estírense. Hagan movimientos lentos para que los leones sepan que están vivos pero que no son una amenaza para ellos. Si hacen esto, los leones atacarán. El fin será rápido.

Quedó en silencio por un momento, todavía mirando a Hadasa.

—Pronto vendrán a buscarlos.

Hadasa se puso de pie.

—Que el Señor te bendiga por tu bondad.

El guardia se fue. Todos se pusieron de pie y comenzaron a cantar alabanzas al Señor hasta que la celda se llenó de la melodía. Vinieron otros guardias. Gritaron y empujaron a los prisioneros por el oscuro corredor y luego por una angosta escalera que conducía a las puertas. Hadasa podía escuchar un sonido pesado como el estruendo de un trueno desde el exterior. Los rayos del sol se reflejaban en la arena rastrillada y la enceguecían.

Metal chirrió contra metal cuando las puertas se abrieron.

—¡Salgan hacia el centro! —gritaron los guardias de nuevo, empujándolos—. ¡De prisa! ¡Muévanse! —Chasqueó un látigo, y alguien gritó de dolor y tropezó contra Hadasa.

Hadasa sujetó el brazo del hombre y lo ayudó a caminar hacia la puerta. Luego le sonrió, lo soltó, y caminó hacia la arena. Los demás la siguieron.

Después de días de oscuridad, la luz del sol la hizo dar un grito ahogado. Levantó la mano para cubrirse los ojos. Llovían abucheos e insultos sobre ella y los demás. «¡Llamen a su dios para que los salve!», gritó alguien, y se oyeron risotadas burlonas.

«¡Se ven demasiado flacos para tentar a un león! —vociferó otro, mientras les arrojaban frutas y verduras podridas y huesos pelados—. ¡Suelten a los leones! ¡Suelten a los leones!».

Hadasa miró hacia arriba a la masa de gente ebria de crueldad, pidiendo sangre a gritos, *su* sangre. «Dios tenga piedad de ellos», susurró, con los ojos llenos de lágrimas.

Al rugido de los leones, un frío conocido se adueñó del estómago de Hadasa. Se le cerró la garganta y se le secó la boca. Su antiguo enemigo la sitió, pero ahora sabía cómo luchar. Parada con firmeza, clamó al Señor.

«Oh, Jesús, quédate conmigo ahora. Acompáñame y dame Tu fortaleza para que pueda glorificarte», oró. La calma volvió a cubrirla, llevándose el temor y llenándola de gozo por sufrir por el Señor.

Se abrieron más puertas y el populacho aclamó salvajemente cuando una docena de leones fueron conducidos a la arena. Aterradas por la turba que vociferaba, las bestias se apretaron contra los muros, sin prestar atención al grupo de prisioneros harapientos parados en el centro de la arena.

—Mamá, tengo miedo —chilló una niña.

—Recuerda al Señor —le respondió su madre.

—Sí —dijo Hadasa, sonriendo—. Recuerda al Señor. —Se

separó del grupo, caminó con calma hacia el centro de la arena, y comenzó a cantar alabanzas a Dios.

El enloquecido griterío del populacho aumentó. Unos esclavos le dieron punzadas a los leones con lanzas romas, intentando alejarlos de las paredes. Se volvieron nerviosamente hacia el centro. Una leona se encaminó hacia Hadasa y se agazapó, avanzando cautelosamente. Todavía cantando, Hadasa levantó los brazos de sus costados y los abrió lentamente. Viendo que estaba viva y no era una amenaza, la bestia atacó, y el populacho aulló salvajemente. El animal cubrió la distancia con asombrosa velocidad y saltó, con las garras extendidas y las fauces abiertas.

Julia se reía y le arrojaba uvas a Marcus.

—Eres un bromista terrible, Marcus —dijo, reclinándose cómodamente mientras él reía.

—¿Rechazaría una súplica tan conmovedora de mi amada hermanita? —dijo, recostándose cómodamente, con los pies en un pequeño banco—. Sonabas desesperada por mi compañía.

—¿Quién otro me hace reír como tú? —dijo Julia y chasqueó los dedos—. Presta atención, niña —dijo, y la nueva sirvienta empezó a agitar el gran abanico nuevamente.

Marcus sonrió levemente, mirando por un momento el esbelto cuerpo de la muchacha.

—¿Una nueva adquisición?

—Me alegro de que hayas vuelto a ser tú mismo —dijo Julia, divertida—. Es bonita, ¿verdad? Mucho más bonita que Hadasa —dijo, observándolo subrepticiamente.

Marcus rió con frialdad y volvió su atención a los gladiadores que estaban de pie frente a los espectadores. No quería pensar en Hadasa hoy. Había venido a los juegos para olvidar. La carnicería sería una liberación catártica para su contenida frustración—. Capito y Secundus luchan hoy —dijo, consciente de que Julia lo estaba observando. Se le veía pensativa, y Marcus se preguntaba por qué.

—Eso leí. ¿Quién crees que ganará?

—Secundus.

—Oh, pero es muy aburrido. Camina alrededor de la arena como un toro viejo y cansado.

—Eso es lo que lo mantiene vivo —dijo Marcus—. Espera su oportunidad y golpea.

Terminada la pompa, las cuadrigas salieron de la arena a toda velocidad. Las trompetas tronaron, anunciando el comienzo de los juegos. El ruido del populacho crecía y retumbaba, inquieto y hambriento. Marcus se puso de pie.

Julia se incorporó.

—¿Adónde vas?

—A comprar algo de vino —dijo, mirando al cielo sin una nube—. Ya está haciendo calor. Los toldos no van a ayudar mucho.

—Yo tengo vino, suficiente, de la mejor calidad. No te vayas. Los juegos están a punto de empezar.

—No hay nada interesante al comienzo. Solo algunos criminales para alimento de los leones. Hay bastante tiempo antes de que comience el verdadero torneo de sangre.

Julia lo sujetó.

—Siéntate, Marcus. No hemos podido hablar mucho todavía. Primus puede ir por lo que haga falta, ¿verdad, Primus?

—Claro, querida. Todo lo que tu corazón desee.

—Siéntate aquí, Marcus —insistió Julia, dando una palmada en el asiento junto a ella—. Por favor, hace mucho que no asistimos juntos a los juegos. Nunca es tan divertido como cuando lo hacía contigo. Siempre tenías buen ojo para saber lo que venía. Siempre me señalabas cosas que escapaban de mi atención.

Marcus se sentó junto a ella. Sentía su tensión.

—¿Qué ocurre, Julia?

—No ocurre nada, salvo que quiero que las cosas sean como solían ser entre nosotros. Quiero volver a como eran las cosas en Roma, antes de que me casara con Claudio, antes de que nadie se interpusiera entre nosotros. ¿Recuerdas la primera vez que me trajiste a los juegos, Marcus? Estaba tan emocionada. Era tan inmadura. Te reías de mí porque yo era remilgada. —Sonrió al recordar.

—Lo superaste bastante pronto —dijo Marcus con una sonrisa triste.

—Sí, y estabas orgulloso de mí. Dijiste que era una verdadera romana. ¿Recuerdas?

—Lo recuerdo.

—Las cosas volverán a ser como eran, Marcus. Te lo prometo. Después de hoy, olvidaremos todo lo que ocurrió entre entonces y ahora. Olvidaremos a todos los que nos hirieron.

Frunciendo el ceño ligeramente, Marcus le tocó la mejilla. Pensó en Cayo y en Atretes. Julia nunca hablaba de ninguno de ellos, pero sabía que ambos le habían dejado cicatrices, profundas cicatrices que ella escondía incluso de él.

—¿Me amas, Marcus? —preguntó con ojos intensos.

—Claro que te amo.

Pero no como antes, ella lo sabía. Su expresión se había vuelto reservada, incómoda. Todo eso cambiaría pronto. Hoy borraría el pasado y vengaría sus heridas... y las de ella.

—Siempre eras la única persona en la que podía confiar, Marcus —dijo Julia tomándole la mano—. Eras la única persona que yo sabía que siempre me querría sin importar lo que hiciera. Pero luego otros se interpusieron e hicieron que las cosas cambiaran. Nosotros les permitimos meterse en el medio. No debimos haberlo hecho.

—Nunca dejé de quererte, Julia.

—Tal vez no dejaste de hacerlo, pero las cosas cambiaron entre nosotros. La gente las hizo cambiar. Veía la forma en que me mirabas a veces, como si ya no me conocieras. Pero me conoces, Marcus. Me conoces tan bien como a ti mismo. Somos muy parecidos, como guisantes de una misma vaina. Solo que lo has olvidado.

Marcus sentía la mano de Julia firme y fría.

—¿Qué ocurre, Julia? —volvió a preguntar, preocupado.

—No ocurre nada malo —dijo—. Todo está bien, o lo estará. Me he asegurado de eso.

—¿De qué?

—Te tengo una sorpresa, Marcus.

—¿Qué tipo de sorpresa?

Julia se rió.

—Ah, no. No te la diré. Tendrás que esperar y verás. ¿Verdad, Calabá?

Calabá sonrió débilmente, con ojos negros y fríos.

—Los juegos han comenzado, Julia.

—Ah, sí —dijo ansiosa, apretando la mano de Marcus aún más—. Sí, han comenzado. Miremos, Marcus. Verás lo que he hecho para ti.

Marcus sintió un estremecimiento premonitorio.

—¿Qué has hecho? —preguntó, esperando que su voz estuviera calmada y firme.

—¡Mira! —dijo, estirando su brazo derecho y señalando—. ¡Están abriendo las puertas! ¿Los ves? Desgraciados repugnantes y apestosos. Merecen la muerte. Cada uno de ellos. ¡Mira! ¿Los ves? ¡*Cristianos*!

Con el corazón acelerado, Marcus vio a los prisioneros tropezar bajo la luz del sol.

Oh, por los dioses...

Incluso a esa distancia, reconoció a Hadasa. Se le detuvo el corazón.

—¡No! —dijo con la voz apenas audible, intentando negar lo que sus ojos estaban viendo.

—¡Sí! Hadasa —dijo Julia, y observó cuán pálida estaba la cara de Marcus—. Recibirá lo que se merece.

Marcus miró fijamente mientras Hadasa guiaba al grupo hacia la arena, caminando con calma.

—¿Qué has hecho, Julia?

—¡Oí lo que te dijo! La oí arrojarte tu amor en la cara. Prefirió a su dios en lugar de a ti, y dijiste que su dios podía tenerla. Bueno, ahora la tendrá.

—¿Tú arreglaste esto? —Su voz estaba llena de desesperación y enojo. Arrancó su mano de la de ella con deseos de golpearla—. ¿Tú le hiciste esto?

—Ella sola se lo hizo. La llevé a la fiesta de Vitelio.

—¡Sabes que Vitelio odia a los judíos!

—Sí, los odia, y con buenos motivos. ¡Son la raza más miserable sobre la faz de la tierra! Llenos de orgullo. Culpables de rebelión desde el vientre. Ella no quiso retractarse. Yo sabía que no lo haría. ¡Lo sabía! Simplemente se quedó ahí parada, mirándome con esos ojos patéticos y conmovedores, como si tuviera lástima de *mí*.

—¡Te salvó la vida una vez! ¿Has olvidado que Cayo casi te mata? ¿Y sin embargo la has enviado a la muerte?

—Es una esclava, Marcus. Cuando me protegió, solo hizo lo que le correspondía. ¿Acaso debo agradecerle por eso? Su vida no significa nada.

Marcus sintió que lo invadía la desesperación, y le impedía respirar.

—Su vida significa todo para mí. ¡*La amo*! —gritó.

De repente el populacho gritó salvajemente, y Marcus se volteó para ver que los leones habían entrado a la arena. Se puso de pie de un brinco.

—¡*No*! ¡Es inocente! ¡No ha hecho nada malo!

—¿Nada? —Julia se levantó junto con él, sujetándole el brazo—. Puso a su dios por encima de ti. ¡Puso a su dios por encima de Roma! ¡Es un hedor repugnante para mi nariz! Es una espina en mi costado, y quiero que la arranquen, que la destruyan. ¡*La odio*! ¿Me oyes? —Miró nuevamente hacia la arena—. ¡Sí, empujen a los leones fuera de los muros!

—¡No! —Marcus se sacudió de Julia—. ¡Échate para atrás, Hadasa! ¡Para atrás!

—¡Empujen a los leones! —gritó nuevamente Julia, en tono más salvaje.

—¡*No*! —Marcus se arrancó las manos de Julia de él—. ¡Regresa, Hadasa!

El ruido del populacho que vociferaba aumentó mientras Hadasa caminaba con calma hacia el centro de la arena. La leona se agazapó. Hadasa levantó lentamente las manos, abriendo los brazos como para darle la bienvenida a la bestia mientras esta atacaba.

—¡*No*! —volvió a gritar Marcus, con su rostro convulsionado al ver que la leona la golpeaba. Marcus volteó la cabeza al verla caer, y algo en su interior murió.

—Ahí está —dijo Julia triunfante—. Se terminó.

El sonido del placer extático creció mientras los espectadores aclamaban salvajemente. Más leones rugieron. Se oyeron alaridos de miedo y de dolor, y alguien junto a Marcus se rió.

«¡Mírenlos cómo se dispersan ahora!». Otro soltó una carcajada. «¡Mira cómo se pelean los leones por el cadáver de la primera muchacha!».

Y en ese momento, Dios respondió la oración de Hadasa.

Marcus volvió a mirar, y sus ojos se abrieron repentinamente al ver a Hadasa, tirada sobre la arena con su túnica rasgada y manchada de sangre. Dos leonas luchaban por su cuerpo, desgarrándose entre ellas. Una mordió la pierna de Hadasa e intentó llevársela. La otra volvió a atacar.

—Le devolví lo que nos hizo —dijo Julia, aferrándose a Marcus—. Ahora podemos olvidarla.

—A ella nunca la olvidaré —dijo Marcus con voz ronca y sujetó las muñecas de Julia con firmeza, mirándola como si fuera algo detestable y repugnante—, pero te olvidaré a *ti*.

—Marcus —dijo, asustada por la mirada en sus ojos—. ¡Me estás lastimando!

—Olvidaré que alguna vez tuve una hermana —continuó Marcus, apartándola de él—. ¡Que los dioses te maldigan por lo que hiciste!

Julia se quedó mirándolo, pálida, con los ojos desorbitados.

—¿Cómo puedes decirme cosas tan crueles? ¡Lo hice por ti! ¡*Lo hice por ti*!

Marcus se alejó de ella como si no hubiera hablado, como si no existiera.

—¿La quieres, Calabá? —preguntó en voz baja, llena de repugnancia.

—Siempre la quise —dijo Calabá, con los ojos resplandecientes de fuego negro.

—Ahí la tienes —y Marcus le dio la espalda a Julia, abriéndose paso por delante de Primus, que volvía con las vasijas de vino—. ¡Fuera de mi camino!

—¡No! —gritó Julia—. ¡Deténganlo! ¡Marcus, vuelve!

Calabá le sujetó la mano, con implacable firmeza.

—Es demasiado tarde, Julia. Tú hiciste tu elección.

—¡Suéltame! —gritó Julia, llorando histéricamente—. ¡*Marcus*! —Forcejeó para seguir a su hermano—. ¡Suéltame!

—Se ha ido —dijo Calabá, con satisfacción en su voz.

Julia miró a Hadasa en la arena teñida de sangre. Al ver la

forma quieta, se abrió un enorme vacío en su interior. Ahora también se había ido la sal que la protegía de la corrupción total.

—¡Marcus! —gritó Julia—. ¡*Marcus*!

Desesperado por salir, por alejarse, Marcus se abrió paso a empujones entre los espectadores que gritaban. El ruido del populacho crecía a su alrededor con una pasión sin sentido, ebria de sangre y sufrimiento humano, con ansias de más, delirante. Luchando por abrirse paso, Marcus llegó a las escalinatas y las bajó de dos en dos. Atravesó corriendo las puertas y salió al aire, sus lágrimas lo cegaban. No sabía adónde iba; no le importaba. Corrió para alejarse del ruido, del olor, de la imagen marcada con hierro en su mente. Corrió para alejarse de la figura de Hadasa desplomada en la arena, con las bestias luchando sobre su cuerpo como si fuera solo cualquier trozo de carne.

Le quemaban los pulmones a medida que corría más fuerte. Corrió hasta que se quedó sin fuerzas, y luego siguió a tropezones sin rumbo por una calle de mármol flanqueada de ídolos de mármol que no podían ayudarlo. La ciudad estaba casi vacía; la mayor parte de la ciudadanía estaba en el anfiteatro, disfrutando los juegos. En cada esquina había legionarios para evitar los saqueos. Lo miraron fijamente mientras pasaba.

Apoyándose pesadamente contra un muro, Marcus miró hacia arriba a los carteles que anunciaban descaradamente los juegos. Al verlos, recordó las innumerables oportunidades en que había estado sentado en el anfiteatro, mirando mientras se derramaba sangre inocente, sin detenerse a pensar en eso. Recordó las ocasiones en que se había reído de la gente que huía por su vida, o había gritado obscenidades cuando una lucha sangrienta demoraba mucho. Recordó haber estado sentado, aburrido, mientras los prisioneros eran ofrecidos como alimento a los leones o los clavaban en cruces.

Y al recordarlo, vio su parte en la muerte de Hadasa.

Marcus oyó a la distancia el conocido ruido sordo... la humanidad insaciable. Se tapó los oídos, y desde lo más profundo de su ser salió otro sonido, un grito de dolor y desesperación, un grito de remordimiento y culpa. Lo arrasó por dentro y creció, haciendo eco en la calle vacía.

—¡*Hadasa*!

Cayó de rodillas. Encorvándose, se cubrió la cabeza y lloró.

EPÍLOGO

Pero el Señor vela por los que le temen,
por aquellos que confían en su amor inagotable.
Los rescata de la muerte...

Salmo 33:18-19

UN ECO EN LAS TINIEBLAS

CAPÍTULO 1

Alejandro Democedes Amandinus estaba parado en la Puerta de la Muerte con la esperanza de aprender más sobre la vida. Como jamás había disfrutado de los juegos, había venido a regañadientes. Pero ahora estaba fascinado por lo que veía, sorprendido en lo más profundo de su ser.

La insensata intensidad del populacho siempre le había producido una instintiva inquietud. Su padre decía que se experimentaba liberación cuando se presenciaba la violencia hacia otros, y Alejandro había visto, en algunas oportunidades, un alivio casi enfermizo en algunas caras entre la multitud mientras contemplaban la destrucción de los juegos. Alejandro frunció el ceño. Tal vez aquellos que estaban mirando esos horrores estaban, en algún sentido, agradecidos de no ser ellos los que enfrentaban a los leones o luchaban contra un gladiador entrenado... o eran víctimas de alguna otra forma de muerte grotesca y obscena.

Era como si miles de personas vinieran a encontrar una catarsis en esa carnicería, como si participar de ese caos planificado de alguna manera proveyera un amortiguador entre cada uno de los espectadores y su mundo cada vez más corrupto y arbitrario. Sí, estaban ocurriendo cosas terribles en el imperio, pero, al menos por ese breve momento, no le estaban ocurriendo a la élite, a los fieles, a aquellos que realmente pertenecían a Roma. Alejandro sonrió irónicamente, consciente de que pocos de los que estaban sentados en las gradas notaban lo que para él era obvio: que el hedor de la sangre en la arena no era menos fuerte que el hedor de la lujuria y el miedo que rodeaba a todos en el imperio. Estaba en el aire mismo que respiraban.

Hoy, sin embargo... hoy había ocurrido algo sorprendente. Algo que había tocado al joven como nunca antes. Y ahora miró a la joven mujer caída y experimentó un inexplicable sentido de triunfo.

Sus manos sujetaron con fuerza las barras mientras miraba hacia la arena donde la mujer yacía muerta. Había caminado separada de los demás, calmada y extrañamente gozosa. Alejandro recordaba cómo su atención se había centrado en ella de inmediato. Como aspirante a médico, estaba entrenado para observar cualquier cosa inusual, cualquier cosa diferente en una persona. Y había visto en ella algo extraordinario... algo que desafiaba cualquier descripción.

Y luego ella había comenzado a cantar, y el dulce sonido lo había traspasado.

Los gritos del populacho pronto habían superado la voz de la mujer, pero ella había seguido adelante, caminando a través de la arena con serenidad, dirigiéndose directamente hacia donde Alejandro se encontraba parado mirando. Podía sentir nuevamente cómo había latido su corazón con cada paso que ella daba. Tenía un aspecto muy sencillo, pero había en ella un cierto resplandor... un aura de luz que él había sentido más que visto. Había sido como si sus brazos abiertos se hubieran extendido y lo hubieran envuelto.

La leona la había golpeado con un ruido sordo paralizante, y Alejandro había sentido el golpe sobre sí mismo.

Cerró los ojos cuando un estremecimiento le corrió por el cuerpo; luego volvió a mirarla. Dos leonas luchaban por el cuerpo inmóvil. Hizo un gesto de dolor cuando vio que una de ellas hundió profundamente los colmillos en el muslo de la joven e intentó arrastrarla. La otra leona saltó y ambas rodaron y se arañaron, disputándose la presa.

Justo en ese momento, una niña pasó gritando por la puerta con barrotes de hierro donde estaba Alejandro, perseguida por una leona con collar de joyas. El joven apretó los dientes y apoyó la frente en los fríos barrotes de hierro, sus nudillos se pusieron blancos por la intensidad de su lucha interior. La vista de tanto sufrimiento y muerte lo sacudía y le producía náuseas.

Desde que tenía memoria, había oído los argumentos a favor de los juegos. Los enviados a la arena eran criminales, según le habían dicho, que merecían la muerte. Sabía que la gente que estaba en la arena ahora era de una religión que alentaba a la insurrección contra Roma.

Pero no podía dejar de preguntarse si una sociedad que asesinaba a niños indefensos no debía ser destruida.

Cuando los gritos de terror de la niña se detuvieron de repente, Alejandro dejó salir el aire, casi sin darse cuenta que había estado conteniendo la respiración. El guardia que estaba detrás de él se rió con dureza.

—Apenas un bocado con esa niñita.

Alejandro no respondió. Quería cerrar los ojos, terminar con la carnicería que tenía enfrente, pero ahora el guardia lo estaba observando. Podía sentir el frío destello de esos ojos duros que lo miraban a través del visor del lustroso casco. Alejandro no se humillaría mostrando debilidad. Si quería convertirse en un buen médico, debía aprender a superar sus emociones. Flegón le había advertido muchas veces que debía endurecerse si quería triunfar en lo que buscaba en la vida. Después de todo, como había dicho el ilustrado maestro de Alejandro, la muerte era una parte del lote de un médico en la vida.

Alejandro tomó aire para serenarse y se obligó a volver a mirar la arena. Sabía que sin los juegos, no tendría oportunidad de estudiar la anatomía humana. Flegón había dicho que Alejandro ya había avanzado todo lo posible en sus estudios con pergaminos e ilustraciones. Ahora, si quería aprender lo que necesitaba saber para salvar vidas, tenía que realizar vivisecciones. Reconociendo la aversión de Alejandro por ese aspecto, el viejo médico había sido persistente, encerrando a Alejandro en una red de razonamientos. ¿Cómo podía esperar realizar cirugías sin conocimiento de primera mano de la anatomía humana? Las ilustraciones y los dibujos no eran lo mismo que trabajar sobre un ser humano. Y en Roma, había solamente una manera de hacerlo.

En silencio, Alejandro maldijo la ley romana que prohibía la disección de los muertos, forzando a los médicos a la horrible práctica de trabajar con los que estaban cerca de la muerte. Y el único lugar donde uno podía hacer tal cosa era en los juegos, donde los heridos eran criminales.

Ahora, una por una, las víctimas fueron cayendo hasta que los horrorosos gritos de terror fueron reemplazados por el relativo silencio de los leones que se alimentaban. Luego vino otro sonido que le informó a Alejandro que su hora estaba cerca: el sonido del creciente aburrimiento y descontento del público. El espectáculo había terminado, y su entretenimiento se había acabado. Que los leones se atracaran en el oscuro interior de sus jaulas en lugar de imponer a los espectadores esa tediosa espera.

Los deseos de la multitud fueron obedecidos rápidamente por el editor de los juegos. Se abrieron las puertas y adiestradores armados se acercaron a los animales, que hincaron sus garras y dientes con más ferocidad para proteger a sus presas caídas. Justo detrás de los adiestradores entró un hombre vestido de Caronte, el guía que cruzaba a los muertos a través del río Estigia. Mientras Alejandro observaba al actor disfrazado danzar de cuerpo en cuerpo, rezó para que hubiera un vestigio de vida en por lo menos una de las víctimas. De lo contrario, tendría que esperar hasta que se le presentara la próxima oportunidad.

La mirada de Alejandro abarcó la arena, buscando a algún sobreviviente, pero con pocas esperanzas. Volvió a mirar a la joven. No había ningún león cerca de ella, y eso le llamó la atención ya que estaba lejos de los hombres que conducían a los animales hacia las puertas. Entrecerrando los ojos, estudió su cuerpo quieto, y luego sintió un golpe de emoción. ¿Había visto un destello de movimiento? Inclinándose un poco más, observó con intensidad contra el resplandor del sol. ¡Sus dedos se movieron!

—¡Allá! —dijo rápidamente—. ¡Cerca del centro!

—Fue la primera a la que atacaron. Está muerta —respondió inexpresivamente el guardia.

—Quiero echarle una mirada —insistió Alejandro.

El guardia se encogió de hombros.

—Como quieras —dijo. Se adelantó y silbó dos veces.

Alejandro observó mientras Caronte daba un salto y se volteaba hacia la joven caída; luego se inclinó levemente, moviendo la cabeza emplumada y picuda como si estuviera escuchando intensamente en busca de algún sonido o señal de vida. Levantó teatralmente el mazo, preparado para hacerlo caer si todavía no se había cumplido el juicio y la víctima seguía viva. Pero, aparentemente satisfecho con la muerte de la joven, la tomó del brazo y comenzó a arrastrarla bruscamente hacia la Puerta de la Muerte.

Repentinamente, una leona se volteó hacia el adiestrador que la estaba conduciendo hacia un túnel. El populacho en las gradas se puso de pie, gritando de emoción. El adiestrador apenas logró escapar del ataque del animal, utilizando con pericia su látigo para conducir al airado animal de regreso por el túnel hacia las jaulas. El guardia aprovechó la distracción y abrió la puerta de par en par.

—¡Rápido! —le gritó a Caronte, que corrió, arrastrando a la joven a las sombras. El guardia chasqueó los dedos y dos esclavos la tomaron rápidamente de los brazos y las piernas y la llevaron hacia el corredor apenas iluminado.

—¡Con cuidado! —ordenó Alejandro con enojo cuando la arrojaron descuidadamente sobre la mesa sucia y manchada de sangre. Empujó a los esclavos a un lado, seguro de que aun si la joven estuviera viva, esos patanes la habían liquidado con la torpeza de su trato.

La mano del guardia apretó con fuerza el brazo de Alejandro.

—Seis sestercios antes que la cortes —dijo con frialdad.

—¿No te parece un poco excesivo? —dijo Alejandro, levantando una aristocrática ceja.

El guardia esbozó una sonrisa.

—No para un estudiante de Flegón. Tu cofre seguramente está lleno de oro si puedes solventar su tutoría. —Extendió la mano.

—Pues se está vaciando con rapidez —respondió secamente Alejandro, abriendo la petaca que tenía en la cintura. No sabía cuánto tiempo le quedaba para trabajar en la muchacha antes de que muriera, y no quería perderlo regateando por unas monedas. El guardia tomó el soborno y se alejó.

Alejandro volvió su atención a la joven. Su rostro era una masa sanguinolenta de carne desgarrada, y su túnica también estaba empapada de sangre. Había tanta sangre que estaba seguro de que ya estaba muerta. Inclinándose, puso el oído cerca de los labios de la muchacha y se sorprendió de sentir el cálido y suave aliento de vida. No tenía mucho tiempo para trabajar.

Llamando a sus propios esclavos, tomó una toalla y se lavó las manos.

—Llévenla allá, lejos del ruido. ¡*Rápido*! —Los dos sirvientes se apresuraron a obedecer, mientras Troas, el esclavo de Flegón, se mantuvo cerca para observar. Los labios de Alejandro se tensaron. Alejandro admiraba las habilidades de Troas: el esclavo había ayudado a Flegón muchas veces en el pasado y sabía más de medicina que muchos médicos libres practicantes. Lo que no admiraba eran sus modales fríos.

—Pásame algo de luz —dijo Alejandro, y le trajeron una antorcha mientras se inclinaba sobre la joven que ahora yacía sobre una losa en el sombrío descanso del corredor. Alejandro había venido con un propósito: retirar la piel y los músculos del área abdominal y estudiar los órganos que aparecieran. Endureciendo su determinación, desató un estuche de cuero y lo abrió, desplegando su instrumental de cirugía. Eligió un delgado y filoso cuchillo y lo extrajo de su ranura.

Le traspiraba la mano. Peor aún, le temblaba. El sudor le mojaba la frente, y sentía la mirada crítica de Troas. No tenía mucho tiempo; tenía que actuar rápido y aprender todo lo que pudiera.

Se limpió el sudor de la frente y en silencio maldijo su propia debilidad.

—Ella no sentirá nada —dijo Troas en voz baja.

Apretando los dientes, cortó el cuello de la túnica manchada de sangre y la rasgó hasta la basta, abriéndola cuidadosamente para evaluar el daño en el cuerpo de la joven. Después de un breve momento, Alejandro frunció el ceño. Desde el pecho hasta la ingle solo tenía marcas superficiales y magulladuras amoratadas.

—Acerquen la antorcha —ordenó, inclinándose sobre las heridas de la cabeza, reevaluándolas. Había surcos profundos desde la línea del cabello hasta el mentón, y desde la clavícula hasta el esternón. La mirada del joven médico se movió lentamente hacia abajo, observando los cortes profundos de las heridas y los huesos rotos en el antebrazo derecho. Mucho peores, sin embargo, eran las heridas en el muslo donde la leona había hundido los colmillos e intentado arrastrar a la muchacha.

Alejandro abrió grandes los ojos cuando comprendió que la

muchacha no se había desangrado hasta morir porque la arena le había obstruido las heridas, tal vez como resultado de haber sido arrastrada, lo que había deteniendo con eficiencia el flujo de sangre. A Alejandro se le anudó la respiración en la garganta. Un solo tajo rápido y habilidoso y podía comenzar su estudio. Un solo tajo rápido y habilidoso... y sería él quien la habría matado.

Le corría el sudor por las sienes; el corazón le latía aceleradamente. Observaba subir y bajar el pecho de la muchacha, el débil pulso en el cuello, y se sintió descompuesto.

—No sentirá nada, mi señor —repitió Troas—. Está inconsciente.

—Puedo ver eso —dijo Alejandro bruscamente, echándole una mirada oscura al esclavo. Se acercó y ubicó el cuchillo en posición. El día anterior había trabajado en un gladiador. Había aprendido más de la anatomía humana en esos pocos minutos que en horas de clases. Afortunadamente, el moribundo nunca había abierto los ojos, y sus heridas eran mucho peores que las de la muchacha que yacía frente a Alejandro hoy.

Cerró los ojos, tratando de armarse de valor. Intentó enfocarse en lo que Flegón le había enseñado en una oportunidad que observaba al médico trabajando.

—Debes cortar rápido. Así —había dicho su maestro mientras cortaba hábilmente—. Están prácticamente muertos cuando los recibes, y en ese estado crítico una conmoción se los puede llevar en un instante. No pierdas tiempo preocupándote si sienten algo o no, porque en el momento en que el c orazón se detiene, debes retirarte o arriesgarte a la furia de los dioses o de las leyes romanas.

El hombre en que había estado trabajando Flegón había vivido apenas unos minutos antes de morir... pero sus gritos todavía sonaban en los oídos de Alejandro.

Alejandro miró a Troas.

—¿Cuántas veces has supervisado esto, Troas?

—Más veces de las que me interesa contar, mi señor —dijo el egipcio de piel oscura, torciendo la boca sardónicamente. Intuyó la sorpresa del joven y se tensó—. Lo que usted aprenda hoy salvará la vida de otros mañana.

La joven gimió y se movió sobre la mesa. Troas chasqueó los dedos, y los dos esclavos de Alejandro se acercaron.

—Sujétenla de las muñecas y de los tobillos —ordenó—. Y que no se mueva.

La muchacha soltó un gemido entrecortado cuando le sujetaron el brazo roto.

—Yeshúa —susurró, y sus ojos parpadearon y se abrieron.

Alejandro vio unos ojos marrones tan llenos de dolor y confusión que repentinamente se paralizó.

—Mi señor —dijo Troas con más firmeza—, debe trabajar de prisa.

La muchacha murmuró algo en una lengua extraña, y su cuerpo se relajó. El cuchillo cayó de la mano de Alejandro y tintineó contra el piso de piedra. Troas rodeó la mesa y recogió el cuchillo, alcanzándoselo nuevamente a Alejandro.

—Se ha desmayado —dijo, mirando a Alejandro y luego a la muchacha.

—Tráiganme un cuenco con agua.

Troas frunció el ceño.

—¿Qué piensa hacer? ¿Reanimarla?

Alejandro levantó la vista ante el tono burlón.

—¿Te atreves a cuestionarme? —preguntó imperiosamente.

Troas miró ese rostro joven, aristocrático. Una línea había sido remarcada, y no se atrevió a cruzarla, independientemente de su propia experiencia o habilidad. Tragándose el orgullo y la ira, retrocedió.

—Mis disculpas, mi señor. Solamente quería recordarle que está condenada a morir.

—Parece que los dioses le han perdonado la vida.

—Para *usted*, mi señor. Los dioses lo han hecho para que usted aprenda lo que necesita para convertirse en médico.

—¡No seré yo quien la mate!

—Por orden del procónsul, ¡ya está muerta! No es obra suya. No fue por palabras de su boca que la enviaron a los leones.

Alejandro tomó el cuchillo y lo arrojó de regreso entre las otras herramientas quirúrgicas de su estuche de cuero.

—No voy a arriesgar la ira de cualquiera sea el dios que le perdonó la vida, quitándosela yo ahora. —Hizo un ademán de enojo—. Como puedes ver claramente, sus heridas no han dañado ningún órgano vital.

—¿Prefiere usted que muera lentamente de infección?

Alejandro se puso tenso.

—¡No la dejaré morir en absoluto! —Tenía la mente afiebrada. Continuaba viendo a la joven mientras caminaba a través de la arena, cantando, con los brazos extendidos, como para abrazar a la misma gente que exigía su muerte—. Debemos sacarla de aquí —dijo con feroz determinación.

—¿Está loco? —siseó Troas.

Alejandro no pareció escucharlo.

—Aquí no tengo lo que necesito para atender sus heridas ni

acomodarle el brazo —dijo entre dientes. Chasqueó los dedos, dando órdenes en voz baja a sus esclavos.

Troas observó incrédulo; luego, olvidándose de sí mismo, sujetó el brazo de Alejandro.

—¡No puede hacer esto! —dijo en voz baja, contenida, señalando con un gesto apenas perceptible al guardia que en ese momento los miraba con curiosidad—. ¡Arriesgará la muerte para todos nosotros si intenta rescatar a un prisionero condenado!

—Entonces es mejor que le oremos a su dios que nos proteja y nos ayude a sacarla de aquí sin que alguien nos descubra. Ahora deja de discutir conmigo y sácala de aquí inmediatamente. Llévenla a mi casa. Yo me ocuparé del guardia y los seguiré en cuanto pueda. ¡*Muévanse*!

Troas comprendió que no tenía sentido discutir con él y rápidamente les hizo señas a los otros. Mientras el egipcio daba más órdenes en voz baja, Alejandro guardó el cuchillo en su ranura y enrolló el estuche de cuero, atándolo con indiferencia, consciente de que el guardia los observaba con atención. Alejandro recogió su estuche y se lo puso bajo el brazo. Tomando la toalla, se limpió la sangre de las manos mientras caminaba tranquilamente hacia el guardia.

—No pueden sacarla de aquí —dijo el guardia, entrecerrando los ojos por la sospecha.

—Está muerta —mintió Alejandro, aparentando desinterés—. Ellos se encargarán del cuerpo. Seguro que no te importa no tener que tocarla. —Le sonrió sardónicamente al guardia, después se apoyó contra la puerta con barrotes de hierro y miró hacia la arena caliente—. No valía los seis sestercios. Era demasiado tarde para sacarle provecho —dijo mirando enfáticamente al guardia.

El hombre esbozó una sonrisa.

—Es el riesgo que corrías.

Alejandro simuló interés en un par de gladiadores trabados en una batalla.

—¿Cuánto durará la lucha?

El guardia evaluó a los contendientes.

—Media hora, tal vez un poco más. Pero esta vez no habrá sobrevivientes.

Alejandro frunció el ceño como desilusionado. Hizo una pausa, y luego tiró a un lado la toalla manchada de sangre.

—En ese caso, iré a comprarme algo de vino.

Mientras avanzaba por el corredor iluminado con lámparas, se obligó a caminar con lentitud... pero el corazón le latía más rápido con cada paso que daba. Al salir a la luz del sol, una brisa suave le rozó la cara.

«¡*Apresúrate!* ¡*Apresúrate*!»

Oyó con claridad las palabras, como si alguien le susurrara con urgencia al oído. Pero no había nadie a su alrededor.

Con el corazón golpeándole en el pecho, Alejandro giró hacia su casa y comenzó a correr, alentado por una voz en el viento suave y tranquila.

GLOSARIO

Afrodita: diosa griega del amor y la belleza, identificada con la diosa romana Venus

amorata (pl. amoratae): una persona (hombre o mujer) devota o aficionada a un gladiador

andabata (pl. andabatae): un gladiador que luchaba a caballo. Los *andabatae* llevaban un casco con la visera cerrada, lo que significa que luchaban con los ojos tapados.

Apolo: dios griego y romano de la luz solar, la profecía, la música y la poesía. El más guapo de todos los dioses.

Artemisa: diosa griega de la luna. Su templo principal estaba en Éfeso, donde cayó un meteoro (luego el meteoro se conservó en el templo), supuestamente señalando a Éfeso como la morada de la diosa. Aunque los romanos equiparaban a Artemisa con Diana, los efesios creían que era la hermana de Apolo e hija de Leto y Zeus, y la veían como una diosa madre de la tierra que bendice con la fertilidad al hombre, a los animales y a la tierra.

Asclepio: dios grecorromano de la curación. En la mitología, Asclepio era hijo de Apolo y de una ninfa (Coronis), y aprendió la curación de un centauro (Quirón).

Atenea: diosa griega de la sabiduría, las destrezas y la guerra

atrio: el patio central de una vivienda romana. La mayoría de los hogares romanos consistían de una serie de habitaciones alrededor de un patio interior.

***«Ave, Imperator, morituri te salutant»*:** «Salve, Emperador, los que van a morir te saludan». Una frase enunciada mecánicamente por los gladiadores antes de comenzar los juegos romanos.

baltei: las paredes circulares de la arena romana. Había tres paredes, formadas en cuatro secciones superpuestas.

bátavos: un clan de la Galia que luchó junto con los catos y los brúcteros contra Roma

bestiario (pl. bestiarii): «cazadores» en los juegos romanos. Se soltaban animales salvajes a la arena, y los bestiario los cazaban como parte de los juegos.

[1]**brazal:** una pieza de armadura que cubre la parte superior del brazo

brúcteros: una tribu germánica que luchó junto con los catos en contra de los romanos. Los brúcteros aparentemente estaban en guerra contra los catos antes de unirse con ellos en contra de Roma.

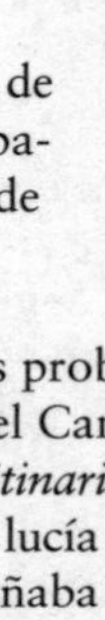

[2]**caduceo:** la vara de heraldo que llevaba Hermes. Estaba rodeado de dos serpientes enroscadas y alas en la parte superior.

caldarium: el cuarto en los baños que estaba más cerca de las calderas, y por lo tanto era el más caluroso (probablemente similar a un jacuzzi o a una sala de vapor de hoy día)

Camino, el: un término usado en la Biblia (el libro de Hechos) para referirse al cristianismo. Los cristianos probablemente se habrían referido a sí mismos como «seguidores del Camino».

Caronte: En la arena romana, Caronte era uno de los *libitinarii* («guías de los muertos») y era interpretado por una persona que lucía una máscara con un pico ganchudo, que empuñaba un mazo. Esta representación era una combinación de las creencias griegas y etruscas. Para los griegos, Caronte era una figura de la muerte y el barquero que transportaba a los muertos por los ríos Estigia y Aqueronte en el Hades (pero solo por una tarifa y si habían tenido un entierro adecuado). Para los etruscos, Charun (Caronte) era el que daba el golpe de muerte.

catamito: un niño utilizado por un hombre para propósitos homosexuales

catos: una de las tribus germánicas

[3]**cavea:** filas de asientos en el anfiteatro romano

Ceres: diosa romana de la agricultura

Cibeles: diosa frigia de la naturaleza, adorada en Roma. En la mitología, Cibeles era la consorte de Atis (el dios de la fertilidad).

cimitarra: un sable (espada) hecho de una lámina curva con el filo en el lado convexo

cisio: una carreta rápida y liviana, que tenía dos ruedas y por lo general era arrastrada por dos caballos

civitas (pl. civitates): una pequeña ciudad o pueblo

4

coemptio: compra de la novia; una forma de matrimonio romano que se podía disolver fácilmente (es decir, la pareja podía divorciarse con facilidad)

confarreatio: una forma de matrimonio romano con vínculos indisolubles

cónsul: un magistrado principal de la república romana. Había dos posiciones, para las que se votaba anualmente. Un título honorífico bajo el emperador.

[4]**corbita:** un buque mercante de navegación lenta

cuadrante: una moneda romana de bronce

Diana: diosa romana del parto y del bosque, generalmente personificada como una cazadora

dimachaerus (pl. dimachaeri): «hombre de dos cuchillos», un gladiador que luchaba con una espada corta en cada mano

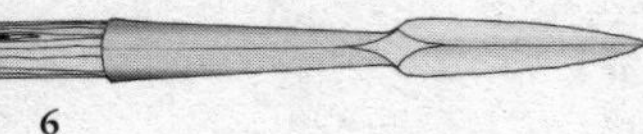
6

Dionisio: dios griego del vino y el jolgorio, más comúnmente conocido por el nombre romano de Baco

Eros: dios griego del amor físico; equivalente al dios romano Cupido

essedarius (pl. essedarii): «hombre de la cuadriga», un gladiador que luchaba desde una cuadriga arrastrada por dos caballos y normalmente decorada

[5]**estola:** una prenda larga, como de falda, usada por las mujeres romanas

fanum (pl. fana): un templo más grande que un sagrario pero más pequeño que los templos comunes

farro: comida, grano

[6]**frámea:** una lanza con una cabeza larga y afilada, utilizada por las tribus germánicas. Podía ser lanzada como una jabalina, o el asta se podía manejar como un bastón de combate.

frigidarium: el cuarto en los baños donde el agua estaba fría

gladiadores: prisioneros varones entrenados a la fuerza para «competir» en los «juegos» gladiatorios romanos. Su prisión/escuela se llamaba un *ludus*; su entrenador, un *lanista*.

Había varios tipos de gladiadores, cada cual identificado por las armas que se le daban a utilizar y el papel que se le asignaba para los juegos. Excepto en situaciones inusuales, los gladiadores luchaban hasta que uno de ellos moría.

[7]**gladius:** la espada romana estándar, como de 60 cm de largo

[8]**gorjal:** una pieza de armadura que cubría el cuello

[9]**greba:** una pieza de armadura que cubría la pierna

Guardia Pretoriana: guardaespaldas imperiales romanos

gustus: aperitivo servido al inicio de un banquete

Hades: dios griego del inframundo

Hera: reina de los dioses griegos. En la mitología, Hera era la hermana y esposa de Zeus y era identificada con la diosa romana Juno.

Hermes: En la mitología griega, Hermes guiaba las almas fallecidas al Hades. También era el heraldo y mensajero de los dioses y era conocido por su astucia. En el anfiteatro romano, Hermes era uno de los *libitinarii* y era interpretado por una persona que llevaba un caduceo al rojo vivo, con el que pinchaba a la gente para asegurarse de que estuvieran muertos.

[10]**Hestia:** diosa griega del hogar; identificada con la diosa romana Vesta

insulae: enormes viviendas romanas de varios pisos, cada una de las cuales comprendía una cuadra de una ciudad

Juno: diosa romana, comparable con la diosa griega Hera. Juno era la diosa de la luz, el parto, las mujeres y el matrimonio. Como esposa de Júpiter, Juno era la reina del cielo.

Júpiter: El dios supremo romano y esposo de Juno, Júpiter era también el dios de la luz, el cielo, el clima y el Estado (su bienestar y sus leyes). Júpiter era comparable con el dios griego Zeus.

10

kufiya: un tocado usado por los árabes

lanista: un entrenador de gladiadores. El *lanista* en jefe de un *ludus* era visto a la vez con estima y como desgracia.

laquearius (pl. laquearii): el «hombre lazo», un gladiador armado con un lazo

lararium: parte de una vivienda romana. El *lararium* era una habitación especial reservada para los ídolos.

libellus: el programa que enumeraba los próximos eventos de los juegos romanos

Liber: Liber y Libera eran los dioses romanos de la fertilidad y el cultivo. Ambos eran identificados con Ceres (diosa romana de la agricultura), y Liber también se identificaba con el dios griego Dionisio y, por lo tanto, era considerado un dios de la viticultura. En el festival de Liberalia, a los niños que habían alcanzado la mayoría de edad se les permitía usar por primera vez la *toga virilis*, la ropa de un hombre.

libitinarii: los dos «guías» de los muertos (Caronte y Hermes de la mitología griega) en los juegos romanos. Ellos eran los encargados de sacar los cuerpos de los muertos de la arena. En los juegos, Caronte era interpretado por una persona que lucía una máscara con un pico ganchudo que empuñaba un mazo, y Hermes por una persona que llevaba un caduceo al rojo vivo.

locarius: un acomodador en los juegos romanos

Ludi: (plural) se refiere a los juegos romanos: «*Ludi Megalenses*»

ludus (pl. ludi): la prisión/escuela donde se entrenaba a los gladiadores

lusorii: gladiadores que luchaban con armas de madera para animar a los espectadores antes de que comenzaran los juegos mortales

maenianum: las secciones de asientos detrás y por encima del podio en el anfiteatro romano. Los caballeros y los tribunos se sentaban en la primera y segunda *maenianum* para ver los juegos, y los patricios se sentaban en la tercera y cuarta.

manica: una manga/guante con escamas de cuero y metal

Marte: dios romano de la guerra

megabuzoi: sacerdotes eunucos en el templo de Artemisa

melissai: sacerdotisas vírgenes consagradas al servicio de la diosa Artemisa

mensor (pl. mensores): un trabajador de los astilleros que pesaba el cargamento y luego registraba el peso en un libro de contabilidad

Mercurio: en la mitología romana, el portador de mensajes para los dioses; identificado con el dios griego Hermes

[11]**metae:** columnas de viraje en forma de cono en la arena romana, que también servían para proteger la *spina* durante las carreras. Tenían 6 metros de altura y estaban talladas con imágenes de batallas romanas.

murmillo (pl. murmillones): de *murmillo*, un tipo de pez. Un gladiador armado a la manera gala con un casco con crestas en forma de pez, una espada y un escudo. Un *murmillo* generalmente peleaba contra un *tracio*.

muslera: una pieza de armadura que cubría el muslo

Neptuno: dios romano del mar (o el agua), a menudo acompañado de siete delfines sagrados. El griego, Poseidón.

paegniarii: combatientes de mofa en los juegos romanos. Al igual que los *lusorii*, que venían después de ellos en los juegos, se utilizaban al comienzo de los juegos para animar a los espectadores.

palla: una prenda como un manto usada por las mujeres romanas por encima de una estola

patricio: una persona de la aristocracia romana

peculio: una asignación de dinero dada a los esclavos por su propietario. Los esclavos podían tratar al peculio como su propiedad personal, pero bajo determinadas circunstancias, su propietario podía exigir que se lo devolvieran.

11

peristilo: una sección de una vivienda romana (a menudo una sección secundaria) que encerraba un patio y estaba rodeada de columnas en el interior. A menudo, en el peristilo se encontraban los dormitorios de la familia, el sagrario doméstico (*lararium*), el hogar y la cocina, el comedor (*triclinium*) y la biblioteca. En los hogares más ricos, el patio del peristilo se convertía en un jardín.

plebeyos: la gente común de Roma

podio: la sección de asientos más cercana a la arena, donde el emperador romano se sentaba a mirar los juegos

pollice verso: en los juegos romanos, esta era la señal de aprobación para matar. Por lo general, se hacía el «pulgar hacia abajo».

pretor: un magistrado romano que tenía un rango menor que cónsul y cuya función era principalmente judicial

procónsul: un gobernador o comandante militar de una provincia romana, que respondía al Senado

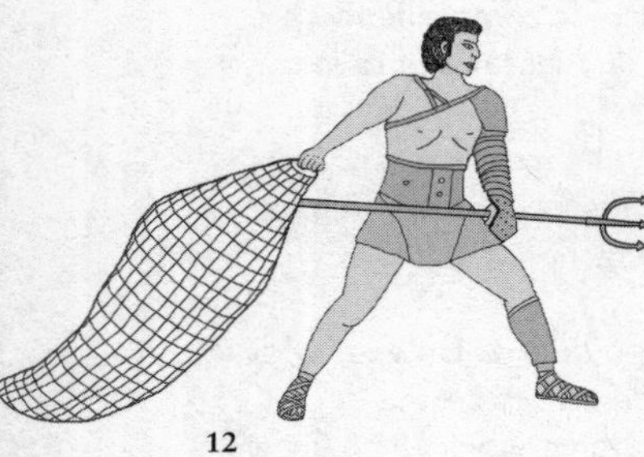

12

pullati: la sección más alta (y menos deseable) de los asientos en el anfiteatro romano

raeda: una gran carreta pesada, con cuatro ruedas, generalmente tirada por cuatro caballos

[12]**reciario:** «hombre de red», un gladiador que intentaba atrapar o enredar a su oponente con una red y luego lo mataba con un tridente. Un reciario llevaba solamente una túnica corta o un delantal y generalmente peleaba contra un *secutor*.

sacrarii: trabajadores de los astilleros que sacaban el cargamento de las carretas y lo arrojaban sobre una balanza

sagitario (pl. sagitarii): un gladiador cuyas armas eran un arco y flechas

sago: una capa corta protectora usada por los miembros de las tribus germánicas durante la batalla. Se sujetaba en el hombro con un broche.

samnita: un gladiador que utilizaba el armamento nacional: una espada corta (*gladius*), un gran escudo oblongo y un casco emplumado con una visera

sburarii: trabajadores de los astilleros que descargaban los buques y ponían el cargamento en las carretas

scutum: un escudo de hierro recubierto de cuero, utilizado por las tribus germánicas

secutor: un gladiador completamente armado, considerado el «perseguidor»; es decir, su rol era perseguir a un oponente y matarlo. Un *secutor* generalmente peleaba contra un *reciario*.

sestercio: una moneda romana que valía una cuarta parte de un denario

[13]**silla curul:** la silla oficial de los funcionarios públicos más altos de Roma, quienes eran las únicas personas privilegiadas para sentarse en ella. La silla era similar a un «taburete de campaña» tapizado como los de hoy y tenía patas curvas y pesadas.

13

[14]**spina:** una plataforma estrecha y larga en el centro de la arena romana que era a la vez un área para monumentos a los dioses romanos y la ubicación de una fuente elaborada y adornada. Sus dimensiones aproximadas de 233 x 20 m eran empequeñecidas por la pista de

cuadrigas mucho más grande que la rodeaba. La *spina* era protegida de las cuadrigas por columnas de viraje en forma de cono llamadas *metae*.

stuppator: un trabajador de los astilleros que se balanceaba sobre andamios para calafatear los barcos cuando estaban en la dársena

tepidarium: el cuarto en los baños donde el agua era cálida y relajante

Tiwaz: el dios de la guerra de las tribus germánicas (catos, brúcteros, bátavos), simbolizado por la cabeza de una cabra

toga virilis: la toga era la prenda exterior característica de los romanos (aunque su uso fue abandonado poco a poco). Era un pedazo de tela suelta, con forma ovalada, acomodada encima de los hombros y los brazos. El color y el patrón de una toga estaban rígidamente prescritos: los políticos, las personas en duelo, los hombres y los niños tenían cada uno una toga distinta. Los niños llevaban una toga con borde púrpura, pero cuando alcanzaban la mayoría de edad, se les permitía llevar la *toga virilis*, o toga de hombre, que era sencilla (vea también Liber).

tracio: un gladiador que luchaba con una daga curva (o cimitarra) y utilizaba un pequeño escudo redondo (a menudo usado en el brazo). Un *tracio* generalmente peleaba contra un *murmillo*.

triclinium: el comedor de una vivienda romana. El *triclinium* a menudo era muy recargado, con muchas columnas y una colección de estatuas.

tridente: una lanza con tres puntas

urinator (pl. urinatores): un trabajador de los astilleros que se lanzaba al agua para rescatar la carga que caía accidentalmente al mar durante la descarga

usus: la forma de matrimonio menos vinculante para los romanos. Probablemente era similar a lo que hoy llamamos «unión libre».

vélite: un gladiador cuya arma era una jabalina

Venus: diosa romana del eros, el amor y la belleza; identificada con la diosa griega Afrodita

Yeshúa: nombre hebreo de Jesús

Zeus: el rey de los dioses griegos y esposo de Hera; identificado con el dios romano Júpiter

Una conversación con FRANCINE RIVERS

En honor al vigésimo aniversario de la publicación de *Una voz en el viento* —un clásico que ha inspirado a lectores en todo el mundo— dimos a la comunidad de Facebook de Francine la oportunidad de hacer las preguntas que siempre se habían hecho sobre el libro y la serie. Francine respondió las preguntas para la edición de aniversario que se publicó en inglés en el 2012.

¿Qué la inspiró a escribir esta historia —y el resto de la serie— y a ubicar a estos personajes en la Roma del primer siglo?

Casi cada historia que he escrito desde que me convertí en cristiana surgió de una pregunta con la que luchaba en mi propio camino de fe. Con *Una voz en el viento*, la pregunta fue «¿Cómo se pone en práctica la fe ante los familiares y los amigos que no tienen ningún interés en el evangelio?». Me fascinaron los primeros mártires y el valor que tenían para morir por su fe. De modo que decidí comenzar la historia en el 69-70 d. C. con el caos y la destrucción de Jerusalén y el templo. La respuesta a mi pregunta vino a través del personaje de Hadasa: lo que impacta a otros no es lo que una persona dice sino cómo vive. También aprendí que no hace falta tener valor antes de tiempo. Dios nos prepara y nos provee el valor que necesitamos para enfrentar las dificultades, cuando lo necesitamos.

¿Hubo alguna persona en particular sobre la que se basó el personaje de Hadasa? ¿Cómo eligió el nombre?

Hadasa es el nombre judío para Ester, que salvó a su pueblo. Hadasa llevó la luz de Cristo a todos los que conoció e impactó a todos los que la rodearon. Ella vivió Mateo 5:16. Llevó personas a Cristo por la forma en que vivía.

¿Y el título? ¿Lo tenía en mente mientras escribía o surgió más tarde?

La Voz en el viento es la suave y tranquila Voz del Señor que le habla a Hadasa y a cualquiera de los personajes que experimentan hambre y sed por la redención y la salvación que solamente Dios da por medio de su Hijo Jesús.

¿Cómo logra crear personajes tan realistas?

Intento mostrar todos los aspectos de mis personajes. Tienen buenas y malas cualidades y van cambiando a lo largo de la historia. Intento meterme en su interior y hablar de la manera que yo creo que hablarían. Sé que una historia adquiere vida propia cuando los personajes comienzan a actuar de maneras que yo no planeé. Me encanta cuando eso ocurre. Comienzan a dictar la historia que se va desarrollando. Yo observo. Escucho. Registro.

¿Alguna vez pensó en la posibilidad de terminar la historia de otra manera? ¿Piensa que hubiera sido preferible que Hadasa muriera en lugar de vivir con dolor permanente y quedar lisiada de por vida?

Mi primer borrador de *Una voz en el viento* terminaba con la muerte de Hadasa. Karen Ball, mi editora en ese momento, quedó tan conmovida que dijo que ¡quería arrojar el libro contra la pared! «¡No puedes dejarla morir!», me dijo. Quería que continuara la historia en otro libro. ¿Qué podía hacer? Había investigado sobre las costumbres de ese tiempo, y descubrí que había una ley contra la disección (una vez que la persona estaba muerta) pero no contra la vivisección (cuando la persona todavía está viva). De manera que encontré una razón históricamente factible para que Hadasa siguiera viva.

En cuanto a si era mejor que muriera a que viviera con un dolor permanente, en términos de la historia, era mejor que viviera, aunque fuera mucho más difícil. El enfoque de *Un eco en las tinieblas*, el segundo libro, fue el perdón. ¿Cuántas veces se perdona a alguien que nos ha herido o que desea nuestra destrucción? Lo que ese libro me enseñó fue que no importa lo que alguien me haga, lo que diga sobre mí, o cuáles sean sus acciones, aún así se me pide perdonar. Hadasa es un modelo para mí de lo que es el verdadero perdón, y yo quería continuar su historia para mostrar cómo Dios la usó para alcanzar a Julia, la que menos se esperaba que aceptara a Cristo. No estamos aquí para nuestro propio agrado. Dios nos ha puesto para ser sal y luz. Quiere que vivamos nuestra vida para llevar a los perdidos a Él. Me hizo bien recordar esas cosas.

¿Cómo realizó su investigación para esta serie y cuánto tiempo le llevó? ¿Qué materiales utilizó? ¿Viajó a Roma?

Han pasado veinte años desde que hice la investigación, y la mayoría de mis materiales están almacenados, pero recuerdo haber pasado meses leyendo libros sobre la antigua Roma (fuentes antiguas como Josefo y *Los comentarios sobre la guerra de las Galias* de Julio César además de muchos otros tomos). Tomé muchísimas notas y mantuve conmigo carpetas con materiales divididos en categorías mientras escribía. También reuní mapas e ilustraciones. Estaba investigando constantemente mientras escribía el libro. Aunque no pude investigar *in situ*, más tarde Rick y yo pudimos visitar Roma e Israel, después de que se publicó la trilogía.

¿Cómo es su proceso de escritura? ¿Tenía toda la serie planificada antes de comenzar? ¿O los libros se le fueron presentando uno por uno?

Se me presentaron uno por uno. Siempre comienzo con los personajes. Creo que los personajes hacen la historia. De manera que me enfoqué en Hadasa y la gente a la que ella conocería y serviría. Quería que los demás personajes representaran diferentes puntos de vista sobre la fe y la cultura de la época. Quería que *Una voz en el viento* fuera una novela independiente con un final clásico (trágico, pero liberador). La reacción de mi editora a esa idea me hizo cambiar. Sabía que el segundo libro estaría más enfocado en el viaje de Marcus a la fe, así como en el médico que salvó a Hadasa. En la tercera novela (*Tan cierto como el amanecer*) pude poner el enfoque en Atretes (el gladiador). Había mucho que aprender de él y quería que encontrara el verdadero amor y volviera a su pueblo. Mi editora quería que escribiera un cuarto libro, pero la pregunta con la que estaba luchando en ese tiempo requería un lugar y una época diferentes.

Hay mucha semejanza entre la cultura de la Roma del primer siglo y nuestro mundo actual. ¿Vio esa semejanza mientras escribía la novela? ¿Qué tan intencional fue respecto a eso?

No fue intencional en absoluto, pero me sorprendió lo mucho que nosotros (en Estados Unidos) reflejamos las actitudes de Roma. Es preocupante y deberíamos tomarlo como una advertencia.

¿Le resultó difícil mantener la pureza de corazón y mente mientras escribía tan vívidamente sobre esa cultura?

Siempre comienzo el día con un tiempo de oración y lectura bíblica porque creo que necesitamos vivir con el filtro de la Palabra de Dios. La vida real es gráfica y explícita. Intenté ser evocadora sin ser provocativa. Quería que los lectores sintieran de manera muy real la pasión de Hadasa por el Señor, su compasión por la gente a la que servía, sus temores y preocupaciones. Quería que los lectores se sintieran desafiados por su ejemplo. Cuando inventé a Hadasa, estaba creando a alguien que yo quiero ser. Alguien que continuamente crece en la fe y confía en el Señor en todas las circunstancias.

Si pudiera reescribir la historia, ¿cambiaría algo? ¿Hubo capítulos o escenas que fueron eliminados?

Una vez que he pasado por el proceso de edición de un libro, y el manuscrito ya ha sido enviado a la imprenta, no vuelvo a leerlo. Por lo tanto, no he leído *Una voz en el viento* por más de veinte años. Si lo leyera, estoy segura que habría muchas cosas que querría cambiar, o eliminar o agregar. Estoy agradecida por el tiempo que trabajé con el libro porque el proceso de escribir fue una manera de encontrar respuestas de Dios y de las Escrituras a cuestiones que me preocupaban en aquel tiempo. Ahora estoy trabajando con otros temas. Mi esperanza es que el libro cobre vida por sí mismo para los lectores, y que los ayude a ver cómo Dios da fe extraordinaria a gente común en tiempos de necesidad.

¿Ha pensado alguna vez en escribir más libros de esta serie? ¿O escribir otros libros situados en el mismo período?

Por un momento consideré escribir otro libro, pero luego decidí no hacerlo. A veces, más es menos. Dejé el último libro abierto a las posibilidades, con la esperanza de que los lectores imaginaran todas las cosas que podrían ocurrir.

Hadasa sobresale como una lección de honor, autoestima, lealtad, amor y sacrificio. ¿Cómo pueden los cristianos de hoy ser una luz cuando hay tanta oscuridad?

Cualquiera que vive su vida para agradar por completo a Dios será una luz para otros, y esa luz brillará para que quienes están en la oscuridad vean y sean llevados a la esperanza y al amor eterno que ofrece Cristo.

GUÍA PARA LA DISCUSIÓN

Queridos lectores:

Esperamos que hayan disfrutado esta historia de Francine Rivers y sus muchos personajes. Es el deseo de la autora abrir el apetito por la Palabra de Dios y los caminos de Dios, y aplicar los principios divinos a la vida de cada persona. El siguiente estudio de los personajes ¡tiene ese objetivo! Hay cuatro secciones con preguntas para discutir sobre cada uno de los cuatro personajes principales:

- Repaso del personaje —para iniciar la conversación
- Profundizando —para adentrarse en el personaje
- Percepciones y desafíos personales —para pensar
- Búsqueda en las Escrituras —para introducirse en la Palabra de Dios

Al escribir esta historia, Francine tenía en mente un versículo clave de la Biblia: «De la misma manera, dejen que sus buenas acciones brillen a la vista de todos, para que todos alaben a su Padre celestial» (Mateo 5:16). Nuestras obras, ya sean palabras, acciones, o la falta de ellas, definen nuestro carácter y aluden a nuestras motivaciones. Con esto en mente, los animo a reunirse entre amigos y discutir las escenas y los personajes preferidos, y las nuevas perspectivas personales que sacaron de esta novela. Que las nuevas perspectivas nunca terminen, ¡y que el diálogo sobreabunde!

Peggy Lynch

HADASA

Repaso del personaje

1. Elijan una escena sobresaliente, ya sea conmovedora o perturbadora, y discutan los elementos que llamaron su atención.
2. Comparen a Hadasa cuando abandonó Jerusalén con Hadasa en el coliseo. ¿Qué hechos provocaron el cambio?

Profundizando

1. Describan el conflicto interno de Hadasa.
2. ¿De qué manera se apoyó Hadasa en el amor inagotable de Dios?
3. ¿Cómo los motiva el inagotable amor de Dios?

Percepciones y desafíos personales

1. ¿En qué se identifican con Hadasa? ¿Y en qué difieren?
2. ¿Piensan que la fe de Hadasa era realista? ¿Cómo se compara su propia fe con la de ella?
3. «Mantengámonos firmes sin titubear en la esperanza que afirmamos, porque se puede confiar en que Dios cumplirá su promesa» (Hebreos 10:23). ¿Cuál es la base de una fe firme?

Búsqueda en las Escrituras

Mientras piensan sobre Hadasa y las decisiones que tomó como resultado de su fe en Dios, lean los siguientes versículos bíblicos. Quizás revelen las motivaciones de ella e incluso los desafíen a ustedes en sus propias decisiones de vida.

Todo aquel que me reconozca en público aquí en la tierra también lo reconoceré delante de mi Padre en el cielo; pero al que me niegue aquí en la tierra también yo lo negaré delante de mi Padre en el cielo. MATEO 10:32-33

Si declaras abiertamente que Jesús es el Señor y crees en tu corazón que Dios lo levantó de los muertos, serás salvo. Pues es por creer en tu corazón que eres hecho justo a los ojos de Dios y es por declarar abiertamente tu fe que eres salvo. ROMANOS 10:9-10

De la misma manera, dejen que sus buenas acciones brillen a la vista de todos, para que todos alaben a su Padre celestial. MATEO 5:16

Pero el SEÑOR vela por los que le temen, por aquellos que confían en su amor inagotable. SALMO 33:18

MARCUS

Repaso del personaje

1. Elijan su escena favorita sobre Marcus y compartan percepciones sobre su carácter.
2. Comparen al Marcus aristócrata con el Marcus interesado en Hadasa. ¿Cuáles son las sutiles diferencias?

Profundizando

1. ¿Cómo se percibía Marcus a sí mismo?
2. ¿Qué tipo de amigos tenía Marcus, y cómo influían en él?
3. ¿De qué maneras han influido otras personas en ustedes? ¿Cómo han influido ustedes en ellas?

Percepciones y desafíos personales

1. ¿Cómo se identifican con Marcus? ¿En qué difieren?
2. ¿Cómo creen que se percibía Marcus a sí mismo cuando Hadasa fue llevada a la arena? ¿Qué había cambiado?
3. «Podemos hacer nuestros propios planes, pero la respuesta correcta viene del Señor» (Proverbios 16:1). Cuando están en una búsqueda espiritual, o han sufrido una conmoción en el corazón, ¿a quién recurren en busca de las respuestas correctas?

Búsqueda en las Escrituras

Examinando la vida de Marcus y las decisiones que tomó como resultado de no conocer a Dios, lean los siguientes versículos bíblicos en busca de posibles claves para sus motivaciones, así como para encontrar desafíos para ustedes mismos.

Las personas con integridad caminan seguras, pero las que toman caminos torcidos serán descubiertas. PROVERBIOS 10:9

La gente puede considerarse pura según su propia opinión, pero el Señor examina sus intenciones. PROVERBIOS 16:2

Con palabras sabias te conseguirás una buena comida, pero la gente traicionera tiene hambre de violencia. PROVERBIOS 13:2

ATRETES

REPASO DEL PERSONAJE

1. En su opinión, ¿cuál es la escena más sobresaliente con Atretes y por qué?
2. ¿Qué rasgo de Atretes consideran el más «destacado»?

PROFUNDIZANDO

1. ¿Qué eventos llevaron a Atretes al coliseo?
2. ¿En qué forma se desvió Atretes? ¿Cuáles fueron algunas de las consecuencias?
3. ¿Qué los hacen desviarse a ustedes y por qué?

PERCEPCIONES Y DESAFÍOS PERSONALES

1. ¿En qué se parecen a Atretes? ¿En qué difieren?
2. Conversen sobre la ira de Atretes y cómo afectó sus decisiones.
3. «Delante de cada persona hay un camino que parece correcto, pero termina en muerte» (Proverbios 14:12). ¿En qué tipo de camino estaba Atretes? ¿Qué camino han elegido ustedes?

BÚSQUEDA EN LAS ESCRITURAS

Mientras hablan sobre Atretes y las decisiones que tomó como resultado de su ira, lean los siguientes versículos bíblicos para ver lo que pudo haberlo motivado y lo que los motiva a ustedes.

El que pierde los estribos con facilidad provoca peleas; el que se mantiene sereno, las detiene. PROVERBIOS 15:18

Traza un sendero recto para tus pies; permanece en el camino seguro. No te desvíes, evita que tus pies sigan el mal. PROVERBIOS 4:26-27

Sobre todas las cosas cuida tu corazón, porque este determina el rumbo de tu vida. PROVERBIOS 4:23

JULIA

Repaso del personaje

1. En su opinión, ¿cuál de las relaciones de Julia se destaca y por qué?
2. Comparen a Julia con su hermano, Marcus. ¿En qué forma influyó la familia de Julia en ella?

Profundizando

1. ¿Cómo lidió Julia con los conflictos?
2. ¿En qué forma la llevó su orgullo a discutir? ¿Cuáles fueron algunas consecuencias de esas discusiones?
3. ¿Qué los lleva a ustedes a discutir? ¿Cómo los ha encaminado mal el orgullo?

Percepciones y desafíos personales

1. ¿En qué se identifican con Julia? ¿En qué difieren?
2. Comparen a Julia con Hadasa.
3. «No dejes de hacer el bien a todo el que lo merece, cuando esté a tu alcance ayudarlos» (Proverbios 3:27). ¿En qué forma retuvo Julia el bien de Hadasa y cuál fue el resultado?

Búsqueda en las Escrituras

Mientras piensan en Julia y las decisiones que tomó por su orgullo y terquedad, revisen los siguientes versículos bíblicos. Quizás revelen las motivaciones de ella y desafíen el discernimiento de ustedes.

Benditos los que tienen temor de hacer lo malo; pero los tercos van directo a graves problemas. PROVERBIOS 28:14

El orgullo lleva a conflictos; los que siguen el consejo son sabios. PROVERBIOS 13:10

El prudente se anticipa al peligro y toma precauciones. El simplón sigue adelante a ciegas y sufre las consecuencias. PROVERBIOS 27:12

LIBROS POR LA QUERIDA AUTORA
FRANCINE RIVERS

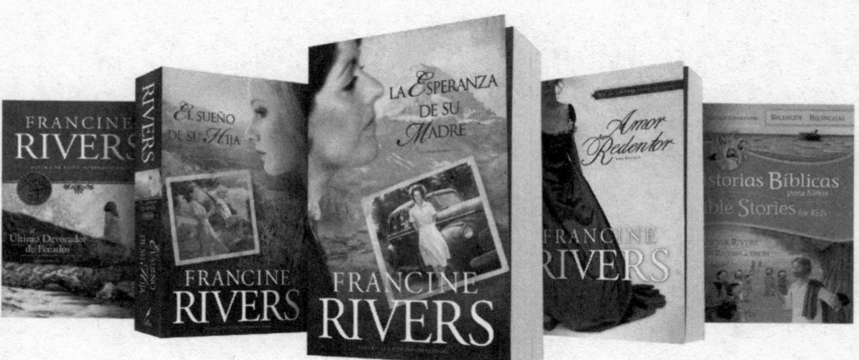

Serie La marca del León
Una voz en el viento
Un eco en las tinieblas
Tan cierto como el amanecer

Serie Linaje de gracia
Desenmascarada
Atrevida
Inconmovible
Melancólica
Valiente

Serie Nacidos para alentar a otros
El sacerdote
El guerrero
El príncipe
El profeta
El escriba

Serie El legado de Marta
La esperanza de su madre
El sueño de su hija

Libro infantil
Historias bíblicas para niños / Bible Stories for Kids (Bilingüe) (escrito con Shannon Rivers Coibion)

Otros títulos
Amor redentor
El último Devorador de Pecados

www.francinerivers.com

CP0431